독살에의 초대

PAST POISONS

edited by Maxim Jakubowski

Collection © 1998 Maxim Jakubowski

Korean translation copyrights © 2003 BOOKHOUSE Publishing Co. Ltd., Seoul

First published in 1998 by Headline Book Publishing

This Korean edition was published by arrangement with Headline Book Publishing
through Sibylle Books Literary Agency, Seoul.

이 책의 한국어판 저작권은 시빌에이전시를 통해
영국 헤드라인 출판사와 독점 계약한 (주)북하우스에 있습니다.
저작권법에 의해 한국 내에서 보호를 받는 저작물이므로
무단 전재 및 무단 복제를 금합니다.

엘리스 피터스 추모소설

독살에의 초대

맥심 재커보우스키 엮음 | 손성경 옮김

북하우스

차 례

들어가는 글 | 7

독살에의 초대 피터 트래메인 | 11
오빌리오? 클로디어! 마릴린 토드 | 45
수도원장 제거하기 수잔나 그레고리 | 91
에로스 살인사건 스티븐 세일러 | 133
지옥불 클럽 다이애나 개벌던 | 171
핸슬 먼데이를 조심하라 캐서린 에어드 | 221
금요일, 회전 관람차를 타다 에드워드 호크 | 243
죽은 제자를 위한 찬송가 에드워드 마스턴 | 269
담배에 대한 상반된 입장 폴 도허티 | 311
아킬레스를 위하여 존 매덕스 로버츠 | 351
샌 시미언 성에서의 밀약 자넷 로렌스 | 375
잔인한 상처 케이트 로스 | 427
위대한 브로고니 데이비드 하워드 | 473
하일랜드의 마지막 왕비 앤 페리 | 489
해부용 시체 만들기 피터 러브지 | 511
마무르 자프트의 임무 수행 마이클 피어스 | 533
다른 사람들에게 용기를 주기 위해 마틴 에드워즈 | 567
당사자는 살아 있을지도 모른다 린지 데이비스 | 579
어느 노상강도 이야기 몰리 브라운 | 615
망할 놈의 얼룩 줄리언 래스본 | 629

옮긴이의 말 | 645

| 들어가는 글 |

엘리스 피터스를 추모하며

　엘리스 피터스란 이름으로, 때로는 본명인 이디스 파제터라는 이름으로 글을 썼던 그녀의 죽음은, 크게 성장하고 있는 분야인 역사추리소설과, 그녀가 자신의 영역으로 만들다시피 한 범죄소설의 한 범주에 커다란 빈 자리를 남겨놓았다. 독자와 작가들 모두에게서 사랑받았던 그녀의 죽음으로 캐드펠 수사 이야기를 더이상 들을 수 없게 된 우리는 큰 슬픔과 그리움을 지니게 되었다.

　역사와 이야기에 대한 열정을 결합해서 쓴 『성녀의 유골』(1977년)에서, 많은 독자들의 사랑을 받게 되는 중세의 수사 캐드펠을 창조해낸 그녀는 그 전에 벌써 엘리스 피터스라는 이름으로 열여덟 권의 책을 냈고(그 중 조지 펠스 경감과 그의 가족들이 등장하는 시리즈는 아직도 인기를 누리고 있다), 졸리언 카라는 이름으로 두 권의 탐정소설을 썼으며(이 책들은 수집가들에게 가장 인기 있는 책들이다), 몇 권의 중요한 역사소설들을 포함해 스물일곱 권의 책을 이디스 파제터라는 본명으로 출판한 상태였다.

　그녀가 글을 쓰기 시작한 지 반평생이 지나서야 명성을 얻게 되었다니 참으로 아이러니가 아닐 수 없다. 사람의 마음을 끄는 이 중세의 수사가 전 세계 독자들의 상상력을 사로잡음으로써 비로소 그녀는 명성이 주는 혜택을 즐길 수 있게 된 것이다.

탐정 노릇을 하는 12세기의 한 베네딕트회 수사를 데렉 재이커비가 연기하여 모든 텔레비전 시청자들에게 역사상 빈틈없는 탐정의 화신으로 비쳐지기 훨씬 전부터, 역사추리소설이라는 하위 장르는 엘리스 피터스 작품의 영향 아래 이미 싹이 터서 크게 성장하고 있었다. 엄청나게 많은 수의 작가들이 즐거움과 교육적 효과를 동시에 주는 완벽한 영역으로서 이 장르를 즐겨 사용하고 있었던 것이다.

지금까지 고대 로마, 그리스, 이집트에서부터, 이디스가 사랑한 중세 시대를 비롯해 왕정 복고기, 엘리자베스와 빅토리아 시대에 이르기까지, 더 나아가 시간과 공간의 제한 없이 광범위한 시대와 지역을 아우르는 거의 모든 역사상의 시기가 추리소설 작가들에 의해 다루어졌다. 엘리스 피터스의 영향이 없었다면 이런 일은 가능하지 않았을 것이다. 추리소설은 과거를 탐구하며 그 시대와 다양한 주인공들을 다시 살려내는 완벽한 수단이다. 실제로 존재했던 역사 속 인물의 변형이건 가상의 존재이건 간에 과거의 탐정들은 아직도 수만 명의 독자들을 사로잡고 있으며, 역사추리소설은 범죄소설 분야에서 상업적으로 가장 빠르게 성장하고 있는 영역의 하나이다.

이디스는 많은 사랑을 받았다. 겸손하고 인정 많은 사람이었던 그녀는 팬들과 다른 작가들이 그녀에게 갖고 있는 애정이 얼마나 큰지 정말로 모르고 있었다. 런던에 한번 와보라고 몇 년을 그녀를 설득한 끝에, 건강이 좋지 않은데도 불구하고 그녀는 자신이 사랑하는 시골의 은둔처를 떠나 서점 '일급살인'에서 드디어 『욕망의 땅』 사인회를 가지게 되었다. 사인회 때 그녀의 얼굴에 떠올랐던 그 놀람의 표정을 나는 언제나 큰 기쁨으로 회상하곤 한다. 그녀는 자신을 보러 올 사람이 하나도 없을 거라고 생각하고 있었다. 그러나 놀랍게도 가게 문 앞을 지나 채링 크로스 로드까지 촘촘히 붙어선 사람들의 줄이 몇 겹으로 길게 늘어서 있었으며 그들 중 대부분은 멋진 꽃다발을 들고 있었다.

시로프셔에서 몇 차례 지방 행사에 참석했던 것을 제외하고 그때까지 그녀는 작가로서 공적인 자리에 나타났던 적이 한 번도 없었다. 자신을 만나 좋아하는 독자들의 모습을 직접 보게 된 그녀의 얼굴에 번진 기쁨의 표정은 말로 표현하기 힘들 정도로 대단했다. 그녀는 예정보다 훨씬 오래 머물렀으며 책을 몇 권씩 들고 와서 사인을 받으려는 독자 한 사람 한 사람에게 부드럽게 말을 건넸다. 재미있게도 이 일로 크게 고무된 그녀는 몇 달 뒤 미국 여러 곳을 돌며 홍보 및 사인회를 갖는 데 동의했다. 그것은 매우 고된 일정이었으나 그곳에서의 반응은 영국에서처럼 열광적이었다. 당시 이디스는 팔십대의 노인이었고 움직일 때면 아주 힘들어했다는 것을 생각해보라!

그녀가 몹시 그립다. 자신이 대단히 인기 있는 작가임을 생애 마지막 몇 해 동안에 그녀 스스로 확인할 수 있었다는 사실을 나는 무척 다행스럽게 생각한다. 작가에게 그보다 더 큰 보답이 어디 있겠는가.

이 책은 그녀의 삶과 작품을 기리기 위한 것이다. 그녀의 유산 관리인의 승낙을 얻어 나는 역사추리소설 분야에서 작업하고 있는 영국과 미국의 일류 추리작가 몇 분에게 그녀를 위하여 새 작품을 써주도록 요청했다. 많은 작가들이 그녀에게 진 빚을 솔직히 인정하면서 모두들 나의 요청을 기꺼이 수락했다. 몇몇 소설가들은 그들 최초의 단편을 여기에 선보이고 있으며, 자신들의 작품에 줄곧 등장하는 인물들을 등장시켜 작품을 쓴 작가도 있고, 새로운 인물들을 등장시킨 작가들도 있다. 이 작품집에는 다양한 역사적 시기들이 선택되어 있어, 역사소설이 작가에게 제공하는 놀라운 자유에 대해 생각하게 한다. 게다가 우리는 데이비드 하워드라는 새로운 작가를 이 작품집을 통해 소개하게 되었다. 그는 〈크라임 타임〉이라는 잡지의 공개 응모를 통해 발굴된 작가이다. 이 분야의 새로운 작가들에게 언제나 용기와 격려를 보내주었던 이디스였음을 생각할 때 그녀가 아직 살아 있었다면 기꺼이 후원자가 되어주고 싶어했을 것이다.

추모한다는 것은 찬양한다는 의미이기도 하다. 이 책의 매 페이지에서마다 과거는 다시 한번 장엄하게 되살아나고 엘리스 피터스의 영혼도 되살아나리라 믿는다.

맥심 재커보우스키

독살에의 초대

피터 트레메인

"당신들 모두를 위해 건배하겠소. 참회하며 마시는 것이니 당신들은 당신들의 법을 즐기게 될 것이오." 아무도 입을 열지 않았다. 파이델마 수녀는 네크탄의 연극하는 듯한 태도를 냉소적으로 쏘아 보았다. 그들은 형편없는 연극을 보고 있는 것 같았다. 족장은 꿀꺽꿀꺽 소리를 내며 마셨다. 그러나 다 마시자마자 잔이 손에서 떨어지고 그의 옅은색 눈이 갑자기 크게 부릅떠졌다. 입이 벌어지고 그는 목을 부여잡고 숨이 넘어가는 듯 무서운 소리를 내며 숨을 몰아쉬었다. 그러더니 격심한 발작이 그를 사로잡기라도 한 것처럼 뒤로 넘어갔다. 의자가 날아가고 그는 마루에 쾅 소리를 내며 부딪쳤다.

***

　부자연스럽게 예의바른 분위기 속에서 식사는 끝났다. 참석자들 사이에는 긴장되고 냉랭한 분위기가 감돌았다. 무스크레이지의 족장인 네크탄의 식탁에는 일곱 명의 손님이 있었다. 파이델마 수녀는 만찬장으로 안내되어 들어가자마자 그 불길한 숫자를 눈치챘다. 식사 전 뜨거운 목욕을 하고 싶은 유혹에 끌리는 바람에 제일 늦게 도착해 자리에 앉았기 때문이었다. 일곱 명의 손님에 네크탄까지 해서 둥근 식탁에 둘러앉은 사람의 수가 여덟이라는 좋지 않은 수가 된다는 것을 알자 그녀는 속으로 신음소리를 냈다. 그리고 그 즉시 낡은 미신에 매달리는 자신을 속으로 꾸짖었다. 그럼에도 불구하고 그녀는 답답한 분위기가 만찬장을 뒤덮고 있다는 것을 인정하지 않을 수 없었다.

　그날 저녁 식탁에 모여앉은 사람들은 모두 네크탄을 미워할 이유를 가지고 있었다.

　파이델마 수녀는 말을 가볍게 하는 사람이 아니었다. 그녀는 종교인이면서 다섯 개 왕국의 법정 변호사였기 때문이었다. 그녀는 말을 조심스럽게 삼가서 했고 가능한 한 정확하게 했다. 그러나 그녀는 네크탄이 불러일으킨 감정에 대해 강한 반감이라는 말 이외의 다른 표현을 생각할 수가 없었다.

　식탁에 둘러앉은 다른 사람들과 마찬가지로 파이델마도 무스크레이지의 족장에 대해 커다란 적대감을 가질 만한 이유가 있었다. 그렇다면 그녀는 어째서 네크탄과의 이 기괴한 만찬 초대를 받아들인 것일까? 손님들은 왜 이 모임에 참석하기로 한 것일까?

파이델마는 자신이 응한 이유만 설명할 수 있을 뿐이었다. 사실 그녀는 슬라이어브 루어크라의 족장이 도둑질에 대한 재판을 해줄 것을 요청해 그리로 가는 길에 어쩔 수 없이 네크탄의 영토를 지나가게 된 것을 그가 알고 만찬에 참석해달라고 청한 것이 아니었다면 네크탄의 요청을 거절했을 것이다. 브레언족의 법에 대해 획득할 수 있는 가장 높은 단계의 바로 아래인 안루스의 수준에까지 오른 변호사로서 파이델마는 상황에 따라서는 판사로 활동할 수도 있었다.

알고 보니 그 역시 네크탄을 싫어하는 이유가 있는 슬라이어브 루어크라의 대올가도 만찬 초대에 응한 상태여서 그들은 네크탄의 요새까지 함께 가기로 했던 것이다.

그러나 파이델마가 마지못해 초청을 받아들인 데에는 또다른 적절한 이유가 있었다. 네크탄의 초대가 매우 설득력 있는 말로 씌어져 있었던 것이다. 그는 과거에 그녀에게 끼쳤던 해를 용서해달라고 간청했다. 네크탄은 자기가 저지른 나쁜 짓에 대해 사면 받으려 하고 있었는데 그녀가 자기 영토를 지나간다는 말을 듣고 이 좋은 기회를 이용해 그녀와, 자기가 피해를 준 사람들을 몇 명 초대해서 만찬을 나누고 모든 사람들 앞에서 공개적으로 깊이 참회하는 사죄를 함으로써 배상하려 한다는 것이었다. 그 언어가 너무 훌륭해서 파이델마는 거절할 수 없다고 느꼈다. 정말이지 그렇게 사과하는 적을 거부한다는 것은 바로 예수의 가르침에 반하는 것이 되지 않겠는가. 누가는 예수께서 '너희 원수를 사랑하며 너희를 미워하는 자를 선대하며 너희들 저주하는 자를 위하여 축복하며 너희를 모욕하는 자를 위하여 기도하라. 네 이 뺨을 치는 자에게 저 뺨도 돌려 대라' 고 가르치셨다고 기록하지 않았던가?

만일 신앙의 기본적인 명령에 복종하길 거부한다면, 그녀에게 그릇

되게 행한 사람들을 용서하라는 명령을 거부한다면, 그녀가 어디서 자신의 신앙을 주장할 수 있겠는가?

지금 네크탄의 만찬 식탁에 앉은 그녀는 함께 참석한 모든 손님들이 그녀 자신과 마찬가지로 네크탄에 대해 반감을 가지고 있음을 알아챘다. 어쨌든 그녀는 용서 받고자 하는 네크탄의 소망을 수용하려는 그리스도인으로서의 노력을 한 것이지만, 주위 사람들의 표정과 눈길에서, 과장되고 거북한 대화에서, 또 냉담한 분위기와 긴장에서, 거기 있는 사람들의 마음 속에서 네크탄을 용서하고자 하는 소망이 강하게 불타오르거나 그렇지는 않다는 것이 드러났다. 다른 욕망이 그들의 생각을 차지하고 있는 것 같았다.

식사가 끝나갈 무렵 네크탄이 일어섰다. 그는 중년의 남자로, 유쾌하고 상냥한 남자일 거라는 것이 그의 첫인상이었다. 키가 작고 뚱뚱했으며 살이 많은 얼굴에 턱 주변이 늘어지긴 했지만 피부는 어린 아이 같이 분홍색으로 빛났다. 머리는 길고 은색이었으며 꼼꼼하게 빗질을 해서 뒤로 넘겼다. 입술은 얇고 불그스름했다. 전반적으로 보기 좋은 용모였지만 거기에는 무스크레이지의 지도자로서 그를 특징짓는 잔인한 성격이 감추어져 있었다. 그의 얼음 같은 푸른색 눈을 똑바로 보게 되면 누구나 그 남자의 냉혹한 무자비함을 깨닫게 되었다. 그 눈은 옅은 색의 죽은 눈이었다. 감정이 없는 사람의 눈이었다.

네크탄은 사람들에게 술을 따라주며 혼자 시중을 들던 시종에게 벽 옆 탁자 위에 있던 주전자의 술을 자기 잔에 채우라고 손짓했다. 젊은이는 그의 잔을 채우고는 조용히 말했다.

"술이 다 떨어졌습니다. 주전자를 다시 채워 올까요?"

그러나 네크탄은 머리를 흔들고는 손님들하고만 있을 수 있게 나가라고 퉁명스러운 손짓으로 지시했다.

파이델마는 또다시 속으로 신음했다. 네크탄의 연설을 들어야 하는 또다른 거북함이 더해지지 않아도 식사는 충분히 괴로웠다.
"친구 여러분."
네크탄의 연설이 시작됐다. 그의 목소리는 부드럽고 아첨하는 것처럼 들리기까지 했지만 그의 눈은 차갑게 주위를 둘러보고 있었다.
"이제는 여러분을 그렇게 불러도 되지 않을까 싶습니다. 왜냐면 난 여러분 모두를 찾아내서 여러분이 나에게서 받은 피해를 여러분 각자에게 배상해주려고 오랫동안 생각했었기 때문이요."
그는 말을 멈추고 기대에 차서 주위를 둘러보았으나 불편한 침묵만 마주칠 뿐이었다. 정말이지 파이델마는 고개를 들어 그의 죽은 눈을 마주본 유일한 사람인 것 같았다. 다른 사람들은 앞에 놓인 접시 위에 남은 음식 부스러기를 어색하게 바라보고 있었다.
"오늘 밤 난 여러분의 처분 아래 놓여 있소."
식탁 주위를 감도는 긴장을 잊어버린 듯 그가 말을 계속했다.
"난 여러분 모두에게 나쁜 짓을 했소."
그는 그의 왼쪽 옆에 앉은 긴장한 듯 보이는 말없는 노인을 돌아다보았다. 그 노인은 불안하게 손톱을 물어뜯는 버릇이 있었다. 파이델마는 그런 버릇을 혐오스럽다고 생각했다. 전문 직업을 가진 계층에서는 모양 좋은 손과 끝으로 갈수록 가늘어지는 가느다란 손가락이 아름다움의 상징으로 여겨지는 것이 사실이었다. 손톱은 조심스럽게 잘라 둥글게 다듬었으며 대개의 여성들은 손톱에 붉은 물감을 칠했다. 전문 직업을 가진 계층의 남자가 손톱을 손질하지 않는 것도 부끄러운 일로 생각되었다.
파이델마는 그 노인이 네크탄의 주치의라는 걸 알게 되었다. 그러자 그의 지저분하게 손질 안 한 손이 그녀에게는 두 배로 부당하고 불쾌하게 보이는 것이었다.
네크탄이 그 노인을 향해 미소 지었다. 파이델마는 그 미소가 그저 얼굴 근육을 달리 움직여본 것일 뿐 감정과는 아무런 상관도 없는 것이라고 생각했다.

"나의 주치의인 게로크, 당신에게도 부당한 짓을 했소. 당신을 속여서 정기적으로 당신의 진료비를 빼앗았고 당신의 의술을 이용했소."

노인은 불편한 듯 몸을 움직거리더니 냉담하게 어깨를 한 번 으쓱했다.

"당신은 저의 족장이십니다."

그가 딱딱하게 대답했다. 네크탄은 그 대답이 마음에 들었는지 얼굴을 우그러뜨리더니 게로크 옆에 앉은, 뚱뚱하지만 아직도 아름다운 중년 여자에게 시선을 돌렸다. 파이델마를 제외하고는 손님 중에 여자가 그 사람뿐이었다.

"그리고 에스, 당신은 내 첫 아내였지. 나는 당신이 부정을 저질렀다는 그릇된 주장을 하며 당신과 이혼하고 내 집에서 내쫓았소. 나는 그때 내 마음을 차지한 더 젊고 매력적인 다른 여자의 품밖에는 바라는 것이 없었소. 당신이 간통했다는 걸 증명하려고 애쓰다가 나는 비합법적으로 당신의 지참금과 유산을 훔쳤소. 그렇게 집안 사람들 앞에서 당신을 욕보였소."

에스는 아무런 표정 없는 얼굴로 앉아 있었다. 이따금씩 깜박이는 눈만이 그녀가 네크탄의 말을 들었다는 것을 보여줄 뿐이었다.

"그리고 당신 옆에 앉은 내 아들, 아니 우리의 아들 대토."

네크탄의 말은 계속 이어졌다. 그는 식탁에 둘러앉은 사람들을 왼쪽에서 오른쪽으로 차례로 언급하고 있었다.

"네 어머니를 부당하게 취급함으로써 내가 너에게도 잘못을 저지른 셈이 됐다. 나는 이 무스크레이지 영토에서 네가 당연히 차지할 자리를 네게 주지 않았다."

대토는 호리호리한 스무 살의 젊은이였다. 그의 얼굴은 무표정했으나 눈은—그는 자기 아버지의 푸른빛 차가운 눈이 아니라 어머니의 눈을 닮았다—네크탄에 대한 증오로 번쩍거렸다. 그는 거친 말들을 쏟아놓을 것처럼 입을 열었으나 그의 어머니가 그의 팔에 손을 올려놓아 그를 막는 것이 보였다. 그는 그냥 코웃음만 치고는 싸울 듯이 턱을 내밀었으나 아무런 대꾸도 하지 않았다. 네크탄이 그의 아들이나 전처에게서 용서 받지 못할 것은 분명해보였다. 그러나 그는 그런 반응에 전혀 동요되지 않았다. 오히려 어떤 만족을 얻는 것처럼 보였다.

손님들 중 에스의 맞은편에 앉은 젊은 남자가 불안하게 자리에서 일어나 식탁을 돌아 네크탄의 뒤로 갔다. 파이델마는 그가 퀼이라는 이름의 예술가임을 알고 있었다. 그곳 탁자 위에는 술 주전자가 있었는데 그는 거의 빈 주전자를 잔뜩 기울여 자기 잔을 겨우 채우고는 자리로 돌아가 앉았다.

네크탄은 그의 움직임을 눈치채지 못한 것 같았다. 파이델마도 잠깐 쳐다보았을 뿐이었다. 그는 격한 감정을 드러내는 초록색 눈으로 네크탄의 차가운 눈을 줄기차게 노려보고 있었다. 그러면서 손을 올려 머리에 쓴 두건 밑으로 흘러내린 고집 세어 보이는 붉은 머리카락을 수건 안쪽으로 집어 넣으며 머리 매무시를 만졌다.

"그리고 우리의 왕, 콜구 님의 누이인 카셀의 파이델마……."

네크탄은 두 손을 벌렸다. 자신의 후회를 과장하려고 하는 몸짓 같았다.

"당신이 다섯 왕국의 판사들의 우두머리이신 위대한 브레언 모란의 수행원 중 한 사람으로 이 영토에 왔을 때 당신은 젊은 수련 수녀였지요. 나는 당신의 젊음과 아름다움에 매혹 당했었소. 어느 남자가 그렇지 않을 수 있었겠소? 나는 손님 접대의 모든 법칙을 악용해서 밤중에 당신을 방으로 찾아가 당신을 유혹하려 했었소."

파이델마는 입을 딱 벌렸다. 그 사건이 생생하게 기억나자 그녀의 두 뺨에 붉은 기가 돌았다.

"유혹이라고요?"

그녀의 목소리는 얼음처럼 차가왔다. 네크탄이 사용한 용어는 몰래 성교를 시도했다가 실패한 일을 가리키는 법률 용어(sleth)였다.

"당신이 한 짓은 강간(forcor)이라고 해야 맞아요."

네크탄은 눈을 꿈벅거렸다. 그의 얼굴이 잠시 풀어져서 짜증스런 표정이 되었다가 곧 창백하고 평온한 표정을 되찾았다. 강간은 폭력에 의한 것, 즉 폭력적인 성질의 범죄였다. 만일 파이델마가 그 어린 나이에도 맨손 싸움 기술에 뛰어나지 않았다면 네크탄의 주목에서 비롯된 강간을 당했을지도 모른다. 사실 네크탄은 그날 밤의 방문 이후 파이델마의 자기 방어적인 행동으로 인해 여기저기 멍이 든 채 사흘 동안 병석에 누워 있어야 했다.

네크탄은 죄를 깊이 뉘우치는 것처럼 고개를 숙여 절했다.

"수녀님, 그건 잘못된 행동이었소. 나는 내 행동을 인정하고 당신의 용서를 간청하오."

파이델마는 신앙의 가르침을 생각하고는 마음 속으로 갈등을 일으키면서도 어떤 용서의 표시도 할 수가 없었다. 그녀는 말없이 앉아 혐오감을 감추지 못한 채 네크탄을 쏘아보았다. 오늘 밤 네크탄이 뭔가 목적이 있어서 연극을 하고 있는 것 아닌가 하는 의심이 강하게 들었다. 그런데 무슨 목적에서 저러는 걸까?

어느 한순간 네크탄의 입이 재미있다는 듯 슬쩍 비틀렸다. 그녀의 분노에 찬 침묵이 그가 그녀에게서 받을 수 있는 유일한 응답이라는 걸 알고 있다는 듯한 표정이었다.

그는 잠시 가만히 있더니 그녀 왼쪽에 앉은 붉은 머리의 성질 급한 남자에게 고개를 돌렸다. 파이델마도 알고 있었지만 대올가는 생각보다 행동이 앞서는 불 같은 성질의 남자였다. 그는 화도 잘 내지만 용서도 잘 했다. 파이델마는 그가 마음이 따뜻하고 너그러운 사람임을 알고 있었다.

"슬라이어브 루어크라의 족장이며 나의 선한 이웃인 대올가 님."

네크탄은 이렇게 인사했으나 그의 어조에는 빈정대는 듯한 기색이 있었다.

"나는 우리 땅을 넓히고 당신네 가축들을 훔칠 목적으로 내 일족의 젊은이들에게 끊임없이 당신 영토에 침입해서 당신네 백성들을 괴롭히도록 부추기는 잘못을 저질렀소."

대올가는 코웃음을 쳤다. 화가 났음을 보여주는 소리였다. 금방이라도 앞으로 튀어나갈 듯이 그의 근육질의 몸이 팽팽히 당겨졌다.

"내 백성들에게 알려져 있는 그 일을 당신이 인정한 것은 화해로 나아가는 올바른 방향을 잡은 것이요, 네크탄. 나는 내 개인적인 원한이 우리 사이의 휴전에 장애가 되도록 하지는 않을 것이오. 내가 요구하는 것은 그 휴전이 공정한 브레언에 의해 감시돼야 한다는 것뿐이오. 말할 필요도 없겠지만 나의 백성들을 위해서 잃어버린 가축, 전투에서의 사망자에 대한 보상도 합의가 돼야 하오."

"물론이오."

네크탄이 퉁명스럽게 말을 끊었다. 네크탄은 이제 대올가를 무시하고 자기 술잔에 술을 따른 후 자기 자리로 돌아왔던 그 젊은 남자에게로 눈을 돌렸다.

"그리고 퀼, 당신에게도 쓰라린 상처를 주었소. 우리 일족 전체가 알고 있는 일이지만 내가 당신의 아내를 유혹하여 내 집으로 데려와 살게 해서 공공연히 당신의 가문을 모욕했으니."

대올가의 옆에 앉은 젊고 잘 생긴 그 남자는 굳은 듯이 앉아 있었다. 침착함을 유지하려고 애쓰고 있었지만 적잖이 마신 술과 분노가 섞여 그의 얼굴을 붉게 물들이고 있었다. 퀼은 장래가 촉망되는 장식 예술가로서 명성이 드높아 파이델마도 이미 그의 존재를 알고 있었다. 많은 족장과 주교와 수도원장들이 자신들을 위해 영원한 아름다움을 지닌 기념물을 만들어주도록 그의 재능을 구하고 있었다.

"그 여자는 기꺼이 유혹을 받아들였지요."

퀼이 퉁명스럽게 대답했다.

"단지 내가 그 일을 모르도록 감추어서 내게 피해를 주었지요. 그녀가 아이들을 버리고 나를 떠나 당신 집으로 살러 갔을 때 그 피해는 치유가 됐어요. 어떤 사람에게 홀리는 것은 끔찍한 일입니다."

"그걸 '사랑'이라고 하지 않는군?"

네크탄이 날카롭게 말했다.

"그럼 당신은 그녀가 날 사랑한다는 걸 인정하지 않는 거요?"

"그녀는 건전한 판단력을 앗아가는 어리석은 열정에 사로잡혔던 겁니다. 그래요, 난 그걸 사랑이라고 하지 않아요. 그건 홀린 거요."

"당신은 아직도 그녀를 사랑하는군."

일부러 퀼을 약올리려는 것처럼 네크탄이 희미하게 웃었다.

"그녀가 내 집에서 사는데도 말이야. 아, 괜찮소, 겁먹지 말아요. 오늘 밤이 지나면 그녀가 당신 집으로 돌아가게 할 테니. 내가 그녀에게 홀렸던 게 끝난 것 같소."

네크탄은 분노를 억제하고 있는 그 젊은이 때문에 즐거운 모양이었다. 의자 양 옆을 움켜쥔 퀼의 손마디가 하얗게 불거져 나와 있었다. 그러나 네크탄은 그런 즐거움도 지겨웠는지 마지막 손님, 그의 오른쪽에 앉은 검은 머리의 날씬한 군인을 돌아보았다.

"당신에게도 마찬가지요, 마반."

마반은 네크탄의 족장직 계승자로 뽑힌 사람이었다. 그는 불편한 듯 움직거렸다.

"당신은 내게 잘못한 것이 없습니다."

그가 긴장된 목소리로 천천히 말했다. 네크탄의 살찐 얼굴이 애처로운 표정을 지었다.

"아니, 있소. 당신은 나의 법정 상속인이요. 내가 죽으면 당신이 내 대신 족장이 될 거요."

"그때까지는 아직도 한참 남았어요. 내게 피해를 준 것도 없고요."

마반이 그 얘기를 피하듯 말했다.

"아니오, 피해를 주었소. 십 년 전 일족 회의에서 우리 둘이 나란히 사람들 앞에 서지 않았소. 우리 중 누구를 족장으로 하고 누구를 족장 계승자로 할 것인지 정하려는 회의였었지. 그때 사람들이 더 좋아한 건 당신이었소. 당신이 족장으로 뽑힐 게 분명했소. 나는 그 사실을 회의가 열리기 전에 알았지. 그래서 내가 족장으로 선출될 수 있도록 많은 사람들에게 뇌물을 줬소. 덕분에 내가 족장이 되고 당신은 후계자가 된 거지. 사실은 내가 아니라 당신이 우리 일족을 다스렸어야 했는데, 나는 십 년 동안이나 당신을 내 곁에 두었지."

파이델마는 마반의 얼굴이 창백해지는 것을 보았다. 그러나 그에게서 놀란 기색은 찾아볼 수 없었다. 분명 족장 후계자는 네크탄이 한 짓을 이미 알고 있었던 것 같았다. 그가 자기 감정을 억누르려고 애쓰는데도 그의 얼굴에 분노와 증오가 스쳐지나는 것을 파이델마는 보았다.

파이델마는 자기 생각을 밝히는 것 외에 달리 선택의 여지가 없다고 느꼈다. 그녀의 헛기침이 침묵을 깨뜨렸다. 모든 사람의 눈이 그녀에게 향했을 때 그녀는 조용하고 위엄 있는 목소리로 말하기 시작했다.

"무스크레이지의 네크탄 님, 당신은 당신이 우리 각자에게 저지른 잘못들을 용서해달라고 우리를 초대했어요. 몇 가지 잘못은 그리스도인으로서 간단히 용서할 수 있는 문제로군요. 그러나 이 땅의 법정 변호사로서 나는 당신이 여기서 숨김없이 인정한 잘못들이 모두 다 그렇게 간단히 처리될 수 있는 것은 아니라는 점을 지적해야 하겠어요. 당신은 합법적인 무스크레이지의 족장이 아니라고 고백했어요. 합법적인 족장이라 해도 당신은 당신 백성들의 복리를 증진시키는 것과는 상관없는 행동, 예를 들어 슬라이어브 루어크라의 대올가 님의 영토로 불법적인 가축 도둑질이나 가도록 백성들을 부추기는 일을 즐겨왔다는 것을 고백했어요. 그 일만으로 회의를 소집해서 내 오라버니이신 카쉘 왕 앞에서 재판을 받아야 할 범죄이자 족장의 지위에서 해임될 수도 있는 일을 저지른 거예요."

네크탄은 통통한 손을 들어 그녀의 말을 막았다.

"당신은 언제나 법적인 걸 따졌지요. 당신이 법적인 면을 내게 지적해준 건 옳은 일이오. 당신의 지적을 받아들이는 바요. 그러나 이 용서의 만찬이 그런 결과를 가져오기 전에 나의 주된 목적은 여러분 모두 앞에서 내가 한 일을 인정하는 것이었소. 어떤 결과가 나오든 나는 그걸 받아들이겠소. 이제 내가 여러분 모두에게 저지른 짓을 자인하면서 여러분 한 사람, 한 사람을 위해 축배를 들겠소. 그 다음엔 당신의 법이 알아서 하겠지요. 그걸 아는 것에 만족하고 난 쉬겠소."

그는 앞으로 손을 뻗어 술잔을 잡고 높이 치켜들면서 그들에게 인사했다.

"당신들 모두를 위해 건배하겠소. 참회하며 마시는 것이니 당신들은 당신들의 법을 즐기게 될 것이오."

아무도 입을 열지 않았다. 파이델마 수녀는 네크탄의 연극하는 듯한 태도를 냉소적으로 쏘아 보았다. 그들은 형편없는 연극을 보고 있는 것 같았다. 족장은 꿀꺽꿀꺽 소리를 내며 마셨다. 그러나 다 마시자마자 잔이 손에서 떨어지고 그의 옅은색 눈이 갑자기 크게 부릅떠졌다. 입이 벌어지고 그는 목을 부여잡고 숨이 넘어가는 듯 무서운 소리를 내며 숨을 몰아쉬었다. 그러더니 격심한 발작이 그를 사로잡기라도 한 것처럼 뒤로 넘어갔다. 의자가 날아가고 그는 마루에 쾅 소리를 내며 부딪쳤다.
 잠시 동안 만찬장에는 죽음 같은 고요가 내려앉았다. 제일 먼저 정신을 차린 사람은 족장의 주치의인 게로크였다. 그는 즉시 네크탄 옆에 무릎을 꿇고 앉았다. 그러나 네크탄이 죽었다는 것은 의사로서 훈련을 받지 않았어도 알 수 있는 일이었다. 일그러진 얼굴, 부릅뜬 눈, 뒤틀린 사지는 죽음이 그를 데려갔다는 것을 보여주었다.
 파이델마의 옆에 있던 대올가가 만족해서 중얼거렸다.
 "아무튼 하느님은 공정하신 분이오."
 그가 차분하게 말을 이었다.
 "저승으로 보내는 걸 도와주어야 할 사람이 있었다면 바로 이 사람이었소."
 그는 파이델마를 흘끗 곁눈질했다가 그녀의 못마땅해하는 얼굴을 보고는 어깨를 들썩했다.
 "내가 속마음을 말해도 용서해줄 거죠? 난 죄를 용서한다는 생각 같은 건 진정으로 믿지 않는 사람이오. 어떤 죄냐, 저지른 자가 누구냐에 따라 달라지는 것 아닙니까?"
 대올가에게 잠시 주의를 빼앗겼던 파이델마는 다시 게로크 쪽으로 고개를 돌리다가 대토가 자기 어머니에게 걱정스럽게 뭔가를 속삭이고 그 어머니는 고개를 젓고 있는 것을 보았다. 그녀의 두 손은 주머니에 든 작은 물건을 감추려는 듯 주머니 위에 꼭 모아져 있었다.
 게로크는 일어서더니 의심스러운 눈초리로 대올가를 노려보았다.
 "'저승으로 보내는 걸 돕다'니 무슨 말씀이십니까?"
 그가 물었다. 감정을 억누르고 있는 듯 목소리가 긴장되어 있었다. 대올가가 냉정하게 말했다.
 "비유적으로 말한 거요, 의사 양반. 하느님께선 발작 같은 걸 일으키게 해서 네크탄을 벌하셨소. 심장마비로 보이지 않소? 그것이 도움이었던 거죠. 네크탄이 그렇게 벌을 받아도 괜찮은 사람인지에 대해서 말하자면…… 그래, 여기서 그걸 의심할 사람이 누가 있소? 그는 우리 모두를 부당하게 대했소."

게로크가 천천히 고개를 저었다.

"이건 하느님이 일시적인 기분에 따라 보내신 발작이 아닙니다."

그가 조용히 말했다. 그리고 이렇게 덧붙였다.

"아무도 술에 손을 대서는 안 됩니다."

그들은 모두 그게 무슨 말인지 이해하려고 애쓰면서 어리둥절해서 의사를 바라보았다. 게로크는 이 무언의 질문에 대답했다.

"네크탄의 잔에 독이 들어 있었어요. 살해 당한 거요."

한동안 말없이 앉아 있던 파이델마는 천천히 일어서서 네크탄이 누워 있는 곳으로 갔다. 안으로 말린 입술에는 푸른 기운이 돌았고 색이 변한 잇몸과 치아가 드러났다. 아기 천사처럼 통통하던 얼굴이 그처럼 일그러진 것을 보면 짧은 죽음의 고통이 격렬한 형태로 일어났음을 알 수 있었다. 그녀는 떨어져 뒹구는 술잔을 집어들었다. 바닥에 술이 조금 고였다. 그녀는 거기에 손가락을 담갔다가 냄새를 맡아보았다. 달콤하면서도 쓴 냄새가 났다. 무슨 냄새인지 그녀로서는 알 수 없었다. 그녀는 의사를 올려다보았다.

"독이라고 하셨죠?"

그렇게 확인해볼 필요도 없었다. 그는 금방 고개를 끄덕였다. 그녀는 일어서서 같이 온 손님들의 당황한 얼굴들을 죽 둘러보았다. 어리둥절해 하기는 했지만 그들 중 어느 누구의 얼굴에도 무스크레이지 족장의 죽음에 대해 슬퍼하거나 괴로워하는 표정은 나타나지 않았다.

모두들 어떻게 해야 좋을지 모르는 채 엉거주춤 일어나 있는 상태였다. 파이델마가 조용하고 확고한 어조로 말하기 시작했다.

"법정 변호사로서 제가 지휘하겠습니다. 범죄가 저질러졌습니다. 그리고 이 방에 있는 사람들은 모두 네크탄을 죽일 만한 동기를 가지고 있어요."

"당신도 포함해서요."

대토가 즉시 말을 받았다.

"전 죄인일지도 모르는 사람에게 심문받는 걸 거부합니다. 제 아버지의 잔에 독약을 넣은 사람이 당신이 아니라는 걸 우리가 어떻게 알죠?"

파이델마는 젊은이가 제기한 의혹에 놀라 눈을 크게 떴다. 그녀는 잠시 생각해보고는 그 논리를 수용한다는 의미로 고개를 끄덕였다.

"당신 말이 옳아요, 대토. 나 역시 동기가 있으니까. 그리고 어떻게 해서 이 잔에 독이 들어갔는지 알아낼 때까지는 나 역시 내겐 그럴 방법이 없었다는 걸 입증할 수가 없어요. 그 문제에 있어서는 여기 있는 누구도 마찬가지일 거예요. 우린 한 시간이 넘게 이 식탁에 앉아 있었고 서로가 서로에게 똑똑히 보였고 같은 술을 마셨어요. 네크탄이 어떻게 독을 마셨는지 추론해내야 해요."

마반이 동의하며 고개를 끄덕였다.

"그렇습니다. 수녀님 말을 들어봅시다. 이젠 내가 무스크레이지의 족장입니다. 수녀님이 이 문제를 해결하도록 해야 한다고 나는 생각합니다."

"당신이 네크탄을 죽인 게 아니라는 사실이 입증돼야 족장이 될 수 있소."

대올가가 비웃으며 말했다.

"당신은 그의 옆에 앉아 있었잖소. 동기도 있고 기회도 있었소."

마반이 화를 내며 대꾸했다.

"일족 회의에서 달리 결정을 내릴 때까지는 내가 족장이오. 그리고 회의에서 달리 말할 때까지는 파이델마 수녀가 권한을 가지고 있다고 확언하는 바요. 모두 다시 자리에 앉아 수녀님께서 어떤 방법으로 네크탄이 독살당했는지 알아내시도록 합시다."

"전 동의하지 않아요."

대토가 퉁명스럽게 말했다.

"만일 수녀님이 범인이라면 우리 중 한 사람에게 죄를 뒤집어씌우려고 시도할지도 모르잖습니까."

"왜 누군가를 잡아내야 하죠? 네크탄은 죽어 마땅한 인간이었어요!"

날카로운 목소리로 이렇게 외친 사람은 죽은 족장의 전처인 에스였다.

"네크탄은 죽어 마땅해요."

그녀는 단호하게 되풀이했다.

"천 번을 더 죽어도 싼 인간이었어요. 여기 있는 어느 누구도 저 인간이 저렇게 빨리 죽어넘어간 것이 나만큼 기쁘지는 않을 거예요. 내가 그를 죽였다면 그 행동에 대한 책임도 기쁘게 받아들이겠어요. 누가 죽였든 탓할 것 없어요. 그들은 많은 고통과 괴로움을 가져왔던 벌레, 기생충을 세상에서 없애준 거예요. 우린 그에 대한 증인이 되어서 여기서 범죄가 저질러진 게 아니라 당연한 정의가 행해졌다고 해야 해요. 이 일을 한 사람에게 자백하게 하고 그의 명분을 지지해줍시다."

그들은 조심스러운 눈길로 서로를 바라보았다. 에스의 감정적인 호소에 반대하는 사람은 분명 하나도 없는 것 같았으나 어느 누구도 기꺼이 자백하고 싶지는 않은 모양이었다. 파이델마는 입을 꼭 다물고 그 문제를 법적으로 생각해보았다.

"그러려면 우리 모두가 네크탄이 저지른 죄들을 증언해야 할 거예요. 그렇게 되면 그를 죽인 사람은 네크탄의 가족에게 그의 명예에 맞는 대가를 지불하는 것만으로 자유로운 몸이 되겠지요. 총 마흔두 마리의 젖소 값이 될 겁니다."

에스의 아들 대토가 씁쓸하게 웃으며 끼어들었다.

"우리 중에는 배상금을 마련할 마흔두 마리의 젖소를 갖고 있지 못한 사람도 있을 겁니다. 그럼 어떻게 되죠? 배상금이 지불되지 못하면 법은 그 죄인에게 다른 처벌을 내리겠지요."

마반이 사람 좋은 미소를 지었다.

"네크탄을 제거해준 대가로 내가 그 정도 배상금은 제공하겠소."

그가 당당하게 밝혔다. 파이델마는 네크탄이 죽자 평상시 과묵하던 이 군인이 갑자기 더욱 결단력 있는 태도를 보인다는 걸 느꼈다. 지금까지 조용하던 젊은 예술가 퀼이 열의를 보이며 몸을 내밀었다.

"그렇다면 누가 이 일을 했건 그걸 말하고 인정하게 합시다. 그리고 모두 그를 무죄로 만드는 데 거드는 겁니다. 저도 에스와 생각이 같습니다. 네크탄은 죽어 마땅한 파렴치한이었어요."

침묵이 이어졌다. 모두들 누군가가 자백하기를 기다리며 서로의 얼굴을 살피고 있었다. 얼마 후 대올가가 더이상 참지 못하고 재촉했다.

"자, 이 일을 한 사람은 나서시오. 우리 이 문제를 해결하고 여길 떠납시다."

아무도 입을 열지 않았다. 파이델마가 낮게 한숨을 쉬며 고요를 깨뜨렸다.

"아무도 자백하지 않기 때문에……"

그녀는 말을 끝맺지 못했다. 마반이 다시 말을 막고 나섰기 때문이었다.

"자백하는 게 좋아요."

그의 목소리는 유혹하는 것처럼 들렸다.

"그게 누구건 뒷받침을 해주겠다는 내 제의는 유효해요. 배상금 전액을 내가 지불하겠소. 정말이오."

파이델마는 에스가 입술을 오므리는 것을 보았다. 허벅지 위로 불쑥 튀어나와 있는 뭔가로 그녀의 손이 살그머니 가는 것을 파이델마는 놓치지 않았다. 그녀의 가느다란 손가락이 주머니 안에 들어 있는 이상한 모양의 덩어리 주위를 감쌌다. 그녀가 말을 하려고 입을 열었다. 그러자 그녀의 아들이 몸을 앞으로 내밀었다.

"좋습니다."

그가 거친 목소리로 말했다.

"자백하겠습니다. 제가 아버지를 죽였습니다. 전 그를 죽일 이유가 여러분 누구보다 더 많습니다."

놀라서 숨이 멎는 듯한 소리를 낸 사람이 있었다. 에스였다. 그녀는 휘둥그레진 눈으로 아들을 바라보았다. 식탁 주위의 다른 사람들은 그의 고백에 안도하여 느긋해진 듯 보이는 것을 파이델마는 눈치챘다. 파이델마는 눈을 가늘게 뜨고 젊은이의 얼굴을 쏘아보았다.

"어떻게 독을 넣었는지 말해줄래요?"

그녀가 보통 대화를 할 때의 목소리로 청했다. 젊은이는 당황해서 얼굴을 찌푸렸다.

"뭐가 문젭니까? 전 제가 한 짓을 자인합니다."

"자인하려면 증거가 뒷받침돼야 해요."

파이델마가 부드럽게 반박했다.

"어떻게 했는지 말해줘요."

대토는 아무래도 괜찮다는 듯한 태도로 어깨를 으쓱했다.

"전 아버지 술잔에 독을 넣었어요."

"어떤 독이었지요?"

대토는 눈을 깜빡거리며 잠시 머뭇거렸다.

"어서 말해봐요!"

파이델마가 성급하게 다그쳤다.

"저…… 헴록이요. 맞아요."

파이델마는 에스를 바라보았다. 아들이 고백을 한 이후로 그녀는 아들에게서 눈을 떼지 못하고 있었다. 그녀는 창백하게 굳은 얼굴로 그를 응시하고 있었다.

"그럼 당신의 치마 주머니에 든 게 헴록 병인가요, 에스?"

파이델마가 날카롭게 물었다. 에스는 외마디 소리를 지르며 재빨리 주머니를 만졌다. 그리고 잠시 망설이더니 어쩔 수 없다는 듯 어깨를 들썩했다.

"부정해봤자 무슨 소용이 있겠어요? 내가 헴록 병을 가지고 있는 걸 어떻게 알았어요?"

대토가 소리를 질렀다.

"아니에요. 내가 독을 넣은 후에 어머니께 병을 감추라고 말씀드렸던 겁니다. 그건 어머니와는 상관없는……."

파이델마는 한 손을 들어 그에게 조용히 하라고 손짓했다.

"좀 볼까요?"

그녀가 재촉했다. 에스는 주머니에서 작은 유리병을 꺼내 식탁 위에 놓았다. 파이델마는 손을 뻗어 그것을 집어들었다. 그녀는 병마개를 뽑고 조심스럽게 냄새를 맡아보았다.

"정말 헴록이군요. 그러나 병이 가득 차 있네요."

"제 어머니가 하신 게 아니에요!"

대토가 화가 나서 소리쳤다.

"제가 했다니까요! 자백하잖아요! 제가 죄를 지은 거예요!"

파이델마는 그를 향해 슬픈 얼굴로 고개를 저었다.

"앉아요, 대토. 당신은 어머니가 헴록 병을 지니고 계시는 걸 알고 어머니가 아버지를 죽인 거라고 생각해서 당신이 그 죄를 대신하려고 하는 거예요. 맞죠?"

대토의 얼굴에서 핏기가 사라졌다. 그는 어깨를 축 늘어뜨리고 털썩 자리에 주저앉았다.

"효성이 지극하군요."

파이델마가 따뜻한 목소리로 말했다.

"그렇지만 내 생각엔 당신 어머니도 살인자가 아닌 것 같네요. 병이 아직도 가득 차 있으니까요."

에스는 멍한 눈길로 파이델마를 바라보고 있었다. 파이델마는 부드러운 미소로 그녀를 마주 보았다.

"당신은 오늘 밤에 전남편을 독살하여 복수할 계획을 가지고 여기 오셨지요. 대토는 사건이 난 후 당신이 그 병을 감추려고 할 때 그걸 보았어요. 당신 모자가 그 때문에 다투는 걸 봤어요. 그러나 당신은 헴록을 네크탄의 술잔에 넣을 기회를 잡지 못했어요. 더 중요한 건 그를 죽인 건 헴록이 아니라는 거예요."

그녀는 홱 고개를 돌리며 말했다.

"그렇죠, 게로크?"

늙은 의사는 놀라서 흘끔 그녀를 쳐다보더니 대답했다.

"헴록은 독성이 강하긴 해도 즉시 작용하지는 않습니다. 이 독은 헴록보다 독성이 더 강해요."

그가 학자 같은 태도로 그녀의 말을 확인시켜주었다. 그는 술잔을 가리켰다.

"수녀님께선 벌써 작은 결정체의 침전물을 보셨군요? 이건 계관석인데, '동굴의 가루'라고 불리지요. 예술품을 만드는 사람들은 착색제로 쓰지만 복용하면 즉각 작용하는 독약이에요."

파이델마는 자기가 이미 알고 있는 사실을 그가 확인시켜준 것처럼 천천히 고개를 끄덕였다. 그리고 다시 식탁에 둘러앉은 사람들을 돌아보았다. 그런데 그들의 눈은 모두 젊은 예술가 퀼에게 향해 있었다.

퀼의 얼굴이 갑자기 창백하게 오그라들었다.

"전 그를 증오했지만 결코 목숨을 빼앗으려고 하지는 않았습니다."

그가 더듬거리며 말했다.

"전 아무리 사악한 인간이라 해도 생명의 존엄성만큼은 신성시하는 오랜 관습을 존중합니다."

"그러나 이 독은 당신 같은 예술가들의 도구로 쓰인다지 않소?"

마반이 지적했다.

"게로크와 당신 외에 우리 중 누가 그걸 알겠소? 당신이 죽였다면 그걸 왜 부인하는 거요? 우린 이 문제에 있어서는 서로 돕기로 하지 않았소? 난 죽인 사람을 대신해서 배상금도 지불해주기로 약속했고요."

"제가 언제 네크탄의 잔에 그걸 넣었겠습니까? 당신에게도 나 정도의 기회는 있었어요."

퀼이 물었다. 파이델마는 손을 들어 갑작스레 불거진 비난과 반박의 소란을 가라앉혔다.

"퀼은 매우 중요한 질문에 대한 대답을 가지고 있어요."

그녀는 조용하게, 그러나 사람들을 침묵시킬 만큼 단호하게 말했다. 모두들 또다시 자리에서 일어섰다. 그녀는 앉으라고 명령했다. 그들은 마지못해 느릿느릿 앉았다. 파이델마는 네크탄이 앉았던 자리로 가서 섰다.

"몇 가지 사실을 따져봅시다."

그녀가 말을 시작했다.

"독은 술잔에 들어 있었어요. 따라서 그게 술에 들어 있었다고 가정하는 건 아주 당연하죠. 술은 저기 저 주전자에 담겨 있었고요."

그녀는 벽에 붙여놓인 탁자 위, 시종이 주전자를 놓아두었던 자리를 가리켰다.

"마반 님, 시종을 불러들이세요. 네크탄의 잔에 술을 따라준 사람이 그였으니까요."

마반이 그 말에 따랐다.

시종은 카이아란 이름이었고 검은 머리에 불안해 보이는 젊은이였다. 그는 방 안에서 벌어진 일을 보자 도저히 말을 할 수가 없는 모양이었다. 그는 계속해서 초조하게 헛기침을 해댔다.

"카이아, 당신은 오늘 저녁 때 술시중을 했어요, 그렇죠?"

파이델마가 다그쳤다. 젊은이가 짧게 고개를 끄덕였다.

"여러분 모두 보셨잖습니까."

그는 그 명백한 사실을 지적하며 대답했다.

"술은 어디서 났죠? 특별한 술이었나요?"

"아닙니다. 일주일 전에 고올에서 온 상인에게서 샀습니다."

"그러면 네크탄은 우리가 마신 것과 같은 술을 마셨나요?"

"네. 모두 같은 술을 드셨습니다."

"같은 주전자로요?"

"네. 오늘 저녁에 만찬 드신 모든 분들이 같은 주전자에서 따른 술을 드셨습니다."

카이아가 되풀이해서 말했다.

"주인님이 마지막으로 더 따르라고 하셨고 주인님 잔을 채웠을 때 저는 주전자가 거의 비었다는 걸 알았죠. 제가 주전자를 다시 채워 올까 하고 여쭈었더니 주인님께선 저더러 나가 보라고 하셨지요."

마반이 입을 굳게 다물고 곰곰 생각에 잠겼다.

"사실입니다, 수녀님. 우리 모두 그걸 목격했소."

"그러나 저 주전자의 술을 마지막으로 따라 마신 건 네크탄이 아니었어요. 그건 퀼이었어요."

파이델마가 대답했다. 대올가가 감탄사를 내지르며 퀼을 돌아보았다.

"수녀님 말이 맞소. 카이아가 네크탄의 잔을 채우고 나간 후 네크탄이 대토에게 말을 하고 있을 때 퀼이 일어서서 네크탄의 뒤로 돌아가서 주전자의 술을 자기 잔에 따랐어요. 우리는 네크탄이 하는 얘기에 주의를 기울이고 있었기 때문에 퀼이 네크탄의 잔에 독을 슬쩍 넣었어도 눈치채지 못했을 겁니다. 퀼은 동기뿐 아니라 수단과 기회도 있었소."

퀼의 얼굴이 확 붉어지며 비명을 지르듯 소리쳤다.

"거짓말이오!"

그러나 마반이 동의하며 열심히 고개를 끄덕였다.

"그 독이 예술가들이 작품에 색칠을 하는데 사용하는 재료와 같은 거라는 얘기를 이미 들었지 않소. 퀼은 예술가예요. 그리고 네크탄이 그의 아내를 빼앗아갔기 때문에 네크탄을 증오했어요. 그게 충분한 동기가 되지 않겠소?"

"그 주장에는 한 가지 오류가 있어요."

파이델마 수녀가 빠르게 말했다.

"뭐죠?"

대토가 물었다.

"저는 네크탄이 용서를 구하는 그 이상한 연설을 하는 동안 줄곧 그를 지켜보고 있었어요. 퀼이 네크탄의 뒤로 가는 것도 주의깊게 봤는데 그는 네크탄의 잔에 손을 대지 않았어요. 그는 그저 주전자에 남아 있는 얼마 안 되는 술을 자기 잔에 따르고 그걸 마셨어요. 그러니 독은 술이 아니라 네크탄의 잔에 들어 있었던 게 확실하지요."

마반은 그럴 리가 있느냐는 표정으로 파이델마를 바라보고 있었다.

"그 주전자하고 새 술잔을 가져오세요."

파이델마가 급히 명령했다.

둘 다 앞에 놓이자 그녀는 주전자 바닥에 남아 있는 찌꺼기를 잔에 붓고 잠시 들여다보더니 거기에 손가락을 담갔다가 혀를 살짝 손가락에 대 보았다. 그녀는 만족스러운 웃음을 띠고 사람들을 둘러보며 말했다.

"말씀드린 대로 술에는 독이 없어요. 독은 잔에 있었던 겁니다."

"어떻게 거기 들어갔다는 겁니까?"

게로크가 화를 내며 물었다. 잠시 침묵이 흘렀다. 파이델마가 시종을 돌아다보았다.

"더이상 당신을 성가시게 할 일은 없을 것 같지만 그래도 밖에서 기다리도록 해요. 나중에 부르게 될 테니까. 아직 아무에게도 이 일에 대해서 말하지 마세요. 알겠어요?"

카이아는 시끄럽게 헛기침을 했다.

"네, 수녀님."

그가 머뭇거렸다.

"그런데 브레언 오클란 님은 어떻게 할까요? 방금 도착하셨는데, 그분께도 알리지 말까요?"

파이델마는 얼굴을 찌푸렸다.

"그 판사는 누구죠?"

마반이 그녀의 소매를 슬쩍 쳤다.

"오클란은 네크탄의 친구로, 무스크레이지의 최고위 판사요. 모시라고 할까요? 어쨌든 이 일에 판결을 내리는 것은 그의 권리니까요."

파이델마의 눈이 가늘어졌다.

"오늘 밤 그분이 초대됐었나요?"

그녀가 물었다. 카이아가 그 질문에 대답했다.

"식사가 시작된 다음에야 초대하셨습니다. 주인님이 오클란 님께 전갈을 보낼 테니 심부름꾼을 보내라고 제게 분부하셨어요. 판사님께 이리로 와 달라고 청하는 전갈이었습니다."

파이델마는 재빨리 생각하고는 다시 말했다.

"기다리시게 해요. 하지만 내가 알리라고 할 때까지는 무슨 일이 있었는지 그분께 말하지 말아요."

카이아가 나간 후 그녀는 식사 초대를 받아 왔던 손님들의 궁금해하는 얼굴들로 눈을 돌렸다.

"자, 우린 독이 술이 아니라 잔에 들어 있었다는 걸 알았어요. 그렇게 되면 용의자의 범위가 좁혀지지요."

대올가가 얼굴을 살짝 찌푸렸다.

"무슨 말이죠?"

"독이 잔에 들어 있었다면 그건 네크탄이 한 잔을 다 비운 다음 카이아에게 잔을 다시 채우라고 했을 때 거기 들어간 거란 말씀이죠. 독은 잔에 다시 술을 따른 다음에 들어간 게 틀림없어요."

대올가는 의자 등받이에 몸을 기대더니 갑자기 나지막한 웃음을 터뜨렸다.

"그렇다면 답을 찾았소. 네크탄의 술잔에 독을 넣을 수 있는 기회가 있었던 사람은 둘 뿐이오."

그가 잘난 체하며 말했다.

"누구죠?"

파이델마가 재촉했다.

"마반이나 게로크 아니겠소. 두 사람은 네크탄의 양옆에 앉아 있었으니까. 우리가 네크탄의 얘기에 귀를 기울이고 있는 동안 그들 앞에 놓인 잔에 독을 넣기는 쉬웠을 테지요."

마반은 화가 나서 얼굴이 시뻘개졌다. 그러나 가장 강한 반응을 보인 것은 늙은 의사였다.

"내가 한 게 아니라는 걸 증명해 보일 수 있소!"

분노로 목소리가 애처로울 지경으로 갈라졌다. 그는 곧 울 것 같았다. 파이델마가 흥미롭게 그를 바라보았다.

"증명하실 수 있다구요?"

"그렇소. 당신은 우리 각자가 네크탄을 미워하는 이유를 가지고 있다고 했소. 그렇다면 우리는 모두 그가 죽기를 바랐을 거라는 얘기 아닙니까? 우린 누구나 그를 죽인 살인자가 될 수 있는 동기를 가지고 있다는 얘기요."

"그렇지요."

파이델마가 동의했다.

"하지만 네크탄을 죽이는 건 시간 낭비라는 걸 아는 사람은 나 밖에 없었소."

잠시 침묵이 흐르고 파이델마가 천천히 물었다.

"그게 왜 시간 낭비죠?"

"이미 죽어가고 있는 사람을 뭣 때문에 죽입니까?"

"이미 죽어가고 있었다구요?"

저마다 놀라서 외치는 소리가 잦아든 후에 파이델마가 대답을 재촉했다.

"난 네크탄의 주치의였소. 내가 그를 미워한 건 사실이지요. 그는 내가 번 돈을 속여서 빼앗아갔지만 의사로서 난 풍족하게 살았어요. 그래서 불평하지 않았어요. 난 늙었고 또 내 족장의 잘못을 비난해서 안정된 내 생활을 위태롭게 하고 싶지 않았어요. 그런데 한 달 전부터 네크탄이 끔찍한 두통을 앓기 시작했소. 한두 번은 그 통증이 하도 심해서 그를 침대에 묶어두어야만 했소. 진찰을 했더니 머리 뒤쪽에 종양이 있더군요. 악성 종양이었어요. 채 일주일이 안 되는 기간에도 그게 커지는 걸 확연히 알 수 있었지요. 내 말이 믿어지지 않는다면 여러분이 직접 살펴보시오. 그의 왼쪽 귀 뒤에서 쉽게 찾을 수 있을 겁니다."

파이델마는 족장의 시체 위로 몸을 굽혀 역겨운 걸 참아가며 귀 뒤에 부풀어오른 부분을 확인했다.

"부어서 튀어나온 게 있어요."

그녀가 모두에게 사실을 확인해주었다.

"그래서 무슨 말을 하려는 거요, 게로크?"

의사로 하여금 논리적인 결론을 맺도록 재촉하며 마반이 물었다.

"며칠 전에 네크탄에게 새 달이 뜨는 것을 보지 못하게 될 것 같다고 얘기해주지 않을 수 없었지요. 어쨌든 그는 죽어가고 있었어요. 종양이 계속 자라서 그에게 점점 큰 고통을 주고 있었지요. 난 그가 곧 죽으리라는 것을 알고 있었소. 그러니 그를 죽일 필요가 어디 있습니까? 하느님께서 이미 그 시간과 방법을 선택하셨는데……."

대올가가 기분 나쁜 미소를 띠고 마반을 돌아보았다.

"그러면 당신만 남는구려, 무스크레이지의 족장 후계자님. 당신은 분명 그가 곧 죽을 거라는 사실을 몰랐을 테고 동기와 기회도 있었으니 말이요."

마반이 손을 허리로 가져가며 벌떡 일어섰다. 그들이 만찬장에 있는 것이 아니라면 거기에는 검이 매달려 있었을 것이다. 만찬장에는 어떤 무기도 가지고 들어가지 않는 것이 원칙이었다.

"그런 말을 하다니, 사과하시오!"

그러나 퀼이 대올가의 논리에 동조하며 재빨리 고개를 끄덕였다.

"당신은 누군가 다른 사람이 자백을 한다면 족장으로서 새로 얻게 될 부를 배상금으로 내놓겠다고 너무나 흔쾌히 제안하셨습니다. 누군가 자백을 한다면 그걸로 문제는 해결되는 것이지요. 당신은 오점 없이 이 일로부터 빠져나갈 수 있고 무스크레이지의 족장으로 확정될 테지요. 그러나 만일 당신이 네크탄의 죽음을 초래한 죄를 지었다면 당신은 그 즉시 어떤 직위도 갖지 못하게 될 겁니다. 그래서 당신은 그

죄를 내게 씌우려고 그렇게 열심이었던 것이죠."

마반은 사람들을 노려보며 서 있었다. 그는 지금 그들 모두가 보는 앞에서 유죄선고를 받는 것 같았다. 그들은 그를 마주보며 성난 목소리로 저마다 한 마디씩 했다. 파이델마 수녀는 두 손을 들어 조용히 하라고 호소했다.

"그럴 필요도 없는데 싸우지 맙시다. 마반은 네크탄을 죽이지 않았어요."

놀라움에 모두들 조용해졌다.

"그러면 누가 한 겁니까?"

대토가 화가 나서 소리쳤다.

"고양이가 쥐를 가지고 놀 듯이 우리를 가지고 노는 것 같습니다그려. 그렇게 많이 아신다니 그럼 누가 제 아버지를 죽였는지 말씀해 주시지요."

"여기 있는 분은 모두 네크탄이 사악하고 제멋대로인 인간이라는 걸 인정하실 겁니다. 우리 모두가 제가끔 그를 증오할 이유를 가지고 있는 것처럼 그도 똑같이 주위 사람들 모두를 격렬하게 증오했지요."

"그런데 누가 죽였다는 거죠?"

대올가가 다시 물었다. 파이델마는 슬픈 듯 미간을 모았다.

"그는 자살했어요."

충격과 불신의 표정이 모든 사람들의 얼굴에 떠올랐다.

"벌써부터 의심이 들기 시작했는데 게로크 님이 방금 말해줄 때까지는 그 의심을 뒷받침할 만한 논리적인 이유를 찾을 수가 없었지요."

"나로서는 그 논리를 따라갈 수가 없으니 설명을 해주시오."

마반이 지친 목소리로 요구했다.

"말씀드린 것처럼 우리가 네크탄을 미워하는 만큼 네크탄도 우리를 미워했어요. 자기가 죽게 되리라는 것을 알자 그는 자기가 가장 싫어하는 사람들에게 더 큰 복수를 하기로 결심을 한 겁니다. 그는 게로크가 그에게 설명해주었을 게 틀림없는 질질 끄는 죽음보다 훨씬 저 세상으로 가는 걸 더 좋아한 거예요. 자신의 생명에 한계를 정하는 게 용감한 사람이라면 네크탄은 아주 용감한 사람이죠. 그는 급속하게 작용하는 독인 계관석으로 정하고 그것이 그의 현재 정부의 남편인 퀼이 자주 사용하는 물질이라는 사실에 기뻐했어요.

그는 우리를 마지막 만찬에 초청할 계획을 세웠지요. 자기가 우리에게 저지른 잘못들을 공개적으로 사과하고 배상하고 싶다고 말함으로써 우리의 호기심과 자만심을 자극했지요. 그는 그 모든 일을 계획했어요. 그런 다음 자기 잘못을 읊조렸지요. 용서를 구하기 위해서가 아니라 우리 각자가 그를 미워할 이유를 가지고 있으며 그를 죽이고 싶어한다는 것을 우리 모두가 확실히 알도록 하기 위해서였죠. 우리의 마음 속에 의심의 씨앗을 심고 싶었던 겁니다. 그는 자기 잘못을 사과하는 것이라기보다는 자랑처럼 읊어댔어요. 자랑이면서 경고였죠."

에스가 맞장구를 쳤다.

"아까 그의 마지막 말이 이상하다고 생각했었어요. 그런데 이제 이해가 되는군요."

"지금은 이해가 되죠."

파이델마가 고개를 끄덕였다.

"무슨 말이었죠?"

대올가가 물었다.

"이렇게 말했죠. '이제 내가 여러분 모두에게 저지른 짓을 자인하면서 여러분 한 사람, 한 사람을 위해 축배를 들겠소. 그 다음엔 당신의 법이 알아서 하겠지요. 그걸 아는 것에 만족하고 난 쉬겠소…… 당신들 모두를 위해 건배하겠소…… 그러니 당신들은 당신들의 법을 즐기게 될 거요.'라고 했을 겁니다."

그 말을 정확하게 되풀이할 수 있는 건 파이델마뿐이었다.

"정말 사과처럼 들리지는 않는군요. 무슨 의미였을까요?"

마반이 인정했다.

에스가 대답했다.

"이젠 다 알겠어요. 이 사람이 얼마나 악한 인간이었는지 모르시겠어요? 이 사람은 우리 중의 한 사람, 아니면 우리 모두가 그의 죽음에 대한 책임을 지게끔 만들고 싶었던 거예요. 그게 우리에 대한 그의 마지막 악의이자 증오였던 거예요."

"그러나 어떻게죠? 저는 이해를 못하겠습니다."

혼란스러워진 게로크가 물었다.

"자기가 곧 죽을 것이며 기껏해야 며칠, 혹은 몇 주 밖에 남지 않았다는 것을 알자 그는 자기 수명에 스스로 한계를 정한 거예요."

파이델마가 참을성 있게 설명했다.

"에스가 말한 대로 그는 사악하고 악의에 찬 인간이었지요. 그는 우리를 식사에 초대했어요. 식사를 마칠 때쯤이면 자기는 독을 먹을 거라는 계획을 세워두고서요. 식사가 시작됐을 때 그는 카이아에게 자기의 판사인 브레언 오클란을 모셔오라고 명령했지요. 오클란이 왔을 때 우리는 혼란에 빠져서 서로 의심하고 있을 것이고 그리 되면 그 판사는 우리 중 하나가 살인에 관련되어 있다는 그릇된 결론을 내릴 거라는 희망에서였죠. 네크탄은 우리가 그를 죽인 죄인으로 밝혀지기를 바라면서 자살한 겁니다. 우리에게 얘기하는 도중에 자기 잔에 몰래 독을 넣은 거예요."

파이델마는 억지로 미소를 지으며 식탁 주위의 음울한 얼굴들을 둘러보았다.

"이젠 브레언 오클란과 얘기를 해서 이 일을 마무리지어야겠어요."

그녀는 문쪽으로 돌아섰다가 잠시 서 있더니 사람들을 돌아다보았다.

"난 세상의 많은 범죄들을 봐왔어요. 어떤 것은 악하기 때문에, 어떤 것은 절망 때문에 저질러진 것들이었죠. 그러나 한때 무스크레이지의 족장이었던 네크탄의 영혼에 자리잡고 있던 그런 강한 악의는 정말이지 한 번도 본 적이 없다고 말씀드릴 수밖에 없군요."

다음날 아침 카쉘 방향으로 말을 달리다가 파이델마는 네크탄의 요새 아래 십자로에서 늙은 의사 게로크와 마주쳤다.
"어디로 가세요?"
그녀는 미소를 띠고 인사했다.
"임리치의 수도원으로 가는 길입니다. 고백을 하고 죽는 날까지 거기서 피난처를 구하려고요."
노인이 엄숙하게 대답했다.
파이델마는 입을 꾹 다물고 생각에 잠겼다.
"전 아무리 많이 고백해도 다 하지 못할 겁니다."
그녀가 수수께끼 같은 말을 했다. 노인은 미간을 좁히고 그녀를 응시했다.
"알고 계셨습니까?"
그가 날카롭게 물었다.
"칼로 째면 되는 종기와 종양은 구분할 줄 알지요."
그녀가 대답했다. 노인이 가볍게 한숨을 쉬었다.
"처음엔 그저 네크탄에게 겁을 주려고만 했었소. 종기를 째거나 아니면 그게 저절로 터지기 전에 몇 주 동안 심적 고통을 겪게 하려고 했던 거죠. 귀 뒤에 난 종기는 통증이 심해요. 그게 종양인 척 말하면서 오래 살지 못할 거라고 하자 그대로 믿더군요. 난 그의 악한 마음이 이 정도로 심한지도 몰랐고 우리 모두에게 앙갚음을 하려고 자살할 거라는 것도 몰랐소."

파이델마가 천천히 고개를 끄덕였다.

"어쨌든 그는 자기 손으로 목숨을 끊은 거예요."

노인의 괴로워하는 얼굴을 보면서 그녀가 말했다.

"그러나 법은 법이지요. 전 고백을 해야 합니다."

"때로는 정의가 법보다 우월하죠."

파이델마가 쾌활하게 말했다.

"네크탄은 정의의 심판을 받은 거예요. 법은 잊으세요. 하느님께서 게로크 님의 노년에 평화를 주시기를 빌겠습니다."

그녀는 축복을 내리는 것처럼 한 손을 들어올리고는 말을 돌려서 카셀로 가는 길을 재촉했다.

Peter Tremayne

내가 나의 본명으로—우연히도 내 이름은 피터 베레스퍼드 엘리스인데—켈트 연구자임이 알려진 건 전혀 놀라운 일이 아니다. 내가 중세의 웨일스를 다룬 이디스 파제터의 소설들을 극적이고 장대한 오락거리로 처음 읽기 시작한 것은 켈트학자로서였다. 또한 1977년 8월에 전국적인 주간지의 문학 편집자가 내게 웨일스인 수도승이 등장하는 추리소설 하나의 서평을 부탁했을 때 오랫동안 추리소설을 좋아해 온 사람으로서 나는 아주 기뻤다. 본명이 이디스 파제터인 엘리스 피터스가 쓴 작품이었다.

나는 캐드펠이 등장하는 첫 소설인 『성녀의 유골』 서평을 '피터 트러메인' 이란 이름으로 썼다. 엘리스 피터스란 작가의 이름이 혹시 내 이름을 뒤집어놓은 것 아닌가 생각할 독자들이 있을까봐 걱정되어서였다.

나는 캐드펠이 어떤 면에서는 파이델마 수녀의 '아버지'가 될 수도 있음을 인정한다. 그러나 나의 수녀 탐정은 캐드펠 때와는 다른 800년 전 문화와 법 체제 안에 살았다.

파이델마 수녀는 7세기 아일랜드의 수녀로, 고대 아일랜드 브레언 법정의 자격 있는 변호사이기도 하다. 그녀는 1993년 가을, 여러 작품집에 실린 네 편의 단편에 처음 등장했다.

그녀는 내가 캐나다의 한 대학교에서 고대 브레언 법에 관한 강의를 할 때 태어났다. 그 법과 고대 아일랜드에서 여성들의 높은 지위를—그들이 판사와 변호사가 될 수 있었다는 것을—설명하려고 하는데, '캐드펠 소설처럼', 사정이 어땠는지를 보여주는 살인사건을 다룬 소설들을 쓰는 것이 보다 쉽고 즐겁게 가르치는 방법일 거라고 한 학생이 말했다. 나는 바로 그렇게 했다.

1993년 이후 파이델마는 열두 편의 단편과 여섯 편의 장편 소설에 등장했다.

내 학생에게 영감을 주어 내게 여성 브레언을 창조하는 게 어떨지 제안하게끔 만들었던 캐드펠의 인기가 없었다면 파이델마는 오래된 법률책과 강의실 밖으로 나오지 못했을 것이다. 이것이 내가 '내 이름을 뒤집어놓은 것과 같은 이름'인 이디스에게 바치는 찬사이다.

피터 트레메인

오빌리오? 클로디어!

마릴린 토드

틀림없었다. 셀리나는 죽은 것이다. 그녀의 머리는 몸에서 깨끗하게 떼어져 있었다. 그러나 클로디어가 그 방에서 비틀거리며 나온 것은 그 때문이 아니었다. 원형 경기장에서 쏟아져내리는 피를 지겹도록 봐왔기 때문에 그런 정도로는 끄덕도 하지 않을 그녀였다. 그랬다, 그 머리가 놓여진 몸뚱이가 셀리나 것이 아니었던 것이다.
그 몸통은 남자의 것이었다.

***

때때로 운명이 부를 때면 못 들은 체, 없는 체 하는 게 최고다.

이곳은 원형 경기장이었다. 들썩이는 흥분으로 미친 듯 앉을 자리를 찾아 달려가는 와중에 어리석은 소문이 하나쯤 더 있다고 뭐 어떻다는 거야? 무시해버려. 클로디어는 이렇게 자신을 타일렀다. 소문은 불과 같다. 헤집고 들쑤시지 않으면 저절로 꺼진다.

그러나 계단을 계속 내려가 경기를 가까이에서 볼 수 있는 좌석을 차지하는 대신 클로디어 세페리어스는 그 소문에 더욱 더 정신이 팔려 있는 자신을 발견했다.

이 분 뒤, 그녀는 파도처럼 밀려들어오는 사람들 틈을 뚫고 팔꿈치로 밀치며 입구를 지나 밖으로 나왔다. 아침해가 한참 떠올랐는데도 경기장 입구는 팰러타인 힐의 그림자에 깊이 잠겨 있었다.

"한 푼만 줍쇼."

손톱이 온통 물어뜯겨진 더러운 손 하나가 그녀에게 그릇을 내밀고 흔들었다.

"한 다리를 잃은 군인에게 적선합쇼."

"이가 들끓는 그 더러운 머리통 뒤에 코를 달고 다니고 싶지 않으면 당장 꺼지는 게 좋을 거야."

군대와 유일하게 접촉했던 게 막사 그늘에서 잤던 것뿐인 거지는 그녀의 눈초리에 질려 불구를 가장했음을 잊어버리고 날쌔게 뛰어 비켜났다. 자기 그릇을 들여다보았다면 그는 동전 두 개가 모자란다고 욕을 해댔을 것이다. 더러운 놈 같으니! 그것을 가지고 행상인에게서 파이를 사먹을 생각이었을 테지!

가파른 경사지 아래를 걸어가면서 클로디어는 뜨겁고 바삭거리는 파이를 크게 한 입 베어먹었다. 그놈이 감히 어떻게! 헥터 폴레모란 놈이 어떻게 감히 그런 악랄한 소문을 퍼뜨렸단 말인가! 그녀가 술을 팔면서 물을 탔다고 은근히 내비치면서 말이다. 클로디어는 발 밑에 깔린 포석을 노려보았다. 헥터는 저기, 이 더러운 자갈들 밑을 흐르는 하수도에서나 살 인간이다! 신들께 맹세코, 거기서 기어다니는 그를 내가 잡고 말겠다.

길은 좁았다. 몸 양쪽에 멜론이며 대추야자며 석류가 쏟아질 듯 가득찬 바구니를 매단 채 울어대는 당나귀 한 마리를 피해 그녀는 향료장수의 가게 안으로 들어갔다. 그리고 기회를 보아 파이 위에 뿌릴 후추를 조금 훔쳤다. 주피터 신도 무심하시지, 거짓말을 퍼뜨리는 비열한 인간이 아니라도 사업을 유지하느라 자신은 많은 고난을 겪고 있지 않은가? 그녀가 결혼했던 그 늙은 비곗덩어리가 예상보다 몇 년이나 일찍 죽어버렸다는 이유만으로 그녀를 운이 좋다고 말하는 훌륭한 신사분들이 있지만 그들이 무얼 안단 말인가? 그 늙은 술장수는 부자였지 않냐고? 하! 클로디어는 장례식 만찬의 설거지가 끝난 다음에야 자신의 유산이 신탁이며 땅이며 채권에 묶여 있다는 것을 발견했다. 그녀는 나폴리에 있는 공동주택의 토지를 돈 대신 쓰든가, 비아 티버티나에 있는 벽돌 공장의 반을 쓰려고 해야 하는 상황이었던 것이다!

클로디어는 한 입 밖에 안 남은 파이를 졸졸 쫓아오던 개에게 던져주고 손을 탁탁 털었다. 사업체를 사겠다는 제의가 밀려들어왔다. 헥터의 제의도 있었는데 그게 너무 좋은 조건이어서 그녀는 거의 계약을 할 뻔했었다. 그런데 술을 팔아 얻는 이익이 다른 사업에서 얻는 이익의 거의 두 배가 된다는 것을 알게 되었다! 제기랄, 그걸 현금으로 바꾸다니, 내가 바보야? 되든 안 되든 내 힘으로 해보면 왜 안 돼?

길이 왼쪽으로 꺾어졌다. 거기는 향수며 에메랄드, 양피지로 만든 책들, 아기 머릿결처럼 곱게 뽑아낸 양모로 짠 튜닉 같은 사치품들만 파는 가게와 장사꾼들로 북적였다.

왜 안 돼? 상인 조합이 여자와 거래하기를 거부했기 때문에 안 되는 것이었다. 그런 얘기는 들어본 적이 없소. 여자가 있을 곳은 침실이지, 하하하. 그러면서 처음에는 아, 정말 괜찮은데, 싶었던 제의들이 완고한 최후통첩으로 바뀌더니 마침내는 그마저도 들어오지 않게 되었다. 바로 그럴 때 헥터가 자신이 상업계의 해적임을 드러냈던 것이다.

"무슨 수단을 써서라도 원하는 것을 손에 넣어라. 그게 내 좌우명이요."

그렇게 말하며 그는 독특하게 울리는 소리로 웃었다.

"조만간 팔아야 될 거요, 과부 마나님. 그때엔 바로 내가 뒤처리를 하는 사람이 될 겁니다."

그는 그녀의 남편이 살아 있었다면 앞장서서 이끌었을 그 군사 행렬이 진행중인 때에 그녀에게 접근하는 뻔뻔함을 보였다. 헥터와 그의 아내인 그 건방진 여자, 그 여자 이름이 뭐더라? 셀리나, 맞아, 셀리나. 약삭빠른 초록색 눈에 피부가 고운 여자.

"우리 집안은 몇 대에 걸쳐 술을 생산해왔죠."

햇빛에 반짝이는 갑옷과 화려하게 장식한 흰 말들을 보면서도 아무런 감동도 없는지 그는 할 말만 했다.

"우리는 확장을 하려고 하면 거침없이 합니다. 아무도, 다시 말씀드리지만 아무도 우릴 막지 못해요."

그는 그 점을 강조하기 위해 도마뱀 같은 미소를 지었다.

"왜 그 점을 생각 못하죠?"

다갈색 머리의 셀리나는 그의 옆에 서 있었다.

"생각할 필요 없어요."

클로디어는 자주색 망토를 입고 말 위에 올라탄 군인들이 높이 쳐든 검에 시선을 고정시킨 채 대꾸했다.

"그런 협박엔 겁먹지 않아요. 그리고 내 대답은 조소 밖에 없을 거예요."

셀리나가 자기 남편 앞으로 끼어들었다. 덕분에 클로디어는 말의 가죽이며 가죽 장신구며 말똥에서 나는 코를 찌르는 냄새 속에서 값비싼 향수 냄새를 맡을 수 있었다. 그녀가 부드럽고 낮은 목소리로 말했다.

"우리를 방해하는 건 현명하지 못해요. 헥터는 결국엔 원하는 대로 하는 사람이니까요."

클로디어는 이때 처음으로 무기와 갑옷의 현란한 행렬에서 시선을 돌리고 대꾸했다.

"난 공갈협박 따위엔 끄덕도 하지 않아요. 겁도 먹지 않아요!"

셀리나의 숨소리가 거칠어졌다. 그러나 헥터가 그녀의 어깨에 손을 올려 제지하는 바람에 험악한 싸움이 될 뻔한 순간은 끝이 났다. 어쨌거나 그 사소한 언쟁이 있었던 것은 꼭 한 달 전이었는데 헥터는 멋지게 세공을 한 샌들 밑에서 풀이 자라게 할 사람은 분명 아니었다. 벌써 말하기 좋아하는 자들이 클로디어 세페리어스가 술에 물을 탄다는 소문을 퍼뜨리고 있지 않은가. 어떻게 그런 말을 할 수 있을까! 그런 생각은 한 번도 해 보지 못했었다! 8년 된 포도주라고 속여서 팔고 있을 때조차도 말이다.

회당 옆 모퉁이에 검은 먹으로 눈 화장을 하고 옷을 잘 차려입은 스무 명 정도의 남창들이 기둥과 벽을 둘러싸고 죽 늘어서 있었다. 그러나 클로디어는 곁눈질만 하면서 급히 광장으로 나아갔다. 그곳은 늦여름의 햇볕과 변호사들과 곡예사들, 야바위꾼들과 행상인들, 손수레를 밀고 가는 노예와 달콤한 올리브 기름이 든 항아리를 운반하는 짐꾼들로 들끓고 있었다. 코를 찌르는 향기가 사방에 넘쳐나고 있었다. 꼬챙이에 꿰어 지글거리고 있는 소시지며 사원들에서 나오는 향내, 허브 장수가 펼쳐놓은 향기로운 뿌리들에서 풍기는 냄새였다.

"태양이 천칭궁에 높이 떴군요. 제가 부인의 별점을 뽑아봐 드릴까요?"

점성술사 한 사람이 말했다. 바람이 소용돌이를 일으키며 불어 그의 두루마리들이 석회석의 판석이 깔린 길 위에 흩어졌다. 그녀는 사실 당장이라도 헥터가 그녀 쪽으로 성큼성큼 걸어오기를 기대하고 있었다. 옆에 매스티프 종의 사나운 개 한 마리를 데리고 뒤에는 몇 명의 하인들을 거느리고서 그를 막아서거나 걸리적거리는 사람들을 한 손으로 밀치거나 쫓아버리면서. 그런 짓을 하다니, 내 기필코 네 놈의 창자로 네 놈 목을 졸라버리고 말겠다며 클로디어는 씩씩거렸다. 영향력이 있는 인간인지는 모르지만 헥터 폴레모에게 이참에 본때를 보여서 버러지 같은 그의 진면목을 드러내도록 만들고 말겠다.

그런데 잘 생겼단 말이야. 그녀는 그건 인정했다. 마흔이 됐는데도 머리숱이 줄지 않아 그 나이의 반 밖에 안 되는 남자들에게도 부러움을 사고 있었고 솔직히 말해서 그와 여우 같은 얼굴의 그의 아내는 멋진 한 쌍이었다. 십대인 딸도 하나 있었다. 로티스라고 하지 아마? 소문에 의하면 그들 부부에게 있어서 아이들 키우는 일은 유모와 보모의 몫이라고 했다.

그들의 집은 비아 싸크라를 빠져나오자마자 바로 있었다. 품위 있는 동네에 있는 품위 있는 집이었다. 멋진 흰 고양이 한 마리가 창틀에 앉아 세수를 하고 있다가 현관의 쇠 손잡이가 덜컥거리는 소리가 나자 계수나무 아래로 뛰어내려갔다.

"이 인간들 어디 있어?"

클로디어는 손으로 문지기를 밀쳐냈다.

"더러운 헥터 놈하고 악독한 그놈 계집, 어딨어?"

"누구……?"

클로디어가 홀을 거쳐 햇빛 환한 안마당을 휘젓고 다니는 동안 늙은 문지기는 애를 쓰며 쫓아다녔다.

"누구……?"

"넌 뭐야? 바보야?"

그녀는 두 팔을 번쩍 쳐들며 물었다.

"문지기는 당신 이름을 묻고 있는 거요."

구석 쪽에서 굵고 낮은 목소리가 그 질문에 대답했다. 이럴 수가! 세상에, 운명의 여신이 배를 쥐고 웃을 게 틀림없어!

그 낮은 음성을 무시하고 클로디어는 문지기에게 가서 그 족제비 같은 헥터란 인간을 어서 당장 데려오라고 명령했다. 눈물이 질금거리는 눈이 재빨리 구석으로 향했다가 돌아왔으나 문지기는 움직이지 않았다.

"족제비는 나가고 없소."

낮은 목소리의 주인공은 목소리에서 재미있어 하는 기색을 굳이 없애려 하지 않았다.

"아니, 모두들 그렇게 추측하고 있지요. 그는 어젯밤부터 보이지 않았소."

원형 경기장에선 험상궂은 얼굴의 경기자들이 관중을 즐겁게 하려고 두껍게 기름칠을 한 가죽 위에서 서로를 쫓아다니고 있을 텐데 여기서는 큰 새장 속 핀치 새들이 오늘이 그들 생에서 가장 행복한 날이기라도 한 것처럼 지저귀며 노래하고 있었다. 염병할! 클로디어는 돌고래 모자이크의 코 부분에 발뒤꿈치를 문질렀다. 그렇다고 돌아서면 내가 사람도 아니지.

"그렇다면……."

클로디어가 문지기 늙은이의 눈을 하도 사납게 노려보았기 때문에 그의 눈에서 눈물이 흐르기 시작했다.

"그놈 마누라인 그 서릿발 같은 낯짝의 늙은 대구는 몰아내 올 수 있겠지."

불쌍한 문지기가 쏜살같이 명령에 상응하는 자리로 가는 건 당연하지 않은가!

"셀리나는 아직 자고 있어요."

그 저음의 음성이 단언했다. 연못의 분수가 햇빛 속에 물방울들을 뿜어내고 그 속에서 그 집 조상들의 황동 흉상들이 황금빛으로 반짝이고 있었다.

"오빌리오, 왜 끈질기게 날 괴롭히는 거예요?"

클로디어가 싫증난다는 듯이 말했다. 그녀는 정말로 그녀의 벽장 속에 숨겨진 뼈다귀들을 달그락거리기 위해 기웃거리고 다니는 비밀 경찰이 필요 없었다. 하지만 그녀가 상대해야 할 사람은 마커스 코넬리어스 오빌리오라는 것이 그녀의 팔자였던 것이다! 로마 전체에서 그녀의 어두운 과거를 알고 있는 단 한 사람! 물론 이 순간 문제가 되는 것은 그녀의 과거가 아니었다. 그들 자신에게 가장 잘 알려져 있는 이유들 때문에 비밀 경찰은 추방과 같은 결과들이 빚어지는 범죄에 매력을 느낀다. 그리고 범죄의 냄새를 맡는 일에 관해 말하자면 오빌리오는 사냥개의 코를 가졌던 것이다.

"내가요?"

그가 엉덩이를 걸치고 있던 우아한 탁자에서 미끄러져 내려올 때 양모로 된 그의 긴 겉옷이 쓸리는 소리가 났다. 그리고 클로디어는 그에게서 살짝 풍겨오는 백단향 연고의 냄새를 맡았다.

"난 그 반대라고 생각하고 있었는데요."

클로디어는 뭔가 갈리는 소리를 들었다. 그러나 정원에 맷돌이란 게 없는 걸 보니 자기가 이를 간 모양이라고 결론을 내렸다.

"어쨌거나 여긴 내가 먼저 왔지 않소. 안 그런가요?"

그가 부드럽게 말을 계속했다. 클로디어는 팔짱을 끼고 서서 천장에 뚫린 공간을 통해 하늘을 쏘아보며 저렇게 파랗기만 한 하늘을 교란시킬 어떤 일이 거기서 벌어지기를 바랐다. 물론 아무 일도 일어나지 않았다. 끼룩거리는 기러기들도, 지나가는 나비 한 마리도, 심지어 조그만 구름 한 조각도 나타나지 않았다. 바쁘게 움직이는 사람들로 번잡한 집이었는데도 가슴뼈에 쿵쿵 부딪치는 자기 심장의 박동 소리만 들린다는 게 이상했다.

"혹시 보물찾기에 끼고 싶지 않으신지……?"

그가 제안했다. 그녀는 자신의 어깨뼈 안을 꿰뚫듯 깊숙이 들여다보고 있는 그의 두 눈이 번쩍거리는 것을 느꼈다. 그리고 그는 모습을 드러냈다. 연못 위로 그의 길고 넓은 그림자가 드리워졌다. 잠깐, 아주 잠깐 클로디어는 어쩌면 그가 여기에 사교적인 방문을 위해, 귀족을 귀족의 자격으로 방문하기 위해 왔을지도 모른다는 희망을 품어보았다.

"우리가 지금 양피지 조각에 남은 비밀의 단서에 대해 얘기하고 있는 건가요?"

그녀가 물었다.

"아, 꼭 그런 건 아니요. 저스터스 카펠라란 자를 찾는 일이오."

"아, 그런데 비밀 경찰이 그 불쌍한 사람을 뭘 갖고 죄인을 만들 참이죠?"

검은 눈의 눈꼬리에 주름이 잡혔다.

"이상하게 보이겠지만 우린 악당들을 더 좋아하오."

그가 말했다. 그가 대리석 기둥에 몸을 기댔다. 클로디어는 그의 목에서 맥박이 뛰는 것을 지켜보았다.

"기소가 더 쉽게 되는 경향이 있으니까. 하지만 카펠라의 경우엔 아무런 문제가 없을 거요. 황제를 죽이려 한 게 아주 명백하니까요."

암살이라! 기이하게도 클로디어는 자신도 모르게 기억을 뒤지고 있었다. 카펠라. 카펠라. 그녀가 그 이름을 알고 있나? 아, 물론이다. 그 풋나기 혁명가! 그 아버지에 그 아들이라고 하더니, 그 아버지는 마커스 안토니우스 편에 서서 싸우다가 죽었고, 카펠라는 자기 아버지가 남긴 서류들을 보관하고 아버지의 친구들을 만나며 동조자들을 끌어 모으기까지 했던 것이다.

정말 고귀하고 이상주의적이다. 클로디어는 그렇게 생각했다. 안토니우스의 반란이 20년 전에 진압되었다는 사실만 빼놓는다면!

생각해보니 그녀는 대광장의 연단에서 연설하던 카펠라를 본 적이 있었다. 그의 말투는 설득력이 있었을 뿐 아니라 그는 매력적인 사람이기도 했다. 그의 추종자들이 대부분 여자라는 건 놀랄 일이 아니었다. 그리고 보면 여자들은 언제나 턱 가운데가 움푹 들어간 남자에게 홀딱 반한다. 그런 턱은 짐승 같은 남자들까지도 어찌된 일인지 약한 것처럼 보이게 만든다.

"얘기를 분명히 좀 알자구요."

그녀는 새장을 손으로 가볍게 쓰다듬으면서 말했다.

"저스터스 카펠라가 황제께 덤벼들었고 당신은 그를 잡으려고 몸소 여기까지 오셨다는 거죠. 내 영웅께서 말이죠."

"영웅이 아니라 늙은 말이오."

오빌리오가 심란한 듯 말했다.

"카펠라는 사라졌고 군대가 기세등등해서 구석구석 샅샅이 뒤지고 마차란 마차는 모조리 뒤집어엎고 있는데 당신의 투사는 그의 지인들을 심문하면서 시내를 터벅터벅 걸어다니고 있는 신세요."

"경우에 따라서는 심문도 않으면서 말이죠."

클로디어가 명랑하게 고쳐 말했다.

"영웅이 되기는 쉬운 일이라고 내가 말했지요?"

그의 손이 새장의 창살들을 감았다. 그녀는 그의 손등에 난 짧고 검은 털들을 볼 수 있었고 그의 옷에서 풍기는 로즈마리 헹굼액 냄새를 맡을 수 있었다. 그녀는 힘들게 다시 사무적인 일로 마음을 돌렸다.

"헥터가 암살 음모에 가담했나요?"

돌멩이 하나로 두 마리의 새를 잡는 거야!

"모르죠. 카펠라가 어제 방문했고 헥터와 그 아내 사이에 대단한 싸움이 있었어요. 그런데 뭣 때문에 싸웠는지 노예들은 듣지 못했다더군요. 불행하게도 셀리나가 방해하지 말라는 엄한 명령을 내려놨기 때문에……."

손이 나무 창살을 놓고 곱슬머리 사이에 가서 박혔다.

"할 수 없이 로티스가 돌아오기를 기다리고 있는 거요. 그애가 자기 아버지든지 아니면 카펠라든 누군가의 소재를 알려줄지 모른다는 희망을 가지고 말이오. 참을성은……."

그는 피곤한 미소를 지었고 클로디어의 심장은 조금 더 세게 쿵쾅거리는 것 같았다.(물론 법이 가까이 있기 때문이야. 그렇지 않으면 왜 그러겠어?)

"내가 지닌 많은 장점 중의 하나일 뿐이오."

"참을성은 술 마실 시간을 한참 낭비하는 거예요."

침실들이 있는 곳으로 기세좋게 발걸음을 옮기면서 그녀가 말했다. 그녀의 발소리가 회랑에 울려퍼질 때 클로디어는 헥터네 집의 호화로움에 또다시 충격을 받았다. 파로스 섬에서 가져온 대리석, 색칠을 한 프레스코 벽화, 금을 칠한 치장 벽토 천장…… 그녀의 결심은 더욱 굳어졌다. 헥터는 그의 조상 때부터 포도나무와 뒤얽힌 귀족인지는 몰라도 이 일의 교훈은 분명했다. 계속 밀어붙여, 그러면 너도 부자가 될 거라고!

"그만 일어나요, 셀리나."

그녀는 침실 문을 활짝 열어젖히며 소리질렀다.

"우리 여자들끼리 얘기 좀 해요."

그러나 세 발짝도 채 못 가서 클로디어는 손으로 입을 막으며 우뚝 멈춰섰다. 셀리나는 정말로 아직 침대에 있었다. 그녀의 풍성한 다갈색 머리카락은 비단 베개 위에 흐트러져 있었고 죽었는데도 크게 떠진 그녀의 초록색 눈은 아름다웠다.

틀림없었다. 셀리나는 죽은 것이다. 그녀의 머리는 몸에서 깨끗하게 떼어져 있었다. 그러나 클로디어가 그 방에서 비틀거리며 나온 것은 그 때문이 아니었다. 원형 경기장에서 쏟아져내리는 피를 지겹도록 봐왔기 때문에 그런 정도로는 끄덕도 하지 않을 그녀였다. 그랬다, 그 머리가 놓여진 몸뚱이가 셀리나 것이 아니었던 것이다.

그 몸통은 남자의 것이었다.

마커스 코넬리어스 오빌리오는 눈 한 번 깜빡이지 않고 한참 동안 침대를 노려보았다. 지금의 직업에서나 군단 사령관으로서의 일을 통해서나 그는 온갖 모습의 죽음을 봐왔기 때문에 놀라지는 않았다. 그는 전장에서 고통에 몸을 떠는 남자들도 보았고 뒷골목에서 칼에 찔린 창녀들이나 목이 잘린 부랑자들도 보았다. 그 모습에 우울해졌다가 그것이 분노와 모욕감으로 바뀌는 동안 오빌리오가 결코 과소평가할 수 없었던 것은 다른 인간을 짓밟을 수 있는 인간의 능력이었다.

그래서 햇빛에 사자 모자이크의 눈이 빛나고 있는 그때 그를 본 사람이라면 침대 위의 그 끔찍한 시체의 조합에 충격을 받았을 게 분명한 데도 굳은 얼굴로 꼼짝도 않고 서 있는 모습에 놀랐으리라.

오빌리오는 자신의 명상이 셀리나나 헥터에 대한 관심이나 열정적인 혁명가들을 추적하는 데 대한 관심보다 상당히 저급하다는 것 때문에 우쭐해졌을지도 모른다. 그가 이해하는 한 운명이 클로디어 세페리어스를, 조련사가 말을 길들이듯이 법을 길들였던 이 여자를 다시 그의 삶 속으로 던져넣었다는 것, 그리고 이번에는 그녀가 그의 손아귀를 빠져나가지 못하리라는 것이 중요할 뿐이었다.

그러나 그녀는 빠져나갈 것이다, 요만큼의 기회만 있어도. 그녀는 트로이 전쟁에서 귀향하던 오디세우스의 넋을 빼앗았던 마녀, 키르케보다도 더 많은 속임수를 준비해두고 있는 여자니까. 오늘 아침 일만 해도 그렇다. 그녀가 우유처럼 허연 얼굴로 몸을 떨면서 마당으로 들어섰을 때, 아무리 바보라도 뭔가가 심각하게 잘못되었다는 걸 느낄 수 있었다. 바로 그런 순간에조차도 무슨 마법이 그의 내부에 그런 열정, 그런 욕망을 일으켰기에 그의 유일한 충동이 그녀를 그 순간, 그 자리에서 범하게 하는 것이었을까! 오빌리오는 눈을 감고 그녀가 풍기던 향긋한 유대 향수의 기억을 깊이 들이마셨다. 오, 신이시여, 그녀의 연푸른 면 튜닉이 발목으로 미끄러져 내리는 것을 얼마나 보고 싶었는지, 얼마나 간절히 그녀의 가슴 끈을 풀고 만지고 싶었는지…….

"그럼."

그의 귀에 들려오는 그녀의 목소리에 그의 두 뺨이 확 붉어졌다. 그녀가 이젠 마음도 읽는가? 그는 그녀가 그러지 못할 거라고 생각할 수 없었다!

"정사인가요?"

"그런 것 같소."

그는 그녀를 바라보며 싱긋 웃었다. 그녀를 볼 때 그의 뱃속에서 뭔가가 꿈틀하는 것이 느껴졌다.

"달리 무슨 일이겠소?"

그리고 나서 그는 한 구, 아니 두 구의 시체를 내려다보았다. 그의 내부에서 일던 폭풍이 가라앉았다. 마침내 그는 왜 사람들이 자신들을 비밀 경찰이라고 하는지 이해할 수 있었다. 그의 두뇌가 다시 집중을 하자 그의 감정이 그랬던 것이다. 은밀하고 확실하게. 그래, 그렇다, 남자는 자신이 어디쯤에서 미친 듯이 달리는 미치광이와 함께 있어야 하는지 안다. 그는 그녀가 들어와 문을 닫는 소리를 들었다.

"집안이 평상시처럼 움직이고 있는 걸로 봐서 이건 아직 우리만의 비밀인 것 같군요."

비밀이라고, 클로디어? 당신과 나, 둘만의? 그 생각에 가슴이 뻐근해졌지만 그는 그녀의 말에 집중하려고 안간힘을 썼다. 그녀의 눈에서 공포를 읽는 순간 문지기를 부르려던 생각을 당장 떨쳐버린 건 얼마나 이상한 일인가. 순전히 본능이었지만 그 본능은 재빨리 옹호되었다. 그가 가장 원하지 않는 일이 바로 온 집안의 노예들이 공포에 질려 비명을 질러대고 살인자가 남겨놓았을지도 모르는 증거를 밟아 없애는 것이었으니까.

"이 사람들은 다른 데서 살해당한 뒤 여기에 옮겨진 거요."

그 말은 할 필요도 없었다. 그녀도 그쯤은 알 수 있었다. 시트에 피가 한 방울도 묻어 있지 않았던 것이다. 그런데 왜 그랬을까?

"자유롭게 돌아다니는 미치광이가 하나 있는 건가요?"

오빌리오가 셀리나의 설화 석고처럼 하얀 피부를 손등으로 눌러보고 있을 때 클로디어는 몸을 돌려 줄마노로 만들어진 병을 살폈다.

"당신이 말하는 그런 건 없소, 전혀."

세숫대야 안의 물이 일으키는 잔물결이 햇빛에 반사되어 벽에 어른거렸다. 셀리나의 초록색 두 눈 위로 눈꺼풀을 쓸어내려주던 그는 클로디어의 눈길이 벽에 어룽거리는 물의 흔들림에 고정되어 있는 것을 눈치챘다.

"아내와 남편을 잘못 맞춰놓는 미치광이 살인자는 상상할 수 없어

요."

 그는 헥터의 몸통을 들어올려 반듯이 뉘었다. 어떤 자국도 없었다. 그는 몸통을 다시 뒤로 굴렸다. 머리와 맞춰놓으려면 그게 더 적당한 것 같았다.
 "달리 생각해보면 이 부부가 아무리 많은 적을 만들었다고 해도 이건 정신이 멀쩡한 인간이 한 일로 보이지 않는군요."
 오빌리오는 클로디어를 날카롭게 쏘아보았다. 그는 허리를 펴고 침대 덮개에 손을 닦았다. 그가 제대로 추측한 거라면, 셀리나의 몸뚱이와 헥터의 머리는 바로 옆방인 헥터의 침실에 놓여 있을 것이다.

 인생이란 우리가 계획한 대로 되지 않는다. 그렇지 않다면 우리 모두는 완벽한 용모에 완벽한 결혼을 하고 온몸을 보기좋게 햇볕에 태운 백만장자가 되지 않겠는가. 손가락을 딱딱 튀기며 클로디어는 마당을 오락가락하고 있었다. 그녀는 지금 캐피털라인 경기가 한창인 경기장의 자기 자리에 편안히 앉아 경기자들을 응원하며 꿀벌집과 술이 든 과자를 씹으며 은밀하게 내기를 하고 있어야 마땅했다. 그러나 해야 한다는 것은 명령하는 말이었다! 비밀 경찰이 명령을 했고 그녀는 꼼짝없이 붙들렸다. 레슬링 선수나 달리기 선수들과 함께가 아니라 자기들의 침대에 살해 당해서 놓여 있는 부부와 함께. 운명의 여신이 옆구리가 결리겠군!
 "미안하지만 중요한 목격자로서 당신이 있어줘야겠소."
 슬리퍼 한 짝을 물고 있는 강아지처럼 미안한 표정을 지으며 오빌리오가 말했었다. 중요한 목격자라니, 엿이나 먹으라지, 내 사정을 잘 알고 있으면서! 클로디어는 손바닥으로 이마를 쳤다. 그렇게 천치처럼 굴다니! 그를 여기 헥터의 집에서 발견한 그 순간 그녀는 몸을 돌려 나갔어야 했다. 술에 물을 탔다는 소문 같은 건 될 대로 되라 하고 말이

오빌리오? 클로디어! 59

다!

 그녀는 의자에 털썩 주저앉아 쿠션을 등 뒤로 밀어넣었다. 어떤 것을 다른 것이라고 속일 때 쓰는 그 단어가 뭐지? 다섯 글자로 된 단어였던 것 같은데? F로 시작해서 D로 끝나고 그 사이에 R, A, U가 들어가지 않나?(fraud: 사기, 협잡 등의 뜻을 가진 단어임)
 그녀는 의자에서 튕기듯 일어나 다시 걷기 시작했다. 당신은 자신이 똑똑하다고 생각하지, 사냥개 오빌리오? 나를 살인 현장 주변에서 맴돌게 하면 내가 뭔가 실언할지도 모른다고, 그리고 당신이 나를 꾀어 고백하게 할 수도 있다고 생각하는 거지? 그런 더러운 술책은 잊는 게 좋아. 다른 악당을 찾으라구!
 오빌리오는 헥터의 방에 있었다. 이마의 주름이 마치 보습으로 갈아놓은 자국 같이 깊었다. 그러나 그의 얼굴에는 실망 뿐 아니라 혼란스러움도 새겨져 있었다.
 방은 난장판이었다. 피투성이 난장판이라고 하는 게 옳을 것이다. 침대 덮개는 바닥에 길게 늘어져 있었고 깔개는 한구석에 처박혀 있었으며 긴 베개는 터져서 깃털이 삐져나와 있었다. 유능하고 자신만만한 전문가의 조사 능력에 대해 말하자면 불행한 일이지만, 그 방은 누군가가 두 사람을 죽인 곳이라기보다 다만 분노를 폭발시켰던 곳의 모양을 하고 있었다. 시체는 한 구도 보이지 않았다. 클로디어는 마음이 놓이면서도 찜찜한 기분이었다.
 마음이 놓였다는 건 그가 예고했던 참혹한 광경을 보지 않아도 됐기 때문이었다. 찜찜했다는 것은 시체가 없으면 그녀는 이 잘난 척하는 귀족과 꼼짝없이 같이 있을 수밖에 없었기 때문이었다. 신들이 편을 들어준다면 그는 세 시간 정도에 세 가지 사건 모두를 해결할지도 모른다. 그리고 암살자를 체포하고 살인자를 밝혀내고 속임수를 쓴 자를 붙잡는 일이 그로 하여금 예상보다 빨리 원로원 의원이 되게 하지 않는다면 달리 무엇이 그런 역할을 하겠는가?

  클로디어의 목표는 신들로 하여금 세 가지 중에서 두 가지만 돕도록 설득하는 것이었다.

  엎어진 등잔에서 흘러나온 올리브 기름이 웅덩이를 이루고 있어서 오빌리오는 조심스럽게 발걸음을 옮기면서 멋진 나무 상자들을 뒤지고 천들을 넣어두는 무거운 궤짝들에 손을 넣어보았다. 초록과 황금색을 좋아하는 셀리나의 취향과는 대조적으로 헥터는 자기 방을 여러 종류의 흙색으로 꾸몄다. 싸움은 사방의 벽과 바닥에 거칠고 생생한 자국을 남기고 있었다. 말들이 뒷발로 서고 방패들이 나뒹굴고 창이 하늘에서 비오듯 쏟아졌던 것이다. 클로디어에게는 만일 살인이 실제로 이 방에서 저질러진 것이 아니라 해도 그랬어야 하는 것처럼 생각되었다. 그 방이 바로 헥터였다. 잔인하고 오만하며 자신의 목적을 이루기 위해서는 남을 짓밟는 일을 서슴지 않는 인간. 그가 이런 폭력적인 종말을 맞았다는 건 놀라운 일도 아니었다.

"내가 생각했던 대로요!"

오빌리오가 의기양양해서 말린 양피지 몇 개를 쥐고 흔들었다.

"헥터가 카펠라의 계획에 돈을 대고 있었다는 증거요!"

클로디어는 아랫입술을 잘근잘근 깨물었다.

"이들이 처형당한 거라고 생각하세요?"

"아마 그럴 거요."

서류를 펼쳐 놓고 하나씩 넘기며 그가 말했다.

"황제께는 아주 충성스럽고 광적으로 섬기는 추종자들이 있지요. 그들은 지금 형성되고 있는 제국이라는 개념을 보호하기 위해서 아무런 거리낌 없이 살인도 해요. 카펠라가 그걸 되돌리기 위해 살인을 하는 것과 마찬가지지요."

  그건 사실이었다. 로마가 둘로 쪼개져서 아우구스투스가 서쪽을 다스리고 마커스 안토니우스가 동쪽을 다스리던 이래로 30년이 흘렀다고 하나 그때의 상처는 아직도 곪고 있고 불만은 대물림되고 있었다. 지금까지도 철학자들은 대광장의 연단 위아래에서 그 일을 놓고 논쟁을 벌이고 있었다.

중립적 입장의 사람들은 안토니우스 역시 애국자라고 주장했다. 그러나 이집트의 창녀, 클레오파트라와 연합하다니, 그는 현명했던가? 이미 줄리어스 시저를 유혹하려 했다가 실패한 여자와?

어떤 사람들은 그럼, 물론이지라고 대답했다. 안토니우스는 (그들이 언급할 수 있는 그 밖의 사람들과는 달리) 다뉴브 강에서 멈추지 않고 계속 밀고 나가 게르마니아나 벨지크 부족을, 어쩌면 브리타니카까지도 복속시켰을 것이고 알렉산드리아를 자신의 수도로 삼음으로써 아라비아와 오리엔트 지역도 거의 확실하게 우리 것으로 만들었을 것이라고 했다.

그는 멍청이였어라며 다른 이들은 코웃음을 쳤다. 10년 동안이나 안토니우스에게는 상황을 바꿀 수 있는 충분한 기회가 있었다. 그러나 그는 줄기차게 내전을 이어나갔다. 그러니 그는 지금의 황제가 준 것의 반도 우리에게 주지 못했을 것이다. 주위를 둘러보라! 우리는 평화와 번영을 구가하며 배불리 먹고 신전마다 금을 쌓아놓고 있잖은가. 게다가 우리 아들들은 전쟁터에서 죽어 나뒹굴지도 않고 말이야.

맞는 얘기라고 클로디어는 생각했다. 그런 안정을 유지하기 위해 남자들은 기꺼이 살인도 하리라. 그러나 헥터가 그렇게 큰 위협이었을까? 카펠라의 거사에 얼마간 던져준 돈은 아마도 미래에 정치적 상황이 변할 때를 대비한 보험 증서 같은 것이었을 텐데.

"처형자들이라면 뭔가 뚜렷한 메시지를 남겨놓고 싶어하지 않을까요?"

그녀가 물었다. 역적 모의에 공감하는 다른 이들에게 보내는 경고

같은 것 말이죠.

"이거면 분명하지 않소?"

흠. 비밀 경찰이 벌써 시체를 찾아 침실이란 침실은 모두 뒤진 후이니 클로디어가 그가 조사를 계속하도록 내버려두고 로티스의 방으로 들어간 것은 공포나 전율과는 상관없는 호기심 때문이었다. 열다섯 짜리 여자애라면 대개는 어린 시절과 성인 여자로서의 삶을 연결짓는 온갖 물건들에 둘러싸여 있게 마련이다. 최신 유행 옷이나 여러 종류의 향수, 새 화장품들이 금이 간 소꿉이나 넝마가 되어 버린 털실로 뜬 인형과 뒤섞여 있는 것이다. 지금쯤은 약혼을 했을 테니 그녀의 장래 남편이 준 정표들, 부채나 앵무새 같은 것도 있으리라. 그러나 이 방은 손님방으로 여겨질 지경이었다. 그 정도로 아무것도 없었던 것이다!

클로디어의 뱃속에서 돌 하나가 툭 떨어졌다. 갑자기 그녀는 헥터와 셀리나에 대한 동정심이 상당히 사라져버리는 것을 느꼈다. 어린 로티스에 대해서는 조금도 생각하지 않고 쾌락과 야망에 몸을 바치다니. 침대 위에 뉘어 있을 천 인형을 헛되이 찾아보던 그녀의 시야가 흐려졌다. 조그만 아이가 눈을 반짝이며 목소리에 웃음을 담고서 엄마한테 자신의 새 탬버린이며 옷이며 아주 새 것인 호루라기를 보여주려고 달려갔다가 차갑게 돌려세워지는 모습이 눈앞에 떠올랐기 때문이었다. 어린 로티스는 아빠의 무릎에 앉아서 아빠의 귀를 잡아당긴다거나 함께 구슬치기를 하다가 아빠를 바닥에서 뒹굴게 해보지도 못했을 것이다. 그런데 비극은 로티스가 자기에게 뭐가 부족한지를 알 거라는 점이었다. 지하실 벽에 공을 던지며 놀거나 술래잡기를 하며 행복하게 킬킬거리는 노예 아이들로 득실거리는 집에서 자라면서 그녀의 고독은 완벽한 것이었으리라.

목이 메인 클로디어는 휑뎅그렁하게 텅 빈 로티스의 침실을 나와 기둥이 늘어선 회랑으로 나왔다. 오빌리오는 헥터의 서재에서 회계 장부들을 닥치는 대로 읽고 있었다. 그녀는 그가 눈치채지 못하게 욕실 문으로 다가갔다.

"죄송합니다만 부인, 주인 마님께서 들어가면 안 된다고 하십니다."

오리 두 마리와 냄비 하나를 옆구리에 끼고 종종걸음으로 스쳐지나가던 땅딸막한 부엌일 하는 여자가 걸음을 멈추고 방문객에게 주의를 주었다. 방문객은 주인 마님이 그 명령을 철회할 수가 없다는 말을 해봤자 아무 소용이 없다는 것을 알았다.

"왜지?"

그녀가 물었다. 여자는 킬킬거리다가 제정신을 차리고 대답했다.

"저기, 마님께선 혼자 있고 싶어하시니까요."

클로디어는 그 명령의 의미를 생각해 보았다. 셀리나는 죽은 지 몇 시간이 지났다. 어쩌면 어젯밤에 죽었을 텐데……

"마님께서 언제 그런 명령을 내리셨지?"

"음……"

하녀는 기억을 되살리고 있었다.

"어제 오후에요. 저기 그때……"

그녀는 갑자기 말을 멈추고 뺨을 붉히면서 요리사가 오리를 급히 가져오라고 했기 때문에 늦었다가는 제국 전체가 시끄러워질지도 모른다는 요지의 말을 대강 주워섬기고는 황급히 사라졌다.

클로디어는 욕실 문을 열고 안을 들여다보았다.

"여보세요, 사냥개 나으리."

그녀가 큰 소리로 불렀다.

"여기 당신 흥미를 끌 만한 게 있어요."

마커스 코넬리어스 오빌리오는 클로디어가 서재를 지나가는 것을 본 게 아니라 들었다. 흥미가 일었다. 그녀에게 중요한 목격자이니 여기 남아 있어야 한다고 통고했을 때 그는 싸울 준비가 돼 있었다. 그런데 그 대신에 고분고분 응하는 모습을 본 것이다!

그는 입술을 깨물었다. 그녀는 무엇인가를 하고 있다. 그는 냄새를 맡을 수 있었다. 죽은 사람들이 그녀에게는 거의 모르는 사람들이나 다름없는데도, 그리고 캐피털라인 경기가 한참인데도 살인 현장에 남아 있으라고 요구했을 때 그녀가 만세를 외치리라고 기대하지는 않았다. 기껏해야 긴 의자에 길게 드러누워 긴 다리 한쪽을 무심히 흔들면서 베르길리우스의 한 부분을 읽거나 밤 빵을 씹고 있는 모습을 상상했다. 가장 엉뚱한 꿈에서도 (아니 옳게 말하자면 악몽에서도) 그녀가 자진해서 그의 수사를 도우리라고는 상상도 하지 못했다.

그녀는 그가 떨어질 구덩이를 파고 있다. 그가 해야 할 일은 그 함정을 찾아내는 일이었다.

왠지 모르게 불안하면서도 그 이유를 알 수 없는 채로 헥터의 장부들을 뒤지고 있다가 오빌리오는 클로디어가 부르는 소리를 들었다. 그녀의 무서움에 떠는 얼굴이 모든 것을 말해주고 있었다. 열린 문으로 다가가면서 그의 눈길은 푹 꺼진 바닥과 날개 달린 큐피드가 그려진 프레스코 벽화를 훑었다. 한 대 얻어맞은 셈이었다. 그가 토끼들을 쫓아다니고 있는 동안에 그녀는 시체들을 발견한 것이다.

그는 회랑을 따라 달려가서 문 안에서 미끄러지며 멈춰섰다. 그 방에는 창문이 없었다. 빛은 늘어진 작은 등이 여섯 개씩 달린 두 개의 청동 스탠드에서 나오고 있었다. 화려하게 채색된 폭포와 그 아래 사티로스와 희롱하고 있는 두 요정의 그림과 바위에 기대어진 큰 칼을 환한 불빛이 비추고 있었다. 그 칼만 그림이 아니었다. 불빛에 푸른 강철이 번뜩이며 사악한 빛을 내뿜었다. 손잡이는 짙은 갈색의 끈적이는 액체의 웅덩이에 잠겨 있었다.

오빌리오는 나지막이 욕설을 내뱉었다. 시체들이 토막내어진 곳에 한 양동이는 될 만큼의 피가 고여 있었지만 시체들의 나머지 부분은 흔적도 없었다. 도대체 어디에 있는 것일까? 길게 이어지는, 귀청을 찢는 듯한 비명이 그의 생각을 끊어버렸다. 빌어먹을! 그는 회랑을 되짚어 달렸다. 셀리나의 방 근처에 오지 말라고 분명히 명령을 했는데…….

오, 젠장맞을. 오빌리오는 손으로 눈을 문지르며 욕지기가 날 정도의 부끄러움이 몰려오는 것을 느꼈다. 헥터를 황제에 대한 반역과 연결짓는 일에 골몰해서 그는 자신이 원래는 그 집 딸인 로티스를 기다리고 있었다는 사실을 완전히 잊어버렸던 것이다.

그녀는 막 돌아와서 자기 어머니를 찾았던 것이다!

해가 중천을 넘어가 저녁이 되었지만 속죄양의 냄새가 공기 중에 역하게 감돌고 있었다. 그 사이에 노예들은 온갖 감정을 두루 겪었으며 그림자가 길어지고 공기가 서늘해지자 자기들 처소로 물러나 두려움에 떨며 말없이 모여앉았다. 살인자가 빨리 밝혀지지 않으면 그들 중 하나가 살인자일 것이 분명하다는 이유로 모두 처형당하게 될 것이다.

그들이 기도 드리는 신이 전부 다 로마의 신은 아니고, 그들이 기도 드리는 신이 전부 다 기도를 듣고 있는 것도 아니었다.

장의사들이 다녀갔다. 군인들의 장화가 훌륭한 모자이크 바닥을 진흙투성이로 만들어놓았고 철필이 밀랍 서판에 주요 사항들을 새겼다. 새장의 핀치 새들이 보석 같은 색깔의 날개 밑에 머리를 묻고 잠이 들었을 때 정원은 햇빛이 아니라 노란 등불이 밝히고 있었다.

클로디어는 긴 실타래를 가지고 한 떼의 새끼 고양이들을 간질이면서 경기장이 지금쯤은 쓰레기도 다 치워지고 어둠에 잠겼을 것이고 지친 경기자들은 술집에 꽉꽉 들어차 마른 목을 축이고 있으며, 관중들은 경기장에서 만난 여자들을 집에 바래다주고 있을 거라고 생각했다.

실타래를 빙빙 돌리면서 그녀는 한숨을 쉬었다. 그녀도 당연히 흥청거리며 놀고 있어야 하는데 이 난장판에 엮여 있지 않은가. 이젠 빠져나가야 했다. 농담으로라도 '추방'이라는 말이 사람들 입에 오르내리지 않게 빠져나갈 수 있다면 더 좋겠지! 그녀는 벌떡 일어나 정어리 한 마리에 달려들어 물어뜯고 있는 새끼 고양이들을 뒤로 하고 정원으로 어슬렁거리며 나갔다. 어둡고 잔잔한 금붕어 연못 위에서 수련이 하얗게 빛나며 조용히 흔들렸다. 무궁화 나무 아래 암코양이 한 마리가 몸뚱이를 둥그렇게 말고 누워 조심성 없이 가까이 오는 나방들을 쫓고 있었다. 누군가가 허브들을 모으고 있었던 모양인지 유리지치와 박하와 타임의 향기가 공기 중에 떠돌고 있었다. 달은 아직 뜨지 않았다. 폴레모는 워낙 큰 부자여서, 거리에서 들려올 법한 가축 상인이며 짐마차꾼이며 주정뱅이들의 소리가 벌꿀색의 석회화를 겉에 붙인 높은 담에 막혀서 거의 들리지 않았다. 부엌에서 들리는 나직하게 달그락거리는 소리와 건물 안 저 깊은 곳에서 누군가가 흐느끼는 소리만이 천국 같은 고요를 깨뜨릴 뿐이었다.

"아직 여기 있었소?"

본채에서 나오던 오빌리오의 두 눈썹이 높이 치켜올라갔다. 클로디어는 자기가 그의 눈에서 놀라움 이외의 다른 것을 보았다는 생각이 들었다.

"누군가는 이 범죄를 해결해야 하잖아요."

그녀가 명랑하게 말했다.

"내가 어리석었군."

그가 중얼거렸다.

"나는 당신이 누가 헥터와 그의 아내를 죽였는지 상관도 않을 거라고 생각했었소. 무자비하게 권력을 추구하면서 적들을 파리처럼 꾀게 한 무모한 부부니까요. 그런데 여기 있다니, 이 사건을 해결하겠다고 나와 경쟁하면서 말이오."

클로디어는 꾸밈없이 웃었다. 그러면서 정의와 피를 요구하는 군중들의 함성 속에 쇠사슬에 묶인 채 원형 경기장 안으로 던져질 60명의 노예들을 생각하지 않으려고 애썼다.

"로티스는 어때요?"

그녀의 책략의 변화가 그를 놀라게 했다 해도 그는 아무런 내색도 하지 않았다.

"헥터의 집안에서 나온 진짜배기 인물이오."

자주색 해국 꽃잎을 뜯으면서 그가 말했다.

"장의사들이 그 시체들을 수레에 싣고 나갈 때 그녀도 옆에 있었는데 입술이 하얘져서 주먹을 꼭 쥐고 있을 뿐, 당신이 예상했을 그런 미친 듯한 울부짖음이나 몸부림은 전혀 않더군요."

당신이나 그런 예상을 했겠지. 난 아니야! 그 아이는 어떤 감정이 불러일으켜지자마자 그걸 땅바닥에 메다꽂고 그 가슴 위에 버티고 앉아. 누가 강한지 보여주려고 말이야. 그러나 이번 경우에 가엾은 로티스는 감정에 져도 용서가 될 수 있었을 것이다. 관습에 따르면, 특히 귀족들의 경우에는, 시체를 훌륭하게 갖추어 입히고 발을 문으로 향하게 해서 사방 구석에 횃불을 밝히고 삼나무 가지를 주변에 흩어놓고 사나흘 동안 뉘어놓게 된다. 물론 헥터의 경우에는 참나무 가지로 엮은 관으로 장식할 머리가 없었다. 그리고 셀리나의 머리를 그녀의 몸 위에 맞춰 누이는 건 조악한 취향이라고 말하는 것조차도 삼가야 할 표현 아닌가! 물론 장례식 전에 해결되겠지만 그 와중에 장의사 사람들은 남아 있는 부분들을 수습했고 로티스는 내내 냉정함을 잃지 않았다. 열여섯 살도 되지 않은 아이가!

클로디어는 생각에 잠겨서 청동 아폴로 상을 손톱으로 두드렸다.

"제가 만일 당신을 당신 동료들에게 축하받게 하고…… 오빌리오? 듣고 있어요?"

그의 눈에 힘이 빠지고 표정이 굳어졌다. 클로디어는 어둠 탓이라고 생각했으나 그가 '키르케'라고 중얼거린 걸 들은 것 같았다.

"키르케요?"

그녀가 이마를 찌푸렸다.

"키르케는 마녀였어요!"

"맞소."

그가 야릇하고 싸늘한 미소를 지었다.

"그녀는 남자들을 돼지로 만들었지요."

"그건 마법이 아니에요, 오빌리오, 그건 인간의 천성이라고요. 그런데 당신은 내 제안을 들을 준비가 됐나요?"

"항상 되어 있소, 클로디어."

그가 중얼거렸다. 그녀는 그가 몰래 대마 씨를 흡입한 게 아닌가 생각했다. 그의 눈이 그녀의 눈을 열심히 들여다보고 있었던 것이다. 다른 때라면 그녀는 '이 사람이 혹시……'라고 생각했을지도 모른다.

"좋아요."

그녀는 대리석 벤치에 앉았다. 그리고 그의 백단향 연고 냄새가 하루종일 그렇게 바쁘게 보낸 지금도 어째서 그처럼 신선하게 풍겨나오고 있는지 궁금해 했다.

"내 제안은 간단해요. 살인자를 잡아 넘겨주는 대가로 당신은 내 사소한 신용 사기를 묵인해주는 거예요. 괜찮죠?"

"흠……."

클로디어는 홱 고개를 돌렸다. 그 불쌍한 인간은 손수건으로 얼굴을 가린 채 기침 발작을 일으키고 있는 것 같았다. 어깨가 들썩이고 눈에 눈물이 글썽였다. 그러나 어떤 우스꽝스런 한순간 그녀는 그 발작을 웃음으로 착각했다.

"찬성으로 알겠어요."

그녀가 쏘아붙였다.

떠오르고 있는 달이 금붕어 연못의 수련보다 더 하얗게 물에 비치고 있었다. 그 어두운 거울 속에서 클로디어는 그녀의 키 큰 적이 선홍색의 줄무늬 기둥에 기대어 있는 것을 지켜보았다.

"당신이 백인대장(百人隊長)이나 군인들과 놀고 있는 동안에 난 정보를 꿰어 맞춰보고 있었어요. 첫째,"

클로디어는 기운차게 손가락을 하나씩 짚었다.

"카펠라와 헥터는 사실 가장 친한 친구 사이였어요. 헥터는 철저한 영토 확장주의자였기 때문에 비슷한 정치적 신념을 가지고 있었어요."

헥터는 또 권력에 미쳐 있어서, 아우구스투스가 동방을 정복하고 데이셔 지역의 반을 복속시킬 수 있었을 때 제국을 통합하는 잘못을 저질렀다고 믿었다.

"그러니 그들은 친구였어요. 둘째,"

그녀는 비밀 경찰이 주의를 기울여 듣고 있는지 점검하기 위해 고개를 돌렸다가 그의 눈의 사악한 번쩍임이 아무리 봐도 심하다는 것을 발견하고는 다시 고개를 돌렸다.

"셀리나와 카펠라는 정열적인 연애에 빠져 있었어요. 그건 팔 주나 십 주 전에 시작됐고 처음에, 그들의 은밀한 밀회가 여러 차례 언덕 위에서 이루어졌을 때, 셀리나의 하녀만 그 사실을 알고 있었어요. 그러다 믿기 어려운 일이 일어났지요. 셀리나가, 냉정하고 야심만만하고 야멸찬 셀리나가 사랑에 빠진 거예요!"

그러나 누가 그녀를 욕할 수 있겠는가? 저스터스 카펠라는 일만 아는 그녀의 남편보다 여섯 살이나 아래였고 잘 생긴데다가 위풍당당하고 카리스마가 있었다. 그가 그녀를 사로잡아버린 것이다. 요즘 들어 그들은 여기서 만나곤 했다. 욕실에서, 정원에서, 침실에서 사랑을 나누었다.

"어제까지 그랬지요."

클로디어는 또다른 손가락을 짚었다.

"지금부터 하는 얘기는 추측이라는 걸 고백하겠는데, 어쨌든 셀리나는 떠나겠다고 선언했어요."

정원 저쪽에서 암코양이가 기지개를 켜고 하품을 하면서 나방 때문이 아니라도 새끼들을 더이상 내버려두어서는 안 되겠다고 결심한 모양인지 꼬리를 구부리고 어정거리며 집으로 돌아갔다.

"헥터는 펄펄 뛰었지요."

클로디어는 말을 이었다.

"그는 그런 배신을, 바람난 여편네가 자기가 믿는 남자와 바로 자신의 집에서 놀아나는 일 같은 건 상상도 못해봤다고 말했어요. 그는 그녀를 망신주고 욕하고 그녀를 버리겠다고 위협했······."

"아, 그런데 그 상상의 각본에서 그가 그녀를 죽이겠다고 위협했소?"

클로디어는 그의 방해를 무시했다.

"사실 헥터는 그녀를 빈민굴에 갖다 버릴 참이었어요. 막 그럴 참에 누가 나타났는지 아세요? 헥터는 말벌 둥지에 코를 디민 개처럼 발광을 해서······."

"카펠라를 밀고하겠다고 위협했겠지?"

클로디어가 입을 다물었다. 멋진데. 잘난 인간이라 자기 스스로 나와 똑같은 결론에 도달했군. 자, 그런데 거래는 거래고 그는 약속을 했어. 그런데 어디까지 얘기했더라? 그래, 헥터가 카펠라를 고발할 참이었지.

"자기 친구가 진짜로 그럴 생각이라는 걸 깨닫자 카펠라는 작은 동상으로 그의 머리를 박살냈어요. 그래서 헥터의 머리가 없는 거예요. 물론 셀리나는 그 일을 목격했지요. 그리고 겁에 질렸어요. 헥터를 떠나는 건 떠나는 거지만 그 사람이랑 결혼해서 이십 년이나 살았고 애정이 없던 것도 아니었는데 갑자기 자기는 과부가 됐고 자기 애인은 남편을 죽인 살인자가 되었으니까요. 아마 그녀가 그에게 달려들었을 거예요. 그녀 역시도 군대를 부르겠다고 위협했겠지요. 하지만 상황이 어찌 됐건 간에 카펠라는 이미 가망 없는 사람이 됐지요. 단검을 뽑아 들고 그는 그녀를 찔러버렸어요. 그래서 셀리나의 몸뚱이도 치워버린 거지요."

"흠."

턱을 톡톡 치면서 오빌리오는 회랑까지의 길을 오락가락하기 시작했다. 뭔가 마음에 걸리는 게 있는 것이다. 아마 카펠라가 자신의 잔혹함을 드러내는 증거를 왜 감출 필요가 있었는지 그 문제가 걸리는 것이리라.

"왜냐하면,"

클로디어는 그가 묻는 걸 기다리지 않고 설명했다.

"카펠라에겐 도피할 시간이 필요했기 때문이에요. 그 두 조각의 시체 덩어리를 함께 침대에 놓아두면, 잡히지 않고 돌아다니는 어떤 미치광이가 있는 것처럼 보이게 할 수 있는 거죠. 자!"

그녀는 말을 멈추고 반응을 기다렸다.

"나, 똑똑하죠?"

시간이 흘렀다. 싸늘한 바람이 회랑을 감싸고 돌아다니며 늦여름의 장미와 양꽃마리의 향기를 퍼뜨렸다. 클로디어는 어깨에 두른 숄을 단단히 여몄다. 그녀는 칭찬을 기다렸다. 발 밑에 놓이는 꽃다발도 좋을 테고 기립 박수면 더 좋을 것이다. 그러나 그는 우리에 갇힌 치타처럼 부지런히 왔다갔다할 뿐이었다. 그래, 좋아. 이제 당신은 사기 건에 달려들지 못하겠지…….

마침내 발걸음을 멈추고 오빌리오는 턱을 긁었다.

"그럴 듯해요."

그가 웅얼거렸다.

"그러나……."

"그럴 듯하다고요!"

그녀는 숨이 막힐 지경이었다.

"기껏 그 말밖에 못해요? 제기랄, 오빌리오, 당신은 위험하고 사악한 살인자를 좇고……."

그녀는 입을 다물었다. 그가 한 말의 충격이 깊이 느껴졌기 때문이었다.

"그러나 뭐요?"

"그러나 당신이 틀릴 지도 몰라요."

그가 너무나 조용히 말했기 때문에 무슨 말인지 들으려고 그녀는 귀를 쫑긋 세웠다.

"내가 복잡한 사람이긴 하지만 절대로 틀리지는 않아요."

그녀는 코웃음을 쳤다.

"그리고 내가 카펠라를 제대로 안 거라면 그는 황제를 또다시 공격하기 전에는 도망치지 않을 거예요. 내가 당신이라면 나는 실연 당한 유령처럼 여기서 맴돌지 않고 그를 찾아 나서겠어요."

"오, 난 카펠라가 어디 있는지 알고 있소."

뺨을 우묵하게 만들면서 오빌리오가 말했다.

"뭐라고요?"

그가 처음부터 그 암살자를 감옥에 가둬두고 있었단 말인가? 이중으로 속여먹다니, 더러운 혀를 가진 스컹크 같은 놈! 그는 내가 얘기하게 내버려두고 내내 즐기고 있었던 것이다! 클로디어는 격분해서 외쳤던 "뭐라고요?"라는 반문을, 온건하게 흥미를 보이는 "어디에 있어요?"라는 질문으로 바꾸었다.
"로티스는 아주 확고했소."
오빌리오가 말했다. 클로디어가 알아듣도록 물어보지 못한 게 분명했다. 그는 질문과 대답이 만나는 접점 근처에서 어슬렁거리고 있었다.
"오빌리오, 귀가 먹었어요? 카펠라를 어떻게 했는지 묻고 있잖아요."
"말하고 있지 않소."
그가 싱글거리며 웃었다. 그녀는 주먹으로 그의 코를 뭉개놓고 싶은 유혹을 느꼈다.
"당신도 알다시피 로티스가 자기 어머니를 찾았다가 그녀가 죽은 걸 알고는 충격을 받았지요. 그리고 내가 말한 것처럼 그녀는 백 퍼센트 확신하고 있었소."
야릇한 느낌에 클로디어는 오싹해졌다.
"뭘 백 퍼센트 확신한다는 거죠?"
"그 몸통은 자기 아버지 것이 아니라는 거요."
오빌리오가 한쪽 입가를 비뚜름하게 올리며 슬픈 미소를 지었다.
"무슨 얘기냐면……."
클로디어는 겨우 깨닫고 고개를 끄덕였다.
"침대에 있던 남자가 카펠라였군요."

한 시간도 안 돼서 그 사실을 확인시켜주는 일이 일어났다.
에스퀼라인 힐의 공원에 면해 있는 집에 사는 대리석 상인이 두 시간이 넘도록 계속 짖어대는 잡종개를 조용히 시키도록 집사에게 묵직한 몽둥이를 들려보냈는데, 그는 돌아와서 동네를 공포에 몰아넣었던 미친 개에 대해서가 아니라 참나무에 목을 매어 대롱거리고 있는 한 귀족에 대해 보고했다. 그의 발 아래에서 대리석 상인의 매스티프 종 개가 짖어대고 있더라는 것이었다. 부푼 얼굴과 입술 사이로 빠져나온 시커먼 혀에도 불구하고 집사는 그 남자가 대리석 상인의 식사 초대에 자주 나타나던 헥터 폴레모란 사람이 틀림없다고 믿었다.

이젠 진짜로 고아가 되어버린 로티스는 군단병의 보고를 주의깊게 듣더니 서기와 양피지를 대령하라고 명령했다. 그리고는 클로디어와 오빌리오가 놀라서 바라보는 가운데 자기 약혼자에게 이제 자신은 아버지로부터 제국을 물려받았으니 결혼 계약은 파기되었다고 알리는 편지를 받아 적게 하는 것이었다. 유감스럽다는 말은 전혀 없었다.

바람이 더 차가워지고 밝은 별들이 하나 둘 나타날 때 클로디어의 눈은 부유함이 아니라 극심한 증오로 얼룩진 담을 응시하고 있었다. 그녀는 몸을 떨었다. 추위 때문이 아니었다.

군대가 들어왔다. 그들은 방마다 마구 뒤지고 다니며 헥터가 죄책감에서 자살을 한 것인지, 아니면 공개 처형이 두려워 자살을 한 것인지 결정지으려고 했다. 그리고 그가 어디에 자기 아내의 몸뚱이와 적의 머리통을 놓아둔 것인지 어떤 단서라도 얻으려고 애썼다. 찬란한 늦여름의 또 하루가 밝아올 때 그들은 그 불행한 연인들이 또다른 잔인한 포옹을 한 모습으로 놓여있는 걸 발견하게 되는 건 아닐까?

군인들이 서로 장난치며 왔다갔다하고 부엌에서는 그 군인들을 먹이기 위해 불을 피우는 연기가 가득찼을 때 정원에서는 오빌리오가 피로에 지친 백인대장의 보고를 듣고 있었다. 로티스의 방에서는 아무런 소리도 들리지 않았고 그게 소름을 돋게 했다. 클로디어는 몸을 떨었다. 이 집 안의 악의에는 신물이 났다. 그건 모든 것을 더럽혔다. 그것은 사람들의 목과 심장을 움켜쥐고 놓아주질 않았다. 그녀는 그 모든 지겹고 더러운 일에 진력이 났다. 시야의 균형을 유지하기 위해서는 이제 도망쳐야겠다고 생각했다.

책략과 음모와 거짓이 없는 곳, 배신이며 악의며 살인에 오염되지 않고 공기는 깨끗한 그런 곳을 찾아야 했다. 아무 말도 않고 클로디어는 옆문으로 빠져나갔다. 어둠이 금세 그녀를 삼켜버렸다.

좁은 길이 코브라처럼 언덕을 감아오르고 있었다. 바퀴가 덜컥거릴 때마다 길은 그만큼 더 좁아졌다. 길가에는 잡초가 허리 높이까지 무성하고 사방에 웅덩이가 있었으며 그보다 50센티미터 정도 아래쪽에는 산사나무, 참나무, 노간주나무 등이 무성했다.

"여기가 맞습니까?"

마부가 물었다. 클로디어는 헥터의 집, 그 독사의 소굴에서 멀리 떨어진(아주 멀리 떨어진!) 언덕 저 높은 곳에 바위를 깎아 세운 오래 된 사원을 눈앞에 그려보며 고개를 끄덕였다. 그곳은 공기가 신선하고 나무 위에서 새들이 지저귀며 바람이 머리카락을 잡아당기고 치마를 펄럭이는 고독과 평화의 장소였다. 그래, 맞아. 거기가 바로 그런 곳이야! 유령들이 고대의 신들에게 무릎 꿇고 기도하며 자신들의 몸에 피같은 붉은 색을 칠한다고 해서 사람들이 두려워 오지 않게 된 지금, 참배자들이라곤 쓰러진 기둥 위를 바쁘게 오가는 도마뱀들과 내려앉고 있는 처마에 둥지를 튼 제비들뿐이었다. 나무가 빼곡이 들어찬 넓은 계곡 저편에서 말똥가리 한 마리가 울부짖으며 빙빙 원을 그리며 날고 있었다.

"더 이상은 못 갑니다, 부인."

마부는 잡초가 숲을 이룬 길을 가리켰다.

"그럼 여기서 기다려요."

그녀는 뛰어내리며 지시했다.

"오래 걸리지 않을 거예요."

오르막길이 가팔랐다. 담쟁이덩굴이 돌이 많은 길을 가로질러 곳곳에 올가미를 놓아두고 있었고 때로는 머리 위로 드리운 나뭇가지 때문에 목을 움츠려야 했다. 숄이 찔레나무에 걸려 찢겨진들 무슨 상관이랴. 비아 사크라를 바로 벗어난 곳에 있는 그 집의 지독한 분위기에서 벗어나기 위해서는 무엇이든 해야 했다. 그러나 어쨌든 헥터가 죽었으니 더 이상은 논쟁거리가 될 추한 소문은 없을 것이다! 그렇지만 그녀는 잘 해낸 걸까? 비밀경찰이 자신의 약속을 지키게 만들 만큼 그녀가 잘 했을까? 그녀는 멍하니 그와 군대가 얼마나 진전을 보았을까 생각했다.

클로디어는 가쁜 숨을 쉬며 무너져가는 사원으로 다가갔다. 사원의 돌은 비바람에 움푹 패였고 장엄하고 우아하던 모습은 서리에 에워싸여 닳아버렸다. 춤을 추고 있는 인물이며 뛰어오르고 있는 표범 같은 채색화의 흔적이 희미하게 남아 있었지만 제단에서 기도를 하는 건 쥐들뿐이었으며 요즘은 빗물만이 신들께 바치는 술을 퍼부을 뿐이었다. 저게 뭐지? 산허리에서 나는 발을 끄는 소리, 번쩍 빛나는…….

"꼼짝 마!"

어떤 목소리가 명령했다. 클로디어는 펄쩍 뛰었다. 더위에도 불구하고 그녀의 피는 얼음처럼 차가워졌다. 그녀 왼쪽의 숲에서 활 하나가 삐죽 튀어나왔다. 시위가 팽팽하게 당겨져 있었다. 화살촉은 그녀의 심장을 똑바로 겨냥하고 있었다.

횃불 빛에 갇힌 토끼처럼 클로디어는 팅 하고 짧게 울리며 목숨줄을 끊어놓을 수 있는 그 작고 긴 나무 조각에 최면이라도 걸린 듯 서 있었다. 혀가 마르고 다리가 돌덩이 같았다. 이런 일이 일어날 리 없어! 이

오빌리오? 클로디어! 77

건 꿈이 분명해. 꿈이야. 곧 깰 거야.

그러나 햇빛은 등에 뜨겁게 내리쬐고 말똥가리는 우짖고 하늘을 가린 나무 저 높은 곳에서는 다람쥐 한 마리가 솔방울에서 씨를 잡아 빼고 있었다. 활은 뒤로 휘어져 호를 그리고 있었고 그것을 잡아당기고 있는 손은 힘을 잔뜩 준 탓에 마디마디가 모두 하얗게 드러났다. 두려움에 위가 딱딱하게 굳었고 머리는 어질어질했다. 선하신 주피터님, 그런 일이 생기지 않게 해주소서. 이렇게 인적 없는 곳에서는 늑대들이 제 시체에서 살을 뜯어낼 것이고 개미들이 제 뼈를 갉아먹을 겁니다.

"나는……."

다람쥐도 이보다는 크게 소리를 낼 것이다. 그녀는 목청을 가다듬고 다시 말을 시작했다.

"난 그 집에서 무슨 일이 있었는지 알아요."

이번에는 목소리가 전혀 떨리지 않았다. 로티스처럼 클로디어도 감정을 숨기는 데 능숙했다.

"정말이오?"

숲 속 깊은 곳에서 나오는 목소리는 빈정대는 투가 역력했다.

"내가 왜 여기 왔다고 생각해요? 월귤나무 열매나 따려고요?"

그녀는 시체들이 왜 틀리게 맞춰져 있었는지 알고 있었다. 물론 없어진 부분들이 발견되지 않는 게 왜 그렇게 중요한지도 알고 있었다.

"뭘 얻겠다고 왔소?"

화살이 비아냥거렸다.

"고백이라도 기대한 거요?"

클로디어는 길 아래쪽에서 뭔가 움직이는 것을 감지했다. 갈색이었다. 마부의 가죽 조끼인가? 활 뒤의 눈은 그녀의 눈길이 향한 곳을 따라갔다.

"당신을 데려온 젊은이를 찾는 거라면 방향이 틀렸소. 뒤를 보시지!"

독수리가 심장을 움켜쥐는 듯했다. 안 돼! 전능하신 헤라님, 사실이 아니라고 말해주세요. 나무토막처럼 뻣뻣해진 목으로 그녀는 힘들게 아래를 내려다보았다. 이 현기증나게 유리한 지점에서는 오는 길을 방해했던 풀밭의 수북히 자란 풀을 먹고 있는 얼룩덜룩한 암말이 똑똑히 보였다. 말은 척추에 화살이 꽂힌 채 고꾸라져 있는 마부를 인식하지 못하는 것 같았다.

클로디어는 눈을 깜빡거려 눈물을 삼키면서 로마에서 오는 동안 내내 그가 갓 태어난 아들과 예쁜 아내와 다가오는 딸의 생일 축하 계획을 자랑하던 걸 기억하지 않으려고 애썼다.

활시위. 분명 팔에 힘이 빠졌겠지? 마음 저 구석 어딘가에서 그녀는 살인자들은 자신들의 범죄에 대해, 그리고 수사관들을 속여넘기는 게 얼마나 쉬운지에 대해 떠벌이길 좋아한다는 걸 기억해냈다.

"당신은 결코 빠져나갈 수 없어요."

그녀가 비웃듯이 말했다.

"나 같은 일개 시민이 당신을 찾아낼 수 있었다면······."

"군대도 찾아낼 거다? 그럴 것 같지 않은데요!"

숲에 가린 인간이 웃었다.

"난 당신 같은 종류의 인간을 잘 알지."

그가 코웃음을 쳤다.

"사실 그러고 보면 우리는 그다지 다르지도 않소. 당신은 당신이 옳았다는 것을 확인하려고 왔지. 환성을 질러가면서 말이요. 어쩌면 군대의 신용도 얻고 싶었을 테고. 당신은 한 번도 실패를 생각해보지 않았을 거요. 그건 존경하오."

그런 분석은 클로디어가 인정하고 싶은 정도보다 더 정확했다.

"좋아요."

그녀는 심호흡을 했다.

"난 죽으려고 이 황폐한 쥐구멍까지 온 게 아니에요. 당신이 내가 하는 제안을 들을지도 모르겠다고 생각해서 온 거예요."

숲에서는 오랫동안 침묵이 이어졌다. 클로디어는 자기가 보는 세상의 마지막 모습이 이제 막 나뭇잎들이 물들기 시작하는 넓은 계곡과 사원 기둥에서 떨어지는 채색화 부스러기인 건 아닌지 모르겠다고 생각했다. 움켜쥔 두 손의 손톱이 손바닥 깊이 박혔다. 엄지손가락에서 피가 가늘게 흘러내리는 것이 느껴졌다.

"당신은 왜 여기 왔지?"

목소리가 물었다. 클로디어는 속으로 기뻐 펄쩍 뛰며 '됐어' 하고 소리를 질렀다. 살인자의 이성적인 자아가 승리를 거둔 것이다!

"참나무에 목맨 시체 얘긴데요."

그녀는 무관심을 가장하며 말했다. 관목숲이 숨김없는 호기심을 보이며 흔들렸다.

"계속해요."

"헥터는 자기 목적을 이루기 위해 폭력이나 갈취, 착취 같은 여러 방법들을 동원할 거란 생각이 들더군요."

그에게는 방법보다 결과가 더 중요했다.

"하지만 그는 속속들이 자기 잇속만 챙기는 개자식이었어요. 그런 인간들은······,"

그녀는 신랄하게 말했다.

"자살을 하지 않지요."

그런 사람들은 무사히 빠져나갈 수 있다는 틀림없는 믿음을 가지고 있는 법이다!

숲에서 웃음이 터져나오면서 화살촉이 아래로 향했다.

"예쁘장하게 생긴 데다가 머리까지 좋군! 게다가 용기도 있어. 여길 혼자 오다니 말이오!"

용기? 그건 두고 봐야지. 마침내 진실의 순간이 왔다. 클로디어는 몸을 꼿꼿이 펴고 관목 숲 안, 눈이 있으리라고 여겨지는 곳을 똑바로 바라보았다. 침이 마르고 무릎이 흔들렸으나 그녀는 목소리가 떨리지 않게 하려고 무진 애를 썼다.

"그렇다면 두 가지 결론이 가능해지지요. 누군가를 헥터처럼 보이도록 꾸민 거예요. 아니면 헥터는 살해당한 거지요. 난 자문해보았지요. 살해 동기를 가진 사람이 누굴까 하고요. 그 대답은 물론 당신이었어요. 그러니 숨바꼭질은 이제 그만하고 정말로 쏠 생각이라면······."

사원 주위를 둘러보는 그녀의 손바닥으로 손톱이 더 깊게 파고들었다.

"나를 똑바로 볼 수도 있지 않을까 싶은데요."

숲에서 천천히 그가 모습을 드러냈다.

"대담한 여자로군."

활과 화살을 들었어도 그는 여전히 멋져보였다. 부드럽게 늘어진 모래빛 머리카락이 그를 나이보다 젊어보이게 했다. 턱이 움푹 패인 것도 그런 역할을 했다. 저스터스 카펠라는 한줄기 햇빛 속으로 걸어나왔다.

"그걸 어떻게 알아냈는지 말해주겠소?"

기억이 장난을 치다니, 얼마나 재미있는 일인가. 어제 아침 회당을 지나며 그 모퉁이에서 성장을 하고 있는 남창들을 보지 않았더라면 둘과 둘을 합쳐보지 않았을지도 모른다.

아니 이 경우에는 둘과 하나지. 어제 세 건의 살인이 저질러졌으니까. 정말 똑똑해. 그런 끔찍한 상황에서 누가 카펠라와 침대 위의 시체 사이의 몇 가지 사소한 차이를 눈치채겠는가? 나이도 같고 키도, 몸집도 같았으나 머리, 비밀을 밝혀줄 머리가 없었다. 카펠라는 자신의 실종을 꾸며야 했다. 그러니 얼마나 잘 된 일인가? 셀리나를 알아보는 건 간단했다. 그리고 그 몸통을 그녀의 연인과 연결짓는 건 잠깐이면 됐다.

그것은 헥터에게 혐의가 씌워질 것이었으나 카펠라는 이미 그를 목졸라 죽인 뒤였다. 그리고 필요한 일은 어둠을 틈타 그의 시체를 매달고 그의 개로 하여금 사람들을 불러모으게 하는 것뿐이었다.

"죽여서 당신인 것처럼 남겨놓은 그 남자의 머리는 어떻게 했어요?"
클로디어가 물었다.
"셀리나의 몸뚱이는 어디 있어요?"
"재칼의 먹이로 주었소."

그가 대수롭지 않게 말했다. 클로디어는 당장이라도 토할 것 같았다. 세상에, 셀리나가 이런 남자를 사랑했다니! 이 사람은 동정심도 없나?

"여기서 몇 번이나 셀리나와 정사를 벌였죠, 벌거벗은 등에 뜨거운 햇볕을 받으면서 말이죠? 그녀에게 아무런 감정도 없었나요? 황제의 목숨을 노린 당신의 기도가 실패하면 그녀를 이용할 생각이었으면서도요?"

"셀리나요?"

그 이름을 잘 모르기라도 하는 것처럼 그는 이마를 찌푸렸다.

"그녀는 발정난 암캐 같았소. 쉽게 내 손 안으로 들어왔지. 그런데 당신은……."

그가 앞으로 다가왔다.

"당신은 아주 달라."

클로디어는 그가 그 말에 자기가 아주 좋아할 거라고 생각한다는 것을 깨달았다. 자꾸 구역질이 나려고 했다.

"그런데 우리가 같은 정치적 목적을 가지고 있다고 한다면요? 나 역시 마커스 안토니우스를 동방에서 우리 국민의 눈부신 미래를 본 위대한 현자라고, 우리가 가진 것을 확실히 하는 게 아니라 밀고 나갈 사람이었다고 믿는다면 어쩌시겠어요?"

"당신이?"

카펠라의 눈길이 그녀의 가슴 위에서 떠돌았다.

"아우구스투스 황제가 우리 군인들을 단순히 평화 유지군으로 격하시킴으로써 로마를 약화시켰다고 걱정하는 사람이 당신뿐이라고 잘난 척 하지 마세요."

클로디어가 고개를 젖혀 곱슬거리는 머리를 뒤로 넘기면서 말했다.

"알았소, 알았어."

마지못해 인정하면서 카펠라가 고개를 끄덕였다.

"그럼 어디 당신의 제안을 들어봅시다."

클로디어는 자기가 큰소리를 내며 숨쉬는 것을 느꼈다. 그녀는 그때까지 자기가 숨을 멈추고 있다는 것을 깨닫지 못하고 있었다.

"난 부자예요. 헥터가 그만둔 일을 내가 계속하고 싶어요."

그녀의 눈앞에 마부의 모습이 나타났다 사라졌다. 위가 꿈틀했다. 아아, 그러나 인간은 시간을 되돌릴 수 없다.

"잘 됐어, 우린 당신 같은 사람들이 필요하지!"

그가 말했다. 온몸이 열정으로 활활 타오르고 있었다.

"용기와 배짱이 있고 가짜 황제 아우구스투스를 몰아내기 위해서는 어떤 희생이라도 할 각오가 되어 있는 사람들 말이요. 난 할 거요. 내일 내 임무를 완수하면 우리는 다시 한번 진정한 민주주의를 누리게 될 거요."

"공화국 만세!"

그녀가 외쳤다. 그가 싱긋이 웃었다.

"물론이오. 동전 하나 있소?"

네, 뭐라구요?

"우리의 목적이 사람보다 더 중요하다는 걸 알 텐데?"

오, 이럴 수가! 자기 눈을 의심하면서 클로디어는 그의 손에 들린 무기를 응시했다. 갑자기 화살이 목표물을 다시 한 번 똑바로 겨냥했다. 그녀의 심장이 그 운명을 피하려고 몸부림치며 내는 격렬한 박동 소리가 카펠라에게 들릴 것 같았다.

"난 내 목적을 이루기 직전이오."

그가 어깨를 으쓱했다.

"그러니 어떤 것도 운에 맡길 수는 없소. 하지만 당신의 죽음에 어떤 위안이 있다면 내가 이 행위에서 아무런 즐거움도 얻지 못한다는 걸 아는 것이겠지. 자, 원한다면 동전을 넣으시오."

클로디어는 지갑을 뒤져 청동 동전을 꺼낸 것은 기억하지 못했지만 동전이 햇빛에 반짝이던 것은 기억났다.

"그걸 입에 넣으시오."

카펠라가 지시했다.

"스틱스 강을 건네줄 뱃사공에게 값을 치러야 할 것 아니오."

"미안해요."

클로디어는 동전을 던져 그의 발 앞에 떨어뜨렸다.

"난 뱃멀미를 해."

그녀는 그가 놀라서 입을 딱 벌리는 것을 바라보았다.

"하지만 넌 그게 필요할 거야, 굳은 똥덩어리 같은 인간아. 그리고 네가 건널 때는 배가 요동을 칠 걸! 넌 대경기장에서 공개적으로 치욕을 당하면서 반역자에게 가해지는 긴 고통 끝에 죽게 될 거야, 네가 구하려고 했던 그 사람들에게 조롱과 야유를 받으면서 말야. 미리 말해두겠는데 카펠라, 난 맨 앞줄에 앉아 네가 고통 당하는 꼴을 하나도 빼놓지 않고 즐길 거다!"

"개 같은 년!"

활시위를 당기면서 그가 으르렁거렸다.

"네 년을 믿지 않기를 잘 했지! 지옥의 신에게 인사나 하시지."

"너나 인사해라."

낮고 굵은 목소리가 울렸다. 동시에 30명 정도의 남자가 숨어 있던 곳에서 나타났다. 어떤 사람들은 창을 겨눴고 또 어떤 이들은 칼을 치켜들었으며 10명이 넘는 궁수가 카펠라를 겨냥하고 있었다.

혁명가의 눈이 클로디어의 눈을 쏘아보았다.

"네 년이 덫을 놓았군! 날 계속 얘기하게 해 놓고는……."

그는 말을 끝내려고 애쓰지도 않고 활시위를 놓았다. 공기를 가르는 소리가 났다. 팅. 클로디어는 선 채로 빙 돌았다. 비명소리가 들렸다. 털썩. 그리고 깜깜해졌다.

암흑밖에는 없었다.

"다음에 내가 당신한테 몸을 날릴 때는,"

나지막한 목소리가 들렸다.

"당신은 저항하지 못할 거요."

"음!"

입에 물린 풀만 아니었다면 클로디어의 저항은 더 거셌을 것이다. 그녀는 엉겅퀴를 뱉고 눈에 묻은 모래를 문질러 닦아냈다.

"오빌리오, 당신이 만일, 만일……."

그녀는 입을 다물었다. 카펠라가 순순히 응하지 않았던 것으로 보이는 체포를 감독하기 위해 그가 급히 그녀 곁을 떠났기 때문이었다. 카펠라의 손마디뿐 아니라 관자놀이에서도 피가 흐르고 있었고 옷은 마구 헝클어져 있었다. 클로디어는 땅바닥에서 몸을 일으켜 치마에 묻은 먼지를 털었다. 어째서 백단향 향기가 축축한 풀냄새보다 더 강한지 알 수가 없었다.

그녀의 뒤에 있는 흰 자작나무에 화살이 박혀 떨리고 있었다.

"뭐라고 했소?"

사원의 계단을 한 번에 두 단씩 내려오며 오빌리오가 미소를 띠고 물었다. 클로디어는 대답 대신 그의 얼굴에 매섭게 따귀를 올려붙였다.

"그렇게 늦게 오면 어떡해요!"

그녀가 퍼부었다.

"당신이 그렇게 짜증나게 미적거리는 바람에 저 불쌍한 사람이 화살을 맞았잖아요!"

그녀는 엄지손가락으로 마부를 가리켰다.

붉은 자국이 그의 뺨 한 옆에서 활활 타고 있었지만 그의 눈의 반짝임은 그보다 더 밝게 타오르고 있었다.

"그는 우리 일행이었소."

그가 말했다.

"우린 그에게 가죽 조끼를 입히고 언제든 무슨 일이 일어나면 그에게 경고해줄 사람을 하나 딸려서 보냈소. 사실을 말하자면,"

오빌리오는 못마땅한 듯 코웃음을 쳤다.

"우린 이 일이 끝나면 그를 극단에 잃게 될 것 같소."

그는 귓가를 핑 스쳐가는 돌조각을 날렵하게 피했다.

"그럼 내가 전혀 위험하지 않았다는 거예요?"

"전혀."

그녀가 휘두르는 산사나무 가지를 피하며 오빌리오가 말했다.

"당신이 이리로 올라와서 카펠라의 주의가 당신에게 쏠리는 동안 내 부하들은 뒤에서부터 조여들었지."

"난 정신을 잃을 정도로 겁이 났었다고요!"

"그 덕분에 카펠라가 완전히 속아넘어간 거요. 사실 당신의 연기는 마부의 연기보다 훨씬 더 그럴 듯했어요."

"그건 내가 평소에 절대로 거짓 태도를 꾸미지 않기 때문이에요!"

클로디어가 거만하게 말했다. 오빌리오의 웃음이 부서져 가고 있는 사원 주변에 울려퍼졌다.

"로마로 갈 때 태워줄까?"

그가 물었다.

"천만에요."

그녀가 쏘아붙였다.

"우린 셈이 끝난 거예요. 아시죠?"

오빌리오는 그녀 뒤에서 뛰어내려왔다.

"그래요, 당신이 내게 눈감아달라고 했던 그 사소한 신용 사기 건에 대해서 말이오?"

"네?"

그녀의 마음은 카펠라에게서 고백을 끌어내는 일에 있어서의 자신의 역할을 이미 지워버렸다. 삶은 앞으로 가는 것이지 뒤로 가는 게 아니다. 그리고 클로디어는 어린 로티스를 방문할 일이 있었다. 열다섯이라. 헥터의 엄청난 제국을 감당하기에는 너무 어리지 않은가. 만일 그 아이가 친구를 필요로 한다면 그건 바로 지금이다! 그녀가 의지하고 믿을 수 있는 사람, 그녀가 자신의 감정을 향하게 할 수 있는 사람. 그리고 그 사업의 전문가보다 더 좋은 사람이 어디 있겠는가?

오빌리오는 멈춰서서 야생 배나무의 껍질을 살펴보고 있었다. 뒤에서 보니 그의 어깨가 흔들리고 있는 것 같았다.

"그 사기 건이 무엇이었는지 혹시라도 얘기해주고 싶지는 않겠지요?"

클로디어는 그렇게 공들여서 바위를 파내어 만들었던 오래된 사원을 돌아다보았다. 그것은 이젠 무너져 거의 흙이 되어버렸다. 시체를 숨기기에 이보다 더 완벽한 장소가 어디 있을까? 특히 키 크고 검은머리에 잘 생긴 비밀 경찰의 시체를 숨기기에 말이다.

"오빌리오."

그녀가 순진하게 말했다.

"내 팔을 잡아주세요, 네?"

Marilyn Todd

내일 아침 당신이 처음 보는 사람의 시체 옆에서 깨어난다고 상상해보라. 긴급구호전화 999를 누를 수도 없다. 전화도 없고 아무튼 간에 경찰이라는 게 없으니까. 당신은 겁에 질리고 어떻게 해야 할지 모른다. 그리고 그 시체가 어쩌다가 그렇게 칼에 찔린 상처 투성이인지, 그리고 어떻게 해서 당신 침대 밑에 피 묻은 단검이 있는지 어리둥절해 있는데 일단의 군인들이 쏟아져 들어온다. 당신이 반항한다면 당신을 죽일 준비를 하고서.

당신은 끌려간다. 거칠게 취급당하며 더럽고 끈적거리는 액체가 벽을 타고 흘러내리고 하수도 냄새가 진동하는 감방에 처넣어진다. 당신은 그들에게 자신은 결백하다고, 자신은 살인을 할 만한 사람이 못 된다고 말한다. 그러나 무슨 일이 일어나는가? 머리에 곤봉 세례가 퍼부어지는 것이다!

누구도 당신 얘기를 들어주지 않는다. 아무리 부인을 해도 믿어주지 않는다.

그 사람이 다른 곳에서 살해되어 당신 집에 버려졌다는 것을 입증해줄 변호사들도 없고 '사실 죽음의 원인은 혈전증이다. 피는 토끼피고 상처는 죽은 지 한참 후에 누군가가 찔러서 생긴 것'이라고 말해줄 병리학자도 없다.

따라서 판사는 당신이 죄인이라고 선언하는 데 어떤 가책도 느끼지 않는다. 결국 교수대로 올라가면서 당신은 마지막으로 이런 생각을 한다.

"왜 아무도 날 도와주려 하지 않지?"

아무튼 엘리스 피터스는 그 불균형을 바로잡았다. 캐드펠 수사를 통해 시루즈베리가 생생하게 눈앞에 그려졌으며, 관찰이라는 단순한 도구와 인간 행동에 대한 이해력을 사용하여 살인자들을 밝혀낸다. 우리 자신의 기지가 살인자의 기지와 대결을 벌이지만 우리의 눈은 그 온화한 수도승만큼 날카롭지 않고 사람의 성격을 읽는 것도 그의 반만큼도 정확하지 않다.

그러니 우리 모두 잔을 들어 엘리스 피터스의 추억에 건배하자. 그리고 역사추리소설의 미래를 위해 또 한 번 건배하자!

마릴린 토드

수도원장 제거하기

수잔나 그레고리

누가 진실을 말하고 있는 것일까? 거짓말을 할 이유가 전혀 없을 시넌일까? 페리건 원장의 죽음에 기뻐하는 게 분명한 야심만만한 휴일까? 교활한 윌리엄일까, 늙은 원장 하나쯤 쉽게 죽일 수 있는 독한 약에 접근할 수 있는 유도일까? 그 세 사람 모두 원장이 죽기 전에 그의 곁에 있었다. 따라서 그에게 독을 먹일 기회가 있었고 그들 모두 원장이 되고 싶어하니 동기도 분명했다.

***

글로스터셔의 킹스우드 수도원 : 1180년 크리스마스

눈이 조용히, 부드럽게 내리며 교회 묘지에 얇은 흰색의 담요를 덮고 흐릿한 한낮의 빛 속에서 촉촉하게 반짝이는 눈발로 거친 나무관을 감싸고 있었다. 버클리의 리처드는 두 명의 수사가 원장의 시체를 구덩이에 내리려고 애쓰는 모습을 지켜보다가 관이 위태롭게 기울며 떨어지려고 하자 움찔했다. 관이 텅 하며 얼어붙은 구덩이 바닥에 닿는 소리가 나자 그의 옆에 서 있던 그의 아내 앨리스가 안도의 한숨을 내쉬었다. 그녀는 남편의 팔을 잡았다.

"보세요. 여기 오는 걸로 당신은 할 일을 다 한 거예요. 날씨가 더 나빠지기 전에 집으로 돌아갑시다. 그렇지 않으면 하느님께 버림받은 이곳에서 밤새 헤매게 될 거예요."

"조금만 더 있겠소. 마부 시년에게 말안장을 얹으라고 해요. 다 얹어놓을 때쯤이면 나도 갈 준비가 될 거요."

그녀는 그가 그렇게 머뭇거리는 것이 못마땅해서 다시 한 번 한숨을 쉬었지만 킹스우드 수도원에서 멀지 않은 힐슬리의, 리처드의 작지만 풍요로운 장원으로 가기 위해 말을 준비시키려고 그 자리를 떠났다. 리처드는 다시 주의를 돌려 두 명의 수사가 입을 벌리고 있는 무덤 안으로 서둘러 흙을 퍼넣는 모양을 바라보았다. 그들은 수도원의 활활 타고 있는 불 곁으로 돌아가고 싶어 열심이었다. 자신의 친구였던 원장에 대한 추억에 잠겨 있던 리처드는 식품 공급을 맡고 있는 휴 수사가 다가오는 것도 모르고 있다가 바로 옆에서 목소리가 들리자 놀라서 펄쩍 뛰었다.

"와주셔서 고맙소."

휴 수사가 말했다. 그러나 그의 목소리에서는 리처드가 페이건 원장의 무덤 가에 있는 게 영예라기보다는 짜증스럽다는 느낌이 전해져 왔다.

"가기 전에 우리와 함께 차라도 드시지요."

페이건을 생각하던 리처드는 정신을 차리고 휴를 돌아다보았다. 그의 거만한 얼굴에 환대의 뜻이 담겨 있지 않으리라고 예상은 했지만 정말로 그랬다. 휴는 혈색이 좋고 매끄러운 검은 머리의 수사로, 리처드와는 사이가 좋지 않았다.

"고맙지만 사양하겠습니다. 제 아내가 눈이 쌓이기 전에 떠나고 싶어해서요."

휴는 그의 동료 수사들이 삽의 등으로 탁탁 때리고 있는 흙더미를 흘끗 내려다보았다.

"당신은 페이건 원장의 권유로 아내를 얻었다면서요. 당신에게 다른 일을 해보라고 원장이 권하지만 않았다면 당신은 우리 수도회에 들어왔을지도 모른다고 들었소."

리처드는 고개를 끄덕였다. 리처드는 막강한 버클리 경의 막내아들로서 수도사가 되어 그의 증조부가 세운 이 수도원에 자리를 잡을 것으로 예상되었다. 그러나 세속적 야심에 무심했던 페이건 원장이 보기에도 그에겐 수도사가 될 자질이 부족해서 굳이 앨리스에 대한 그의 무분별한 열정을 거론할 필요조차 없었다. 페이건 원장은 버클리 경을 설득해서 그의 아들에게 작은 영지를 주도록 했다. 앨리스가 옆에 있으니 리처드는 기대했던 것보다 훨씬 더 행복했다. 그래서 자신을 수도원에서의 삶으로부터 구해준 페이건 원장에게 늘 감사하고 있었다.

"장례식 바로 전에 여기 마부와 얘기를 나누었지요."

휴 수사와 자신의 사생활을 논하고 싶지 않았던 리처드가 화제를 바꾸었다.

"마부가 하는 말이 원장님께서 심하게 토하다가 돌아가셨다던데, 수사님께서 보낸 전갈로는 포도주에 질식하셨다지요. 어떤 게 맞습니까?"

휴는 신경질적으로 고개를 저었다.

"정말이지 놀랐소! 하인들 사이의 소문에 귀를 기울일 정도로 시간이 많다니요. 그럴 사람이 아닌 줄 알았는데."

그가 그곳을 떠나려하자 리처드는 그의 팔을 붙잡았다.

"무슨 일이 있었는지 알고 싶어요. 원장님은 내게 좋은 친구였어요."

그가 조용히 말했다.

"그는 많은 사람들에게 좋은 친구였소. 그게 그의 문제였지요."

잡힌 팔을 거칠게 빼내며 휴가 중얼거렸다.

"무슨 말씀이죠?"

휴 같은 사람이 그 온화한 원장을 비판하다니, 화가 치민 리처드가 추궁하듯 물었다.

"말한 대로요."

휴가 내뱉듯 말했다.

"페이건은 점점 기력이 쇠해가는 노인이었소. 게다가 모든 사람에게 좋게 해주려고만 하니 수도원에 부담이 됐지요. 그 양반은 벌써 몇 년 전에 더 젊고 유능한 사람에게 자리를 내주고 물러나야 했어요."

"그 젊고 유능한 사람이란 당신을 말하는 것 같군요?"

그의 뻔한 속셈이 역겨워져 리처드가 차갑게 물었다.

"하지만 내 질문에는 대답을 안 하셨어요. 어떻게 돌아가셨지요?"

"말한 대로요. 그는 너무 늙어서 포도주를 마시면서도 숨이 막히곤 했어요. 우리는 그를 그의 방으로 데려갔는데 밤 사이에 돌아가셨소. 자, 그만 가도 되겠소? 난 여기 하루 종일 서 있을 수가 없어요. 내겐 돌봐야 할 중요한 일들이 많소."

보통 때는 폭력적인 충동에 사로잡히는 일이 없는 그였지만 자기가 이 수사의 목을 두 손으로 잡고 두 번 다시 페이건에 대해 못된 말을 하지 못하도록 목을 졸라버리는 일이 발생할까봐 주먹을 꽉 쥐고 있어야만 했다. 페이건은 킹스우드 수도원에 30년 넘게 봉사해왔다. 그는 결코 휴 수사 같은 이에게 그의 훌륭한 성품을 조롱당해야 할 사람이 아니었다.

리처드는 조용히 생각에 잠긴 채 잠시 더 서 있다가 앨리스를 찾으러 갔다. 그녀는 문지기 수사와 언쟁을 하고 있었다. 마부 시년을 어디에서도 찾을 수가 없자 그녀는 마구간에 가서 찾아보고자 했다. 그러나 여자들은 수도원 안에 들어갈 수 없었다. 그런데도 문지기 수사가 따뜻한 방을 떠나 직접 시년을 찾으러 눈 속을 터벅거리고 가고 싶어 하지 않아서 서로 사납게 언쟁을 벌이고 있었던 것이다.

"그 부인, 들어오시게 해요!"

그 옆을 의젓하게 지나가던 휴가 소리쳤다. 그들이 빨리 가야 하는 만큼이나 그도 그들을 빨리 내치고 싶은 게 분명했다.

"말이 없으면 어떻게 돌아가실 수가 있겠소?"

"수사님의 친절과 환대는 언제나 절 놀라게 하는군요."

앨리스는 쏘아부치듯 말하고 문을 들어서서 마구간 쪽으로 사라졌다.

그녀의 뻔뻔스러움에 화가 나서 휴가 뭐라고 중얼거리는 것을 보자 리처드의 기분이 조금 좋아졌다. 그가 말을 기다리며 수도원을 구성하고 있는 초라한 돌집 몇 채와 오두막들을 둘러보고 있을 때 세 명의 남자가 그에게 다가왔다. 모두 시토 수도회 수사들이 입는 흰 수사복에 검은 에이프런 차림이었다. 그 중 두 사람은 그도 아는 사람들이었다. 식료품 보관을 책임지고 있는 윌리엄 수사는 뚱뚱했고 성치 않은 오른손을 언제나 소매 안에 감추고 다녔다. 진료소 담당자인 유도 수사는 붉은 머리에 잘 생겼으며 잘 웃고 냉소적인 유머감각의 소유자였다.

"이분은 요크의 존 신부님일세. 틴턴의 우리 본 수도원에서 오신 시찰관이시라네."

윌리엄 수사가 돌아서서 성한 손으로 세번째 수사를 가리키며 말했다.

"시찰관이요?"

어리둥절해서 리처드가 물었다. 유도가 웃으면서 그의 옆구리를 찔렀다.

"우리와 같이 있던 때 배웠던 걸 다 잊었나?"

그가 놀리듯 물었다.

"시찰관이란 이제 누가 우리 원장님이 될 지 알려줄 분이잖나."

"페이건 원장께서 돌아가셨다는 소식이 왔을 때 내가 그곳에 있었던 게 다행이었소."

존이 말했다. 그는 키가 컸고 수사복 위에 털로 안을 댄 망토를 입고 있어서 다른 사람들과는 달리 어깨 위에 쌓이고 있는 눈에 개의치 않는 것 같았다. 그는 귀족처럼 노르만인의 프랑스어를 쓰고 있었다. 리처드는 존이 시토 수도사들 중 높은 직위에 오를 사람이라고 확신했다.

"여기 왔으니 불필요하게 시간 끌 것 없이 페이건의 후임자를 정할 수 있을 거요."

"그러시군요."

페이건이 죽자마자 수사들이 그런 문제를 너무나 빨리 처리하려 한다는 것에 기분이 좋지 않았지만 그런 내색을 숨기려 애쓰며 리처드가 말했다.

"휴는 자기가 될 거라고 확신하고 있다네."

장난꾸러기처럼 눈을 반짝거리며 유도가 말했다.

"하지만 존 신부님은 오늘 밤 마지막 기도 후에 공식적으로 공표할 때까지는 어떻게 할 생각인지 우리한테 말하지 않을 걸세."

"누구나 다 휴가 훌륭한 원장감이라고 생각하는 건 아닐세."

윌리엄이 리처드에게 말했다. 그러나 리처드는 그 말이 존 수사가 들으라고 하는 말임을 확실히 알고 있었다.

"그는 너무 성질이 급한데다 후원자가 되려는 사람들을 그 예의 없는 태도 때문에 쫓아버리고 말 걸세."

존은 조각한 듯 우아한 눈썹을 치켜올리며 관심을 표시했으나 대답은 하지 않았다. 윌리엄이 자신을 페이건 원장의 후임으로 가장 적당한 후보자라고 생각하고 있다는 것은 수도원과 마을에서 다 알고 있는 사실이었다.

"버클리 경 같은 후원자들 말이오?"

유도가 짓궂게 물었다. 그 역시 페이건이 남겨놓은 빈자리에 눈독을 들이고 있었다.

"불쌍한 원장님의 무덤 옆에서 휴가 리처드와 싸우는 소리를 들었소. 버클리의 아들을 적대시하는 건 글로스터셔에서 가장 부유한 가문으로부터 상당한 기부금을 얻어내는 가장 좋은 방법은 결코 아니지. 그가 잘난 척하며 돌아설 때 무슨 말을 했길래 자네가 그의 비쩍 마른 목을 비틀어버릴까 생각하게 됐나, 리처드?"

자신이 화가 난 게 다른 사람에게 눈치채였다는 사실에 당황해서 리처드는 얼굴을 찡그렸다.

"원장님이 어떻게 돌아가셨는지 물었을 뿐이네."

유도의 눈에서 즐거운 반짝임이 사라졌다.

"그분은 주무시다가 돌아가셨어."

윌리엄이 성급하게 살이 늘어진 턱을 흔들었다.

"말도 안 되는 소릴세, 유도. 원장님은 그날 밤에 휴가 내놓았던 그 형편없는 빵이 목에 걸려 돌아가신 거라구. 그렇지만 그분의 죽음은 하느님의 뜻이지 다른 게 아니야."

"주무시다가 돌아가셨다니? 형편없는 빵은 또 뭐고?"

어리둥절해서 이 사람 저 사람을 번갈아 쳐다보며 리처드가 물었다.

"게다가 휴 수사는 포도주 때문에 돌아가셨다고 하고 마부 시녀은 심하게 토하셨다고 한다네. 왜 얘기가 다 다르지?"

두 명의 수사는 서로 싸우기 시작했다. 어이가 없어서 리처드는 그들을 그냥 바라보고만 있었다. 시찰관인 존을 흘끗 보니 그도 자신처럼 구경만 하고 있었다.

"페이건 원장이 어떻게 돌아가셨는지 우리 모두 잘 모르고 있는 것 같군요."

그들의 논쟁이 결국 불편한 침묵으로 잦아들자 존이 말했다.

"시어버린 포도주나 말라빠진 빵 때문에 편찮으셨는지도 모르지요. 주무시다가 자연히 숨이 끊어졌는지도 모르고요. 우리가 확실히 알 수 있는 건 그분이 마지막 기도 후에 편찮으셨고 다음 날 새벽 전에 방에서 돌아가신 채로 발견됐다는 것뿐이오."

"하지만 누군가가 그분 곁에 있었을 겁니다. 저녁식사 후 편찮아지신 노인을 밤새 혼자 그냥 내버려두지는 않았겠지요?"

리처드가 이의를 제기했다.

"자리에 뉘어드리니까 좀 낫다고 하셨다네."

유도가 반박했다.

"휴와 윌리엄과 내가 곁에 있겠다고 했는데 다 나가라고 하셨어."
"어쨌거나 이젠 상관 없지 않은가."
윌리엄이 거만하게 말했다.
"원장님은 땅에 묻혔어. 주님, 그의 영혼을 쉬게 하소서. 그리고 우리는 수도원의 과거가 아니라 미래를 생각해야만 하네."
그는 공손한 태도로 존의 팔을 잡고 그를 안내해서 문 쪽으로 향했다. 그 뒤를 따라가려는 유도의 옷소매를 리처드가 붙잡았다.
"무슨 일이 일어나고 있는 거지? 원장님은 명이 다해 돌아가신 건가, 아니면 여기 수도원에 그분 자리를 탐내는 수사가 너무 많아서 그들 중 하나가 그분 죽음을 재촉하기로 결정한 건가?"
"그런 비난은 불쾌할 뿐만 아니라 위험하네."
그로서는 드물게 벌컥 화를 내며 유도가 말했다.
"우린 친구야. 충고 하나 할 테니 듣게. 그런 비열한 중상모략은 입 밖에 내지 말게."
리처드가 그에게 뭔가를 더 물어보려는 순간, 찢어지는 듯한 비명이 들렸다. 그것이 앨리스의 목소리라는 것을 알자 그의 가슴이 덜컥 내려앉았다. 그는 문으로 돌진하여 마구간까지 마구 달렸다. 앨리스는 두 손을 맞잡고 그에게로 달려오고 있었다. 멀리서도 그녀의 두 손이 빨갛게 물들어 있는 것을 볼 수 있었다.
"시녀이에요! 마구간에 있는데 목이 잘렸어요!"
그녀가 외쳤다.

앨리스가 불 곁에서 웅크리고 떨고 있는 동안 리처드는 안절부절못하며 왔다갔다하고 있었다. 바람이 창의 덧문들을 흔들고 굴뚝으로 불어내리고 있었다. 페이건의 장례식 때 흩날리기 시작하던 눈발은 사나운 눈보라의 내습을 알리는 서곡이었다. 리처드와 수사들이 시녀의 시체를 조사하고 앨리스도 따뜻하게 데운 포도주를 마시고 진정됐을 무렵에는 날씨가 너무나 나빠져서 힐슬리까지 몇 미터 안 되는 거리도 말을 타고 간다는 것이 불가능해졌다.

그러나 리처드와 앨리스가 수도원의 접객소(창문에 진짜 유리가 끼워져 있고 벽난로에는 불이 활활 타오르고 있는, 대문간 위의 멋진 방)에서 머물러야만 한다는 것을 수사들은 아무도 반기는 것 같지 않았다. 아마도 리처드가 그 늙은 원장의 목숨을 앗아간 게 무엇이며 누가 그 일에 간여했는지 정확히 알아낼 때까지는 만족하지 못하리라는 것을 느꼈기 때문이리라.

"수사들이란 골치 아픈 사람들이에요."

남편이 왔다갔다하는 것을 지켜보던 앨리스가 말했다.

"내가 왕이라면 그들을 전부 쓸어내버릴 텐데."

"페이건 원장님은 골칫거리가 아니었소."

포도주를 따르면서 리처드가 말했다.

"그분은 덕 있고 친절한 분이었소. 모든 사람들에게 좋은 일만 있기를 축원해주셨지. 술 더 들겠소?"

"아뇨."

앨리스가 얼굴을 찡그렸다.

"이건 식초처럼 시어요. 가엾은 원장님이 이 술에 숨이 막힌 것도 당연해요. 이건 독약이에요!"

자기가 무슨 말을 했는지 깨닫자 그녀는 눈을 크게 뜨고 두 손으로 얼른 입을 막았다.

"그것 때문에 원장님이 저녁 드시면서 숨이 막혔다고 생각해요? 독약이라고?"

그 생각은 리처드의 마음을 스쳐갔던 것이 분명했다. 페이건이 병이 나서 죽었건 자다가 죽었건 간에 그것은 그가 저녁 때 먹었던 것에 이상한 반응을 보인 후였다. 그는 천천히 고개를 끄덕였다.
"그런 가정도 해볼 수 있겠군."
앨리스의 눈이 리처드가 들고 있는 술잔을 향했다.
"그렇다면 마시지 마세요! 자신의 야망을 위해 노인을 살해할 수도 있는 사람이라면 참견하기 좋아하는 양치기 농부쯤 해치우는 걸 망설이겠어요? 당신이 버클리 경의 아들이라는 것도 당신 목숨을 구하진 못할 거예요."
리처드는 술잔을 입으로 가져가던 참이었으나 다시 내려놓고는 백랍의 술잔 바닥에서 빙빙 돌고 있는 검은색 액체를 물끄러미 들여다보았다.
"그런데 여기서 무슨 일이 일어나고 있는 것 같소?"
그녀는 어깨를 으쓱했다.
"분명하지요, 뭐. 페이건 원장님은 삼십 년이나 이 수도원을 다스렸는데 누군가가 이제 지도자를 바꿀 때가 됐다고 결정한 거죠. 그 오만한 휴 수사는 페이건의 죽음이 뜻밖의 행운이라고 여기는 자신의 생각을 숨기려 들지도 않았고, 당신의 그 늘 미소짓고 다니는 유도라는 친구와 윌리엄은 자신들이 훌륭한 후임자가 될 거라고 믿는 게 눈에 보이던 걸요."
"당신은 그 세 사람 중 하나가 원장님을 죽였다고 생각하오?"
탁탁 소리내며 타고 있는 불을 응시하며 그녀가 이마를 찌푸렸다.
"그들은 명백한 동기가 있는 사람들이에요. 그런데 너무나 많은 거짓말을 꾸며냈기 때문에 뭐가 진실이고 뭐가 거짓인지 알기가 어려워요. 휴는 페이건 원장님이 술에 숨이 막혔다고 주장하지요. 그는 식품 공급담당이니 빵에 문제가 있었다고 하기 싫겠지요. 반대로 식품 보관 담당인 윌리엄은 빵이 문제라고 주장하고 있어요. 포도주를 의심하지 못하도록 하기 위해서죠. 그런가 하면 유도는 페이건 원장님이 주무시다가 돌아가셨다고 해요. 그는 진료소 담당이니 독성 있는 약들에 마음대로 접근할 수 있는 데다가 누군가가 그의 약품 저장실을 기웃거리며 혹시 독약이 있지 않나 뒤지는 걸 원치 않기 때문이죠. 이 사건에서 뭐가 진실인지 누가 알겠어요?"

"누군가는 페이건 원장님을 죽인 범인을 알고 있어."

리처드가 침통하게 말했다.

"그리고 불쌍한 시년을 잊어선 안 돼요. 그는 살해당해서 목이 잘린 채로 마구간에 누워 있었어요. 그 사람이 술에 질식해 죽었다는 휴의 전갈이 틀렸다고 하면서 정확히 뭐라고 했는지 말해주세요."

리처드는 얼굴을 찌푸리고 턱을 문질렀다.

"우리가 킹스우드에 막 도착했을 때 그가 우리 말을 데려가려고 와서는 우리가 장례식에 겨우 맞춰 왔다고 하더군. 그래서 나는 휴가 오늘 아침에야 전갈을 보내왔다고 말했지. 그자는 분명히 우리가 너무 늦었으니 가지 말자고 하기를 바랐던 거요."

"그랬다면 휴는 당신을 잘 모르는 거군요. 시년이 또 무슨 말을 했지요?"

앨리스가 미소를 지으며 물었다.

"휴의 말로는 원장님이 술에 목이 메어서 돌아가셨다더라고 하니까 그는 원장님이 휴와 윌리엄, 유도의 부축을 받으면서 식당을 나와 방으로 가는 걸 봤다고 했소. 그가 원장님 방에 불을 끄러 갔을 때 그들 세 사람 모두가 거기 있었다고 하더군. 시년은 그때 원장님이 토하는 걸 본 거요."

"그런데 유도는 원장님이 다 나아서 그들 세 사람에게 가보라고 했다고 말했고요."

앨리스가 생각을 모으며 말했다.

"만일 원장님이 식당에서 부축을 받고 나와야 했을 만큼 편찮으셨고 나중에 시녀가 불을 단속하러 갔을 때도 여전히 앓고 계셨다면 그렇게 빨리 나으셨을 것 같지 않아요. 그분은 독살당한 게 분명해요. 시녀가 그날 밤 본 것을 아무에게도 말하지 못하도록 그를 죽여버린 거죠."

"그렇지만 그가 뭘 봤겠소?"

리처드가 실망하며 물었다.

"시녀는 영원한 침묵을 강요당할 만한 말은 아무것도 안 했소. 게다가 그는 이미 내게 자기가 본 것을 말했으니 일은 벌써 끝난 것 아니오."

"그래서 두 가지 의문이 생기는 거예요."

앨리스가 심각하게 말했다.

"첫째는 그 살인자가 시녀가 당신에게 자기가 아는 것을 벌써 말했다는 사실을 알고 있을까 하는 점이에요. 두번째는 그가 지금 우리를 자기 계획에 위협이 되는 존재로 간주하고 우리까지 죽이려 할까 하는 거예요."

어두운 불빛 속에서 그녀는 눈을 크게 떴다. 리처드는 그녀를 끌어안고 그녀의 머리에서 풍기는 깨끗하고 상쾌한 향기를 들이마셨다.

"나는 오늘 밤 수사들의 식사에 초대받았소. 당신은 여기서 혼자 먹게 될 테지. 내가 알아볼 수 있는 대로 알아보겠소. 우리가 안전할 수 있는 유일한 방법은 그 살인자를 찾아내서 그를 법에 넘기는 거요. 내가 나가면 문을 잠그고 나 외에는 누구에게도 열어주지 말아요."

그녀는 불안하게 고개를 끄덕였다. 그는 한 친구의 장례식에 참석하겠다는 자신의 결정이 자신이 어느 누구보다도 사랑하는 사람을 보이지 않는 위험 속으로 끌고 들어왔다는 두려움에 몸을 떨었다.

수사들이 식당으로 사용하는 넓은 방의 벽난로에서는 불이 활활 타오르고 있었다. 휴가 양고기와 콩수프를 국자로 떠주고 윌리엄이 포도주를 부어주었다. 자신들은 대개는 좀더 검소하게 먹지만 시찰관이 있기 때문에 휴가 식사에 기름기 있는 수프와 갓 구운 빵을 내놓게 된 거라고 유도가 그에게 속삭였다.

식당에는 긴장감이 감돌았다. 모두들 다음 원장이 누가 될지 듣고 싶어 안달이었다. 약 40명 정도의 수사들이 방의 이쪽 끝에서 저쪽 끝까지 닿는 기다란 두 개의 식탁에 앉아 있었다. 그들이 앉은 식탁과 직각으로 놓여진 식탁에 가장 연장자인 세 명의 수사 휴, 윌리엄, 유도가 존 신부와 리처드와 함께 앉아 있었다.

리처드는 술을 조금씩 마셨다. 포도주가 너무 시어서 위가 뒤틀리는 것 같았다. 살인자가 수도원의 모든 사람들이 보는 앞에서 또 한 사람에게 독을 먹일 거라고는 생각하지 않았지만 자기 친구가 수도원 대문 밖 묘지의 얼어붙은 땅 밑에 살해당해 누워 있다고 생각하니 식사를 즐길 기분이 아니었다.

"페이건 원장님은 어떻게 돌아가셨습니까?"

그가 물었다. 그는 자신과 앨리스를 보호하는 최선의 방법은 자신이 가지고 있는 의심을 사람들에게 알리는 것이라고 작정하고 있었다. 수도원 안에서 그들이 연이어 죽으면 많은 의문이 일어날 것임을 살인자가 깨닫게 되리라는 희망에서였다. 그는 휴와 윌리엄과 유도에게 질문을 던진 것이었으나 원장의 이름을 꺼낸 것만으로도 모든 대화를 멈추게 하기에 충분했다. 넓은 방 안은 갑자기 조용해져 장작 타는 소리 외에는 아무 소리도 들리지 않았다. 자신의 질문이 수사들 전체에 미친 효과에 당황한 리처드는 마른침을 꿀꺽 삼키고 질문을 계속했다.

"원장님은 식사 때 편찮으셨다고 들었습니다. 여러분 모두 보셨을 테지요. 무슨 일이 있었습니까?"

"그분은 하느님의 부르심을 받은 겁니다."

그 얘기는 싫증이 난다는 듯한 표정을 꾸미며 휴가 말했다.

"그리고 당신은 그것만 알면 되고요. 우리 수도원 담 안에서 일어나는 일은 당신이 상관할 바가 아닙니다."

"그러나 그건 제 부친의 관심사지요."

그의 옅은 푸른색 눈을 똑바로 쳐다보며 리처드가 말했다.

"저희 집안에서 세운 수도원에 봉사하시던 덕이 높은 원장님이 살해당했다는 것을 들으면 제 부친이 좋아하지 않으실 겁니다."

실내가 시끄러운 소리로 가득 찼다. 어떤 이는 화가 나서, 또 어떤 이는 그 말을 반박하며, 어떤 이는 그를 비난하며 저마다 목소리를 높였다. 그 얼굴들을 둘러보며 리처드는 페이건의 죽음에 관한 불분명한 사실들에 불편해 하는 것은 자신만이 아니라는 것을 느꼈다.

"조용히 하시오!"

휴의 성난 목소리가 그 소란을 한순간에 잠재워버렸다. 그는 리처드를 돌아보았다. 그의 목소리는 분노로 떨리고 있었다.

"당신은 우리 수도원의 손님이오. 당신에겐 그런 험한 비난을 할 권리가 없소! 만일 예의 바르고 명예롭게 행동할 수 없다면 당장 여기를 떠나시오!"

"제발 이러지 맙시다!"

유도가 소리쳤다. 언제나 명랑한 그의 얼굴에 고통스러운 표정이 떠올랐다.

"우리는 오늘 우리가 가장 사랑하는 형제 한 사람을 안식의 자리로 보냈습니다. 이런 말다툼으로 그분에 대한 기억을 손상시키지 맙시다."

"그러나 나는 그분을 죽인 자가 활개치고 다니도록 놔둠으로써 그분에 대한 기억을 손상시키는 일은 하지 않을 것이오."

리처드가 벌떡 일어서며 분노에 찬 목소리로 외쳤.

"그분이 술이나 빵에 질식하셨소, 아니면 주무시다가 돌아가셨소?

그도 아니면 내 의심대로 독살당하신 거요?"

또다시 정적이 내려앉았다. 존 신부는 팔짱을 끼고서 의자에 기대어 앉았다. 그는 리처드의 의문 제기에 사람들이 당황해하는 것을 주의 깊게 지켜보고 있었다.

"원장님은 술로 독살당하신 게 아니오."

윌리엄이 고집스럽게 말했다.

"내가 만든 술에 대해서는 내 자신이 틀림없이 보증할 수 있소. 그리고 우리 모두 같은 주전자에서 따라 마셨으니 술에 독이 들었었다면 오늘 아침에 원장님만 묻히지는 않았겠지요. 그분이 뭔가에 질식했다면 그건 빵일 거요."

"혼자 빠져나가겠다고 내가 제공한 빵을 탓하지 마시오."

휴가 으르렁거렸다. 그의 호전적인 얼굴에 분노가 가득 찼다.

"술이 잘못 됐다는 건 우리 둘 다 아는 사실이오."

윌리엄은 경멸스런 표정을 지었다. 휴의 말에 대꾸할 가치도 없다고 생각하는 게 분명했다. 그는 힘 없는 두 손을 펴고는 리처드를 바라보았다.

"자, 남은 음식이나 먹읍시다. 휴가 너무 성급했어요. 당신이 오늘 밤 떠나기를 바라는 사람은 아무도 없어요."

그건 왜 그렇지? 살인자에게 나를 없앨 기회를 주려고? 리처드가 이렇게 생각하고 있을 때 유도가 앉으라고 그의 팔을 잡아당겼다. 리처드는 마지못해 끌리듯 앉았다.

"자넨 슬픔이 지나쳐서 자네가 무슨 말을 하고 있는지도 모르고 있어."

유도가 부드럽게 말했다.

"원장님은 지난 며칠 동안 몸이 좋지 않으셨다네. 치료해드리겠다고 해도 거절하셨어. 그렇지만 식사 때 포도주를 한 모금 마시는 것도 그분껜 대단히 힘드는 노릇이었다네. 휴 형제가 주장하듯이 그분은 질식한 게 사실이야. 방에 가셔서 다시 괜찮아지셨고. 그때 그분은 마지막이 온 걸 느끼시고 우리에게 가라고 하신 것 같아. 혼자서 하느님과 화해하고 싶으셨던 게지. 그런 다음에 주무시다가 돌아가신 거라고 생각하네. 그분 연세가 일흔이었잖은가."

"시넌은 토하셨다고 하더군."

리처드가 고집스럽게 말했다.

"시넌은 그런 일을 판단할 만한 사람이 못 돼. 하지만 그 말은 맞네. 그가 불을 끄러 들어왔을 때 그러셨으니까. 하지만 그 덕에 편해지셨는지 나중엔 훨씬 낫다면서 우리더러 가라고 하셨어. 리처드, 그분은 저절로 돌아가신 거라네."

리처드가 물고 늘어졌다.

"그러면 시넌은 어떻게 된 건가. 그는 저절로 죽은 게 아닐세."

"시넌은 마을 사람들과 사이가 나빴어."

리처드의 집요함에도 조용함을 잃지 않은 채 유도가 차근차근 말했다.

"우리가 다 원장님 영결미사 때문에 여기 없는 틈을 타서 마을 사람 누군가가 죽였을 테지. 물론 우리가 그 일을 조사할 거야. 하지만 시넌이 살해당한 것은 원장님의 자연사와 완전히 별개의 일일세."

리처드로서는 평생 그처럼 납득이 안 되는 일은 처음이었다. 누가 진실을 말하고 있는 것일까? 거짓말을 할 이유가 전혀 없을 시넌일까? 페리건 원장의 죽음에 기뻐하는 게 분명한 야심만만한 휴일까? 교활한 윌리엄일까, 늙은 원장 하나쯤 쉽게 죽일 수 있는 독한 약에 접근할 수 있는 유도일까? 그 세 사람 모두 원장이 죽기 전에 그의 곁에 있었다. 따라서 그에게 독을 먹일 기회가 있었고 그들 모두 원장이 되고 싶어하니 동기도 분명했다.

휴나 윌리엄의 말은 수긍하기 힘들었지만 유도의 설명은 그럴 듯하게 들렸다. 리처드는 지난 몇 주 동안 페이건을 보지 못했다. 그래서 노인의 건강이 나빠지고 있었는지 어쩐지 알 수가 없었다. 그는 피곤한 듯 머리를 문질렀다. 리처드가 더이상 말하려고 하지 않는 것을 보자 존이 의자를 밀며 일어섰다. 순간 정적이 흘렀다.

"여러분의 새 원장이 될 분의 이름을 알릴 수 있게 돼서 기쁩니다."

존은 말을 멈추고 기대에 찬 얼굴들을 바라보았다. 리처드는 휴의 두 눈이 강렬한 희망으로 불타고 있는 것을 보았다. 반면에 윌리엄은 점잖게 앉아 있었다. 누가 최선의 선택이 될 것인지는 이미 결론이 났다는 듯한 태도였다. 유도의 얼굴에는 아무런 표정이 없었다. 그러나 리처드는 그의 손이 떨리고 있는 것을 눈치챘다.

"전 하느님의 인도를 바라면서 오랜 시간 기도를 했습니다. 그리고 여러분이 일하고 기도할 때 여러분 모두를 지켜보았습니다. 물론 제가 외부 사람을 그 자리에 임명할 수도 있다는 것을 아실 겁니다."

휴가 이의를 제기하려고 했다. 그러나 시찰관에게 의문을 제기하는 것은 신중하지 못한 짓임을 알고 있었기 때문에 그의 말은 목구멍 안에서 사그라져버렸다. 윌리엄의 살찐 얼굴은 땀투성이였다. 그는 불안해서, 성치 않은 한쪽 손을 구부리고 있었다. 유도는 석상처럼 그저 꼼짝 않고 앉아 있었다.

"그러나 저는 여러분 중에 특히 뛰어난 분이 있다는 결론을 내렸으며 그분은 여러분께 훌륭한 원장이 되어주실 거라고 믿습니다. 휴 수사님이 페이건 원장님의 후임자가 될 것입니다."

"휴라고요?"

나중에 리처드가 앨리스에게 존의 선택을 알려주자 그녀가 믿어지지 않는다는 듯 소리쳤다.

"존 그 사람, 도대체 무슨 생각을 하고 있는 걸까요? 휴는 무식한 돼지예요. 그리고 제 생각으로는 페이건 원장님의 살인에 첫번째 용의자라구요!"

"유도는 자연사라고 했는데 아주 설득력 있게 들렸소."

리처드가 피곤한 목소리로 말했다.

"어쩌면 우리가 슬픈 나머지 잘못 생각했는지도 모르겠소."

"그렇다면 시녀은 어떻게 된 거죠?"

앨리스가 말도 안 된다는 듯이 물었다.

"유도 말로는 시녀이 미움을 받았다던데. 그는 마을 사람이 그를 죽였다고 생각하더군."

"유도는 편리한 설명들을 손쉽게 아주 많이 얻을 수 있는 것 같군요. 하지만 그는 틀렸어요, 리처드. 시녀이 살해된 건 페이건 원장님의 죽음과 관련이 있어요. 확실해요."

"난 너무 피곤해서 오늘은 더이상 생각을 못하겠구려. 자야할 것 같소. 아침이면 문제가 다르게 보일지도 모르지."

"전 여기선 잘 수 없을 것 같아요."

혐오스러운 표정으로 방 안을 둘러보며 앨리스가 말했다. 그러나 그녀 역시 그날의 여러가지 사건들로 인해 지쳐 있었다. 그녀는 곧 잠에 빠져들었다. 수도원의 침대들은 폭신하고 따뜻했으며, 밖에서는 눈이 휘몰아쳤고 벽난로의 불은 매서운 추위를 몰아내며 방 안에 부드러운 빛을 던지고 있었다. 리처드의 꿈은 페이건의 환영으로 가득 찼다. 그는 자신의 때이른 죽음을 복수해 달라며 리처드를 부르고 있었다. 그런가 하면 시녀은 크게 벌어진 목으로 말하려고 애쓰고 있었다. 리처드는 두 손을 들었다가 자기 목도 잘린 것을 발견했다. 그는 숨이 막혀 헐떡이기 시작했다. 그는 공기를 충분히 들이마실 수 없어서 공포에 사로잡혀 두 팔을 휘둘렀다.

"리처드!"

앨리스의 비명이 그를 천천히 악몽으로부터 끌어냈으나 눈을 뜨려해도 눈이 찌르는 듯 쑤시고 아팠으며 여전히 숨을 쉴 수가 없었다. 방 안은 하얗게 소용돌이치는 연기로 가득했으며 연기가 너무나 자욱해서 아무것도 보이지 않았다. 숨이 막혀 걱걱대며 그는 앨리스의 팔을 붙잡고 그녀를 문쪽으로 끌었다. 문은 밖으로 잠겨 있었다. 그는 필사적으로 창문을 향해 비틀거리며 걸어가 창을 활짝 열어젖히고 밖으로 몸을 내밀어 눈발이 섞인 공기를 가슴 한가득 들이마셨다. 앨리스도 그의 옆에서 숨을 가쁘게 쉬며 심호흡을 하려고 애썼다.

복도에서 여러 목소리가 들리더니 누군가가 문을 쾅쾅 쳤다. 대답하려 했지만 목소리가 나오지 않았다. 뭔가 갈라지는 소리가 귀청이 찢어질 듯 크게 울렸다. 누군가가 상당한 힘으로 문에 도끼질을 하는 모양이었다. 얼마 안 되어 자물쇠가 박살이 나고 유도가 비틀거리며 들어왔다. 그 뒤로는 윌리엄과 휴가 들어왔다. 그들은 겁에 질린 표정으로 연기가 가득찬 방 안을 둘러보았다. 존 신부가 급하게 그들을 밀치고 달려 들어와 다른 창문들의 빗장도 빼버렸다. 신선한 공기가 밀려들어와 숨막히는 연기를 흩어놓았다.

"다행히도 무사하구먼!"

리처드와 앨리스에게 다가오며 유도가 안심한 목소리로 외쳤다. 앨리스가 그에게서 물러섰다.

"새벽기도에 가는 길이었는데 윌리엄이 연기 냄새를 맡았어."

"누군가가 당신 방 바깥에 있는 현관에 불을 지르고 문을 잠갔소."

휴가 말했다.

"깊이 잠들어 있었다면 연기 때문에 죽을 뻔했어요."

"우린 아주 깊이 잠들어 있었어요."

앨리스가 분명치 않은 소리로 말했다.

"전 리처드가 악몽을 꾸는지 주먹으로 치는 바람에 깼을 뿐이에요. 절 깨울 만큼 심하게 쳤거든요."

"누군지 똑똑한 자의 짓이군요."

다른 수사들이 타고 있는 짚더미에 물을 퍼붓고 있는 것을 보면서 존이 말했다.

"젖은 지푸라기하고 생나무 가지들을 쌓아서 불을 붙였어요. 그렇게 되면 수도원에는 불이 붙지 않겠지만 연기가 심해서 자고 있는 사람들을 질식시키게 되지요."

"그런데 왜 그랬을까요?"

유도가 겁에 질려서 물었다.

"누가 이런 짓을 했을까요?"

그 대답은 누구의 얼굴에나 분명히 나타나 있었지만 아무도 말을 하지 않았다. 그 전날 저녁 때 리처드가 수사들을 비난했던 일이 결국 그들 두 사람의 목숨을 해치려는 시도에서 그를 안전하게 지켜주지도 못했을 뿐 아니라 살인자로 하여금 또다시 살인을 하도록 부추긴 셈이었다. 리처드는 앨리스를 안아주었다. 그리고 그녀를 킹스우드 수도원에 데려오지 말았어야 했는데 하고 후회했다.

리처드는 벌써 세번째 눈 위로 넘어졌다. 눈은 너무 많이 쌓여서 허리까지 닿았다. 하늘은 더러운 회갈색이었다. 얼마 있지 않아 눈이 더 올 거라는 표시였다. 그는 간신히 몸을 일으켰으나 몇 걸음 못 가서 또 쓰러졌다.

"안 되겠어요."

말 위에 한 옆으로 다리를 모으고 앉아 남편이 애를 먹고 있는 모습을 바라보던 앨리스가 말했다.

"킹스우드 하이스트리트를 벗어나지도 못했는데 당신은 걷지도 못해요. 이래선 집에 못 가겠어요. 밤이 되면 길도 잃고 얼어죽을 거예요."

"이제 겨우 아침인 걸. 하루가 고스란히 있잖소."

한 걸음 떼어놓던 그는 산울타리가 있는지 그 옆으로 깊이 쌓인 눈 속에 가슴까지 빠지고 말았다. 그가 끌고 가던 말이 눈에서 빠져나오지 못하고 두려움에 힘없이 울었다.

"수도원으로 돌아가야겠어요."

어쩔 수 없다는 듯 앨리스가 말했다.

"안 되오!"

리처드가 단호하게 말했다.

"난 당신이 거기 있는 게 싫소. 난 살인이나 저지르는 수사들하고 그들의 사악한 야망에서 멀리 떨어져 우리집에 당신을 안전하게 데려다 놓고 싶소."

"살인자도 우리 목숨을 그렇게 금방 또 노리진 않을 거예요."

말은 그렇게 했지만 그녀의 목소리에는 확신이 없었다.

"오늘 밤에는 교대로 자요. 낮에는 교회에서 지내고요. 거기선 아무도 우릴 해치지 못할 거예요."

리처드는 확신이 없었지만 달리 선택의 여지가 없었다. 밤새 빠른 속도로 펑펑 내린 눈은 걸어가기엔 너무 깊이 쌓여 어두워지기 전에 집에 도착할 방법이 없었다. 불행하게도 하이스트리트에 늘어선 초라한 집들에는 모두 사람들로 꽉꽉 차 있었다. 눈이 내리기 시작하자마자 마을에 있는 우리로 양떼를 몰고 온 양치기들 때문이었다. 수도원 말고는 그와 앨리스가 머물 수 있는 공간이 없었다. 또다시 수사들의 수상쩍은 환대에 몸을 맡길 수밖에 없다는 사실에 심한 불안감을 느끼면서도 리처드는 말고삐를 쥐고 오던 길을 되짚어가기 시작했다.

"어쨌든 페이건 원장님이 살해당한 걸 알았잖아요."

앨리스가 말했다.

"유도가 주장하는 것처럼 그의 죽음이 자연사라면 우리가 그 문제를 더 파들어가지 못하도록 자고 있는 우리를 질식시켜 죽일 필요는 누구에게도 없었을 테니까요."

"살인자는 휴가 틀림없소."

하이스트리트를 따라 무릎까지 빠지는 눈 속을 걷느라 힘들어서 헉헉거리며 리처드가 말했다. 어떤 곳에서는 눈이 집의 문을 막고 있기도 했으며 사람들이 삽으로 퍼서 한 옆에 치워둔 눈이 지저분하게 쌓여 있기도 했다.

"그는 원장을 좋아하지 않았고 나도 싫어해."

"윌리엄이나 유도일 수도 있어요. 그들도 원장님의 자리를 원했고 어젯밤에 맨 먼저 달려온 사람들이었잖아요."

"하지만 문을 부수고 들어온 건 유도였소."

리처드가 말했다.

"그리고 윌리엄은 한쪽 팔밖에 못 써. 글씨를 쓰지도 못 하는데 그 깜깜한 밤중에 수도원을 이리저리 다니면서 생나무 가지를 한아름씩 안아 나를 수는 없다고."

"한 손으로도 아주 잘 하던데요."

앨리스가 말했다.

"그 사람을 그리 쉽게 제외시켜선 안 돼요."

그녀는 리처드가 지친 말을 유난히 깊은 눈구덩이에서 끌어내는 것을 지켜보았다.

"시찰관인 존은 어때요? 어쩌면 그가 페이건 원장님을 죽이고 우릴 질식시키려고 한 사람인지도 모르죠."

리처드는 고개를 저었다.

"존은 원장님이 돌아가셨을 때 킹스우드에 있지도 않았소. 그러니 우리가 죽기를 바랄 이유가 없지."

그가 예상했던 대로 수사들은 어쩔 수 없어서 다시 돌아온 손님들을 맞는 게 그다지 반가운 눈치들은 아니었다. 리처드가 말 두 필을 끌고 대문으로 들어서는 것을 보자 휴의 얼굴이 험악하게 일그러졌다. 그는 길이 다닐 수 없게 됐다는 것을 믿지 않는 것 같았다. 그는 허리를 꼿꼿이 펴고는 노골적으로 싫은 기색을 드러내며 리처드를 바라보았다.

"난 이제 원장이요. 나는 손님이 수도원 일에 간섭하는 것을 용납하지 않을 거요. 조심해서 처신하지 않으면 쫓겨나게 될 줄 아시오. 눈이 쏟아지건 말건 상관없이 말이요."

"무시하게."

돌아서는 원장의 등을 노려보며 윌리엄이 말했다.

"수도원은 누구도 눈 속으로 쫓아내지 않네. 더구나 우리의 고귀한 후원자의 아들을 누가 쫓아내겠나."

그는 리처드에게 미소를 지어보였는데 불쾌하게도 아첨하는 듯한 미소였다. 리처드는 그가 무엇을 하려는지 즉각 알아차렸다. 윌리엄은 그가 아버지에게 휴가 임명된 것에 대해 불만을 말해주길 기대하는 것이었다. 수도원의 일은 버클리 경의 관심사가 아니었지만 시토 수도회는 그 손 큰 후원자와 좋은 관계를 유지하고 싶어할 것이다. 만일 휴가 원장직에서 조용히 물러나게 된다면 윌리엄은 기꺼이 그 직책을 맡을 것이다.

"안심이 되는군요."

리처드가 퉁명스럽게 대답했다. 그는 휴의 노골적인 적대감과 마찬가지로 윌리엄의 비굴한 우정도 고맙지 않았다.

"휴는 원장감이 못 돼."

늘어진 턱을 불만스럽게 흔들며 윌리엄이 말했다. 그는 무슨 모의라도 하듯 목소리를 낮추었다.

"불쌍한 페이건 원장님이 드시고 숨이 막혔던 그 포도주에 대해 자네가 관심을 갖는 것도 당연하다고 믿네. 휴는 원장님이 살아계신 것을 마지막으로 본 사람이기도 하다네. 원장님이 나가라고 하셔서 유도와 나는 나왔지만 휴는 조금 더 있었다네."

"그 얘기를 어젠 왜 안 하셨지요?"

리처드가 물었다. 얼마만큼이 사실인지, 윌리엄의 비뚤어진 야망이 어느 정도나 작용한 것인지 알 수가 없었다.

"어젠 살인자를 원장으로 모시고 있지 않았으니까."

윌리엄이 날카롭게 말했다. 유도가 다가오자 그는 재빨리 돌아서더니 서둘러 그 자리를 떠났다. 친절했던 유도는 휴 만큼이나 퉁명스러웠다.

"불쾌한 증상을 더 하려고 왔나. 돌아오지 말지 그랬어."

그들을 접객소로 데려가면서 그가 말했다.

"자네가 원장님을 좋아했던 건 아네만 자네가 슬프다고 우리 수도원의 명성을 더럽히는 건 용납할 수 없네."

"페이건 원장님이 돌아가시던 날, 원장님이 자네와 윌리엄과 휴 수사에게 가보라고 하셨을 때 세 사람 모두 같이 나왔나?"

의심이 가면서도 윌리엄의 말에 마음이 불편해진 리처드가 물었다.

"윌리엄이 자네한테 휴가 더 있었다고 한 모양이군."

유도가 무거운 어조로 말했다.

"그래, 그랬어. 하지만 겨우 몇 분 더 있었을 뿐이야. 진료소까지 가기도 전에 그가 원장방에서 나오는 걸 봤는 걸. 짧은 거리지 않은가. 윌리엄이 뭐라고 했든 휴가 나쁜 짓을 할 시간은 없었어."

"방석으로 질식시키는 것도 말인가?"

리처드가 말했다. 유도는 무표정하게 그를 쳐다보았다.

"자넨 독약이라고 단정짓고 있는 줄 알았는데."

"난 어떤 확신도 없네. 그런데 원장님이 질식당할 만한 시간은 있었나? 그건 아무런 흔적도 남기지 않을 거고 자연사처럼 보이게 할 수도 있지."

유도는 그에게 접객소로 들어가라고 손짓하고는 대답도 않고 성큼성큼 걸어가버렸다.

접객소에 갇혀 있는 게 지루해진 리처드는 정오기도에 참석했다. 그러나 건장한 평수사 한 사람이 문가에서 지키고 있는 것에 안심이 된 앨리스는 함께 가자는 그의 말을 듣지 않았다. 그는 그들을 암살자들로부터 보호하는 것뿐 아니라 그들이 돌아다니는 것을 막기 위해 거기 있는 것이었지만, 교회에서 리처드는 기도를 드리고 있는 수사들을 지켜보았다. 그들 중 아무도 페이건을 살해한 일로 하느님의 분노가 떨어질 것이라고 두려워하는 것 같지 않았지만, 어쨌거나 페이건이 죽을 때가 되었다는 데에 의견의 일치가 있는 것 같았기 때문에 리처드는 페이건을 죽인 자가 후회하고 있지 않다고 해도 놀랄 일이 아니라고 생각했다.

정오기도 후에 그는 페이건을 생각하고 그의 죽음에 대한 여러 수사들의 주장과 반박을 따져보면서 혼자 교회에 남아 있었다. 옷자락 스치는 소리가 나자 그는 소스라쳐 뒤를 돌아보면서 허둥지둥 단검을 뽑아들었다. 단검이 어둑한 빛 속에서 번쩍이는데 존 오브 요크 신부가 아무것도 들려 있지 않은 두 손을 들어올리고 조용히 그에게로 걸어왔다.

"나도 당신처럼 페이건을 위해 개인적으로 기도 드리려고 왔소."

그는 제단 근처의 다져진 흙바닥에서 다른 데보다 좀 덜 더러운 곳을 고르며 말했다. 그는 한 곳을 찾아서 두 손을 마주 쥐고 무릎을 꿇었다. 두꺼운 겉옷이 그의 주위에 우아하게 퍼지며 끝이 접혔다.

리처드는 안도하며 칼을 칼집에 넣으면서 그의 옆으로 갔다.

"사과 드립니다. 신부님. 어젯밤 일 때문에 신경이 날카로워서요."

"이해할 만합니다. 수도원 안에 그런 무서운 짓을 하는 사람이 있다는 사실이 저도 섬뜩하게 느껴졌어요. 불행하게도 휴는 그 일을 조사할 생각이 없는 것 같습니다. 자신은 시녀을 죽인 자를 찾는 데 더 관심이 있다고 하더군요."

그는 한숨을 쉬었다.

"인도해주시기를 기도했었지만 새 원장을 너무 빨리 임명한 것 아닌가 하는 생각이 듭니다. 솔직히 말하자면 원장의 죽음에 대한 당신의 걱정을 난 별로 심각하게 여기지 않았어요. 어젯밤 일로 당신의 의심이 옳았다는 게 밝혀질 때까지는요."

리처드는 무거운 짐이 어깨에서 들어올려지는 것을 느꼈다. 그와 앨리스는 더이상 외롭지 않았다.

"범인이 누군지에 대해 뭐 아시는 게 있으십니까?"

존은 고개를 저었다.

"유도 수사는 진료소 담당이니 사람을 빨리 죽이지만 발견하기는 어려운 독약들에 접근이 가능해요. 윌리엄 수사는 식품보관 담당이니 페이건 원장의 술에 뭔가를 섞었을 수도 있지요. 그가 직접 술을 따르니까 원장과 다른 사람들에게 각각 다른 주전자의 술을 따라주는 일은 쉽겠지요. 게다가 빵이 잘못되었다는 그의 주장은 터무니없어요. 수도원의 빵은 큰 덩어리로 들여와서 모두들 나눠먹으니 휴 수사가 원장이 먹는 부분에다만 독을 넣을 수는 없는 거지요. 휴 수사는 가능성이 제일 적은 용의자 같습니다."

"그래서 그를 임명하신 겁니까? 다른 사람들보다는 살인자 같아 보이지 않아서요? 하지만 휴는 다른 사람들이 페이건 원장님의 방을 나간 뒤에도 더 머물러 있었다고 윌리엄이 그러더군요. 그러니 그가 그 노인을 해쳤을 수도 있어요."
"그럴 수도 있어요. 하지만 나는 오늘 아침에 윌리엄 수사가 얘기해 줄 때까지는 그걸 몰랐어요."
"그래서 어쩌실 생각입니까?"
존은 어둠 속을 응시하며 무거운 한숨을 쉬었다.
"다시 기도를 드려야지요. 그리고 이번에는 악마가 아니라 하느님께서 내 귀에 대답을 속삭여주시기를 바라야지요."

사흘이 지났지만 날씨는 좋아질 기미를 보이지 않았다. 리처드는 접객소에서의 생활에 불편을 느꼈고 자기 장원으로 돌아가고 싶었다. 어느날 오후, 그는 회의실에서 페이건이 만든 아름다운 일과기도서를 읽으려고 애쓰고 있었다. 그러나 정신을 집중할 수 없어서 자기 말을 잘 돌보고 있는지 확인하러 마구간에 가보기로 했다. 마을 사람들이 그를 어떻게 생각했던 간에 시넌은 뛰어난 마부였다. 리처드는 수도원의 마구간에 있는 아이들에게 시넌만큼 믿음이 가지 않았다.
그는 말들을 놀라게 하지 않으려고 마구간 문을 살짝 열었다. 그리고 자기 말에게로 가려다가, 건초 다락으로 올라가는 사다리를 소리없이 올라가고 있는 검은 그림자를 보았다. 호기심이 동한 그는 올라갈 때 나무 사다리가 소리를 내지 않도록 조심하면서 따라 올라갔다. 휴의 그림자였다. 그는 휴가 시넌의 물건들이 들어 있는 투박한 나무 상자 옆에 무릎을 꿇고 앉는 것을 보자 점점 어리둥절해졌다. 상자는 잠겨 있었으나 휴는 칼을 넣어 비틀어 열고는 안에 든 것들을 뒤적이기 시작했다. 그는 뭔가를 들어 빛에 비추어보았다. 그리고 짧게 숨을 들이쉬더니 그것을 자기 주머니 안에 밀어넣었다.
그 순간 세찬 바람에 마구간 문이 큰 소리를 내며 닫혔다. 휴는 펄쩍 뛰어 일어났다. 그는 뒤에 리처드가 서 있는 것을 보았다. 그의 얼굴이 분노로 딱딱하게 굳어졌다. 그는 칼을 꺼내들더니 위협하듯 다가오기 시작했다. 리처드는 뒷걸음질을 치다가 몸을 날려 사다리를 붙잡았다. 그러나 휴가 뒤쫓아와 급히 사다리를 내려가는 그의 머리 위로 칼을 휘둘렀다. 그리고 건초 한 묶음을 들더니 사다리에 위태롭게 매달린 그를 떨어뜨리기 위해 아래로 던졌다.

무거운 건초 묶음이 리처드의 어깨를 스치며 떨어졌다. 그는 자기가 미끄러지기 시작하는 것을 느꼈다. 휴가 칼을 또 휘두르자 그는 몸을 뒤로 젖히다가 그만 떨어지고 말았다. 뼈가 세차게 바닥에 부딪히는 소리가 났다. 너무나 큰 충격에 움직일 수가 없었다. 휴가 재빠르게 사다리를 내려오더니 그에게로 돌진했다. 칼이 섬뜩하게 번쩍이며 아래로 내리꽂혔다.

"안 돼!"

문간에서 들려오는 앨리스의 겁에 질린 비명에 휴가 멈칫했고 리처드는 겨우 칼을 피할 수 있었다. 그는 몸을 피하면서 휴의 무릎을 잡았다. 휴가 뒤로 넘어지면서 칼이 손에서 날아갔다. 리처드는 그의 몸 위로 타고 올라 휴가 칼을 잡지 못하도록 팔을 붙들었다. 휴는 마치 악마처럼 덤벼들었다. 할퀴고 차는 바람에 리처드는 맞지 않도록 피하는 게 전부였다.

리처드가 힘이 빠져 더이상 버티지 못하고 휴가 격렬하게 뒤척여 마침내 칼을 쥐었을 때 앨리스의 비명에 놀란 유도가 달려왔다. 그의 뒤로 윌리엄과 존, 그리고 몇 명의 수사가 숨을 헐떡이며 따라왔다. 리처드는 치명적인 타격을 가하려고 휴의 팔의 근육이 뭉치는 것을 보았다. 그러나 유도가 뛰어들어 휴의 손에서 칼을 쳐냈고 다른 사람들은 자신들의 원장을 리처드에게서 떼어냈다.

얼마 지나지 않아 방해를 받은 데 대한 분노가 사라지자 휴는 그를 붙들고 있는 사람들 가운데서 갑자기 늘어져버렸다. 리처드는 비틀거리며 일어서서 앨리스에게 기댔다.
"우리방 창문에서 휴가 마구간에 들어가는 걸 봤어요."
앨리스가 설명했다.
"그런데 뒤이어 당신이 아무것도 모른 채 따라 들어가길래 저 사람이 뭘 하고 있든 방해받는 걸 좋아하지 않으리라는 생각이 들었지요."
"휴는 시년의 물건들을 뒤지고 있었어요."
리처드가 말했다.
"그러다가 들킨 걸 알자 칼을 휘두르며 나를 공격했어요."
"그렇소, 난 그의 소지품을 뒤지고 있었소."
자신을 억제하며 휴가 말했다.
"시년은 수도원 안에서 살해당했어요. 난 살인자가 뭔가 단서를 남기지 않았나 보려고 했었소."
"그렇게 나쁠 것 없는 행동이었다면 왜 나를 공격했지요?"
리처드가 추궁했다.
"난 당신을 공격하지 않았소."
휴가 화를 내며 말했다.
"당신이 공격했잖소. 난 슬픔으로 분별을 잃어서 제정신이 아닌 사람의 공격으로부터 스스로를 방어했을 뿐이오."
그는 몸을 비틀어 그를 잡고 있는 사람들의 손을 빠져나왔다.
"유도, 이 사람을 즉시 진료소로 데려가게. 또 무슨 나쁜 짓을 하기 전에."
"당신은 리처드를 찌르려고 했어요."
휴의 거짓말에 화가 난 앨리스가 소리쳤다.
"내가 봤어요."
"페이건을 죽인 게 당신이었군요."
놀라움에 차서 존이 말했다.

"그런데 나는 당신이 그랬을 가능성이 가장 적다고 믿었으니."
"난 결백해요!"
휴가 화를 내며 외쳤다.
"이 사람이 시년의 상자에서 뭔가를 꺼내서 자기 주머니에 감췄어요."
리처드가 말했다.
"난 그런 짓은 안 했소."
윌리엄이 그의 주머니에 손을 대자 휴가 그 손을 탁 쳐서 밀치며 말했다.
"당신 주머니를 보여주시오."
존이 조용히 말했다.
"당신이 결백하다면 두려울 게 없잖소."
"난 미친 자의 주장에 따른 이런 모욕을 참고 당하지는 않겠소."
휴가 씩씩거렸다. 그러나 윌리엄이 벌써 휴의 허리띠에서 주머니를 떼내어 안을 뒤지기 시작했다. 휴는 그것을 빼앗으려 했으나 존의 눈짓에 다른 수사들이 그에게 다가가서 그를 다시 붙들었다.
"프랑스에 있는 로몬느 수도원의 파스칼 수사가 페이건 원장님께 보낸 편지군요."
그 편지를 빠르게 읽으며 윌리엄이 말했다. 윌리엄은 그것을 존에게 넘겨주었다.
"휴가 킹스우드에 오기 전에 로몬느에 있었다는군요. 그곳 원장이 죽자 휴는 자기가 원장에 임명되리라고 기대했답니다. 그런데 이 편지에 의하면 그 원장의 죽음이 자연사가 아니었다고 하네요. 아무것도 밝혀진 것은 없지만 그곳 수사들은 휴를 의심했고 휴는 잉글랜드로 돌려보내졌답니다."
그 편지를 훑어보며 존은 얼굴을 찌푸렸다.

"난 파스칼 수사를 알고 있어요. 그 사람은 근거가 확실하지 않으면 그런 말을 절대로 하지 않을 사람이에요. 편지의 나머지 부분에선 페이건 원장께 휴를 조심하라고 썼군요."

그는 편지를 리처드에게 건네주었다. 한 프랑스인 수사의 가늘고 긴 필체의 글씨를 따라 읽으며 리처드는 멍한 기분이 되었다.

"거짓말이오!"

사람들의 손에서 빠져나오려고 애를 쓰며 휴가 부르짖었다.

"난 누구도 죽인 적이 없소! 페이건은 윌리엄의 시어빠진 술에 숨이 막혀 죽은 거요. 그는 독살당한 게 아니에요!"

"아니, 그분은 독살당했소."

유도가 조용히 말했다. 그는 모두에게 보이도록 수사복 한 벌을 들어올렸다.

"이건 페이건 원장님이 돌아가실 때 입고 있던 옷입니다. 우린 장례식 때 그분께 그분이 가지고 계시던 옷 중 가장 좋은 것을 입혀드렸지요. 그리고 이 옷을 받아서 평수사가 입도록 세탁하려 했어요. 그런데 빨려다가 이걸 발견했습니다."

그걸 보려고 모두들 주위에 모여섰다. 흰 천에 가장자리가 타버린 검은 얼룩들이 흩어져 있었다.

"이게 뭐죠?"

무슨 말인지 이해가 되지 않은 존이 물었다.

"이 얼룩들이 페이건 원장님이 독살당했다는 것을 어떻게 입증한단 말인가요?"

"진료소에는 이런 얼룩을 남기는 맹독성 물질이 있습니다."

유도가 말했다.

"전 그걸 쥐를 잡는 데 쓰려고 보관하고 있었지요. 그런데 그게 조금 없어졌습니다."

"그 애길 왜 진작에 하지 않았소?"

기겁을 하며 존이 물었다.

"중요한 일이라는 걸 알았을 것 아니오."

"그게 없어진 걸 오늘 아침에야 알았어요."

유도가 말했다.

"페이건 원장의 옷에서 이 얼룩들을 발견하고는 그 약을 살펴보러 갔었지요. 옷에 이런 것이 묻었다면 원장님이 그걸 마셨다는 얘기니까요. 그리고 이렇게 여기저기 얼룩이 튀어 있다면 그걸 스스로 마신 게 아니라는 의미일 테니까요. 누군가가 억지로 그걸 마시게 한 겁니다."

"자네와 내가 나온 다음에 휴가 원장님과 단 둘이 있었지."

윌리엄이 말했다.

"원장님께 억지로 그 독약을 마시게 할 만한 시간이 있었지. 그리곤 죽게 놔두고 나온 거야."

"아니오!"

휴가 미친 듯이 소리를 질렀다.

"맞아요!"

윌리엄이 소리쳤다.

"그리고 휴는 그의 살인 성향을 두번째로 드러낸 거요. 리처드를 칼로 찔러 죽이려 하지 않았소."

"하지만 생각해 보시오!"

그를 붙들고 있는 사람들에게서 벗어나려고 몸부림치며 휴가 외쳤다.

"시년이 그 편지를 왜 가지고 있었겠소? 그는 읽을 줄 몰라요. 누군가 내게 죄를 뒤집어씌우려고 그걸 거기 갖다 놓은 거요!"

"시년은 말을 잘 탔기 때문에 종종 심부름꾼 노릇을 했어요."

윌리엄이 말했다.

"그러니 원장님께 온 편지를 그가 가지고 있었던 건 놀랄 일이 아니죠. 시년이 그걸 전하기 전에 당신이 페이건 원장님을 죽인 겁니다. 그러니 그는 새 원장에게 전하려고 가지고 있었겠지요. 그렇지만 당신은 시년이 그렇게 하기 전에 그를 죽인 거예요."

"저 사람을 데려가도록 하시오."

혐오스러운 표정으로 휴를 바라보며 존이 말했다. 여전히 자신의 결백을 주장하면서 휴는 마구간에서 끌려나가 감옥에 갇혔다. 재판이 열릴 때까지 그는 거기 갇혀 있게 될 것이다.

"내가 평생 속죄해야 할 큰 잘못을 저지른 것 같습니다. 이제 킹스우드 수도원의 새 원장으로 윌리엄 수사를 임명합니다."

살인자 휴가 확실하게 감금되고 나니 리처드와 앨리스는 마음이 놓이면서 수도원에 할 수 없이 머물러야만 하는 상황이 즐거워지기까지 했다. 새해가 되면서 계속된 따뜻한 날씨에 눈이 모두 녹았다. 떠나게 된 날 아침, 리처드는 그곳에 머물게 해준 데 대해 감사의 인사를 하려고 윌리엄을 찾았다.

원장 집무실의 문이 열려 있었다. 리처드는 윌리엄이 책상 앞에 앉아 있는 것을 볼 수 있었다. 그는 문을 두드리고 안으로 들어갔다. 그러자 놀랍게도 윌리엄은 몹시 당황하며 하고 있던 일을 숨기려고 허둥거리는 것이었다. 황급히 서두르는 와중에 뭔가가 바닥에 떨어졌다. 떨어진 깃펜은 그가 글을 쓰는 데 사용하고 있던 것이었다. 윌리엄이 땀을 몹시 흘리는 것을 보자 리처드는 어리둥절해졌다.

"그저 서명만 할 수 있을 뿐이야."

윌리엄이 허둥대며 빠르게 말했다.

"글씨를 쓰지는 못한다네."

리처드는 이해할 수가 없었다. 새로 맡은 직책에서 그에게 도움이 될 것이 분명한 능력을 왜 숨기려고 하는 것일까. 그때 그는 윌리엄이 쓰고 있던 편지의 가늘고 긴 글씨를 보았다. 그가 감추려고 했던 이유가 끔찍하게도 명백하게 드러나는 순간이었다.

"그 편지를 바로 당신이 썼군요, 프랑스에 있는 파스칼에게서 온 것처럼 꾸며서요."

리처드가 천천히 말했다.

"그리곤 모두들 휴가 페이건 원장을 죽였다고 믿게끔 시년의 상자에 넣어둔 거군요."

"아니야, 난……."

사나운 눈으로 리처드를 바라보며 윌리엄이 말을 더듬거렸다. 그러나 그는 뛰어난 거짓말쟁이가 못 되었다. 그는 뚫어지게 자신을 응시하는 리처드 앞에서 곤경을 빠져나가기 위해 허세를 부리지도 못했다.

"사실대로 말해주세요."

리처드가 조용히 말했다.

"요 며칠 너무 많은 거짓을 봐왔으니까요."

윌리엄이 어깨를 늘어뜨리더니 두 손으로 머리를 감쌌다. 그의 목소리가 담담하게 이어졌다.

"난 수도원을 위해 그 일을 한 거네. 로몬느의 수도원장에 대한 얘기는 사실이야. 휴가 의심을 받으면서 그곳을 떠났다는 것도 사실이고. 그 얘기는 모두 파스칼 수사에게서 들었어. 파스칼은 내게 비밀을 지키라고 했지. 그렇지만 자네 말이 맞아. 그 편지는 내가 썼네. 파스칼이 아니야. 나는 내가 사랑하는 수도원이 권력에 대한 열망을 채우기 위해 두 번씩이나 살인을 한 자의 손아귀에 들어간다는 것을 견딜 수가 없었다네."

"그럼 휴가 페이건 원장님을 죽인 건 사실인가요?"

리처드가 물었다. 윌리엄은 고개를 끄덕였다.

"로몬느와 킹스우드의 원장님 두 분은 너무나 흡사하게 죽었어. 그건 그저 우연이라고 볼 수가 없어. 난 어떻게 해야 할지 몰랐다네. 파스칼에게 그가 말해준 것을 누설하지 않겠다고 약속했지만 휴가 저대로 의기양양하도록 내버려둘 수가 없었어. 난 시년의 상자에 그 편지를 넣어두었네. 존 신부가 시년의 죽음을 조사할 거라고 생각해서였지. 난 휴가 아니라 존 신부가 그걸 발견하길 기대했었다네."

"그런데 휴가 어떻게 알고 시년의 상자를 뒤진 거죠?"

"그는 몰랐어. 그의 말은 사실이었네. 그는 시년의 살인을 해결할 단서를 찾고 싶었던 거야. 그래서 모두에게 자기가 얼마나 자애롭고 헌신적인 원장이 될 것인지 보여주고 싶었던 거지. 파스칼의 편지를 발견하고 겁이 났을 걸세."

리처드는 휴가 놀라서 숨을 혹 들이켜던 것을 기억해내고 윌리엄의 말이 맞다고 생각했다.

"난 글씨를 거의 쓰지 않아."

쓰지 못하는 손을 들어올리며 윌리엄이 말을 계속했다.

"그래서 글씨를 쓰는 일은 힘들고 고통스럽지. 그런데 이번에는 그게 내게 도움이 됐어. 내가 글을 거의 안 쓰니까 아무도 내 필체를 알아보지 못할 거라는 걸 알았지. 또 일이 잘못 돼도 파스칼의 편지를 쓴 게 나라고는 생각하지 않을 테니까."

"그러면 우리를 질식시켜 죽이려고 했던 사람이 당신이요?"

경멸감을 드러내며 리처드가 물었다.

"내가 품고 있는 의심을 그렇게 공개적으로 밝혔는데도 페이건 원장을 죽인 자가 왜 우리를 죽이려고 하는지 이유를 몰랐어요. 우리 목숨을 노린 건 그게 휴의 원장 임명에 나쁘게 작용하기를 바라서 그렇게 한 거죠?"

리처드는 그가 펄펄 뛰며 부인할 것이라고 예상했으나 윌리엄은 순순히 고개를 끄덕였다.

"난 자네를 심하게 다치게 할 생각은 아니었네. 사람들을 깨우고 유도에게 도끼를 가져가라고 한 게 나였네. 그렇지만 난 휴가 원장으로서 좋은 선택이 아니었다는 걸 존 신부가 알기를 바랐어."

"그러면 당신은요?"

리처드가 혐오스러운 표정으로 물었다. 윌리엄의 태도에 역겨워진 그가 막 돌아서서 떠나려고 할 때 존이 문간에 서 있는 것이 보였다. 모든 얘기를 다 들은 게 분명했다. 고통에 찬 외마디 소리를 지르며 윌리엄이 벌떡 일어섰다. 그는 시찰관의 팔을 잡아끌어 억지로라도 앉히려고 했다. 자신의 행동을 변명할 시간을 얻기 위해서였다. 그러나 존도 리처드처럼 그의 행위에 역겨움을 느끼고 있었다. 윌리엄이 존의 소매에 매달리고 존이 신경질적으로 그를 밀쳐내는 와중에 잉크병이 엎어지며 존의 흰 수사복에 검은 얼룩이 졌다. 값비싼 옷이 그렇게 되자 격분한 존은 쿵쾅거리며 방을 나갔다. 조금 후에 그는 종을 쳐서 수사들을 회의실로 불러모은 후 원장 자리에 다른 수사를 임명했다.

그날 늦게 킹스우드의 새 원장인 유도가 리처드와 존과 함께 마당에 서 있었다. 존은 틴턴에 있는 자기 수도원으로 돌아갈 준비를 하고 있었다. 리처드는 이렇게 사건이 해결된 게 만족스러웠다. 권력을 얻기 위해 휴와 윌리엄이 꾸몄던 음모는 모두 드러나고 페이건이 30년 동안 애써 가꿔왔던 수도원은 이제 쾌활하고 너그러운 유도의 다스림을 받게 되었다.

존은 어서 길을 떠나고 싶어 땅을 차고 있는 기운 찬 말에 올라앉았다. 그는 잉크가 튄 옷을 낡은 옷으로 갈아입고 있었다. 털을 댄 멋진 외투 밑으로 어울리지 않게도 다 해진 소맷단이 내다보였다. 그는 리처드에게 정답게 손을 내밀었다. 그 손을 잡고 잘 가라고 인사하려던 리처드는 옷소매 여기저기 묻은 얼룩들을 보자 의혹에 찬 외마디 소리를 지르며 뒤로 물러섰다. 유도도 그 얼룩을 보았다. 그것의 의미가 무엇인지 뒤늦게 깨달은 두 사람은 공포에 질려 시찰관을 바라보았다.

"휴가 자리를 물려받게 물러났으면 했는데 페이건이 거절했소."

아무렇지도 않게 어깨를 한 번 으쓱 하며 존이 말했다.

"물론 지금은 휴를 더 잘 알게 됐지만 말이오. 페이건이 왜 내 부탁을 들어주길 거절했는지 확실히 알게 됐어요. 하지만 무슨 상관이오. 결국은 다 잘 되지 않았소."

"그렇지만 당신이 어떻게 살인자가 될 수 있단 말입니까?"

리처드가 물었다. 그는 방금 들은 얘기를 믿을 수가 없었다.

"페이건 원장은 당신이 도착하기 전에 죽었는데요."

"난 말썽 없이 조용히 페이건의 사임을 받아내라는 지시를 받았소. 그래서 어느날 밤 새벽기도 후에 사람들 눈에 띄지 않게 그를 방문했지요. 우연히도 그게 마침 그가 저녁식사 때 숨이 막혀서 방까지 부축을 받으며 간 바로 그날 밤이었소. 그 부분에 대해선 휴와 윌리엄이 사실대로 말한 거죠. 원장은 술이나 빵 때문에 죽은 게 아니에요. 그를 죽인 건 내가 진료소에서 훔쳐낸 독약이었지요. 그가 다들 방에서 나가라고 했던 게 나로선 행운이었어요. 그리고 그로선 숨이 막혀 혼났던 탓에 겁에 질려 있어서 마지막 고해를 했으니 운이 좋았지요."

리처드는 말이 나오지 않아 그저 그를 쳐다보고만 있었다.

"내가 진료소에서 나오는 걸 시넌이 봤다오. 그는 입을 다물기로 약속을 했는데, 페이건이 그냥 죽은 게 아니라는 소문을 그자가 퍼뜨리고 다닌다는 얘기를 듣게 됐소. 수사들 모두가 페이건의 죽음을 자연사인 걸로 믿게 하려고 내가 그렇게 애썼는데 말이오. 그자가 자기가 본 것을 폭로하는 것은 시간 문제였지. 그래서 내가 그를 죽였소. 독약을 쓰는 대신 목을 잘랐소. 화가 난 마을 사람 누군가가 죽인 것처럼 보이도록 말이요."

"그렇다면 휴는 결백한 거 아니요?"

아직도 충격이 가시지 않은 리처드가 물었다.

"그는 아무도 안 죽였잖소."

존이 미소를 지었다.

"아무도 결백하지 않아요. 그리고 휴가 로몬느 수도원장의 뜻밖의 죽음에 모종의 역할을 한 것이 분명한 것 같아요. 윌리엄도 자기 적수를 몰아내기 위해 당신을 질식시켜 죽일 뻔한 죄가 있어요. 페이건을 살해했다고 휴가 고발당하도록 하기 위해 편지를 위조한 것도 그렇고요."

"난 보잘것없는 살인자에 의해 원장으로 임명된 것이로군!"

충격으로 얼굴이 하얘진 유도가 나직이 말했다. 나가고 싶어 안달이 난 말을 몰아 대문으로 향하게 하던 존이 갑자기 싱긋 웃었다.

"하지만 당신은 살인자에게서 직위를 물려받은 건 아니잖소."

그는 하이스트리트로 말을 달려나가면서 어깨 너머로 돌아보며 유쾌하게 소리쳤다.

■역사상의 기록

킹스우드 수도원은 1131년에 프랑스의 시토회 수도원인 로몬느 수도원의 분원으로 버클리의 로저 경이 기증한 땅에 설립되었다. 페이건이라는 이름은 1149년경 역사적인 기록들에 처음 등장한다. 두 사람 사이에 다른 이들이 있었을 것이나 기록에 나타나 있는 후임 원장은 휴였다. 그는 1180년에 시토회에서 나온 시찰관들에 의해 면직되었다. 그 다음 원장인 윌리엄은 1181년에 쫓겨나고 유도가 그 뒤를 이었다. 휴와 윌리엄이 면직된 이유는 분명치 않으나 그들이 페이건을 살해하는 데 관련이 있었다기보다는 모두 부적절한 장사꾼임이 드러났기 때문이었던 것 같다. 요크의 존은 1203년부터 1211년까지 요크셔에 있는, 잉글랜드에서 가장 크고 가장 웅장한 파운틴스 수도원의 원장을 지냈다.

Susanna Gregory

나는 더럼 대학의 학생이었을 때 엘리스 피터스의 캐드펠 시리즈를 처음으로 읽었다. 그녀의 책들은 내가 혼자 힘으로 알아내려고 했더라면 알 수 있었을 것보다 훨씬 더 많이 그 도시의 놀라운 역사적 분위기를 알 수 있게 해주었다. 전쟁으로 피폐해진 한 주에 있는 중세 수도원 생활의 생생한 묘사는 분명 많은 사람들에게 그 시대에 대해서, 또 그때의 정치와 사람들에 대해서 더 많이 알고 싶어하도록 만들었을 것이다. 시루즈베리의 수도원 교회가 지금은 그렇게 유명한 관광지가 됐다는 사실은 엘리스 피터스가 대중적인 역사에 끼친 심오한 영향에 대한 또다른 증거다. 그녀가 즐겨 썼던 그 장르의 어떤 다른 작가보다도 더 많이, 그녀는 우리가 오늘날에도 알고 있는 장소들에서 수백 년 전에 일어났던 사건들을 다룬 책을 읽는 것이 재미있을 수도 있다는 것을 입증해 보였다.

그녀를 추모해서 출간할 책에 단편을 한 편 내달라는 요청을 받고 보니 엘리스 피터스가 다루어서 유명해진 그 시기, 즉 1100년대와 수도원을 시대와 배경으로 선택하는 것이 적당할 것 같았다. 1180년대에 킹스우드에 있던 시토회 수도원은 시루즈베리에 있는 고귀한 베네딕트회 수도원만큼 웅장한 것은 결코 아니었지만, 수도원 해체와 뒤이은 약탈을 겪으면서도 일부는 살아남았다.(당시 킹스우드 사람들은 수도원의 돌을 가져다가 집을 더 좋게 지었다. 내 조부모님 소유였고 지금은 잉글리시 헤리티지에서 돌보고 있는 하이스트리트의 집도 그런 것 중 하나다).

시루즈베리의 고색창연한 큰길을 걸으면서 또다른 범죄를 해결하기 위해 포어게이트로 서둘러 가던 캐드펠 수사를 상상할 수 있는 것처럼 킹스우드의 평화로운 캇스월드 마을에 서서 수사들을 부르던 종소리와 그들의 그레고리오 성가 소리를 상상하는 것도 가능하다. 내가 킹스우드 수도원의 잊혀진 장엄함과 현대식 주택들에 잠식당한 몇 개의 중세 돌들의, 시간을 초월한 가치를 평가할 수 있게 된 것은 엘리스 피터스의 소설들을 읽고 나서였다. 그것은 내가 언제나 귀하게 여길 그런 태도이며 그 때문에 나는 언제나 그녀에게 감사할 것이다.

수잔나 그레고리

에로스 살인사건

스티븐 세일러

"클레온에게 떨어졌던 조각상 보셨지요?"
"그래. 활과 화살을 가진 에로스 상이지."
"그게 우연의 일치라고 생각하세요?"
"무슨 말인지 이해가 안 되는데."
"체육관에 있는 모든 사람들과 얘기해보셨지만 아무도 입을 열지 않았죠? 모두들 저처럼 생각하지만 너무 미신에 사로잡혀 있어서 말을 못하는 거예요. 클레온을 죽인 건 에로스예요. 에로스 신이 그를 벌주려 했던 거죠."

***

"네아폴리스 사람들은 우리 로마인들과 다르지."

네아폴리스의 중앙 광장을 가로질러 천천히 걸으면서 내가 에코에게 말했다.

"이탈리아를 완전히 떠나서 신기하게도 그리스의 한 항구도시로 옮겨진 것 같은 느낌이 들 정도야. 수백 년 전에 그리스의 식민지 개척자들이 이 뛰어난 만을 이용해서 도시를 건설한 거야. 그들은 이 만을 '컵'이라고 불렀지. 이 지방 사람들은 아직도 그리스식 이름을 쓰고 그리스식 음식을 먹으며 그리스식 관습을 따르고 있어. 라틴어를 할 줄 모르는 사람들도 많아."

에코는 자기 입술을 가리키며 '나도 못하잖아요!'라는 의미의 자책 섞인 몸짓을 했다. 열다섯 살인 그는 자신이 말을 못하는 것까지 모든 것을 농담거리로 삼는 경향이 있었다.

"아, 그렇지만 너는 라틴어를 듣기는 하잖니."

그의 귀를 따끔할 정도로 손가락으로 튕기면서 내가 말했다.

"때로는 이해하기도 하고 말이다."

우리는 시칠리아에서 키케로를 위해 일을 조금 한 다음 로마로 돌아가는 길에 네아폴리스에 도착한 참이었다. 나는 여인숙에 묵는 것보다 소시스트리데스라는 부유한 그리스인 상인의 집에서 쉬어갈 수 있었으면 싶었다.

"그 사람은 내게 신세를 진 것이 있어."

키케로가 말했었다.

"그를 찾아가서 내 이름을 대게. 분명히 하룻밤 재워줄 걸세."

사람들에게 몇 번씩 물어본 후에(그들은 예의가 발라서 내 서투른 그리스어를 비웃지 않았다) 우리는 그 상인의 집을 찾아냈다. 기둥과 문틀, 전면의 화려한 장식들은 옅은 빨강, 파랑, 노랑의 여러 색조로 칠해져 있어서 따뜻한 햇빛을 받아 빛을 발하고 있는 것 같았다. 그러나 여러가지 색깔의 유희 속에 어울리지 않게도 검정색 화환이 문에 걸려 있었다.

"에코야, 어떻게 생각하니? 상(喪)중인 집에 가서 친구의 친구일 뿐인, 전혀 모르는 사람에게 묵게 해달라고 부탁할 수 있을까? 뻔뻔스런 짓 같구나."

에코도 같은 생각인 듯 고개를 끄덕였다. 그러나 곧 화환을 가리키더니 손을 휘저으며 호기심을 나타냈다. 나는 고개를 끄덕였다.

"무슨 말인지 알겠다. 죽은 사람이 소시스트리데스거나 가족의 한 사람이라면 키케로는 우리가 그의 애도를 전해주기를 바라겠지. 그리고 상세한 내용을 알아내야 하겠지. 그에게 편지로 알려줄 수 있게 말이다. 무슨 일이 생겼는지 알아보게 문지기라도 불러내야겠다."

나는 문으로 걸어가서 옆발로 예의바르게 문을 두드렸다. 응답이 없었다. 나는 다시 두드리고 기다렸다. 무례한 짓이건 아니건 간에 주먹으로 문을 두드리려는 참에 문이 활짝 열렸다.

우리를 마주보고 있는 남자는 검은 상복을 입고 있었다. 그는 노예가 아니었다. 그의 손을 흘끗 보니 시민임을 나타내는 쇠반지를 끼고 있었다. 많이 센 그의 머리는 온통 헝클어졌고 얼굴은 수척했으며, 눈은 울어서 빨개져 있었다.

"무슨 일이시오?"

불친절하다기보다는 경계하는 목소리로 그가 말했다.

"죄송합니다. 저는 고르디아누스이고, 얘는 제 아들 에코입니다. 에코는 듣기는 하지만 말을 못하니 제가 이 아이 대신 말씀드립니다. 저희는 여행중인데, 로마로 돌아가는 길입니다. 저는 마르쿠스 툴리우스 키케로의 친굽니다. 그 사람이 제게……"

"키케로요? 아, 그 시칠리아의 로마 총독 말씀이시군요. 학식이 높은 분이지요."

그가 이맛살을 찌푸렸다.

"그분이 전갈을 보냈나요, 아니면……?"

"급한 전갈은 없습니다. 당신께 그의 우정을 전해달라는 부탁만 했습니다. 당신은 이 집 주인이신 소시스트리데스님이신 것 같습니다만?"

"그렇습니다만 댁은요? 미안합니다. 벌써 말씀을 하셨지요? 제가 정신이 없어서……."

그가 뒤를 돌아다보았다. 그의 뒤편, 대청에는 관대 위에 막 꺾은 꽃과 월계수 잎이 흩뿌려진 관이 놓여 있는 게 보였다.

"제 이름은 고르디아누스입니다. 그리고 얘는 제 아들……"

"고르디아누스라고 하셨소?"

"네."

"키케로가 당신 얘기를 한 적이 있어요. 로마에서 있었던 살인사건 재판에 대한 얘기였지요. 당신이 그를 도왔다고요. 사람들이 당신을 발견자라 부른다면서요."

"네."

그는 생각에 잠겨서 오랫동안 내 얼굴을 바라보았다.

"들어오시오. 당신이 저 애를 봐주었으면 해요."

대청의 관대는 관 안에 든 시체가 잘 보이도록 한쪽 밑을 고여서 기울어지게 해 놓았다. 시체는 에코보다 나이가 그리 많아 보이지는 않는 젊은이의 것이었다. 그의 두 팔은 가슴 위에 겹쳐 있었고 긴 흰색 가운이 입혀져 있어서 얼굴과 손만 드러나 있었다. 머리는 아이들처럼 길었고 여름철의 조밭처럼 노랬다. 그 머리에 운동 경기에서 우승한 사람에게 주는 월계수 관이 씌워져 있었고 섬세한 얼굴의 피부는 밀랍같이 창백했다. 그러나 죽었어도 그의 아름다움은 두드러졌다.

"눈은 파란색이었소."

소시스트리데스가 낮은 목소리로 말했다.

"지금은 감겨 있으니 보실 수 없소만 눈이 죽은 제 엄마처럼 파랬다오. 애 얼굴은 엄마를 닮았어요. 그렇게 깨끗한 파란색 눈은 못 보셨을 겁니다. 맑은 날 컵의 색깔 같았지요. 우리가 애를 풀에서 꺼냈을 때 애 눈이 온통 충혈돼 있더군요."

"이 청년이 아드님인가요?"

그는 흐느낌이 새어나오려는 것을 참고 있었다.

"내 외아들 클레온이오."

"정말 가슴 아프시겠습니다."

그는 말을 못하고 고개만 끄덕였다. 에코는 안절부절못하고 제자리에서 맴돌며 죽은 소년을 수줍게 몰래 훔쳐보았다.

"사람들이 당신을 발견자라 부른다지요."

마침내 소시스트리데스가 쉰 목소리로 입을 열었다.

"내 아들을 죽인 괴물을 잡도록 도와주시오."

나는 죽은 청년을 바라보며 소시스트리데스의 고통에 깊은 공감을 느꼈다. 단지 내게 비슷한 연배의 아들이 있어서 그런 것만은 아니었다(에코는 입양되었다고는 해도 나는 그애를 내 혈육처럼 사랑한다). 나는 그만한 아름다움이 그렇게 사라졌다는 것에 마음이 아팠다. 처음 보는 사람인데도 아름다운 사람의 죽음은 왜 평범하게 생긴 사람의 죽음보다 우리에게 더 깊은 슬픔을 주는 것일까? 훌륭한 솜씨로 만들어졌지만 실용적인 가치는 거의 없는 꽃병이 깨지면 늘상 쓰는 못생긴 그릇을 깨뜨렸을 때보다 더 가슴 아파하는 것은 왜일까? 신들은 인간을 다른 무엇보다도 아름다움을 사랑하도록 만들었다. 그건 아마도 신들 자신이 아름다운 존재이기 때문일 것이며, 신들이 우리를 해친다 해도 우리가 신들을 사랑하기를 원하기 때문일 것이다.

"아드님이 어떻게 죽었습니까?"

"어제 체육관에서 죽었소. 어제 이 도시의 소년들이 모두 모인 경기 대회가 있었지요. 원반 던지기, 레슬링, 달리기를 했답니다. 나는 참석하지 못했어요. 사업상 일 때문에 폼페이에 가서 하루종일 있었지요."

그는 또다시 울음을 삼켰다. 그는 팔을 뻗어 아들의 이마에 씌워진 월계관을 만졌다.

"클레온이 월계관을 썼지요. 애는 아주 뛰어난 운동 선수였어요. 모든 경기에서 항상 이기곤 했지만 어제는 유난히 잘했답니다. 거기 가서 그 모습을 보았어야 하는 건데! 경기 후에 다른 소년들은 모두 실내 목욕탕으로 들어갔는데 클레온은 혼자 긴 풀에서 수영을 하더랍니다. 마당엔 아무도 없었고요. 무슨 일이 있었는지 본 사람이 아무도 없던 거지요."

"그럼 익사한 겁니까?"

이 소년이 다른 모든 것을 잘했듯이 수영도 잘했다면 익사란 있을 법하지 않은 일이었다.

소시스트리데스는 고개를 젓고는 눈을 꼭 감았다. 눈물이 흘러나왔다.

"체육관 주인은 카푸토루스라는 늙은 레슬러인데, 그 사람이 클레온을 발견했지요. 물이 텀벙거리는 소리를 들었지만 대수롭지 않게 여겼답니다. 그런데 나중에 마당으로 나갔다가 클레온을 발견한 겁니다. 물이 피로 붉게 물들었고 클레온은 풀의 바닥에 있었답니다. 옆에는 부서진 조각상이 있었고요. 그것으로 아이의 뒷머리를 내려친 것 같아요. 끔찍한 상처가 났더군요."

"조각상이라구요?"

"에로스 상이지요. 당신네 로마인들이 큐피드라고 하는 신 말이요. 활과 화살을 지닌 아기 신으로 그 상이 풀 가장자리에 장식으로 서 있었어요. 큰 건 아니었지만 단단한 대리석으로 만들어져 있어서 무겁더군요. 클레온이 그 밑을 헤엄쳐 갈 때 그게 떨어진 거예요."

그는 비참하게 숨진 아들의 핏기 없는 얼굴을 응시했다.

나는 방 안에 또다른 사람의 기척을 느끼고 고개를 돌렸다. 검은 가운을 입고 머리에 검은 천을 덮어 쓴 젊은 여자였다. 그녀는 소시스트리데스의 옆으로 걸어갔다.

"아버지, 이분들은 누구시죠?"

"시칠리아 총독의 친구분들이야. 로마의 고르디아누스 님과 아드님인 에코 님이시다. 얘는 제 딸인 클레이오입니다. 얘야! 얼굴을 가리거라!"

클레이오가 머리에 썼던 검은 천을 뒤로 젖혀 마구 잘려진, 어깨까지도 내려오지 않는 검은 머리가 드러나자 소시스트리데스는 기겁을 했다. 드러난 그녀의 얼굴에도 미칠 듯한 슬픔의 자취가 남아 있었다. 손톱으로 긁은 자국들이 뺨에 길게 나 있었고 스스로 때렸는지 멍자국이 여기저기 나서 그녀 오빠의 아름다움에 견줄 만한 아름다움을 망쳐 놓고 있었다.

"저는 제가 이 세상에서 가장 사랑했던 사람의 죽음을 슬퍼하고 있는 거예요. 그것을 드러내는 게 하나도 부끄럽지 않아요."

그녀가 공허한 목소리로 말했다.

그녀는 차가운 눈길로 나와 에코를 한 번씩 바라보더니 당당하게 걸어나갔다. 로마에서 슬픔을 극단적으로 드러내는 것은 멸시 받는 일이다. 로마에서는 공개적으로 지나치게 애도하는 것이 법으로 금지돼 있었다. 그러나 여기는 네아폴리스였다. 소시스트리데스는 내 마음을 읽은 것 같았다.

"클레이오는 로마인이라기보다는 그리스인같이 살아왔어요. 그애는 자기 감정을 그대로 드러내지요. 그애 오빠와는 정반대예요. 클레온은 언제나 아주 냉정하고 침착했답니다."

그는 고개를 흔들었다.

"클레이오는 제 오빠의 죽음에 매우 격렬하게 슬퍼하고 있어요. 어제 폼페이에서 돌아와 보니 아들의 시체가 여기 대청에 놓여 있더군요. 그애의 노예들이 체육관에서 집으로 옮겨온 거지요. 클레이오는 제 방에서 미친 듯이 울부짖고 있었고요. 머리는 벌써 잘라버린 뒤였어요. 그애는 밤새 통곡하며 울었어요."

그는 죽은 아들의 얼굴을 들여다보다가 손으로 그 얼굴을 쓰다듬었다. 그의 손은 소년의 차가운 뺨의 부자연스런 창백함에 비할 때 따뜻하고 붉어보였다.

"누군가 내 아들을 죽인 겁니다. 누가 그랬는지 찾아내주세요. 내 아들의 영혼이 편히 쉴 수 있게 말입니다. 그리고 슬퍼하는 내 딸을 위해서요."

"그렇소, 물이 첨벙거리는 소리가 들렸어요. 나는 지금처럼 여기 탈의실의 내 카운터 뒤에 있었고 마당으로 나가는 문도 지금처럼 활짝 열려 있었어요."

체육관 주인인 카푸토루스는 엄청나게 넓은 어깨에 머리가 완전히 벗겨지고 배는 튀어나온 초로의 레슬러였다. 그의 시선은 나를 지나쳐서, 들고 나는 나체의 청년들에게로 끊임없이 날아가 꽂혔다. 그리고 가끔씩 내가 말하는 중인데도 큰소리로 청년들에게 인사를 건네는 바람에 말이 중단되곤 했다. 그의 인사에는 대개 농담조의 욕이나 음담 패설이 섞여 있었다. 그가 네번째로 에코의 머리에 손을 넣어 헝클어 뜨리자 에코는 그의 손이 닿지 않을 곳으로 살짝 물러나 계속 거기에 서 있었다.

"그 소리를 들었을 때 곧장 나가서 살펴 보셨나요?"

내가 물었다.

"곧장 나가진 않았죠. 사실을 말하자면 그걸 그다지 중요하게 생각하지 않았죠. 클레온이 풀로 뛰어들었다가 나오는 소리라고 생각했으니까요. 그렇게 하는 건 규칙 위반이지만 말이죠. 아시겠어요? 저건 수영만 하게 돼 있는 길고 얕은 풀이에요. 뛰어드는 건 안 된다구요. 그렇지만 그는 언제나 규칙을 어겼으니까요. 그는 뭐든지 해도 된다고 생각했다니까요."

"그렇다면 왜 나가지 말라고 얘기하지 않으셨나요? 당신은 주인이잖습니까?"

"그렇게 말해봤자 늘 제멋대로인 그애한테 먹혀들었을 것 같소? 내가 체육관 주인이긴 하지만 그애는 누구 말도 안 들어요. 그애가 무슨 짓을 했는지 아세요? 어떤 유명한 연극에서 늙은 배불뚝이 레슬러에 대한 기발한 대사를 몇 줄 인용하더니 벌거벗은 엉덩이를 내게 내보이고는 풀로 다시 뛰어들었단 말이오! 난 슬프지 않아요. 됐어요. 이봐, 마니우스!"

카푸토루스는 내 뒤에 있는 젊은이에게 소리를 질렀다.

"오늘 아침에 자네하고 자네 애인이 저기서 레슬링하는 걸 봤어. 자넨 자네 노친네의 더러운 꽃병들을 연구해서 그런 자세들을 배웠나? 하!"

뒤돌아보니 붉은 머리의 청년이 호색한 같은 웃음을 흘리며 두 손으로 음란한 몸짓을 해보이고 있었다.

"다시 어제 일로 돌아가서, 당신은 첨벙거리는 소리를 듣고도 대수롭지 않게 여겼지만 결국엔 마당으로 나가봤단 말입니다."

내가 말했다.

"그저 맑은 공기 좀 쐬려고 나간 것뿐이죠. 하지만 클레온이 헤엄치고 있지 않다는 건 금방 알았어요. 목욕하러 들어갔나 보다고 생각했지요."

"하지만 그는 당신 있는 데를 지나가지는 않았잖습니까?"

"꼭 그럴 필요는 없어요. 마당으로 가는 통로는 두 군데거든요. 대부분의 사람들이 이용하는 통로는 여기 내 카운터를 지나게 되지요. 다른 하나는 바깥 현관과 연결되는 좁은 복도를 통해 가는 겁니다. 그 길을 이용해 목욕탕까지 가려면 좀 돌아가게 되지만 그가 그 길로 갔을 수도 있는 거죠."

"그러면 누군가가 그 길로 해서 마당으로 갔을 수도 있었겠군요?"

"그렇죠."

"그렇다면 클레온이 거기에 혼자 있었다고 장담하실 수 없는 것 아닌가요?"

"당신 대단히 날카로운 사람이구려!"

카푸토루스가 비웃듯이 말했다.

"하지만 당신 말이 맞아요. 처음에 클레온은 거기 혼자 있었소. 그건 확실해요. 그 다음에 내 옆을 지나치며 오간 사람은 아무도 없어요. 그러나 누군가가 다른 길로 지나다닐 수는 있지요. 어쨌건 내가 나갔을 때 나는 뭔가가 잘못 됐다, 그것도 아주 크게 잘못 됐다는 걸 금방 알 수 있었어요. 그게 뭔지 처음에는 딱히 알 수 없었지만 나중에 뭐가 잘못 됐는지 알았지요. 조각상이 없어진 거예요. 그 조그만 에로스 상은 내가 운영을 맡기 전부터 거기 있던 거였어요. 매일 보면서 당연하게 지나치던 게 갑자기 그 자리에 없고 뭐가 없어졌는지는 모르겠고 그래도 뭔가가 없다는 건 느낄 수 있고…… 그런 거 아시죠? 바로 그런 기분이었소. 그때 물의 색깔이 눈에 띕디다. 한군데가 온통 연분홍색으로 물들었는데 아래로 갈수록 짙어지는 거예요. 가까이 다가가니 그애가 보였어요. 바닥에 누워 있는데 움직이거나 공기방울이 올라오는 것도 아니고 조각상이 부서져서 그애 주위에 흩어져 있는 거예요. 무슨 일이 일어났는지 금방 알겠더군요. 자, 그 장소를 보여드리리다."

우리가 문을 나설 때 가죽 머리띠와 손목 보호대 외에는 아무것도 몸에 걸치지 않은 근육질의 레슬러가 우리와 엇갈리며 들어섰다. 카푸토루스는 수건을 손에 감아쥐고 그 젊은이의 맨엉덩이를 찰싹 때렸다.

"개새끼!"

엉덩이를 맞은 청년이 소리를 질렀다.

"천만에, 이 빨간 궁뎅이야!"

카푸토루스는 이렇게 말하고 머리를 젖히며 웃었다.

풀은 물을 빼고 깨끗이 청소해둔 탓에 군데군데 고인 물웅덩이에는 클레온의 핏자국이 남아 있지 않았다. 에로스 상의 깨어진 조각들은 모두 모아 비어버린 받침대 옆에 놓아두었다. 아기신의 조그만 발 하나가 떨어져나갔고 활의 윗부분과 활에 메워진 화살의 끝, 그리고 한쪽 날개의 얇은 부분도 부서져 있었다.

"이 상은 여기 오랫동안 있었다고 하셨지요?"

"그렇소."

"이 대 위에 있던 거죠?"

"그래요. 베수비우스 산이 우르릉거릴 때도 꼼짝 안 했었소."

"그러니 이게 어제 떨어졌다는 게 이상하지 않습니까? 어제는 흔들림도 없었는데. 더 이상한 건 이게 곧장 헤엄치던 사람에게로 떨어졌다는 겁니다."

"맞아요, 수수께끼 같은 일이죠."

"이건 살인이에요."

카푸토루스는 날카로운 눈으로 나를 바라보았다.

"꼭 그렇다고 할 수는 없어요."

"무슨 말씀이죠?"

"애들한테 물어보시오. 뭐라고 하는지 들어보시라고요."

"그렇지 않아도 여기 있는 모든 사람들에게 보거나 들은 게 없는지 물어볼 참이오."

"그렇다면 여기 이 꼬마 친구부터 시작하시구려."

그가 부서진 에로스를 가리켰다.

"알기 쉽게 말씀하세요."

"다른 사람들이 나보다 잘 알아요. 내가 말해줄 수 있는 건 내가 애들한테서 들은 것뿐이오."

"그게 뭡니까?"

"클레온은 여러 사람을 울린 냉정한 미소년이었소. 그애가 관 속에 누워 있는 모습만 보셨으니 그가 얼마나 잘생겼는지 전혀 모르시겠지. 얼굴과 몸이 모두 아름다웠어요. 피디아스의 조각 작품 같은 몸이었어요. 진짜 아폴로 신 같았지요. 마주 바라다보면 숨이 멎을 지경이었단 말이오! 게다가 그애는 매우 똑똑했고 이 도시에서 최고의 운동 선수였어요. 매일 여기서 벌거벗은 채로 돌아다니며 모든 소년들에게 레슬링을 하자고 도전하고 이기면 호머를 인용하며 자축했죠. 그는 한 번 움직일 때마다 이곳 애들 반 이상을 몰고 다녔어요. 모두들 그의 특별한 친구가 되고 싶어했다오. 모두들 그에게는 꼼짝 못했어요."

"그렇지만 어제 그는 월계관을 쓴 다음에 혼자 수영했어요."

"애들이 그애에게 지쳐버려서 그랬을 거예요. 그가 잘난 체하는 게 지겨워서 그랬는지도 모르고요. 아니면 그애가 요만큼의 사랑이나 애정도 돌려주지 않는 그런 종류의 사람이란 걸 깨달았는지도 모르지

요."

"괴로우신 것 같군요."

"내가요?"

"소년들에 대해 얘기하고 계시는 것 맞습니까?"

그의 얼굴이 붉어졌다. 그는 턱을 앞뒤로 움직이고 크고 단단한 어깨를 구부렸다. 나는 움찔거리지 않으려고 애썼다.

"난 바보가 아니오."

그가 마침내 낮은 목소리로 입을 열었다.

"나는 몇 가지 교훈을 얻을 만큼은 여기 오래 있었소. 첫째, 클레온 같은 아이는 골칫거리일 뿐이다. 보라, 그러나 만지지는 말라."

그의 입에 희미한 미소가 떠올랐다.

"나는 강한 기질을 가졌지요. 누구 못지않게 집적거리고 농담도 해대지만 이 아이들 가운데 누구도 내 마음을 괴롭히진 못해요."

"클레온 같은 애도 말이오?"

그의 얼굴이 굳어졌으나 내 뒤를 보더니 싱글거리기 시작했다.

"칼푸르니우스!"

그는 마당 저쪽에 있는 소년에게 소리를 질렀다.

"네 다리 사이에 있는 걸 창 다루듯이 하면 지금쯤은 성공했어야 하는데 이상하구나! 맙소사, 어떻게 하는지 내가 보여주마!"

카푸토루스는 나를 밀치고 가면서 에코의 머리를 헝클어놓았다. 우리는 부서진 에로스 상과 클레온이 죽고 지금은 비어버린 풀을 들여다보며 서 있었다.

나는 그날 체육관에 있는 모든 젊은이들과 한 명씩 이야기를 나누었다. 그들 대부분이 그 전날 그곳에 있었다. 경기에 참가하거나 구경하느라고 모두 와 있었던 것이다. 대부분은 협조적이었으나 어느 정도까지만 그럴 뿐이었다. 나는 그들이 이미 자기들끼리 의논을 한 뒤 나 같은 외부 사람에게는 비록 클레온의 아버지에게서 부탁을 받고 왔다 하더라도 클레온의 죽음에 대해서 가능한 한 조금만 말하기로 미리 결정해 둔 것 같은 느낌을 받았다.

그럼에도 불구하고 불안한 표정과 안타까운 한숨과 끝을 맺지 못하는 말들에서 나는 카푸토루스가 내게 했던 말이 사실이라는 것을 알아낼 수 있었다. 클레온은 체육관의 여러 소년들의 가슴에 실연의 상처를 남겼으며 그 과정에서 적도 여럿 만들었던 것이다. 그들의 말을 종합해보면 클레온은 소년들 사이에서 가장 똑똑하고 아름다웠으며 어제의 경기는 그가 최고의 운동 선수이기도 하다는 것을 결정적으로 확인시켜주었다. 그러나 그는 자만심이 강하고 교만했으며 이기적이고 냉정했다. 그를 사랑하기는 쉬웠으나 그 사랑에 대한 응답을 받기는 불가능했다. 한 번도 그의 매력에 홀렸던 적이 없는 소년들은 순전한 시기심에서 그를 싫어했다.

이런 것들을 나는 소년들이 말한 내용뿐 아니라 말하지 않은 부분에서도 알아낼 수 있었다. 그러나 보다 구체적인 얘기를 들으려고 하면 침묵의 벽에 부닥치고 말았다. 누군가가 클레온에게 심각한 협박의 말을 하는 것을 들은 적이 있는가? 풀 옆에 있는 에로스 상의 위험한 위치에 대해 농담으로라도 누군가 무슨 얘기를 한 적은 없는가? 그날 클레온의 승리에 유난히 화가 났던 소년은 없었는가? 클레온이 죽은 그 시간에 목욕탕을 빠져 나간 사람은 없었는가? 주인은 어땠나? 클레온에 대한 카푸토루스의 태도가 그가 주장했던 것처럼 언제나 나무랄 데 없었던가?

직접적으로 물어봐도 돌려서 물어봐도 분명한 대답은 전혀 듣지 못하고 모호하고 회피적인 대답만 들었을 뿐이다.

중요한 단서를 발견하지 못할 것 같아 실망감이 들기 시작하던 참에 나는 히폴리투스와 얘기를 나누게 되었다. 그는 카푸토루스가 수건으로 장난스럽게 엉덩이를 때렸던 레슬러였다. 내가 그에게 갔을 때 그는 뜨거운 탕에 뛰어들 준비를 하고 있었다. 그는 가죽 머리띠를 풀고 나서 손목 보호대를 벗기 시작했다. 칠흑같은 머릿단이 눈까지 흘러내렸다. 에코는 이 친구의 탄탄한 근육질 몸매에 경외감을 느끼는 모양이었다. 그러나 내가 보기에 아기 같은 얼굴에 뺨이 사과처럼 빨간 이 소년은 너무 크게 자란 아이같아 보였다.

나는 다른 소년들에게서 히폴리투스가 클레온과 친했다고, 혹은 다른 젊은이들이 그와 친한 만큼은 친했다고 들었다. 나는 그가 경계심을 늦추길 바라며 그 얘기부터 꺼냈다. 그는 당황하지 않고 나를 바라보며 고개를 끄덕였다.

"맞는 얘기일 겁니다. 전 그를 좋아했어요. 그는 애들이 말하는 것만큼 나쁜 애가 아니었어요."

"무슨 뜻이지?"

"모든 애들이 그애한테 빠진다고 해서 그게 클레온의 잘못은 아니지요. 그애가 똑같이 좋아해주지 않았다 해도 그것 역시 그애 잘못은 아니고요. 제 생각엔 클레온이 다른 소년에게 그런 감정을 느끼지 않았던 것 같아요."

그는 이맛살을 찌푸렸다.

"그게 부자연스럽다고 말하는 사람도 있지만, 보세요, 신은 우리 모두를 다르게 만드신 거라고요."

"그는 교만하고 자만심이 강했다던데."

"레슬링이나 달리기, 창던지기를 누구보다 잘하는 게 뭐 그애 잘못인가요? 그애가 자기 선생들보다 똑똑한 것도 잘못이라고 할 수 없지요. 그렇지만 그렇게 잘난 척하지는 말았어야 했다고 생각해요. 휴브리스, 그게 뭔지 아시죠?"

"신들을 화나게 하는 불손함이지."

"맞아요. 연극에도 나오잖아요. 지나치게 자만하고 자기가 최고임을 과시하는 건 결국 번개를 맞거나 지진 때 땅 속으로 삼켜지는 꼴을 자초하는 셈이죠. 신들은 준 것을 빼앗아갈 수 있어요. 그들은 클레온에게 모든 것을 주었다가 다 빼앗아버린 거죠."

"신들이?"

히폴리투스는 한숨을 쉬었다.

"클레온은 조금만 기를 꺾어놓으면 됐을 정도지, 그런 벌을 받아야 할 애는 아니었어요."

"벌이라니? 누구한테서 말인가? 무슨 특별한 죄를 지었다는 건가?"

그는 말을 해야 할지 말아야 할지 망설이는 듯했다. 내면의 갈등이 눈빛에 드러났다. 내가 그를 지나치게 압박하면 그는 입을 꼭 다물어 버릴지도 모른다. 그러나 답을 재촉하지 않는다면 그는 계속해서 종교적인 일반론만 얘기할지도 모른다. 나는 말을 하기 시작했으나 그가 결정을 내렸음을 눈치채고 입을 다물었다.

"클레온에게 떨어졌던 조각상 보셨지요?"

"그래. 활과 화살을 가진 에로스 상이지."

"그게 우연의 일치라고 생각하세요?"

"무슨 말인지 이해가 안 되는데."

"체육관에 있는 모든 사람들과 얘기해보셨지만 아무도 입을 열지 않았죠? 모두들 저처럼 생각하지만 너무 미신에 사로잡혀 있어서 말을 못하는 거예요. 클레온을 죽인 건 에로스예요. 에로스 신이 그를 벌주려 했던 거죠."

"신이 스스로 그 일을 했단 말인가? 자신의 조각상을 이용해서?"

"사랑이 모든 방향에서 클레온에게 흘러들어갔어요. 바다로 흘러드는 강처럼요. 그러나 그는 그 강들을 돌려보내고 자신만의 바위 사막에서 살았죠. 에로스는 클레온을 가장 총애하는 자로 선택했는데 클레온이 그를 거부한 거예요. 그애는 번번이 에로스를 내놓고 비웃었어요."

"어떻게? 클레온이 무슨 짓을 했길래 결국 신이 그렇게까지 했단 말인가?"

그의 눈에 또다시 망설임의 기미가 비쳤다. 분명히 그는 내게 모든 것을 얘기하고 싶은 것 같았다. 나는 참을성 있게 기다리기만 하면 됐다. 마침내 그는 한숨을 쉬더니 입을 열었다.

"최근에 우리들은 클레온이 드디어 부드러워지는 것 아니냐고 생각했어요. 그에게 새 선생이 생겼는데 물키버라는 젊은 철학자로 육 개월 전 쯤에 알렉산드리아에서 온 사람이에요. 클레온하고 그애의 누이동생인 클레이오는 매일 아침 광장 저편에 있는 물키버의 작은 집으로 가서 플라톤에 대해 공부하고 시를 읽었지요."

"클레이오도 말인가?"

"클레이오가 여자이긴 하지만 그 애 아버지는 아이들을 둘 다 교육시켜야 한다고 믿으셨으니까요. 그런데 곧 물키버가 클레온을 사랑한다는 소문이 돌기 시작했어요. 당연한 일이죠. 다른 사람들처럼 그도 그애한테 반해버린 거예요. 그런데 놀라운 건 클레온이 그의 구애에 응하는 것 같이 보이는 거예요. 물키버가 그에게 고상한 연애시를 지어 보내면 클레온도 답시를 써서 보내곤 했어요. 클레온은 제게 물키버의 시를 몇 편 보여주면서 자기가 보내려는 시들을 읽어봐달라고 부탁하기도 했었죠. 아름다운 시들이었어요. 그애는 물론 시도 잘 썼지요."

히폴리투스가 슬픈 듯이 머리를 흔들었다.

"그런데 그게 모두 잔인한 장난이었어요. 클레온은 물키버를 유혹한 다음 웃음거리로 만들어버렸어요. 바로 이틀 전에 물키버가 가르치는 다른 학생의 집 앞에서 클레온은 물키버가 보냈던 시를 전부 돌려주면서 자기가 보낸 시들도 돌려달라고 요구했어요. 사람들이 보는 데서 말이에요. 그러면서 그는 그 시들이 습작이라고, 자기 선생한테 연애시를 쓰는 올바른 방법을 가르치려고 쓴 거라고 말했어요. 물키버는 말문이 막혀버렸죠! 체육관 아이들도 모두 그 얘기를 전해들었어요. 모두들 클레온이 너무 심한 짓을 했다고 말했어요. 자기 선생의 구애를 거절하는 건 어쩔 수 없지만 그런 잔인하고 일부러 망신을 주는 방식을 택해 거절했다는 건 지나치잖아요. 모두들 그건 휴브리스라고, 신들이 복수할 거라고 했지요. 그리고 신들의 복수가 이뤄진 거죠."

나는 고개를 끄덕였다.

"그러나 신들은 자신들의 목적을 이루기 위해 자주 인간을 이용하지. 자네는 정말로 그 조각상이 저절로 풀로 떨어졌다고 생각하나, 누가 밀친 게 아니라?"

히폴리투스는 얼굴을 찌푸렸다. 또다른 비밀을 밝힐까 말까 고민하는 것 같았다.

"어제, 클레온이 익사하기 얼마 전에 체육관에서 낯선 사람을 본 애들이 몇 있어요."

마침내 구체적인 증거를, 문제 해결의 확실한 단서를 얻는구나! 나는 심호흡을 했다.

"낯선 사람을 봤다는 얘기는 아무도 하지 않던데."

"말씀드렸잖아요, 모두들 미신에 사로잡혀 있다고. 저희들이 본 소년이 신의 사자라면 아무도 그 얘기를 하고 싶어하지 않을 거예요."

"소년이라고?"

"인간의 모습을 하고 나타난 에로스였을 거예요. 글쎄, 신이라면 더 멋진 머리 모양에 몸에 맞는 옷을 입고 있을 거라고 생각할 수도 있지만 말이죠."

"그 사람을 똑똑히 봤나?"

"그다지 잘 보지는 못했어요. 다른 애들도 마찬가지일 걸요. 저는 그가 바깥 현관에서 왔다갔다 하는 걸 흘끗 봤을 뿐이에요. 그렇지만 그가 여기 매일 나오는 애가 아니라는 건 알 수 있었어요."

"어떻게 알았지?"

"옷을 입고 있었거든요. 그때는 경기 직후여서 모두들 벗은 채였죠. 그리고 여기 체육관 애들은 대부분 옷을 벗은 채로 다니거든요. 그가 입은 옷은 덩치 큰 형한테서 물려받은 헌옷 같았어요. 저는 그가 길을 잃고 잘못 들어온 이방인이거나 전갈을 가져왔는데 수줍어서 목욕탕에 못 들어가고 주인이 나오기를 기다리는 노예일 거라고 생각했지요."

"얼굴을 봤나?"

히폴리투스는 고개를 저었다.

"못 봤어요. 그렇지만 머리는 검었어요."

"그에게 말을 걸어봤나? 아니면 그가 말하는 걸 혹시 들었나?"

"아니요. 저는 곧 뜨거운 탕으로 갔고 그 남자에 대해서는 다 잊고 있었어요. 얼마 후에 카푸토루스가 클레온의 시체를 발견했고 그 다음엔 모든 게 미친 듯 돌아갔죠. 오늘 아침까지는 그 남자와 클레온의 죽음을 연결짓지 않았었는데 다른 애들도 그를 봤다는 걸 알게 됐어요."

"그 젊은이가 목욕탕과 탈의실을 통해 지나가는 걸 봤다는 사람이 있나?"

"없는 것 같아요. 그렇지만 바깥 현관에서 안쪽의 마당으로 가는 또 다른 길이 있어요. 건물의 저쪽 끝에 있는 좁은 통로예요."

"카푸토루스도 그렇게 말했어. 그렇다면 그 사람은 바깥 현관으로 들어와서 사람이 안 다니는 통로를 통해 숨어 들어가서는 풀에 혼자 있던 클레온을 보자 조각상을 밀어 그에게 떨어뜨리고 왔던 길로 도망친 거겠군. 누구에게도 똑똑히 모습을 드러내지 않고 말이야."

히폴리투스는 숨을 깊이 들이쉬었다.

"저도 그렇게 생각합니다. 그건 신이거나 신의 대리인이었던 게 분명해요. 그렇지 않고서야 어떻게 그렇게 시간을 맞춰서 그런 무서운 일을 했겠어요?"

나는 고개를 저었다.

"자네는 시도 좀 알고 레슬링에 대해서는 상당히 아는 것 같네만 논리는 아무도 가르쳐 주지 않던가? 우리는 '어떻게' 라는 질문에는 대답했는지 모르지만 '누가' 라는 질문에는 아직 답을 못한 거야. 에로스 신이 그렇게 잔혹한 방식으로 클레온을 죽이려는 동기와 의지가 있었을지 모른다는 자네의 종교적 신념을 존중하긴 하지만 그럴만한 충분한 동기를 지닌 인간도 부지기수인 것 같네. 내 직업에선 가장 그럴법한 인간을 가장 먼저 의심하고 신성한 인과관계는 최후에 고려할 대상으로 여기지. 그런 용의자 중에 가장 중요한 사람은 그 물키버라는 선생이야. 자네가 현관에 숨어 있는 것을 본 그 남자가 그 선생은 아닐까? 철학자란 사람들은 형편없는 머리모양에 누더기옷 입는 걸로 악명 높은 사람들 아닌가."

"아니에요. 그 낯선 남자는 키가 더 작고 머리도 더 검었어요."

"그래도 그 실연당한 선생과 얘기를 해보고 싶네."

"그러실 수 없을 거예요. 물키버는 어제 목을 매서 자살했는 걸요."

"그런 미신적인 공포가 클레온의 죽음을 둘러싸고 있는 것도 당연해."

물키버의 집으로 가면서 내가 에코에게 말했다.

"컵의 총아가 에로스 상에 맞아 죽었다. 그에게 실연당한 교사는 같은 날 목을 맸다. 이런 건 에로스의 어두운 면이지. 그게 모든 사람을 두렵게 하는 그림자를 던져서 그들을 침묵하게 하는 거야."

"저만 빼놓고요."

에코가 이런 몸짓을 하며 자신의 존재를 내세우고 싶을 때면 늘 그러듯이 컥컥 막히며 나오지 않는 소리로 말했다. 그의 그런 자기 비하식 유머에 나는 미소를 지을 수밖에 없었다. 그러나 우리가 그날 아침에 알게 된 모든 사실들이 에코를 불편하고 혼란스럽게 만든 것 같았다. 그는 세상에서 자신의 위치를 날카롭게 인식하고 자신의 장애에도 불구하고 자신을 사랑해줄 사람이 있을지 걱정하기 시작하는 나이였다. 클레온같이 구애자들을 경멸하기만 하는 소년은 응답해주지도 않을 거면서 보는 사람들에게마다 자신에 대한 사랑과 애정을 불러일으키는 반면, 어떤 사람들은 고독한 삶에 직면해 있다는 게 불공평해 보였을 것이다. 사랑의 불공평함이라는 역설은 신들이 스스로 즐기기 위해 계획한 것일까, 아니면 인간을 괴롭히기 위해 판도라의 상자에서 빠져나온 재앙일까?

철학자의 집 문에는 소시스트리데스의 집 문에서 본 것처럼 검은 화환이 걸려 있었다. 문을 두드리자 늙은 노예가 문을 열고 우리를 좁은 현관으로 들어오게 했다. 거기에는 클레온의 것보다 훨씬 초라한 대 위에 시체가 놓여 있었다. 나는 왜 히폴리투스가 체육관에 있던 작은 키에 검은 머리의 낯선 남자가 알렉산드리아에서 온 이 사람이 아니라고 확신하는지 금방 알 수 있었다. 물키버는 아주 키가 크고 금발이었다. 그는 서른다섯 정도, 내 나이 또래의 상당히 잘 생긴 남자였다. 에코는 죽은 남자의 목에 아무렇게나 둘러져 있는 스카프를 가리키더니 손으로 목을 조이는 시늉을 했다.

"밧줄 자국을 가리려고 둘러놓은 모양이지요?"

그는 이렇게 말하는 것 같았다.

"저희 주인을 아셨습니까?"

우리를 안내했던 노예가 물었다.
"명성만 들었을 뿐이네."
내가 말했다.
"우리는 네아폴리스를 방문한 참인데 시와 철학에 대한 자네 주인의 헌신에 대해 들었지. 이렇게 갑작스럽게 돌아가셨다는 걸 알고 몹시 놀랐다네."
나는 진실만을 말한 셈이었다.
노예는 고개를 끄덕였다.
"학식과 재주가 있는 분이셨습니다. 그런데도 경의를 표하러 오는 분이 거의 없습니다요. 주인께선 여기에 가족도 없으시죠. 게다가 불운이 닥칠까 두려워서 자살한 사람의 집에는 발을 들여놓지 않으려는 사람들이 많아요."
"자네 주인께선 자살하신 게 분명한가?"
"바로 제가 주인님을 발견했습죠. 목에 밧줄이 매인 채 흔들리고 계셨어요. 주인님은 아드님 머리 위의 바로 저 들보에 밧줄을 매셨죠."
에코는 눈알을 굴리며 위를 바라보았다.
"그리곤 접이 의자를 놓고 올라서서 밧줄을 목에 걸고 의자를 차내신 겁니다. 목이 부러지셨어요. 저는 주인님이 금방 숨이 끊어졌다고 생각하고 싶어요."
노예는 주인의 얼굴을 애정어린 눈길로 바라보았다.
"이런 손실이 어디 있습니까! 이게 다 그 쓸모 없는 소년을 사랑했기 때문이에요!"
"그래서 자살하셨다고 생각하나?"
"그럼 뭐겠습니까요? 주인님은 이곳에서 돈을 잘 버셨죠. 가끔씩 알렉산드리아에 있는 동생분에게도 돈을 조금씩 보낼 정도였고 노예를 하나 더 사실 생각도 하고 계셨는 걸요. 노예가 하나 더 생기면 저는 어떻게 해야 했을지 몰라요. 저는 주인님이 어렸을 때부터 모셨거든요. 주인님이 어려서 선생님께 배우러 다니실 때 제가 밀랍 서판과 두루마리책을 들고 다녔었죠. 주인님의 인생은 어느모로 보나 잘 풀리고 있었어요, 그 끔찍한 소년만 빼놓으면요!"

"클레온이 어제 죽은 걸 알고 있을 텐데."

"그럼요. 그리고 주인님은 그 일 때문에 자살하신 겁니다요."

"그럼 자네 주인은 클레온이 죽었다는 말을 들은 후에 목을 맨 건가?"

"물론입죠! 단지……."

노인은 당황한 것 같았다. 다른 가능성은 생각조차 해본 적이 없는 것처럼 보였다.

"잠깐 생각 좀 해 보겠습니다요. 어제는 정말 두루두루 이상한 날이었어요. 주인님은 새벽에, 날이 밝기도 전에 절 내보내셨어요. 저녁 전에 돌아오지 말라는 특별한 명령을 하시면서요. 아주 이상했지요. 왜냐면 저는 대개 하루종일 여기 있으면서 학생들이 오면 문을 열어주고 주인님 식사를 챙겨드리고 그랬거든요. 그런데 어제는 절 내보내시면서 어두워질 때까지 돌아오지 말라는 거예요. 저는 집으로 오다가 클레온이 죽었다는 얘기를 들었습죠. 그리고 집에 들어오니까 주인님이 그러고 계신 거예요."

"그러면 자네는 주인이 언제 죽었는지 확실히 모르는구먼. 새벽부터 저녁 사이의 어느 때라는 것만 아는 거지."

"손님 말씀이 맞는 것 같습니다요."

"낮 동안에 자네 주인을 본 사람이 누가 있을까?"

"보통 때는 학생들이 드나들지만 어제는 체육관에서 경기가 있었기 때문에 안 그랬지요. 주인님의 학생들은 모두 경기에 참가하거나 구경하러 갔죠. 주인님도 구경하러 가실 생각이셨어요. 그래서 수업을 전부 취소하셨죠. 맨 첫 시간 수업만 빼고요. 그 시간은 무슨 일이 있어도 취소하지 않았을 거예요. 그게 바로 그 고약한 애를 가르치는 시간이었으니까요."

"클레온 말이지."

"네, 클레온과 그 누이 클레이오죠. 그들은 언제나 첫 시간에 왔어요. 이 달엔 소크라테스의 죽음에 관한 플라톤의 글을 읽고 있었습죠."

"그렇다면 물키버는 자살을 생각하고 있었던 거야. 그런데 어제 클레온과 그애 누이가 수업을 들으러 왔었나?"

"전 모릅지요. 왔었을 겁니다. 전 그때 집에 없었습니다요."

"클레이오에게 물어봐야 하겠지만 지금은 일단 그들이 왔었다고 가정해 보세. 아마도 자네 주인은 클레온의 마음을 돌려보려고 했었겠지."

노예는 이상하다는 표정으로 나를 바라보았다.

"그 전날 있었던 그 부끄러운 편지 사건에 대해 알고 있다네."

내가 설명해주었다.

노예의 눈빛이 경계의 눈빛으로 바뀌었다.

"네아폴리스 사람이 아니라면서 아주 많이 알고 계시는군요. 지금 뭘 하시는 겁니까?"

"그저 진실을 발견하려고 애쓰고 있을 뿐이네. 그건 그렇고, 클레온과 클레이오가 수업을 받으러 아침 일찍 왔다고 가정해 보세. 어쩌면 자네 주인은 또다시 망신당할지도 모른다고 각오하고 있었고 그러면 자살해야겠다고 마음먹고 있었을지도 몰라. 혹시 사랑에 빠진 사람의 맹목적인 믿음으로 가능하지도 않은 화해를 열망하고 있었을까? 어쨌든 그래서 그는 자네를 내보냈을 거야. 어떤 결과가 오든 늙은 노예가 목격하는 것이 싫었을 테니까. 그런데 상황이 나빠진 거야. 적어도 그가 바라던 대로는 안 됐던 거지. 그날 경기를 보러 오지 않았으니까.

모두들 클레온이 죽었다는 소식에 그가 자살했다고 생각하는 것 같네만 그는 클레온과 클레이오가 나가자마자 목을 맸을 수도 있다고 보네. 또 한 번의 거절을 견딜 수가 없어서 말일세."

에코는 몹시 흥분해서 원반을 던지는 운동 선수 흉내를 냈다가 밧줄을 목에 거는 시늉을 하더니 활에 화살을 메기는 궁수의 몸짓을 해 보였다.

나는 고개를 끄덕였다.

"그래, 씁쓸한 아이러니지. 클레온이 체육관에서 최고의 승리를 만끽하고 있을 때 가엾은 물키버는 생명의 불꽃을 꺼뜨리고 있었는지도 몰라. 그리고 나서 클레온이 풀에서 죽였지. 모두들 에로스 신이 클레온을 죽였다고 생각하는 것도 무리가 아니야."

나는 죽은 남자의 얼굴을 들여다보았다.

"자네 주인은 시인이었다던데."

"그렇습니다."

노예가 대답했다.

"주인님은 매일 같이 단 몇 줄이라도 쓰셨죠."

"작별의 시를 남기셨나?"

노예는 고개를 저었다.

"남겼을지 모른다고 생각하시겠지요. 오랜 세월을 함께 살았으니 저한테 작별인사를 남기려 하셨을 거라고요."

"그러면, 아무것도 없단 말인가? 짧막한 메모 같은 것도?"

"단 한 줄의 글도 없어요. 그것도 이상한 일이에요. 주인님은 그 전날 밤에 자정이 지나도록 안 주무시고 계속 뭔가를 쓰셨거든요. 저는 주인님이 그 소년을 잊기로 결심하고 서사시 같은 걸 쓰는 데 몰두하고 계시는 모양이라고 생각했습죠. 영감에 사로잡혀서 말씀이죠! 그런데 남아 있는 게 전혀 없습니다. 그렇게 미친 듯이 쓰신 게 뭐였는지 몰라도 전부 사라져버렸어요. 어쩌면 자살하기로 결심하셨을 때 그동안 쓰셨던 걸 다시 생각해보시고는 태워버리셨는지도 모르지요. 주인님은 다른 종이들도 모두 없애버리신 것 같아요."

"무슨 종이들 말인가?"

"주인님이 쓰셔서 클레온한테 보냈다가 클레온이 몽땅 돌려준 시들 말씀입니다요. 그것들도 없어졌어요. 제 생각엔 주인님이 당신 죽은 후에 누군가가 그걸 읽게 될까봐 없애버리신 것 같아요. 그렇다면 작별인사를 전혀 남기시지 않은 것도 그다지 이상한 일은 아니지요."

나는 건성으로 고개를 끄덕였지만 내게는 여전히 이상하게 생각되었다. 시인이나 자살한 사람, 또 실연당한 연인들에 대해 내가 알고 있는 바에 따르자면 물키버는 뭔가 글을 남겼어야 했다. 클레온을 꾸짖고 동정심을 이끌어내고 자신을 변호하기 위해서 말이다. 그러나 교사의 말없는 시체는 어떤 설명도 해주지 않았다.

낮이 기울 무렵 나는 지친 마음으로 아픈 발을 끌며 소시스트리데스의 집으로 돌아갔다. 노예가 문을 열어주었다. 나는 한참 동안 멈춰서서 클레온의 생명 없는 얼굴을 바라보았다. 변한 것은 없었으나 그는 전처럼 아름다워 보이지 않았다.

소시스트리데스가 우리를 자신의 서재로 불렀다.

"어떻게 되었소?"

"유쾌한 날은 아니었지만 생산적이기는 했습니다. 체육관에 있는 사람들과 모두 얘기를 해봤습니다. 젊은이들을 가르치는 교사의 집에도 갔었구요. 물키버가 어제 자살한 거 아시지요?"

"네. 오늘, 당신과 얘기를 나눈 후에야 알게 됐소. 나는 그 사람이 클레온에게 좀 빠져 있고 시도 써보내고 한다는 건 알고 있었지만 그렇게 열렬하게 클레온을 사랑하고 있는 줄은 몰랐어요. 연못에 파문이 일듯이 또다른 비극이 일어난 거죠."
 소시스트리데스도 교사의 자살이 클레온의 죽음 뒤에 일어났다고 의심 없이 믿는 것 같았다.
 "그런데 어떤 걸 알아내셨나요? 뭔가 중요한 거라도 발견하셨는지?"
 나는 고개를 끄덕였다.
 "누가 아드님을 죽였는지 알 것 같습니다."
 그는 안도감과 당황스러움이 야릇하게 뒤섞인 표정을 지었다.
 "그렇다면 말해주시오!"
 "먼저 따님 좀 불러주시겠습니까? 범인의 정체에 대해 확신을 갖기 전에 따님께 몇 가지 물어볼 것이 있습니다. 그리고 따님의 깊은 슬픔을 생각해 볼 때 따님도 제 얘기를 들어야 할 것 같고요."
 그는 노예를 불러 딸을 데려오라고 분부했다.
 "당신 말이 옳아요. 클레이오도 와서 들어야지. 꼴이 좀…… 흉하긴 하지만. 슬퍼하는 모습을 보면 그 아이도 여자구나 싶지만 나는 그애를 아들처럼 키웠다오. 나는 그애가 읽고 쓰는 걸 배우게 했지요. 클레온과 같은 선생들에게 배우도록 보냈어요. 최근에는 제 오빠랑 함께 물키버에게 배우면서 플라톤을 읽고 있었는데……."
 "네, 알고 있습니다."
 클레이오가 들어왔다. 그녀는 머리에 쓰는 천을 뒤로 젖혀서 짧게 자른 머리를 드러낸 채 있었다. 그녀의 뺨에는 새로운 손톱자국들이 길게 나 있었다. 그녀의 슬픔이 하루종일 줄어들지 않은 채 계속되고 있다는 표시였다.
 "이분이 누가 클레온을 죽였는지 알 것 같으시다는구나."
 소시스트리데스가 설명했다.
 "그렇긴 하지만 먼저 몇 가지 물어봐야 할 것 같구나."

내가 말했다.

"말할 수 있겠니?"

그녀는 고개를 끄덕였다.

"너와 네 오빠가 어제 물키버가 가르치는 아침 수업에 갔었다는 건 사실이냐?"

"네."

그녀는 울어서 빨개진 눈을 내리깔며 쉰 목소리로 속삭이듯 말했다.

"너희들이 갔을 때 물키버는 집에 있었니?"

그녀는 잠시 뜸을 들이더니 그렇다고 대답했다.

"그 사람이 너희들에게 문을 열어 주었니?"

또 한번 침묵이 흘렀다.

"아니요."

"그 집 노예는 하루종일 집 밖에 있었다던데. 누가 문을 열어주었지?"

"문이…… 조금 열려 있었어요."

"그래서 너와 클레온은 그냥 안으로 들어갔니?"

"네."

"오빠와 물키버 사이에 거친 말들이 오갔니?"

그녀의 숨소리가 거칠어졌다.

"아니요."

"확실하니? 바로 그 전날 네 오빠가 공개적으로 물키버를 퇴짜놓고 망신을 줬지. 오빠는 그가 쓴 연애시들을 돌려주면서 사람들이 보는 데서 그 시들을 비웃었어. 그건 물키버에게 엄청난 타격이었을 거야. 너희 둘이 어제 아침에 그의 집에 갔을 때 물키버가 클레온에게 냉정을 잃고 화를 낸 게 사실일 텐데?"

그녀는 고개를 저었다.

"물키버가 울며불며 날뛰지 않던? 오빠에게 폭언을 퍼붓지 않았어? 오빠를 죽이겠다고 하지는 않더냐?"

"아니에요! 그런 일은 없었어요. 물키버는 그런 짓을 할 분이 아니에요!"

"그랬을 것 같은데. 네 오빠에게 기만과 학대를 당하고 어제 물키버는 자제력의 한계에 이른 상태였어. 말갛게 비칠 정도로 닳아버린 고삐처럼 그의 자제력은 툭 끊어져버리고 그의 분노가 미친 말처럼 그를 끌고 가버린 거야. 너와 오빠가 그의 집을 나설 때까지 물키버는 미친 사람처럼 고함을 질러댔을 걸."

"아니에요! 그분은 그렇지 않았어요! 그분은……"

"그리고 너희들이 나간 뒤 그는 생각에 잠겼지. 그는 자신의 마음과 영혼을 쏟아넣었던 연애시들, 그 전날 클레온이 그를 경멸하며 돌려주었던 그 시들을 꺼냈어. 전에는 그렇게 아름답게 보이던 시들이 수치스러운 것으로 느껴져서 모두 태워버렸어."

"그렇지 않아요!"

"그는 클레온을 응원하러 체육관에서 열리는 경기에 갈 계획이었는데 그러지 않고 대회가 끝날 때까지 기다렸다가 도둑처럼 몰래 현관으로 숨어들어갔지. 그는 풀에 혼자 있던 클레온을 보게 됐어. 에로스 상이 눈에 띄었지. 자신의 거절당한 사랑을 생각나게 하는 거였어. 주위엔 아무도 없고 클레온은 얼굴을 아래로 향하고 헤엄을 치고 있었지. 마당에 다른 사람이 있다는 걸 의식하지도 못한 채, 아무런 의심 없이 무방비 상태로 말이야. 물키버는 유혹을 물리칠 수 없었어. 클레온이 조각상 아래를 지나갈 때까지 기다렸다가 상을 대에서 밀어버렸지. 상은 클레온의 머리를 쳤어. 클레온은 바닥으로 가라앉아 익사했지."

클레이오는 울면서 고개를 흔들었다.

"아니에요, 아니에요. 물키버가 한 게 아니에요!"

"아니, 그 사람이 죽인 거야. 그렇게 죽인 다음 자기가 사랑했던 소년을 죽였다는 절망감에 시달리며 물키버는 집으로 달려가 목을 맸지. 그는 그 살인에 대해 자신을 정당화하거나 용서를 구하는 글도 쓰려고 하지 않았어. 그는 자신을 시인이라고 생각해왔는데 자신의 연애시들을 거절당했으니 시인으로서 그보다 더 큰 실패가 어디 있겠니? 그래서 그는 글 한 줄 써놓지 않고 자살한 거야. 이제 그는 그저 보통의 살인자로서 침묵 속에 화장터로 가겠지……."

"아니에요, 아니에요!"

클레이오는 뺨을 잡아뜯고 머리카락을 쥐어뜯으며 울부짖었다. 에코는 그런 일이 벌어질 테니 마음의 준비를 해두라고 내가 말했는데도 불구하고 움찔하며 뒤로 물러섰다. 소시스트리데스는 놀라서 나를 바라보았다. 나는 그의 눈길을 피했다. 어떻게 내가 그에게 진실을 알리고 그것을 믿게 할 수 있겠는가? 그에게 밝혀주어야 한다. 클레이오가 그에게 말해주어야 한다.

"그분은 작별인사를 남기셨어요."

클레이오가 울면서 말했다.

"그분이 쓰신 것 중 가장 아름다운 시였어요!"

"그러나 그의 노예는 아무것도 못 찾았다던데. 클레온에게 보냈던 시들도 사라졌고 새로 쓴 것도 없다고 하던데?"

"제가 가져왔으니까요!"

"어디 있지?"

그녀는 입고 있는 검은 가운의 가슴께에 손을 넣더니 구겨진 파피루스를 한 움큼 꺼냈다.

"이건 그분이 클레온에게 보낸 시들이에요. 이렇게 아름다운 시는, 이렇게 순수하며 달콤한 사랑을 노래한 시는 보신 적이 없을 거예요! 클레온은 이 시들을 비웃었지만 이 시들은 제 가슴을 찢어놓았어요!

그리고 여기 그분의 작별시가 있어요. 그분은 이걸 문지방에 놓아두셨어요. 어제 우리가 그분 댁에 갔다가 그분이 목이 부러진 채, 죽어서…… 제게서 영원히 떠나버리신 걸 발견했을 때 클레온이 이걸 못 보고 지나치는 일이 없도록 해두신 거예요."

그녀는 파피루스 종이 하나를 내 손에 올려놓고 꼭 눌렀다. 그 시는 화려한 필체의 그리스어로 씌어 있었다. 그러나 쓴 사람의 절망이 느껴지는 것 같았다. 중간쯤의 구절이 내 눈길을 잡아끌었다.

언젠가, 너의 아름다움도 시들 것이다;
언젠가, 보답받지 못하는 사랑을 할지도 모른다!
그러니 날 가엾게 여겨다오, 그리하여 내 시체에
처음이자 마지막인 작별의 키스를 베풀어다오…….

그녀는 그 파피루스를 채가더니 자기 가슴에 꼭 댔다.
내 목소리는 내가 듣기에도 공허했다.
"너희들이 어제 물키버의 집에 갔을 때 그는 이미 죽어 있었단 말이지?"
"그래요!"
"그래서 넌 울었구나."
"전 그분을 사랑했으니까요!"
"그는 너를 사랑하지 않았는데도?"
"그분은 클레온을 사랑했어요. 그분 자신도 어쩔 수 없었을 거예요."
"클레온도 울더냐?"
그녀의 얼굴이 증오로 일그러졌다. 소시스트리데스는 두려움에 사로잡혀 신음 소리를 냈다.

"오, 천만에요. 그는 울지 않았어요. 클레온은 웃었어요! 웃었다고요! 그는 머리를 흔들며 '바보로군' 하더니 문 밖으로 나가버렸어요. 저는 소리를 질러 그를 불렀지요. 선생님을 내리게 도와달라고요. 그랬더니 '경기에 늦겠어!' 이 말만 하더군요."

클레이오는 마루에 쓰러져 울었다. 물키버의 시가 적힌 두루마리들이 그녀 주위에 흩어졌다.

"경기에 늦겠어!"

그녀는 이 말을 반복했다. 그것이 자기 오빠의 묘비명이나 되는 것처럼.

캄파니아의 시골길을 지나 로마로 돌아오는 그 오랜 여행 동안 내가 옳은 일을 했는지를 두고 논쟁을 하느라 에코의 팔에는 힘이 빠졌고 나는 목이 쉬었다. 에코는 내가 클레이오에 대한 의심을 나 혼자 간직했어야만 했다고 주장했다. 내 생각은 달랐다. 나는 소시스트리데스가 딸이 무슨 짓을 했는지, 아들은 어떻게, 왜 죽었는지 알 자격이 있고, 그의 아름답고 사랑스런 클레온이 다른 사람들에게 얼마나 깊은 고통을 안겼는지, 얼마나 냉정하게 굴었는지 알 필요가 있다고 주장했다.

"게다가 소시스트리데스의 집으로 돌아갔을 때는 나도 클레이오가 클레온을 죽였다는 확신이 없었어. 죽은 선생을 비난한 건 그녀로 하여금 자백하게 하려는 수단이었어. 없어진 물키버의 시들을 그녀가 가지고 있다는 게 두 사건에서 드러난 유일한 증거였거든. 나는 클레이오나 그녀 아버지 모르게 그녀 방을 뒤지는 방법을 생각했었어. 도둑질이나 다름없는 거지. 그렇지만 결과적으로 그렇게 해봤자 아무것도 찾지 못했을 거야. 그녀가 그것들을 자기 몸, 일테면 심장 가까운 데에 지니고 있을 거라고 생각했어야 했는데! 그녀는 미친 듯이, 절망적으로 물키버를 사랑하고 있었어. 물키버가 클레온을 사랑하듯 그렇게 말이야. 에로스는 너무나 부주의하게 화살을 쏴대는 것 같아!"

우리는 또 클레온의 배신이 어느 정도였는지, 어떤 성질의 것이었는지에 대해서도 논쟁을 벌였다. 물키버의 시체를 봤을 때 클레온은 자기가 행한 일의 엄청난 결과에, 상사병에 빠진 남자를 자살로 몰고갔다는 사실에 너무나 놀란 나머지 일종의 마비상태에서 경기에 참가하여 자동 인형처럼 묘기들을 행한 것일까? 아니면 그는 너무나 냉정한 사람이어서 아무것도 느끼지 못했을까? 그도 아니면 에코가 극도로 복잡한 일련의 몸짓으로 주장한 것처럼 물키버가 목숨을 버려가며 보여준 사랑에 대한 헌신이 어떤 뒤틀린 방식으로 클레온을 자극해서 그를 의기양양하게 만들고 경기에서 전에 없이 뛰어난 성과를 거두게 했을까?

속으로는 무슨 생각을 했는지 모르지만 클레온은 슬퍼하는 대신 명랑하게 그 자리를 떠나서 월계관을 썼다. 그는 물키버를 공중에 매달린 채 빙빙 돌도록 내버려두었고 클레이오로 하여금 복수를 계획하게 만들었다. 걷잡을 수 없는 슬픔 속에서 그녀는 자기 머리를 잘랐다. 물키버의 집 안마당 웅덩이에 자기 얼굴을 비춰본 그녀는 소년으로 변장하자고 생각했다. 선생의 옷장에서 꺼낸 몸에 맞지 않는 긴 옷이 그녀의 변장을 완성시켰다. 그녀는 머리를 자를 때 썼던 칼을 지니고 체육관으로 갔다. 그녀는 오빠의 친구들이 보는 데서 그를 찌를 계획이었다. 그러나 칼이 필요 없는 상황이 되었다. 그녀는 우연히 마당으로 들어가는 길을 발견했고 거기 있던 에로스 상이 완벽한 살인 무기가 돼주었던 것이다.

클레이오 편에서 보자면 그 범죄에서 조각상은 그녀가 에로스의 승락을 받았을 뿐만 아니라 에로스의 의지의 도구로서 그 일을 했다는 증거가 됐다. 이런 경건한 주장은 적어도 우리가 네아폴리스를 떠날 때까지는 소시스트리데스가 딸을 벌하지 못하게 막고 있었다. 나는 그 부유한 상인이 가엾기만 할 뿐 하나도 부럽지 않았다. 아내와 아들도 죽고 없는데 아무리 중대한 죄를 저질렀다고 해도 하나 남은 혈육을 죽이는 짓을 할 수 있을 것인가? 그러나 딸이 자기가 사랑하는 아들을 죽였다는 것을 알면서도 그 딸을 살려둘 수 있을 것인가? 그런 어려운 문제는 아테나의 지혜로도 해결하기 힘들 것이다.

에코와 나는 물키버의 시의 진가에 대해서도 논쟁했다. 나는 틈이 나면 한번 꼼꼼히 읽어보려고 소시스트리데스에게 부탁해 물키버의 작별시 하나를 얻어왔다.

> 잔인하고 퉁명스런 소년, 암사자의 새끼,
> 무정하게 사랑을 비웃는 소년아,
> 나는 네게 연인의 반지를 주련다. 내 목을 건 밧줄을!
> 내 모습에 마음 다치는 일은 더이상 없으리.
> 나는 사랑에 상처 입은 이들을 위로하는
> 유일한 장소로 갈 것이니. 그곳은 망각이다!
> 그러나 너는 나를 위해 발을 멈추거나 울지 않겠지,
> 단 한순간도…….

이 시는 상대에 대한 비난과 자기 연민과 사랑의 파괴력에 대한 굴복을 좌충우돌식으로 표현하며 계속되고 있었다.

"한심하게 감상적이에요!"

"진저리나게 달아요!"

"쓰레기 중에서도 최하급 쓰레기예요."

에코가 단언했다. 그는 온몸을 이용해 이런 말을 쏟아내느라 하마터면 말에서 떨어질 뻔했다. 나는 그저 고개를 끄덕이기만 했다. 그러면서 1, 2년 뒤, 에로스가 한두 차례 빗나간 화살로 저 애에게 상처를 입

히고 그런 일을 몸소 겪음으로써 사랑의 신이 무방비 상태의 인간의 심장을 얼마나 깊게 꿰뚫는지 더 똑똑하게 알게 된 다음에도 저 애가 지금처럼 저렇게 느낄까를 생각했다.

Steven Saylor

내가 엘리스 피터스를 처음 으로 알게 되고, 아직도 그녀의 소설 중에 가장 좋아하는 작품은 캐드 펠 수사가 주인공인 책이 아니라 훨씬 이전의 작품인『데드 마스크』였 다. 1959년에 처음 출판된 작품으로 영국과 그리스가 배경이었다. 시 대 배경은 과거가 아니라 동시대였지만 그 추리소설은 고고학적 증거 와 고대의 물건을 중심으로 전개되었다. 그런 요소들과 함께 메리 르 노의 작품에서처럼 남자들 사이의 강한 우정이 흥미롭게 그려진 점이 내가 그 소설을 그토록 매력적으로 여기는 이유이다. 비록 간접적이기 는 하지만 엘리스 피터스가 고대 그리스, 로마에 취미가 있음을 알자, 나는 판단하기 힘든 일이긴 하지만 깊이 생각해보기 시작했다. 만일 그녀가 캐드펠의 중세 잉글랜드가 아니라 고대 그리스를, 혹은 키케로 와 케사르 때의 급변하는 로마 공화정을 배경으로 한 역사 시리즈를 쓰기로 했다면 어떻게 되었을까 하고 말이다.

그러나 로마를 되살려내는 일은 나를 포함한 다른 사람들에게 남겨 졌다. 발견자 고르디아누스는 내 소설「로마인의 피」에 처음 등장했고 그의 활동은 일곱 개의 언덕 지역에서 이루어져 왔다. 그러나 그는 때 때로 여행을 한다. 그리고『데드 마스크』를 기념하자면 그를 그리스적 환경(기원전 75년, 나폴리 만에 있는 네아폴리스)에 놓고 그리스적 요 소들에 의지하는 것이 적절할 것으로 여겨졌다.(「에로스 살인사건」의 영감은 테오크리투스의 스물세번째 전원시에서 얻었다. 그 시는 이 작 품의 골자를 제공해 주고 있다. 추리보다는 도덕적 우화로서이기는 하 지만.) 엘리스 피터스에게는 친숙한 테마일 것이다. 그녀의 인물들 중에도 여러가지 상황에 놓인 연인들이 등장하기 때문이다. 그녀의 작품에서 대부분의 경우에 사랑은 옹호되고 연인들은 승리한다. 이 작품의 여러 연인들에게도 일이 그렇게 되었으면 했는데…….

스티븐 세일러

지옥불 클럽

다이애나 개벌던

그러나 대화와 환대에도 불구하고 그 집에는 어딘지 모르게 기이한 비밀스런 분위기가 있었다. 하인들의 어떤 태도가 그런 건지, 손님들 사이에 감도는, 보이지는 않으나 느껴지긴 하는 어떤 것이 그런 건지 알 수는 없었으나 심상치 않은 뭔가가 있는 건 사실이었다. 그것은 물 위에 퍼지는 안개처럼 수도원의 공기 중에 떠돌고 있었다.

***

제 1 장

1756년, 런던
신사들의 클럽인 영국식 비프스테이크 평가회

존 그레이 경은 재빨리 문에서 시선을 돌렸다. 안 돼. 안 돼, 쳐다보면 안 돼. 눈을 둘 곳이 필요했던 그는 쿼리의 상처에 시선을 고정시켰다.
"한 잔 드시겠소?"
클럽의 집사가 자기 동료에게 술을 따르는 것을 기다리지도 않고 해리 쿼리는 붉은 포도주 잔을 비우고 한 잔 더 달라고 내밀었다.
"한 잔 더 마십시다. 얼어붙은 유형지에서 돌아오신 기념으로 말이죠."
쿼리가 음탕하게 한 눈을 찡긋해 보이자 상처 때문에 눈꼬리가 아래로 잡아당겨졌다. 그는 입을 크게 벌리고 웃으며 잔을 다시 치켜들었다.
존 경은 그 인사에 응답하는 뜻으로 자기 잔을 기울였으나 술맛을 보지는 않았다. 그는 애써서 시선을 쿼리의 상처에 붙들어두었다. 고개를 돌려 바라보지 않으려고, 복도에서 그의 시선을 붙든 그 불의 번쩍임을 멍하니 뒤쫓지 않으려고 말이다.

쿼리의 상처는 이미 희미해져 있었다. 희고 가느다랗게 벤 상처로 오무라들어 있었다. 혈색 좋은 뺨에 급경사로 난 위치만이 그것이 어떤 성질의 상처인지를 분명히 보여주고 있었다. 힘겹게 살아온 삶으로 해서 생겨난 주름살에 묻힐 수도 있으련만 그것은 아직도 눈에 띄었다. 그 상처는 소유자가 그렇게 생각하고 있는 것이 틀림없는 것처럼 명예의 상징이었다.

"제가 돌아온 것을 알아주시니 정말로 친절하시군요."

그레이가 말했다. 귓속에서 심장 뛰는 소리가 쿵쿵 울리는 탓에 쿼리의 말이 제대로 들리지 않았지만 그래도 대화를 못할 정도는 아니었다.

아니야. 그의 마음 한구석에서 분별 있는 목소리가 말했다. 그럴 리가 없어. 그러나 분별력은 그를 끌어 일으켜서 아주 잠깐 보았을 뿐인 그 빨간 머리 남자를 쫓아가도록 억세게 돌려세우기라도 하려는 것처럼 그의 목덜미와 엉덩이를 움켜잡는 감정의 동요와는 아무런 상관이 없었다.

쿼리가 팔꿈치로 그를 세게 찔렀다. 현재의 상황에선 싫지 않은 부름이었다.

"……여자들 사이에서요, 예?"

"예?"

"당신이 돌아온 게 다른 곳에도 알려져 있더란 말입니다. 내 형수님이 안부 전하고 지금 어디서 머물고 있는지 알아오라고 하십디다. 지금 연대와 함께 계시오?"

"아니요, 저민 가의 제 어머니 집에 머물고 있어요."

술잔에 술이 아직 그대로인 것을 의식한 그레이는 잔을 들어 쭉 들이켰다. 이 비프스테이크 클럽의 붉은 포도주는 포도가 풍작이던 해에 제조한 뛰어난 품질의 것이었지만 그는 그 향기도 느낄 수 없었다. 바밖의 홀에서 큰소리로 말다툼하는 소리가 들렸다.

"그래요. 형수님께 그렇게 말씀드리죠. 내일 아침에 초대가 있을 겁니다. 루신다 형수님은 형수님 조카 중 하나를 위해서 당신을 찍은 것 같아요. 형수님껜 가난하지만 예쁜 여자 친척들이 줄줄이 많은데 그 여자들을 훌륭하게 결혼시키려는 뜻을 가지고 계시지요."

쿼리가 잠깐 이빨을 보였다.

"조심하십시오."

그레이는 공손하게 고개를 끄덕였다. 그는 그런 제의에 익숙해 있었다. 4형제 중 막내인 그에게는 작위를 이어받을 희망이 전혀 없었지만 가문의 이름이 오래되고 명예로운 것인데다 그의 사람 됨됨이와 용모도 매력이 있었다. 그리고 재산이 많아서 여상속인이 필요하지도 않았다.

문이 활짝 열렸다. 그 서슬에 찬바람이 밀려들어 방을 가로질러가 벽난로의 불을 지옥의 불길처럼 일으키고 터키산 카펫 위로 불티를 흩어놓았다. 그레이는 열기가 후끈 일어난 것에 감사했다. 덕분에 뺨에 번지고 있는 게 느껴지던 붉은 기운에 핑계거리가 생겼다.

전혀 달라. 물론 하나도 닮지 않았어. 닮은 사람이 누가 있겠어? 그러나 그의 가슴을 가득 채운 감정은 안도감과 함께 그만큼이나 큰 실망감이었다.

그 남자는 키가 컸다. 그러나 돋보이게 크지는 않았다. 호리호리한 체격이 가냘프기까지 했다. 게다가 젊었다. 서른이 넘은 그레이의 나이보다 거의 열 살은 아래인 것 같았다. 그러나 머리카락은, 그렇다, 머리카락은 매우 흡사했다.

"존 그레이 경."

쿼리가 그 젊은이를 가로막고 그의 소매에 손을 올려놓은 채 소개를 시키려고 그레이에게로 몸을 돌렸다.

"사돈댁 청년으로 저와 사촌이 되는 로버트 제럴드씨를 인사시켜 드리고 싶습니다."

제럴드씨는 고개를 꾸벅 숙여보였지만 자신을 억제하려고 애쓰는 것 같았다. 그의 흰 피부 아래 피를 솟구치게 만든 게 무엇이건 간에 그것을 억누르면서 그는 고개 숙여 인사하고 공손한 인사를 담은 눈길로 그레이를 똑바로 응시했다.

"잘 부탁드립니다."

"저도 잘 부탁드립니다."

구릿빛도 아니고 홍당무 색도 아니었다. 적갈색에 가까운 짙은 빨간색으로 주홍과 금색의 머리카락이 섞여서 반짝이고 있었다. 고맙게도 눈은 파란색이 아니라 반짝이는 옅은 갈색이었다.

그레이는 입에 침이 말랐다. 다행스럽게도 쿼리가 술을 마시자고 제안했고 제럴드가 동의하자 손가락을 딱 튕겨서 집사를 불렀다. 그리고 그가 앞장서서 그들 세 사람은 안락의자가 놓인 구석으로 갔다. 그곳에는 비프스테이크 클럽의 과묵한 편인 회원들 머리 위로 담배 연기가 보호막처럼 떠돌고 있었다.

"복도에서 싸우는 소리가 들리던데, 누구였나?"

자리에 앉자마자 쿼리가 물었다.

"버브 도딩턴이겠지, 물론? 그 사람 목소리는 꼭 행상인 같다니까."

"제가, 아니 그가, 네, 그래요."

앞서의 흥분이 채 가시지 않은 제럴드씨의 창백한 피부가 다시 붉어졌다. 쿼리가 아주 재미있어 하고 있었다.

"오호! 그런데 그가 자네에게 무슨 음흉한 제안을 하던가?"

"아무것도 아니에요. 그 사람은 초대를 했는데 제가 받아들이고 싶지 않았어요. 그뿐이에요. 그렇게 큰소리로 말씀하셔야 돼요?"

방의 이쪽 구석은 추웠다. 그레이는 제럴드의 부드러운 뺨에 오른 불길에 손을 녹일 수도 있겠다고 생각했다. 쿼리가 재미있다는 듯 코웃음을 치며 근처의 의자들을 돌아보았다.

"누가 듣는다고 그러나? 코터릴 노인은 전혀 안 들리고 장군은 반귀머거린데. 그런데 그 일이 자네 말처럼 그렇게 무해한 거라면 어째서 그렇게 신경을 쓰는 건가?"

갑작스럽게 총명해지고 날카로워진 쿼리의 두 눈이 그의 아내의 사촌을 압박하며 그에게서 떨어질 줄 몰랐다.

"무해한 거라곤 안 했어요."

침착을 되찾은 제럴드가 건조한 목소리로 대답했다.

"거절했다고 말했죠. 그리고 그 일에 대해 들으실 건 그 말뿐이에요. 그러니 그렇게 뚫어질 듯 쳐다보는 건 그만두시죠. 그건 형님의 부하들에게나 먹혀들지 저한텐 소용 없어요."

그레이가 웃음을 터뜨렸다. 잠시 후 쿼리도 같이 웃었다. 그는 눈을 반짝이며 제럴드의 어깨를 가볍게 쳤다.

"제 사촌은 신중함의 화신이랍니다. 그러나 사실 당연한 거 아니겠습니까, 예?"

"전 영광스럽게도 하급 비서로 수상님을 모시고 있습니다."

무슨 말인지 어리둥절해 하는 그레이의 얼굴을 보고 제럴드가 설명했다.

"정부의 비밀들이란 게 재미없는 것이긴 하지만…… 해리 형님의 기준에서 보면 말씀입니다만."

그는 자기 사촌을 향해 심술궂게 웃어보이며 말했다.

"제 것이 아니니 떠벌이고 다니면 안 되지요."

"아, 어쨌거나 그런 얘기는 존 경에게 흥미를 주지 못할 거야."

쿼리는 냉정하게 말하고 짐꾼한테나 어울릴 그런 무례하고 성급한 태도로 오래 된 적포도주 세번째 잔을 들이켰다. 그레이는 상급 집사가 그런 신성모독적 행위에 깊은 공포감을 느끼며 눈을 감는 걸 보고 혼자 미소지었다. 아니 그랬다고 생각했다. 제럴드씨의 부드러운 갈색 눈이 그에게 향해 있고 그의 입술엔 자신의 것과 유사한 공모자의 미소가 떠오른 걸 볼 때까지는.

"그런 일들은 가장 밀접하게 관련되어 있는 사람들을 제외하고는 누구에게도 흥미가 없는 거죠."

여전히 그레이에게 미소를 지어 보이며 제럴드가 말했다.

"가장 치열한 전투는 위험에 처해 있는 것이 거의 없는 전투 아니겠습니까. 그런데 정치에 관심이 없으시다면 존 경께선 어떤 것에 관심이 있으십니까?"

"관심이 없지 않죠."

로버트 제럴드의 눈을 대담하게 마주보며 그레이가 대답했다. 천만에요, 얼마나 관심이 많은데요.

"그보다는 무지해서 그렇지요. 한동안 런던을 떠나 있었으니까요. 사실 연락이 두절된 상태였거든요."

그럴 생각이 아니었는데 한 손이 안경으로 향해 올라가더니 엄지손가락이 천천히 위로 다가가 매끈하고 차가운 표면을 쓰다듬었다. 그것이 다른 사람의 살이라도 되는 것처럼. 손가락에 끼고 있는 사파이어 반지에서 나오는 파란빛이 보였다. 그는 서둘러 안경을 내려놓았다. 등대 불빛이었는지도 모르지. 그는 심술궂게 비틀어 생각했다. 앞에 놓인 거친 바다를 경고하는 불빛 말야.

그러나 대화는 매끄럽게 항해 중이었다. 쿼리가 그레이의 최근 배치 지역이었던 스코틀랜드 황야에서의 업무에 대해 농담조의 질문을 던지고 자기 동료 장교가 장차 어떻게 풀릴 지에 대한 생각을 늘어놓은 것을 빼면 말이다. 전자는 금지된 영역이었고 후자는 미지의 영역이었기 때문에 그레이는 대꾸할 말이 없었다. 그래서 이야기는 다른 것들,

말이며 개며 연대에 떠도는 소문 같은 남자들끼리의 편안한 얘깃거리로 옮겨갔다.

그러나 때때로 그레이는 갈색 눈이 사색에 잠긴 표정으로 그를 바라보는 것을 느꼈다. 그는 겸손과 신중을 동원해 그 표정을 해석하지 않으려고 했다. 그래도 클럽에서 나오자마자 복도에 제럴드와 단 둘이 남게 되었는데도 그는 놀라지 않았다. 퀴리가 스쳐가던 지인 한 사람에게 붙들렸던 것이다.

"제가 몹시 귀찮게 해드리는 것 같습니다만."

제럴드는 낮은 목소리로 말하는 자신의 말이 문을 지키는 하인의 귀에 들리지 않도록 가까이 다가서며 말했다.

"정말로 싫지만 않으시다면 부탁 좀 드려도 되겠습니까?"

"물론이지요. 뭐든 들어드리겠소."

핏속에 흐르는 붉은 포도주의 온기에 더해 더 깊은 열기가 밀려오는 것을 느끼면서 그레이가 말했다.

"제가 바라는 건, 그러니까, 저는 제가 깨닫게 된 상황에 관해서 약간의 의심을 품고 있습니다. 당신은 아주 최근에야 런던에 돌아오셨으니 전체를 볼 수 있는 입장입니다. 저는 여기에 너무나 익숙하기 때문에 그러지 못하고 있죠. 아무도……."

그는 적당한 말을 찾으려고 애쓰더니 갑작스럽게 그리고 지독하게 불행해진 눈길을 존 경에게 돌렸다.

"제겐 믿을 만한 사람이 아무도 없습니다!"

갑자기 열렬해진 어조로 그가 속삭였다. 그는 놀랄 만큼 세게 존 경의 팔을 잡았다.

"이건 정말 아무것도 아닐 지 모르지만 도움이 필요합니다."

"내 힘으로 되는 일이라면 도와주겠소."

그레이의 손이 자신의 팔을 잡고 있는 손에 닿았다. 제럴드의 손은 차가웠다. 쿼리의 목소리가 그들 뒤 복도 저 멀리서 유쾌하게 울려왔다.

"아케이드 근처 거래소에서요."

제럴드가 재빨리 말했다.

"오늘 밤, 완전히 어두워지자마자 만나요."

그레이의 팔을 잡고 있던 손이 풀리고 제럴드는 사라졌다. 그의 푸른 외투와 그 위로 부드럽게 흘러내린 머리가 선명한 대조를 이루고 있었다.

그레이는 재단사와 변호사 등 필요한 사람들을 만나고 오랫동안 소홀히 했던 지인들에 대한 의례적인 방문으로 오후 시간을 보냈다. 어두워지기 전까지의 빈 시간들을 보내려는 노력에서였다. 딱히 할 일이 없는 쿼리가 같이 다니겠다고 자청했다. 존 경은 싫다고 하지 않았다. 쾌활하고 솔직한 성질인 쿼리의 대화는 카드 게임과 술과 창녀들에 국한됐다. 그와 그레이는 연대와 아즈뮈어 말고는 공통점이 거의 없었다.

클럽에서 쿼리를 다시 보았을 때 처음에는 그를 피할 생각이었다. 그 기억은 잊혀진 채 있는 게 제일 낫다고 느꼈기 때문이었다. 그러나 기억이란 게 정말로 잊혀질 수 있을까, 그것을 기억나게 하는 증인이 아직 살아 있는데? 죽은 사람은 잊을 수 있을지 모른다. 그러나 그저 없을 뿐인 사람은 잊을 수가 없다. 그리고 로버트 제럴드의 불꽃 같은 머리카락이 무사히 꺼졌다고 생각했던 불씨에 불을 지핀 것이다.

그는 귀찮게 달라붙는 거지의 손아귀에서 자신의 군인 외투를 빼내며 그 불꽃을 살리는 건 현명하지 못한 짓일 거라고 생각했다. 막힘 없이 타오르는 불길은 위험했다. 그는 다른 누구보다도 그것을 잘 알고 있었다. 그러나 런던의 군중 사이를 힘겹게 헤쳐나가는 그 시간들이, 그리고 억지로 하는 사교 활동으로 보내는 더 많은 시간들이 뜻하지 않게 북쪽 지방의 고요를 갈망하게 만들었고, 그는 더이상은 말고 그저 스코틀랜드에 대해서만 얘기하고 싶은 욕망에 사로잡힌 자신을 발견했다.

그들은 볼일을 보러 가는 길에 런던 거래소를 지났다. 화려하게 색칠을 하고 포스터를 덕지덕지 붙인 채 행상인과 산책 나온 사람들로 들끓는 아케이드를 그는 몰래 쳐다보았다. 기대감에 가슴이 뻐근해졌다. 가을이었다. 어둠은 일찍 찾아올 것이다.

그들은 이제 강 가까이 와 있었다. 조개며 생선을 파는 장사꾼들이 시끄럽게 외치는 소리가 꼬불꼬불한 골목길에 울려퍼졌다. 타르와 대팻밥의 냄새로 가득 찬 차가운 바람이 그들의 외투를 돛처럼 부풀게 했다. 쿼리가 고개를 돌리고는 그들 사이에 끼어든 그 많은 사람들의 머리 위로 손을 흔들어 커피 하우스를 가리켰다. 그레이는 알았다고 고개를 끄덕이고 머리를 숙이고 사람들을 제치며 문 쪽으로 다가갔다.

"대단한 군중이군요."

쿼리를 뒤따라서 사람들을 밀쳐내며 향료 냄새가 감도는 작은 방의 평화로움 속으로 들어섰을 때 존 경이 말했다. 그는 삼각 모자를 벗고 앉아서 사람들과 부대끼는 통에 비뚜름해진 모표를 반듯하게 바로잡았다. 평균 신장보다 5센티미터 정도 작은 그레이는 그렇게 많은 사람들 사이에 섞여 있을 때면 자기가 불리하다는 걸 깨닫곤 했다.

"런던이 얼마나 복잡한 개미굴인지를 잊고 있었어요."

그는 숨을 깊이 들이쉬었다. 자, 그러면 고난과 맞서 싸우고 극복해야겠군.

"정말이지 아즈뮈어와 대비되는군요."

"난 스코틀랜드가 생겨나지 말았어야 할 외로운 지옥이라는 걸 잊고 있었어요."

쿼리가 대답했다.

"오늘 아침 당신이 비프스테이크에 나타나 나의 행복을 상기시켜줄 때까지는 말입니다. 개미굴에 건배!"

그는 그의 팔꿈치 옆에 마법처럼 나타난 김이 오르는 유리컵을 들고 그레이에게 엄숙하게 고개를 숙였다. 그는 마시고 나서 스코틀랜드에 대한 기억 때문인지 커피의 품질에 대한 반응에서인지 몸을 떨었다. 그는 얼굴을 찌푸리고 설탕 그릇으로 손을 뻗었다.

"고맙게도 우린 둘 다 거기에서 완전히 벗어나 있군요. 안에 있건 밖에 있건 엉덩이가 얼 지경이고 갈라진 틈만 있으면 망할 놈의 비가 들이치고 그랬잖습니까."

쿼리는 가발을 벗고 남의 눈 같은 건 전혀 의식하지 않고 대머리를 벅벅 긁더니 가발을 머리에 다시 턱 얹었다.

"빌어먹게도 뚱한 얼굴의 스코틀랜드인들 말고는 사귈 사람도 없지, 창녀들은 하나 같이 시중을 들어주느니 그만두고 말겠다는 식이었지요. 당신이 나를 구원하러 오지 않았다면 한 달 후엔 내가 내 머리에 권총을 쐈을 거요. 어떤 불쌍한 인간이 당신 후임으로 왔소?"

"아무도 안 왔어요."

쿼리의 간지러움이 옮겨졌는지 그레이도 멍하니 자기 금발머리를 긁었다. 그는 밖을 내다보았다. 거리에는 아직도 사람들이 꽉꽉 차 있었지만 다행스럽게도 납창살을 끼운 유리창 덕분에 소음은 적당히 차단됐다. 가마 하나가 다른 가마와 충돌했다. 가마를 든 사람들이 군중에 밀려 균형을 잃은 탓이었다.

"아즈뮈어는 이제 감옥이 아니에요. 죄수들은 다른 곳으로 이송됐어요."

"이송됐다구요?"

쿼리는 놀라서 입을 꾹 다물더니 좀 더 조심스럽게 커피를 홀짝거렸다.

"아, 당해 싸지, 괘씸한 창녀의 자식들 같으니. 흠! 대개의 인간들이 당해 싼 인간들이지요. 하지만 프레이저에겐 안 됐소. 당신도 프레이저란 사람 기억하시죠, 그 붉은 머리의 키 큰 친구 말이오. 제임스 2세 지지파의 장교 중 하나였어요. 신사죠. 그 사람을 꽤 좋아했는데…….정말 안 됐어요. 그와 얘기해 볼 기회가 있었나요?"

쿼리의 생각 없이 쾌활한 얼굴이 약간 우울해졌다.

"이따금 하곤 했지요."

그레이는 내장이 꼬이는 것 같은 익숙한 느낌을 느꼈다. 그는 얼굴에 무슨 표정이라도 나타날까봐 고개를 돌렸다. 두 대의 가마는 땅에 내려져 있었고 가마꾼들은 서로 밀고 당기며 싸우고 있었다. 길이 원래 좁은 데다가 언제나처럼 그곳을 차지하고 있는 장사꾼들과 도제들로 꽉 막혀 있었다. 거기다 멈춰서서 그 싸움을 구경하는 손님들까지 더해져 도저히 길을 갈 수 없는 형국이었다.

"그를 잘 알았습니까?"

그는 자신을 억제할 수가 없었다. 그것이 그에게 위안을 주든 고통을 주든 지금은 프레이저에 대해 이야기하는 수밖에 달리 선택의 여지가 없다고 느꼈다. 그리고 쿼리는 런던에서 그 얘기를 할 수 있는 유일한 사람이었다.

"아, 그럼요. 아니 그 상황에서 한 사람을 알 수 있는 만큼은 알았지요. 매주 한 번씩 내 숙소에서 식사하도록 했었어요. 말씨가 아주 정중하고 카드 게임을 아주 잘 했지요."

쿼리가 스스럼 없이 대답했다. 그는 컵에서 살찐 코를 들었다. 김 때문에 뺨이 평소보다 더 붉어져 있었다.

"그는 연민을 일으키는 그런 사람이 아니었지요, 물론. 그렇지만 그가 처한 상황에 대해 약간의 동정심을 느끼지 않을 수가 없었어요."

"동정심이요? 그런데도 당신은 그를 쇠사슬로 묶어두었군요."

쿼리가 고개를 쳐들었다. 그레이의 말이 거슬렸던 것이다.

"나는 그를 좋아하긴 했지만 믿진 않았어요. 내 부관 하나에게 일어난 일 이후로는 안 믿었지요."

"무슨 일이었습니까?"

존 경은 그저 가벼운 호기심에서 물어보는 것처럼 보이려고 애썼다.

"불행한 일이었지요. 채석장 웅덩이에 사고로 빠져 죽었다오."

새로 가져온 커피 컵에 덩어리 설탕을 서너 스푼이나 퍼넣고 힘차게 저으면서 쿼리가 말했다.

"보고서에는 그렇게 썼지요."

그는 커피에서 눈을 들어 그레이에게 한쪽 눈을 찡긋해 보였다. 얼굴 한쪽이 찌그러지는 예의 그 음탕한 눈짓이었다.

"난 프레이저를 좋아했어요. 부관은 신경도 안 썼지요. 그렇지만 어떤 사람이 족쇄에 묶여 있다는 이유만으로 그를 무력하다고 생각하는 일은 절대로 하지 마시오."

그레이는 자신의 열렬한 관심을 눈치채이지 않고 더 물어볼 수 있는 방법을 급히 찾아보았다.

"당신은 그가……"

그레이가 말을 꺼냈다.

"보세요. 봐요! 저 사람이 밥 제럴드가 아니라면 내가 천벌을 받을 거요!"

쿼리가 갑자기 자리에서 일어나며 말했다. 존 경은 의자에 앉은 채 몸을 획 돌렸다. 정말이었다. 멈춰선 가마 안에서 나오느라 머리를 숙이고 있는 사람의 불타는 듯한 머리에서 늦은 오후의 햇살이 불꽃을 일으켰다. 제럴드는 얼굴을 찌푸린 채 허리를 펴더니 사람들을 옆으로 밀치며 서로 뒤엉켜 싸우고 있는 가마꾼들에게로 가기 시작했다.

"도대체 뭘 하려는 거지? 이 봐! 멈춰! 멈춰, 이 악당아!"

지옥불 클럽 183

컵을 아무렇게나 내던지고 쿼리는 고함을 지르며 문으로 달려갔다. 한두 발짝 뒤에서 따라가던 그레이는 햇빛에 금속이 번쩍이는 것과 제럴드의 얼굴에 놀라는 표정이 잠깐 스쳐가는 것밖에 보지 못했다. 곧이어 사람들이 공포에 질려 소리를 지르며 뒤로 넘어졌고 다시 일어나는 사람들의 등에 가려 그에게는 아무것도 보이지 않았다. 그는 길을 열기 위해 칼자루로 무자비하게 사람들을 치며 비명을 질러대고 있는 군중을 마구 헤치고 나아갔다.

제럴드는 그의 가마를 들고 가던 사람 중 하나의 팔에 안겨 누워 있었다. 머리가 앞으로 쏟아져 내려 얼굴을 가리고 있었다. 그의 무릎은 고통으로 끌어올려졌고 꽉 쥔 두 주먹으로 조끼를 점점 크게 물들이고 있는 얼룩을 힘주어 누르고 있었다.

쿼리는 거기 있었다. 그는 군중을 향해 칼을 휘두르며 물러나지 않으면 죽이겠다고 소리를 질렀다. 그러면서 칼로 꿰어버릴 적을 찾아 미친 듯이 두리번거렸다.

"누구냐?"

그가 가마꾼들에게 고함을 질렀다. 얼굴이 분노로 뻘겋게 물들어 있었다.

"어느 놈이 이랬어?"

둥글게 모여선 하얗게 질린 얼굴들이 무기력한 질문을 던지며 서로를 바라보았으나 시선이 모이는 곳이 없었다. 적은 도망쳤고 그의 가마꾼들도 함께 사라졌다. 그레이는 더러운 것도 개의치 않고 하수도에 무릎을 꿇고 앉았다. 그리고 뻣뻣하게 굳은 차가운 손으로 붉은 머리카락들을 쓸어넘겨주었다. 뜨거운 피 냄새와 칼에 꿰뚫린 내장에서 나오는 역한 냄새가 공중에 짙게 퍼져나갔다. 그레이는 번들거리는 초점 잃은 눈과 창백한 얼굴을 보기도 전에 이미 진실을 알 수 있을 만큼 전쟁터를 보아온 사람이었다. 그는 자신의 배도 찔린 것처럼 깊고 날카로운 상처를 느낄 수 있었다.

크게 열린 갈색 눈이 그에게 고정되어 있었다. 충격과 고통 뒤의 저 깊은 곳에서 누군지 알아본 듯 잠깐 반짝임이 일었다. 그는 죽어가는 사람의 손을 꼭 쥐고 그래 봤자 소용없다는 것을 알면서도 세차게 비볐다. 제럴드의 입이 소리 없이 움직였다. 그의 입가에 맺힌 붉은 침방울이 커지고 있었다.

"말하시오."

그레이는 황급히 그의 입에 귀를 댔다. 머리카락이 부드럽게 입에 와 닿았다.

"누가 이랬는지 말해요. 내가 복수해주겠소. 맹세해요."

그의 손이 가볍게 경련을 일으켰다. 그는 자신의 힘을 제럴드에게 억지로 넣어주기라도 하려는 것처럼 꽉 쥐었다. 한마디면 되었다. 이름 하나면 되었다.

부드러운 입술이 하얘졌고 핏방울은 커지고 있었다. 제럴드가 입 양끝을 벌렸다. 이가 드러날 정도로 세차게 입을 벌리는 서슬에 핏방울이 터지면서 그레이의 뺨에 피가 튀었다. 그리고는 입술이 다물어졌다. 마치 키스를 해달라는 것처럼 약간 오므린 모습이었다. 그리고 그는 죽었다. 커다랗게 뜬 갈색 눈에 공허함만 남았다.

쿼리는 아는 것을 말하라고 가마꾼들에게 소리를 질러대고 있었다. 여기저기서 다른 외침들이 거리거리의 벽과 근처의 골목길들을 울리며 퍼져나갔고 소식은 지옥에서 나온 박쥐떼처럼 살인 현장에서 사방으로 날아갔다. 그레이는 죽은 사람 곁의 고요 속에, 피와 창자에서 쏟아져 나온 내용물의 악취 속에 홀로 앉아 있었다. 그는 제럴드의 축 늘어진 손을 그의 가슴 위에 놓고 자기 손에 묻은 피를 멍하니 외투에 문질러 닦았다.

어떤 움직임이 그의 눈길을 끌었다. 얼굴이 뺨의 상처만큼이나 하얘진 해리 쿼리가 시체 저쪽에 무릎을 꿇고 앉아 커다란 접는 칼을 폈다. 그는 마구 헝클어지고 피로 뒤엉킨 제럴드의 머리카락을 살살 뒤적여 깨끗한 부분을 골라내어 칼로 잘랐다. 해가 지고 있었다. 햇빛이 떨어지는 선명한 불꽃 한 줌에 옮겨붙었다.

"이 사람 모친께 갖다드려야겠소."

쿼리가 설명했다. 그는 입술을 굳게 다물고 반짝이는 머리카락을 돌돌 감아 조심스럽게 품에 간직했다.

제 2 장

이틀 후에 초대장이 왔다. 해리 쿼리가 보낸 짤막한 전갈도 같이 들어있었다. 루신다 조프리 부인의 소원에 따라 존 그레이 경을 조프리 하우스에서 열리는 저녁 연회에 초대한다는 내용이었다. 쿼리의 메모에는 '오시오. 알려드릴 게 있소'라고만 씌어 있었다.

그 전에는 안 돼. 그레이는 이렇게 생각하며 메모를 던져버렸다. 제럴드가 죽은 후 이틀은 미친 듯이 탐문하고 추리하며 돌아다녔으나 아무런 소득이 없었다. 포비 가의 가게와 행상인의 손수레는 모두 완전히 뒤집어보았으나 공격자나 그의 앞잡이의 흔적은 찾을 수가 없었다. 그들은 마치 개미처럼 익명의 존재로 군중 속으로 사라져버린 것이다.

어쨌든 그것으로 한 가지는 입증된 셈이었다. 그것은 계획된 공격이었지 어쩌다 일어난 거리의 폭력이 아니었다는 것이다. 공격자가 그렇게 빨리 사라진 것은 그가 보통 서민처럼 보였음에 틀림없다는 얘기였다. 부유한 상인이거나 귀족이었다면 옷차림이나 태도로 눈에 띄었을 것이다. 가마는 빌린 것이었다. 그러나 빌린 사람의 생김새를 아무도 기억하지 못했고 그들에게 알려주었던 이름도 당연히 틀린 것이었다.

그는 초조하게 나머지 우편물을 뒤적였다. 지금까지 다른 탐문 수단들은 모두 효과가 없다는 것이 드러났다. 무기도 발견되지 않았다. 그와 쿼리는 제럴드와 버브 도딩턴 사이의 대화를 조금이라도 들었을지 모른다는 희망을 가지고 비프스테이크 클럽의 문지기를 찾았으나 그는 그날 하루만 고용되었던 임시 하인이었다. 그는 일당을 받아가지고 사라졌는데 분명히 술을 마시러 갔을 것이다.

그레이는 로버트 제럴드의 적들에 대한 소문을 찾아, 혹 그것이 없다면 살인 동기에 단서가 될 만한 그의 어떤 내력이라도 알아보려고 그의 지인들을 모조리 만나 물어보았다. 제럴드는 정부 내의 인사들과 점잖은 사교계의 집단들 사이에서 분명히 알려져 있기는 했으나 그는 큰 돈도 가지고 있지 않았고 그의 모친 이외에는 상속인도 없었으며 어떤 낭만적인 연애 사건의 단서도 없었다. 간단히 말해서 포비 가에서의 그 피투성이 죽음을 가져올 만한 어떤 관련을 암시하는 것이 전혀 없었다.

그는 편지를 뒤적이던 손을 멈추었다. 낯선 봉인이 그의 눈길을 사로잡았다. G. 버브 도딩턴이라는 사람이 서명한 짤막한 편지로 편한 때에 잠시만 시간을 내주십사고 요청하면서 그에 덧붙여 존 경이 그날 저녁에 조프리 하우스에 가기로 약속되어 있다면 자신도 거기에 가 있을 것이라고 씌어 있었다.

그는 초대장을 다시 집어들었다. 초대장 뒤에 종이 한 장이 접혀서 들어 있는 것을 발견했다. 종이를 펼치니 시 한 편이 인쇄된, 아니 어쨌든 단어들이 시처럼 배열된 인쇄물이었다. 그것은 '제거된 얼룩'이라는 제목을 달고 있었다. 운은 맞춰져 있지 않았지만 조잡한 재치의 산물은 아닌 그 엉터리 시는 어떤 남창의 얘기를 읊고 있었다. 그의 음탕함이 대중을 격분시켜 결국 '추문이 그의 머리칼의 역겨운 색처럼 핏빛으로 타오르게' 되자 어떤 미지의 구세주가 떨쳐 일어나 그 사악한 자를 멸하고 사회라는 순박한 양피지를 깨끗이 닦게 된다는 내용이었다.
 존 경은 아침을 먹지 않았다. 그 시가 얼마 있지도 않던 식욕을 완전히 없애버린 때문이었다. 그는 그 종이를 거실로 들고 가서 조심스럽게 불 속에 집어넣었다.

 조프리 하우스는 이튼 광장 바로 옆에 위치한 작지만 우아한 석조 저택이었다. 그레이는 그곳에 와본 적이 없었지만 그 집은 정치에 대한 식견을 가진 사람들이 자주 참석하는 화려한 파티로 유명했다. 퀴리의 형인 리처드 조프리 경은 영향력 있는 인물이었다.
 대리석 계단을 올라간 그레이는 국회의원 한 사람과 해군 본부 위원회 제1군사위원이 바로 앞에서 친밀하게 얘기를 나누고 있는 것을 보았다. 그리고 거리에 품위 있고 우아하게 꾸민 마차들이 줄지어 서 있는 것을 보았다. 그렇다면 성대한 만찬인 게 분명했다. 그는 루신다 부인이 조카의 암살에 바로 뒤이어 이처럼 커다란 파티를 여는 것에 놀라지 않을 수 없었다. 퀴리의 말로는 그녀도 제럴드와 가까웠다는 것이다.
 퀴리는 사람들을 경계하고 있었다. 그레이가 왔음을 하인이 외치자마자 그는 그레이의 한 팔을 붙잡은 채 천천히 움직이고 있는 손님들의 줄에서 끌어내어 무도회장 한구석에 서 있는 거대한 나무 뒤로 끌고갔다. 그곳에는 그 나무 외에도 서너 그루의 나무가 한데 어울려 있어서 작은 정글을 방불케 했다.
 "왔구려."
 퀴리가 말했다. 할 필요도 없는 말이었다. 수척해진 퀴리의 모습을 보고 그레이는 간단히 '그래요'라고 대답하고 곧이어 '알려줄 얘기라는 게 뭡니까?' 라고 물었다.

피로와 슬픔은 그레이의 단아한 얼굴을 조금 날카롭게 만들었을 뿐이지만 쿼리에게는 물어뜯을 것 같은 사나운 분위기를 주어서 그는 마치 성질 나쁜 커다란 개처럼 보였다.

"그…… 그…… 입에 담기도 싫은 그 똥 같은 글 봤소?"

"그 인쇄물이요? 예. 그런데 그걸 어디서 구하셨습니까?"

"런던 전역에 깔렸소. 그 쓰레기 같은 것 뿐 아니라 다른 것들도 많아요. 아주 상스러운 것들이지. 어떤 건 그것보다 더한 것들도 있어요."

그레이는 깊은 불안감이 덮치는 것을 느꼈다.

"그것과 유사한 비난을 담고 있나요?"

"로버트 제럴드가 남색자라는 것 말이요? 그래요. 더 나쁜 걸요. 그가 그 악명 높은 남색자 모임의 일원이었다는 거요. 그 뭐, 알잖소, 그런 목적으로 모이는 모임이라는데. 역겨워요!"

그런 모임의 존재가 역겹다는 건지 제럴드의 이름이 그런 모임과 관련되는 게 역겹다는 건지 그레이는 알 수 없었다. 결국 그는 조심스럽게 말을 골라 할 수밖에 없었다.

"그래요, 저도 그런 모임에 대해 들은 적이 있어요."

그레이는 정말로 알고 있었다. 그러나 그것은 개인적인 지식이 아니었다. 그런 모임이 흔하다고들 했다. 그는 술집이며 비밀의 방에 대해 많이 알고 있었다. 더욱 악명이 높은 사창굴에 대해서는 말할 것도 없었다. 그러나 그런 모임에 대해 조금이라도 자세하게 묻는 것은 조심성이 허락하지 않았다.

"그런, 그런 비난이 진실과는 거리가 멀다는 걸…… 진실이라고 장담할 수 있는 것이 전혀 아니라는 걸 내가 말할 필요가 있겠소?"

쿼리가 그레이의 눈길을 피하면서 상당히 힘들어하며 말했다. 그레이는 쿼리의 소매에 손을 올려놓았다.

"아니요, 말할 필요 없어요. 전 진실이 아니라고 확신하고 있으니까요."

그가 조용히 말했다. 퀴리는 흘끗 올려다보며 조금은 당황한 듯한 미소를 지어보였다. 그리고는 그의 손을 잠깐 쥐었다 놓았다.

"고맙소."

목소리가 탁했다.

"그런데 만일 그게 사실이 아니라면,"

그레이는 퀴리가 침착해지기를 기다려서 말했다.

"그렇게 많은 소문이 빠르게 돌아다니는 건 조직적인 중상의 기미가 있어요. 그건 그 자체로 매우 이상한 일이죠. 그렇게 생각하지 않으십니까?"

분명 그랬다. 퀴리는 멍한 얼굴로 그를 바라보았다.

"누군가가 로버트 제럴드를 죽이려고 했을 뿐 아니라 그의 이름을 더럽히는 것도 필요하다고 생각했던 겁니다."

그레이가 설명했다.

"왜일까요? 그 사람은 죽었어요. 그런데 누가 그의 명성도 죽이는 게 필요하다고 생각하는 걸까요?"

퀴리는 놀라는 것 같았다. 그러더니 양미간을 모으며 생각하려고 애썼다.

"사방에 뿌린다……"

그가 천천히 말했다.

"빌어먹을, 당신 말이 옳아요. 그런데 누가……?"

그는 말을 멈추고 생각에 잠긴 눈길로 손님들의 무리를 건너다보았다.

"수상께서도 오셨나요?"

그레이는 늘어진 잎사귀들 사이로 내다보았다. 작지만 빛나는, 그리고 특별한 집단이었다. 40명 남짓한 손님들 모두가 권력자들이었다. 잘난 체하는 멋쟁이나 쓸데없이 나서는 여자들은 없었다. 물론 숙녀들은 있었다. 그들은 우아함과 아름다움으로 자리를 빛내고 있었다. 그러나 중요한 건 남자들이었다. 장관 몇 사람이 참석했고 해군 본부 위원회 제1군사위원과 재무부의 차관도 있었다. 손님들을 살피던 그의 시선이 한 곳에 멈췄다. 누군가가 그의 배를 힘껏 내지르기라도 한 것 같은 느낌이었다.

쿼리가 그의 귀에 대고 작은 목소리로 수상의 불참에 대해 무언가를 설명하고 있었으나 그레이는 듣고 있지 않았다. 그는 나무 그림자 속으로 더 깊이 뒷걸음질쳐 들어가고 싶은 충동과 싸우고 있었다.

조지 에버렛은 잘 생겼다. 정말로 너무나 잘 생겼다. 가발과 가발에 뿌린 파우더가 그의 검은 눈썹과 그 아래 멋진 검은 눈을 돋보이게 했다. 단단한 턱과 길고 감정이 풍부한 입······. 그레이의 집게손가락이 기억 속에 남은 그 턱과 입의 선을 따라가느라 자기도 모르게 움직거리고 있었다.

"괜찮소, 그레이?"

쿼리의 거친 목소리에 그는 정신을 차렸다.

"예. 몸이 조금 불편한 것뿐입니다."

그레이는 검정과 연한 황록색으로 차려입은 에버렛의 호리호리한 몸에서 눈을 돌렸다. 결국 시간 문제일 뿐이었다. 그는 그들이 다시 만나게 되리라는 걸 줄곧 알고 있었다. 어쨌든 예상치 못하고 당한 일은 아니지 않은가. 그는 애써서 쿼리에게로 다시 주의를 돌렸다.

"알려줄 게 있다고 하셨지요. 그게······."

쿼리가 말을 막았다. 그리고 그의 팔을 잡아 끌어 나무 뒤의 은신처에서 파티의 웅성거림 속으로 나갔다.

"들어봐요. 형수님이오. 갑시다. 당신을 만나 보고 싶어하세요."

루신다 조프리 부인은 자그마하고 통통했으며 검은 곱슬머리에 파우더도 뿌리지 않은 채 윤이 나게 빗어넘긴 후 황갈색의 드레스와 잘 어울리는 꿩 깃털의 장식품으로 고정시키고 있었다. 통통하고 평범한 얼굴이었다. 생기가 있었다면 특징 있는 얼굴이었을지도 모른다. 그러나 지금은 부어오른 눈꺼풀이 그녀가 애써 숨기려고 하지도 않는 그늘로 얼룩진 눈 위로 늘어져 있었다.

존 경은 그녀의 손 위로 몸을 굽혔다. 어째서 그녀가 오늘 밤에 손님들을 초대했을까가 다시 궁금해졌다. 그녀는 분명히 큰 슬픔에 잠겨 있었기 때문이었다.

"반갑습니다."

그의 인사에 대한 응대로 그녀가 중얼거렸다. 그리고 그녀가 눈을 들어 올려다보았을 때 그는 놀라고 말았다. 그녀의 눈은 참으로 아름다웠다. 아몬드 모양에 짙은 황갈색이었다. 붉어진 눈꺼풀에도 불구하고 눈은 맑았고 총명함으로 꿰뚫어보는 듯했다.

"서방님에게서 로버트가 죽었을 때 당신이 함께 계셨다고 들었습니다."

그녀가 눈으로 그를 붙들며 부드럽지만 또렷한 목소리로 말했다.

"그리고 그런 짓을 저지른 비열한 자를 찾는 것도 도와주시겠다고 하셨다면서요."

"그렇습니다. 부인께 저의 진심에서 우러난 위로를 드립니다."

"고맙습니다."

그녀는 손님들과 환한 촛불들로 화려한 방 쪽을 돌아보며 고개를 끄덕여보였다.

"제 조카가 바로 며칠 전에 그렇게 비참하게 살해당했는데 이렇게 화려한 파티를 열다니 이상하다고 생각하시겠지요?"

그레이가 당연히 그렇지 않다는 얘기를 하려는데 그녀는 그가 말할 시간을 주지 않고 말을 계속했다.

"제 남편이 원한 거예요. 그는 우리가 파티를 열어야 한다고 했어요. 그런 중상모략에 겁을 먹고 움츠러들면 그게 진실이라고 인정하는 꼴이 될 거라면서요. 남편은 우리가 그런 중상에 결연히 맞서야지 그렇지 않으면 추문에 시달리게 될 거라고 주장했어요."

그녀는 입을 다물고 손에 들고 있던 손수건을 꼭 쥐었으나 황갈색 눈에서는 눈물이 솟아오르지 않았다.

"남편께선 참으로 현명하십니다."

그러나 이런 생각이 들었다. 리처드 조프리 경은 정치에 관한 날카로운 식견과 권력자들과의 돈독한 우의와 그들에게 영향력을 미칠 수 있는 돈을 가진 힘 있는 의회 의원이었다. 제럴드의 죽음과 그 죽음 후에 그의 이름을 더럽히려는 그런 노력이 어떤 식으로든 리처드 경에게 타격이 될 수 있을까?

그레이는 잠시 머뭇거렸다. 아직 퀴리에게 제럴드가 클럽에서 했던 부탁에 대해 말하지 않았던 것이다.

"제겐 믿을 만한 사람이 아무도 없습니다."

제럴드는 이렇게 말했었다. 그 안에는 사돈 관계로 인해 사촌이 된 사람도 포함돼 있었을 것이다. 그러나 제럴드는 죽었다. 이제 그레이의 의무는 신뢰가 아니라 복수였다. 음악이 잠시 멈추었다. 그레이는 고갯짓을 하여 두 사람을 나무 뒤의 조용한 장소로 데리고 들어갔다.

"부인, 저는 부인의 사촌을 아주 짧은 시간 동안밖에는 만나지 못했습니다. 그런데 제가 그와 만났을 때……."

그는 그들에게 제럴드의 마지막 부탁을 간단히 들려주었다.

"그가 무엇 때문에 그렇게 걱정하고 있었는지 혹시 아십니까?"

그는 두 사람을 차례로 바라보며 물었다. 연주가 다시 시작되고 있었다. 바이올린과 플루트의 선율이 애기 소리를 지우며 크게 들려왔다.

"거래소에서 만나자고 했단 말이죠?"

쿼리의 얼굴에 그림자가 스쳤다. 그로피컨트 가가 창녀들의 거리라면 런던 거래소는 남창들의 소굴이었다. 어쨌든 어두워지면 그랬다.

"그건 아무런 의미도 없는 거예요, 서방님."

루신다가 말했다. 그녀의 슬픔은 호기심에 자리를 내주었다. 통통한 몸이 꼿꼿해졌다.

"거래소는 온갖 음모를 꾸미려고 사람들이 만나는 장소예요. 로버트가 만날 장소를 거기로 정한 것과 그 상스러운 비방과는 아무런 상관이 없는 게 분명해요."

루신다 부인은 얼굴을 찌푸렸다.

"하지만 제 사촌을 그토록 근심하게 한 일이 무엇인지는 전혀 모르겠군요. 서방님은 아세요?"

"알면 안다고 했지요."

쿼리가 신경질을 내며 말했다.

"그 사람이 나를 믿을 수 없다고 생각했으니……"

"뭔가 알려줄 게 있다고 하셨지요."

불편한 분위기를 벗어나려고 그레이가 서둘러 말했다.

"그게 뭐지요?"

"아."

쿼리가 말을 멈췄다. 그의 신경질이 사라지고 있었다.

"버브 도딩턴이 왜 초대했었는지 좀 알아낸 게 있어요."

방 저쪽에 모여서 얘기를 나누고 있는 한 무리의 남자들에게 숨김없는 혐오의 눈길을 던지며 쿼리가 말했다.

"내 정보가 맞다면 그건 무해한 초대가 결코 아니었소."

"버브 도딩턴이 누구죠? 여기 왔습니까?"

"네. 벽난로 옆에 서 있는 사람이에요. 불그스름한 옷을 입은 사람이요."

루신다 부인이 부채로 그를 가리켜주었다. 그레이는 벽난로에서 나오는 연기와 휘황한 촛불빛으로 흐릿해진 방 저쪽을 흘끗 바라보았다. 유행하는 모양의 가발에 장미색 벨벳옷을 입은 날씬한 그 남자는 화려하기는 했지만 옆 사람에게 몸을 기울이고 있는 그의 태도에는 어쩐지 약간 아첨하는 듯한 기색이 있었다.

"저도 저 사람에 관해 물어봤지요. 정치하는 사람인데 전혀 중요한 인물이 아니라면서요. 기회주의자일 뿐이라고 하더군요."

그레이가 말했다.

"맞소. 저 사람 자체는 아무것도 아니죠. 그렇지만 그 친척이며 친구들이 꽤 중요해요. 저 자가 제휴하고 있는 사람들은 권력이 없지 않아요. 지금은, 아니 아직은 완전히 장악하고 있지는 못하지만……."

"그런데 저 사람들은 누굽니까? 전 요즘 정치가 어떻게 돌아가는지 통 몰라서요."

"프랜시스 대쉬우드 경, 존 윌크스, 처칠 씨……. 폴 화이트헤드도 있고, 에버렛이 있군요. 조지 에버렛을 아시오?"

"서로 아는 사이입니다. 그런데 말씀하신 초대는?"

그레이는 침착하게 말했다.

"아, 예."

쿼리는 고개를 흔들고 하던 얘기로 돌아갔다.

"내가 결국 그 문지기의 소재를 알아냈지 않았겠소. 그는 버브 도딩턴의 대화를 들었답니다. 그가 제럴드에게 웨스트 와이쿰에 와서 머물다 가라는 초대를 받아들이도록 강요했다더군요."

쿼리는 뭔가를 암시하며 두 눈썹을 높이 치켜올렸으나 그레이는 무슨 뜻인지 몰라서 어리둥절했다.

"웨스트 와이쿰은 프랜시스 대쉬우드 경의 집이에요."
루신다 부인이 끼어들었다.
"그리고 그의 영향력의 중심지요. 그는 거기서 사치스럽게 사람들을 접대한답니다. 우리처럼요. 우리랑 목적이 같은 거지요."
그녀의 통통한 입술이 불만스러운 듯 조금 비틀렸다.
"권력 있는 사람의 유혹이군요?"
그레이가 미소를 지었다.
"그러니까 버브 도딩턴이, 아니면 그의 주인들이 제럴드를 유혹하려 했다는 거지요? 무슨 목적으로 그랬을까요?"
"리처드는 웨스트 와이쿰에 모이는 사람들을 독사들의 무리라고 불렀어요. 무슨 수를 써서라도, 비열한 수단이라도 써서 자신들의 목적을 이루려고 하는 사람들이라고요. 아마도 그들은 로버트를 그 자신의 가치 때문에 자신들의 진영에 끌어들이려고 했을지도 모르고 아니면……."
루신다 부인이 말했다. 그녀가 망설이며 잠시 말을 멈추었다.
"그가 알고 있을지도 모르는 것 때문에 그랬을지도 모르지요. 수상의 일에 관한 것 말이에요."
방 저쪽 끝에서 음악이 새롭게 시작되고 있었다. 이 중요한 순간에 한 여자가 조그만 나무 숲 뒤에 숨은 그들을 발견하고 부산을 떨며 들어와 해리 퀴리에게 춤을 청하는 바람에 그들의 대화는 중단되고 말았다. 여자는 그가 혹시라도 거절할까봐 우아하게 부채를 흔들어 입도 뻥긋하지 못하게 했다.
"피츠월터 부인 아닙니까?"
지금 도발적으로 퀴리의 손을 자신의 가슴에 누르고 있는 통통하고 예쁜 활달한 여자는 서섹스 출신의 늙은 준남작 휴 경의 아내였다. 퀴리는 전혀 이의가 없는 모양이었다. 그는 피츠월터 부인의 희롱에 장난 치듯 꼬집으면서 박자를 맞추고 있었다.

"아, 서방님은 자신이 대단히 방탕한 줄 아세요. 기껏해야 신사 클럽에서 카드 게임을 하고 멋진 몸매의 여자에게 눈길을 주는 정도라는 걸 누구나 다 아는데 말이죠. 런던에 있는 장교는 누구나 그렇지 않나요?"

루신다 부인이 너그러운 태도로 말했다. 그녀의 날카로운 황갈색 눈이 존 경을 슬쩍 훑었다. 그는 다른가라고 묻기라도 하는 것처럼.

"물론입니다."

그는 재미있어 하며 맞장구를 쳤다.

"그런데 쿼리 씨는 뭔가 경솔한 행동 때문에 스코틀랜드로 보내진 것 같던데요. 얼굴에 상처를 남긴 그 사건 때문이 아니었습니까?"

"아, 그거요. 유명한 상처죠! 서방님이 그걸 그렇게 자랑하고 다니시니 그게 가터 훈장이라도 되는 걸로 생각하는 사람들이 있을지도 모르겠어요. 하지만 그게 아니랍니다. 서방님이 유형지로 보내진 건 카드 게임 때문이었죠. 연대장님을 속여먹고도 술이 너무 취해서 점잖게 입을 다물고 있지 못했던 거예요."

그녀는 경멸감을 드러내며 입을 꼭 다물었다. 그레이는 그 상처에 대해서 물으려고 입을 열었으나 그녀가 그의 소매를 잡는 바람에 입을 다물었다.

"자, 진짜 방탕꾼을 보고 싶으시다면 저기를 좀 보세요."

그녀가 목소리를 낮춰 말했다. 그녀의 눈길이 방 저쪽 편, 벽난로 가까이로 향했다.

"대쉬우드예요. 서방님이 얘기해주었지요. 저 사람을 아세요?"

그레이는 방 안을 채운 희미한 연기 속에서 그를 잠깐 바라보았다.

그 남자는 육중한 몸집이었으나 살이 통통하게 찌지는 않았다. 비스듬한 어깨는 근육 때문에 두툼했다. 허리와 종아리도 그렇게 두꺼운 걸 보니 그건 방탕의 결과가 아니라 타고난 체형 때문이었다.
"이름은 들은 적이 있습니다. 약간 이름이 알려진 정치가라면서요?"
그레이가 말했다.
"정치하는 사람들 사이에서는 알려진 편이지요."
그 남자에게서 눈을 떼지 않은 채 루신다 부인이 대답했다.
"그밖의 사람들에게는…… 훨씬 덜 알려져 있어요. 사실 몇몇 그룹에서의 그의 명성이란 건 공공연한 악명이나 마찬가지예요."
그가 술잔을 집으려고 팔을 뻗자 넓은 가슴 위에 꼭 맞게 입혀진 자두빛 실크 조끼가 벌어졌다. 그리고 얼굴이 보였다. 넓적하고 촛불빛에 불그스름하게 드러나는 얼굴이 냉소적인 웃음으로 활기에 넘쳐보였다. 그는 가발을 쓰고 있지 않았으나 숱 많은 검은 곱슬머리였고 이마 위에 머리카락이 늘어져 있었다. 그레이는 기억을 되살리려고 애쓰며 이마를 찌푸렸다. 누군가가 무슨 얘기를 해주었었는데 그 상황도, 내용도 생각이 나지 않았다.
"영향력 있는 사람 같군요."
그는 이렇게 말해보았다. 분명 대쉬우드는 방 저쪽 그가 있는 곳에서 모든 사람의 주목을 끌고 있었다. 그가 말할 때면 모두의 눈이 그에게 쏠렸다. 루신다 부인이 짧게 한숨을 쉬었다.
"그렇게 생각하세요? 저 사람과 저 사람 친구들은 자신들의 방탕하고 불경한 행동을 자랑하고 다니지요. 해리 서방님이 상처를 자랑하는 것처럼요. 같은 이유에서 그러는 거지요."
'불경'이란 말에 기억이 되살아났다.
"아하. 메드메넘 수도원에 대한 얘기를 들은 적이 있어요."
루신다는 입을 꼭 다물고 고개를 끄덕였다.
"지옥불 클럽, 그렇게들 부르죠."
"맞아요. 전에도 지옥불 클럽들이 있었죠. 많았어요. 이번 클럽은 공개적인 방탕과 만취 소동에 대한 핑계거리 이상이 아닐까요?"

그녀는 난로 앞의 남자들을 바라보았다. 그녀의 얼굴에 난처한 표정이 떠올랐다. 타오르는 불빛을 등진 그들은 각자 얼굴의 특징을 잃고 그저 한 무리의 어두운 인물들로만 보였다. 불빛에 윤곽만 드러난 얼굴 없는 악마들 같았다.

"전 그렇게 생각하지 않아요."

그녀는 자신들의 이야기를 듣는 사람은 없는지 사방을 힐끗거리며 아주 낮은 목소리로 말했다.

"아니, 저도 그렇게 생각했어요. 로버트를 초대했다는 얘기를 들었을 때까지는요. 지금은……."

키가 크고 잘 생긴 남자가 숲 가까이로 다가오면서 그들의 은밀한 회의는 끝났다. 퀴리와 비슷한 용모로 인해 그가 누군지는 분명했다.

"리처드예요. 절 찾고 있는 거예요."

막 달려나가려다가 루신다 부인은 멈칫하더니 그레이를 돌아보았다.

"무슨 이유로 이렇게 관심을 가져주시는지 모르겠지만 정말로 감사드려요. 신께서 도와주시기를 바래요. 저 자신은 프랜시스 대쉬우드 같은 사람들에게 관심을 갖는 비열한 신을 그다지 존경하지 않지만요."

그녀의 황갈색 두 눈에 쓰디쓴 조소가 스쳐갔다. 그레이는 고개를 꾸벅이고 미소를 지으며 사람들 사이를 지나갔다. 이쪽에서 춤추는 데 끌려들어가기도 하고 저쪽에서 대화하는 데 끼기도 했지만 그러는 동안에도 벽난로 근처의 그 그룹에서 눈을 떼지 않았다. 남자들이 잠시 거기에 끼었다가 떨어져 나오고 다른 사람들로 바뀌기도 했지만 중심 그룹은 변함없이 그대로였다.

버브 도딩턴과 대쉬우드가 그 그룹의 중심이었다. 시인인 처칠과 존

윌크스와 샌드위치 백작이 그들을 둘러싸고 있었다. 음악이 멈추는 어느 한순간에 많은 사람들이 남녀 구분 없이 벽난로 옆에 모이는 것을 보고 그레이는 자신의 존재를 알려야 할 때가 됐다고 생각했다. 그는 눈에 띄지 않게 벽난로 옆에 모여든 사람들 사이로 들어가 버브 도딩턴 가까운 곳에 자리를 잡았다.

마그레이브 대법관이 중심에 서서 얘기를 하고 있었다. 그레이가 지금까지 들었던 대부분의 대화의 내용을 형성했던 주제인 로버트 제럴드의 죽음, 좀더 자세하게 얘기하자면 그 뒤를 이어 난무하는 소문과 추문에 대한 얘기였다. 판사는 그레이의 시선을 붙들고는 고개를 꾸벅했으나 (그의 존경심은 그레이의 가족에게는 친숙한 것이었다), 위협적인 말은 멈추지 않았다.

"전 그런 혐오스러운 죄악에 대한 처벌로 형틀에 묶어두는 것보다는 화형을 선택했으면 합니다."

마그레이브는 그레이가 있는 방향으로 눈꺼풀을 반쯤 늘어뜨린 채 무거운 머리를 돌렸다.

"혹시 할로웨이의 의견을 읽어보셨는지요. 그는 이런 역겨운 남색의 관습을 거세나 그밖의 강력한 예방책을 통해서 억제해야 한다고 제안했답니다."

그레이는 자신의 몸을 꼭 붙안아 보호하고 싶은 충동을 억눌렀다.

"강력한 거라고요. 좋지요. 그런데 판사님께서는 로버트 제럴드를 죽인 자가 도덕적인 동기에서 그랬다고 생각하시나 보지요?"

"그건 모르지만 어쨌든 저는 그 사람이 이런 도덕적인 병의 대표자를 제거함으로써 사회에 커다란 기여를 했다고 봅니다."

그레이는 일 미터쯤 떨어진 곳에 해리 쿼리가 번들거리는 눈을 늙은 판사에게 고정시키고 서 있는 것을 보았다. 이 유명 인사의 장래 전망에 대해 지대한 염려를 불러일으키려고 작정한 듯했다. 자기가 아는 지식에 고무되어 폭력을 개시할까봐 막으려고 돌아서던 그는 조지 에버렛과 정면으로 마주하게 된 것을 깨달았다.

"존."

에버렛이 미소 지으며 나직하게 말했다.

"에버렛 씨."

그레이는 공손하게 머리를 숙였다. 에버렛은 계속 미소 짓고 있었다. 그는 잘 생긴 남자였다. 그 자신도 그것을 알고 있었다.

"좋아 보이는군, 존. 유배 생활이 자네한테 잘 맞는 모양이네."

기다란 입이 옆으로 길게 벌어지며 양끝이 위로 살짝 꼬부라졌다.

"그런가보죠. 전 종종 멀리 떠나 있도록 해야겠습니다."

그의 심장이 빠르게 뛰고 있었다. 에버렛의 향수는 그에게도 익숙한 사향과 몰약이었다. 그 향기가 흐트러진 침구와 단단하고 능숙한 손길을 떠오르게 했다. 고맙게도 그의 어깨 가까이에서 들려온 쉰 목소리 덕분에 그는 그 생각에서 벗어났다.

"존 경이십니까? 처음 뵙겠습니다."

그레이는 고개를 돌려 그에게 인사하고 있는 장미색 벨벳옷의 신사를 보았다. 침울한 얼굴에 반가운 표정을 꾸미고 있었다.

"버브 도딩턴 씨지요. 뵙게 되어 영광입니다."

그도 답례를 하고는 에버렛을 그 자리에 남겨둔 채 다른 곳으로 갔다. 에버렛은 희미한 미소를 띤 채 그들을 눈으로 쫓고 있었다.

그의 등을 태워 구멍이라도 낼 듯이 뜨거운 눈길로 바라보고 있는 에버렛을 너무나 심하게 의식한 나머지 그는 버브 도딩턴이 인사 삼아 건네는 말들에 주의를 기울일 수가 없었다. 그저 그가 하는 질문과 의례적인 말들에 기계적으로 대답할 뿐이었다. 귀에 거슬리는 그 남자의 목소리가 '메드메넘'이란 단어를 발음했을 때에야 그는 겨우 정신을 차렸다. 그는 자기가 방금 매우 흥미있는 초대를 받았다는 것을 깨달았다.

"저희가 존 경과 뜻이 잘 맞는 그룹이란 걸 알게 되실 겁니다."

버브 도딩턴은 그가 일찍이 눈치챘던 예의 그 아첨하는 태도로 그레이에게 몸을 기울이고 얘기하고 있었다.

"제가 당신 그룹의 관심사에 동조할 거라고 생각하시나요?"

그레이는 따분해 하는 듯한 기색을 보이려고 애쓰면서 그에게서 눈길을 돌렸다. 버브 도딩턴의 바로 뒤에 검은 머리에 거대한 몸집의 프랜시스 대쉬우드 경이 있었다. 깊이 들어간 대쉬우드의 두 눈은 대화를 하고 있는 동안에도 그에게 머물러 있었다. 두려움이 온몸에 퍼져 나가면서 목 뒤의 털들이 곤두섰다.

"고맙습니다만 그렇게 생각하지 않……."

몸을 돌리면서 그는 이렇게 말하기 시작했다.

"아, 전혀 모르는 사람들만 있을 거라고는 생각하지 마세요! 에버렛 씨를 아시지요? 그도 우리 회원이 될 거랍니다."

비굴하게 보일 정도로 애원하듯 미소를 띠고서 버브 도딩턴이 그의 말을 막았다.

"그런가요."

그레이는 입이 마르는 것을 느꼈다.

"알겠습니다. 음, 의논을 해보고요……."

먼저 가보겠다고 웅얼거린 그는 그 자리를 벗어났다. 잠시 후 해리 퀴리와 그의 형수와 함께 가까이에 있는 식당에서 브랜디를 마시면서 그는 겨우 평온을 되찾았다.

"그런 하찮은 기회주의자들하고 잘난 척 나대는 건방진 놈들이 내 친척을 아케이드에 넘쳐나는 남창들이나 비역쟁이들과 똑같은 사람으로 만드는 게 화나요. 난 밥 제럴드를 어린 소년일 때부터 알고 지냈소. 그의 명예를 지키는 데 내 목숨이라도 걸겠소!"

쿼리는 커다란 손으로 술잔을 움켜쥐고 마그레이브 대법관의 등을 노려보았다.

"조심하세요, 서방님."

루신다 부인이 그의 소매에 한 손을 올려놓았다.

"이건 제가 아끼는 크리스털 잔들이라구요. 뭔가를 부셔야 하겠다면 개암을 깨뜨리세요."

"저 자가 저 천치 같은 말을 계속 떠벌여대면 저 자의 숨통을 끊어놓을 거요."

쿼리가 말했다. 그는 험악하게 인상을 썼지만 겨우 자신을 억제하고 눈길을 돌렸다.

"저 형편없는 쓰레기를 초대하다니 형님은 도대체 무슨 생각을 하고 계시나 모르겠소. 대쉬우드란 쓰레기 말이오. 그리고 저······."

그레이는 움찔했다. 서늘한 기운이 등줄기를 타고 흘러내렸다. 쿼리의 투박한 얼굴은 죽은 그의 사촌과 전혀 닮은 곳이 없었다. 그러나 분노로 일그러진 얼굴과 말을 할 때 조금 튀어나오는 눈은······. 그레이는 눈을 꼭 감고 그 모습을 눈앞에 그려보았다.

그는 실례한다는 말도 없이 갑자기 일어서더니 급하게 식당의 찬장 위에 걸린 커다란 거울로 달려갔다. 구운 꿩고기의 뼈만 남은 잔해 위로 몸을 구부린 그는 힘들게 로버트 제럴드의 입 모양을 만들어보았다. 그리고 이번에는 해리 쿼리의 입 모양도 만들어보았다. 그러자 로버트 제럴드의 힘겨운, 그러나 소리가 되어 나오지는 않은 마지막 말의 발음이 귀에 들리는 듯했다.

"대쉬우드다."

무슨 일인지 몰라서 상을 찌푸린 채 쿼리가 뒤쫓아왔다.

"무슨 일이오, 그레이? 거울을 들여다보며 왜 인상을 쓰고 있는 거요? 아파요?"

"아닙니다."

말은 그렇게 했지만 정말로 몸이 좋지 않았다. 그는 거울에 비친 자기 모습을 무시무시한 유령이나 바라보는 듯한 눈길로 응시했다. 또다른 얼굴이 나타났다. 검은 눈이 거울 속의 그의 눈과 마주쳤다. 거울에 비친 두 모습은 몸집과 몸매가 아주 비슷했다. 둘 다 날씬하고 근육질이었으며 얼굴이 아름다워서 그들을 본 사람들은 자주 그들이 쌍둥이, 한쪽은 밝고 한쪽은 어두운 이미지의 쌍둥이가 아닌가 하고 말하곤 했다.

"메드메넘에 올 거지?"

귀 가까이에서 속삭이는 말소리가 뜨거웠다. 조지는 아주 가까이 붙어 서 있어서 그는 엉덩이와 허벅지를 누르는 그의 몸을 느낄 수 있었다. 에버렛의 손이 그의 손을 가볍게 스쳤다.

"……정말로 가고 싶습니다."

제 3 장

웨스트 와이쿰의 메드메넘 수도원.

메드메넘에 온 지 사흘째 밤이 되었다. 아직까지 이상한 일은 없었다. 오기 전에 쿼리가 시끄럽게 여러가지 의심을 피력했었지만, 그때까지는 한 곳에 같이 머물며 여러가지 활동을 즐기는 여느 초대와 다를 것이 없었다. 다른 것이 있다면 정치에 관한 대화가 더 많고 사냥이 더 적다는 정도였다.

그러나 대화와 환대에도 불구하고 그 집에는 어딘지 모르게 기이한 비밀스런 분위기가 있었다. 하인들의 어떤 태도가 그런 건지, 손님들 사이에 감도는, 보이지는 않으나 느껴지긴 하는 어떤 것이 그런 건지 알 수는 없었으나 심상치 않은 뭔가가 있는 건 사실이었다. 그것은 물 위에 퍼지는 안개처럼 수도원의 공기 중에 떠돌고 있었다.

또 한 가지 이상한 것은 여자들이 없다는 것이었다. 웨스트 와이쿰 근처 시골의 좋은 집안 여자들이 저녁식사에 초대되기는 했지만 그곳에 초대받아 머물고 있는 손님들은 모두 남자였다. 외관상으로 보기에 이것은 런던에 뿌려졌던 인쇄물에서 그렇게도 비난했던 남색가 그룹의 하나일지도 모르겠다는 생각이 들었다. 그러나 단지 외관상으로만 그럴 뿐이었다. 그런 행동을 암시하는 일은 전혀 없었다. 조지 에버렛조차도 다시 시작된 우정의 표시인 다정함 외에는 어떤 감정도 보여주지 않았다.

프랜시스 경과 그가 재건한 이 수도원에 그런 추악한 평판을 안긴 것은 그런 행동이 아니었다. 그들의 악명을 옮기는 속삭임들 뒤에 정확히 무엇이 있는 것인지 아직은 알 수 없었다.

그레이가 알고 있는 게 한 가지 있었다. 대쉬우드가 제럴드를 죽인 살인자는 아니라는, 적어도 직접 죽인 것은 아니라는 사실이었다. 조심하며 던진 질문에 대한 답이 프랜시스 경의 소재를 밝혀주었다. 그 사건이 있던 시간에 그는 포비 가에서 한참 떨어진 곳에 있었다. 그러나 암살자를 고용했을 가능성이 있었다. 로버트 제럴드는 죽는 순간에 무엇인가를 보았으며 그로 인해 숨을 거두면서 소리 없는 고발을 했던 것이다.

지금까지는 그레이가 죄의 증거라거나 타락의 증거라고 단정할 만한 것이 아무것도 없었다. 그래도 어디선가 증거가 발견된다면 그곳은 바로 메드메넘, 프랜시스 경이 폐허에서 재건하여 자신의 정치적인 야심을 드러내는 장소로 만든 이 속화된 수도원일 것이다.

대화와 연회 가운데서 그레이는 조용한 평가 과정이 진행되고 있음을 느꼈다. 같이 온 손님들의 눈과 태도에서 그것이 분명하게 드러났다. 그는 관찰되고 있었으며 적합한지 여부가 측정되고 있었다. 그러나 무엇 때문일까?

"프랜시스 경이 제게 원하는 게 뭘까요? 전 그런 사람 마음에 들 만한 게 없는 데요."

둘째 날 오후에 에버렛과 정원을 산책하던 중 그가 불쑥 물어본 적이 있었다.

조지는 미소를 지었다. 그는 가발을 쓰고 있지 않았다. 검고 반짝이는 머리카락이 쌀쌀하게 부는 바람에 얼굴 위로 휘날렸다.

"자넨 자신의 장점들을 과소평가하고 있군. 언제나 그렇지만. 물론 남자의 미덕으로 순박한 겸손 이상 가는 것이 없지만 말일세."

그는 그의 그런 면을 인정한다는 듯한 눈길로 그를 흘긋 곁눈질했다.

"전 제 개인적인 특질들이 대쉬우드 같이 명망 있는 사람을 끌기에 충분하다고 생각하지 않습니다."

그레이가 아무런 감정도 드러내지 않고 대답했다.

"보다 중요한 건 프랜시스 경의 어떤 면이 자네한테 그토록 매력적으로 보이는가 하는 것이지. 자넨 그 사람에 대해 내게 묻는 것 말고는 아무 말도 하지 않았어."

"저보다는 당신이 그 질문에 답하는 게 더 적절할 것 같은데요."

그레이가 용감하게 말했다.

"당신은 친구라던데요. 당신은 올해만 해도 여러 번 이곳에 손님으로 왔었다고 시종이 말하더군요. 그와 함께 있고 싶어하는 이유가 뭡니까?"

조지는 재미있다는 듯 흐흐 웃었다. 그리고는 고개를 뒤로 젖히고 기분 좋게 축축한 공기를 들이마셨다. 존 경도 그렇게 했다. 가을의 공기는 가까이에 있는 과수원에서 풍겨오는 잘 익은 포도의 짙은 향기가 섞인 부엽토 냄새와 굴뚝에서 나오는 연기 냄새를 풍기고 있었다. 피를 끓게 하는 향기와 뺨과 손을 얼얼하게 만드는 찬 공기와 사지를 자극하면서도 피곤하게 하는 운동이 노변에서 따뜻하게 보내는 한가한 시간과 어둡고 따뜻한 침대의 포근함을 더욱 그리워지게 만들었다.

"힘이지."

마침내 조지가 말했다. 그는 수도원을 향해 한 손을 들었다. 그것은 장엄한 회색 돌무더기로, 견고하면서도 우아했다.

"대쉬우드는 위대한 것들을 열망하지. 그렇게 위로 향하는 그의 열망에 나도 동참하려고 해. 자네도 그럴 건가, 존? 내가 자네를 알고 싶어한 지 꽤 되지만 자네의 욕망 중에도 사회적인 영향력에 대한 갈망이 상당 부분 있을 거라는 말은 아직 하지 못하겠군."

그레이는 자신의 욕망에 대한 논의를 전혀 원하지 않았다. 지금 이 순간에는 그러면 안 되었다.

"'힘에 대한 지나친 욕망이 천사들을 타락시켰고, 지식에 대한 지나친 욕망이 인간을 타락시켰도다.'"

조지가 인용문을 암송하더니 짧게 웃음을 터뜨렸다.

"그럼 자네가 알고자 하는 건 뭔가?"

그가 그레이에게로 고개를 돌렸다. 바람 때문에 검은 눈을 가늘게 뜨고 그의 대답을 다 안다는 듯 미소를 띠고 있었다.

"로버트 제럴드 죽음의 진실입니다."

그는 이 수도원에 머무르는 손님들 하나 하나에게 제럴드에 대해 언급했었다. 기회를 잡아서 교묘하게 캐물었었다. 이번에는 그러지 않았다. 그는 충격을 주고자 했고 실제로 충격을 주었다. 조지의 얼굴이 우스꽝스럽게 멍청해지더니 비난하듯 딱딱하게 굳어졌다.

"왜 그런 지저분한 일에 말려들려 하나? 그렇게 얽혀들면 자네 평판을 해칠 뿐이야. 대단한 평판은 아니라고 해도 말일세."

그 말은 말한 사람의 의도대로 그의 가슴을 찔렀다.

"제 평판은 제가 알아서 할 일입니다."

그레이가 말했다.

"제가 알고자 하는 이유도 제 일이지요. 당신은 제럴드를 알고 있었나요?"

"몰랐네."

에버렛이 퉁명스럽게 대답했다. 서로 말은 하지 않았지만 그들은 합의라도 한 것처럼 수도원 쪽으로 돌아서서 말없이 걸었다.

셋째 날이 되자 무엇인가 바뀌었다. 초조한 기대감이 구석구석 스며든 듯했다. 비밀스런 분위기는 더 무거워졌다. 그레이는 뭔가 질식하게 만드는 덮개가 수도원을 내리누르는 듯한 기분이 들어 가능한 한 많은 시간을 바깥에서 보냈다.

그러나 그날 낮이 지나고 밤이 돼도 뜻밖의 일은 일어나지 않았다. 그는 평상시처럼 열 시가 지나자 곧 자기 방으로 물러났다. 그리고 시종을 물리치고 혼자 옷을 벗었다. 근처의 이곳저곳을 오랫동안 산책하고 다닌 탓에 피곤했으나 아직 잠자리에 들기에는 일렀다. 그는 책을 한 권 집어들었으나 글자들이 눈 밖으로 미끄러져 나가는 것 같았다. 그의 머리가 앞으로 푹 꺾였다. 그는 의자에 앉은 채로 잠이 들었다.

아래층 홀의 시계 소리에 그는 어두운 웅덩이며 물에 빠져 허우적대는 불안한 꿈에서 깨어났다. 그는 의자에 똑바로 앉았다. 입안에서 피비린내 같은 쇠 냄새가 느껴졌다. 그는 눈을 문질러 잠을 쫓아냈다. 쿼리에게 밤마다 보내는 신호를 보낼 시간이었다.

그레이가 혼자서 그런 모임에 끼는 것을 보고 있을 수만은 없었던 쿼리는 웨스트 와이쿰까지 그를 따라왔다. 그는 매일 밤 열한 시에서 새벽 한 시 사이에 영빈관 맞은 편의 목초지에서 기다리겠다고 고집을 부렸다. 존 경은 매일 밤 창문을 가로질러 촛불을 세 번 흔들어주기로 했다. 지금까지는 모든 것이 괜찮다는 신호였다.

우습다고 생각하면서도 그레이는 처음 이틀 동안 밤마다 그렇게 했다. 오늘 밤, 몸을 굽혀 벽난로 불에 촛불을 붙이면서 그는 안도감을 느꼈다. 집은 조용했으나 잠들어 있지는 않았다. 수도원 어디에선가 무언가가 움직이고 있었다. 그는 그것을 느낄 수 있었다. 옛 수도승들의 유령일지도 모른다. 어쩌면 다른 것일지도.

촛불이 거울에 비친 그의 얼굴을 드러내주었다. 창백하고 갸름한 얼굴이 비쳤다. 그의 푸른눈은 검은 구멍이 돼 있었다. 그는 초를 든 채로 잠시 서 있다가 촛불을 불어 끄고 침대로 들어갔다. 옆방에 있는 조지 에버렛을 생각하는 것보다는 밖에 있는 해리를 생각하는 게 어딘지 모르게 더 위안이 되었다.

어둠 속에서 깨어난 그는 자기 침대가 수도승들에, 아니 수도승처럼 차려입은 남자들에게 둘러싸인 것을 발견했다. 모두들 밧줄로 허리를 맨 긴 옷에 깊숙한 두건을 앞으로 푹 당겨서 얼굴을 가리고 있었다. 막 깨어났을 때 그는 놀라서 소리를 질렀지만, 이내 가만히 있었다. 땀 냄새와 술 냄새, 파우더와 머리 기름 냄새 같은 확실한 냄새들이 그렇지 않다는 것을 알려주지 않았다면 그는 그들을 수도원의 유령이라고 생각했을지도 모른다.

아무도 말을 하지 않았다. 다만 손만 뻗어 그를 침대에서 끌어내 세우고 잠옷을 벗긴 다음 그가 그의 것으로 마련된 옷을 입는 것을 거들었다. 손 하나가 다정하게 그를 쓰다듬었다. 어둠을 틈타 몰래 해주는 애무였다. 그는 사향과 몰약의 냄새를 맡았다.

위협은 전혀 없었다. 그리고 그는 그들이 정찬 때 빵을 같이 나누어 먹었던 사람들이라는 것을 알고 있었다. 그러나 어두운 현관을 지나 정원으로, 거기서 다시 등불 빛에 의지해 다듬어 놓은 주목나무의 미

지옥불 클럽 209

로를 통해 이끌려가는 그의 귀에서 심장 뛰는 소리가 쿵쿵 울렸다. 그 길을 지나자 돌이 많은 언덕의 경사면을 내려가 어둠 속으로 꺾어져 돌아가더니 다시 언덕 옆으로 돌아왔다.

거기서 그들은 기이하게 생긴 문을 지나 들어갔다. 위가 둥근 그 문은 나무와 대리석으로 만들어졌는데 넓게 벌려진 여성의 음부를 닮은 모양으로 조각되어 있었다. 그는 호기심을 가지고 그것을 살펴보았다. 젊은 시절에 창녀들과 어울리면서 불분명하게나마 눈에 익었지만 여성의 음부를 자세히 살펴볼 기회는 없었다.

문 안으로 들어서자 저 앞 어딘가에서 종이 울리기 시작했다. '수도승들'은 둘씩 줄을 서더니 천천히 앞으로 나아가면서 노래를 부르기 시작했다.

"호커스 포커스, 호크 에스트 코어퍼스……."

노래는 똑같은 곡조로 계속되었다. 유명한 여러가지 기도들, 어떤 것들은 그저 어리석은 난센스에 불과하고 어떤 것은 현명하거나 뻔뻔하게 음탕한 그런 기도들을 뒤집고 뒤섞은 것이었다. 그레이는 갑자기 웃고 싶은 충동을 억제하느라고 입술을 깨물었다.

경건한 행렬은 더 깊이 돌아 들어갔다. 축축한 바위의 냄새가 났다. 여긴 동굴 속인가? 분명히 그랬다. 길이 넓어지면서 앞에 불빛이 보였다. 그들은 마침내 촛불들이 놓여진 커다란 방 안으로 들어섰다. 거칠게 깎인 벽들로 미루어 그들은 일종의 지하묘지에 있는 게 분명했다. 수많은 인골의 존재가 그런 인상을 더 뚜렷하게 해주었다. 마치 수많은 해적 깃발처럼 해골들이 교차되어 놓인 넓적다리 뼈 위에 놓여 싱긋이 웃고 있었다.

그레이는 벽 가까이의 어떤 장소로 밀어넣어졌다. 추기경의 붉은색 옷을 입은 한 사람이 앞으로 나섰다. 그러자 의식의 시작을 노래하듯 알리는 프랜시스 대쉬우드의 목소리가 울렸다. 의식은 미사를 희화화한 것이었다. 무척 경건하게 거행되었지만 기도는 어둠의 주인에게 바쳐졌으며 성배는 해골을 뒤집어 만든 것이었다.

사실 그레이는 그 모든 과정이 너무나 지루했다. 빵과 포도주의 축성을 위해 커다란 바바리 원숭이가 주교의 법의와 관으로 치장하고 나타났을 때 잠깐 재미있다고 생각했을 뿐이었다. 그 짐승은 제단으로 뛰어올라가 제공된 빵을 침을 흘리며 게걸스럽게 먹고 포도주를 바닥에 쏟았다. 원숭이의 적황색 구레나룻과 상처가 있는 얼굴이 그의 어머니의 오랜 친구인 엘리의 주교를 생각나게 하지 않았다면 그렇게 재미있지는 않았을 거라고 그레이는 생각했다.

의식이 끝나자 사람들은 들어올 때보다 상당히 흐트러진 상태로 밖으로 나갔다. 의식을 치르는 동안 상당수가 술에 취했는데, 그들의 행동은 원숭이의 행동보다 제어하기가 더 어려웠다. 행렬의 끝에 있던 두 남자가 그레이의 두 팔을 잡더니 벽 사이의 조그만 공간으로 밀어 넣었다. 그들 주위에 사람들이 모였다. 그는 대리석 대야 위에 고개가 뒤로 젖혀진 채 거꾸로 뒤집힌 자세로 붙들려 서 있었다. 옷은 어깨에서 머리 쪽으로 밀어 내려진 상태였다. 대쉬우드가 순서를 뒤집은 라틴어로 노래하듯 기도를 읊조렸고 뭔가 따뜻하면서 끈적끈적한 것이 그레이의 머리 위로 쏟아져 내렸다. 그는 앞을 볼 수 없었다. 그는 그를 붙들고 있는 자들의 손아귀에서 빠져나오려고 몸부림치면서 욕을 해댔다.

"내 그대에게 세례를 주노니, 악마의 자식이며 피의 아들인 그대……."

발이 날아와 대쉬우드의 턱 밑을 찼다. 그는 비틀거리며 뒤로 물러섰다. 누군가가 위장이 있는 부분을 세게 내질렀다. 그레이는 숨을 쉴 수가 없었다. 짧은 의식이 진행되는 나머지 시간 동안 그레이는 조용히 있을 수밖에 없었다.

의식이 끝나자 그들은 피투성이가 된 그를 일으켜 세웠다. 그리고 그에게 보석으로 장식된 컵에 든 것을 마시게 했다. 포도주 속에 아편의 맛이 느껴졌다. 그는 마시면서 되도록 술이 턱을 따라 흘러내리도록 애를 썼다. 그렇게 하긴 했지만 마약의 꿈결 같은 촉수가 그의 정신 속으로 서서히 파고 들어오는 것이 느껴졌다. 균형감이 없어지면서 그는 수도승 복장을 한 구경꾼들의 환호를 받으며 그들 속으로 비틀거리며 들어갔다.

손들이 그의 팔꿈치를 잡아 복도 저쪽으로 밀었다. 다른 손이, 또 다른 손이 계속 그를 밀어냈다. 따뜻한 공기가 한 줄기 스쳤다. 그는 방문 안으로 밀어넣어졌고 문이 뒤에서 닫혔다.

방은 작았다. 가구라고는 문 반대쪽 벽에 붙여서 놓은 폭이 좁은 침대와 탁자밖에 없었다. 탁자 위에는 포도주 병과 서너 개의 잔……. 그리고 칼이 하나 있었다. 그레이는 비틀거리며 그리로 향했다. 그는 쓰러지지 않으려고 두 손으로 자기 몸을 꼭 안았다.

방 안에서 이상한 냄새가 났다. 처음에 그는 자기가 피와 포도주에 구역질이 나서 토한 모양이라고 생각했으나 다음 순간 그는 방 저쪽 침대 옆에 토해놓은 오물 웅덩이를 보았다. 그리고 그제서야 여자가 보였다.

여자는 젊고 벌거벗은 채였으며 죽어 있었다. 그녀의 몸은 축 늘어져서 불빛 속에 하얗게 널부러져 있었으며 두 눈은 흐려져 있었고 입술은 파랬다. 얼굴이며 침구에 토해놓은 오물이 널려 있었다. 그레이는 천천히 뒷걸음질쳤다. 충격이 그의 핏속에서 마약의 남은 기운을 씻어내버렸다.

그는 생각을 하려고 애쓰면서 두 손으로 얼굴을 벅벅 문질렀다. 이게 뭐지? 왜 내가 이 젊은 여자의 시체와 함께 여기 있는 거야? 그는 시체로 다가갔다. 본 적이 없는 여자였다. 못이 박인 손과 발의 상태로 보아 그녀는 하녀이거나 농민이었다.

그는 홱 돌아서서 문으로 갔다. 물론 문은 잠겨 있었다. 그런데 뭘 노린 걸까? 그는 머리를 흔들었다. 머리가 천천히 맑아졌다. 맑아지긴 했지만 아무런 대답도 떠오르지 않았다. 날 겁줘서 무얼 얻자는 것일까? 그 자신은 별 볼일 없었지만 그의 집안은 영향력을 가지고 있는 게 사실이었다. 그렇지만 내가 여기 있는 게 어떻게 그런 식으로 이용될 수 있을까?

돌바닥을 왔다갔다하며 관 같은 그 방에서 영원만큼의 시간을 보낸 것 같았을 때 마침내 문이 열리고 수도승 차림의 한 사람이 미끄러지듯 들어왔다.

"조지!"

"끔찍하군!"

그레이가 다가오는 것을 모른 체하고 에버렛은 방을 가로질러 가서 놀라움에 이마를 찌푸린 채 시체를 바라보며 서 있었다.

"무슨 일이 있었던 건가?"

그레이에게로 돌아서며 그가 물었다.

"당신이 알지 않습니까. 그보다는 여길 나갑시다. 그런 다음에 얘기 좀 해주세요."

에버렛은 조용히 하라는 뜻으로 한 손을 들어올렸다. 그리고는 잠시 생각하더니 뭔가 결론을 내린 것 같았다. 그의 얼굴에 천천히 미소가 번졌다.

"좋아."

그가 부드럽게 말했다. 그는 몸을 돌려 그레이의 허리에 묶여 있던 밧줄을 잡아당겨 풀었다. 그레이는 막을 생각도 못했다. 그러나 그들이 있는 상황을 생각할 때 그런 행동이 놀라울 뿐이었다.

다음 순간 놀라움은 더 커졌다. 에버렛이 침대에 몸을 굽히고 죽은 여자의 목에 밧줄을 감아 힘껏 잡아당겼기 때문이었다. 밧줄은 살 속으로 깊이 들어갔다. 그는 일어서서 그레이에게 미소를 짓더니 탁자로 가서 병을 기울여 두 개의 잔에 포도주를 따랐다.

"자."

그가 그레이에게 하나를 건넸다.

"걱정 마. 마약이 들어 있지는 않으니까. 자넨 지금 약에 취해 있지 않은 거지? 그래, 그런 것 같군. 충분히 먹은 것 같지 않다고 생각했지."

"이게 도대체 무슨 일인지 말 좀 해 주세요."

그레이는 잔을 받긴 했으나 마시려고는 하지 않았다.

"제발 말 좀 해 주세요!"

조지는 눈에 이상한 표정을 띠고 다시 미소를 짓더니 칼을 집어들었다. 그것은 이국적인 모양을 하고 있었다. 동양적인 느낌에 길이가 적어도 30센티미터는 되었고 섬뜩할 정도로 날카로웠다.

"이건 우리 그룹에서 통상적으로 하는 입회식이야. 지원자는 가입 허락을 받고 나면 세례를 받지—그런데 아까 그건 돼지 피였다네—그런 다음 이 방으로 데리고 온다네. 쾌락을 즐기도록 여자를 미리 데려다 놓고 말이야. 그의 욕망이 채워지고 나면 나이 많은 회원이 와서 입회식의 마지막 의식을 가르쳐주고 목격자가 되는 거지."

그레이는 소매를 들어 이마에 솟는 식은땀과 돼지 피를 닦아냈다.

"그럼 그 마지막 의식이란 게……."

"제물을 바치는 거지."

조지가 칼날을 바라보며 고개를 끄덕였다.

"그 행위는 입회식을 완결짓는 일일 뿐만 아니라 입회자의 침묵과 그룹에 대한 충성을 보장하는 것이기도 해."

오싹한 기운이 그레이의 팔다리로 흘러내렸다. 그는 사지가 굳은 듯 꼼짝도 할 수 없었다.

"그러면 당신도……."

"그렇지."

에버렛은 한 손가락으로 칼날을 가볍게 두드리며 침대 위의 형체를 잠시 들여다보았다. 그러더니 고개를 흔들며 한숨을 쉬었다.

"안 되겠어."

그는 눈을 들어 그레이를 바라보았다. 그 눈은 불빛에 맑게 빛나고 있었다.

"밥 제럴드만 아니었다면 난 자네를 구해줄 수 있었을 거야."

손에 든 잔이 떨어질 것 같았다. 그러나 그는 조용하게 말하려고 애썼다.

"그러면 그를 알고 계셨군요. 당신이 죽인 겁니까?"

에버렛은 그레이의 눈을 똑바로 바라보며 천천히 고개를 끄덕였다.

"얄궂은 일 아닌가?"

그가 나직히 말했다.

"나는 정말로 이 그룹의 회원이 되고 싶었어. 이들의 모토는 악이었고 이들의 신조는 사악함이었으니까. 그러나 밥 제럴드가 이들에게 내 정체를 말했다면 이들은 내가 늑대라도 되는 것처럼 쫓아냈을 걸세. 이들은 모든 악행을 귀하게 여기지—하나만 빼고 말일세."

"그러면 로버트 제럴드가 당신이 어떤 사람인지 알고 있었단 말입니까? 그러나 그가 죽으면서 말한 건 당신 이름이 아니었어요."

조지는 어깨를 으쓱했다. 그러나 그의 입은 불안하게 비틀렸다.

"그는 예쁜 청년이었어. 그런데 내가 잘못 생각했던 거야. 그래, 그는 내 이름을 몰랐어. 그러나 여기서, 메드메넘에서 만났었지. 이 사람들이 그를 가입시키려고 하지 않았다고 해도 달라질 건 없었을 거야. 하지만 그가 여기 다시 와서 나를 본다면……."

"그는 다시는 오지 않으려고 했어요. 초대를 거절했다고요."

조지의 눈이 가늘어졌다. 그 말의 진실성을 따져보는 모양이었다. 그러더니 어깨를 으쓱했다.

"내가 그걸 알았더라면 그를 죽일 필요가 없었을지도 모르지. 그가 죽지 않았다면 자네는 선택되지 않았을 테고, 오지도 않았을 테지? 자, 자네로선 얄궂은 게 하나 더 있군. 그렇지만 나는 무슨 일이 있었어도 그를 죽였을 거라고 생각하네. 너무 위험했으니까."

그레이는 칼을 주의깊게 지켜보고 있었다. 그는 에버렛의 주의를 끌지 않도록 조심하며 그와의 사이에 탁자의 모서리가 오도록 조금씩 움직였다.

"그러면 그 인쇄물들은요? 그것도 당신이 한 겁니까?"

그는 탁자를 잡고 에버렛의 다리로 던진 다음 그를 힘으로 제압할 생각이었다. 무기가 없이 힘으로 겨룬다면 백중세일 것이다.

"아니야, 처칠이 한 거야. 그는 시인이잖은가."

조지는 미소를 띠고 손이 닿지 않는 거리를 두고 물러섰다.

"이 사람들은 리처드 경을 불편하게 하려고 제럴드의 죽음을 이용하기로 한 거겠지. 그리고 그런 방법을 택한 거야. 그를 죽인 자가 누군지, 왜 죽였는지도 모르면서 말이야. 정말로 역설적인 일 아닌가?"

조지는 술병을 멀리 밀어놓았다. 그레이는 반쯤 벗고 있는 상태인데다가 술잔 밖에는 무기도 없었다.

"당신은 지금 내가 저 가엾은 여자를 죽였다고 주장해서 날 침묵시킬 작정이지요?"

그레이가 침대 위의 시체를 고개짓해 보이며 물었다.

"저 여잔 어떻게 된 거죠?"

"사고야."

에버렛이 말했다.

"여자들한테 아편을 먹였다네. 저 여자는 자면서 토하다가 숨이 막혀 죽은 게 틀림없어. 그런데 자네를 겁준다고? 천만에."

에버렛은 침대를 흘끗 보더니 그레이를 보았다. 거리를 재는 것이었다.

"자넨 제물을 바치기 위해 목을 조르려고 한 거야. 피를 싫어하는 사람들도 있거든. 그런데 목을 조르는데 성공하긴 했는데 여자가 어떻게 칼을 잡아서 자네를 찌른 거야. 자넨 너무 심하게 찔려서 내가 자네를 도와주러 돌아오기 전에 벌써 피를 너무 많이 흘려 죽은 거지. 침대로 조금만 더 가까이 오게."

족쇄가 채워졌다고 해서 무기력한 것은 아니지. 그레이는 술을 에버렛의 얼굴에 끼얹고 돌벽에 잔을 부딪쳐 깬 후 돌진하면서 온 힘을 다해 찔렀다. 에버렛이 짧게 신음소리를 냈다. 얼굴 한쪽이 베어져서 피를 뿌리고 있었다. 그는 목구멍 저 속에서 으르렁거리는 소리를 내며 존 경이 조금 전까지 서 있던 자리에 대고 칼로 공기를 갈랐다. 피 때문에 눈이 잘 안 보이면서도 짐승처럼 소리를 지르면서 그는 또다시 앞으로 내달으며 칼을 휘둘렀다. 그레이는 몸을 숙였지만 날아오는 손목에 맞아서 여자의 시체 위로 쓰러졌다. 몸을 옆으로 굴렸으나 옷이 감기면서 꼼짝 못하게 되었다.

칼이 위에서 빛나고 있었다. 그는 필사적으로 다리를 올렸다가 내차며 발로 에버렛의 가슴을 내질렀다. 그는 뒷걸음질쳤다. 비틀거리며 뒤로 물러난 에버렛은 갑자기 꼼짝도 하지 않았다. 그의 얼굴 표정은 엄청난 놀라움을 나타내고 있었다. 그의 손이 느슨해지더니 칼이 떨어졌다. 그는 천천히 손을 올렸다. 마치 무용수 같은 우아한 동작이었다. 그의 손가락들이 가슴에서 튀어나온 붉은 쇠를 더듬었다. 패배를 인정하는 동작이었다. 그리고는 천천히 바닥으로 쓰러졌다.

해리 쿼리가 에버렛의 등 위에 한 발을 올려놓고 심술궂게 칼을 홱 잡아당겨 뽑아냈다.

"내가 기다리던 멋진 일이었소. 저 빌어먹을 놈들이 등불을 들고 가는 걸 봤어요. 무슨 장난을 치려나 봐야겠다고 생각했지요."

"장난이라고요?"

그레이가 대꾸했다. 그는 일어섰다. 아니 일어서려고 했다. 그러나 무릎이 완전히 풀려버려 힘을 줄 수가 없었다.

"들었어요?"

심장이 아주 느리게 뛰고 있었다. 그는 몽롱한 정신으로 심장이 당장이라도 멈춰버릴지 모르겠다고 생각했다.

쿼리가 그를 쳐다보았다. 그 표정으로는 무슨 생각을 하고 있는지 알 수가 없었다.

"들었소."

그는 칼을 칼집에 집어넣고 침대로 와서 그레이를 굽어보았다. 얼마나 들었을까. 그리고 그걸 어떻게 생각했을까? 거친 손이 그의 머리카락을 뒤로 쓸어넘겼다. 그는 머리카락이 뻣뻣한 것을 느꼈다. 그러면서 로버트 제럴드의 모친을 생각했다.

"제 피가 아니에요."

그가 말했다.

"당신 피도 있어요."

쿼리의 손이 그의 목 옆을 따라 쭉 내려갔다. 그 손길에 의해 베인 상처의 아픔이 일깨워졌다. 다쳤을 때는 느끼지 못했던 것이었다.

"겁내지 말아요."

이렇게 말하면서 쿼리가 그를 잡아 일으켰다.

"자국이 예쁘게 남을 거요."

Diana Gabaldon

                                                  나는 대개는 단편을 쓰지
않는다. 30만 단어가 내가 아주 편안함을 느끼기 위해 필요한 최소한의 길이이기 때문이다. 여기에는 단순히 입을 다물 수 없다는 문제보다 더 큰 한 가지 이유가 있다. 그것은 내가 역사소설을 쓴다는 사실이다.

  동시대의 이야기를 쓸 때는 '그는 푸른색 양복을 입고 차에 올라 타 사무실로 차를 몰았다'고 쓸 수 있다. '양복'이나 '차'나 '사무실'이 어떤 건지 일일이 말할 필요가 없다. 그 책을 읽는 사람들은 누구나 이 세 가지에 대한 경험을 가지고 있고 필요한 세부적인 상황을 스스로 공급할 수도 있다. 그러나 '양복'이 13세기나 18세기 혹은 19세기에는 아주 다른 것을 의미했을지도 모른다. 따라서 작가는 독자가 명확하게 그려볼 수 있도록 그게 무엇을 의미하는지 묘사할 필요가 있다.

  그러나 역사적 사실성이란 물질적인 삶의 묘사에 국한되지 않는다. 그리고 그것 때문에 역사소설이 그토록 흥미가 있는 법이다. 역사적 사실성은 우리 자신의 것과 아주 다를 수도 있는, 아니면 그다지 다르지 않을 수도 있는 정신적인 구조와 사회 규범이 바탕되어야 한다.

  18세기 런던에서 동성애란 도덕적인 비행의 문제, 뒷공론과 공개적인 추문의 문제였다. 공식적으로 기소된다든가 하는 일은 거의 혹은 전혀 없었으나 사창굴의 뒷방에서, 로열 아케이드의 어두운 그림자 속에서 무슨 일이 벌어지고 있는지 누구나 다 알고 있었다. 묻지 말라, 모르겠는가?

  그런데 왜 역사범죄소설인가? 그것은 나의 두 사랑, 즉 역사소설과 범죄소설의 결합물이다. 내 남편이 내게 왜 노상 범죄추리소설을 읽느냐고 물었던 적이 있다. 어두운 쪽을 걷고 싶은 일종의 대리 충동인가? 독약과 마법과 끔찍한 고대의 고문 방식들(역사상의 사람들이 그다지 상상력이 없었던 것 같다는 말은 아무도 못하게 해야 한다!)에 대한 그 모든 책들이 그를 조금 불편하게 만드는 것 같다. 결국 그는 실제로 엔진을 만들려고 하기 때문에 엔진 만드는 법에 관한 책을 읽는 사람인 것이다.

어떤 면에서는 그가 옳다고 생각한다. 내가 범죄추리소설만 즐겨 읽는 데는 약간의 병적인 호기심이 포함되어 있기 때문이다. 그리고 분명히 책장 위에서 누군가에게 칼을 깊숙이 찔러 넣을 수 있는 것은 집안에서 받는 사소한 스트레스의 감정들을 누그러뜨려준다.

그래도 역사범죄소설의 매력은 조망과 명확함의 문제라고 생각한다. 우리가 어디서 왔는지를 알기 위해 뒤돌아보는 것은 우리에게 어떻게 해서 우리가 지금의 우리가 되었으며 여기 있게 되었는지 더 잘 알게 해 준다. 마찬가지로 우리가 현재 가지고 있는 가치와 관심의 많은 부분이 이전의 시대와 먼 장소에서 그랬던 것과 똑같다는 것, 즉 살인은 가장 극악한 범죄이며 정의는 사회적 필요라는 것을 깨닫는 것은 교훈적이기도 하고 위안이 되기도 한다. 이런 것들은 언제나 진실이었고 앞으로도 언제나 진실일 것이다.

지난 시대라는 상황 속에서 죄와 벌의 세세한 내용을 이해하는 일은 우리에게 폭력과 해결이라는 측면에서 사회적 정의와 개인의 책임에 관한 우리의 개념을 평가할 수 있는 참조의 틀을 제공한다. 대부분의 살인추리물이 가장 기본적인 수준에서 결국은 살인자와 형사의 대결, 다시 말하면 선과 악의 대결(명백하게 드러나건 아니면 간접적이건)이 된다는 것은 우연한 일이 아니다. 이야기에 따라 이런 저런 방향으로 해결은 나겠지만 갈등은 영원하다.

다이애나 개벌던

핸슬 먼데이를 조심하라

캐서린 에어드

"'그날은 모든 사람이 해가 뜬 다음에까지 침대에 있어야 한다. 요정이나 마녀를 만나지 않도록…….'"
그녀는 핸슬 먼데이에 대한 오랜 관습을 주워섬겼다.
리네이그 영주가 침울하게 말했다.
"1월의 첫 월요일이 핸슬 먼데이잖아요. 당신도 알지 않소."
"지니 아가씨도 아셨어요."
모라그가 눈물을 삼키며 말했다.
"제가 아가씨께 아침에 제가 갈 때까지 침대에서 나오면 안 된다고 말씀도 드렸지요."
여자는 다시 울음을 터뜨렸다.
"그런데 제가 갔을 때 아가씨 침대는 비어 있었어요. 아가씬 안 계셨어요."

***

    그 어린 소녀는 동쪽의 나선형 계단 맨 아래쪽에 움직임 없이 누워 있었다. 아이는 계단의 맨 아랫단이 성의 그레이트 홀로 이어지는 바로 그 지점에 머리를 아래로 하고 팔다리를 활짝 벌린 자세로 쓰러져 있었다. 소녀가 밑의 계단 세 개에 걸쳐 비스듬히 쓰러진 채로 얼마나 오래 그렇게 있었는지 펀셔의 주장관은 아직 알지 못하고 있었다. 지금까지 알아낸 것이라곤 장갑을 벗고 만져보니 아이의 뺨이 차가웠다는 것뿐이었다. 아주 차가웠다. 아이는 죽어 있었다.
    공기도 차가웠다. 지독하게 추웠다. 주장관인 루어레이드 맥밀런이 발갈킨 성에 마지막으로 왔던 때처럼 그렇게 추웠다. 설상가상으로 (지금보다 더 나쁠 수도 있다면 말이지만), 오늘은 눈까지 퍼붓고 있었다. 맥밀런 장관이 이 성에 마지막으로 왔을 때와 오늘도 똑같다는 걸 발견한 유일한 것은 추위였다.
    겨우 지난주 월요일이었지만 훨씬 더 오래 전인 것처럼 느껴진 그때 펀셔 전체가 호그머네이 축제로 떠들썩했었다. 스코틀랜드의 모든 것이 프랑스에서 온 여왕의 영향을 받고 있으니 호그머네이를 프랑스식 이름인 오귀난느라고 부르기 시작해야 하는 것 아닌가? 그는 다른쪽 장갑도 마저 벗으며 생각했다. 그러나 그는 고집스럽게 호그머네이로 부르기로 결정했다.
    그날 발갈킨 성에서는 해마다 그랬던 것처럼 묵은 해의 끝과 새해의 시작을 축하하는 커다란 실리드(그는 그 오래 된 훌륭한 게일어 단어를 프랑스어 단어로 바꾸지 않을 것이다)가 있었다. 그리고 그날 밤에는 가장 멋진 펀셔의 전통대로 발갈킨의 영주가 처음으로 걸어 들어오는 사람에게 문을 열어주었다.

루어레이드 맥밀런은 차가운 뺨에서 아무렇게나 내던져진 듯한 소녀의 두 팔로 손을 옮겼다. 손을 살펴보기 위해서였다.

오늘은 모든 게 아주, 아주 달랐다. 첫째로 주장관이 도착했을 때 발갈킨 성문 앞에 그를 반기는 영주가 없었다. 이 성은 옛날에 (물론 스코틀랜드의 옛날이지 프랑스의 옛날은 아니다) '머리가 흰 수사슴이 사는 오래 된 장소'라고 불렸었다. 그는 놀라지 않았다. 올 겨울은 유난히 추워서 많은 수의 수사슴들이 먹이를 찾아 산을 내려왔기 때문이었다.

맥밀런은 힘없는 작은 손을 들고 놀랍도록 세심하게 조그만 손가락들을 살피기 시작했다. 일주일 전, 섣달 그믐날 밤에 맥밀런 장관과 그의 아내가 드러몬드리크에서 도착했을 때 백파이프 연주자가 그들을 환영했다. 그는 그들 부부가 성으로 다가오는 것을 보자마자 백파이프를 집어들고 연주를 시작했다. 오늘 발갈킨 성에는 연주자도 없고 옛 곡조로 그의 도착을 알리는 백파이프 연주도 없었다. 그 대신 대문에서 기다리며 그와 한 명뿐인 그의 수행자가 오는 것을 근심스럽게 지켜보고 있던 넋이 빠진 듯한 하인 하나가 있을 뿐이었다.

아이의 손가락은 부러진 것 같지 않았다. 손톱들도 확실히 부러지지 않았다.

장관을 보자마자 하인은 돌아서서 아주 급하게 성 안으로 달려들어갔다. 자기 주인에게 장관의 도착을 알리는 그의 급박한 외침을 맥밀런은 아주 똑똑히 들었다. 그의 목소리는 성의 사암 벽을 돌아 메아리를 울리다가 차츰 잦아들었다. 그러나 그레이트 홀을 가로질러 장관과 그의 서기를 향해 다가오던 영주가 내는 발소리는 바닥에 흩뿌려진 갈

대와 골풀 때문에 울리지 않았다.
　장관이 즉각적으로 주목한 것은 그 골풀들이 두껍게 깔려 있긴 했지만 아이가 떨어졌을 때 그 아이를 구할 만큼 두껍고 푹신하지는 않았다는 것이었다. 아이의 머리가 골풀에 반쯤 덮여 있기는 했지만 그가 지금 서 있는 자리에서 보면 아이의 얼굴 왼쪽이 피와 멍으로 심하게 변색돼 있는 것이 보였다.
　"좋지 않은 일입니다, 장관."
　하인의 외침에 발갈킨의 영주인 헥터 리네이그가 나타났다. 그 역시 일주일 전의 그 상냥한 주인의 모습과는 아주 다른 모습을 보여주고 있었다. 거구인 그는 섣달 그믐밤에 직접 춤을 선도했을 정도로 활달했었다. 그는 장관에게 다가와 기운 없이 손을 내밀어 악수를 했다.
　"정말 좋지 않은 일이오."
　"말해주시오, 리네이그."
　맥밀런 장관은 헥터 리네이그 영주 쪽으로 주의깊게 머리를 기울이고 기다렸다. 장관의 어조로는 이 말이 부탁인지 명령인지 구별할 수 없을 지경이었다.
　"우리 지니가 죽었소."
　영주가 힘들게 말을 꺼냈다. 크고 힘센 사람이었지만 지금은 턱 밑의 군살까지 떨고 있는 것 같았다. 그의 얼굴은 병자 같은 창백함까지 띠고 있었다. 그것은 까마귀빛 머리와 날카로운 대조를 이루고 있었다.
　"불쌍한 우리 귀염둥이."
　맥밀런 장관은 고개를 끄덕였다. 이미 들은 얘기였다.
　"우린 그애를 지금 저 자리에서 발견했소."
　리네이그 영주는 제대로 말을 하려고 애썼으나 떨리고 갈라지는 소리만 나올 뿐이었다.

"이리로……."

처음엔 영주가 앞장섰으나 계단 맨 아래쪽 세 개의 단에 걸쳐서 사지를 뻗고 쓰러져 있는 아이에게 다가가자 뒤로 처졌다. 맥밀런 장관 혼자서만 앞으로 다가가고 그의 서기와 리네이그 영주는 뒤에서 머뭇거렸다. 루어레이드 맥밀런은 소녀의 두 손을 살살 뒤집어서 겉모양을 오래 들여다보았다. 두 손 다 여기저기 긁힌 상처가 나 있었고 왼손 손가락 관절 마디마디에는 말라버린 핏자국들이 있었다.

"불쌍한 우리 꼬마 지니."

영주는 목이 메어 띄엄띄엄 이 말을 하고 또 했다.

"그렇군요."

장관이 애매하게 동감을 표했다. 소녀에게 무슨 일이 일어났건 간에 그 말은 사실이었다. 그는 허리를 펴고 아이의 머리를 더 잘 볼 수 있도록 자세를 바꿨다. 리네이그 영주는 그가 그처럼 시체를 살피는 것을 지켜볼 수 없는 모양이었다. 영주는 한걸음 뒤로 물러서서 그 슬픈 광경으로부터 눈을 돌렸다.

아이는 잠옷을 입고 있었는데 옷 한쪽이 구겨져 있었다. 심한 타박상이 아이의 얼굴 왼쪽을 일그러뜨렸다. 장관은 몸을 굽히지 않고서도 아이의 뺨이 깨진 걸 알 수 있었다. 그는 한쪽 무릎을 꿇고 앉아 아주 조심스럽게 아이의 머리에 손을 댔다. 그것도 깨졌을 것이다. 머리는 아주 차가웠고 눈에 띄는 약간의 핏자국은 갈색으로 말라 있었다. 그는 아이가 죽은 지 몇 시간 지난 게 틀림없다고 결론을 내렸다.

리네이그 영주가 마른 입술을 핥았다.

"우린 바로 그 자리에서 아이를 발견했소."

"우리요?"

맥밀런 장관이 날카롭게 물었다.

"아이를 발견한 게 정확히 누구죠?"

"여자들 중 하나요."

머리를 한쪽 어깨 너머로 휙 제꼈지만 돌아보지는 않고서 리네이그 영주가 말했다. 장관은 그가 머리로 가리킨 쪽을 눈으로 따라갔다. 홀 저쪽 구석에 통통한 젊은 여자가 어두운 그늘에 숨어 있었다. 그녀는 흐느낌을 한껏 억누르며 울고 있었다. 털실로 짠 긴 숄로 가린 그녀의 얼굴은 거의 보이지 않았으나 그녀가 우는 바람에 얼굴이 부어오른 것을 그는 알 수 있었다. 숄 아래로 금발의 머리카락이 여기저기 삐져나와 있었다. 그렇게 슬퍼하고 있지만 않다면 그녀는 상당히 아름다울 거라고 그는 생각했다.

"모라그라고 하오."

여전히 그녀를 쳐다보려고 하지는 않으면서 영주가 설명했다.

"지니의 유모지요."

그러나 맥밀런 장관은 울고 있는 여자를 자세히 바라보았다. 정말로 이상한 점은 그 여자는 전통적인 크리스마스 장식인 고리버들과 다가올 새 봄에 새로운 성장을 보증하는 아이비와 호랑가시나무인 늘푸른 식물로 만든 키싱바우 아래 서 있다는 것이었다. 그것은 그 아래에서 키스하기에 너무 낮지도 않고 너무 높아서 닿기가 어렵지도 않은 서까래에 매달려 있었다. 키싱바우에 있는 사과와 겨우살이는 늘 그렇듯이 어젯밤 핸슬 먼데이에 호그머네이 축제가 끝났을 때까지 축제의 중요한 일부였을 것이다. 그 키싱바우는 분명 단단히 고정되어 있었을 것이다. 만일 그것이 바닥에 닿는다면 대단한 불운으로 여겨졌기 때문이다. 자연에서는 다른 식물을 감고 오르는 겨우살이는 언제나 아래로 늘어지지 않던가.

아마도 그것이 발갈킨 성에서 일어났던 일일 것이라고 그는 생각했다. 왜냐하면 '이 집에는 운이 없었다, 전혀 없었다'고 할 수 있었기 때문이었다. 아이에게 어떤 일이 생겼든 간에 그것은 의심할 바 없는 일이었다.

 키싱바우 아래 서 있던 젊은 여자는 맥밀런 장관의 눈이 자신에게 머무르는 것을 알자 큰소리로 흐느끼기 시작했다. 그녀의 아름다운 어깨에는 숄이 단단히 둘러져 있었다. 그녀는 바깥 세상에 대항해서 자신을 보호하기라도 하려는 것처럼 숄의 양끝을 한데 모아 붙들고 있었다. 이런 일이 처음이 아닌 맥밀런 장관은 그녀가 얼마나 겁에 질려 있을지 잘 알고 있었다. 죽은 아이가 그녀가 책임지고 있던 아이라니 더 말할 나위 없었다.

"모라그 먼로요."

 리네이그 영주가 귀에 거슬리는 소리로 말했다.

"저 여자가 말해줄 것이오."

"제가 깨어났을 때 아가씨는 침대에 안 계셨어요."

 젊은 여자는 이를 딱딱 맞부딪치며 말했다.

"핸슬 먼데이였는데도요. 제가 아가씨께 미리 말씀을 드렸었는데……"

 그녀는 장관을 정신 없이 쳐다보았다.

"뭘 말인가?"

 맥밀런 장관이 부드럽게 말했다. 목격자들을 두렵게 해봤자 좋을 게 없었다. 그는 그것을 이미 오래 전에 터득했다.

"물론 핸슬 먼데이에 대해서였죠. 어제가 핸슬 먼데이였다는 걸 모르셨어요?"

 몹시 놀라면서 모라그가 말했다.

"계속해 봐요."

 그가 그녀에게 청했다. 맥밀런 장관이 법과 정의를 다루는 일을 하려고 할 때면 어떤 것도 추측하지 않았고 아무것도 당연시하지 않았다. 핸슬 먼데이와 관련된 오랜 관습까지도.

"'그날은 모든 사람이 해가 뜬 다음에까지 침대에 있어야 한다. 요정이나 마녀를 만나지 않도록······.'"

그녀는 핸슬 먼데이에 대한 오랜 관습을 주워섬겼다.

리네이그 영주가 침울하게 말했다.

"1월의 첫 월요일이 핸슬 먼데이잖아요. 당신도 알지 않소."

"지니 아가씨도 아셨어요."

모라그가 눈물을 삼키며 말했다.

"제가 아가씨께 아침에 제가 갈 때까지 침대에서 나오면 안 된다고 말씀도 드렸지요."

여자는 다시 울음을 터뜨렸다.

"그런데 제가 갔을 때 아가씨 침대는 비어 있었어요. 아가씬 안 계셨어요."

그녀의 어깨가 떨렸다. 그녀의 흐느낌이 홀을 울렸다.

"그런데 부인께서는요?"

그 장면에 빠진 것이 무엇인지를, 그리고 잠재의식 속에서 이 비극의 배경 장면으로 예상하고 있던 것이 무엇인지를 갑자기 깨달은 맥밀런 장관이 물었다. 그것은 아이 하나를 갑자기 잃은 어머니의 그 독특하고 무시무시한 울부짖음이었다.

"아내는 알케이그에 가 있소."

리네이그 영주가 울어서 갈라진 목소리로 말했다. 그는 북쪽을 향해 한쪽 어깨를 제껴보였다.

"장인이 돌아가실 것 같다고 해서."

맥밀런 장관은 금방 이해하고 고개를 끄덕였다. 리네이그 부인은 알케이그스 아일 영주의 외동딸이었다.

"어제 오후에 처남들이 아내를 데리러 왔소. 아내는 곧 떠났고요."

"그 상태에서 말입니까?"

맥밀런 장관이 물었다. 그의 기억이 맞다면 리네이그 부인은 '임신 중'이었다. 어쨌거나 그런 이유로 리네이그 영주가 섣달 그믐밤의 대부분을 발블레어 출신의 제미머란 이름의 명랑한 젊은 여성과 춤을 추는 거라고 다른 손님들이 수군거리는 걸 맥밀런 장관도 들은 기억이 났다. '버드나무 껍질을 벗겨라'를 오크니 제도식으로 변형시킨 춤이었는데 임신한 여자는 도저히 안전하게 출 수 없는 것이었다. 맥밀런 자신은 아내와 능숙하게 추긴 했지만 그 춤은 쉽게 잊지 못할 것이었다. 그날 밤 대부분을 리네이그 영주와 함께 춤을 추었던 제미머란 금발의 그 젊은 여자도 그 춤을 금방 잊지는 못할 거라고 그는 생각했다.

"장인이 딸을 오라고 한다고 했거든요."

영주는 납빛의 우중충한 하늘을 가리켰다.

"가는 도중에 눈이 내릴 것 같았소. 그들은 어두워지기 전에 토어검 한참 지난 곳까지 가야겠다고 했지요."

"그래서요……."

장관은 발치에 있는 애처로운 작은 시체로 눈길을 돌리며 말을 재촉했다. 어째서 발갈킨의 영주가 그 전날 아내와 함께 죽어가는 장인을 보러 가지 않았는지 물을 필요는 없었다. 알케이그 노인과 그의 훌륭한 아들들은 사위를 좋아하지 않았다.

"그래서 아내는 그들과 함께 갔어요."

"아이는 당신에게 맡기고 말이죠."

장관이 옳게 기억하고 있는 거라면 알케이그 노인은 자기 딸과 함께 자동적으로 리네이그에게로 가게 된 딸의 지참금에 대해 줄곧 불평을 해왔다. 그것이 결국 그리로 가게 된 것은 개인적인 기호에 대한 전통과 관습의 승리였다.

"아내는 지니가 어젯밤 같이 그런 밤중에 만을 건너기에는 너무 어리다고 했소."

리네이그 영주는 한 손으로 눈을 닦았다.
"오, 하느님!"
그가 망연해서 말했다.
"자기 엄마랑 있었으면 더 안전했을 것을……."
맥밀런 장관은 그 말에 대답하지 않았다. 그 대신 아이의 옷을 살피기 시작했다. 잠옷 한쪽이 무릎 위로 올라가긴 했지만 계단을 굴러 떨어져서 그렇게 됐다고 보기에는 그다지 흐트러진 것 같지 않았다. 그는 옷을 한쪽으로 잡아당겨 가엾은 몸뚱이가 다 드러나도록 들어올렸다. 리네이그 영주의 창백한 얼굴에 피가 확 몰려 올랐다.
"모든 신성한 것에 대고 맹세하건대 이곳에 우리 아이에게 손가락 하나라도 댄 자가 있다면 그자가 친족이건 아니건 간에 내가 맨손으로 죽이고 말겠소."
"진정하세요."
장관이 그를 달래며 말했다.
"그럴 필요 없소. 그런 식으로 아이에게 손을 댄 사람은 없었어요. 몸은 아주 깨끗하고 누가 붙잡았던 흔적도 없어요."
유모의 입에서 낮은 신음소리가 새어나왔다.
"가엾은 아가씨."
"발버둥 친 흔적도 없군요."
맥밀런 장관은 이렇게 덧붙이고 그들 왼쪽에 있는, 홀로부터 시계방향으로 돌아 올라가는 나선형 계단으로 주의를 돌렸다. 그는 맨 아래 계단에 한 발을 딛고 서서 위를 올려다보았다. 그 돌계단은 끝없이 감아돌며 올라가 꼭대기가 보이지 않았다. 계단 위로는 원추형 나무 지붕을 얹은 포탑이 있었다. 포탑의 돌벽과 나무지붕은 상태가 좋았다. 알케이그의 딸과 함께 온 지참금 일부가 그녀의 새 집인 발갈킨 성에 쓰인 것이 분명했다.

"여기서 기다려요."

맥밀런 장관은 서기에게 사람들을 그 자리에 있게 하라고 손짓으로 말하며 이렇게 명령했다.

"모두."

리네이그 영주가 그와 같이 가려고 앞으로 나서자 그가 단호하게 덧붙였다. 장관은 아래 계단 세 칸에 걸쳐 있는 움직이지 않는 아이를 피해 조심스럽게 돌아서 둥글게 감아도는 계단을 오르기 시작했다. 계단은 곧 그를 그레이트 홀에서 성의 2층으로 올려주었다. 그러나 계단은 그보다 훨씬 더 높이 올라간다는 것을 그는 알고 있었다. 계단을 오르면서 그는 왼손으로 벽을 쓸며 올라갔으나 붉은색의 고운 사암 먼지만 손가락에 묻을 뿐이었다.

그는 첫번째 층계참에서 계단을 벗어나 2층 방들에 도착했다. 처음에 그가 들어간 작은 방에는 고운 린넨 천들과 여자들이 쓰는 자잘한 물건들이 여기저기 흩어져 있었다. 리네이그 부인이 혼자 있고 싶을 때 쓰는 방 같았다. 요즘의 프랑스풍 유행으로는 여자들이 있는 방을 아주 다른 이름으로 불러야 했다. 새로운 프랑스어 단어였으나 지금은 기억나지 않았다. 그의 아내는 그 이름을 알 것이다. 그리고 드러몬드 리크에도 그런 방을 하나 갖고 싶어할 것이다.

다음에는 아이 방으로 갔다. 방의 긴 벽을 따라 아이의 침대가 놓여 있었고 저쪽 구석으로 바퀴 달린 작은 침대가 있었다. 유모인 모라그 먼로가 자는 침대일 거라는 생각이 들었다. 맥밀런은 두 침대를 자세히 살펴보았다. 아이 침대의 이불은 침대 주인이 아주 정상적으로 빠져나온 것처럼 젖혀져 있었다.

다른쪽 침대에도 이상한 것은 없었다. 그는 아이 침대에 한 손을 넣어보고 하인의 침대에 깔린 이불 사이에도 넣어보았다. 두 침대 다 지금은 온기가 느껴지지 않았다.

아이 방을 나온 그는 영주와 그의 아내가 자는 즉 그녀가 발갈킨에 있을 때 자는 침실로 갔다. 그는 문간에서 멈춰 섰다. 리네이그 부인이 혼자 쓰는 방의 프랑스식 이름이 갑자기 생각났기 때문이었다. 부두아, 바로 그거였다.

그 침실은 다른 방들보다 훨씬 멋있었다. 반대쪽 벽에는 커다란 침대와 옷장이 놓여 있었고 사방 벽에 휘장이 드리워져 있었으며 구석에는 작은 비밀 계단이 있었다. 그것은 턴파이크 계단처럼 위층으로 올라가는 것이 아니라 침실에서 그레이트 홀로 시계방향으로 돌아내려 가는 계단이었다. 그는 이 서쪽 포탑이 영주와 그의 아내만 사용하는 계단이라고 결론을 내렸다.

맥밀런 장관은 침대로 다가가 침대의 커튼을 젖혔다. 두꺼운 이불이 덮여진 이 침대에도 온기는 남아 있지 않았다. 그러나 이 침대는 자고 있던 누군가가 허둥거리며 일어난 흔적을 보여주고 있었다. 그가 보기에 침대의 이불은 그 안에 있던 사람이 몹시 급하게 밀어젖힌 듯한 모양을 하고 있었다.

맥밀런 장관은 창으로 걸어갔다. 북쪽으로 낮게 내려앉은 하늘 아래 눈에 덮인 펀셔가 펼쳐져 있었다. 그 황야 어디쯤엔가 한 여자가 있는 것이다. 그녀의 어린 딸이 다른쪽 계단 발치에 머리가 깨어진 채로 이유를 알 수 없이 죽어 있는, 한 여자가.

그로서는 이유를 알 수 없는 죽음이었다. 지금까지는……

맥밀런 장관은 천천히 2층 방들을 다시 한번 돌아보고나서 나선형 계단을 올라 꼭대기 층으로 갔다. 거기는 우아함이라곤 전혀 없는 곳으로, 발갈킨 성의 다른 하인들이 자는 곳이었다. 뭔가 연거푸 펄럭이는 소리가 나서 따라가보니 비둘기들이 아니라 낡은 깃대가 있었다. 거기에는 벌써 리네이그 가문의 깃발이 반기로 걸려서 펄럭이고 있었다.

그는 리네이그 부인에 대해 순간적으로 강한 연민을 느꼈다. 그녀는 한 사람의 죽음을 지키고 있다가 돌아와 또다른 죽음을 목도하게 될 것 아닌가. 리네이그 영주가 알케이그스 아일로 소식을 보내지 않았다면 그녀는 토어검에 가까이 왔을 때 반기를 보고 무슨 일인가 벌어졌다는 걸 알 것이다. 그러나 누구 때문에 반기가 걸렸는지는 알 수 없으리라.

맥밀런 장관은 다시 부부의 침실로 내려가 한참을 생각에 잠겨 서 있다가 비밀 계단으로 향했다. 이번에는 올라가는 게 아니라 내려가는 것이었지만 그는 아까처럼 왼손으로 벽을 죽 훑으며 내려갔다. 이번에도 고운 붉은 먼지가 손가락에 묻었다. 그러나 뭔가 다른 것도 묻어났다.

그는 걸음을 멈추고 손을 한참 들여다보았다. 의심의 여지가 없었다. 그는 지금 피를 보고 있는 것이었다. 많은 양은 아니었지만 어쨌든 피였다. 그는 계단이 마지막으로 돌아가는 곳 바로 위의 한 단에 오랫동안 조용히 서 있었다. 그곳에서는 그레이트 홀의 동쪽 끝에 있는 다른 계단 발치에서 기다리고 있는 사람들이 아직 보이지 않았다. 시체가 놓여 있는 바로 그곳이 말이다.

장관은 비밀 계단의 벽에 다시 손을 올려놓았다. 낮게.

사암이 조금 축축하게 느껴졌다. 그는 아마도 발갈킨 성의 벽들이 겨울에 만져보면 언제나 약간 축축하다는 걸 인정한 첫번째 사람이었을 것이다. 프랑스에서 온 여왕이 따뜻한 기후에서 지내다가 스코틀랜드에 온 뒤 이곳이 그녀 마음에 드는 곳이 아님을 깨달아가고 있는 것도 당연했다. 그러나 이 축축함은 달랐다. 그는 쭈그리고 앉아 그 작은 조각을 살펴보았다. 그가 아주 잘못 본 게 아니라면 그가 성에 도착하기 전에 누군가가 젖은 걸레를 가져다가 할 수 있는 한 깨끗이 돌을 문질러 닦은 것이었다.

맥밀런 장관은 몸을 일으켜 조용히 계단을 다시 오르기 시작했다. 그는 부부 침실을 나와 아이 방과 리네이그 부인의 방을 지나서 동쪽의 나선형 계단으로 나갔다. 그는 계단을 내려가 계단 발치에서 가엾은 시체 곁에 서서 기다리고 있는 사람들에게로 갔다.

리네이그 영주는 아까 그 자리에 그대로 서 있었으나 고개를 들기가 두려운 듯 머리를 푹 떨구고 있었다. 아이의 유모는 여전히 키싱바우 밑에 다른 사람들과 한참 떨어져서 서 있었다. 계단을 내려오는 장관의 모습이 보이자 그녀의 울음은 더욱 원시적인 통곡으로 바뀌었다.

"저만 한 게 아니었어요."

겨우 말할 수 있게 되자 그녀가 말했다.

"마님께서도 아가씨께 핸슬 먼데이에 대해 미리 주의 말씀을 하셨었지요. 핸슬 먼데이의 밤에는 해가 뜰 때까지 누구나 다 침대에 있어야 하는 거라고 일러 주셨어요. 아가씨는 그러겠다고 어머니께 약속하셨는데……."

그녀는 꺽꺽 흐느꼈다.

"제가 직접 들었어요."

"아이가 그때 왜 자기 침대에 있지 않았을까."

맥밀런 장관이 중얼거렸다. 그레이트 홀에 있는 누군가를 딱히 지적해서 물어보는 것은 아니었다.

"핸슬 먼데이는 위험한 밤이오."

리네이그 영주가 성난 목소리로 말했다.

"나도 잘 알고 있어요."

맥밀런 장관이 대꾸했다.

"하지만 나는 요정이니 마녀니 하는 것을 믿지 않소."

"믿지 않는다고요?"

발갈킨의 영주가 놀라서 소리쳤다.

"그렇소. 나는 핸슬 먼데이가 호그머네이 축제를 끝내는 전통적인 방식일 뿐이라고 생각해요. 그것뿐이오."

장관은 머리를 흔들었다.

"지니는 그것을 믿었어요."

리네이그 영주가 고집스럽게 말했다.

"잉글랜드인들은 키스하기가 끝나야 하는 때를 십이야란 이름으로 부르지요."

그의 말을 무시하고 장관이 말했다.

"오, 그 잉글랜드인들. 그들은 제정신이 아닌 사람들이오."

리네이그 영주가 생각해볼 가치도 없다는 듯 말했다.

"그래도 그건 키스하는 게 끝나야 하는 때지요."

그리고는 의미심장하게 덧붙였다.

"모든 키스가 말이요, 리네이그."

발갈킨 영주의 뺨에 피가 솟구쳐올랐다. 그는 장관을 뚫어지게 바라보았다. 맥밀런은 바닥에 엎어져 있는 조그만 시체를 응시했다.

"리네이그, 이렇게 어린 소녀가 그렇게 말을 안 듣게 된 건 무엇 때문일 거라고 생각하시오?"

"난 아무것도 생각나는 게 없소."

"한 가지 생각해볼 수 있는 게 있지요."

맥밀런 장관이 말하자 리네이그 영주가 고개를 쳐들었다. 그의 얼굴 전체가 붉어지고 있었다. 그는 장관의 얼굴을 살폈다.

"그러시오?"

맥밀런 장관이 조용히 응답했다.

"그런 것 같소. 지니는 밤중에 깨어났다가 유모가 침대에 없는 걸 발견한 거지요."

리네이그 영주는 아무 말도 없었고 모라그는 머리에까지 둘러쓰고 있던 숄을 더욱 단단히 움켜쥐었다.
"그렇게 되자 지니는 요정이나 마녀가 자기 유모를 꾀어 데려간 것이라고 믿고 무서움에 떨었겠지요."
장관은 차분하게 말을 이었다. 키싱바우 아래서 들려오던 울부짖음이 뚝 그쳤다. 발갈킨 성의 그레이트 홀에 적막이 흘렀다.
"그러나 나는 요정들이 꾀었다고 생각하지 않소."
장관의 목소리가 엄격하게 울렸다.
"그래요?"
영주가 쉰 목소리로 말했다.
"그렇소. 나는 요정이나 마녀보다 훨씬 더 악한 것이 지니의 유모를 지니 방의 그녀 침대에서 데려간 거라고 생각하오."
영주가 입술을 축였다.
"훨씬 더 나쁜 것이라고요?"
"당신 말이요, 리네이그."
장관이 말했다.
"나요?"
영주가 내뱉듯 대꾸했다. 맥밀런 장관은 침착하게 계속했다.
"잠에서 깨어 유모가 자기 침대에 없다는 걸 알았을 때 어린 지니는 아버지인 당신을 찾자는 생각을 했을 겁니다. 아주 당연한 생각 아닌가요?"
"아, 이해할 만한 일이오."
리네이그 영주가 애매한 태도로 대꾸했다.
"지니가 만일 그랬다면……."
그는 말을 끝내지 못했다.
"잊지 말아야 할 것은,"
장관이 무엇엔가 떠밀린 듯 말을 계속했다.

"어젯밤, 즉 핸슬 먼데이는 당신 딸이 그애가 믿는 여러 사람들로부터 정말로 두려워해야 한다고 들은 그런 밤이었다는 거지요."

"그렇소. 사실이오."

리네이그 영주가 동의했다.

"지니는 몹시 겁에 질려서 당신을 찾으러 갔지요. 당신은 바로 옆방에 있었을 테니까. 그렇지요?"

리네이그 영주는 아무 말도 하지 않았다.

"당신은 당신 침대에 있었거나 있지 않았거나 둘 중 하나지요."

맥밀런 장관이 서두르지 않고 천천히 말했다.

"어느 쪽이었소?"

"있었소."

리네이그가 거칠게 대답했다.

"문제는,"

장관은 대화라도 나누듯이, 격식을 차리지 않고 말했다.

"당신이 침대에 있긴 있었는데 혼자가 아니었다는 거죠."

리네이그 영주의 얼굴이 모든 것을 드러내고 있었다. 장관이 보고 있는 앞에서 얼굴이 확 붉어졌다가 서서히 핏기가 사라지더니 눈에 띄게 창백해졌다. 법을 수호하고 집행하는 사람인 장관은 그들 발 밑의 가엾은 시체를 가리키며 말했다.

"당신의 지니는 물론 어렸지만 무엇이 등이 둘 달린 짐승을 만드는지 모를 만큼 어리지는 않았지."

키싱바우 밑에 서 있는 여자가 비명을 질렀다.

"우린 아가씨를 죽이지 않았어요. 정말이에요. 우린 안 죽였어요. 아가씨는 달아났어요."

"그리고 그애 아버지가 뒤쫓아갔겠죠."

장관이 조용하게 말했다.

"설명하려고 했던 거요."

리네이그 영주가 불쑥 말했다.

"단지 그것뿐이었소……. 정말이오."

"알다마다요. 그러나 지니는 당신이 미처 붙잡기도 전에 계단을 달려 내려갔겠죠."

맥밀런 장관이 냉정하게 말했다.

"애가 떨어져 버렸어요. 붙잡아 놓고 설명하려고 했는데……."

리네이그 영주가 말했다.

모라그 먼로가 그레이트 홀을 가로질러 달려와 장관의 발 앞에 몸을 던졌다.

"우릴 믿어주세요. 우린 아가씨한테 손도 안 댔어요. 정말이에요."

그녀가 간청했다.

"전혀 안 댄 건 아니지요."

맥밀런이 대꾸했다. 그는 홀을 대각선으로 가로질러 손짓해 보이며 말했다.

"아이가 달려내려온 건 저쪽 계단이었소. 당신은 누구도 아이가 당신 방에서 내려온 거라고 추측하지 못하게 하고 싶었소."

리네이그 영주는 눈을 덮고 있던 머리카락들을 쓸어 올렸다.

"어떻게 아셨소?"

"아이의 머리 왼쪽이 깨진 것을 달리 어떻게 설명할 수가 있겠소? 이 계단은 올라갈 때는 시계방향으로 돌지만 내려올 때는 왼쪽으로 돌지요. 만일 아이가 이 계단에서 굴러 떨어졌다면 계단 오른쪽 벽에 머리를 부딪쳤겠지요."

그는 아이를 내려다보고 계단의 중심 기둥 쪽으로 가면서 점점 좁아지는 삼각형 모양의 단을 바라보았다.

"이 계단에는 내려오는 아이의 왼쪽 머리에 부딪칠 게 없어요. 아이는 오른쪽으로 떨어졌겠지요. 그런데 깨져서 움푹 들어간 건 머리 왼쪽이거든요."

그레이트 홀에서 들리는 소리라고는 자신을 억제하려고 애쓰는 발갈킨 영주의 무거운 숨소리뿐이었다.

"그리고 저 비밀 계단은 반대 방향으로 내려오고요."

대단한 발견이라도 한 사람처럼 리네이그 영주가 속삭였다.

"꼭대기에서부터 시계방향으로 돌지요."

장관이 동조했다.

"그건 왼손잡이 검객이 지킬 수 있는 계단이오."

영주가 멍하니 혼잣말하듯 말했다.

"지니는 당신에게서 도망쳐 달려내려가다가 비밀 계단의 왼쪽 벽에 머리를 부딪쳤소."

장관은 모라그를 쳐다보았다.

"당신도 마찬가지요. 그런데 당신들 두 사람은 핸슬 먼데이 탓으로 돌리며 빠져나가려 했소."

리네이그 영주는 급소를 맞아 비틀거리는 사람처럼 축 늘어졌다.

"내가 내 딸을 죽게 했는지는 모르지만 죽인 건 아니오."

"그러나 이 아이는 당신이 죽인 거나 마찬가지지요."

장관의 말투는 냉정했다. 영주는 꼿꼿이 서려고 무척 애를 썼다.

"어떻게 하실 거요?"

"나요?"

맥밀런 장관은 공허하게 웃었다.

"나는 아무것도 하지 않아요. 천만에요. 난 그 일을 가엾은 꼬마 지니에게 맡길 참이요."

"지니에게요?"

"그렇소. 이 아이는 앞으로 평생동안 당신을 따라다닐 거요······."

Catherine Aird

현학자라면 '역사적 허구' 라는 용어에 내재된 동의어 반복에 대해 잔소리를 늘어놓겠지만 그 장르의 열성적인 독자는 융통성 있는 그 용어가 무엇을 의미하는지 정확히 알고 있다. 독자는 역사라는 뼈대에 입혀진 허구라는 옷이 역사를 훨씬 더 읽을 만한 것으로 만든다는 것을 이미 발견한 것이다.

그 형식의 필요조건 중의 하나는 그것을 쓰는 작가가 역사적인 사건들에 대해 자신이 어떤 입장에 있는지를 결정해야 한다는 것이다. 사실을 다루는 역사가들은 무제한으로 '만약' 과 '그러나', 훨씬 더 중요하게는 '알지 못한다' 와 '충분한 증거가 없어서 말할 수 없다' 를 사용하는 학문적 호사를 누릴 수 있지만 역사적 허구를 쓰는 작가는 '좋은 사람들' 과 '나쁜 사람들' 을 결정해야 할 뿐 아니라 어디쯤에서 사랑을 혹은 살인을 들여와야 되는지를 정해야 한다.

워털루 전투가 벌어졌던 날이 병리해부학 연구에 더없이 좋은 날로 묘사되어온 것처럼, 부인할 수 없는 사실에 멋진 허구를 입히는 엘리스 피터스의 작품들은 (캐드펠 수사에 대한 것은 말할 것도 없거니와) 잉글랜드와 웨일스의 중세 초기 역사에 대한 관심을, 즉 죄와 벌에 대한 관심뿐 아니라 수도원 제도와 초본학에 대한 관심도 증가시켜왔다. '족장들과 왕들이 떠날 때' 전투와 질병과 기아로 황폐해진 채 뒤에 남겨진 보잘것없는 사람들, 냉정하고 무관심한 전문가에게는 때때로 무시되곤 하는 사람들에 대한 동정심을 이끌어내는 엄청난 능력을 엘리스 피터스가 지니고 있었기에 이런 성과가 가능했다.

조세핀 테이가 그녀의 책 『시대의 딸』에서 진짜 리처드 3세의 성품에 대한 논쟁에 다시 불을 붙인 것과 아주 흡사하게 엘리스 피터스는 다행스럽게도, 잉글랜드에서 무정부 상태는 거의 없었기 때문에 친숙하지 않은 분야인 사촌간인 스티븐 왕과 모드 황후의 필사적인 권력 투쟁에 대한 관심을 되살렸다.

  유명한 해학가인 E.V. 녹스의 말을 패러디하자면 '그녀가 써낸 역사적 허구'는 엘리스 피터스가 그것을 종이에 썼을 때보다 훨씬 더 좋게 나오지는 않는다고 정직하게 말할 수 있을 것이다.

캐서린 에어드

금요일, 회전 관람차를 타다

에드워드 호크

홀 거리 30번지는 비슷비슷한 낡은 건물들이 서 있는 거리의 그저 그런 아파트의 주소였다. 루스티크는 조그맣고 어둑한 로비로 들어가서 거주자들의 이름을 훑어보았지만 친숙한 이름은 없었다. 그때 어떤 이름 옆에 무엇인가 물감이나 피처럼 붉은 점이 눈에 띄었다. 손가락으로 문질러보았으나 그것은 이미 말라 있었다.
막달렌 주터.
회전 관람차를 타던 젊은 남자가 자기 애인을 부르던 이름이 번개처럼 뇌리를 스쳤다.
"막달렌! 여기요, 막달렌!"

***

    1897년 가을, 오스발트 루스티크가 비엔나 경찰청에서 퇴직한 지 2년이 되는 때였다. 1년 전에 아내 리자가 죽은 뒤 그의 생활은 거의 변함없이 일주일 단위로 흘러갔다. 매주 금요일이면 그는 지은 지 11년밖에 안 된 새 경찰청 건물로 가서 연금을 수령하고 옛 친구들과 대화를 나누곤 했다. 세월이 가면서 그들의 인사는 점점 형식적이 되어갔다. 바쁜 날이면 북새통 속에서 헤서 경감이 한두 마디 급하게 던지는 인삿말을 듣는 게 고작이었다.
    날씨가 괜찮으면 경찰청에서 나온 다음 정해진 코스를 달리는 마차를 타고 쇼텐링 도로를 달려 다뉴브 운하까지 갔다. 운하를 따라 길고 상쾌한 산책로를 걸으면 프라터 공원에 새로 설치된 거대한 회전 관람차가 점점 더 크게 다가왔다. 그는 아내가 살아 있어서 파리 에펠탑의 진정한 경쟁 상대라 할 만한 이 놀라운 건축물이 완성된 것을 보았다면 얼마나 좋았을까 하고 생각하곤 했다. 금요일마다 운하의 다리를 건너 프라터 공원에 도착하면, 명랑한 젊은 아가씨가 맥주 한 잔 정도의 값에 파는 회전 관람차 탑승권을 사기 위해 그는 줄을 서서 참을성 있게 기다리곤 했다.
    그곳에는 한가롭게 산책할 수 있는 푸른 공간이 아주 많았지만 놀이공원과 그곳에 새로 등장한 회전 관람차가 그 지역을 지배하고 있었다. 그는 프라터 공원의 수백 개의 구조물들 사이를 돌아다니며 맥주나 포도주에서부터 아이스크림, 커피, 과자에 이르기까지 모든 것을 파는 텐트며 노점이며 선술집들을 들어가보곤 했다. 거의 90년 전 왈츠가 유럽을 휩쓸던 때 그 열풍의 중심이 된 것은 프라터 댄스 홀이었고 훨씬 뒤 루스티크와 리자가 연애하던 시절에 왈츠 추는 법을 배운 곳도 이 댄스 홀이었다.

가끔 회전목마를 타기도 했으나 언제나 그를 끌어당기는 것은 회전 관람차였다. 지름이 약 60미터 정도 되고, 강철 케이블로 된 120개의 바퀴살이 거대한 강철 기둥에 고정돼 있는 이 관람차는 초당 약 75센티미터씩 움직였다. 버팀장치에 매달려 부드럽게 흔들거리는 목재로 만든 서른 개의 붉은 색 관람차는 각각 번호가 붙어 있는 축소판 철도 객차처럼 보였다.

오래지 않아 루스티크는 금요일마다 회전 관람차를 타러오는 사람이 자기만이 아니라는 것을 알게 되었다. 시간을 재어가며 비둘기 모이를 뿌려주는, 모자 달린 망토를 입은 여자와, 입장권 판매소가 문을 열 때까지 벤치에 앉아 기다리는 한 노인(루스티크보다도 나이가 많았다)도 금요일마다 왔다. 젊은이들도 있었는데, 점심 시간에 나오는 듯 그곳에서 만나 종이 봉지에 싸온 음식을 나눠먹는 낭만적인 한 쌍의 남녀가 특히 눈에 띄었다. 그는 그들의 이름을 알지 못했다. 언젠가 한 번 남자가 금발인 상대 여자에게 '막달렌! 여기요, 막달렌!' 하고 영어로 외치는 것을 들은 적이 있을 뿐이었다.

이 네 사람과 루스티크는 습관처럼 매주 금요일 오후 한 시에 30번 관람차를 타곤 했다. 관람차마다 스무 명씩 탈 수 있었지만 그들 다섯 사람만이 타게 되는 경우도 종종 있었다. 어쩌면 그 숫자가 그들에게 행운의 숫자여서 그럴 수도 있었고 루스티크처럼 그것이 가장 덜 붐비는 차여서 (승객들은 1번 차부터 탑승하게 되기 때문에) 그것을 선택하는지도 몰랐다.

지상에서 60미터가 넘는 높이에서 바라보는 도시는 말할 수 없이 아름다웠다. 노인의 이름은 프리츠 크라리크였는데, 이 회전 관람차가 가동하던 첫 주의 어느날 밤 관람차를 타고서 군데군데 전기가 들어와 불빛이 반짝이던 비엔나의 아름다운 광경을 본 얘기를 다른 사람들에게 해주었다. 연인 사이가 분명한 젊은 남녀는 차가 흔들거리며 올라가는 동안 서로 꼭 껴안은 채 말은 거의 하지 않았다. 모든 차에 승객이 타고 한 바퀴 완전히 도는 데 10분이 걸렸다. 승객들은 차 안에 있는 것이므로 회전 관람차는 비가 오건 해가 나건 매일같이 작동할 수 있을 것이었다.

비둘기 모이를 주는 여자가 루스티크를 바라보며 말했다.

"금요일에 종종 뵈었지요. 은퇴하셨나요?"

그녀는 그보다 젊어 보였다. 아직도 오십대인 것 같았고 망토의 모자를 젖힌 상태에서 보니 얼굴이 상당히 매력적이었다. 그녀의 이름은 미나였다.

"그렇습니다. 경찰에 있었지요."

"어머, 정말 흥미롭군요."

소년같은 미소를 띠고 오스발트 루스티크는 회전 관람차를 탄 기분을 즐기려고 편안히 기대어 앉았다.

그 다음 주 금요일 아침은 10월답게 쌀쌀한 날씨였다. 루스티크는 약간 불안한 기분으로 옷을 입었다. 어제 저녁 그가 저녁식사를 하러 나간 사이에 그가 사는 건물에 도둑이 들었다고 이웃들이 말해주었는데, 살펴보니 그의 방문 열쇠 구멍 주위에도 긁힌 자국이 있었기 때문이었다. 없어진 것은 아무것도 없었으나 경찰청에 가면 이 얘기를 할 생각이었다. 그가 그 얘기를 꺼내려고 하는 참에 헤서 경감이 그에게 사무실로 들어오라고 손짓했다. 헤서는 군인 같은 태도를 지닌 날씬한 남자로 사십대 초반이었다. 무척 빨리 승진한 셈이었다. 근무중이 아닐 때 그는 상당한 멋쟁이였다. 실크햇을 쓰고 손잡이 부분을 금으로 씌운 지팡이까지 갖춘 완벽한 야회복 차림으로 대개는 매력적인 젊은 여성을 동반해서 국립 가극장에 가거나 조피인바트에서 저녁식사를 했다. 사무실에도 방문객들을 위해 봉봉 과자를 상자 째 놓아두어 루스티크도 하나씩 집어먹곤 했다.

"한 가지 사건이 있는데 선배님이 도와주실 수 있을 것 같습니다."

그가 별 거 아니라는 듯한 어투로 말했다.

"금요일 오후면 때때로 프라터에 가서 회전 관람차를 탄다고 하셨죠?"

"거의 매 주 가지."

루스티크가 대답했다.

"그 관람차는 이 도시의 생활을 풍요롭게 해주고 있다네."

"매번 같은 사람들을 만나십니까?"

"그런 사람이 몇 있는데, 그건 왜 묻나?"

헤서 경감이 한숨을 쉬었다.

"살인이 있었어요. 희생자와 살인자가 다 프라터 관람차와 관계가 있는 것 같아요."

그는 책상 서랍에 손을 넣어 봉투 하나를 꺼내더니 내용물을 책상 위로 털어냈다. 찢어진 반쪽짜리 프라터 회전 관람차 탑승권이었다. 30이라는 숫자가 표면에 씌어 있었다.

"이걸 어디서 발견했나?"

그가 경감에게 물었다.

"희생자의 오른손에 쥐어져 있더군요. 천조각과 같이요."

그는 그 천조각도 꺼냈다. 삼각형으로 찢겨진 짙은 파란색의 낡은 천이었다. 경감은 그 천을 책상 가장자리에 대고 네모로 만들려고 애썼다. 쓸데없는 짓이었지만 어쨌든 경감은 꼼꼼한 사람이었다.

"다 말해주게나."

루스티크가 말했다.

"카렌 크리처라는 젊은 여자의 시체가 프라터 입구에서 두 블록쯤 떨어진 그녀의 아파트에서 어제 아침에 발견됐어요. 정확한 사망 시간을 알기는 어렵지만 화요일 저녁 때쯤 살해당했을 거라고 추측돼요. 주인 여자가 그때 이후론 그녀를 못 봤다고 하고 여자가 수요일에는 일하러 나오지 않았거든요. 흥미로운 건 그 여자가 프라터 회전 관람차의 탑승권 판매원이라는 겁니다. 맞아 죽었는데 흉기는 찾아내지 못했습니다."

"그 입장권은 그 여자 주머니에서 나왔는지도 모르겠네."

루스티크가 지적했다.

헤서 경감이 머리를 흔들었다.

"벌써 조사해 봤어요. 관람차에 승객을 태우는 남자가 승객들이 탈 때 탑승권을 반으로 찢는답니다. 물론 그 남자도 심문했지요. 그의 이름은 헬메트 스크롤레예요."

"헬메트는 알고 있어."

루스티크가 말했다.

경감이 고개를 끄덕였다.

"그 사람이 금요일마다 오는 은퇴한 경찰 조사관 얘기를 하더군요. 그 사람이 선배님일 거라고 생각했지요. 카렌 크리처는 아셨어요?"

"본 적은 있을 테지만 이름은 모르네."

"늘 오는 사람들 중에 아는 사람은요?"

루스티크는 비둘기에게 모이를 주는 여자와 점심을 함께 먹는 젊은 남녀에 대해 간단히 말했다.

"크라리크란 노인도 있지. 다른 사람들의 이름은 모르고 새 모이 주는 여자는 미나라고 한다네. 그 여자와 얘기를 해봤지."

"지금 거기 가실 겁니까?"

"그럴 것 같네. 날이 쌀쌀하지만 얼마 정도는 마차를 타니까."

"주머니가 찢겨진 사람이 없는지 잘 보세요."

"그러지."

"이 탑승권을 가져가세요. 도움이 될지도 모르니까요."

루스티크는 회전 관람차에 동승하는 친근한 승객들 중 하나가 살인 사건에 관련돼 있을지도 모른다고 생각할 수 없었다. 그날 오후에 프라터에 도착할 때까지 젊은 여자가 죽었다는 사실도 도무지 믿기지 않았다. 처음 보는 중년 여자가 회전 관람차의 탑승권을 팔고 있었다.

"여기서 일하는 젊은 아가씨는 어디 있소?"

그가 물었다.

"살해당했어요."

"어떻게요?"

"저는 아무것도 몰라요."

이렇게 말하고 여자는 입을 다물었다.

그는 미나가 비둘기들에게 씨앗을 던져주고 있는 것을 보고 그녀에게로 걸어갔다. 그녀는 미소를 지으며 그를 맞았다.

"날씨가 추워져도 역시나 나오셨군요."

"다른 사람들도 여전한데요."

첫번째 운행 때 타려고 기다리고 있는 사람들의 줄 쪽으로 가자는 몸짓을 하며 그가 말했다. 회전 관람차는 문을 연 지 몇 달이 지났어도 여전히 최고 인기였다.

"매표소에 새 여자가 와서 표를 팔고 있는 걸 아셨습니까?"

미나는 고개를 저었다.

"저는 그 사람들과 얘기하지 않아요. 그냥 탑승권만 사지요."

여기저기를 바라보던 그의 시선이 줄 앞부분에 서 있는 한 남자에게 쏠렸다. 중년에 대머리인데다 모자도 쓰지 않았다. 그를 전에 어디서 봤더라? 그때 프리츠 크라리크가 나타났다. 노인네 걸음걸이로 떨어뜨린 동전이라도 찾는 것처럼 고개를 숙인 채 걸어오고 있었다. 줄을 서서 기다리고 있던 대머리 남자가 다른 곳을 바라보았다.

"여기요, 크라리크 씨."

루스티크가 소리쳤다.

"당신 자리를 마련해 두었어요."

"고맙소, 선생!"

노인이 몸을 약간 떨었다.

"축축한 날씨 때문에 하마터면 오늘은 못 나올 뻔했다오."

헬메트 스크롤레가 나와서 탑승권을 받아 찢은 후 사람들을 관람차로 안내했다. 각 관람차에는 돌아가며 열네 개의 장이 있어서 도시와 강의 전경을 볼 수 있었다. 서른 개의 관람차에 승객이 완전히 차면 한 번에 대략 육백 명의 사람들이 타는 셈이었다. 오늘은 반도 차지 않았지만 루스티크와 다른 두 사람은 마지막 차인 30번 차를 기다렸다.

"이만한 건 다시 없을 거예요."

관람차가 조금씩 흔들리며 올라가기 시작할 때 미나가 말했다.

"파리의 에펠탑도 저 아래 조그맣게 보일 걸요."

사람들의 잘못을 고쳐주기 좋아하는 프리츠 크라리크가 재빨리 말했다.

"페리스가 4년 전에 시카고에 세운 첫 관람차는 한 번에 이천 명 넘게 태울 수 있었답니다. 또 런던과 블랙풀에 있는 것들도 이보다 더 높아요."

"그렇지만 거기서는 다뉴브 강이 안 보이잖아요."

미나가 반박했다.

루스티크는 금요일마다 그들과 함께 타곤 하던 그 젊은 남녀에게 무슨 일이 생겼을까 궁금했다. 오늘은 차에 그들 세 사람밖에 없었다. 그러나 흔들거리는 관람차가 꼭대기에 다가가자 그런 생각은 잊어버렸다. 밖을 내다보면 성 슈테판 대성당의 탑이 보였고 저 멀리 남동쪽으로 18세기 합스부르크 가의 왕궁인 쉰브룬 궁까지도 알아볼 수 있었다.

"여기서 보면 매일 다르게 보여요."

그가 감탄하며 말했다.

"눈과 안개가 특별한 아름다움을 더하게 될 겨울이 기다려지는군요."

"겨울에는 운행하지 않을지도 모르지요."

크라리크 씨가 말했다.

"승객들의 무게에 눈의 무게까지 더해지면 위험할 걸요."

미나는 루스티크를 바라보고 있었다.

"당신이 경찰이었다는 게 믿어지지 않아요. 당신은 섬세한 영혼의 소유자군요."

그는 미소를 지었다. 그녀의 말은 그를 흐뭇하면서도 당황스럽게 했다.

　관람차는 꼭대기에 이르렀다가 내려가기 시작했다. 관람차는 또 한 바퀴 돈 다음 승객들을 내려놓고 다음 순번 승객들을 태우게 될 것이다. 루스티크는 때때로 탑승권을 두어 장 사가지고 차에 계속 앉아 있기도 했는데, 지금 주머니에 손을 넣자 찢어진 탑승권만 나왔다. 두 장이었다. 헤서 경감이 죽은 카렌 크리처의 손에서 발견된 반쪽짜리 탑승권을 그에게 주었던 게 기억났다.

　루스티크는 그 탑승권을 다시 살폈다. 뭔가 새로운 게 눈에 띄었다. 30이라는 숫자 뒤에 아주 흐릿하게 '홀'이란 글자가 씌어 있었다. 비엔나에는 홀 거리가 있었다. 도시의 중심 지역을 둘러싸고 있는 순환 도로에서 몇 블록 떨어진 거리였다. 30은 그들이 타고 있는 관람차의 번호가 아니라 홀 거리의 주소였던 것이다. 미나와 크라리크 씨는 또 한 번 타기로 했지만 루스티크는 30번 차의 승객이 내릴 차례가 됐을 때 내려서 공원 출구를 향해 걸어갔다. 그는 대머리 남자도 공원을 나서는 것을 보았다.

그가 찾는 주소로 가려면 경찰청을 지나 서쪽으로 온 길을 되짚어 가야 했다. 그래서 루스티크는 올 때와는 반대로 걷다가 나중에 마차를 타고 벽돌 깔린 길을 달렸다. 새로운 세기가 다가오는 지금, 비엔나는 급속한 경제 발전의 시기를 맞으면서 성장과 번영을 거듭하고 있었다. 자가용 마차와 영업용 마차들이 순환도로의 넓은 길들을 메우고 있었고 가게마다 손님들이 북적거렸다. 구스타프 말러를 새로이 지휘자로 맞은 비엔나 가극장은 어느 때보다도 인기가 있었다. 이 도시 경찰의 한 사람으로서 루스티크도 그 모든 것의 일부였다. 그러나 지금 그는 국외자 같은 기분이었다. 특히 은퇴하고 리자가 죽은 후론 더했다.

홀 거리 30번지는 비슷비슷한 낡은 건물들이 서 있는 거리의 그저 그런 아파트의 주소였다. 루스티크는 조그맣고 어둑한 로비로 들어가서 거주자들의 이름을 훑어보았지만 친숙한 이름은 없었다. 그때 어떤 이름 옆에 무엇인가 물감이나 피처럼 붉은 점이 눈에 띄었다. 손가락으로 문질러보았으나 그것은 이미 말라 있었다.

막달렌 주터.

회전 관람차를 타던 젊은 남자가 자기 애인을 부르던 이름이 번개처럼 뇌리를 스쳤다.

"막달렌! 여기요, 막달렌!"

그는 삼층에 있는 아파트의 벨을 누르고 둥글게 휘어지는 계단을 오르기 시작했다. 그는 잠깐, 눈앞의 층계참에 그녀가 나타나기를 기대하며 올라갔다. 그녀는 나타나지 않았고 방문 앞에 도착한 그는 머뭇거리며 서 있었다. 그녀가 나온다면 그는 헛걸음을 한 셈이 된다. 그때 그는 문이 꼭 닫혀 있지 않은 것을 알게 됐다. 문은 살짝 열려 있었다. 문 저편에 있는 것을 보고 싶지 않다는 생각이 퍼뜩 스쳤다.

가장 먼저 그의 눈길을 끈 것은 거실의 작은 양탄자 한가운데에 놓인 피묻은 망치였다. 그것은 주의깊게 그곳에 놓여진 것처럼 보였다. 여자의 시체는 한쪽으로 떨어져서 벽난로 앞에 있었다. 벽난로 안에서 타기 시작했던 불이 통나무들에 완전히 옮겨붙기 전에 꺼진 탓으로 방은 상당히 추웠다. 그는 여자가 죽었는지 확인하려고 무릎을 굽혔다가 천천히 일어섰다. 그는 지금까지 시체를 숱하게 봐왔기 때문에 사후경직의 정도로 봐서 막달렌 주터가 아침 일찍 죽었고 죽은 지 여섯 시간이 넘었다는 것을 대충 짐작할 수 있었다.

아파트에는 전화가 설치돼 있지 않아서 전화로 도움을 청할 수가 없었다. 그는 문을 아까처럼 살짝 열어둔 채 거리로 나가려고 서둘러 계단을 내려갔다. 그러나 문에서 몇 계단도 못 내려가서 그는 아까 보았던 대머리 남자에게 제지당했다.

"잠깐 봅시다, 선생."

그가 말했다.

루스티크는 그를 제치고 내려가려고 했다.

"조금 전에 당신을 봤어. 나를 따라다녔던 기요?"

그는 루스티크의 질문을 무시한 채 자기 쪽에서 질문을 했다.

"이 건물에서 뭘 하고 계셨는지 물어봐도 되겠습니까?"

루스티크는 격분했다.

"나는 은퇴한 경찰관이오. 내 이름은 오스발트 루스티크고."

그가 너무나도 잘 알고 있는 배지가 잠깐 보였다 사라졌다.

"단지크 형사입니다. 프라터에서 일하는 여자의 살인사건을 조사하고 있어요. 당신은 그 여자가 탑승권을 팔던 회전 관람차에 자주 가시지요?"

"그렇소. 하지만 난 용의자가 아니오! 이리 와봐요. 이 건물에도 여자의 시체가 있으니. 나는 경관을 찾으러 가던 참이었소."

단지크란 이름의 남자는 심호흡을 했다.

"선생께서 안내하시지요."

루스티크는 재직하는 동안 여러 번, 라디에이터가 쉭쉭거리는 이 작은 방에서 온갖 범죄에 관해 사람들을 심문하면서 앉아 있곤 했었다. 때로 아주 다루기 어려운 용의자들, 특히 범죄 경력이 있는 자들은 지하실로 보내 심문하기도 했다. 그러나 그 자신은 한 번도 내려가지 않았고 거기서 벌어지는 심문에 관해서는 알고 싶어하지도 않았다.

이제 평생 처음으로 그는 책상의 반대편에 앉아 있었다. 헤서 경감이 그 작은 방에 들어왔을 때 그는 일어서서 손을 내밀었다. 헤서 경감은 그걸 본 척도 않고 곧장 본론을 꺼냈다.

"이렇게 해서 죄송합니다. 제게 말하고 싶은 것 있으세요?"

라디에이터가 쉭쉭거렸다.

"뭘 말인가?"

"그 막달렌 주터라는 여자의 살인 건에 대해서 말입니다. 먼저 번 카렌 크리처 살인 건에 대해서도 그렇고요."

"단지크라는 자네 부하한테 내가 아는 건 다 얘기했네. 첫번째 희생자의 손에 있었다는 그 찢어진 탑승권이 단서였어. 30이란 숫자는 주소였어. 거리 이름이 흐릿하게 쓰여 있었거든. 나는 그 주소로 갔다가 막달렌의 이름을 보게 됐어. 아래층 벨 위에 있는 이름 옆에 피 같은 것이 묻어 있더군. 벨을 눌렀는데 아무도 나오지 않길래 그냥 올라갔지. 아파트 문이 열려 있었고 그 여자의 시체가 안에 있었어."

"그 여자 아시지요?"

"프라터에서 알게 됐지. 서로 목례나 하는 식으로 간단히 인사를 건네는 정도였어. 그녀는 늘 자기 애인과 함께 있었거든. 이름도 그 여자의 애인이 부르는 걸 들어서 안 걸세."

"단지크 형사의 보고로는 선배님이 현장에서 도망치는 도중에 우연히 마주쳤다고 하던데요."

"난 경관을 찾고 있었다네. 그 아파트에는 전화가 없었거든. 그리고 단지크는 나와 마주친 게 아니야. 그 사람은 나를 따라다니고 있었어. 그 전에 프라터에서 그를 봤었어."

헤서 경감은 한숨을 쉬었다.

"그 사람은 제 명령에 따라 행동한 거예요. 우린 살해당한 여자와 관련 있는 사람은 모두 조사하고 있었지요. 그런데 이제 회전 관람차와 연관이 있는 두번째 희생자가 생겼고 선배님이 현장에 있었던 겁니다."

"내가 그 여자를 발견했을 때는 죽은 지 몇 시간 지났다는 걸 자네도 알 텐데."

"하지만 선배님이 범죄 현장에 다시 갔던 것일 수도 있지요."

"나는 이 두 건의 살인사건과 아무런 관련이 없어."

그는 짜증이 났다.

"막달렌이 금요일마다 프라터에서 만났던 젊은이는 어때? 그를 심문해 봤나?"

"그의 이름을 아는 사람이 아무도 없는 것 같던데요."

루스티크는 점점 더 화가 났다.

"그 여자 방을 뒤져서 편지를 찾아보게! 이웃 사람들에게도 물어보고! 제발 뭣 좀 해봐! 망치는 어떻든가? 첫번째 희생자에게 사용됐던 것과 같은 것인가?"

"확실하진 않아요. 다만 둘 다 두개골의 같은 부분에 상처가 있어요. 체포하지 않으면 또 살인을 할까봐 걱정입니다."

루스티크는 약간 미소를 지어 보였다.

"그 영국인처럼 말인가? 살인자 잭인가 하는?"

헤서 경감은 매우 심각했다.

"런던에서처럼 비엔나에서도 그런 일이 쉽게 일어날 수 있지요."

루스티크가 일어섰다.

"이런 대화를 계속해서 무슨 소용이 있는지 모르겠네. 날 체포해서 두 건의 살인사건을 내가 저질렀다고 뒤집어 씌울 생각이 아니라면 난 그만 가보겠네."

"가셔도 좋습니다. 이 살인사건들에 대해 뭔가 알게 되면 제게 직접 연락해 주시길 바랍니다. 선배님은 훌륭한 형사이셨잖아요."

루스티크는 그를 노려보았다.

"단지크가 아직도 나를 따라다니라는 명령을 받고 있나?"

"두번째 사건이 난 후 그에게 새로운 임무를 맡겼어요."

루스티크는 경찰청을 나오자 서둘러 프라터로 되돌아갔다. 오후 늦은 시간이었지만 늘 오는 사람들 중 몇 명이라도 회전 관람차 근처에 있기를 바랐다. 운이 좋았다. 처음에 눈에 띈 사람은 프리츠 크라리크였다. 그는 사람들 사이를 뚫고 그 노인에게로 갔다.

"또 타러 오셨구려."

크라리크 씨는 그를 보자 반가운 기색이 역력했다.

"사람을 찾아야 해요. 금발머리 아가씨와 점심을 먹곤 하던 젊은이 있지요? 못 보셨습니까?"

"봤어요! 방금 전에 봤는데 그 아가씨를 찾고 있었어요. 아마 관람차에 타고 있을 거요. 사람들 속에서 그 아가씨를 찾아내려고 애쓰고 있겠지요."

루스티크는 답답한 기분으로 거대한 회전 관람차를 올려다보았다. 그게 멈춰서서 모든 승객들이 내릴 때까지 25분은 기다려야 했다. 그때 갑자기 그가 찾던 젊은이가 보였다. 그는 관람차 위가 아니라 저쪽 나무들 사이 벤치에 앉아 있었다. 그는 서둘러 그에게로 가서 자기 소개를 했다.

"네, 알고 있습니다."

그 남자가 말했다. 서른도 안 돼 보이는 그는 검은 눈에 우울한 표정을 하고 있었다.

"금요일에 저희와 함께 관람차를 타곤 하셨지요? 제 이름은 레지 스완입니다. 영국인이에요. 제가 여기서 만나던 여자, 막달렌을 혹시 오늘 보셨습니까?"

"네."

루스티크가 정직하게 대답했다.

"당신한테 나쁜 소식을 전하게 돼서 유감이오."

그는 될 수 있는 대로 간략하게 막달렌의 운명을 전해주었다.

스완은 비통하게 울면서 두 손에 얼굴을 묻었다. 그는 한동안 그렇게 울기만 했다. 겨우 자신을 추스르자 그는 절망감에 머리를 흔들며 말했다.

"그 여자 남편이에요. 그 사람말고 도대체 누가 그런 짓을 했겠어요?"

"남편이 있소?"

"클라우스 주터라는 자입니다. 그 여자한테 잔인하게 굴어서 지난 여름에 그녀가 그를 떠났지요. 그때 이후로 그자 때문에 막달렌은 지옥 같은 생활을 했어요. 어디든 따라다니면서 그녀가 다른 남자와 있는 것을 보면 불같이 화를 냈지요. 그래서 저희는 그녀의 점심 시간에 여기서 몰래 만나곤 했던 겁니다."

"그녀가 어디서 일했나요?"

"공원 입구 근처에 있는 과자 가게예요."

루스티크는 잠시 생각하다가 물었다.

"당신이나 막달렌이 혹시 회전 관람차 탑승권을 팔던 젊은 여자와 아는 사이였소? 카렌 크리처라던데."

"살해당한 여자요? 얼굴만 알지요. 그 두 사람의 죽음이 서로 관련 있다고 생각하세요?"

"모르겠소."

그렇게 말은 했지만 막달렌의 주소가 카렌의 손에 쥐어 있던 탑승권에 씌어져 있었던 이상 어떤 관련이 있는 게 분명하다는 생각이 들었다.

"이젠 집에 가시구려. 여기서 기다려봤자 소용이 없으니."

그러나 레지 스완은 그렇게 혼자 앉은 채 움직이지 않았다. 루스티크는 그와 헤어진 후 곧장 과자 가게로 가서 봉봉 과자를 한 상자 샀다.

"저희 가게에서만 파는 거랍니다."

점원이 말했다.

"저도 그걸 좋아해요."

아직 십대의 아가씨로 큰 눈이 반짝거렸다. 줄무늬 블라우스에 폭 넓은 회색 치마를 입었는데 치마가 너무 길어서 바닥에 끌렸다. 그는 그 옷이 죽은 여자가 점심 시간의 밀회 때 입고 있던 것과 같은 색의 유니폼임을 알아보았다.

"알고 있소."

포장한 초콜렛 과자 상자를 받으면서 그가 미소를 띠고 말했다.

"최근에 먹어봤었지."

"단골이세요? 알아보지 못해서 죄송합니다. 오늘 여기 처음 나왔거든요."

"막달렌 대신 오셨소?"

그녀는 고개를 끄덕였다.

"그분 오늘 안 나오셨어요. 그분 아세요?"

"조금 알지."

다음 날 아침 신문에는 경찰이 클라우스 주터를 별거 중인 아내 막달렌의 살인과 관련해서 경찰청에 유치했다는 기사가 실렸다. 루스티크는 그 짧은 기사를 두 번 읽은 뒤 신문을 내려놓았다. 첫번째 살인에 대한 언급은 없었다.

다음 주 금요일, 주터는 이미 살인 혐의로 기소된 상태였다. 그날 경찰청에서 루스티크는 헤서 경감에게 그것에 대해 물었다. 경감은 어깨를 으쓱하더니 그저 '그 사람이 자백했어요'라고 말할 뿐이었다.

"두 건의 살인에 대해서 말인가?"

"별거 중인 아내를 망치로 쳤다는 것만요. 두 건의 살인은 서로 관련이 없는 게 분명해요."

"그러면 주터 건은 마무리된 건가?"

헤서 경감은 고개를 끄덕였다.

"종결됐지요."

그날 프라터에서는 영국인 레지 스완을 볼 수 없었다. 루스티크는 프리츠 크라리크와 미나와 함께 관람차를 탔다. 상쾌한 날이었으나 그는 죽은 두 여자에 대한 생각을 떨쳐버릴 수가 없었다.

겨울 동안 몇 번 그는 금요일마다 하는 회전 관람차 탑승 관례를 지킬 수가 없었다. 1월에 그가 독감 비슷한 병으로 두 주 동안 병석에 있었을 때는 그에게 무슨 일이 생겼는지 알아보러 미나가 그의 아파트에 찾아온 일도 있었다. 카렌 크리처의 죽음에 대해 얘기하는 사람은 이제 아무도 없었다. 막달렌 주터의 남편은 자백을 번복했는데도 아내를 죽인 죄로 감옥에 보내졌다. 그는 경찰이 그를 때려서 자백하게 했다고 주장했는데 루스티크는 그랬을 수도 있다는 것을 알고 있었다.

봄이 되자 사람들이 다시 프라터로 몰려들었다. 마리 킨들이라는 서커스 단의 일급 공연자가 회전 관람차의 승객 수를 늘리는 데 도움이 되도록 고용되었다. 그녀는 그 거대한 바퀴가 돌 때 관람차 중의 하나와 이어진 케이블에 치아의 힘만으로 매달리는 묘기를 선보일 예정이었다. 그 묘기는 더 많은 사람을 끌기 위해 일요일 오후에 하기로 정해졌고 루스티크도 가보기로 했다. 은퇴자로서의 그의 생활은 도시의 모든 지역에서 보이는, 공중에 솟은 그 거대한 바퀴와 떼려야 뗄 수 없게 얽혀 있었다. 금요일마다 규칙적으로 관람차를 타는 것은 여전했지만 이제는 종종 커피하우스로 미나를 초대해 커피와 과자를 대접하고 헤어지는 것이 금요일 일과의 마무리가 되었다.

이날은 일요일이어서 작년 여름 이후로 계속 옷장에 넣어두었던 짙은 파란색의 야회복을 입기로 했다. 그는 그 옷을 꺼내어 햇빛에 펼쳐 보았다. 옷의 주머니가 찢겨 있었다. 삼각형 모양의 천조각이 떨어져 나가고 없었다. 그는 그것을 뚫어져라 바라보면서 옷을 든 채 한참 동안 앉아 있었다.

그가 좀 끼는 더 낡은 야회복을 입고서 그곳에 도착했을 때 프라터는 사람들로 북새통을 이루고 있었다. 리자는 그에게 그 옷을 버리라고 했었지만 옷장 구석에 처박아 둔 채로라도 버리지 않고 있었던 게 얼마나 다행인지 몰랐다. 미나는 그들이 만나는 장소인 공원 입구에 서 있다가 그가 오는 것을 보자 감탄의 소리를 질렀다.

"새 옷 입으셨네요!"

"아니요, 아주 오래 된 옷이라오."

회전 관람차 쪽으로 가는 일요일의 군중 속에 묻혀 조그만 가게들이 줄지어 늘어선 사이를 그녀는 그의 팔을 잡고 걸었다.

"십 분쯤 전에 제가 누굴 봤는지 아세요? 스완이라는 그 영국인을 봤답니다. 막달렌이 죽은 후로 여기 처음 오는 거라고 하더군요."

루스티크는 고개를 끄덕였다.

"올 들어 처음 온 사람이 많을 거예요."

회전 관람차로 다가가다가 그들은 벤치에 앉아 졸고 있는 크라리크 씨를 보았다. 미나가 그의 어깨를 살짝 쳐서 그를 깨웠다.

"우리와 함께 가세요. 지금 안 가시면 공연을 놓치게 돼요. 공연이 끝나면 루스티크 씨와 관람차를 탈 거예요."

그는 그들을 올려다보며 미소지었다.

"서커스 공연을 보러 일요일인데도 여기 왔다오. 머지않아 여기에 천막 치고 집시처럼 살게 될 거요!"

"이만하면 좋은 장소지요."

미나가 말했다.

그들 세 사람은 계속 걸어서 거대한 바퀴 앞의 공터로 갔다. 마리 킨들의 공연은 지상에서 볼 때 가장 잘 볼 수 있었기 때문에 지금 관람차를 타고 있는 손님은 하나도 없었다. 마리는 서커스 의상을 입고 제 시간에 나타났다. 같이 등장한 프라터 공원의 고위인사가 화려한 팡파르 속에 그녀를 소개했다. 관람차 하나에서 그녀가 있는 곳으로 케이블이 내려왔다. 그것이 자신의 무게를 견딜 만한지 확인한 다음 그녀는 케이블 끝에 가죽 조각을 달았다. 그리고는 입을 크게 벌려 그 가죽을 이로 물더니 관람차 기사에게 관람차를 작동시키도록 신호를 보냈다.

"대단한 묘기죠?"

루스티크의 옆에서 누군가가 말했다. 헤서 경감이었다. 그는 사복을 입고 금장식을 한 지팡이를 들고 서 있었다.

"정말 대단해."

루스티크가 맞장구쳤다.

"자네가 관람차에 오는 줄은 정말 몰랐네."

"놓치기 아까운 행사잖습니까."

그들은 회전 관람차가 돌기 시작하면서 여자가 딸려 올라가는 것을 바라보았다. 그녀는 두 팔을 옆에 붙이고 얼굴은 하늘을 향하고 있었다. 관람차가 한 바퀴 도는 데 십 분이 걸린다는 것을 아는 루스티크는 그녀가 그렇게 오래 매달려 있을 수 있을지 궁금했다.

"이가 정말 강하지요?"

미나가 말했다.

"제 의치로는 꿈도 못 꿀 일이에요."

루스티크가 동의했다.

"십 분은 긴 시간이지요."

그는 헤서 경감의 다른쪽 옆으로 갔다. 군중의 소음 때문에 다른 사람들에게는 그의 말이 들리지 않을 것이다.

"때로 여자들은 그보다 훨씬 짧은 시간에 죽지. 그렇지 않나, 경감?"

헤서 경감이 미소 띤 얼굴을 그에게로 돌렸다.

"무슨 말씀이십니까?"

"카렌 크리처와 막달렌 주터 얘기일세. 자네는 주터의 남편이 자네가 저지른 죄 때문에 감옥에서 썩도록 내버려둘 참인가?"

회전 관람차가 돌고 관중들이 모두 숨을 죽이고 있을 때 루스티크와 헤서 경감은 그곳에서 멀어져 다뉴브 운하 쪽으로 걸어갔다. 헤서 경감은 멋쟁이답게 금장식의 지팡이를 허공에 흔들며 걸었고 루스티크는 예전의 상관에게 어떻게 해서 두 사건의 전말을 알게 되었는지 얘기하고 있었다.

"내게 죄를 씌우려고 한 건 실수였어. 왜 나였을까? 그건 내가 금요일마다 프라터에 간다는 걸 자네가 알고 있었기 때문이겠지. 나는 카렌 크리처에게서 탑승권을 사니까 그녀를 알고 있었지. 주의해서 본 적은 없지만 말일세. 자네가 나를 범인으로 몬다면 그 여자와 나 사이의 관계를 자네의 이른바 그 증거라는 것의 일부로 즉각 내세울 수 있었던 거지. 그런데 왜 그녀를 죽였나?"

헤서 경감은 고개를 저었다.

"선배님은 항상 빼어난 형사이셨죠. 선배님을 과소 평가하는 게 아니었는데…… 왜 죽였냐고요? 그냥 그렇게 됐어요. 죽이려고 했던 건 아니었어요. 그녀를 여기 프라터에서 만났어요. 회전 관람차 탑승권을 팔고 있더군요. 그날 밤 그녀의 아파트로 갔다가 그 여자랑 싸웠어요. 돈을 요구하더군요. 돈을 안 주면 내가 그녀를 겁탈하려 했다고 말하겠다는 거예요. 그렇게 되면 전 승진 기회를 놓치게 될 테고 어쩌면 직장을 잃을 수도 있지요. 전 그녀를 이 지팡이로 때렸어요. 그건 사고였어요."

"그 다음에 벌인 일들은 사고가 아니었어."

"그래요."

그가 인정했다.

"자네는 내 아파트에 몰래 들어와서 옷장을 뒤졌어. 내 옷의 주머니를 조금 찢어내서는 그걸 가지고 죽은 여자의 아파트로 돌아가서 그 여자 손에 단서가 되도록 남겨 놓았지. 또 회전 관람차 탑승권 반쪽도 남겨 두었어. 흐릿하게 주소를 흘려 써넣어서 말이야. 내가 그 주소를 꼭 보게 하려고 자넨 중요한 증거인 그 탑승권 조각을 내게 주기까지

했지. 은퇴한 형사에게 증거를 건네주다니 어떤 경감이 그런 짓을 하겠는가?"

"선배님을 그 주소로 가게 할 필요가 있었으니까요."

헤서 경감이 말했다. 그들은 운하에 도착해서 보도를 따라 걸었다.

"물론 그랬겠지. 막달렌의 시체가 거기서 날 기다리고 있었으니까. 내가 못 보고 그냥 지나치지 않도록 그녀 이름에 핏방울로 표시까지 해 두고 말일세. 자넨 금요일 아침 이른 시간에 그녀를 죽였어. 죽이는 데 쓴 망치도 옆에 놔두었어. 그게 카렌을 죽이는 데에도 쓰인 것처럼 보이게 하려고 말이야. 금으로 장식한 자네의 지팡이에 대한 생각을 아무도 하지 못하게 하고 싶었겠지. 그리고는 단지크에게 날 미행하게 해서 내가 시체 옆에 있는 걸 발견하도록 했어. 바로 거기서 자네가 실수를 저지른 거야. 자넨 그 여자의 시체를 벽난로 앞에 놓고 난로에 불을 피웠어. 불의 열기 때문에 사후 경직이 천천히 일어나서 죽은 지 얼마 안 되는 것처럼 보이게 하려고 말일세. 그런데 통나무에 불이 제대로 붙지 않은 채 금방 꺼져버린 거야. 내가 그 현장에 있는 게 목격됐지만 부검에서 그 여자가 죽은 지 여섯 시간도 더 됐다는 게 밝혀지면 그런 건 아무런 의미가 없어지지."

"저와 막달렌 주터를 연결짓게 만드는 건 하나도 없어요."

"맞아. 그 여자도 프라터에서 일한다는 것, 독자적인 상표의 봉봉 과자를 파는 과자 가게에서 일한다는 것말고는 없지. 나는 최근에 자네 사무실 책상에 놓인 상자에서 그 봉봉 과자를 하나 집어 먹어봤기 때문에 그 맛을 알지."

"그 여자 사건은 종결됐어요. 클라우스 주터가 죄를 자백했으니까요."

"지하실에서 그자를 때려서 자백을 얻어냈겠지. 내가 자네와 함께 일했던 사람 아닌가. 이제 그 남자는 풀려났으면 하네."

헤서 경감이 승리의 표정을 띠고서 그에게 몸을 돌렸다.

"저런, 못 들으셨어요? 클라우스 주터는 어젯밤 자기 감방에서 목을 맸답니다. 그를 풀려나게 하려고 하셨다면 너무 늦으셨네요."

그때 루스티크는 금으로 장식한 지팡이가 올라오는 것을 보았다. 그는 더이상 기다리지 않고 지팡이를 꽉 붙들고 헤서 경감을 세게 밀었다. 헤서 경감은 중심을 잃고 운하로 떨어졌다. 비명 소리나 물소리가 났었는지 모르지만 프라터에 모인 군중의 우레 같은 함성에 묻혀 들리지 않았다. 마리 킨들은 무사히 땅으로 내려왔다.

루스티크는 잠시 기다렸다가 지팡이를 운하에 던져 넣었다. 그리고는 돌아서서 미나를 만나러 급히 걸었다. 그녀를 회전 관람차에 태워 주기로 약속했던 것이다.

Edward Hoch

엘리스 피터스 추모 작품

집을 위해 역사추리물 한 편을 새로 써 달라는 요청을 받았을 때 처음에는 캐드펠 수사가 등장하는 잊지 못할 소설들과 같은 시대 잉글랜드를 배경으로 한 작품을 쓸 생각이었다. 나는 특히 캐드펠 연작의 시대 배경에서 150년 정도 지난 시기, 즉 13세기 후반을 생각해 보았고, 그러자 그럴듯한 줄거리가 즉시 떠올랐다. 그것은 나병환자 한 사람이 등장하는 줄거리였는데 나는 우선, 뜻하지 않게 베끼는 꼴이 되지 않도록 캐드펠 시리즈 제5권 『죽음의 혼례』의 결말을 다시 읽어보는 게 낫겠다고 생각했다. 그리고 똑같은 줄거리는 아니었지만 두 작품의 줄거리 사이에 상당한 유사점이 있음을 알게 되었다.

사실 내가 가지고 있는 엘리스 피터스의 소설 전부를 다시 봐도 그녀가 캐드펠을 주인공으로 한 이야기들의 역사적 배경과 시대를 완벽하게 재현했다는 게 분명해진다. 거기에 덧붙일 것을 생각해낼 수 없었으니 내 작품의 줄거리를 아주 다른 시대와 장소에서 찾아야 할 것 같았다. 나는 중세 잉글랜드에서 멀리 떨어진 1897년의 비엔나를 배경으로 정했다.

역사추리물은 존 딕슨 카와 줄리언 시몬즈처럼 서로 아주 다른 작가들에게 그랬던 것처럼 내게도 언제나 특별한 매력을 지닌 것이었다. (카와 시몬즈는 작품활동 후반에 시대소설로 방향을 바꾸었다.) 역사추리물이 갖는 매력의 일단은 과거 시대를 탐구하고 작가와 독자를 동시에 즐겁게 만드는 기묘하고 자잘한 사실들을 찾아내는 즐거움과 도전이라고 생각된다.

엘리스 피터스가 역사추리물을 발명하지는 않았다 해도 지금 현재 역사가 추리소설의 한 분야로 등장하는 데에는 캐드펠 수사 연작 소설과 그것을 각색한 TV 시리즈의 인기가 큰 역할을 했다. 미국과 영국에서 점점 많은 수의 공동 작품집과 개인 작품집이 역사추리에 바쳐지고 있으며, 〈엘러리 퀸의 미스터리 매거진 *Ellery Queen's Mystery Magazine*〉에 역사추리물이 한 편도 실리지 않은 경우는 단 한 번뿐이다.

역사와 추리가 그처럼 운 좋게 섞일 수 있는 한, 그에 대한 엘리스 피터스와 캐드펠 수사의 공헌은 기억될 것이 분명하다.

에드워드 호크

죽은 제자를 위한 찬송가

에드워드 마스턴

바위 위에는 그 사람 외에 열세 명이 더 있었다. 마태는 노래하는 사람의 바로 뒤에 있었다. 나는 세베대의 아들들인 야고보와 요한을 알아보았으나 치유자가 누군지는 알 수 없었다. 미소를 띠고 바라보고 있는 저 사람들 중 누가 우리 모두를 도시 바깥의 이 덥고 먼지 이는 곳으로 데려온 것일까? 나는 그 열세 명을 찬찬히 살펴보았다. 누가 그 나사렛 사람인지 미처 추측해보기도 전에, 찬송가가 한창 울려퍼지고 있는 와중에 비극이 닥쳤다.

***

사흘째 되는 날 어스름에 우리는 목적지에 도착했다. 내 경호원인 애머크는 평소 습관대로 여관의 마굿간에서 동물들과 함께 짚 위에서 잤으나 나는 좀더 위생적인 잠자리를 원했다. 내가 치유자에 대해 처음 들은 것은 다음 날 아침 그녀와 함께 식사를 하면서였다.

"다시 뵈니 정말 좋군요."

그녀가 낮고 부드러운 목소리로 말했다.

"당신은 완벽한 여자야."

나는 진정을 담아 말했다.

"당신의 황홀한 품안에서 자기 위해서라면 그 먼 거리도 열 번은 오가겠소."

나도 모르게 하품이 나왔다.

"어젯밤에 잠을 많이 못 자서 그렇소. 당신은 만족할 줄 모르니."

매혹적인 그녀의 미소.

"불평하시는 거예요?"

"그건 축하해야 할 일이오, 나오미."

"갈릴리에는 얼마나 계실 거예요?"

"여기 다시 올 수 있을 만큼은 오래 있을 거요."

내가 말했다.

"약속하시는 건가요?"

"우리 둘 다에게 약속하는 거요."

"약속 지키셔야 해요."

나오미는 갈릴리에서 내가 언제나 가장 먼저 들르는 기항지다. 그녀는 정말로 머물고 싶은 항구다. 쾌락에 헌신하는 그녀는 대부분의 여자들이 감히 생각도 못할 뿐더러 그토록 섬세하고 정확하게 하지도 못하는 일들을 내게 해준다. 그녀는 적대적인 세상으로부터의 피난처이다. 나 같은 사마리아인이 경멸당하는 유대인 도시에서 그녀는 사랑의 샘이다. 그녀의 사랑은 돈을 주고 사야 하지만 그래서 더더욱 믿을 수 있다. 장사꾼인 나는 돈에 비해 값진 것을 얻는 방법을 안다.

키 크고 날씬하며 관능적인 나오미는 세바스테에서 온 지친 여행자에게 단순한 잠자리 상대 이상의 존재이다. 그녀는 나의 첩자이기도 하다. 그녀는 갈릴리에서 일어나는 모든 일을 보고 듣는다. 내가 그녀에게 그렇게 후하게 돈을 주는 것은 그런 이유에서이다. 계속 지켜보라고 말이다. 장사꾼은 새로운 소식들을 신속하게 공급해줄 사람이 필요한 법이다.

"누굴 만나려고 오셨어요?"

그녀가 물었다.

"당신이지, 내 천사."

나른한 미소.

"그리고 또 누구요?"

"어부 세베대."

"그 사람 오늘은 시내에 없어요."

"호수에 나갔소?"

"아니요. 치유자를 보러 갈 거예요."

그녀가 설명했다.

"치유자?"

"나사렛에서 온 남자예요. 병자들을 고쳐줘요."

"그래요?"

호기심이 일었다.

"그래서 세베대가 그 사람을 만나고 싶어한다는 거요? 그 성미 급한 늙은 어부가 아픈가?"

"아녜요, 이도. 호기심에서 보러 가는 거예요. 그 사람 아들들인 야고보와 요한이 그물을 버리고 그 나사렛 사람을 따라다녀요. 베세이다의 형제들인 안드레와 베드로도 자신들이 그의 제자라고 선언했지요."

"제자라고? 떠돌이 마법사인데?"

"그 사람은 그런 정도의 사람이 아니에요, 이도. 그는 기적을 일으킨대요. 그 사람이 아니라면 그 어느 누구도 세베대의 아들들을 꾀어내지 못했을 거예요."

그녀가 입을 다물고 슬픈 표정이 되었다.

"제 최고의 손님 한 분을 훔쳐가지도 못했겠지요."

"그게 누구요?"

"리바이예요. 알피어스의 아들이죠."

"세금 징수인 말이요?"

"그래요."

그녀가 한숨을 쉬었다.

"하지만 이제 다시는 세금을 걷지 않을 거예요. 리바이는, 아니, 이젠 그를 마태라고 불러야죠. 그 치유자를 따라가겠다고 모든 걸 버렸어요."

"그가 당신보다 그 떠돌이 나사렛 사람을 더 좋아했다는 거요?"

나는 정말로 놀라서 말했다.

"왜?"

"얘기가 길어요."

"듣고 싶어 못 견디겠군."

그러나 나는 견뎠다. 바로 그때 나오미의 성스러운 (내가 가장 좋아하는) 왼쪽 젖가슴이 옷 속에서 살짝 빠져나와 아무리 긴 얘기라도 듣고 싶었던 기분을 빼앗아갔기 때문이었다. 올리브빛의 그 젖가슴은 비단 같은 광택을 지녔고 반짝이는 젖꼭지는 나의 강렬한 욕망의 눈길 아래서 꽃처럼 피어났다. 아침식사는 그 즉시 중단되고 우리는 식사 대신 서로를 게걸스럽게 집어삼켰다. 한 시간이 넘어서야 겨우 나는 그녀에게 물어볼 수 있었다.

"그 치유자란 어떤 사람이오?"

"위험한 자예요."

"그를 보고 싶군."

나는 결정을 내렸다. 그것은 큰 재앙과도 같은 실수였다.

길은 사람들로 북적댔다. 애머크와 나는 같은 방향으로 움직이고 있는 엄청난 군중에 섞여 있었다. 사람들은 대부분 걷고 있었다. 이 사람들 모두가 그 치유자를 찾아가는 길일까? 그는 어떻게 이렇게 많은 남자들을 일자리에서 꾀어내고 이 많은 여자들을 집안일에서 불러낼 수 있었을까? 그 나사렛 사람이 가진 매력의 비밀은 무엇일까?

우리는 어울리지 않는 한 쌍이었다. 키가 작고 땅딸막한 나는 여느 때처럼 쥬발을 타고 있었다. 쥬발은 내가 실리셔에서 내기에 이겨 얻은 커다란 종마였다. 나의 서기 겸 보호자인 애머크는 나와 대조적으로 몸집이 크고 털북숭이에 곰 같은 남자로 벼룩이 들끓는 당나귀에 비스듬히 올라앉아 흙먼지 속에 발뒤꿈치를 질질 끌며 가고 있었다.

우리는 말없이 다녔다. 그와 의미 있는 접촉을 시도하는 것은 아무 소용없는 짓이었다. 그는 몇 가지 말밖에 하지 않았다. 투덜거릴 때조차도 한두 마디가 고작이었다. 그러나 나는 그와 대화하는 기쁨을 즐기려고 그를 고용한 게 아니다. 그는 무엇보다도 나를 보호하려고 거기 있는 것이다. 사마리아인들이 미움을 받는 나라에서는 애머크를 옆에 둘 필요가 있었다. 익숙하게 듣는 욕설에다 주먹질까지 덧붙이려는 나의 적들의 기를 꺾기 위해서는 말이다. 그가 풍기는 악취가 우선 사람들을 가까이 오지 못하게 했다. 나오미의 향수 냄새가 아직 내 콧구멍에 남아 있는 게 고마웠다.

군중이 점점 더 불어나고 있을 때 나는 우리 앞에 걸어가고 있는 건장한 한 남자를 알아보았다. 나는 쥬발의 옆구리를 질러 그를 따라잡았다.

"안녕하시오, 리바이!"

내가 말했다.

"이도!"

그답지 않은 따뜻한 응대였다.

"여기서 뭘 하고 있는 거요?"

"치유자를 찾고 있어요."

"당신은 찾고 있을 뿐이지만 난 부름을 받았다오."

그가 자랑스럽게 말했다.

"그분은 나를 제자로 선택하셨소. 아, 그런데 그분이 내게 새 이름을 주셨다오. 난 이제 리바이가 아니라 마태요."

"나오미한테 들었어요."

"난 그 창녀를 떼어냈소."

"미쳤구려!"

"난 좀더 깨끗하게 살기로 결심했소."

"도대체 뭘 위해서요?"

"그건 그분을 따르기 위한 한 가지 조건이지."

"나 같으면 나오미의 제자가 되겠소."

리바이(이제부터는 그를 마태라고 부르겠다)는 오래 알고 지낸 사이였다. 몇 년간 서로 알고 지내던 우리는 우리에게 어떤 공통점이 있다는 걸 깨달았다. 바로 나오미였다. 그 일로 인해 나는 그가 심미안이 있는 남자라는 걸 알게 되었다. 어느 정도의 재산도. 나오미는 자신의 친절에 높은 가격을 매겼고 그건 정당한 일이다. 그녀는 가난뱅이들과는 사귀지 않는다.

중키에 떡 벌어진 체구의 마태는 옷을 잘 차려입었고 곧 부자가 될 사람의 분위기를 풍기고 있었다. 그는 가버나엄이라는 국경 지방 도시의 세금 징수인이었다. 누구에게나 살살거렸고 머리가 잘 돌아가는 남자였다. 세금 징수인이란 세월이 좋을 때에도 혐오스런 존재인데 그는 로마 관리들과 협력해 자기 동포에게서 돈을 빼앗아 상전의 금고에 갖다 넣는다는 이유로도 욕을 먹었다.

유대인들은 세금 징수인들을 살인자나 강도, 강간범, 그리고 사마리아인과 같은 더러운 족속들에게 품는 것과 똑같은 경멸감을 가지고 대했다. 마태와 나를 묶어주는 또다른 공통점이었다. 우리는 둘 다 경멸당하고 배척당했다. 그의 직업이 가버나엄을 들고나는 모든 물건들에 부과되는 관세를 징수하는 것이었으므로 일찍부터 우리가 우호적인 타협을 보았다고 나는 확신한다. 장사꾼은 누구에게 뇌물을 써야 하는지 알아야 하는 법이다.

쥬발은 진짜 같지 않은 제자 옆에서 어슬렁거리며 걷고 있었다.

"그 사람 따라가려고 정말로 모든 걸 포기했소?"

내가 물었다.

"그래요."

더할 나위 없이 확실한 어조로 그가 대답했다.

"나는 이전의 내 생활이 얼마나 죄 많은 것인지 알았소. 그래서 그걸 완전히 버렸소."

"나오미가 죄라고요?"

나는 경악했다. 믿어지지 않았다.

"그녀는 죄 많은 여자요."

"그게 그녀의 매력이잖소."

"내겐 아니오. 난 그녀에게 등을 돌렸소."

"그건 정말 엄청난 희생인데."

"난 기꺼이 하는 거요, 이도. 난 지금 새 스승을 섬기고 있어요. 순결한 빛이 그분에게서 비쳐나오고 있어요. 그분은 치유의 능력을 가지고 계세요. 장님을 보게 하시고 귀머거리를 듣게 하시오. 그분이 앉은뱅이에게 손을 올려놓으시면 그 불쌍한 사람은 다시 건강해져서 기뻐 날뛴다오. 내 주인은 마법의 손을 가지셨소."

"나오미도 그렇잖소."

"당신, 추접스러워졌구려, 이도."

"난 예전의 당신과 똑같아요."

"그래요."

그가 스스럼없이 인정했다.

"맞는 말이오. 탁자 뒤에 앉아 세금을 거둬들일 때에는 그 일의 단조로움을 벗어나기 위해 천박한 장난을 즐겼어요. 그러나 그때의 나는 죽었소. 나는 더 신앙심 깊은 사람으로 다시 태어났소."

"예전의 리바이를 좋아했었는데."

"우리 스승님을 만나보시오."

굽은 길을 돌아가자 저 앞에 그들이 보였다. 수백 명의 사람들이 바위가 우뚝 솟은 곳 주위에 원을 그리고 서서 바위 위에 모여 있는 몇 명의 남자들을 올려다보고 있었다. 마태는 그들과 합류하고자 걸음을 빨리 했다. 애머크와 나는 사람들 무리의 뒤쪽에서 말에서 내려 가까이에 있는 올리브 나무로 말을 끌고 갔다.

나는 칼이 허리띠에 있는지 확인했다. 공개적인 장소에서는 아무리 조심해도 지나치지 않는다. 애머크가 옆에 있어도 방어 수단을 지니고 있는 게 좋다. 내 칼은 날이 길게 휘었고 최고급 상아로 된 자루에는 장식이 되어 있었다. 구리로 된 칼집은 예술 작품이었다. 무기는 안도감을 준다.

치유자를 몹시 보고 싶었던 나는 그렇게 큰 무리에선 내 키가 심각한 장애가 된다는 걸 곧 알게 되었다. 애머크는 내가 낙담하는 것을 보고는 사람들을 밀치고 나가기 시작했다. 한 손을 칼에 올려놓은 채 나는 그의 뒤를 따라갔다. 그 정도로 큰 군중은 보통 소란스럽고 거칠게 마련인데 이들은 이상하게 조용했다. 으스스했다. 애머크가 그렇게 밀치고 지나가는데 욕을 하는 사람도 없었다. 모든 사람의 주의가 바위로 쏠려 있어서 우리를 인식조차 못하는 것이었다.

한 남자가 목소리를 높여 찬송가를 부르자 무리 전체에 고요가 내려앉았다. 낭랑한 목소리에 실린 가사가 평화의 비둘기처럼 바람을 타고 떠다녔다. 그 음악가는 현금을 연주하면서 가사에 아름다움과 권위를 부여하는 깊고 울림이 있는 목소리로 노래했다. 나처럼 의심 많은 사람의 귀에도 그 소리는 설득력이 있고 감동적이었다. 그 노래는 우리가 방향을 잡도록 도와주기도 했다. 그 찬송가를 따라가면 치유자에게 이를 것이다.

"주께선 온유한 자들을 높이시고
사악한 자들을 땅에 던지시니."

내 경험으로는 그렇지 않았으나 노래하는 그 목소리는 나로 하여금 그렇다고 거의 믿게 만들었다. 그 사람은 찬송가의 구절마다 그의 확신의 힘과 조화를 부여하면서 음악으로 우리를 속이고 있었다.

"주께 감사의 노래를 드리라.
하프에 맞추어 주를 찬양하라.
구름으로 하늘을 덮으시고
지상에 비를 내리시며
산마다 풀을 자라게 하시는 주를."

바위 위에는 그 사람 외에 열세 명이 더 있었다. 마태는 노래하는 사람의 바로 뒤에 있었다. 나는 세베대의 아들들인 야고보와 요한을 알아보았으나 치유자가 누군지는 알 수 없었다. 미소를 띠고 바라보고 있는 저 사람들 중 누가 우리 모두를 도시 바깥의 이 덥고 먼지 이는 곳으로 데려온 것일까? 나는 그 열세 명을 찬찬히 살펴보았다. 누가 그 나사렛 사람인지 미처 추측해보기도 전에, 찬송가가 한창 울려퍼지고 있는 와중에 비극이 닥쳤다.

"오 예루살렘아, 주를 찬양하라.
오 시온아, 그대의 신을 찬양하라!"

노래가 공중으로 높이 솟아오를 때 우리 뒤에서 갑작스런 움직임이 일었다. 우리는 밀려드는 파도처럼 노래하는 사람 쪽으로 밀렸다. 사람들의 파도에 깔린 그는 고통스런 비명을 지르며 현금을 떨어뜨리고는 땅바닥에 돌멩이처럼 떨어졌다. 힘이 다 소진되자 파도는 재빨리 물러나 희생자만 남겨놓았다. 똑바로 누운 그의 입은 그의 주를 찬양하는 중에 굳어버렸고 갈망과 비난이 섞인 눈초리로 천국을 응시하고 있었다. 이제부터는 천사들만이 그의 찬송가를 함께 할 것이다.

시체를 더 자세히 살피던 나는 충격이 경악으로 바뀌는 걸 느꼈다.

그의 가슴에서 그를 죽인 게 틀림없는 무기의 상아 손잡이가 삐져나와 있었다. 나는 그것을 너무나 빨리 알아보았다. 긴장된 고요가 뜻밖에도 애머크에 의해 깨어졌다.

"보세요, 주인님."

그가 그것을 가리키며 말했다.

"주인님 칼이네요."

군중에게 필요한 증거는 그것뿐이었다. 그들은 무섭게 덤벼들었고 나에게 가까이 오려고 서로 싸웠다. 결백하다는 내 주장은 소용돌이치는 흥분 속에 묻혀버렸다. 사람들에게 맞아서 의식을 잃기 전에 내 마음 속을 스쳐간 마지막 생각은 내가 살아남아서 그 칼을 다시 한 번 쥐게만 된다면 그걸로 애머크의 혀를 잘라버리겠다는 것이었다.

몇 마디 하지도 않는 인간이 겨우 내뱉은 그 몇 마디 말로 나를 범인으로 만드는 데 썼던 것이다.

맹렬한 기세로 내 얼굴에 끼얹어진 한 동이의 검고 찝찔한 물 덕분에 드디어 감각이 다시 돌아왔다. 내 얼굴은 멍들고 아픈 상처투성이였고 머리통 안에서는 날카로운 돌들이 연이어 쏟아져 내리고 있었다. 옷은 찢어지고 몸은 통증으로 욱신거렸으며 다리는 밀랍으로 만든 것처럼 흐느적거렸다. 제일 불안했던 것은 두 팔을 다 움직일 수 없는 것이었다.

두번째로 물이 끼얹어지면서 나는 정신을 차리게 되었고 한쪽 눈을 떠 주위를 살필 수 있게 되었다. 눈에 보이는 모든 것이 맘에 들지 않았다. 나는 두 팔이 묶인 채 어떤 방 안 의자에 앉혀져 있었고 두 명의 로마 군인들이 내가 쓰러지지 않도록 붙들고 있었다. 그들은 다른 손에 칼을 빼들고 있었다. 세번째 군인이 빈 나무 동이 두 개를 들고 내 앞에 서서 티베르 강처럼 넓게 입을 벌리고 웃고 있었다. 그는 심문을 하기 위해 나를 되살려놓는 일을 즐기고 있었던 것이다.

장교 하나가 위풍당당하게 방으로 들어서자 동이를 든 군인은 날쌔게 뒤로 물러났다. 나를 붙들고 있던 경비병들은 내가 앉아 있던 의자를 발로 툭 차내고 나를 벌떡 일으켜 세웠다. 새로 들어온 사람은 키가 작고 근육질에, 지휘자의 위치에 있는 사람의 우쭐대는 거만함이 몸에 밴 남자였다. 경비병은 시리아인으로 로마 군대에서 복무하도록 징발된 사람들이었지만 그들의 상관은 진짜 물건이었다. 로마에서 온 로마 군인, 정복군의 정예였다. 그런 이유로 그의 군더더기 없는 라틴어에는 오만함이 역력했다.

"이름이 뭔가?"

그가 물었다.

"이도입니다."

내가 우물거리며 말했다.

"말을 크게 하도록."

나를 붙들고 있던 군인들이 심하게 흔들어대는 바람에 내 성대가 풀렸다.

"이도입니다."

내가 큰소리로 다시 말했다.

"어디 살지?"

"세바스테요."

"직업은?"

"전 상인입니다."

"갈릴리에는 왜 왔지?"

"거래할 일이 있어서요."

"누구하고?"

"어부 세베대하고요."

"어젯밤엔 어디서 지냈나?"

"여인숙에서요."

"혼자였소?"

"함께 여행하는 동반자하고요. 애머크라고 합니다."

팔짱을 끼고 다리를 넓게 벌리고 서서 그는 짧게 고개를 끄덕였다.

"라틴어를 잘 하는군."

그가 내키지 않는 듯한 태도로 이렇게 말했다.

"그걸 나한테 거짓말하는 데 쓰면 안 되지."

"전 거짓말 안 했습니다."

"그럼 왜 창녀의 허벅지 사이에서 밤을 보내놓곤 내게 그 냄새나는 하인과 함께 여인숙에서 잤다고 했소?"

그가 차가운 미소를 보이며 말했다.

"진실인가, 거짓인가?"

"둘 답니다."

나는 이렇게 고백할 수밖에 없었다. 그가 그 정보를 어떻게 얻었을까 궁금했다.

"하도 맞아서 정신이 혼미해서 그렇습니다."

"기억을 되살리려면 물이 한 동이 더 필요할 것 같군. 이번에는 자네가 진실과 거짓의 차이를 알게 될 때까지 몇 분 동안 그 속에 머리를 처넣고 있게 될 걸."

그는 그 협박이 잠시 공중에 머물러 있도록 내버려두었다.

"자넨 운이 좋았어."

그가 이렇게 덧붙였다.

나는 어이가 없어서 눈썹을 치켜올렸다.

"이게 행운이라고요?"

"유대인 관헌에 끌려갔다면 자넨 한 시간 전에 죽었을 거야. 벌건 대낮에 사마리아인이 유대인을 찔러 죽여? 재판 같은 형식을 갖추지도 않고 자넬 죽여버렸을 걸. 그걸 피하다니 운이 좋았다는 거야. 자네 경호원의 용기가 아니었다면 자넨 군중들 손에 조각조각 찢겨졌을 걸세. 애머크가 자네 목숨을 구했어. 내 부하들이 아슬아슬하게 자네 둘을 구출했지만 진짜 자네 구세주는 애머크야."

"그 사람, 지금 어디 있습니까?"

"우리가 심문하는 걸 도와주고 있지."

"그가 말을 하고 있단 말씀입니까?"

내가 놀라서 물었다.

"끊임없이 하고 있지. 통역을 통해서 말이야."

"뭐라고 말했습니까?"

"그건 자네가 알 바 아니야."

그가 딱딱거렸다.

"내가 지금 확인하고 싶은 건 자네 얘기가 그의 말과 일치하는가 하는 거야. 벌써 한 가지 일치하지 않는 게 있었지 않나. 자네가 어디서, 누구와 밤을 보냈는가 하는 거 말이야. 더 이상은 그런 게 없길 바라네."

그는 내게로 한 발짝 다가왔다.

"자, 이도, 이 질문에 대답해 보게. 신중하게 대답해야 해. 그 사람을 왜 죽였지?"

"전 죽이지 않았어요!"

나는 펄쩍 뛰며 부인했다.

"자네 칼이 그의 가슴에 꽂혀 있었잖은가."

"맹세코 제가 한 짓이 아닙니다!"

"그럼 누가 했지?"

"제 허리띠에서 칼을 빼간 놈이 했지요."

"애머크가 했을 수도 있나?"

"물론 아닙니다. 애머크는 제 경호원인데요."

"그는 군중 가운데서 자네가 칼을 가지고 다닌다는 것을 알고 있던 유일한 사람이야. 그리고 그걸 빼낼 수 있을 만큼 가까이에 있었고."

"그건 자살 행위나 다름없습니다."

내가 주장했다.

"조금 전에 그렇게 말씀하셨잖습니까. 유대인들만 모여 있는 데서 사마리아인이 유대인을 죽이는 것 말입니다. 애머크가 아무리 힘이 세다 해도 군중을 한없이 막을 수는 없었을 것 아닙니까."

"맞는 얘기야. 그는 자네 대신 많이 맞았지."

"그는 이름도 모르는 어떤 음악가를 죽이려고 엿보는 것보다는 제 생명을 보호하는 데 더 관심이 있었습니다."

"조세퍼스야."

"누구요?"

"살해당한 사람 이름이야."

그가 설명했다.

"가나의 조세퍼스. 어느 모로 보나 훌륭한 가수지."

"목소리가 정말 아름답더군요."

"누가 그 목소리를 침묵하게 하려고 했을까?"

"전 아닙니다. 애머크도 아니구요. 저흰 아무 죄 없는 구경꾼이었을 뿐입니다."

"그건 두고 봐야지."

"전 그 사람을 죽일 아무런 이유가 없어요."

"지금까지 드러난 건 없지."

"그 사람을 생전 본 적도 없습니다."

"그 사실을 증명할 필요가 있어."

"세베대에게 물어보십시오. 그가 증명해줄 겁니다."

"나한테 이래라 저래라 하지 마."

그가 경고했다.

"그렇지 않으면 네 어리석음을 후회하게끔 호되게 채찍질해서 감방에 처넣으라고 할 테니까. 넌 내 죄수야. 그건 내가 너에게 허용하기로 한 것 말고는 네게 아무런 권리도 없다는 뜻이지. 솔직히 말하자면, 이도, 난 자네를 유대인들에게 도로 던져버리고 싶은 마음도 있어. 그들이 자네를 처리하도록 말이야. 나로선 시간과 수고가 절약되는 셈이지. 그리 되면 자네는 아마 받아 마땅한 벌을 받을 걸."

그는 위협적으로 손가락을 흔들었다.

"내가 하라는 대로 해. 그렇지 않으면 태어나지 말았으면 좋았을 걸하는 생각이 들도록 만들어 줄 테니까."

저항해야 했다. 내 머리는 나를 구해줄 수 있는 한 가지 사실을 기억해낼 만큼은 맑아져 있었다. 이 거만하기 이를 데 없는 인간의 손아귀에 있어서는 공정함을 기대할 수 없었다. 나의 유일한 희망은 더 높은 법정에 호소하는 것이었다. 몸부림을 쳐서 경비병들을 떼어낸 후 나는 허리를 꼿꼿이 펴고 서서 위엄 비슷한 걸 유지하려고 노력했다.

"케이어스 마시어스와 얘기하고 싶소."

내가 조용히 말했다. 그는 눈에 띄게 동요했다.

"다시 말해 봐."

그가 명령했다.

"케이어스 마시어스 말이오. 여기 요새의 지휘관이고 당신의 상관이죠. 내가 그의 부하 하나한테 얼마나 형편없는 대접을 받았는지 보여주고 싶소. 그분에게 내 이름을 보내시오. 알아볼 겁니다."

"자네가 케이어스 마시어스를 안다고?"

조심하는 기색이 역력했다.

"우리 지휘관하고 자네의 관계라는 게 정확히 어떤 거지?"

"그분과 종종 거래를 했었소."

"어떤 거래?"

"그건 남에게 말할 수 없소. 케이어스 마시어스께선 나를 전적으로 믿고 계시니 자세한 것을 입 밖에 낼 수 없소. 나는 그런 신뢰를 얻었으니 이제 나를 위해 말씀해주시도록 그분께 부탁하는 겁니다."

"그분은 살인자를 변호하지 않을 걸."

"죄 없는 사람을 죽게 하지도 않으실 겁니다."

나는 실제로 내가 느끼는 것보다 더 확신에 찬 어조로 말했는데 그게 먹혀든 것 같았다. 심문자는 내게서 물러서더니 생각에 잠겨서 매끈하게 면도한 턱을 손으로 문질렀다. 내가 그의 마음에 의심을 심어 놓은 것이다. 내가 오랜 세월 동안 케이어스 마시어스를 위해 해준 일들이 이제 열매를 맺을지도 모른다는 생각은 큰 위안이 되었다. 장사꾼이란 모름지기 정치적으로 지위가 높은 양반들의 비위를 맞춰야 하는 법이다. 로마의 행정부에서 지위가 높은 친구가 진짜 친구인 것이다.

심문자는 빙글 돌아서서 나를 똑바로 바라보았다.

"케이어스 마시어스는 지금 요새에 계시지 않네."

"그러면 계실 때 내가 다시 오겠소."

"그분은 카이사레아에서 내일 오신다."

"좋소. 그럼 나를 이 부당한 투옥에서 당장 풀어주시오. 당신네 지휘관과 이 문제 전반을 논의하러 내일 다시 이리 오겠다고 약속하겠소."

내 제안에 경멸과 비웃음이 따라왔다.

"데려다 가둬!"

그가 명령했다.

"혼자 넣을까요?"

경비병 중 하나가 물었다.

"아냐. 다른 놈들과 같이 넣어둬. 진짜 범죄자들과 하룻밤 감방에 같이 넣어두면 이 자가 범죄자인지 아닌지 알 수 있겠지."

군인들은 나를 번쩍 들어서 데리고 나갔다.

"케이어스 마시어스에게 다 얘기할 거요!"

내가 악을 썼다.

"내가 보고서에 쓸 거야."

"그분은 내가 정중한 대접을 받기를 기대하실 거요."

"그렇게 대접했어."

감옥은 한 줄로 길게 늘어선 낮고 어둡고 공기도 제대로 안 통하는 데다 바닥은 푹 꺼진 돌 감방으로 이루어져 있었다. 먼지가 풀썩이는 가운데 끌려간 나는 전보다 훨씬 더 비참한 지경에 이르렀다. 그나마 족쇄가 풀려 몸은 좀 편해졌다고 할 수 있었다. 내 손과 팔을 다시 내 마음대로 움직일 수 있게 되었다. 그러나 내가 손과 팔을 문질러 다시 감각을 돌아오게 하기도 전에 감방 문이 열리고 나는 거칠게 안으로 밀어넣어졌다.

내가 누군가의 머리 위에 내던져진 꼴로 가서 부딪히자 주먹이 날아왔다. 나는 안전을 위해 구석으로 굴러갔다. 문이 쾅 닫혔다, 다시는 열리지 않을 것처럼. 나는 자유의 달콤한 맛을 다시는 보지 못할 것만 같은 느낌이 들었다. 그보다 더 긴급한 문제들이 나를 조여왔다. 첫째는 악취였다. 감방에는 과거와 현재의 거주인들이 쌓아놓은 배설물 냄새에, 상한 음식의 썩은 냄새, 절망의 역한 냄새가 더해져 숨도 쉴 수 없었다. 나는 몇 분 동안이나 토했다. 그게 내 동료들을 즐겁게 했다. 그들의 킬킬거리는 웃음이 도둑맞은 꿀을 찾아다니는 성난 벌떼의 소리처럼 내 귀에서 웅웅거렸다.

동료 죄수들이 그 다음 문제였다. 거기에 몇 명이나 있는지 알아내는 데 꽤 시간이 걸렸다. 한쪽 돌벽 높은 곳에 가느다란 틈이 난 곳으로 손가락 굵기만큼의 빛이 들어와 어둠을 관통하고 있었다. 내 콧구멍이 마침내 냄새에 적응했을 때에야 나는 내 눈이 어둠에 익숙해지도록 할 수 있었다. 서서히 어슴푸레한 윤곽들이 시야에 들어오긴 했지만 어느것도 뚜렷한 모습을 보이지 않았다. 나는 유령들과 함께 투옥된 것이다.

유령은 둘이었다. 반대쪽 벽에 기대어 웅크리고 앉은 그들은 서로 쿡쿡 찌르고 속삭임을 주고 받을 만큼 가까이 붙어앉아 있었다. 나는 히브리어의 기묘한 억양을 알아챘다. 그들은 나에 대해 얘기하면서 나를 자세히 살피고 있었다. 그들은 누굴까? 어떤 끔찍한 죄를 지었기에 이렇게 더러운 감옥에 던져진 걸까? 살인? 납치? 강도질? 폭행? 강간? 몸이 떨렸다. 그들은 지옥의 자식들이며, 서로 들러붙어 한 덩어리가 된 지푸라기 속에서 찍찍거리고 있는 쥐들만큼이나 이 시커먼 수렁 속에서 편안함을 느끼는 어둠의 거주인들이었다.

그들은 이곳에 속한 사람들이지만 난 아니었다. 나는 그들의 영토에 침입한 것이고 그들은 그것을 불쾌하게 여겼다. 그들은 그 불쾌감을 어떤 식으로 표현할 것인가? 그게 나를 괴롭히는 문제였다.

"애머크! 도대체 어디 있는 건가?"

나는 속으로 부르짖었다. 그리고는 깜짝 놀라 똑바로 앉았다. 내가 이렇게 붙잡힌 데 직접적으로 책임이 있는 사람이 나의 충성스럽고 믿음직하고 누구의 꾐에도 넘어가지 않는 하인인 애머크라는 것이 기억났던 것이다. 세상 사람들에게 그 찬송가를 중단시킨 살인 무기가 내 것이라고 말한 사람이 그였다. 일주일치 할 말을 그 한 번의 불행한 연설에 다 써버리고 사마리아인인 내 몸뚱이를 굶주린 유대인 늑대들에게 던져준 게 바로 나의 가장 가까운 측근인 애머크였다. 그가 평소처럼 침묵을 지켰더라면 내가 지금 이 군대 감옥에서 목숨을 걱정하고 있지는 않을 것이다. 애머크는 자기 주인에게 반역한 것이다.

악은 그것만의 독특한 냄새를 가지고 있다. 그것은 내 동료들에게서 서서히 퍼져나와 감방을 가득 채우고 내 머리를 쿵쿵 울리게 만들었다. 위협이 똑똑히 느껴졌다. 그들은 때를 기다리고 있었다. 나에 대한 평가를 마친 그들은 언제 공격해야 최대의 효과를 얻을 수 있는지 알 것이다. 경계해야 했다. 나는 무슨 일이 있든 절대 잠들지 말아야 한다고 다짐했다.

그러나 흠씬 두들겨 맞아 몸이 지쳐있을 때 그런 다짐은 지키기 힘든 법이다. 축축한 벽에 기대어 똑바로 앉아 있는 것은 그 자체로 중노동이었다. 나는 점차 기운이 빠지는 것을 느낄 수 있었다. 내 몸을 공격으로부터 지키려고 밤새 깨어 있을 것 같은 희망은 전혀 없었다. 나의 전 존재는 세상으로 열린 자신의 문을 하나씩 닫고 있는 중인 것 같았다. 이 무감각한 몸이 바로 얼마 전에 나오미의 부드러운 애무에 그렇게 민감하게 반응했었다는 게 믿어지지 않았다.

나는 손가락 굵기 만한 빛이 광채를 잃고 잿빛이 되었다가 작별인사라도 하듯 흔들리더니 가느다란 돌 틈을 통해 사라질 때까지는 버티고 있었다. 내가 이전에 알던 어느 것보다도 더 깊은 어둠이 나를 감싸고 모든 저항을 다 쥐어짜버렸다. 나는 한순간에 잠 들어버렸다. 얼마 동안이나 자고 있었는지 모르겠다. 그러다 가장 몰상식한 방식으로 잠에서 끌어내어졌다.

배를 걷어차는 바람에 깨어난 나를 누군가가 힘센 팔로 끌고 일어나 벽에 붙여세웠다. 저 높이 돌 틈으로 빛이 들어오려고 더듬고 있는 것으로 보아 새벽인 게 분명했지만 시간을 정확하게 알아볼 기회가 주어지지 않았다. 나를 벽에다 납작하게 밀어붙인 악당은 나보다 더 크고 어깨도 넓고 더 무겁고 힘도 셌다. 게다가 무기도 가지고 있었다. 그는 내 수염을 거머쥐고는 칼날을 내 목에 들이댔다. 그의 입냄새로 미루어 나는 우리가 결코 가까운 친구가 되지 못하리라는 것을 알았다.

"이름이 뭐냐?"

그가 으르렁거렸다.

"이도입니다."

수상쩍다는 듯 그의 눈이 가늘어졌다.

"사마리아인이냐?"

그가 힐난했다. 나는 최대한 공손한 미소를 지어보였다.

"꼭 그런 건 아닙니다."

속속들이 정직하게 굴 때가 아니었다.

"사마리아인이라면 지금 당장 목을 그어버릴 테다. 우린 나름대로 기준이 있어. 우리가 범죄자이긴 해도 더럽고 냄새나는 사기꾼 같은 사마리아 놈하고 같이 갇혀 있을 수는 없단 말이다. 그건 우리에 대한 모욕이야. 알겠나?"

"잘 알고 말고요."

"그래, 뭣 때문에 들어왔지?"

"살인이요."

그 말에 그들은 잠시 나를 존경하는 눈빛으로 바라보았다. 서로 쿡쿡 찌르며 속삭이더니 칼이 슬쩍 비틀려지며 내 목에서 경고성 핏방울이 떨어졌다.

"우리와 함께 할 거냐, 아니냐?"

칼을 들이댄 자가 나직하게 으르댔다.

"함께 합니다."

내가 확언했다.

"끝까지요."

"우린 탈출할 생각이다."

"하지만 그건 불가능해요."

"네 도움을 받겠다는 게 아냐. 우린 계획이 있어."

"제가 어떻게 하면 되겠습니까?"

"살려달라고 소리를 질러."

"누구한테요?"

"경비병. 둘밖에 없어. 날이 밝자마자 교대해 나온 멍청한 시리아 놈들이지. 아직도 반은 졸고 있어. 우리가 널 때린다고 소리를 지르라고. 그러면 허둥지둥 달려올 테지. 문을 열면 우리가 해치울 준비를 하고 있을 테니까."

"죽일 겁니까?"

나는 침을 꿀꺽 삼켰다.

"우리를 방해하는 놈은 누구든 죽인다."

"저는 어쩝니까?"

"물론 너도 함께 탈출하는 거지."

그 말을 듣는 순간 나는 기괴한 거짓을 눈치챘다. 장사꾼들은 인물 연구자이다. 우리는 직관을 키워나간다. 이들 두 사람은 내가 살아서 이 감옥을 나가게 내버려둘 생각이 없었다. 그걸 아는 데 그들과 오랜 시간을 함께 보낼 필요는 없었다. 내가 맡은 일을 하고 나면 그들은 두 명의 시리아인 군인들을 죽이듯 아무렇지도 않게 나도 죽일 것이다. 내 머리가 맹렬히 돌아가기 시작했다.

"할 거냐?"

"뭐라고 말하지요?"

"그냥 살려달라고 소리쳐. 우리가 널 때린다고 하면서."

"안 하면 정말로 지독하게 때려주는 수밖에 없지."

그의 친구가 덧붙였다. 그들이 나보다 유리한 입장이었지만 내게도 저항할 수 있는 한 가지 비밀 수단이 있었다. 장사꾼은 여러가지 언어를 할 필요가 있다. 그들은 모르겠지만 나는 아람어를 아주 잘 했다. 문을 쾅쾅 치며 그들이 알아들을 수 있는 히브리어로 살려달라고 외치는 사이사이에 나는 시리아인 경비병들만 알아들을 수 있는 말로 위험을 알렸다.

"이건 계략이오!"

나는 소리를 질렀다.

"당신들을 감방으로 끌어들이려고 위험한 척하고 있는 거요. 이 사람들이 문 뒤에 있어요. 한 사람은 칼을 가지고 있어요. 조심해요!"

내 목소리는 하나로 길게 이어지는 고통의 외침이 되었다. 바깥 통로를 쿵쾅거리며 내려오는 발자국 소리가 들렸다. 문 뒤에 웅크린 두 악당은 아무 의심 없이 들어서는 경비병들을 덮치려고 기다렸으나 경비병들은 로마식 군사 훈련을 받은 사람들이었다. 문이 열리면서 그들은 방패를 앞세우고 들어섰다. 그들은 그 방패로 자신들을 완벽하게 보호하면서 두 죄수를 벽으로 힘껏 밀어붙였다. 다른 경비병들이 그들을 돕기 위해 달려왔다. 탈출은커녕 그 두 남자는 몇 분만에 진압되어 족쇄에 채워졌다.

나도 감방 밖으로 끌려나왔다. 나 자신의 안전을 위해서였다.

"우릴 배신했어!"

내 암살자가 될 뻔했던 남자가 소리쳤다.

"부끄럽지도 않나?"

내가 이죽거렸다.

"잘 배워두라구."

"뭘 말이야?"

"사마리아인을 절대로 믿지 말라."

그의 분노에 찬 외침이 세바스테만큼 멀리서 들려왔다.

나는 내가 석방된 것이 그 죄수들의 탈옥 기도를 분쇄하는 데 있어서 용감하게 행동했기 때문이었다고 생각하고 싶지만 다른 두 가지 요인이 더 큰 역할을 했다. 말없는 내 동행인인 애머크가 갑자기 말하는 능력을 발견해서 그것을 로마인들을 설득하는 데 사용했던 것이다. 나의 결백을 설득하지는 못했다 해도 적어도 내가 죄를 짓는다는 게 얼마나 있을 법하지 않은 일인가를 역설했던 것이다. 그러나 결정적인 것은 케이어스 마시어스의 귀환이었다. 우리는 오랫동안 거래해온 사이였다. 나는 그가 로마라는 문명화한 세계에서 멀리 떨어져 있을 때 그에게 기름진 음식과 독한 술, 그밖에 군인에게 필요한 여타의 자잘한 물건들을 공급해주었다. 더 중요한 것은 내가 그를 나오미에게 소개해주었다는 것이다. 그래서 그는 내게 몹시 고마워하고 있었다.

"가도 좋네, 이도."

그가 관대하게 말했다.

"애머크는요?"

"데리고 가게. 그는 죄가 있어 잡혀온 게 아니니까."

"감사합니다."

"곧장 사마리아로 가게. 기회가 있을 때 갈릴리를 떠나도록 하라고."

"하지만 전 죄도 없이 살인 혐의를 썼습니다."

"유대인들은 아직도 자네가 자네 칼로 조세퍼스를 찔렀다고 믿고 있어. 자네가 거리에 나타나보게. 자기들 마음대로 자네를 처리해버릴 걸세. 이 일이 다 잊혀질 때까지 장사는 다른 데서 하도록 하게."

"어떻게 사건을 해결하실 겁니까?"

"우리가 조사할 거야."

"전 거기 있었어요."

내가 논리적으로 따지며 설득했다.

"장군님이나 군인들은 거기 없었지 않습니까. 진실을 알 수 있을 만한 유일한 사람은 접니다. 전 저 자신을 위해서 살인자를 밝혀내야 합니다. 조세퍼스를 위해서도요. 전 지금까지 그렇게 잘 부르는 찬송가를 들은 적이 없습니다."

"갈릴리에 남아있는 건 위험을 불러들이는 짓이야."

"끄떡없습니다."

"지금 가게."

그가 재촉했다.

"갈 수 있을 때 가라고."

"진짜 암살자를 밝혀낸 다음에요."

케이어스 마시어스는 고개를 돌리고 생각에 잠겼다. 로마 귀족인 그는 옆얼굴이 멋있었다. 그 옆얼굴은 제국의 금화나 은화에 우아함을 부여해줄 만한 것이었으며 세월과 피로에도 그 또렷한 선을 잃지 않고 있었다. 다시 내게 얼굴을 돌린 그는 혀를 차며 못마땅한 듯 고개를 흔들었다.

"자넨 용감한 바보야, 이도."

"전 제 명예를 되찾고 싶습니다."

"다른 사람들이 자네 대신 그 일을 하도록 놔두게. 자네가 어떻게 그걸 알아내겠나? 어디서부터 찾기 시작해야 할 지도 모를 텐데."

"아니, 압니다."

"어디 말인가?"

"찬송가에서요."

나는 애머크에 대한 분노와 감사 사이에서 갈피를 잡을 수가 없었다. 군중의 분노를 내게 쏟아지게 했다고 그를 꾸짖어야 할지, 아니면 그들의 최악의 폭력으로부터 날 구해주었다고 감사해야 할지 알 수가 없었다. 결국 나는 짧게 꾸짖은 다음 등을 한 번 두드려주는 걸로 내 갈등을 마무리했다. 애머크는 다시 그 속 터지는 침묵 속으로 돌아갔다.

갈릴리에 남아 있으려면 변장부터 해야 했다. 애머크는 그것을 몹시 못마땅해 했다. 그의 옆에 있어본 사람이면 누구나 증언하듯이 애머크는 적어도 지난 십 년 간 옷을 갈아입은 적이 없었다. 나는 강제로 그에게 깨끗한 옷으로 갈아입게 했다. 내 화려한 의상은 (장사꾼은 눈에 띄어야 하기 때문이다) 내가 찾을 수 있는 한 가장 수수한 옷과 바꾸었다. 우리가 타고 다니던 짐승들은 우리를 체포했던 군인들이 요새로 끌고 갔는데 쥬발은 당분간 거기 두는 게 좋을 것 같았다. 흰 말은 당나귀나 낙타 투성이인 갈릴리의 길거리에서 유독 눈에 띌 것이기 때문이다. 내 평생 처음으로 나는 사람들이 나를 보지 않기를 바랐고 내 신분에 적절한 주의를 기울이게 되었다.

그렇게 해서 두 남자와 당나귀 한 마리가 살인사건을 해결하기 위해 요새를 나섰다.

"자네 일은 간단해."

내가 애머크에게 말했다.

"내 뒤를 살피라구. 자네는 그것만 하면 돼. 자네 주인을 지키는 것 말야. 알겠나? 그리고 다음에 또 내 칼이 누군가의 가슴에 꽂혀 있더라도 잠자코 있는 거야. 들었어? 아무 말도 말란 말이야!"

애머크는 아무 말도 하지 않았다. 내가 처음 들른 집에서 그는 밖에서 기다렸다. 애머크로서는 그렇게 죄 많은 문지방을 넘는다는 건 꿈도 꿀 수 없는 일이었다. 나오미는 당황스러워 하다가 드디어 검은색 두건 달린 옷 밑에 숨은 사람이 누군지 알아냈다. 안도감이 순수한 기쁨으로 바뀌면서 그녀는 내게 키스를 퍼부었다.

"아휴, 고마워라, 무사하시군요!"

"무슨 일이 있었는지 들었소?"

"갈릴리에 그걸 모르는 사람이 어딨어요."

"난 그 사람을 죽이지 않았어."

"전 한순간도 당신이 그랬다고는 생각하지 않았어요."

"누군가 나를 희생양으로 삼은 거야."

그녀의 어깨를 붙잡으며 내가 말했다.

"그자를 찾는 데 당신이 도와주었으면 해."

"어떻게요?"

"가나의 조세퍼스에 대해 아는 걸 전부 말해줘요."

"아주 조금밖에 안 돼요."

그녀가 미안해 했다.

"사람들 말에 의하면 조세퍼스는 법률가였고 명성이 자자한 학자였대요. 그런데 그 치유자가 설교하는 것을 듣더니 자기 고객들에 대한 관심을 완전히 잃고 신의 율법에 대해서만 얘기하더라는 거예요. 그는 제자 중 하나가 되는 게 꿈이었는데 열두 명이 이미 선택되었던 거죠. 조세퍼스는 거절당한 걸 견디기가 어려웠나봐요. 왜 그 사람처럼 올바른 사람은 거절당하고 알피어스의 아들인 리바이 같은 악당은 치유자의 동반자로 받아들여졌을까 하는 거죠."

"좋은 질문이군."

"그 일로 괴로웠나봐요."

"그래서 어떻게 했대요?"

"당신이 본 대로예요, 이도."

그녀가 말했다.

"스스로 선택된 사람 중 하나가 된 거죠. 치유자가 설교하러 가는 곳이면 언제 어디든 그도 가서 찬송가를 부르면서 군중들을 고무했던 거예요. 그건 치유자의 일행에 끼어들기 위한 그 나름의 방식이었어요."

"무슨 얘기인지 알 것 같소."
"조세퍼스는 훼방꾼이었어요."
"불운한 열세번째 제자였고."

사원을 방문한 다음 나는 마태를 찾아나섰다. 그를 찾아내는 데는 참으로 많은 시간이 걸렸다. 예전에는 길에 내놓은 탁자 뒤에 앉아 세금을 거두거나 상스러운 농담을 지껄이거나 순진한 시민들을 오랜 관록으로 터득한 기술로 속여먹거나 하는 그를 쉽게 찾을 수 있었다. 그를 찾는 일은 그의 집에서 시작해 갈릴리 전체를 헤매고 다니는 여정으로 이어졌다. 우리는 드디어 도시 외곽의 어느 집 앞에서 그를 발견했다. 우리가 누군지를 밝히자 그는 무척 놀랐다.
"감옥에서 고생하고 있는 줄 알았는데."
그가 말했다.
"오늘 아침까지는 그랬소. 아주 부당한 일이었죠."
"알아요, 친구. 가엾은 조세퍼스를 누가 죽였든 확실히 당신은 아니에요. 당시에 나는 그 얘기를 하려고 했지만 군중이 그걸 들을 분위기가 아니었소."
그가 나를 따뜻하게 감싸안았다.
"당신의 수고는 끝난 거요. 하나님께서 당신을 석방하는 게 옳다고 보신 거지."
"로마 군대의 도움을 약간 얻어서 말이죠."
내가 정정했다.
"내 수고에 대해서 말하자면 여전히 줄어들지 않고 있어요. 이렇게 변장하지 않았다면 지금쯤은 벌써 돌에 맞아 죽었을 거요. 당신네 민족이 보기에 나는 아직도 제일 중요한 용의자죠. 살인은 장사꾼에겐 치명적이오. 난 누명을 벗어야겠소."

"할 수 있는 한 돕겠소."

"그래서 이렇게 찾아온 거요."

나는 그의 뒤에 있는 훌륭한 저택을 흘끗 바라보았다.

"그런데 여기 이 멋진 집에서 뭘 하고 계시오? 당신은 부자 친구들과 방탕한 생활을 버렸다고 생각했는데?"

"버렸소, 물론이요. 내 스승님이 여기 불려오셨어요. 이 집 따님이 몹시 아픈데 죽을 것 같다는 거죠. 그분의 치유력만이 그녀를 구할 수 있어요."

"다른 제자들도 같이 있소?"

"몇 명만 있어요. 난 경계를 하느라 이렇게 밖에 있는 거죠."

"뭘 경계한단 말이죠?"

"적들이죠. 내 스승님은 어떤 지역에서는 인기가 없어요. 그분의 설교가 바리새인들을 불안하게 하니까요. 그분이 일으키는 기적은 많은 시기와 조롱을 받고 있는 형편이오. 어제 그 일 이후로 우리는 좀더 조심하는 게 좋겠다고 느끼고 있다오."

"누가 가나의 조세퍼스를 죽였지요?"

"나도 알았으면 좋겠소."

"전혀 몰라요? 당신은 누구보다도 그 사람 가까이 있었잖소. 칼이 그의 가슴에 가서 박히는 걸 못 봤소?"

"너무나 갑자기 일어난 일인데다 그런 소동이 일어난 와중이었으니까요."

"군중 맨 앞줄에 어떤 사람들이 있었소?"

"당신 말곤 아는 얼굴이 하나도 없었소."

"조세퍼스에게 특별히 적이라 할 만한 사람들이 있었나요?"

"몇 명 있었지요. 그는 법률가였으니까."

"그를 죽이겠다고 장담한 사람이 있었소?"

"모르지요. 그는 선택받은 사람이 아니었어요. 그냥 우리 스승님의 그림자에 숨어다니며 찬송가를 불러 그분을 도우려 했을 뿐이오."

그는 걱정스러운 얼굴을 내게 가까이 들이댔다.

"이건 아주 심각한 일이오. 당신을 믿고 하는 얘긴데, 우리는 조세퍼스가 살해당한 것에 충격을 받고 그의 죽음을 슬퍼하고 있지만 우리 중 몇은 더 깊은 두려움을 느끼고 있소. 운 나쁜 조세퍼스가 살인자의 진짜 목표였을까요? 당신 칼이, 물론 당신 허리띠에서 일부러 훔쳐낸 것이지만, 어쨌든 당신 칼이 다른 사람의 심장을 노렸던 것은 아닐까 하는 거예요."

"당신 심장일 수도 있다는 거죠?"

"아니면 우리 스승님이거나. 그들은 그분을 침묵시키고 싶어했어요."

"그들이요?"

"그분의 적들 말이오."

"그들의 이름을 아시오?"

"한 군단은 될 만큼 많은데 어찌 알겠소."

"당신 스승은 어디 서 있었소?"

"조세퍼스 바로 뒤요."

"그런데 왜 그가 찔리지 않았을까요?"

"모르지요."

그가 어깨를 으쓱 하며 말했다.

"내 생각엔 군중이 앞으로 쏠렸으니 칼을 찌를 때 조절하기 어려웠지 않았을까 싶소. 군중 뒤쪽에 공모자가 있었을 거요. 그래서 찌르는 걸 숨기기 위해 그자가 갑작스럽게 뒤에서 사람들을 밀었을 거라는 추측을 하고 있어요. 당신은 자신도 모르게 살인자에게 무기를 제공한 거고."

"조세퍼스 얘기를 더 해 봐요."
"왜요?"
"그가 죽은 시간에 어떤 의미가 있지 않을까요?"
"무슨 얘기요?"
"열세번째 제자가 찬송가 중 열세번째 시를 부르려던 바로 그 순간에 살해당했어요. 그 시가 뭔지 아시오?"
"즉석에서 외우지는 못해요."

"주께서 너희 대문의 빗장을 견고히 하시고
너희 가운데 아이들을 축복하셨으니."

"시편을 그렇게 잘 알다니, 놀랐소, 이도."
"죄인도 뭔가 노래할 게 필요하지요."
"하지만 당신은 사마리아인인데. 모세 5경만 외우는 줄 알았지요."
"모세 5경도 찬송가 한두 개쯤 넣어서 그 어조를 가볍게 했으면 좋겠소."
내가 불경스럽게 웃으면서 말했다.
"하지만 당신을 속일 생각은 없소. 조세퍼스가 부른 찬송가는 내게 특별한 의미가 있어요. 여기 오는 길에 사원에 들러서 거기에 무슨 중요한 단서가 있지 않을까 싶어 끝까지 다 찾아보고 왔지요."
"그런데 있습디까?"
"모르겠어요. 혼자서 몇 번 더 불러봐야겠어요. 조세퍼스를 위해서도 말이죠."
"조세퍼스?"
"죽은 제자를 위한 찬송가죠."
"우리 모두 그의 죽음을 슬퍼하고 있소."

"치유자는 뭐라 합니까?"

"내 스승님 말이오?"

"그는 그 순간에 그 잔인한 행위를 목격할 수 있는 완벽한 위치에 있었어요. 누가 치명적인 칼부림을 했는지, 칼날이 진짜로 겨냥했던 사람이 누구였는지 알지 않을까요?"

"그분은 당신 얘기만 했소."

"나요?"

"몹시 동정하셨어요."

"하지만 그는 나를 알지도 못하잖소."

"당신이 처한 상황을 아는 거지요."

마태가 부드럽게 말했다.

"알고 이해하는 거죠. 당신은 사마리아인이어서 갈릴리 같은 유대인 땅에서는 태어날 때부터 추방자이고, 태어났다는 것만으로 경멸을 당하는 사람이라 가장 흉악한 범죄에는 언제나 용의자가 되지 않소. 이도, 당신은 제물이오. 한 사람이 살해당했고 당신의 칼이 그의 가슴에 꽂혀 있었소. 사마리아인의 악행을 확실히 보여주는 증거지요."

"당신 스승이 좋아지기 시작하는구려."

내가 솔직하게 말했다.

"그렇다면 그분의 충고를 들으시오."

"뭐죠?"

"어제 두 건의 범죄가 저질러졌소. 두번째는 조세퍼스의 살인이었는데 그게 너무 끔찍한 짓이라 그보다 먼저 저질러진 범죄를 가려버렸어요."

"내 단검을 훔친 것 말이죠."

"당신이 그걸 가지고 다니는 걸 누가 알고 있었소?"

"애머크와 나뿐이오."

"확실해요?"

"무슨 말이오?"

"바로 이거요."

그는 위로하듯 내 어깨에 손을 얹으며 말했다.

"누군가가 의도적으로 당신에게 살인죄를 씌웠다는 겁니다. 당신을 몹시 증오해서 당신이 죽기를 바란 사람이 있었다는 거지요. 그 군중 속에 당신을 계속 따라간 사람, 당신이 칼을 지니고 있다는 것을 아는 사람이 있었다는 얘기지요."

"도대체 무슨 말을 하고 있는 겁니까?"

"진짜 목표가 누구였는지는 우리가 걱정하게 놔두시오. 당신이 오로지 생각해야 할 일은 당신 자신의 곤경이오."

"한마디로 간단히 말해보세요."

"당신 적들을 살피라는 거예요."

올바른 충고였다. 우리는 즉각 그에 따랐다. 문제는 숫자였다. 성공은 질투를 낳는 법이다. 나는 상인으로서 대단한 성공을 거두었다. 갈릴리에 너무 많은 적이 있어서 그들 모두를 한 바퀴 다 돌아보려면 한 달이 넘을 것이다. 나는 뭉툭한 손가락을 꼽으며 중요한 용의자들을 큰소리로 세어 보았다. 모두들 내가 죽는 걸 보면 좋아할 인간들이었다.

그 난국을 돌파할 계기를 제공한 건 애머크였다. 그는 말하는 건 거부했지만 일어서서는 소리없이 한 손을 뒤로 가져갔다가 재빨리 앞으로 가져오더니 손바닥을 펴는 동작을 해보였다. 나는 보이지 않는 주사위가 먼지 속에서 구르는 걸 보았다. 나는 승리의 함성을 질렀다.

"애머크!"

내가 소리쳤다.

"자넨 천재야."

희미한 미소가 그의 불가해한 얼굴을 밝혔다.

"네이선이야! 그가 이 일에 관련되어 있는 게 틀림없어. 왜 내가 갈릴리의 네이선을 생각하지 못했지?"

답은 간단했다. 치유자를 보러 가는 수고를 하리라고는 도저히 상상할 수 없는 사람이 바로 네이선이었던 것이다. 그는 살아 있는 사람 중에서 가장 파렴치하고 신앙심도 없는 인간 중 하나였다. 그는 다른 상인들에게 오명을 뒤집어씌우는 욕심 사나운 장사꾼이었다. 애머크가 내게 일깨워 준 것은 내가 허리띠에 칼을 품고 다니는 것을 네이선이 알고 있다는 사실이었다. 그는 그것을 결코 잊지 못할 것이다. 왜냐하면 그 칼은 내가 주사위 놀이에서 이겨 그에게서 빼앗은 것이었기 때문이다. 그걸 내놓으면서 그는 내게 욕을 퍼부었었다.

네이선이 조세퍼스의 살인에 관련되어 있을까? 우리는 그걸 알아내는 일에 착수했다. 우리는 그 도시의 가난하고 더러운 지역들을 뒤지며 그를 찾아다녔다. 그는 그런 곳에서 가난하고 무지한 사람들을 등쳐먹고 살았다. 예상했던 대로 그는 한 여인숙에 있었다. 술 한 주전자를 놓고 마르고 턱이 뾰족한 남자와 같이 마시고 있었다. 네이선은 말쑥하게 차리고 다니는 뚱뚱한 중년의 남자인데, 몹시 겁이 많아서 살인 무기를 휘두를 만한 인물이 못 됐다. 그러니 그는 그렇고 그런 공모자가 필요했을 것이다. 같이 있는 남자의 교활한 미소가 즉각적으로 내게 경계심을 일으켰다. 그 두 사람은 뭔가를 축하하고 있었고 이미 취해 있어서 엿듣는 사람들이 있다는 것을 의식하지 못했다.

나는 애머크를 여인숙 앞에 세워두고 혼자 들어갔다. 그들 쪽으로 얼굴을 돌리지 않도록 조심하면서 나는 옆 탁자에 앉아 음식과 마실 것을 주문했다. 시간이 지나면서 그들의 축하는 점점 시끄러워졌고 말은 점점 더 경솔해졌다. 나는 몸을 기울이고 그들이 비밀을 떠벌리는 것을 들었다.

"이도."

네이선이 킬킬거리면서 말했다.

"천치 같은 이도."

"사마리아의 개!"

다른 놈이 조소했다.

"그놈이 거기 있는 걸 봤을 때 그 행운이 믿어지지 않더라니까."

"그놈 칼은 마치 꿈처럼 잘 들더군."

"내 칼이네, 파누얼."

네이선이 주장했다.

"그건 내 칼이라고. 그 비열한 놈이 주사위 놀이를 해서 뺏어간 거야. 그놈이 그때 속임수를 쓴 게 틀림없어. 하지만 그 일을 한 건 내 칼이었지. 내가 사람들을 앞으로 쓰러지게 만들었고 말야. 나도 내 몫을 했어."

"아주 잘 했어. 군중이 앞으로 밀려왔을 때는 나도 거의 쓰러질 뻔했다니까."

그의 입이 벌쭉 벌어졌다.

"그래도 내 무기는 표적을 찾았지."

"우리 둘이 참 잘 해냈어."

"다음엔 그놈 차례야."

"조세퍼스를 죽인 대가는 아직 내게 안 줬네."

"여기 있어."

파누얼이 허리띠에서 돈주머니를 꺼내 혐오스러운 기색을 슬쩍 내비치며 네이선에게 건넸다.

"자네 수고비야. 내가 한 일은 진정한 확신에서 나온 일이지만 자네는 돈을 보고 했지."

"난 장사꾼이야."

"지독한 거래를 밀어붙이지."

"그건 이도란 놈이 생각해낸 거야."

이 정도면 충분했다. 음료수를 다 마시고 나는 밖으로 나와 애머크에게 내가 알아낸 것을 말해주었다. 그는 당장이라도 안으로 달려들어가 그 두 놈의 목덜미를 부여잡고 끌어낼 기세였으나 나는 지나친 행동은 하지 말라고 경고했다. 우리는 좀더 은밀한 장소에서 그들을 상대해야 했다.

우리를 대신해 그런 장소를 택한 것은 네이션이었다. 그와 파누얼이 술집에서 굴러나왔을 때 우리는 그들이 올리브숲으로 갈 때까지 얼마간 거리를 둔 채 쫓아가기만 하면 되었다. 술을 너무 많이 마신 탓에 그들은 급히 소변을 보려고 나무들 사이로 들어갔다. 그들은 움직이지 않는 목표물이었다.

나는 혼자서 천천히 그들 뒤로 다가갔다.

"잘 있었소, 네이션."

나는 농담을 건네듯 인사했다.

"나 기억하시오?"

"이도!"

깜짝 놀라 다리를 온통 적시며 그가 외쳤다.

"주사위 놀이 한 판 할 시간이 있으신가 몰라."

"지금쯤은 죽은 줄 알았는데."

"그러셨겠지. 당신하고 그 얘기를 좀 하고 싶은데."

파누얼이 재빨리 정신을 차렸다. 홱 몸을 돌리며 한 손을 소매 속에 넣어 긴 단검을 꺼냈다. 그의 눈에서 미친 불이 번뜩였다.

"기회가 있었을 때 널 죽여야 했는데!"

그가 말했다.

"관헌에 가서 그 말을 해보시지."

"파누얼이 했어요."

겁을 먹은 네이선이 징징거리며 말했다.

"난 살인자가 아니에요. 이 사람이 당신 칼을 훔쳤소."

"입 닥쳐!"

그의 공모자가 호통을 쳤다.

"그렇지. 아까 여인숙에서 들을 건 다 들었소. 당신도 이 악당처럼 죄가 있던 걸 뭘 그래. 당신 둘 다 교수형이오."

파누얼이 위협적으로 단검을 휘둘렀다.

"누가 그 따위 소리를 해?"

그가 대들었다.

"애머크가 그러던데."

내가 알려주었다.

"누구?"

"애머크라고. 소개하지."

그러나 내 경호원은 품위 있는 행동을 할 기분이 전혀 아니었다. 그의 소개 방식은 무자비하게 직접적이었다. 목 뒤에 한방 먹여 네이선을 쓰러뜨렸고 사타구니에 발길질을 해 파누얼을 고꾸라지게 했다. 파누얼이 숨도 못 쉬고 있는 사이 애머크는 노련한 솜씨로 그에게서 단검을 빼앗고 그를 자기 머리 위로 높이 들어올려 서너 번 돌린 다음 엄청난 힘으로 나무 줄기에 메다꽂았다.

가나의 조세퍼스를 죽인 살인범은 갑자기 쏟아진 올리브 열매 우박을 맞으며 땅바닥에 주저앉았다. 애머크는 몸을 굽혀 열매 하나를 집어들더니 입안에 던져넣었다. 받아 마땅한 보상이었다.

음모를 꾸민 두 악당을 잡아 넘김으로써 나는 살인 혐의를 벗었고 상인 이도로서의 본업을 다시 시작할 수 있게 되었다. 사건이 이렇게 풀리자 내 옛 친구이자 전직 세금 징수인인 마태가 가장 기뻐해주었다.

"잘 했소, 이도!"

마태가 말했다.

"당신과 애머크는 우리 모두에게 큰 도움을 준 거요. 네이선이 연루됐다는 것에는 놀랐지만 파누얼이 그런 건 놀랄 일도 아니지요."

"그 사람을 알아요?"

"워낙 유명하지요. 광신자요. 최근 몇 년간 최고 법원에 침투하려고 애써온 소수지만 열성적인 한 집단의 일원이지요. 그들은 우리 스승님을 심각한 위협으로 보고 있어요. 그분이 여러가지 기적을 일으키며 사람들을 끌어들여 파누얼과 그 분파의 영향력에서 벗어나게 하기 때문이죠."

"그렇다면 치유자가 그들의 다음 목표였겠소."

"우리도 그럴 거라고 걱정했었소."

"이 첫번째 살인은 그들의 솜씨를 한번 시험해본 것에 불과했어요."

"그들은 그 죄에 대한 충분한 대가를 치르게 될 거요."

"케이어스 마시어스는 그들만을 가둘 감방을 하나 마련해 놓고 있었어요."

"잔인한 범죄를 해결해줘서 고맙소."

"애머크가 한몫 했어요."

내가 그에게 상기시켰다.

"길고도 긴 내 적들의 명단에서 네이선의 이름을 뽑아준 게 바로 애머크였어요."

"당신은 친구가 많구려. 그러나 여기서 그들과 오래 머물고 싶지는 않겠지요? 갈릴리가 당신을 푸대접했으니 말이오. 가능한 한 빨리 떠나고 싶겠구려."

"난 장례식 때까지 있을 겁니다."

"장례식이라니?"

"나는 가나의 조세퍼스에게 인사를 하고 싶어요. 어쨌거나 그와 나는 불행한 유대를 가지고 있으니까."

마태가 유감스러운 듯 깊은 한숨을 쉬었다.

"그와 당신은 잘못된 시간에 잘못된 장소에 있었던 셈이오."

나는 소리 높여 노래하던 그 아름다운 목소리를 떠올렸다.

"그래요."

내가 말했다.

"잘못된 장소에, 잘못된 시간에, 잘못된 찬송가였죠."

Edward Marston

　　　　　　　　　　내가 캐드펠 수사를 처음
알게 된 것은 유스턴 역에서였다. 열차가 연착하는 탓에 책 판매대로 달려갔었다. 『성녀의 유골』은 짜증이 나 있던 여행객을 기분 좋은 독자로 바꾸어 놓았다. 나는 캐드펠 수사에게서 진정한 친구이자 12세기에 대한 믿음직한 안내자의 모습을 발견했다. 웨일스에서 태어나 자란 나는 일탈을 일삼고 지략이 풍부한 웨일스인 주인공을 발견한 게 반가웠다.

　　엘리스 피터스의 업적은 엄청나다. 움베르토 에코가 『장미의 이름』으로 무대에 등장하기 훨씬 전에 그녀는 중세 시대의 극적인 잠재력을 탐구했고 자신의 소설들로 대량 소비시장의 독자들을 열광시켰다. 그녀는 중세 잉글랜드를 낭만적 모험담의 배경이나 흥겨운 풍자극의 대상으로서의 위치에서 구해내는 데 도움을 주었다. 이디스 파제터로서 쓰건 엘리스 피터스로서 쓰건 간에 그녀는 그녀가 그렇게도 잘 알고 그러면서도 재미있게 다루는 역사상의 여러 시대들을 독자들이 즐기고 존중하게끔 만들었다.

　　사람들로 하여금 중세의 세계를 진지하게 받아들이게 만드는 데 그녀가 성공한 것이 중세 잉글랜드의 토지 대장에 관한 연작 소설들을 쓰게끔 내게 용기를 주었다. 캐드펠 수사가 시루즈베리 수도원 주변을 조용히 돌아다니던 때보다 반 세기 전의 시대를 배경으로 한 내 연작 소설들은 나중에 나온 연작들과 함께 베네딕트 수도회의 일과 신앙에 대한 열렬한 관심을 엘리스 피터스와 공유한다. 쓰는 사람 스스로 기독교 신앙의 기쁨과 좌절을 경험하지 못했다면 신앙의 시대에 대해 설득력 있게 쓰는 일은 매우 어렵다.

다른 것에 있어서와 마찬가지로 이 점에 있어서도 엘리스 피터스는 영감을 주는 존재였다. 그녀의 작품은 실제적이고 설득력이 있으며 깊은 동정심으로 가득 찬 기독교적 가치에 기반을 두고 있다.

나는 엘리스 피터스를 여러 번 만나는 행운을 누렸다. 마지막으로 만난 것은 그녀가 죽기 얼마 전이었는데 그때 나는 미국 국내 추리소설 총회에서 방송될 라디오 방송을 위해 그녀와 한 시간짜리 인터뷰를 녹음했다. 그 총회의 주빈이 참석은 못할지라도 그 목소리는 들을 수 있게 하기 위해서였다. 그녀는 멋진 이야기꾼이었다. 중세 잉글랜드 전체를 속속들이 알고 있었으며 베르나르 오브 클레어보, 오웨인 글린드워와 존 왕 같은 다양한 인물들에 대해 그들이 종종 차를 함께 마시는 개인적인 친구라도 되는 것처럼 얘기했다.

작별인사를 하면서 나는 캐드펠의 마지막 여행이 되는, 캐드펠 시리즈 제20권 『캐드펠 수사의 참회』에서 포위 공격에 대한 묘사가 훌륭하다며 칭찬했다. 그녀는 미소를 지으며 말했다.

"아, 예. 그걸 쓸 때 정말 재미있었어요!"

그녀의 독자들도 그랬다. 그녀는 그들에게 한없는 재미를 선사했다. 역사추리물은 낡은 것이 되지 않는다. 엘리스 피터스의 작품은 앞으로도 처음 쓰였을 때처럼 새롭게 남아 있을 것이다.

그녀는 사랑스런 여성이었고 헌신적인 역사 연구자였으며 진정한 전문가였다. 그녀는 자신이 다루는 모든 시대를 우리가 쉽게 이해하게 해주었다. 그리고 그녀를 만나는 행운을 가졌던 사람들은 캐드펠이 누구에게서 그렇게 장난꾸러기처럼 반짝이는 눈을 물려받았는지 금방 알 수 있었다.

에드워드 마스턴

담배에 대한 상반된 입장

폴 도허티

"어머니, 아버지는 독살당하신 게 분명합니다."
찰스는 자기 주장을 굽히지 않았다.
"하지만 그건 말도 안 되는 얘기야."
서머셋 박사가 큰소리로 말했다.
"자네 부친의 시신을 조사해 보진 못했네만, 그래도……."
"제가 아버지의 시신을 살펴봤다니까요! 저는 독살당하신 거라고 확신합니다."
"너희 아버지께서 피우시던 그 고약한 담배에 독살당하신 거란 말이니!"

***

조지 캐리 경은 자신이 죽어가고 있음을 알았다. 그는 의자에 깊숙이 등을 기대고 앉아 배와 가슴을 사그리 불 태우는 끔찍한 고통을 부여잡고 있었다. 독약이 틀림없다! 그는 일어설 수도, 움직일 수도 없었다. 조지 경은 움직이려 애썼으나, 움직일 수 없다는 사실만을 확인할 뿐이었다. 그러나 무슨 이유에선지 몰라도 그의 마음은 계속해서 안개가 자욱한 버지니아의 깊은 숲 속 빈터를 거닐고 있었다. 위협적이지만 소리 없는 검정과 초록의 형체들이 나무들 사이에서 움직이고 있었다. '파이어 드레이크' 호가 돛을 모두 감아올리고서 부풀어오르는 대서양의 큰 잿빛 파도 속에서 역풍과 싸우며 나아가는 또다른 영상이 눈앞에 나타났다. 바다는 낮게 내려앉은 어두운 하늘을 향해 온통 몸을 내던지듯 거칠게 솟아오르고 있었다.

고통이 너무도 심해서 조지 경은 숨쉬기조차 힘들었다. 맹렬하게 타는 난롯불에도 불구하고 얼음처럼 차가운 땀이 그의 얼굴을 적셨다. 종을 잡으려고 손을 뻗었으나 종은 안개 자욱한 숲 속의 그 빈터만큼이나 먼 곳에 있었다. 그는 진한 향의 담배가 가득 들어 있는 흰색 도제(陶製) 파이프를 손으로 쓸어보았다. 파이프에 막 불을 붙이려는 순간에 고통이 시작됐다. 도대체 무슨 독일까? 그는 몇 시간 전에 저녁을 먹었다. 그는 혼자 쓰는 이 방에서는 술이나 음식을 전혀 먹지 않았다. 그는 굳게 잠기고 빗장까지 지른 방문을 흐린 눈으로 바라보다가 유리를 납으로 고정시키고 창살을 단 창문으로 시선을 돌렸다. 창문이

사라진 것 같았다. 버지니아 숲 속의 나무들이 보이고 독한 냄새를 풍기며 썩어가는 식물들의 냄새를 맡을 수 있었다. 머리에 독수리 깃털을 꽂은 구리빛 피부의 모호크 인디언들이 활에 화살을 메기고 반쯤 웅크린 채로 그를 향해 달려왔다. 몇몇은 전투용 도끼를 들고 있었다. 조지 경의 의식이 흐려졌다. 요새 안으로 들어가야 한다. 거기는 안전할 것이다. 아니면 벌써 도끼에 맞은 것일까? 참으로 끔찍한 고통이었다! 창문이 빙빙 돌기 시작했다. 왕의 배인 파이어 드레이크호의 선장 조지 캐리 경은 책상 앞에 앉은 채 그대로 숨을 거두었다.

"누구신지요?"
하인은 이 낯선 방문객이 들어서는 것을 막을 태세를 취하고 현관에 서 있었다. 주인이 자기 방에서 죽었기 때문에 독살당한 거라는 수군거림이 있는 판이었고, 그것만으로도 정신이 없었다. 레이디 캐리는 슬픔에 잠겨 있었고 집안은 부엌과 식품 저장실에 모인 하인들과 하녀들의 애도와 탄식으로 가득 차 있었다. 조지 캐리 경의 집사인 카나벨 자신은 장례 준비를 아직 끝내지 못한 상태였다. 그림과 가구를 덮을 검정색 한랭사 천이 쌓여 있었다. 집안 식구들은 상복을 입어야 했다. 조지 경은 규율과 의례를 철저히 지키는 사람이었으니 그렇게 해야 한다고 고집했을 것이다. 온통 혼란스런 판국에 설상가상으로 한밤중에 낯선 손님이 문을 두드렸다. 카나벨은 눈을 가늘게 떴다. 방문객은 키가 컸고 궁정 사람의 차림이 아니었다. 그의 외투는 회색 모직으로 된 것이었고 그 밑에 입은 웃옷에는 은단추가 드러나 보였다. 흰색 린넨 셔츠의 깃은 열려 있었고 짙푸른 색의 커지 천으로 된 달라붙는 바지를 반짝이는 스페인제 굽 높은 승마 부츠 속으로 밀어넣은 차림새였다. 방문객은 당황한 기색은 전혀 보이지 않았다. 그의 한 손은 줄곧 칼자루 위에 놓여 있었고 다른 손에는 진홍색 리본으로 묶은 크림색 두루마리를 쥐고 있었다.

"들어가도 되겠느냐고 물었소."

풍상에 거칠어진 방문객의 얼굴에는 어떤 감정도 드러나지 않았으나 카나벨은 그의 짙은 파란색 눈에 언뜻 짜증스런 기색이 스치는 걸 보았다. 카나벨은 방문객을 맞으면 그들이 어떤 사람인지 판단내리기를 좋아했다. 이 사람은 군인이지만 권위가 있는 군인이로구먼. 궁정에서 나온 걸까? 그러나 그는 검은 머리에, 가발도 쓰지 않았고 파우더도 뿌리지 않았다. 게다가 빗질도 안한 머리를 어깨까지 늘어뜨리고 있었다. 제임스 왕의 눈에 띄려고 애쓰는 궁정의 멋쟁이들과는 달리 눈이나 입술에 화장도 하지 않았다.

"나는 로버트 나이팅게일이오."

방문객이 신분을 밝혔다.

"폐하의 추밀원에서 보내서 왔소. 자, 나는 밤새 여기 서있을 수도 있소."

그는 두루마리를 흔들었다.

"이건 폐하의 명령서요."

카나벨은 허겁지겁 뒤로 물러나 머리 숙여 절을 했다.

"죄송합니다, 나리."

그는 말을 더듬거렸다.

"제가 제정신이 아닙니다. 조지 경께서 돌아가셨거든요!"

카나벨은 자기 머리를 차버리고 싶은 심정이었다. 그는 나이팅게일에 대해서 들은 적이 있었다. 왕의 심복으로 어디서 문제가 생기든 귀신같이 알아낸다. 조지 경이 전에 그렇게 말했었다. 나이팅게일은 벌써 외투를 벗고 있는 중이었다. 카나벨은 외투를 받아서 현관문 바로 안쪽에 있는 고리에 걸었다. 나이팅게일은 약간 으스대면서 걸어 들어갔다. 자신의 권력과 권위를 확신하는 사람의 태도였다.

"제가 안내하겠습니다요, 나리."

카나벨은 그의 옆을 스쳐 지나서 나무 판자로 벽을 댄 복도를 따라 이 집의 주인과 그의 방문객들만이 사용하는 작지만 안락한 응접실로 그를 안내했다. 이 방은 벽의 아래쪽에만 판자를 댔고 위쪽은 분홍색 벽토를 발랐다. 벽은 물로 닦아내 깨끗했다. 초상화와 배를 그린 그림 몇 점과 원주민이 그려진 드로잉 하나가 벽에 걸려 있었다. 커다란 벽난로 안에서는 불이 활활 타오르고 있었다. 벽난로 선반에는 멋진 장식을 단 도끼, 기이한 모양의 단지들, 나무로 매끈하게 깎은 인물상, 커다란 흰색 엄니 등 조지 경이 아메리카에서 가져온 진기한 물건들이 놓여 있었다. 그 엄니를 보고 용의 것이라고 말한 사람들도 있었다. 그 얘기를 듣고 조지 경은 크게 웃으며 그건 일각 고래의 엄니라고 카나벨에게 말해주었다. 카나벨은 나이팅게일에게 앉으라고 권하려 했지만 왕의 사자는 벌써 누비방석을 깐 의자를 불 쪽으로 돌려놓고 앉아 있었다. 더군다나 그는 예의도 없이 손잡이 부분을 구리로 만든 부지깽이를 집어들고 통나무 하나를 안으로 밀어넣고 있었다. 나무는 곧 불이 붙어 불꽃을 일으키며 타올랐다.

"아, 그렇지."

나이팅게일이 중얼거리듯 말했다.

"포도주말고 우유술로 한 컵만 가져오시오. 바깥은 얼어붙을 정도로 춥소. 올 겨울에는 템즈 강이 얼어붙을 거라고들 하더군. 캐리 부인께 내가 왔다고 말씀드려 주시오."

카나벨은 서둘러 나왔다. 그는 울고 있는 하녀에게 우유술을 한 컵 데우도록 일렀다. 술에 향료를 많이 넣어 뜨겁게 데우고 컵을 벨벳 천으로 싸서 손님께 갖다 드리는 걸 잊지 말도록 다짐을 두었다.

"폐하의 심복이셔."

카나벨이 나직한 소리로 경고하듯 말했다.

"눈이 사냥개 같아!"

하녀는 부엌으로 달려갔다. 그녀는 백랍 컵 하나와 육두구 병을 꺼 낸 다음 뜨거운 쇳조각 하나를 불 속으로 밀어넣었다. 그녀는 쇠가 달 구어져 하얗게 될 때까지 기다렸다가 술을 데우는 데 이용하곤 했다. 그녀는 더 물어보고 싶은 게 많았지만 카나벨은 식당에 모여 있는 가 족들에게 왕의 신하가 왔다는 것을 알리기 위해 가버리고 없었다.

마가렛 캐리 부인은 카나벨의 전갈을 이해할 수 없었다. 그녀의 살 찌고 피둥피둥한 흰 얼굴은 눈물에 젖어 있었다. 오만하고 파르르 성 을 잘 내는 그녀의 작고 검은 두 눈이 지금은 근심과 수면 부족으로 벌 겋게 부어 있었다. 그녀는 하인의 팔을 붙잡았다.

"이럴 수가 있을까!"

그녀는 신음소리를 냈다.

"조지 경은 자기 방에서 죽어서 누워 있고 나는 그의 시신을 지키지 도 못하는데 이젠 왕의 신하까지 오다니!"

"말소리를 낮추시지요, 부인."

그녀의 왼쪽에 앉아 있던 토머스 서머셋 박사가 그녀의 차가운 손을 꼭 쥐고 부드럽게 문질렀다. 마가렛 부인은 힘겹게 미소를 지으며 귀 엽게 눈을 깜빡였다. 서머셋 박사는 뒤로 빗어넘긴 금발과 붉은 뺨, 반 짝이는 파란 눈의 호감가는 외모를 가졌다. 앞으로 몇 달 동안 그는 틀 림없이 그녀에게 위안을 주는 존재가 될 것이다. 아, 그래, 여러가지 변화가 있을 거야! 그녀는 식탁을 응시했다. 이제 더이상 항해 얘기를 안 들어도 돼. 그녀는 심술궂게 이런 생각을 했다. 해도(海圖)도 이젠 그만이야! 그의 방에서 들려오는 속삭임도 더이상 없을 테고! 몇 달 씩, 아니 몇 년씩 헤어져서 외롭게 보내는 것도 이젠 끝났어. 마가렛 부인은 바다를 증오했다. 그녀는 템즈 강을 건너는 것조차도 견딜 수 없었다. 삼십 년 동안의 결혼 생활 내내 조지 경이 언제나 또다른 사랑을, 그 지긋지긋한 배와 먼 수평선을 가로질러 가서 만나는 신비한 장소들에 대한 사랑을 품고 있었다는 것을 그녀는 알고 있었다.

조약돌처럼 새까만 마가렛 부인의 두 눈이 재빠르게 다른 사람들의 얼굴을 훑었다. 그래, 저 애, 소피아 리틀턴과도 작별이로군. 몇 살이더라, 열여덟인가? '무지개처럼 아름답다'고 조지 경이 말하곤 했던 그녀는 참으로 아름다웠다. 숱 많은 금발의 곱슬머리에 옅은 파란색의 눈과 완벽한 형태의 얼굴을 가진 처녀였다. 그녀는 검은색 비단 드레스를 입고 있었다. 목 부분을 장식한 레이스로 된 주름옷깃이 턱에 스치고 있었다. 말없이 울고 있는 소피아의 얼굴에 눈물이 소리 없이 흘러내리고 있었다. 그녀는 조지 경의 절친한 친구의 외동딸이었다. 그녀의 아버지는 조지 경처럼 선장이었다. 그는 버지니아를 향해 떠났으나 돌아오지 않았고 어린 소피아는 조지 경의 집으로 들어왔다. 조지 경이 그녀를 얼마나 자랑스러워했던가!

마가렛 부인의 아랫입술이 떨렸다. 카나벨이 옆에 있는데도 불구하고 그녀는 또다시 울음을 터뜨렸다. 소피아 옆에 앉아 있는 젊은 남자의 표정을 좀더 자세히 살피려는 교활한 술책이었다. 구리빛 피부에 어둠처럼 깊고 검은 눈, 까마귀 날개빛을 띤 뒤로 쓸어넘긴 머리, 광대뼈가 튀어나온 강하고 잔인한 인상의 얼굴, 매부리코에 얇고 핏기 없는 입술. 그를 바라보며 그녀는 괴상한 사람이라고 생각했다. 그를 집으로 데려왔던 날, 조지가 뭐라고 했었지? 원주민인데 무슨 부족 사람이라고 했더라? 아 그래, 모호크 족이라고 했지. 대학살 후 살아남은 유일한 생존자를 그가 발견했다지. 그녀의 남편은 그를 집으로 데려왔다. 감히 이 집에 그를 데려오다니, 괴상한 얼굴에 말도 이상하게 하는 더러운 야만인을! 물론 그는 성 메리 르 보우 교회의 세례반에서 세례도 받았고 런던의 여느 젊은이들만큼이나 멋있게 옷을 입고 있지만 그래도 그는 악마였다. 그도 가야만 하게 될 거야! 여러 곳에 여러가지 변화가 있을 것이다.

"부인?"

서머셋 박사가 그녀의 손을 다시 꼭 쥐었다. 그의 눈은 그다지 즐거워 보이지 않았고 오히려 경계의 빛을 띠고 있었다.

"추밀원에서 나오신 분이 와 계십니다."

"웃기는 일이에요!"

마가렛 부인이 자세를 바로 하며 말했다. 통통한 어깨가 떨리고 있었다.

"웃기는 일이 아닙니다, 어머니."

찰스 캐리였다. 조지 경이 먼저 번 결혼에서 얻은 외아들인 그는 두 손을 마주잡고 탁자를 내려다보고 있었다. 그의 다갈색 머리는 온통 헝클어져 있었다. 그는 어깨에 두른 실내복을 잡아당겼다. 마가렛 부인은 부드럽게 미소지었다. 조지 경이 열정적이던 젊은 시절의 결혼으로 남긴 유물 가운데 하나인 이 점잔 빼는 젊은이를 그녀는 무척 싫어했다. 그의 어미는 아이를 낳다가 죽었다. 찰스는 세상을 주유하도록 권하는 아버지의 권유를 뿌리치고, 스미스필드에 있는 성 바솔로뮤 병원의 의사가 됐다.

"어머니, 아버지는 독살당하신 게 분명합니다."

찰스는 자기 주장을 굽히지 않았다.

"하지만 그건 말도 안 되는 얘기야."

서머셋 박사가 큰소리로 말했다.

"자네 부친의 시신을 조사해 보진 못했네만, 그래도……"

"제가 아버지의 시신을 살펴봤다니까요! 저는 독살당하신 거라고 확신합니다."

"너희 아버지께서 피우시던 그 고약한 담배에 독살당하신 거란 말이니!"

마가렛 부인은 우스꽝스럽게 들리게 하려고 애썼으나 자기가 잘못 말했다는 것을 곧 깨달았다.

"그분을 지금 만나보도록 하자. 추밀원에서 오셨다는 그분을 이리 모셔 오게. 아, 카나벨, 하인은 아무도 들이지 말게."

그녀가 도전적으로 선언했다.

잠시 후 한 손은 칼집에 얹고 다른 한 손은 벨벳 천으로 감싼 우유술이 든 컵을 쥔 로버트 나이팅게일이 식당으로 들어섰다. 그는 컵을 내려놓고 칼집을 거는 띠를 끌러 의자 등받이에 둥글게 감아 건 다음 조용히 한쪽 구석에 앉았다. 마가렛 부인이 사람들을 소개하는 동안 그는 컵에 든 술을 홀짝이고 있었다. 나이팅게일의 눈은 마가렛 부인이 소개하는 사람을 계속 바라보다가 다음 사람에게로 향했다. 마가렛 부인은 조용하고 침착한 태도를 유지하려고 애썼지만 속으로는 유명한 선장의 미망인에 대한 예의를 자신에게 전혀 보이지 않는 이 남자가 무서웠다. 그는 조지 경이 한때 키우던 황조롱이를 생각나게 했다. 그 새는 횃대에 앉아서 자신의 주의를 끈 사람은 누구든 꼼꼼히 바라보았던 것이다. 그녀는 생각했다. 당신은 바로 그 새야, 밤에 활동하는 새! 당신을 이 집에서 빨리 쫓아낼수록 더 좋겠지!

"이제 다 소개 드린 것 같군요."

그녀가 말을 마쳤다.

사자는 의자에 깊숙이 몸을 묻고는 엄지손톱으로 윗입술을 문질렀다.

"저는 로버트 나이팅게일입니다. 성법원 소속의 법률가지요. 폐하께."

그는 잠시 말을 멈췄다.

"국사에 관한 충고를 드리는 게 제 일입니다."

"어떤 일들에 관한 충고를 하십니까?"

서머셋 박사가 물었다.
"당신에 대해 들은 적이 있습니다만."
"어떤 얘기를 들으셨나요?"
날카로운 반문이 돌아왔다.
"법률가시라고요."
"그건 말씀드렸는데요."
"스코틀랜드 태생이시군요?"
"왕도 그러시죠."
"그리고 전에 카톨릭 사제이셨다지요?"
그 말은 올가미처럼 공중에 걸려 있었다. 나이팅게일은 시선을 떨구었다. 서머셋 박사가 말을 이었다.
"당신은 이 섬에 카톨릭교회의 미사의식을 부활시키려 왔다고들 하더군요. 그러다가 배반자들에게 잡혀서 런던탑에 얼마간 갇혔다가 자신의 잘못을 인정했다고 들었습니다."
"일부는 맞는 얘기입니다. 그러나 사실이 아닌 부분도 있습니다."
나이팅게일이 기운 없이 대답했다.
"어떤 게 맞는 얘기인가요?"
마가렛 부인이 이죽거렸다.
"나중에 말씀드리죠, 부인. 이곳에서 진실이 뭔지 알아내고 나면 알고 싶어하시는 모든 진실을 말씀드리도록 하지요."
그는 흰색 레이스로 된 소매 끝부분에서 먼지를 털어내고는 말을 시작했다.
"조지 캐리 경께서는 폐하의 배인 파이어 드레이크호의 선장이셨습니다. 폐하의 식민지인 버지니아로 항해해서 폐하와 그분의 왕국에 커다란 이익을 가져오신 분이지요."
"하지만 궁정에서는 별다른 은총을 입지 못하셨습니다."

찰스가 끼어들었다.

"사실입니다. 조지 경은 롤리의 사람이었거든요."

나이팅게일은 두 팔을 세우고 두 손끝을 마주 대었다.

그는 잠시 말을 멈추었다.

마가렛 부인은 식탁 위에 두 손을 내려놓았다. 롤리는 팰리스 야드에서 처형당했고 조지 경은 왕을 결코 용서하지 않았다. 거기서 불화가 생겼는지도 모른다.

"제 아버님께선 언제나 충성스러우셨습니다. 스페인 사람들을 비롯한 폐하의 적들과 여러 차례 싸우시면서 많은 상처를 입으셨지요."

찰스가 주장했다.

나이팅게일은 사과하듯이 손을 내저었다.

"저는 폐하의 개인적인 요청으로 여기에 왔습니다. 부친이 이상한 상황에서 돌아가셨다는 편지를 화이트홀로 보낸 게 찰스 님, 당신이라고 확신하고 있습니다만. 그때는 위원회가 개회 중이었지요. 저는 즉시 이리로 파견된 겁니다. 당신의 부친과 폐하 사이에 불화가 있었다면, 그건 롤리 때문이 아니라 롤리가 영국으로 가져온 것 때문이지요."

나이팅게일은 차분하게 말했다.

"담배요!"

마가렛 부인은 눈을 흘겼다. 야만인 주제에 어떻게 감히 허락도 없이 말을 하느냐는 표정이었다.

"뭐라고 하셨지요?"

나이팅게일이 처음으로 미소를 보였다.

"담배라구요."

모호크가 대답했다. 그의 목소리는 거칠고 콧소리가 났다. 그는 약간 몸을 돌려 왕의 사자를 내려다보았다.

"제 주인님, 아니 제 아버지께서는 담배의 장점을 믿고 계셨습니다."

그는 아버지란 말에 힘을 주어 말했다.

"아, 그랬지요."

나이팅게일이 동의했다. 그의 미소가 얼굴 전체로 번져갔다.

"아시다시피 폐하께선 그 혐오스러운 물질에 반대를 표명한 매우 유명한 소책자의 저자이시지요. 그 『담배에 대한 강경한 반대 입장』 말씀입니다. 조지 경은 이 문제에 대해 폐하께 도전해서 세인트 폴즈 크로스를 비롯한 시내 곳곳에 성명서를 붙이셨다고 알고 있습니다."

"부친께선 반박문을 쓰고 계셨습니다. 팸플릿을 써서 출판업자들에게 가져갈 계획이셨지요."

찰스가 끼어들어 말하자 나이팅게일이 말을 이어갔다.

"예, 알고 있습니다. 폐하께서는 이 일에 대단히 큰 관심을 가지고 계셨습니다. 제가 위원회를 나오기 전에 폐하께서는 담배라는 것이 조지 경의 죽음을 가져왔을 거라고 주장하셨습니다."

"그러면 독약 때문이라는 그 말도 안 되는 얘기는 다 뭐냐?"

마가렛 부인은 전처의 자식을 노려보았다.

"조사를 해 봐야지요. 자, 부인, 오늘 밤에 정확히 무슨 일이 있었습니까?"

나이팅게일이 말했다.

"어두워지자마자 여섯 시쯤에 평소처럼 저녁을 먹고 조지 경은 자기 방으로 갔어요."

"그게 몇 시쯤이었죠?"

"일곱 시를 막 지나서죠. 식사는 간소하게 하셨어요. 조지 경은 언제나 자기 방으로 가서 두세 시간 정도를 보내십니다. 그분은 여기 하인에게……."

마가렛 부인은 모호크를 손으로 가리키며 말했다.

"성 메리 르 보우 교회의 종이 열 시 정각 만종을 치기 시작할 때까지 아무도 방해하지 못하도록 지시를 내렸어요."

"그런 다음에는요?"

"이 방을 나가셨습니다."

찰스가 말했다.

"음식을 가져가셨나요? 술은요?"

"아니요."

모호크가 단호하게 말했다.

"조지 경께선 술이 엎질러져서 원고가 젖는 일이 생길까봐 언제나 걱정하셨습니다. 그분은 매우 규칙적인 분이시죠. 저녁시사 전에 저는 그분의 도제 파이프 두 개에 담배를 가득 채워두었고 그분이 방으로 가실 때 같이 갔었죠. 그리고 책상 위의 양초들에 불을 붙이고 방을 둘러가며 기름 램프마다 불을 켰습니다. 조지 경께서는 일을 계속하고 싶어하셨습니다. 책상에 앉으시고는……"

"뭔가 이상한 것을 보지 못했나요?"

나이팅게일이 물었다.

"아니요."

모호크의 얼굴에 주름이 잡히며 미소가 떠올랐다.

"조지 경은 매우 정확한 분이십니다. 모든 것이 제자리에 있었습니다. 저는 방을 나왔고 조지 경께선 여느 때처럼 저더러 문밖에서 지키고 있으라고 하셨습니다."

"그래서 그렇게 하셨소?"

모호크는 고개를 돌려 소피아에게 잠깐 눈을 주며 대답했다.

"네. 요기할 것을 가지러 잠깐 식품 저장실에 간 것을 빼곤 죽 거기 있었습니다. 조지 경께선 안전하셨어요. 항해 중에도 그분은 이 규칙을 지켜서 언제나 저를 그분 선실 밖에서 보초를 서도록 하셨습니다."

"그리고 무슨 일이 있었나요?"

"여느 때와 같았습니다."

마가렛 부인 뒤에 서 있던 카나벨이 큰 소리로 말했다.

"성 메리 르 보우 교회의 종이 열 시를 쳤을 때 제가 가서 주인님의 방문을 두드렸습니다. 주인님께선 언제나 안에서 방문을 걸고 빗장을 지르셨거든요. 어쨌거나 저는 두드리고 또 두드렸습니다."

"그래, 그래. 계속해 봐."

마가렛 부인이 날카롭게 말했다.

"아무런 대답도 없으셨습니다."

카나벨은 눈길을 위로 향한 채 괴로운 듯 대답했다.

"그래서 저는 쭈그려 앉아 열쇠 구멍을 들여다보았지만 열쇠가 구멍에 꽂혀있는 상태여서 아무것도 볼 수 없었습니다. 저는 모호크에게 갔지요. 그는 계단 가까운 곳에서 손전등을 옆에 놓고 조지 경께서 빌려주신 책을 보고 있었어요. 그도 와서 함께 문을 두드렸습니다."

"그러다가 둘이 함께 제게 왔어요. 저는 서머셋 박사와 응접실에서 벌꿀술을 마시고 있었지요."

마가렛 부인이 목소리를 높였다.

"우리 두 사람은 위층으로 갔어요. 모두들 큰 소리로 부르고 두드리고 했지요."

서머셋 박사가 말했다.

"그때쯤에 제가 돌아왔습니다."

찰스가 덧붙였다.

"저는 저녁을 먹은 후 곧장 성 바솔로뮤 병원의 환자 한 사람을 보러 갔었지요. 제가 문을 부수라고 했습니다. 복도에서 긴 의자를 하나 가져와서 문을 밀어서 열었어요. 부친께선 의자에 길게 누우신 채 눈이 튀어나와 있었고 입을 벌리고 계셨습니다. 손목을 잡아봤지만 맥박을 전혀 느낄 수 없었고 목에서도 혈액의 박동을 느낄 수 없었습니다."
"시신이 따뜻하던가요, 차던가요?"
나이팅게일이 물었다.
"차가웠습니다."
서머셋 박사가 대답했다.
"그렇다면 조지 경께선 방으로 물러가신 후 곧 돌아가신 것으로 봐야겠군요."
"그렇습니다."
"왜 방문을 안에서 걸어 잠그셨을까요?"
"그건 저희 집의 규칙 중 하나입니다. 부친께서 방해받고 싶지 않다고 하셨다면 정말로 방해받고 싶지 않으신 겁니다."
찰스가 대답했다.
"방 안은 어땠지요?"
"흐트러진 것이 하나도 없었습니다. 창문도 닫혀 있었구요. 양초 몇 개는 다 탄 상태였습니다."
모호크가 말했다.
"그리고요?"
나이팅게일이 손을 흔들었다.
"이상한 냄새라든가 그런 거 뭐 없었습니까?"
"없었습니다, 담배 냄새 말고는요. 조지 경의 파이프 두 개는 책상 위에 있었습니다."
모호크는 감정을 숨기려는 듯 손으로 눈을 문질렀다.
"조지 경은 좋은 주인이셨습니다. 훌륭하게 사셨으니 편안하고 품위 있는 죽음을 맞으셔야 했습니다. 쥐약을 먹고 구멍 속에서 죽은 쥐 같은 죽음을 맞아야 할 분이 아니었어요."
"말조심해!"

마가렛 부인이 쏘아붙였다.

"저는 제 마음이 내키는 대로 생각하고, 생각한 대로 말합니다."

모호크가 대꾸했다.

"저는 저희 부족의 방식대로 조지 경을 위해 기도하겠습니다. 위대한 신령님께서 주인님을 받아들여주시도록요. 그분은 고귀한 분이셨고 용감한 전사이셨으니까요."

"그런 이교도의 잠소리는 이제 그만해! 나이팅게일 님, 이게 다 뭐죠?"

마가렛 부인은 손끝으로 식탁을 두드렸다.

"그저 몇 가지 질문을 하는 거지요. 끝나면 저는 갈 겁니다."

나이팅게일이 살짝 미소 지었다.

"물론 시신도 조사해야 하겠지요. 그런데 조지 경께선 저녁 때 뭘 드셨나요?"

"저희와 똑같이 드셨어요. 저는 아버지 맞은 편에서 식사했습니다. 같은 주전자에서 같은 술을 따라 마셨고 쟁반에 담긴 구운 거위를 모두 같이 나눠 먹었지요."

찰스가 대답했다.

"그래요."

소피아가 말했다. 그녀의 목소리는 부드러웠으며 매우 맑았다. 그녀는 멍하니 꿈속에 잠겨 있는 것처럼 보였지만 지금은 눈을 가늘게 뜨고 나이팅게일을 응시하고 있었다.

"이 식탁에서 그분이 드신 건 전부 우리도 먹은 것들이에요. 그분이 식탁에서 일어나셨을 때, 여기 마이클이……"

그녀는 모호크의 손목에 살짝 손을 댔다.

"그분을 방까지 모시고 갔어요."

"그리고 다른 것은 전혀 안 드셨나요?"

"전혀요."

"그러면 조지 경이 자기 방에 있던 시간에 여러분은 모두 어디 계셨습니까? 찰스 님, 당신은 병원에 가셨었다구요? 부인과 서머셋 박사님은 응접실에 계셨구요? 그러면 소피아 양은요?"

"전 제 방에 있었어요. 조지 경의 버지니아 항해기의 첫 권을 읽고 있었지요. 둘째 권은 마이클이 가지고 있습니다."

그녀가 분명하게 대답했다.

"방을 나오신 적이 없었습니까?"

"나왔었어요."

그녀의 얼굴이 붉어졌다.

"마이클을 만나려구요."

소피아는 말하지 말라고 경고하는 마가렛 부인의 사나운 눈길을 무시하기로 작정한 듯했다.

"조지 경께선 당신이 마이클과 사귀는 걸 찬성하셨나요?"

나이팅게일이 떠보듯 물었다.

"찬성하기만 했는 줄 아세요! 적극적으로 권장했답니다."

마가렛 부인이 날카롭게 말했다.

"우리는 약혼했어요. 마이클과 저는 결혼하기로 약속했어요."

소피아가 선언하듯 말했다.

나이팅게일은 고개를 끄덕이고 식탁을 내려다보았다. 그는 손을 쫙 펴고 손가락에 낀 금반지 은반지들이 촛불 빛에 반짝이도록 손을 이리저리 움직였다. 멋에나 신경쓰는 사람인가? 소피아는 속으로 생각했다. 궁정에서 하는 일 없이 어슬렁거리는 사람일까? 이 사람의 눈엔 날카로움이 깃들어 있고 입은 약간 냉소를 띠고 있다. 내내 죽은 보호자에 대한 추억에 잠겨 있던 소피아는 오싹 두려움을 느꼈다. 이 궁정 변호사, 왕의 사냥개는 만족스런 결과가 나올 때까지 결코 쉽게 포기하거나 화이트홀로 돌아가지 않을 것이다.

나이팅게일은 허리를 펴고 의자에 등을 기댔다.

"조지 경은 유언장을 만드셨습니까?"

"네."

찰스가 대답했다. 그는 식탁 주위를 죽 둘러보았다.

"그것에 관해선 저희들 모두 알고 있습니다. 유언장 내용이 몇 년 동안 바뀐 게 없으니까요. 소피아는 자기 재산을 가지고 있습니다. 저는 집안에 내려오는 재산을 벌써 받았고요. 마이클에게 상당한 몫이 가게 되어 있고 집을 포함한 그 나머지를 마가렛 부인이 받게 됩니다."

"네, 네, 됐습니다."

나이팅게일은 의자를 뒤로 밀치며 일어섰다.

"모두들 여기 계셔주기 바랍니다. 그리고 부인……."

그는 전혀 성의 없이 절을 했다.

"카나벨이 조지 경의 방까지 절 안내해도 되겠지요?"

마가렛 부인은 한쪽 어깨를 으쓱했다.

"시신은요?"

그가 물었다.

"부친의 침실에 모셔 두었습니다."

찰스가 말했다.

"매장을 위해 시신의 옷을 벗겨두긴 했지만 방은 깨끗합니다."

"벌써 그렇게 하셨습니까?"

"시신에 상처나 멍이 있는지 조사해보고 싶어서요."

"있었습니까?"

"새로 생긴 건 없고 전부터 있던 상처들뿐이었습니다. 마이클이 말한 대로 부친은 전사이셨으니까요."

나이팅게일은 카나벨을 따라 방을 나왔다. 그들은 홀로 나와서 커다란 떡갈나무 계단을 올라갔다. 계단의 난간과 난간 기둥은 최고급 떡갈나무로 다듬은 것이었다. 판자를 댄 벽의 윗부분은 벽토로 되어 있고 초상화며 다마스커스 비단천이 걸려 있었다.
"집주인이 부자이셨군요?"
"조지 경께선 자기 일에서 성공하신 분입니다."
카나벨이 망설이며 대답했다.
"그리고 사랑에서도요."
카나벨이 계단 위에서 멈춰섰다. 좁은 가슴이 약간씩 들썩이고 있었다.
"주인님은 가족들에게 사랑을 받으셨습니다. 마님과의 관계는 의례적이긴 했지만 상당히 좋았지요."
"자녀분들은요?"
"그걸 물어주셔서 정말 기쁘군요."
카나벨은 미소를 지었다.
"조지 경께선 찰스, 소피아, 마이클, 이 세 분을 모두 자식으로 여기셨지요."
"당신은 그 모호크 인디언을 좋아하시오?"
"용감한 사람이지요. 그는 제 주인님을 사랑했습니다. 그래서 저도 그 사람을 좋아합니다. 아주 친절하고 예의바르고 나서는 걸 싫어하지요. 그는 주인님이 밟으신 땅까지도 숭배합니다. 만일 그 선한 어른께서 땅끝으로 항해하신다고 해도 마이클은 따라나섰을 겁니다."
"소피아는 어떻소?"
"보신 대로입니다, 나리. 모호크의 사랑을 흠뻑 받고 있는 사랑스런 아가씨지요."
"찰스는요?"
"가난한 사람들을 돌봐주는 착한 의사 선생님이시죠. 조지 경께선 아드님이 자신을 따라 선장이 되지 않은 것에 실망하셨지만 부자간의 관계는 돈독했습니다."

"한 가지 문제만 빼놓고요?"

카나벨은 코를 킁킁거리더니 미소 지었다.

"네. 찰스 도련님은 담배 맛에 대해 주인님과 정반대 의견이셨어요. 도련님은 그게 지옥에서 뱉어낸 독약이라고 주장하셨지요."

"서머셋 박사는 어떻소?"

"아주 친절하신 분이세요. 조지 경께서 논문 쓰시는 걸 돕고 계셨지요. 그분도 찰스 도련님처럼 담배와 담배의 성질에 대해 매우 혐오하고 계시는 것 같긴 했습니다만."

나이팅게일은 계속 걸어갔다. 그들은 첫번째 복도에 도착했다. 안락하고 따뜻한 곳이었다. 창턱마다 뚜껑을 씌운 화로가 서 있고 반짝이는 놋쇠 촛대에 끼운 초에는 전부 불이 붙여져 밝게 타고 있었다. 조지 경의 방은 복도 끝, 옆 복도로 이어지는 층계에서 조금 떨어진 곳에 있었다. 문은 장식이 짓이겨진 채로 비스듬히 달려 있었다. 사방 문틀에도 상처가 나 있었다. 나이팅게일은 웅크리고 앉아 문틀 안쪽의 고리로부터 억지로 벗겨지고 찌그러진 잠금장치와 걸쇠를 살펴보았다. 카나벨은 죽 돌아가며 초와 기름 램프에 불을 붙였다. 나이팅게일이 한숨을 쉬었다.

"이 문은 억지로 연 게 틀림없구먼."

그는 일어서서 방 안을 둘러보았다. 사방 벽에 벨벳 휘장이 걸린 아늑한 방이었다. 페인트 칠을 한 창문은 닫혀 있었다. 구석에 조그만 침대가 놓여 있고 선반에는 책이 가득 꽂혀 있었으며 큰 궤짝과 트렁크가 여러개 있었다. 커다란 떡갈나무 책상과 등이 높은 붉은 가죽 의자가 방의 대부분을 차지하고 있었다. 의자의 높은 팔걸이에는 포효하는 사자의 모습이 새겨져 있었다.

"조지 경은 여기서 발견됐죠?"

그는 의자에 앉아 가죽을 씌운 책상 위를 둘러보았다. 잉크병, 경석 몇 개, 양피지, 칼 몇 자루, 송아지 피지 만 것 몇 개가 있었다. 커다란 놋쇠 촛대 하나와 그을린 도제 파이프 두 개가 담긴 구리 그릇 옆에는, 반쯤 탄 밀랍끈이 한 무더기 놓여 있었다. 나이팅게일은 한 묶음의 서류를 끌어당겨 서기가 동판에 쓴 것 같은 깨끗한 필체로 쓰인 제목을 응시했다.

'담배의 유익한 성질: 담배에 관한 폐하의 최근 저서에 대한 공손한 답변, 조지 캐리 씀'

나이팅게일은 서류를 한 장씩 넘겨보았다. 조지 경은 담배의 역사와 그것의 약으로서의 효능, 폐하의 식민지인 버지니아 원주민들이 그것을 사용하는 방식 등에 대해 간결한 주장을 펼쳐보이고 있었다.

"카나벨, 문이 부서졌을 때 당신도 여기 있었소?"

"네, 나리."

"뭔가 이상한 건 없었소?"

"없었습니다. 담배 때문에 공기가 탁했던 것하고 조지 경께서 거기 쓰러져 계셨던 것 말고는요."

"글을 쓰고 계셨던 것 같던가요?"

카나벨은 손가락을 입에 대고 눈을 감았다.

"아닙니다. 글을 쓰고 계셨던 게 아니었습니다. 제가 기억합니다. 깃펜도 모두 펜꽂이에 꽂혀 있었고 잉크병도 뚜껑이 닫힌 채였죠."

"그러면 조지 경은 여기 와서 뭘 했을까?"

"매일 밤 하시던 대로 하셨겠죠. 앉아서 파이프에 불을 붙이고 생각에 잠기셨을 겁니다. 주인님께선 대단한 사색가이셨으니까요."

"그리고 나서 이 논문을 연이어 쓰셨겠군요?"

"그렇습죠. 아주 열정적으로 쓰셨지요."

담배에 대한 상반된 입장

"파이프들도 여기 있었소?"

"네, 나리, 둘 다 구리 그릇 안에 있었습죠."

나이팅게일은 그릇을 끌어당겨 파이프들을 집어들었다. 둘 다 방에서 나는 것과 같은 희미한 향기를 풍겼다. 그가 시내의 요리집과 선술집들에서 익히 맡아보았던 기분 좋은 향기가 섞여 있었다. 그는 호기심을 가지고 파이프를 꼼꼼히 살펴보았다. 둘 다 커다란 대통과 가늘고 긴 대를 가지고 있었다. 한쪽에는 부드러운 재가 가득 차 있었으나 다른 쪽 파이프엔 새끼손가락을 넣어 보니 대통의 반쯤까지 담배가 들어있었다. 그는 그 파이프를 입으로 가져갔다. 그런 무례함에 놀란 카나벨이 숨을 훅 들이쉬는 것을 무시하고 입을 대보았으나 그저 담배맛이 날 뿐이었다. 파이프는 둘 다 변색되어 있었다. 어떤 곳은 노란색이었고 대통의 맨 윗부분 주위는 딱딱하고 검게 변색되어 있었다. 주둥이 부분에는 조지 경이 강한 이빨로 물어서 생긴 자국이 똑같이 나 있었다. 나이팅게일은 파이프들을 제자리에 놓고 난로가로 갔다. 그는 부지깽이를 집어들고 부드러운 흰 재를 여기저기 쑤셔보았으나 거기에는 아무것도 없었다. 그는 책꽂이들을 바라보고 벽난로 선반으로 눈길을 돌렸다. 그리고 담배 향기가 나는 담배 단지와 그 옆 선반에 놓인 여섯 개의 파이프 냄새를 맡아보았다.

"조지 경께선 언제나 스트랜드 거리의 서스턴 가게에서 담배를 가져오셨지요. 주인님은 이 방을 사랑하셨어요."

카나벨은 주인을 그리워하며 말을 이었다.

"이 방은 마님께서 주인님께 담배를 피울 수 있도록 허락하신 유일한 장소였지요. 그분이 이 방에 오셨던 진짜 이유는 그것 때문이었던 것 같습니다."

"이 집에서 담배 피우는 사람은 조지 경뿐이셨나요?"

"물론입니다, 나리."

카나벨은 말도 안 된다는 듯 고개를 저었다.

"이 방은 조지 경의 흡연실이었습죠."

나이팅게일은 또다시 방을 둘러보았다.

"이 방에서 가지고 나가거나 들어온 건 없소?"

"없습니다. 저는 이 방을 제 손바닥처럼 알고 있지요. 누구보다 잘 알아요. 조지 경만 빼놓고요."

그가 슬픈 목소리로 덧붙였다.

"시신을 보는 게 좋겠소."

나이팅게일이 말했다.

카나벨은 그를 안내해 다시 복도로 나왔다. 그는 양초꽂이에서 촛대를 하나 빼들고 문을 열었다. 방에서는 죽음의 냄새가 났다. 이미 검정색 한랭사 천이 찬장과 의자, 초상화 등에 덮여 있었다. 카나벨이 뒤꿈치를 들고 소리 없이 다니며 네 개의 기둥이 있는 커다란 침대 양쪽의 램프에 불을 붙이는 동안 나이팅게일은 조용히 기다렸다. 진초록색 커튼이 드리워져 있었으나 이제 걷혔다. 시신은 하얀 린넨 시트로 덮여 있었다. 카나벨이 시트를 조용히 걷어내자 나이팅게일은 땅딸막한 시체를 살펴봤다. 근육질의 강인한 몸에 가슴과 배, 허벅지에 분홍색 상처가 있었다. 얼굴은 누런색이었고 눈은 반쯤 뜨고 있었다. 나이팅게일의 고집에 못 이겨 카나벨이 시신을 뒤집었지만 등쪽에서 어떤 자국이나 상처도 볼 수 없었다.

"의사분들을 모셔오는 게 좋겠소, 찰스 님하고 서머셋 박사 말이오."

나이팅게일이 말했다.

카나벨이 나가자 나이팅게일은 시체를 더 자세히 살펴보았다. 그는 독약에 대한 지식도 있었고 뇌출혈의 결과도 알고 있었다. 확신할 수는 없었지만 얼굴색이 변한 것과 뺨에 살짝 푸르스름한 기미가 있는 것, 그리고 가슴 아랫부분과 배에 나타난 끔찍한 붉은 발진은 독에 의한 것일 수도 있음을 보여주었다. 나이팅게일은 촛불을 조심스럽게 기울여 시신의 굳어가는 입을 벌려보았다. 이는 튼튼하고 괜찮았으나 혀는 거무스름하고 약간 부어 있었다.

"독약이 틀림없어!"

그는 이렇게 중얼거렸다. 그리고 밖에서 발자국 소리가 들리자 급히 몸을 일으켰다.

서머셋 박사가 소란스럽게 방으로 들어섰다. 뒤따라 찰스와 카나벨이 들어왔다.

"왜 부친이 독살당했다고 생각하셨나요, 찰스 님?"

"검게 부어오른 혀와, 가슴과 배의 피부색이 변한 것 때문이지요. 손이랑 뺨, 목구멍도 부었습니다. 서머셋 박사님, 동의하시나요?"

서머셋 박사는 얼굴을 찡그렸다.

"그럴 수도 있겠군요."

"어떤 독이 쓰였다고 생각하세요?"

찰스는 난처하다는 표정을 지으며 말했다.

"어르신, 런던에는 지금 쥐만큼이나 많은 종류의 독약이 있습니다. 비소며 안티몬 등 여러가지의 화학약품들이 있지요. 어떤 독약은 몇 분 안에, 아니 몇 초 안에 사람을 죽일 수도 있어요."

"담배 때문일 수도 있지 않을까요?"

나이팅게일이 물었다.

서머셋 박사는 어깨 너머로 찰스를 돌아다보며 말했다.

"그럴지도 모릅니다. 1618년에 출간된 런던 약전(藥典)에 따르면 담배에서 증류한 액체가 몇 초 만에 쥐를 죽이는 걸 관찰했답니다."

"그렇지만 이건 그런 경우가 아니지 않습니까?"

나이팅게일이 물었다.

"다시 말하지만 모든 것이 다 원인이 될 수 있지요."

서머셋 박사가 무뚝뚝하게 대답했다.

"그렇지만 조지 경의 담배를 화학적으로 증류시켜봐야 합니다. 고약한 뭔가가 있었을 수도 있지만, 만일 그게 독이라고 한다 해도 무슨 증거를 가질 수 있겠습니까? 물론 시신의 변색이라든가……."

그는 더듬거리며 말했다.

"어쨌든 누가 조지 경을 살해하려고 했을까요?"

그가 비난하듯 찰스를 바라보았다.

"저는 그런 말은 하지 않았습니다."

찰스가 당혹함에 더듬거리며 말했다.

"저는 그저 의사로서 얘기하고 있을 뿐입니다. 중독이라는 게 자연적으로 일어날 수도 있겠지요."

"고맙습니다."

나이팅게일이 그들에게서 돌아서며 말했다.

"아 참, 오늘 밤 조지 경의 방에서 자도 되겠습니까? 거기 작은 침대가 있던데요. 만족할만한 결론에 도달할 때까지 혼자 있고 싶습니다."

찰스와 서머셋 박사는 그러라고 말했다. 카나벨이 포도주 한 주전자와 말린 고기, 치즈, 막 구운 빵을 조금 갖다 드리겠다고 하자 나이팅게일은 건성으로 고개를 끄덕였다. 모두들 나간 후 그는 잠시 시체를 내려다보며 서 있었다.

그가 나직이 말했다.

"당신은 독을 먹었어요. 그리고, 믿으실지 모르지만, 당신은 살해됐어요. 어떤 사건도 그렇게 빨리, 그렇게 급속하게 일어날 수는 없었을 겁니다."

"동감입니다."

나이팅게일은 손을 칼집으로 가져가며 휙 돌아섰다. 모호크가 문간에 서 있었다. 나이팅게일은 숨을 죽였다.

"맙소사, 놀랐잖소. 당신은 소리 없이 움직이는군요, 마치……"

"그림자처럼 말씀입니까?"

모호크는 가까이 다가왔다. 나이팅게일은 너무나 잘 생긴 그의 얼굴에 충격을 받았다. 지금 그의 얼굴은 그렇게 격해 보이지는 않았지만 강하고 단호한 표정이었다. 깜빡이지 않는 검은 눈이 나이팅게일을 응시하고 있었다.

"당신은 왜 당신 주인이 독살당했다고 생각하나요?"

"죽음이 너무나 빨리 왔기 때문이죠. 당신은 위험을 겪으신 적이 있지요?"

모호크는 옆머리를 두드렸다.

"여러 번 있소."

"그러시면 위험이 닥치면 그걸 아시지요? 보거나 듣거나 만지지는 못해도 말입니다."

나이팅게일은 고개를 끄덕였다.

"똑같은 방식으로 저도 조지 경께서 독살되셨다는 걸 압니다."

"누가 그랬을까요?"

"그걸 알기만 하면……"

모호크의 손이 허리띠 옆에 매달려 있는 짧은 단검으로 향했다. 그는 말을 계속했다.

"찰스 님께서 독약 얘기를 하셨습니다. 우리 부족 사람들은 단숨에 숨을 끊어놓는 독약들을 가지고 있지요. 저도 이 도시를 돌아다녀 보았습니다만 제 고향의 숲만큼이나 위험한 곳입니다."

그는 문으로 걸어가 걸쇠에 손을 얹고 뒤돌아보며 말했다.

"주인님 방에서 주무실 거지요? 전에 사제이셨다면서요?"

나이팅게일은 대답하지 않았다.

"그분 영혼을 위해 기도해주세요."

모호크가 그를 똑바로 쳐다보며 말했다.

"그러면 진실이 나타날지도 모릅니다. 저는 제 방식대로 그분을 애도하겠습니다."

모호크는 긴 검은 머리를 뒤로 쓸어넘긴 뒤, 왔을 때처럼 조용히 사라졌다. 나이팅게일은 복도를 따라 걸어나왔다. 카나벨이 조지 경의 서재 밖에서 기다리고 있었다.

"나리, 제가 물러가기 전에 할 일이 있으면 말씀해 주십시오."

"조지 경께선 항상 방문을 걸어두셨나요?"

"아닙니다. 방 안에 계실 때만 잠그셨지요. 이 방은 그분의 성역이었어요. 시신은 내일 집 밖으로 모십니까?"

나이팅게일은 어두워지고 있는 복도를 돌아다보았다. 아래층에서 여러 사람의 목소리며 문 여닫는 소리가 들려왔다.

"이 집은 오래 돼서 상당히 삐걱거립니다. 조지 경께선 이 집이 마치 정박해 있는 배 같다고 말씀하셨지요. 오늘 밤엔 그분의 유령이 다니실 겁니다."

카나벨이 웅얼거렸다.

"무슨 소리요?"

나이팅게일이 물었다.

카나벨이 복도를 흘끗 바라보았다.

"조지 경께서 돌아다니실 거라고요. 저는 그분의 냄새를 맡았답니다."

"냄새를 맡았다구요?"

"그렇습니다. 오늘 밤 조지 경의 시신이 발견된 후에 저는 응접실로 다시 들어갔었지요. 그런데 거기서 그분의 담배 연기 냄새가 나는 겁니다. 확실해요! 마님께선 거기선 절대로 담배를 피우지 못하게 하셨거든요."

"그 냄새가 이 방에서 퍼져간 것은 아닐까요?"

나이팅게일이 물었다.

"그렇지만 다른 곳에선 그 냄새를 못 맡았는 걸요. 제 코는 예민하답니다. 부엌과 식품 저장실에서 음식을 준비하는 요리사들과 하인들을 감독하려면 코가 예민해야 하거든요. 제가 응접실에서 담배 냄새를 맡은 건 확실합니다. 저는 마님께도 말씀드렸습니다."

"그리고요?"

"잠시 후에 마님께서 저를 응접실로 부르셨는데 그때는 그 냄새가 나지 않았습니다."

"잘 주무시오, 카나벨."

나이팅게일은 방문을 열었다가 잡아당겨 닫았다. 잠금장치는 망가졌지만 문은 꼭 닫혔다. 카나벨은 초와 램프에 불을 붙였다. 주전자와 술잔, 음식이 담긴 백랍 접시가 놓인 쟁반이 책상 위에 놓여 있었다. 나이팅게일은 의자에 앉아 뭔가를 깊이 생각하면서 술을 따르고 치즈와 빵을 썹었다. 그러더니 잔을 두 손으로 잡고서 의자에 등을 기대고는 닫혀 있는 창문을 응시했다. 그는 모호크의 말을 떠올렸다. 그리고 이렇게 중얼거렸다.

"주여, 그에게 영원한 휴식을 허락하소서."

여기서 정말로 무슨 일이 일어났던 것일까? 나이팅게일은 잔을 내려놓고 파이프가 담긴 선반을 떼어내서 책상 위에 놓았다. 파이프들은 모두 깨끗했고 대통은 비어 있었다. 그 중 한 개가 그의 눈길을 끌었다. 그는 그것을 집어들고 흥미로운 듯 바라보았다. 다른 것들과는 달리 그것에는 이빨자국이 전혀 없었다. 대통은 노르스름해졌고 가장자리는 돌아가며 검게 변해 있었으나 대는 깨끗했다. 이상한 생각이 든 그는 그 파이프를 내려놓고 구리 그릇에 든 두 개의 파이프를 집어들었다. 그는 첫번째 파이프의 재를 책상 위에 털어놓고 단검 끝으로 두 번째 파이프의 내용물을 긁어냈다. 거기서 떨어진 살담배는 살짝만 탔을 뿐이었다. 맨 윗부분에만 회색의 재가 한 겹 씌워졌을 뿐 나머지 담배는 부드러웠고 불길이 닿지도 않은 상태였다. 나이팅게일은 그것을 집어 코로 가져갔다. 달콤한 향기가 났다. 그는 그 파이프를 들고 도자기로 된 작은 담배 단지가 있는 곳으로 갔다. 단지에서 담배를 조금 집어내어 책상 위로 올려놓은 다음 손가락 사이에 놓고 살살 비볐다. 담배는 약간 축축해지고 갈색의 얼룩을 남겼다. 그는 파이프에 담배를 채우고 벽난로 선반에서 밀랍끈을 하나 가져다가 불 가까이에 웅크리고 앉아서 끈에 불을 붙이고 그 불로 파이프에 불을 붙였다.

그는 전에 담배를 피워본 적이 있었으나 한 모금 빨자 기침과 구역질이 났고 눈물이 핑 돌았다. 그는 다시 밀랍끈을 들어 파이프에 불을 붙였다. 이번에는 연기를 깊이 빨아들였다가 내뿜었다. 약간 구역질이 났으나 계속 피웠다. 잠시 후에 그는 담배 피우기를 멈추고 벽난로의 받침쇠 옆에 쭈그리고 앉아 파이프를 비워냈다. 그가 여러 차례 깊이 빨아들였기 때문에 담배는 대부분 타서 재가 되어 있었다.

나이팅게일은 책상으로 돌아갔다. 그는 치즈를 조금 더 먹고 포도주를 조금씩 마셨다.

"조지 경이 여기 왔다."

그가 중얼거렸다.

"파이프 하나에 불을 붙이고 다 피웠다. 두번째 파이프에 불을 채 붙이기도 전에 몸이 불편해졌다. 그러자 파이프를 내려놓았을 테고 곧 극심한 고통에 빠져들었다. 뭐가 문제인 거지?"

나이팅게일은 얼굴을 두 손으로 감싸고 앉아 그가 내뿜은 담배 연기가 창살이 있는 창문 쪽으로 둥글게 말리며 떠가는 것을 지켜보았다.

나머지 사람들은 어디 있었지? 찰스는 외출했고 모호크는 문 밖에서 보초를 서고 있었다. 다른 사람들은? 나이팅게일은 배가 흥분으로 따끔거리는 것을 느꼈다. 그는 일어서서 문을 열었다. 아래층에서는 아직도 여러 소리가 들려왔다. 그는 다시 방으로 들어가 처음에 의심을 불러일으켰던 파이프를 들고 침대 끄트머리에 앉았다. 피로가 몰려왔다. 그는 파이프를 든 채로 잠에 빠져들었다.

몇 시간 후 그는 잠에서 깨어났다. 촛불들이 거의 다 꺼져 있었다. 추위를 느낀 그는 불 곁에 웅크려 앉아 불쏘시개를 좀 더 던져 넣고 통나무를 하나 더 넣었다. 그리고는 앉아서 불꽃이 통나무를 핥으며 탁탁 소리를 내면서 나무에 붙어오르는 것을 바라보았다. 그는 포도주를 조금 마시고 나서 방을 나섰다. 집안은 조용했다. 나이팅게일은 살금살금 아래층으로 내려가 응접실 문을 열었다. 방 안은 어두웠다. 그는 무엇엔가 걸려 비틀거리며 나직하게 욕설을 내뱉었다. 겨우 초를 하나 찾아 불을 붙였고 곧 방 안에 있는 초와 램프에 전부 불을 밝혔다. 그는 불켜진 초를 몇 개 둥글게 세워놓고 매트를 들어 환하게 밝혀진 둥근 원 안에서 살살 털었다. 나이팅게일은 무릎을 꿇고 앉아 매트에서 떨어진 먼지며 부스러기들을 자세히 살폈다. 핀과 단추가 하나씩 나왔다. 그리고 몇 가닥의 뻣뻣한 검은 실 같은 것이 보였다. 그는 그것들을 집어서 손가락 사이에 넣고 조심조심 문지른 후 꼭 눌렀다. 손가락에 짙은 갈색의 얼룩이 남았다. 이어서 그는 의자를 살펴보았으나 아무것도 발견하지 못했다. 그는 촛불을 손에 들고 벽난로 받침쇠 안의 흰 재를 뒤졌다. 끈질기게 뒤지다가 드디어 한쪽 구석에서 다 타버린 밀랍끈의 흔적을 발견했다. 그는 허리띠에서 작은 돈주머니를 꺼내 찾아낸 것들을 거기에 넣고 자기 방으로 돌아갔다.

그는 잠시 동안 불 옆 마룻바닥에 웅크리고 앉아 있었다. 끔찍한 살인이 일어났다고 믿고는 있지만 그것을 입증할 방법이 없었다. 진정 증거가 될 만한 것을 아무것도 가지고 있지 못했다. 암살자는 교활한 변호사의 도움을 받아 그가 찾아낸 빈약한 증거를 웃음거리로 만들 것이다. 나이팅게일은 한숨을 쉬고 침대로 돌아가 담요를 뒤집어썼다. 그는 자다 깨다 하며 밖에서 나는 소리에 귀를 기울였다. 하녀 하나가 피곤한 듯 무거운 걸음으로 층계를 올라오자 그는 밖으로 나가서 그녀에게 가능한 한 빨리 마이클을 그가 있는 방으로 모셔와 주면 고맙겠다고 부탁했다.

그는 책상 뒤에 앉았다. 방문이 열리며 그 모호크 젊은이가 방으로 미끄러지듯 들어서자 나이팅게일은 깜짝 놀랐다. 모호크의 목소리와 눈빛이 들리고 보이지 않았다면 그는 자기가 꿈을 꾸고 있다고 생각했을 것이다. 그는 멋진 옷을 전부 벗어버리고 사슴가죽 바지를 입고 작은 가죽 치마를 엉덩이 부분에 두르고 있었다. 상체에는 한쪽 어깨로부터 비스듬히 늘어진 전투용 띠를 제외하곤 아무것도 걸치지 않았다. 그러나 그의 얼굴과 머리에 생긴 변화가 가장 놀라웠다. 이마에서 뒷덜미까지 이어지는 가운데 부분만 남기고 양쪽 머리를 완전히 밀어버리고 뺨에는 흰색 물감을 칠하고 두 눈 주위에는 붉은 황토로 원을 그려놓았다. 양쪽 뺨에 그은 두 개의 검은 줄은 그의 무시무시한 표정을 더 무섭게 보이도록 했고 턱에는 아랫입술에까지 닿도록 붉은 화살촉이 그려 있었다. 머리 뒤쪽으로부터는 두 개의 독수리 깃털이 솟아 있었다. 그는 한 손엔 길고 이상하게 생긴 파이프를, 다른 한 손엔 작은 도끼를 들고 있었다. 도끼의 검은 날이 불빛에 번쩍거렸다. 그는 맨발이어서 거의 소리가 나지 않았다. 나이팅게일이 그에게 의자를 권했으나 그는 고개를 저었다. 대신 책상 옆 바닥에 다리를 포개고 앉아 그를 올려다보았다.

"주인의 죽음을 애도하는 건가요?"

나이팅게일이 물었다.

"저는 제 부족의 방식대로 애도하고 있습니다. 저는 밤새 자지 않고 그분의 영혼이 마지막 여행을 떠나기 전에 혼자 계시지 않도록 밤샘을 했습니다."
 "언제까지 애도할 겁니까?"
 나이팅게일이 흥미롭다는 듯 물었다.
 "제 부족 사람들에 따르면 전사의 영혼은 죽은 곳에서 사흘을 머무른다고 합니다."
 그는 절도 있는 동작으로 한 손을 뻗었다.
 "그런 다음에야 서쪽으로의 긴 여행을 할 수 있답니다."
 "만일 그 사람이 살해당했다면요?"
 "정의가 행해질 것을 알기 때문에 평화롭게 여행하지요."
 모호크가 검은 두 눈으로 뚫어져라 나이팅게일을 응시했다.
 "그러면 진실을 찾아내신 겁니까?"
 "나는 진실을 찾아냈소."
 나이팅게일은 확신했다.
 모호크는 고개를 끄덕였다.
 "압니다. 그것이 나와 찰스 님의 가슴 속에 있듯이 당신의 가슴 속에도 있다는 것을요."
 "그래요, 그렇소, 하지만 진실과 법은 별개요. 찰스 님은 의심을 품고 있지만 입밖에 내어 말하지는 못하지요."
 나이팅게일이 한숨을 쉬었다.
 모호크는 도끼를 들어 나이팅게일의 무릎을 가볍게 쳤다.
 "그렇지만 당신은 이 살인사건에 대한 진실을 아시지요?"
 "그렇소, 당신에게도 전부 말해주겠소. 어젯밤 저녁식사 전에 누군가 이 방으로 들어 왔소. 그는 선반에서 조지 경의 파이프 하나를 꺼내고 다른 것을 놓아두었어요. 그 파이프는 헌 것처럼 보이도록 특별히 손질을 한 거였소. 눈에 띌까봐 그랬던 거지요. 그걸 눈치채지 못할 뻔했어요."

나이팅게일은 입을 벌리고 송곳니 하나를 톡톡 쳤다.

"조지 경의 씹는 힘이 그렇게 강하지 않았다면 말이오. 암살자는 바꿔친 파이프를 나중에 쓰려고 가져갔지요."

모호크는 길게 한숨을 쉬었다.

"드디어 조지 경이 올라왔소. 문을 잠그고 빗장을 질렀지. 그는 논문에 대해 생각하면서 당신이 준비해 둔 파이프 중 하나를 피웠어요. 그걸 다 피우자 두번째 걸 집어들었지요."

"두 개를 놓아두었었지요."

모호크가 확인하듯 말했다.

"그랬지요. 그러나 그 두번째 파이프는 누군가 손을 댄 거였어요. 암살자는 저녁시사 전에 여기 왔었소. 그 사람은 파이프 하나를 바꿔쳤을 뿐만 아니라 당신이 준비해 둔 파이프도 하나 가져가서 살담배를 털어내고 치명적인 독약을 조금 따라넣은 다음 담배를 다시 넣었지요. 조지 경은 첫번째 파이프를 금방 피우고 두번째 파이프를 피우기 시작했어요. 불 붙이기가 힘들어서 힘껏 빨아들였을 테고 그러는 동안에 독약은 그의 입으로 들어가 창자까지 간 거요. 몇 방울 안 되지만 강력한 독극물이 대개 그렇듯이 즉각적으로 작용했겠지요. 조지 경은 고통을 느꼈지만 어떻게 독이 몸에 들어갔는지는 알지 못했을 겁니다. 그는 파이프를 그릇에 내려놓고는 음식이 잘못된 거라고 생각했겠지요. 독약이 빠르게 퍼졌기 때문에 아마도 조지 경이 뭔가를 알았다고 해도 때가 너무 늦었던 거요."

모호크는 냉정하게 듣고 있었다.

"소동이 일어났지요."

나이팅게일은 담담하게 말을 이었다.

"문이 부서졌어요. 암살자는 그때 틀림없이 이 방에 들어올 수 있도록 준비를 단단히 하고 있었소. 그 혼란 속에서, 조지 경의 시신을 살피고 그분 침실로 옮겨가는 소동 중에 암살자는 그가 표시를 해두었을 독이 든 파이프를 앞서 가져갔던 것과 바꿔놓기만 하면 됐던 거죠."

모호크는 방바닥을 바라보며 몸을 앞뒤로 흔들었다.

"증거를 가지고 계십니까?"

그는 고개를 들지 않은 채 물었다.

"가지고 있지만 빈약해요."

나이팅게일은 자기가 찾아냈던 파이프를 가져와서 모호크에게 건넸다.

"이건 낡은 파이프처럼 보이지만 조지 경 것이 아닐 거예요. 보시오, 이빨 자국이 없지 않소."

"파이프는 왜 바꿔치기 했을까요?"

"카나벨처럼 이 방을 잘 아는 누군가가 세어보고 파이프 하나가 없어진 걸 발견할까봐 그런 거지요. 독이 든 파이프를 어떤 의심도 일으키지 않은 채 가지고 나와서 없애야 했으니까요."

"그밖의 증거는요?"

모호크가 물었다.

"카나벨이 응접실에서 담배 냄새를 맡았답니다. 그는 그것이 조지 경의 영혼이었다고 생각해요. 나는 그 방에 갔었소. 매트에서 담배 피운 흔적을 발견했지요. 타지 않은 살담배 조각들이 있었소. 그리고 벽난로 받침쇠 뒤에서 다 타버린 밀랍끈도 찾아냈어요. 어젯밤에 응접실을 사용한 사람은 마가렛 부인과 토머스 서머셋 박사, 그 두 사람뿐이죠. 마가렛 부인은 담배 냄새를 못 견뎌 했다면서요?"

"그렇습니다."

모호크가 대답했다.

"그러나 어젯밤엔 예외였지요."

나이팅게일이 말했다.

"그녀와 서머셋 박사는 조지 경이 죽기를 기다렸소. 그들은 파이프를 가져갔었소. 이젠 어떤 의심도 일어나지 않도록 그것을 사용해야 했지요. 서머셋 박사는 밀랍끈도 하나 가져왔을 거요. 그는 조지 경의 방에서 훔쳐낸 파이프에 불을 붙이고 잠시 그걸 피웠어요. 마가렛 부인은 창문을 열어두고 있었겠지요. 파이프는 도로 갖다놓을 수 있게 준비가 된 거요. 창문은 닫혀지고 밀랍끈은 받침쇠 안으로 던져졌고 서머셋 박사는 파이프를 주머니에 넣었지요. 조지 경의 방문이 억지로 열렸을 때 박사는 독이 든 파이프를 가져가고 대신 응접실에서 가져온 것을 놓아두었소. 사람들이 의심을 할지도 모르지만 누가 그걸 증명하겠소? 선반에는 같은 수의 파이프가 있고 조지 경이 피운 걸로 돼있는 두 개의 파이프는 책상 위 그릇 속에 있으니 말이오. 이빨 자국이 없는 점을 제외하고는 하인의 날카로운 후각과 담배 조각 몇 개, 타버린 밀랍끈 토막이 결국……"

나이팅게일은 머리를 흔들었다.

"나는 어떤 증거도 내놓을 수 없소. 그렇지만 이것만은 말해 줄 수 있소. 서머셋 박사는 긴 프록코트를 입지요? 할 수 있다면 내가 떠난 후에 그 코트의 주머니들을 잘 뒤져보시오. 그가 넣고 다녔던 두 개의 파이프의 흔적을 찾을 수 있을 겁니다."

나이팅게일은 일어서서 창가로 갔다.

"나는 칼띠와 외투를 챙겨서 화이트홀로 돌아가겠소. 가서 폐하께 조지 경은 담배 때문에 죽었다고 말씀드리겠소."

"정의는 어떻게 되지요?"

모호크가 내뱉듯 말했다.

"당신은 위대한 신령님과 교통을 했지요?"

나이팅게일은 돌아보지 않고 대답했다.

"당신이 내 배심원이오, 모호크. 지켜보며 기다리시오! 듣고 찾으시오! 내가 진실을 말했으니 당신은 재판관이 되고 집행관이 되시오."

소리가 들려 그는 뒤를 돌아보았다. 모호크는 도끼를 허리에 두른 띠에 찔러넣고 일어서 있었다. 나이팅게일은 모호크가 내민 손을 힘주어 잡았다.

"적절한 시간에, 당신이 선택한 장소에서 집행하시오. 내가 진실을 말했으니 처벌이 행해져야 하오!"

나이팅게일이 속삭였다.

남편이 갑작스럽게 이유도 모르게 죽은 뒤 맞은 향기로운 6월의 어느 날, 마가렛 캐리 부인과 그녀의 가깝고 충실한 친구인 토머스 서머셋 박사는 런던을 떠났다. 그들은 테이든 숲 기슭의 쾌적한 땅에 자리잡은 의사의 시골집으로 가기 위해 에핑 로드를 택했다. 그 길은 깊은 숲 사이로 구불구불 나 있었지만 한여름의 편안한 여행이라, 그런 즐거운 여행길에 도대체 무슨 일이 생길 수 있다는 것인지 누구도 이해하지 못했다. 마가렛 부인과 서머셋 박사가 목적지에 도착하지 않았던 것이다. 철저한 수색이 있었지만 그들 두 사람도, 말도, 그 흔적을 찾을 수가 없었다. 갓 결혼한 소피아 부인과 그녀의 남편인 모호크 전사 마이클은 찰스와 함께 성 메리 르 보우 교회에서 열린 짧은 추도식에만 참석했을 뿐이었다.

왕의 특사인 로버트 나이팅게일은 화이트홀에 있는 그의 집필실에서 두 사람의 실종 소식을 들었다. 그는 그 소식에 잔인한 미소를 지었다. 그는 두 암살자가 에핑 로드를 따라 너무나도 즐겁게 여행하는 모습과 얼굴에 물감을 칠하고 머리에 독수리 깃털을 단 어두운 죽음의 그림자가 나무들 사이로 미끄러지듯 달리며 그들을 맹렬히 추격하는 모습을 떠올렸다. 공격하기에 좋은 곳이지! 에핑은 축축한 습지와 깊은 늪이 곳곳에 있어 엄청난 수의 군대라도 숨길 수 있었다. 나이팅게일은 한숨을 쉬더니 도제 파이프에 불을 붙여 들고 창가로 가 창을 열었다. 어쨌든 폐하께서는—신이여, 폐하께 은혜를 베푸소서—담배의 지독한 냄새를 용인할 수 없었던 것이다.

Paul Doherty

내가 역사나 역사소설에 언제부터 관심을 갖게 되었는지는 전혀 기억할 수 없다. 아마도 기억할 수 있는 한 오래 전으로 거슬러 올라간 때부터였을 것이다. 나는 로버트 루이스 스티븐슨의 『보물섬』과 퀸틴 더워드를 읽으며 자랐고 그 후에는 월터 스코트와 찰스 디킨스를 탐독했다. 아마도 내게 가장 큰 영향을 미친 작가는 어른과 어린이가 함께 읽을 수 있는 작품들을 썼던 두 사람, 로즈메리 서트클리프와 헨리 트리스일 것이다. 그들 두 소설가는 우리를 과거로 데려가는 능력, 과거의 문명을 창조해내는 놀라운 능력을 가지고 있었다. 그들은 전설을 취해서 그것을 역사적인 문맥 속에 넣는 데 뛰어났다. 나는 지금도 서트클리프의 『황혼의 검』이 아더 왕을 소재로 한 작품 중 최고의 것이며 『제이슨과 아르고 선의 용사들』이라는 트리스의 소설은 참으로 매혹적이었다고 믿고 있다. 다른 작가들도 내게 영향을 주었다. 조지 쉐페이의 『제국의 통치자』, 나이젤 트랜터의 스코틀랜드를 배경으로 한 소설들, 그리고 메리 르노 등이 내게 영향을 미쳤다.

역사추리물에 대한 나의 진정한 관심은 1327년에 일어났던 에드워드 2세의 암살에 관한 논문을 쓰면서, 또 실제의 역사적 수수께끼를 풀기 위해 역사적인 기교를 멋지게 사용했던 조세핀 테이의 『시대의 딸』을 읽으면서 불붙여졌다. 움베르토 에코의 『장미의 이름』(책보다는 영화의 영향이 컸을 것이다)도 내게 영향을 주었다. 나는 엘리스 피터스의 캐드펠 소설들을 한 권도 읽은 적이 없다는 걸 인정해야만 하겠다. 그 책들은 언젠가 내가 얻게 될 것으로 기대하고 있는 큰 기뿜으로 남아 있다. 그러나 나는 엘리스가 자신의 본명인 이디스 파제터로 글을 쓸 때 그녀가 훌륭한 역사소설가임을 알고 있었고 그녀의 『시루즈베리 옆의 핏빛 들판』은 여전히 고전의 위치를 차지하고 있음도 알고 있다.

폴 도허티

아킬레스를 위하여

존 매덕스 로버츠

작업실에 다시 와서 횃불을 비추니 끔찍한 장면이 펼쳐졌다. 그 멋진 조각상 기단에, 얼굴을 아래로 하고 검은 머리가 피범벅이 된 시체가 놓여 있었다. 아겐산더의 지시에 따라 노예들이 시체를 돌려 뉘었다. 멜란서스의 잘 생긴 얼굴이 드러났다. 이날 저녁은 내가 기대했던 것보다 훨씬 더 흥미진진한 저녁이 될 것 같았다.

***

아테네가 좋은 것 중 하나는 그것이 갈리아가 아니라는 것이다. 그해에 우리 가족은 내가 로마를 떠나기를 원했다. 나는 어땠는가 하면 갈리아에 있는 시저의 군대로 돌아가고 싶지 않았다. 이번만은 가족 사이의 의견이 일치했다. 갈리아가 그렇게 위험하다거나 불만족스러운 곳이었다기보다 시저를 제외하고는 어느 누구도 그곳에서 명예를 얻기는 틀렸다는 이유에서였다. 그가 공개하도록 보내는 공문서들을 그대로 믿는다면 그는 오로지 혼자 힘으로 그곳을 정복하고 있는 중이었다.

그러나 고위 공직에 입후보하려면 더 많은 군대 경력이 필요했다. 그해에 로마가 군사 작전을 벌이고 있는 지역은 갈리아 만이 아니었다. 카시우스 롱기누스가 시리아에서 파르디아 사람들과 싸우고 있었고 아피우스 클로디어스는 아직도 실리시아에서 전쟁 중이었다. 그러나 시리아는 카레이에서 크라수스가 패배한 뒤로 운수 나쁜 지역이 되었고 우리 집안과 클로디어스 집안은 사이가 나빴다.

우연히도 사이프러스 인근 해역에서 사소한 해적 행위가 발생했고 나는 그 문제를 해결하기 위해 그 해적질 만큼이나 별볼일 없는 해군 지휘관 자리를 제안 받았다. 제정신인 로마인이라면 누구나 그렇듯이 나는 해군 복무를 아주 싫어했으나 다른 대안들을 숙고해 본 끝에 그 제안을 받아들였다.

당시에 그런 임무를 처리하는 비결은 간단했다. 서두르지 말라. 그게 다였다. 내게는 그 해상 강도들을 궤멸시키는 데 일 년의 기간이 주어졌다. 그래서 나는 천천히 사이프러스로 가서 여유롭게 해상 작전을 수행하고 내년의 집정관 선거에 출마할 시간에 맞춰 로마로 돌아오기로 결정했다.

그런 이유로 사이프러스로 가는 도중에 내가 지휘하는 소형 함대가 파이리어스에 입항했을 때 나는 그 기회를 이용해서 며칠 동안 빈둥거리면서 관광이나 하기로 마음먹었다. 나는 4세기도 더 지난 옛날에 테미스토클레스가 지은 파이리어스의 요새에 감탄하며 요새를 계속 연장해서 항구와 아테네를 연결시킨 장대한 롱 월스를 따라 걸었다.

나는 노예인 헤르메스를 데리고 롱 월스의 두 벽 사이를 걸어 아테네까지 갔다. 말을 한 필 빌리거나 가마를 타고 갈 수도 있었으나 항해를 한 뒤라 다리를 뻗을 필요가 있었던 데다가 당시에는 어떤 경우라 하더라도 그런 호사를 부리면 우리 계급 사람들은 눈살을 찌푸리곤 했다. 사람들은 군대에 있을 나이의 공인이면 소박함을 보여주기를 기대했고 타락한 외국인들 사이에 있을 때는 특히 그래야 한다고 여겼다.

나는 로마 장관의 집으로 인사를 하러 갔다. 장관은 퍼블리어스 세리어스란 사람으로 친절하고 부지런한 사람이었다. 나는 그에게 아테네에서는 공식적인 볼 일이 없으며 여기 머무르는 동안 공식적인 업무에는 전혀 관여하고 싶지 않다고 말했다. 안내 받은 방에 헤르메스가 우리의 조그만 짐꾸러미를 갖다 놓은 후 나는 관광을 하러 나섰다.

인정하기가 고통스러웠지만 아테네는 누구나 다 말하는 것처럼 아름다웠다. 여러 번 황폐화되고 약탈당했던 도시지만 나는 그런 흔적을 어디서도 찾아볼 수 없었다. 세계 곳곳에서 온 찬미자들이 경쟁적으로 아테네를 단장하여 도시는 아름다운 예술 작품들과 멋진 건축물들로 가득했다. 도시는 생각했던 것보다 훨씬 작아서 시간을 얼마 들이지 않고서도 모든 것을 다 볼 수 있었다. 이틀만에 나는 아크로폴리스와 스토아와 에레크테움을 비롯한 모든 것들을 다 보았다. 너무나 많은 조각상들을 본 탓에 내 꿈은 그것들로 들끓었다.

그날 저녁식사 때 나는 주인에게 볼 만한 것들은 다 보았는데 이제 곧 떠나야 하니 추천해주실 만한 게 더 있는지 물었다.

그는 그의 왼쪽에 비스듬히 기대어 있는 한 남자를 돌아다보았다.

"안드로클레스, 뭘 추천하시겠소?"

그 사람은 철학자였다. 평생 사물들에 대해 생각만 할 뿐 뭔가를 하지는 않는 그런 싫증나는 사람들 중의 하나였다. 그는 철학자에게는 필수적인 누더기 옷에 손질도 안 한 수염을 달고 있었다. 현명하게 보이려고 연습하는 데 오랜 시간을 보낸 것이 분명했다.

"의원께서는 아카데미를 방문해 보셨습니까? 시내에서 디필럼 게이트로 나가서 조금만 걸으면 됩니다."

"아카데미요?"

내가 말했다.

"소크라테스가 가르쳤던 곳 아닙니까?"

그는 불편한 표정으로 말했다.

"플라톤이지요. 플라톤 학파 사람들이 아직도 거기서 모입니다. 삼백 년이 넘게 해 온 대로 말이지요."

세리어스는 내 표정을 알아본 모양이었다.

"거기는 세상에서 가장 아름다운 숲 중 하나지요, 데시어스 카이실리어스. 세심하게 조림과 조경을 한 것 외에도 멋진 조각품들이 몇 개 있어요."

그건 좀더 나았다. 내가 제일 하고 싶지 않은 일이 지겨운 늙은 철학자들이 서로 설전을 벌이는 것을 듣는 것이었다. 그러나 아름다운 정원이란 어떤 로마인에게나 기쁨을 주었다.

"제가 안내해드릴 수 있다면 정말 기쁘겠습니다."

안드로클레스가 말했다. 철학자들이란 언제나 팁을 바라고 손을 내민다.

"아카데미는 트로이 전쟁의 영웅인 아카데머스의 이름을 딴 겁니다."

안드로클레스가 말했다.

"그는 이 숲에 처음 나무를 심고 이걸 그의 고향인 아테네에 기증하도록 유언했지요."

우리는 도시를 나와 세피서스 강을 따라 천천히 걷고 있었다. 그건 강이라기보다 작은 시내에 가까웠다. 로마처럼 아테네도 오래 된 성벽 밖으로 넘쳐 나온 상태여서 우리는 탁 트인 시골길에 있는 게 아니라 세라미커스라고 불리는 일종의 교외 지역을 걷고 있었다. 그곳은 아테네의 많은 도공들의 집과 작업장이 있어서 그런 이름이 붙여졌다. 나는 헤르메스에게 하루 쉬라고 하고 나온 참이었다.

"대단한 용사들이었어요."

내가 말했다.

"내가 방문했던 모든 도시가 다 트로이의 약탈을 피해서 도망쳐 나온 트로이인 아니면 그 전쟁에서 그리스 편에서 싸웠던 누군가에 의해 세워졌더군요."

"그런 것 같죠. 전설에 따르면 트로이 왕자인 이니어스가 로마를 세웠다지요."

"그렇게들 말하지요. 의심의 여지가 많지만 얼마 안 있으면 그 의심을 입 밖에 내는 게 어리석은 짓이 될지도 모릅니다."

"왜 그렇습니까?"

"줄리어스 시저가 자신을 이니어스를 통해 이어 내려온 비너스 여신의 후손이라고 주장하기 때문이지요. 시저의 조상에 대해 의혹을 제기하는 건 지금은 좋지 않은 생각이에요."

"그걸 명심해야겠군요. 아, 다 왔습니다."

우리는 실물대의 조각상 앞에 서 있었다. 조각상의 얼굴로 보아 플라톤임을 알 수 있었다. 이 상은 시내에 있는 훌륭하게 갈고 닦은 조각들과 달리 거칠게 마무리한 소박한 대리석 덩어리였다. 분명 철학적 소박함과의 일치를 위해 이렇게 만들었을 것이다. 그 상은 높이가 2미터가 넘는 돌담에 달린 소박한 대문 옆에 서 있었다. 우리는 안으로 들어갔다. 나의 오랜 다양한 경험 중 마주친 가장 완벽한 옥외 풍경이었다. 놀라움을 숨길 수 없었다.

아카데미는 내가 예상했던 것과 전혀 달랐다. 나는 마음속으로 전형적인 시골 빌라 정원 크기의 정원에, 가운데는 학생들이 선생의 장광설을 들으며 지루해 죽을 지경인 걸 숨기며 앉아 있을 돌의자들이 둥글게 놓여있을 거라고 상상했었다. 그러나 상당한 규모의 농장만큼이나 크고 다채로운 숲과 마주친 것이다. 그것은 나지막한 언덕에 꾸며져 있어서 전체를 한눈에 볼 수 없게 돼 있었다. 그러나 숲 사이사이에 뚫린 작은 길을 따라 걷다가 한 번씩 길이 꺾일 때면 숨이 막힐 정도의 광경이 펼쳐졌다. 빛과 그림자가 완벽한 균형을 이루었고, 길가의 정자들 위로 둥글게 올려진 포도 넝쿨들은 나뭇잎 사이로 바깥을 볼 수 있고 햇빛이 환히 들어올 수 있게끔 손질되어 있었다.

수업은 대개 숲 속의 조그만 빈터에서 이루어졌다. 학생들은 부드러운 풀 위에 앉아서 들었으나 가끔 열정적인 선생들이 말을 하면서 계속 걸어다니고 학생들이 그 뒤를 따라다니는 광경이 보이기도 했다. 많은 학생들은 어느 모로 보나 주의를 기울이고 있는 게 분명했다.

조각품들은 작고 섬세했으며 띄엄띄엄 놓여 있었다. '마음을 흐트리지 않고 명상의 대상이 되도록 하기 위해서'라고 안드로클레스가 설명했다.

모퉁이 하나를 돌아가자 체육관이 나타났다. 거기서는 오륙십 명의 벌거벗은 청년들이 달리고 뛰어오르고 레슬링을 했으며 공을 가지고 놀거나 어떤 신이 거기에 떨어뜨리고는 잊어버린 보석 같은 수영장에서 수영을 하고 있었다. 나는 아카데미가 육체적인 단련도 포함하고 있다고는 상상도 못했으나 안드로클레스의 설명에 따르면 플라톤은 신체도 마찬가지로 엄격한 훈련을 하지 않는다면 정신을 고양시키는 일은 아무런 쓸모가 없다고 주장했다는 것이다.

아테네의 귀족 청년들에 대해 이 말만은 해야겠다. 그들은 아름다웠다. 나는 시세로가 이런 현상을 묘사한 것을 들은 적이 있으나 믿지는 않았었다. 그들을 꼼꼼히 뜯어보았지만 어디에서도 흠 하나 발견할 수 없었다. 그들에 비하면 캠퍼스 마티어스에 있는 이들 아테네 청년들과 유사한 우리 계급의 로마 청년들은 추악한 집단이었다. 나는 그리스 사람들이 소년들에게 느끼는 성적인 매혹에 동조한 적이 없었지만 이곳에서는 그것이 얼마나 호소력 있는 것인지 이해할 수 있었다.

"이 지역에서는 뭘 어떻게 하는 겁니까?"

내가 내 안내인에게 물었다.

"못생긴 아이들은 태어나자마자 물에 빠뜨려버립니까?"

"아테네 사람들은 모든 것에서 뛰어나려고 몇 세기를 바쳤지요."

"대부분의 분야에서는 성공한 것 같군요. 당신네들이 거기에 정치와 군사 부문을 덧붙일 수 없다니 매우 유감이오."

"그 두 분야에서 로마의 탁월함은 많은 결점에 대한 보상이 되지요."

그가 덤덤하게 말했다. 그런 말을 들어도 할 수 없었다. 그렇게 초라한 기분이 들었던 적은 없었을 것이다. 어떤 민족이 조그만 장소 하나에 그렇게도 많은 아름다움을 한꺼번에 보유하고 있다는 게 부당하게만 느껴졌다.

나는 운동장 한구석의 한 점 그늘로 주의가 쏠렸다. 올리브 나무들이 반원으로 둘러진 공간에 참으로 눈부신 청년 하나가 찬미자들에 에워싸여 수금을 뜯고 있었다. 찬미자들 대부분은 좀더 나이가 많은 축들이었으나 몇몇은 그와 같은 또래였다.

그의 머리는 대부분의 그리스인들보다 더 밝은 금발이었으며 얼굴 모습은 너무나 완벽해서 조각가들에게 잘 생긴 신들의 모델 노릇을 해주는 것만으로도 먹고 살 수 있을 것 같았다. 체격도 뛰어났다. 상처 하나 없는 몸에 균형 있게 발달한 멋진 근육들이 보란듯이 드러나 있었다. 그는 한 번도 전선에 서본 적이 없을 것이다. 그리고 그때까지 그랬던 것처럼 앞으로도 그리스의 군사 행동이란 있을 법하지 않은 일이었다.

안드로클레스도 내 시선이 가 있는 곳으로 눈길을 돌렸다.

"아, 이사이어스가 저기 있군요. 참으로 빼어난 청년이죠. 의원님은 운이 좋습니다. 저 청년은 여기 자주 오지 않거든요."

"글쎄 뭐, 저 청년을 한 번 보자고 여기까지 특별히 온 건 아니지만 정말 눈부시군요. 주위에 있는 남자들은 누구죠? 남색꾼 무리 아닙니까?"

"저들은 아름다움뿐 아니라 예술도 알아보는 사람들이죠. 수염이 거의 센 저 키 큰 남자는 로이커스입니다. 아주 부유한 사람으로 커다란 축제 때마다 경기를 후원하지요. 짧은 갈색 수염의 저 건장한 남자는 조각가인 아게산더예요. 저 사람이 이 세대의 가장 뛰어난 조각가라고 하는 사람들이 많지요. 테베 사람들이 델피의 신전에 바친 저 사람 작품 디오메데스와 오디세우스는 정말 훌륭한 작품입니다. 그리고 대머리 남자는 네아클레스인데 유명한 수금 선생이에요. 이사이어스는 그의 학생이고요."

"분명히 무료로 가르칠 겁니다. 젊은이들은 누굽니까?"

내가 왜 그렇게 호기심을 갖는지는 나도 알 수가 없었다. 단지 그 광경이 매우 세련되어 보이기는 했지만 로마에서 볼 수 있으리라고 기대하는 어떤 것과는 아주 거리가 있다는 것만은 느끼고 있었다.

"저 아름다운 젊은이 있죠, 이사이어스보다는 조금 못하지만 그래도 정말 아름다운 저 청년은 멜란서스인데 거의 모든 면에서 이사이어스의 경쟁자입니다. 그러나 멜란서스가 모든 면에서 강력한 경쟁자라는 사실에도 불구하고 둘은 친한 친구랍니다."

그 청년은 이사이어스보다 한두 살 많아 보였는데 얼굴도 몸도 그만큼 멋있고 완벽했으나 머리가 검었고 피부도 평범한 올리브색이었다. 사실 그는 그의 친구만큼 잘 생겼다. 단지 덜 눈부실 뿐이었다.

"더 어린 소년은 아민타스라고 로이커스의 아들인데 아주 뛰어난 운동 선수인데다 시적 재능까지 갖추고 있어요."

그 소년은 갈색 곱슬머리에 코는 낮았지만 보기 좋은 얼굴이었다. 그의 턱과 코밑에는 짙은 색의 솜털이 조금 나 있었는데 처음 면도하고 일 년 정도 된 것 같았다.

"나머지 사람들은 그저 찬미자들일 뿐입니다. 심미안은 있지만 명성이 없는 사람들이죠."

그들 모두는 나이와 신분을 불문하고 헬렌을 열망하는 파리스처럼 넋을 잃고 그 소년을 바라보고 있었다. 어쨌거나 그들은 그리스인들이었다.

"만나보시겠습니까?"

안드로클레스가 물었다.

"물론입니다. 집에 돌아갔을 때 자랑할 수 있어야죠."

우리가 다가가자 이사이어스는 노래를 멈추었다. 원로원 의원임을 알리는 줄이 있는 나의 소박한 양모 튜닉과 전쟁을 수행 중임을 드러내는 군사용 장화와 허리띠, 그리고 마지막으로 수많은 상처와 메텔러스 집안의 긴 코를 한 전형적인 로마인의 얼굴인 내 얼굴을 보고 그는 눈을 크게 떴다. 그러나 칭찬할 만하게도 그는 겁을 먹거나 움츠러들지는 않았다.

"이사이어스, 그리고 여러분."

안드로클레스가 주의를 환기했다.

"유명한 방문객을 소개하려고 합니다. 이분은 고귀한 원로원 의원이신 소(小) 데시어스 카이실리어스 메텔러스이십니다. 최근까지 로마의 도시 장관이셨고 지금은 동해의 해적들을 진압하러 사이프러스로 가는 중이시지요."

그들은 한 사람씩 내게 소개된 후 내 손을 잡고 예의바른 인삿말을 웅얼거렸다.

우리 로마 사람들은 아무도 우리를 사랑하지 않는다는 것을 아주 잘 알고 있다. 특히 그리스 사람들은 로마의 권력 앞에 고개를 숙이려면 자부심을 한참씩 내리눌러야 했다. 그러나 그들 중에서도 지금 내 앞에 고개 숙인 이 사람들처럼 교육이 높은 이들은 그들 스스로 나랏일을 해나갈 능력이 전혀 없으며 로마의 손은 그리스 위에 아주 가볍게 놓여 있다는 것을 아주 잘 알고 있었다. 우리는 그들의 폭동을 부드럽게 진압했고 세금을 가볍게 매겼으며 처음에 그들의 도시와 신전들을 약탈한 후에는 그것들을 수리하고 치장하느라 많은 돈을 썼다. 코린트만 큰 고통을 겪었다. 누군가를 본보기로 처벌해야 했기 때문이었다. 그러나 어쨌든 그리스인만큼 다른 그리스인들에게 큰 피해를 끼친 사람은 없었다. 그러니 이들이 나를 만나서 기쁘다고 공언하는 것이 지나친 거짓은 아마 아닐 것이다.

"의원님."

로이커스가 말했다.

"저희에게 영광을 베풀어주셨습니다. 오늘 밤 저희 집에서 식사하시는 더 큰 영광을 제게 베풀어주시지 않겠습니까?"

"오히려 제가 영광입니다."

우아하게 빠져나갈 방법이 없었던 나는 응낙할 수밖에 없었다. 나는 그리스인의 소박한 식사 습관을 잘 알고 있었다. 그러나 언젠가는 내가 아테네를 다스리게 될 지도 모르는 일이고 부자들이 내 편이라는 것은 언제나 좋은 일이다. 그리되면 일이 훨씬 쉬워진다. 로이커스는 거기 있는 모든 사람들도 전부 초대했고 모두들 초대를 받아들였다. 그러나 이사이어스는 나만큼이나 내키지 않는 것 같았다.

나는 조각가를 돌아보았다.

"아게산더, 당신은 내가 가는 곳 어디에서나 명성이 드높더군요. 로데스에서 아프로디테와 에로스라는 훌륭한 작품을 보았고 시라큐스에서는 다른 것을 보기 전에 당신의 춤추는 디오니서스를 보라고 데리고 가더군요. 그건 그 도시의 자랑거리였소."

그는 기품 있는 태도로 고개를 숙였다.

"뮤즈들이 제 손을 인도한답니다. 그러나 그것들은 초기 작품들이었어요. 저는 지금 마무리하고 있는 작품이 이전 것들 모두를 능가하기를 바라고 있습니다."

"무슨 작품을 만들고 있지요?"

"아킬레스와 파트로클러스를 조각하고 있답니다!"

아민타스가 소리쳤다.

"이사이어스와 멜란서스가 모델이지요!"

몇몇이 엄격한 얼굴로 소년을 바라보았다. 집안 좋은 그리스 소년들은 말을 시키기 전에 어른들의 대화에 끼어들면 안 됐다. 아민타스는 찬탄의 눈길로 이사이어스를 바라보았다.

"멋진 주제군요. 또 그 역할에 이들 두 청년보다 더 좋은 모델은 상상할 수도 없군요."

내가 칭찬했다. 약간 추어올리는 건 해 될 것 없지라고 나는 생각했다.

"그 조각상은 로데스에 있는 것처럼 대리석으로 합니까, 아니면 시라큐스에 있는 것처럼 청동으로 합니까?"

"지금 그 영웅들을 대리석에 옮기고 있는 중입니다. 물론 누드고요. 영웅의 조각상에는 그게 관례지요. 그리고 색을 옅게 칠할 겁니다. 투구와 방패는 제 디자인에 따라 청동으로 주조되고 있어요. 멜라니퍼스라고, 제 청동 작품 주조를 모두 맡아 하는 사람이 하고 있습니다. 아킬레스의 갑옷이며 방패는 신의 작품 아닙니까. 그러니 제가 만든 방패의 질이 신의 기준에 약간 모자란다 해도 용서해주시기를 바라고 있어요."

"그렇지만 아킬레스의 무장은 파트로클러스가 죽고 나서야 벌컨이 만든 것 아닌가요?"

"아주 예리한 지적이십니다. 사실 그 작품의 제목은 '엘리시엄 평야에서 재회한 아킬레스와 파트로클러스' 예요. 저는 그 방패를 일리아드에 묘사된 대로 조각해 보고 싶은 욕구를 누를 수가 없었어요."

그는 주위를 둘러보았다.

"저는 언제나 엘리시엄의 풍경은 아카데미와 같을 거라고 마음 속에 그려보지요."

"정말 비길 데가 없는 곳입니다."

내가 동의했다.

"아게산더, 그 조각품을 보게 해달라고 부탁하면 너무 지나친 일이 될까요? 예술가들 중에는 완성되지 않은 작품은 아무에게도 보여주지 않는 예민한 사람들이 많다는 걸 알고 있지만 나는 내일 배로 돌아가야 하고 어쩌면 밀레터스에 갈 기회가 없을 지도 몰라서 드리는 말이에요."

그는 친절한 미소를 지었다.

"보여드리고 말고요. 저는 다른 무엇보다도 돌과 금속이 제 손 아래서 모양을 갖춰가는 순간을 보는 걸 좋아합니다. 그리고 다른 사람들에게도 그런 즐거움을 주는 걸 거절하지 않습니다. 사실상 대좌 마무리 손질과 청동 작업만 남았을 뿐 다 끝났어요. 여러분 모두가 제 작업실에 오셔서 어떻게 생각하시는지 말씀해주신다면 정말 기쁘겠습니다."

나는 예술품 감식가인 척 해본 적도 없고 그리스 문화의 다른 면에 대한 이해도 지독할 정도로 없었다. 그러나 훌륭한 조각품에 대한 사랑은 평생에 걸친 것이었으며 이런 제안만으로도 이번 아테네 여행은 가치 있는 것이었다.

젊은이들은 옷을 입기 시작했다. 옷이라고 해 봐야 한쪽 어깨에만 걸쳐 입는 헐렁한 짧은 속옷 같은 게 전부였다. 그 옷으로는 아무것도 가려지지 않았다. 그들 셋이 움직이는 모양을 보고 있자니 흥미로웠다. 일어나 옷을 걸치는 그 단순한 행동에서도 이사이어스는 무용수같은 완벽한 균형을 보였으며 멜란서스는 전사와도 같은 야성적인 우아함을 보였다. 아민타스는 운동 선수처럼 온몸이 경쾌한 조화를 이루며 움직였다.

작업실까지는 걸어서 잠깐이면 됐다. 작업실은 소박한 헛간이었다. 비도 막으면서 가능한 한 많은 햇빛이 들어오게 하려는 의도로 양쪽을 터놓았다. 작업실 한가운데 웅장한 조각품이 서 있었다. 우리는 한동안 그것을 칭찬하며 얘기를 나누었다. 청년들은 놀랄 만큼 생생하게 묘사되어 있었다. 균형을 잃지 않으면서도 자연스러운 포즈로 서로 한 팔을 상대방의 어깨에 올려놓고 있는 모습이었다. 그들은 각각 한손을 아래로 뻗고 있었다. 다 완성되면 뻗고 있는 손들은 방패의 가장자리 위에 놓이게 될 것이다. 그들의 머리 꼭대기와 뒷부분은 아직 손질이 끝나지 않았다.

"아킬레스는 아이아스를 제외하고는 어떤 다른 영웅들보다도 다소 크게 표현하는 게 관례 아닌가요?"

내가 말했다.

"그 부분에서 저는 관례를 벗어난 거죠."

아게산더가 말했다.

"제 모델들은 더할 나위 없이 완벽해요. 그러니 그런 완벽함에 제멋대로 손대고 고친다면 뮤즈들을 화나게 할 겁니다. 그래서 그들을 같은 크기로, 실제와 꼭 같게 묘사한 것이죠."

"머리는 어째서 마무리가 안 됐습니까?"

로이커스가 물었다.

"완성된 형태로는 투구를 쓴 모습이 될 겁니다. 투구들은 코린트식 디자인으로 얼굴이 보이도록 뒤로 넘겨 쓰게 되지요. 아, 저기 투구가 오고 있군요."

일꾼 몇이 나무 들것을 들고 작업실에 도착했다. 들것에는 덮개를 씌운 묵직한 물건들이 올려 있었다. 아게산더는 덮개를 젖히고 작품을 살폈다. 당당한 투구 한 쌍과 둥그렇고 넓은 방패 두 개가 드러났다. 파트로클러스의 방패 표면에는 고르곤의 얼굴이 새겨져 있었고 약간 더 큰 아킬레스의 방패는 일리아드에 묘사된 대로 도시며 전투 등의 그림이 그려진 여러 개의 동심원으로 덮여 있었다.

"늘 그렇지만 멜라니퍼스는 훌륭하게 잘 해주었군요."

아게산더가 평가를 내렸다.

"완성되었을 때 보면 세세한 묘사 부분들은 금과 은으로 강조되어 있을 겁니다. 이 두 영웅들은 밀레투스의 시민들이 의뢰한 것인데 최고의 손질을 해달라며 돈을 지불했답니다."

"이만한 조각품이라면 어떤 도시든 그 도시의 명성을 드높일 만합니다."

수금 선생인 네아클레스가 말했다.

"밀레투스 사람들은 특히 운이 좋은 거죠."

로이커스가 맞장구쳤다. 평생 처음으로 나는 그런 지나친 칭찬에 제동을 걸지 않았다. 내가 보기에도 그 작품은 아무리 칭찬해도 모자랐다.

로이커스의 집은 작업실에서 그리 멀지 않았다. 식탁은 내가 걱정했던 대로 소박했으나 대부분 예술을 화제로 한 그 사람들과의 대화는 참으로 즐거웠다. 나는 수금에 관한 네아클레스의 보다 기교적인 설명을 이해하지 못했고 그가 피타고라스의 이론을 끌어들였을 때에는 어리둥절했으나 대체적으로 예상했던 만큼 지루하지는 않았다.

젊은이들 사이의 상호 작용을 살피는 것은 흥미로웠다. 나는 다른 유형의 사람들은 많이 보았지만 이들은 내가 미처 겪어보지 못한 새로운 유형이었다. 이사이어스와 멜란서스는 서로에게 분명한 애정을 보이고 있었다. 그러나 경쟁자들의 특징이라 할 수 있는 그런 거리감도 함께 드러나고 있었다. 반면 아민타스는 보는 사람이 당황스러울 정도로 이사이어스에게 빠져 있어서 끊임없이 그에게 찬사를 늘어놓고 마치 하인처럼 음식을 갖다주었다. 이상하게도 다른 사람들은 그런 행동을 부적절하다고 보는 것 같지 않았다. 어쨌든 그들은 그리스인이었던 것이다.

"자 이제 젊은이들은 내보내야 할 것 같습니다."

접시들이 치워지고 술잔이 들어오고 화환들이 모두에게 나누어졌을 때 로이커스가 말했다.

"셋 다 다음 이스미안 경기를 위해 훈련 중이고 술을 입에 대지 않은 채, 해가 진 뒤 한 시간 내에 침대에 들겠다는 신성한 약속을 했으니까요."

이사이어스와 멜란서스, 아민타스는 정중하게 인사를 하고 나갔다. 나이가 더 위인 두 청년은 내게 소개된 후로 서로 열 마디도 나누지 않았다. 다 큰 청년들이지만 아직도 어른들 앞에서는 침묵을 지켜야 할 나이였던 것이다.

로이커스가 사회자로 뽑혔다. 그는 포도주에 물을 삼분의 일만 섞어야 하며 우리 각자가 노래나 이야기로 일행을 즐겁게 해주어야 한다고 명령했다. 나부터 시작하라고 했다.

그래서 나는 무시어스 스카이볼라에 관한 놀라운 이야기를 해주었다. 그는 교만한 타르킨에게 포로로 잡히자 그 에트루리아인들에게 로마인들이 죽음과 고문을 얼마나 우습게 아는지 보여주기 위해 석탄 화로에 손을 넣고 손이 타서 숯덩이가 되도록 꿈쩍도 안 했던 사람이다. 그 얘기는 예의상 보내주는 박수밖에 받지 못했다. 외국인들을 즐겁게 해주는 것보다는 그들과 논쟁하는 것이 종종 더 나은 법이다.

"아, 뭐라고 얘기해야 할지, 매우 로마인다운 얘기로군요."

로이커스가 칭찬했다.

"그럼 네아클레스 차례지요?"

그 노인은 수금의 음을 맞추더니 아폴로 신을 찬양하는 아름다운 노래로 우리에게 은혜를 베풀어주었다. 누군가가 내게 속삭여준 얘기에 따르면 네아클레스는 이 노래로 20년 전에 올림픽 상을 받았다는 것이다. 박수 갈채가 수그러들 무렵, 노예 하나가 숨을 헐떡이며 눈이 휘둥그래져서 뛰어들어왔다.

"살인입니다!"

그가 외쳤다.

"아게산더 님 작업실에서 살인이 났어요!"

"이 사람이 누구죠?"

내가 물었다.

"아, 제 노예 중 하납니다."

아게산더가 말했다.

"어리석은 놈, 뭐라고 지껄이는 거냐? 취했나? 만일 그렇다면 네 등 껍질을 벗겨놓을 테다!"

"아닙니다! 살인이에요! 와서 보세요!"

그 남자는 아시아 쪽 사람 같았다. 놀라서 허둥거리는 통에 그리스어를 잊어버리고 자기 나라 말로 떠들어대고 있었다.

"가보는 게 좋겠소."

로이커스가 말했다.

모두들 일어나서 화환을 벗고 자기 샌들을 찾아 신었다. 나는 포도주를 한 컵 더 떠서 마신 후 맨 나중에 방을 나섰다. 나는 그리스인들이 포도주에 과도하게 사용하는 송진의 맛에 질겁을 했으나 그렇다고 해서 마시지 못할 정도는 아니었다.

작업실에 다시 와서 횃불을 비추니 끔찍한 장면이 펼쳐졌다. 그 멋진 조각상 기단에, 얼굴을 아래로 하고 검은 머리가 피범벅이 된 시체가 놓여 있었다. 아게산더의 지시에 따라 노예들이 시체를 돌려 뉘었다. 멜란서스의 잘 생긴 얼굴이 드러났다. 이날 저녁은 내가 기대했던 것보다 훨씬 더 흥미진진한 저녁이 될 것 같았다.

"집정관과 유지들을 불러야 할 것 같습니다."

로이커스가 슬픈 어조로 말했다.

"누가 가서 이사이어스와 제 아들을 데려오시오."

"로마 총독도 잊지 마시오."

나는 그들에게 이곳의 진짜 권력자가 누군지 상기시켰다. 많은 노예들과 하인들이 그 명령을 수행하기 위해 달려나갈 때 나는 작업실을 살펴보았다. 아킬레스의 방패가 바닥에 뒤집어져 있고 투구 하나가 그 옆에 뒹굴고 있는 것 외에는 모든 것이 우리가 떠날 때와 똑같이 놓여 있었다. 나는 투구 옆에 쭈그리고 앉아 찬찬히 살펴보았다. 청동의 앞 장식에 피와 머리카락이 엉겨붙어 있었다. 그것이 살인 무기였다.

나는 방패의 모서리를 잡고 흔들어보았다. 방패는 묵직하게 움직였다. 그것은 나무로 만들고 겉에 얇은 청동을 댄 전투용 방패가 아니었다. 순수한 청동으로 만든, 남자 손바닥만큼이나 두꺼운 조각품이었다. 조각상 쪽으로 간 나는 두 인물의 손의 위치를 조사했다. 각각의 손 아래 대좌에는 길쭉한 구멍이 파여 있었고 그 구멍들은 조각된 풀들로 교묘하게 가려 있었다. 방패의 아래쪽 가장자리가 그 구멍들에 끼워질 것이다.

내가 조사를 끝냈을 무렵에는 이미 대단한 인파가 모였다. 많은 남자들이 술자리에서 갑작스럽게 불려온 탓에 아직도 화환을 쓰고 있었다. 희생자의 신원에 대한 말이 퍼지자 그들의 기분은 불쾌하게 바뀌었다. 그 도시의 가장 전도유망한 청년 중 하나가 살해당한 것이다.

집정관이 신속하게 도착했다. 그는 자문회의 인사들과 같이 왔다. 모두 이 도시의 유지들이었다. 세리어스가 도착했다. 나는 그가 현명하게도 그리스인 부대에서 차출한 강력한 수비대를 이끌고 나타난 것을 보고 만족스러웠다. 집정관이 조용히 해줄 것을 요구했다.

"우리는 증거를 차근차근 찾아봐야 합니다."

수염이 하얀 그 노인이 말했다.

"모두들 조용히 해주시기 바랍니다. 이 청년이 살아 있는 것을 마지막으로 본 사람이 누굽니까?"

로이커스가 나서서 우리의 저녁 만찬을 설명하고 젊은이들은 향연이 시작되기 전에 물러갔다고 밝혔다. 그는 철학자처럼 냉정하게 이야기했으나 나는 그의 얼굴에 서린 근심스런 표정을 보았다. 그를 탓할 수는 없었다.

"디오클레스의 아들 이사이어스와 로이커스의 아들 아민타스는 앞으로 나서시오."

집정관이 말했다. 나는 그들에게 모두 맡겨둘 수밖에 없었다. 이 아테네인들은 올바르게 심리하는 법을 알고 있었다. 두 젊은이가 앞으로 나섰다. 그들은 죽은 친구의 피투성이 시체를 보자 진실성을 의심할 수 없는 울음을 터뜨렸다.

"아민타스, 멜란서스를 마지막으로 보았을 때의 상황을 말해보게."

집정관이 말했다.

"제 아버지의 집에서 본 게 마지막이었어요."

소년이 눈물을 흘려가며 말했다.

"저는 문간에서 이사이어스와 멜란서스에게 밤인사를 하고 제 방으로 자러 갔습니다. 정말입니다!"

"이사이어스는?"

"로이커스 어른 댁 문간에서 멜란서스와 아민타스가 얘기를 나누길래 저 혼자 제 집으로 갔습니다. 제 친구가 왜 그 일에 대해 거짓말을 하는지 알 수가 없습니다."

그는 놀라고 충격을 받은 얼굴로 소년을 쳐다보았고 소년도 마찬가지였다.

"이런 말을 하기는 슬프지만 이 두 귀족 청년 중 하나가 범죄에 책임이 있는 게 분명합니다. 누가 죄가 있는지 판단을 내릴 수 있을 때까지 두 사람을 감금해두어야겠습니다."

"아민타스 짓입니다!"

군중 가운데서 누군가가 소리쳤다.

"신 같은 멜란서스를 그가 얼마나 질투했는지 우린 다 알고 있어요!"

극도로 흥분한 군중 일부가 떠들썩하게 그에 동조했다.

"제 아들에게는 죄가 없어요!"

로이커스가 소리쳤다.

"얘는 멜란서스의 친구였소!"

"멜란서스는 제 친구였어요!"

이사이어스가 외쳤다. 그를 지지하는 무리가 같이 외쳐댔다.

"말 좀 해도 되겠습니까?"

나는 재판소에 가장 어울릴 듯한 목소리로 말했다.

"의원님께서요?"

집정관이 말했다.

"이 일에 관심을 가지고 계신 줄 몰랐습니다."

"고귀한 아테네 시민 여러분."

세리어스가 말했다.

"데시어스 카이실리어스 메텔루스 의원께서는 로마에서도 범죄 조사에 유능한 분으로 평판이 높으신 분입니다. 의원께서는 종종 우리의 행정관들을 대신해 활동하셨고 많은 유죄 판결을 이끌어내셨습니다."

"그렇다면 의원님의 말씀을 들어보는 게 좋겠습니다."

집정관이 말했다. 로이커스는 아무 말도 하지 않았으나 나를 쳐다보는 그의 눈에는 호소가 담겨 있었다. 나는 작업실 한가운데로 나섰다.

"아테네의 친구 여러분, 전 제 의견을 말씀드리고 몇 가지 조치를 요구하려고 합니다. 제 말이 끝날 때까지 질문하지 말아 주시기를 부탁드립니다. 우선 이사이어스, 저 방패를 들어보게."

나는 아킬레스의 방패를 가리켰다. 그는 어깨를 으쓱해 보이고 허리를 굽혀 두 손으로 그 무거운 물건을 잡았다. 그는 자랑이라도 하듯이 그 청동 원반을 머리 위로 들어올렸다. 근육들이 아름답게 구부러졌다. 보고 있던 사람들 사이에서는 찬탄의 웅성임이 일었고 이걸로 그의 결백함이 입증됐다는 외침까지 들려왔다.

그리스의 옛 이야기 중에 이런 게 있었다. 조각가 프락시텔레스가 그리스 예술 사상 처음으로 아프로디테 여신의 나신을 조각하여 불경죄로 고발당하자 자신을 변호하기 위하여 그 조각상의 모델인 유명한 고급 매춘부 프리네를 법정으로 불러냈다. 그녀의 옷을 잡아뜯어 벗긴 그는 나체의 그녀를 배심원 앞에 세우고 이런 아름다움에서 어떻게 불경함을 찾아낼 수 있느냐고 물었다. 넋을 잃은 배심원들은 무죄로 뜻을 모았다. 그런 종류의 주장은 결코 로마의 배심원들을 동요시키지 못할 것이나 아테네에서는 그것을 믿는 사람들이 있는 모양이었다.

"이번에는 아민타스, 자네가 들어보게."

내가 말했다. 소년은 방패로 몸을 굽히고 들어보려고 애를 썼으나 자기 무릎 높이까지밖에 들지 못했다. 패배한 그는 방패를 바닥에 내려놓았다.

"아민타스는 장래가 촉망되는 젊은이입니다. 그러나 이사이어스와는 달리 아직은 완전한 힘을 갖추지 못했군요."

"왜 그 방패를 가지고 그러십니까? 멜란서스가 투구로 살해당했다는 건 누구나 알 수 있습니다. 투구를 드는 것은 아민타스도 쉽게 할 수 있을 겁니다."

이사이어스가 물었다.

"그렇지."

나는 문제의 물건을 들어올리며 말했다.

"방패처럼 이것도 두꺼운 청동으로 주조되고 몇 세기를 견딜 수 있게 디자인된 것이지요. 아마 사십 파운드쯤 나가겠지요. 전쟁터에서 쓰는 투구보다 열 배쯤 무거울 겁니다. 호를 그리며 튀어나온 앞장식의 좁은 가장자리로 뒤에서 멜란서스의 머리를 내리쳤습니다. 이 소년의 육체적 능력으로도 가능한 일이지요."

이사이어스가 미소를 짓기 시작했다. 그러나 나의 다음과 같은 말에 그의 얼굴이 굳어졌다.

"그러나 이 살인의 동기가 된 것은 방패입니다."

"설명을 좀 해주셔야겠습니다."

집정관이 말했다.

"기꺼이 말씀드리지요. 여러분 중의 한 분이……."

나는 자문위원 한 사람을 지적했다. 한창 나이로 건강해 보이는 사람이었다.

"네, 당신이 좋겠습니다. 저 방패를 들어서 제자리에 놓아주시지요."

어리둥절해진 그 남자는 별 힘 안 들이고 방패를 들어 조각상 쪽으로 가지고 갔다. 그는 아주 조심스럽게 그것을 대좌 바닥의 틈에 맞춰 놓으려 했으나 인물상의 손이 너무 낮게 놓여 있었다. 이제 정말로 어쩔 줄 모르게 된 남자는 뒤로 물러섰다.

"맞지 않는데요!"

"그건 당신이 다른 아테네 사람들처럼, 그리고 모델들 자신처럼 이사이어스가 아킬레스일 것이라고 짐작했기 때문이죠."

나는 몸을 돌려 연극적인 몸짓으로 그 아름다운 젊은이를 가리켰다.

"자네는 기다릴 수가 없었던 거야, 그렇지, 이사이어스? 자네와 멜란서스는 여기로 돌아와서 이 훌륭한 조각품이 방패와 투구가 제자리에 놓여져서 그 화려함을 완전히 드러내면 어떻게 보일는지 봐야만 했어. 자네가 아킬레스라는 주도적 역할을 맡아 자네의 우월함이 대리석과 청동으로 불멸의 것이 되고 아테네에서 두번째로 잘 생긴 남자를 영원히 능가하는 그 영광을 보고 싶었던 거야! 자네가 아킬레스가 아니라 파트로클러스라는 걸 알았을 때 자네의 얼굴에 떠올랐을 표정을 보았더라면 좋았을 걸!"

신과 같은 그의 얼굴이 일그러졌다.

"하지만 제가 아킬레스였어야 해요! 저는 모든 면에서 멜란서스보다 뛰어났다구요!"

아게산더가 앞으로 나섰다. 큰 충격을 받은 모습이었다.

"이사이어스, 자네의 금발과 민첩한 발과 수금 연주가 자네 친구보다 자네를 우월하게 만든 건 사실이지만 지금부터 백 번의 올림피아드가 지나도록 영원할 대리석에 조각될 때 그런 게 무슨 의미가 있겠나? 멜란서스가 완벽한 전사의 자세와 육체적 능숙함을 가지고 있다는 건 누구나 다 알고 있어! 그러니 그는 아킬레스가 될 만한 자격이 있었고 자네는 그의 친구인 파트로클러스에 적당했던 걸세."

"그렇지만 그런 얘기를 모델들에겐 왜 안 하셨죠?"

내가 말했다.

"정말 유감입니다. 이사이어스가 화를 내며 가버렸을지도 모르지만 멜란서스는 살아있을 테고 아테네가 이번 이스미안 경기에 두 명의 경기자를 내보내지 못하는 일은 없었을 텐데요."

충격과 혼란으로 완전히 기력이 빠져버린 이사이어스를 수비대가 호송해 갔다. 그를 아직도 숭배하는 한 무리의 충실한 애도자들이 그 뒤를 따라갔다. 가엾은 아민타스는 안도와 슬픔이 뒤섞인 울음을 그치지 못하고 있었다. 로이커스가 내게 다가와 엄숙하게 내 손을 잡았다. 앞에서도 말했지만 부자들을 내 편으로 해 두는 것은 결코 나쁜 일이 아니다.

이 일은 세르비어스 설피시어스 루퍼스와 마커스 클로디어스 마르셀러스가 집정관으로 있던 로마 시 건설 703년째 되던 해에 아테네에서 있었던 일이다.

John Maddox Roberts

                1988년에 한 작가 회의에 참석했었는데 회의 중 추리물 분야의 상황에 대한 논의가 있었다. 상당히 명망 있는 한 작가가 말하기를, 추리물 분야가 떠오르고 있는 분야이긴 하지만 역사추리물을 써내는 일은 생각도 말라고 했다. 엘리스 피터스가 그 분야를 결정지어 놓았기 때문에 어느 누구도 다른 사람이 쓴 역사추리물은 쳐다보지도 않을 것이라는 거였다. 그것이 이유였다. 나는 낙심했다. 나는 내 대리인에게 『로마 원로원과 로마 시민』을 막 보내놓은 상태였는데 시간과 노력을 허비했다는 생각이 들었던 것이다.

    그러나 『로마 원로원과 로마 시민』은 출판사를 찾았고 나는 에드가 상 후보에 오르게까지 됐다. 이제 『로마 원로원과 로마 시민』시리즈로 아홉 권의 소설과 수많은 단편이 나왔으며 아직 끝이 보이지 않는다. 그러나 그때 회의에서 말한 그 작가는 한 가지 점에서는 옳았다. 엘리스 피터스는 우리 모두를 위해 역사추리소설을 규정지어놓은 것이다. 역사추리물 분야는 전례 없이 번창하고 있다. 수십 명의 작가가 역사상의 모든 시대에 참여하고 있다.

    그러나 나는 우리 모두가 2등 자리를 놓고 경쟁하고 있다는 내 생각에 그들이 모두 동의하리라고 생각한다.

존 매덕스 로버츠

샌 시미언 성에서의 밀약

자넷 로렌스

모두들 다가가 좀 어떠냐고 물었다.
"좋아요, 고맙습니다."
그가 평소의 그 악동 같은 미소를 지어보이려 애쓰면서 밝게 말했다. 곧이어 메리언이 달려왔다. 그녀는 몹시 걱정되는 모양이었다. 나는 모든 사람들의 눈길이 두 사람에게 쏠려 있는 것을 느낄 수 있었다. 나는 그녀가 아치에게서 좀 떨어졌으면 싶었다.
점심시간에 아치는 메리언이 그를 위해 특별히 주문한 스프를 한 그릇 먹고는 다시 쉬어야겠다며 물러갔다.
얼마 뒤 밀하우젠이 내게 와서 아치의 복통이 도졌다고 말했다.
"당신이 그를 여기서 데리고 나가지 않으면 그는 죽을지도 몰라요."
그가 잔인하게 말했다.

***

메리언 데이비스가 죽었다는 소식을 들었을 때 시간은 과거로 돌아가 샌 시미언에서 지냈던 잊을 수 없는 며칠 간의 기억이 복원된 그림처럼 새롭게 되살아났다.

나는 그녀나 윌리엄 랜돌프 허스트가 살아 있는 동안에는 아무에게도 그 일을 말하지 않겠다고 그녀에게 약속했었다. 허스트는 십년 전에 죽었고 이제 그녀마저 죽은 것이다.

샌 시미언! 그것은 꿈에서나 볼 수 있는 곳이었다. 목장 안에 있는 르네상스 풍의 풍성함과 캘리포니아의 어느 산꼭대기에 자리잡은 카스틸랴 풍의 화려함을 갖춘 곳이 샌 시미언이었다. 그 저택 전체가 사실은 값비싼 마감재로 외벽을 장식한 평범한 콘크리트 건축물이라는 사실은 내가 훨씬 후에야 알게 된 아이러니였다.

내가 그곳에 머물렀던 때로부터 30년도 넘는 세월이 흘렀고 많은 것이 변했다. 지금은 존 F. 케네디가 대통령이 되어 변화의 바람을 일으키고 있고 과학기술의 발전 덕에 24시간 정도면 비행기로 지구를 한바퀴 돌 수 있는 세상이다. 그 당시 내가 배와 기차로 런던에서 로스엔젤레스까지 가는 데는 2주가 넘게 걸렸었다.

내가 미국에 가겠다고 선언했을 때 아버지께서는 혐오스런 표정으로 내가 배우병에 걸렸다고 하셨다. 어머니는 나의 평판을 걱정하셨다. 나는 그저 영화배우가 되고 싶었을 뿐이었다.

"좋다."

마침내 어머니가 허락하셨다.

"하지만 뭘 하게 되든 네 사촌 아치에게는 연락하지 말거라."

내 사촌 아치 포테스큐는 내 어린 시절을 고통스럽게도, 또 즐겁게도 만들었던 인물이다. 고통스러웠다는 건 그가 지독한 장난꾸러기 악당이었기 때문이고 즐거웠다는 건 그가 믿을 수 없을 정도로 매력적인 소년이었기 때문이다. 그가 은행원으로서의 신통찮은 인생을 걷어치우고 연극 배우가 되자 그의 아버지는 이 망나니 같은 작은 아들을 포기해버렸고 그는 어두운 세계로 내던져졌다. 때때로 그와 관련된 새로운 스캔들이 전해졌다. 그 중에는 그가 MGM 영화사와 계약했다는 소문도 있었다.

내가 로스엔젤레스에 도착한 것은 늦은 봄이었다. 나는 할리우드로 가는 기차를 탔다. 유정(油井)과 열대 과일나무의 숲과 흰 파도가 부서지는 길고 긴 해변이 뒤섞인 그곳의 혼란스런 인상이 아직도 내게 남아 있다.

할리우드는 꿈과 환멸이 가슴 아프게 결합된 장소였다. 나는 그곳이 한창 호황이어서 하루에 한 편씩 영화가 만들어진다는 얘기를 듣고 있었다. 그러나 배우를 캐스팅하는 사무실들은 바쁘고 무자비했다. 계속 일을 해나가려면 대리인이 있어야 했다. 대리인을 두지 않으면 행인 역할 하나를 얻으러 센트럴 캐스팅 회사의 사무실에 직접 가야 했다. 그 회사의 웨스턴 애비뉴 사무실에 가면 맨 처음 눈에 띄는 것이 밖에 걸린 커다란 간판이었다. 거기에는 이렇게 씌어 있었다.

"배우가 되려고 애쓰지 마십시오. 한 명이 고용될 때 천 명이 되돌아갑니다."

나는 물론 그 경고를 무시했다. 그들에게 내가 야회복을 가지고 있다는 것을 알리자 역할 하나를 맡길 것 같았다. 그러나 그때 그들은 나에게 외국인 거주자 비자가 없다는 사실을 발견했다.

나는 아치에게 연락하지 말라는 어머니의 말씀도 무시했다. 내가 그의 주소로 알고 있는 것은 MGM 스튜디오뿐이었다. 나는 그 주소로 편지를 보냈다. 얼마 후 내가 머물고 있던 낡아빠진 하숙집의 주인이 나를 찾는 전화가 왔다고 알려주었다.

"데이지, 정말 너야?"

아치의 목소리가 들렸다.

"그래, 나야."

나는 반갑게 대답했다.

"너 차 가지고 있니?"

무슨 이런 질문이 다 있담. 내가 운전이라도 하는 것처럼 묻다니!

"그럼 내가 데리러 갈게. 삼십 분 후면 괜찮지? 가방 싸둬. 여러 사람들과 같이 지낼 거야."

내가 뭔가를 미처 물어보기도 전에 그는 전화를 끊었다. 나는 서둘러 제일 좋은 린넨 드레스로 갈아입고 어떤 옷들이 필요할 지 궁리하며 가방을 챙기고는 모자와 장갑을 갖추고 홀에서 그를 기다렸다.

"데이지!"

내가 문을 열자 그가 소리를 질렀다.

"세상에, 가는 다리에 머리를 땋고 다니던 애가 이런 미인이 되다니!"

옛날 같았으면 그에게 한 방 먹였을 것이다. 그러나 나는 조신하게 머리를 숙였을 뿐이다.

"넌 여자들에게 아첨하는 방법을 옛날부터 잘 알고 있었지, 아치."

"이렇게 농담이나 하고 있을 시간이 없어."

그는 내 가방을 집어들었다.

"우린 비행기를 타야 해."

"비행기라고!"

나는 비명을 질렀다. 나는 그의 도움을 받아 멋진 무개 자동차에 올라탔다.

"난 성공했어."

그가 뻐기며 말했다.

"넌 지금 미래의 대 스타를 보고 있는 거야."

그를 보노라니 그 말이 믿어졌다. 그는 전부터도 키가 크고 금발에 짙은 파란색 눈, 큰 입을 가진 잘 생긴 남자였지만 캘리포니아의 햇볕에 그을린 그의 피부 때문에 조금 길게 기른 금발머리는 더욱 아름답게 보였다. 게다가 그는 더 날씬해졌고, 아무튼 전보다 더 위험한 인상을 풍겼다. 아마도 콧수염 때문일 것이다. 그는 차에 시동을 걸고는 심술궂은 악동의 눈빛으로 나를 돌아다보았다.

"나에 대한 끔찍한 얘기들을 몇 가지 들었을 텐데."

"타락했다고 하더라."

나는 차가 앞으로 튀어나가자 모자를 꼭 붙들며 이렇게 받아넘겼다.

"네가 도박장을 운영하며 부도덕하게 돈을 버는 게 틀림없다든가 재산 있는 여자와 결혼했을 거라든가 하는 그런 추측들이 있었어."

"여기서 그런 소문내지 마."

그는 거짓으로 협박하는 듯한 표정을 지으며 나를 바라보았다.

"요즘은 스튜디오들마다 배우들을 지독하게 조여대거든. 계약서에 도덕에 관한 조항이 들어가고 일절 스캔들을 내선 안 되고 총각이 최고래. 점원 아가씨들이 유부남을 흠모하면 부도덕한 것으로 간주되는 모양이야. 자, 난 짐 좀 싸야겠어."

그는 노스 비스타 거리의 꼭대기에 있는 단층짜리 별장 풍의 집에 살고 있었다. 거실은 반짝거리는 마호가니 가구와 푹신하면서도 탄력이 좋은 의자들로 가득했다. 그가 찬장을 열었다.

"가방에 몇 가지 던져넣기 전에 칵테일 좀 만들어줄게."

나는 찬장 속의 병들을 놀란 눈으로 바라보았다.

"미국에선 술이 금지돼 있잖아!"

그는 입을 크게 벌리고 미소를 지었다.

"그렇지. 그렇다고 사람들이 술을 안 마시나. 구하기도 쉬워. 이건 내 독약이야."

그는 위스키 한 병을 꺼내 조금 남아 있던 호박빛의 액체를 유리잔에 따랐다. 아치는 언제나 독한 술을 좋아했었다. 그는 다시 새 병을 꺼냈다.

"너도 마실래? 아니면 칵테일을 만들어 줄까? 요즘엔 드라이 마티니가 최고 인기야."

"나도 알아."

나는 이렇게 쏘아붙였다.

"잊어버린 모양인데, 영국은 정글이 아니야."

"그럼 한 잔 어때?"

그가 나를 빤히 바라보고 있었다. 내 삶을 비참하게 만들곤 하던 소년이 거기 있었다. 나도 한 잔 만들어 달라고 말하고 싶었다.

"셰리주 있어?"

나는 점잖게 물었다.

"이런, 데이지, 너 정말 겁쟁이구나."

나는 다리를 모으고 앉아서 부드러운 미소를 지어보였다.

"날 여러 사람에게 소개시키려면 내가 맑은 정신인 게 좋잖아."

그 말이 옳다고 생각했는지 그는 자그마한 잔에 셰리주를 따라 내게 내밀었다.

"내가 짐 꾸리는 동안 가족들 얘기 좀 해 줘."

그는 위스키 잔을 들고 침실로 향했고 나도 그를 따라갔다.

영국에서의 생활은 할리우드의 야자나무며 햇빛이며 스페인 풍의 건물들로부터 너무나 멀리 떨어져있는 듯 느껴졌지만 나는 최선을 다해 이런저런 얘기를 들려주었다. 그러나 아치는 넥타이를 고르고 깨끗한 테니스화를 찾는 데 골몰해 있었다.

그는 가방을 잠그기 시작했으나 곧 '이런, 잊어버릴 뻔 했군' 하더니 휴대용 술병 두 개를 찾아와서 위스키를 가득가득 따랐다.

"우리가 갈 집의 주인은 술을 배급해 준단 말이야."

아치가 설명했다.

"어디 가는 건데?"

다시 차로 돌아가면서 내가 물었다.

"허스트 씨의 목장에."

"목장이라구? 승마복은 안 가져왔는데."

"여기선 여자용 안장으로 타지 않아."

그가 나를 놀렸다. 나는 그가 아직도 내 침대에 개구리를 집어넣어 두거나 설탕 그릇에 소금을 넣던 소년 그대로라고 확신했다.

"허스트 씨가 누구야?"

"윌리엄 랜돌프 허스트는 대단한 부자야. 그 사람은 스무 개가 넘는 신문사에, 잡지사도 많이 가지고 있지. 금, 은, 구리 광산도 있고 집도 몇 군데나 되고 또……"

그는 극적인 효과를 노려서 말을 잠깐 멈추었다.

"영화사도 가지고 있어."

"네가 계약한 회사야?"

그는 고개를 끄덕였다.

"허스트 씨의 코스모폴리턴 영화사는 MGM 사와 관련이 있지. 그 회사의 최고 스타는 메리언 데이비스인데 나는 얼마 전에 그녀와 영화를 찍었어. 지금 그녀는 내가 그녀의 다음 영화에서 주연을 맡기를 바라고 있어."

나는 충격을 받았다. 메리언 데이비스라면 내 아버지같은 분도 잘 아는 배우였다.
"그래서 지금 그 목장으로 가는 거야. 메리언이 그 계획을 작가와 나, 그리고 허스트 씨가 모두 같이 모여 의논하고 싶어하거든."
그는 잠시 말을 멈추더니 별로 중요한 얘기는 아니라는 듯한 태도로 이렇게 말했다.
"메리언과 허스트 씨는 저, 뭐랄까, 함께 지내."
"함께? 함께 뭘 하는데?"
"이봐, 데이지, 솔직해지라구. 세상 일을 아무것도 모른다는 듯이 굴지 말란 말이야."
아치가 쏘아붙였다. 나는 움츠러드는 기분이었고 내가 그를 얼마나 싫어했는지를 되새겼다. 그는 조금 누그러졌다.
"허스트 부인은 뉴욕에 살고 있고 이혼 따위엔 관심도 없어. 여자가 이혼을 하지 않으려고 하면 남자의 인생이 아주 어려워질 수 있어."
우리는 말없이 한참을 달렸다. 그러더니 그가 그 멋진 미소를 지었다.
"미안해. 메리언이 그의 아무 의미 없는 말 한 마디에도 얼마나 좋아하는지 생각하면 아주 신경질이 나거든. 그는 자기가 그녀를 소유하고 있다고 생각해."
맙소사. 말썽이 생기겠군!
"어떤 영화를 만들 거지?"
"보르지아 가문에 대한 책이 있는데, 그걸 영화로 만들어. 메리언이 루크레치아 역을 맡고 내가 체자레를 맡을 거야."
"설마 『사생아 보르지아』를 말하는 건 아니겠지? 나도 그걸 읽었어. 멋진 책이야!"
나는 정말로 흥분했다. 그 소설은 루크레치아를 두 사람의 사악한 남자, 즉 그녀의 아버지인 교황과 오빠인 체자레 보르지아에게 조종된 약한 여인으로 그리고 있었다.

아치가 한숨을 쉬었다.

"바로 그거야."

"그 책 멋있다고 생각 안 해?"

그는 어깨를 으쓱했다. 이윽고 우리는 비행장에 도착했고 나는 『사생아 보르지아』에 대해서는 완전히 잊어버렸다. 비행기는 너무나 얄팍하고 약해 보였지만 조종사인 짐은 아주 믿음직스러워 보였다.

"더 늦게 오시지 않아서 다행입니다."

우리가 다가가자 짐이 말했다.

"저녁 안개가 밀려들면 절벽을 잘 볼 수 없거든요."

나는 두 사람의 도움을 받아 비행기에 올랐다. 아치는 내 안전띠를 묶어준 다음 내 옆에 자리잡고 앉았다. 기계공 한 사람이 프로펠러를 돌리자 비행기가 쿨럭거리더니 곧이어 굉음과 함께 비행기 전체가 진동하며 떨렸다. 나는 아치의 손을 꼭 잡았다. 그는 나를 보며 싱긋이 웃었다.

비행기는 활주로를 굴러가기 시작했다. 그때 엔진의 굉음을 뚫고 필사적인 외침소리가 들려왔다. 젊은 남자 하나가 손에 신문을 들고 흔들면서 우리를 쫓아오고 있었다. 조종사가 속도를 줄였다.

"허스트 씨의 헤럴드 신문이에요."

그가 우리에게 큰 소리로 말했다.

"저걸 잊어버리고 가면 전 얻어맞을 겁니다."

비행기는 다시 굴러가기 시작했고 점점 빨라지더니 어느 순간 우리는 공중에 있었다. 나는 자유로운 느낌에 숨이 막혔다.

눈 아래 펼쳐진 땅과 어두운 계곡으로 끊겨진 산들, 그리고 흰 거품으로 가장자리를 두른 반짝이는 파란 바다를 보는 것은 그야말로 마법과 같았다. 나는 하늘에 영원히 머물러 있고 싶었다.

한 시간쯤 지났을 때 아치가 내 팔을 잡으며 아래를 가리켰다. 비행기가 비스듬히 날았다. 저 아래로 동화책에서 나온 듯한 반짝이는 탑들이 보였다. 그 탑들은 초록의 바다에 자리잡은 호화로운 지중해풍 빌라들의 군락 위로 솟아 있었다. 그 모든 것이 바다로 곧장 이어지는 산꼭대기에 균형을 이루고 늘어서 있었다. 저것이 진짜인지 믿어지지 않았다.

비행기가 내려가기 시작했다. 이윽고 땅에 부딪히며 구르더니 마침내 멈춰섰다.

갑작스런 정적이 충격적이기까지 했다. 더욱 충격적이었던 것은 그 멋지던 풍경이 완전히 사라졌다는 사실이었다. 나는 머리 위로 솟은 산을 올려다보았지만 보이는 것이라곤 풀과 덤불인지 나무인지 모를 것들뿐이었다. 뭔가가 움직였다. 나는 그것이 사슴의 작은 무리일 거라고 생각했으나 얼룩말인 걸 알고는 소리를 질렀다.

"허스트 씨는 이 근처를 대단한 동물원으로 만들었지요."

아치와 내가 내리는 것을 도와주면서 짐이 간략하게 설명했다.

"이제 원숭이, 사자, 호랑이를 보게 될 겁니다."

"사자랑 호랑이라구? 아치, 도대체 여기가 어디야?"

"윌리엄 랜돌프 허스트의 목장이지."

그가 유쾌한 듯 말했다.

"말했잖아."

나는 할 말을 잃었다.

차가 우리를 태우고 산을 올라가 거대한 계단 아래 섰다.

"아치!"

금발의 아름다운 여자가 몹시 기뻐하며 춤추듯 계단을 내려왔다.

"비, 비행기 소리가 들리길래 당신이 오, 온 줄 알았어요."

아치는 눈 깜짝할 사이에 차에서 내렸다.

"메리언, 당신을 보니 정말 좋군요."

그는 그녀의 뺨에 가볍게 키스하고는 그녀를 내려다보며 서 있었다. 세상에, 정말 멋진 한쌍이구나! 아치의 금발은 넓은 이마 위에서 이리저리 바람에 날렸고 메리언의 금발머리도 화면에서 볼 때처럼 아름답지만 더 개성 있어 보이는 얼굴 주위에서 흔들렸다. 그들 두 사람은 아름다움과 유쾌함, 그리고 건강이 모두 합쳐져서 나오는 빛을 내뿜고 있었다.

심장이 멈출 것 같은 순간이 지난 후 아치는 흉하게 구겨진 린넨 드레스를 입고 차 옆에 어색하게 서 있는 나를 돌아다보았다.

"메리언, 이 친구는 데이지예요."

그녀는 얼굴에 반가움을 가득 담고 맨 밑의 계단 두 개를 내려왔다.

"데, 데, 데이지, 만나서 기뻐요."

"초대해 주셔서 정말 감사합니다."

그곳에 잘못 온 것 같은 느낌에 내 목소리가 안으로 기어들어갔다.

"아치가 전화를 해서 오랫동안 못 만났던 사, 사, 사촌이 할리우드에 왔다길래 제가 모, 모시고 오라고 해, 해, 했어요."

그녀가 자신이 말을 더듬는 것을 거의 의식하지 못하는 것처럼 보였기 때문에 말을 더듬는 것이 오히려 매력적이었다. 하지만 그것을 글로 옮기면 너무 이상하게 보일 것이므로 이제부터는 그녀의 그 더듬거리는 말투를 무시하고 적기로 하겠다.

"모두들 말 타러 가고 없어요. 우리 수영할까요?"

메리언이 말했다.

"전 수영복을 안 가져왔어요."

수영을 하게 될 지도 모른다는 생각이 왜 전혀 들지 않았는지 이상해 하면서 내가 말했다. 배가 몹시 고팠다. 우리는 점심을 먹을 시간이 없었던 것이다.

"탈의실에 가면 온갖 크기의 수영복이 다 있어요."

메리언이 다시 말했다.

"자, 이젠 방을 안내해드릴까요? 아치, 당신 방은 전에 묵던 그 객관에 마련했어요. 찰리 채플린과 브루스터 밀하우젠도 거기 묵고 계시지요. 밀하우젠 씨는 그 영화를 감독하실 거예요. 그런데 그분은 제작자로 불리고 싶어해요. 그게 더 위엄이 있다나요."

그녀가 킥킥거리며 웃었다.

"테드가 당신 짐을 갖다드릴 거예요. 가는 길은 아시죠?"

그녀의 말투에 친근함이 묻어났다. 그들만의 비밀이 있는 것처럼 들렸다.

"수영장에서 만나요."

그녀는 내 팔에 팔짱을 끼었다. 우리는 키가 같았다. 둘 다 163센티미터였다.

"자, 데이지, 이제 우린 서로를 잘 알게 되겠군요."

그녀는 나를 이끌고 활기차게 계단을 올라갔다. 층계참을 지나 조금 더 오르니 작은 통로들이 사방으로 뚫려 있었다. 모든 길에는 일정한 형태로 타일이 깔려 있고 흰 벽과 초록의 생울타리로 가장자리가 둘러쳐져 있었다. 그녀의 팔이 내 옆구리에 따뜻한 감촉을 전해왔다. 그녀는 가는 동안 내내 얘기를 했다.

"당신은 재미있어요. 아세요? 작은 코가 재미있게 생겼어요. 끝이 위로 들렸잖아요. 아치가 그러는데 영화배우가 되고 싶어 하신다고요. 글쎄요, 만일 열심히 일하는 걸 좋아한다면 배우는 좋은 직업이지요. 저는 전에 두 편의 영화를 동시에 찍은 적이 있어요. 아홉시부터 다섯시까지는 〈붉은 물방앗간〉을 찍고 여섯시부터 새벽 네시까지는 〈노동자 틸리〉를 찍었어요."

"잠은 언제 잤어요?"

나는 놀라서 물었다. 그때 우리는 멈춰섰고 나는 그녀가 뭐라고 대답했는지 듣지 못했다. 우리는 아까 비행기에서 보았던 쌍탑 건물 앞에 있는 테라스 위에 있었는데 그것은 하늘에서 보았던 것보다 훨씬 더 장관이어서 그녀의 이야기에 신경을 기울일 수가 없었던 것이다. 그 건물은 스페인의 대성당처럼 보였다.

"멋있죠?"

메리언이 말했다.

"정말 멋있어요."

나는 한숨을 쉬었다.

"윌리엄이 지었어요. 여기 있는 건 모두 다 그가 지었지요."

그녀가 손을 들어 주위 건물들을 가리켰다.

"사실은 지금도 짓고 있는 중이랍니다. 결코 끝을 내지 못할 거라고 그에게 말했지요."

마치 스페인의 한 작은 마을, 그것도 특히나 아름다운 마을의 광장에 와 있는 것처럼 느껴졌다. 나무와 조각상과 항아리와 덤불이 잘 어우러진 아름다운 광장이었다. 그리고 내 앞에는 뒤로 끝없이 뻗어나간 듯 보이는 거대한 건물이 탑과 회랑과 발코니와 그밖의 여러가지 장식들을 자랑하며 서 있었다.

"아치는 목장에 간다고 했어요."

나는 겨우 입을 열고 이렇게 말했다.

메리언이 크게 웃었다.

"윌리엄은 이곳에 라 퀘스타 엔칸타다('마법에 걸린 산'이라는 뜻)라는 이름을 붙였고 이 건물은 라 카사 그란데라는 이름을 붙였지만 부르기는 언제나 목장이라고 부른답니다. 사실 목장이기도 한 걸요. 여기서 보이는 곳은 모두 윌리엄 땅이지요."

그녀는 한 팔을 들어 가파른 산들과 저 멀리로 가면서 점점 청회색으로 변해가다가 마침내 높은 산맥으로 이어지는 구불구불한 산지를 죽 둘러가며 가리켰다.

나는 천천히 몸을 돌리며 그 모든 풍경을 가슴으로 받아들였다. 이 광대한 땅이 한 사람 소유라는 것이 믿어지지 않았다.

바깥 풍경이 나를 어리둥절하게 만들었다면 집안의 모습은 나를 침묵하게 했다.

"저녁식사 전에 여기서 칵테일을 마시지요."

출입문을 지나 건물의 폭 그대로, 칸을 나누지 않은 엄청난 넓이의 응접실로 나를 안내하면서 메리언이 말했다. 밝은 햇빛 속에 있다가 실내로 들어간 탓에 잠시 아무것도 보이지 않았으나 곧 높다란 벽의 아래쪽 반은 조각된 판자로 장식되고 그 위쪽 반에는 멋진 태피스트리들이 늘어뜨려진 것이 보였다. 돌로 만든 커다란 벽난로가 몇 개나 됐고 르네상스 시대의 어느 성에서 나온 것 같은 묵직한 광택의 탁자와 장농들, 황동제 작은 조각상들, 기다란 황동 촛대들, 은쟁반들, 골동품 상자들이 곳곳에 자리잡고 있었다. 온통 보물 투성이였다. 그것들에 둘러싸여 매우 편안해 보이는 사라사 천의 의자와 소파들이 놓여 있었다.

숨도 쉬지 않고 더듬거리며 얘기를 쏟아내는 메리언의 목소리가 그 화려한 공간을 지나가는 동안 내내 내 옆에서 울렸다. 얼마쯤 지나서야 나는 라 카사 그란데에는 다른 층으로 가는 계단이 없다는 것을 깨달았다. 그 대신 몇 단의 계단으로 둘러싸인 작은 엘리베이터들을 갈아타게 돼 있었다.

"아치 얘기 좀 해 봐요. 그 사람 정말 멋있어요. 그 보르지아 영화에 근사하게 나올 거예요. 사실 나는 코미디 영화를 좋아해요. 재미있게 놀고 많이 웃는 걸 좋아하거든요. 그런데 윌리엄은 내가 극영화에 어울리는 배우라고 믿고 있답니다."

그리고는 슬픈 어조로 말을 이었다.

"내가 그다지 잘 하지 못한다는 걸 그 사람은 몰라요."

"전 〈기사도가 꽃피었을 때〉를 정말 좋아했어요."

내가 힘주어 말했다.

"당신이 메리 튜더 역을 정말 멋지게 한다고 생각했는 걸요."

"당신네 에드워드 왕자도 그렇게 생각했는데 그 영화, 영국에서는 망했어요. 영국인들은 미국인이 영국의 공주를 연기하는 걸 싫어했지요."

"그들이 잘못이라는 걸 보여주세요."

나는 이렇게 말하면서 그녀의 팔을 꼭 눌렀다.

"난 당신이 정말 좋아요."

그녀가 행복한 듯 말했다. 우리는 마침내 옥외 통로로 나왔다. 그 건너편에 침실들이 있었다.

"여기가 당신 방이에요."

트윈베드가 놓여있는 그 방은 마호가니 가구로 꾸며져 있었다. 다행스럽게도 우리가 지나온 방들의 장엄함은 지니고 있지 않았다.

"여긴 욕실이에요."

메리언이 말했다. 나 혼자 쓰는 욕실이라니! 나는 흥분을 감출 수 없었다. 그 안에 최신 설비인 샤워 시설이 있는 것을 보자 나는 더 흥분했다. 나는 그런 것을 써본 적이 없었다.

"기다릴 테니 좀 쉬어요. 여기선 길 찾기가 어려울 때도 있어요."

나는 수영장을 보고 또 한번 놀랐다. 상상할 수 있는 한 가장 크고 아름다운 수영장이었다. 온통 대리석으로 꾸며졌고 한쪽 끝에는 그리스 신전이, 다른쪽 끝은 그리스 조각상들이 서 있는 작은 풀이 있었다. 가장자리에는 죽 둘러가며 그리스식 기둥들과 조각작품 몇 개가 더 서 있었다. 그 사이로는 저 멀리 바다가 내다보였다.

아치는 벌써 빠른 자유형 실력을 뽐내고 있었다. 그러나 내가 맵시 있는 진한 감색의 수영복을 찾아 입고 다시 갔을 때 그는 메리언과 나란히 앉아 있었다. 흰 점박이 무늬가 박힌 검정색 수영복을 입은 메리언은 정말 매력적이었다.

"샌드위치 좀 가져오라고 시켰어요."

메리언이 큰 소리로 말했다.

"배고프시지요!"

그후 며칠 간 지내면서 알게 되었지만, 그녀는 정말 완벽한 여주인이었다.

우리는 물 속에서 물을 튀기고 서로 밀고 당기고 웃으며 즐거운 시간을 보냈다. 그러던 중 메리언이 갑자기 조용해지며 움직임을 멈췄다.

"사람들이 돌아왔어요."

그녀가 말했다. 그녀는 풀에서 나가 숄을 두르고 슬리퍼에 발을 밀어넣고는 달각거리며 계단을 올라갔다.

"아치, 왜 내게 미리 말해주지 않았어?"

"뭘 말이야?"

"이 모든 것에 대해서 말이야. 아니면 너도 몰랐니?"

"이런."

그가 살짝 미소를 지으며 말했다.

"난 와 본 적이 있어. 영화 찍는 동안 주말은 모두 여기 와서 지냈지. 윌리엄이 샌 루이스 오비스포로 가는 특별 열차를 예약했었거든."

"그런데 왜 얘기를 안했지?"

"너한테 얘기하라고?"

그의 미소가 사라졌다.

"이봐, 데이지, 내가 뭘 말할 수 있었겠어? 넌 내 말을 믿었을 것 같아?"

아니, 나는 아마도 그가 날 놀리고 있다고 생각했을 것이다. 그가 언제나 그랬던 것처럼. 그것도 아주 몰인정하게. 그는 나를 작대기 다리라고 부르곤 했다. 때로는 나보고 팔꿈치를 조심하라고, 잘못하면 다른 사람 찌르겠다고 말했다.

"너랑 함께 객관에 있지 못하게 돼서 유감이야. 난 뭘 해야 할 지, 어느 길로 가면 뭐가 나오는 지 절대로 모를 것 같아."

"윌리엄은 남자 여자를 서로 가까이 있게 하지 않아. 문제가 생길 수 있지 않겠어?"

처음에는 그가 나를 또 놀리고 있다고 생각했다.

수영장 테라스 쪽으로 승마복을 입은 사람들이 홍수처럼 밀려 내려오고 있었다. 그 중 누구보다도 큰 60대의 남자가 있었다. 아주 긴 얼굴이었다. 긴 이마에 코, 턱, 귀가 모두 길쭉한 사람이었다. 입도 컸다. 그의 연갈색 눈은 매력적인 주름에 둘러싸여 있었다. 얼굴의 부드러운 윤곽에는 어딘가 어린아이 같은 구석도 있었다. 그의 모습은 믿을 수 없을 만큼 견고했다. 마치 나무와도 같았다. 그리고 그 팔에는 메리언이 매달려 예의 그 더듬거리는 말투로 재잘거리고 있었다.

"윌리엄. 데, 데, 데이지 드, 드, 드라이버예요. 아치의 사촌이지요. 데이지가 올 거라고 말씀드렸던 거 기억하시죠?"

커다란 몸집의 남자는 이마 위로 내려온 갈색 머리카락들을 손으로 슬쩍 밀어올렸다.

"목장에 오신 것을 환영합니다. 드라이버 양."

그의 말투는 느릿했지만 연갈색의 눈이 나를 바라볼 때 나는 그가 나를 속속들이 꿰뚫어 볼 수 있는 사람이라고 느꼈다. 이 커다란 남자의 어디에도 편안하거나 어린아이 같은 구석은 없었던 것이다.

허스트 씨는 그 꿰뚫는 듯한 시선을 메리언에게로 돌렸다.

"그래 당신 두통은 다 나은 건가?"

그의 손이 그녀의 어깨 위로 내려왔다.

그녀는 그를 올려다보았다. 그녀의 커다란 파란 눈은 맑고 투명했다.

"네, 말끔히 나았어요. 게다가 데이지와 아치가 도착했을 때 내가 마중할 수 있었으니 잘 됐지요."

"다시 뵙게 돼서 반갑습니다, 허스트 씨."

아치가 말했다. 연갈색 시선이 한 번 날카롭게 훑으며 그를 벗겨 내렸다. 메리언이 재빨리 덧붙였다.

"로스엔젤레스 헤럴드 신문이 서재에 있어요."

"여러분은 여기서 즐기십시오."

윌리엄 랜돌프 허스트는 이렇게 말하고 혼자 나갔다.

"누구도 윌리엄을 신문에서 떼어놓지 못할 걸요."

메리언이 낮은 소리로 웃었다.

"자, 여러분. 수영 시간이에요."

사람들이 떼지어 탈의실로 몰려갔다. 그러나 20대로 보이는 호리호리한 여성 한 사람은 가지 않았다. 말이 없어 보였으나 못생긴 얼굴은 아니었으며 검은 머리를 뒤로 넘겨 하나로 묶고 있었다.

"만나서 정말 반가워요, 포테스큐 씨."

그녀는 한 손을 아치에게 내밀며 분명한 영국식 억양으로 인사했다. 그녀의 균형 잡힌 몸매가 바지 모양의 치마로 된 승마복 덕분에 확연히 드러났다. 이곳에서는 여자용 안장을 쓰지 않는다는 아치의 말은 맞는 말이었다.

"블랜디쉬 양이시죠."

그가 그녀의 손을 잡으며 우아하게 말했다.

"이저벨 블랜디쉬 양이세요?"
내가 물었다.
"『사생아 보르지아』의 작가이신?"
그녀가 그렇다는 뜻으로 고개를 약간 숙여 보였다.
"제 보잘것없는 책을 읽으셨나요?"
"저런, 자신을 낮추지 마세요."
일인용 긴 의자에 앉으며 메리언이 소리쳤다.
"당신은 베스트셀러 작가예요."
"물론이에요. 모두들 당신 책을 읽었을 걸요."
내가 말했다.
"제 사촌 데이지 드라이버를 소개하지요."
아치가 말했다. 그의 예절은 언제나 흠잡을 데 없었다.
"사촌까지 데려오시다니, 정말 좋은 분이세요, 포테스큐 씨."
"사촌은 얼마 전에 미국에 왔지요."
아치가 말했다.
"우리 모두 멋진 시간을 갖게 될 거예요."
메리언이 밝은 목소리로 끼어들었다.
"윌리엄은 당신 책에 대해 토론하기를 고대하고 있답니다."
이저벨 블랜디쉬는 얼굴을 살짝 붉혔다.
"그것이 영화로 될지도 모른다는 생각만 하면 정말……!"
그녀는 놀라움을 표시하는 몸짓으로 손바닥을 위로 해서 두 손을 내밀었다.
"게다가 소리까지 넣어서 한다니요!"
"소리요?"
나는 숨이 가빠졌다. 나는 물론 〈재즈 싱어〉를 보았고 앨 졸슨이 부르는 〈내 아가야〉는 매우 감동적이었다. 그러나 모두들 토키 영화는 그저 신기한 발명품일 뿐이라고 말했다. 메리언이 눈을 반짝이며 나와 아치를 바라보았다.

"저녁식사 직후에 제 뮤지컬 영화 〈마리안느〉가 상영될 거예요. 유성과 무성, 두 가지로 찍었지요. 어떤 걸 상영할 지 맞혀보세요!"

그녀는 우리에게 장난꾸러기 같은 미소를 던지고는 슬리퍼를 차내고 숄을 벗어 던지더니 풀 속으로 뛰어들었다. 아치가 그녀를 뒤쫓아 물로 뛰어들었다.

지금 그때를 돌이켜보면 내 앞에 떠오르는 것은 몇 개의 장면이다. 저녁식사 전에 응접실에서 칵테일을 마실 때, 주위의 호화로움에는 거의 신경쓰지 않은 채 내 관심은 오로지 모인 사람들에 집중돼 있었다. 거기에는 약 스물네 명 정도가 있었는데, 나중에 알게 된 것이지만 다른 때에 비하면 적은 수의 모임이었다. 나는 너무나 많은 사람들에게 소개되어 머리가 빙빙 돌 지경이었다. 내가 알아들은 이름들에는 찰리 채플린(작고 단정하며 논쟁적인 사람이었다)과 당당한 큰 몸집의 마리 드레슬러가 있었다. 화려한 모임이었다. 정치가와 영화배우가 섞여 있었고 상류 사교계 인사와 문필가가 함께 있었다. 대부분의 사람들은 서로를 알고 있는 것 같았다. 나는 샌 시미언에서는 거의 언제나, 메리언이 영화 촬영을 하지 않고 있을 때는 특히, 한 떼의 손님들이 있는 모양이라고 추측했다. 사람들이 수시로 오갔다.

"당신의 좌석표가 탁자 위 어디에 있는지 잘 보시오."

누군가 내게 말해 주었다.

"그게 탁자의 어느 한쪽 끝으로 다가가기 시작하면 가야 할 때라는 의미니까요."

내가 도착했을 때 아치는 이미 와 있었다.

"브루스터는 내가 잔뜩 마시게 놔두지 않을 테지."

그가 투덜거렸다.

"저녁 전에 한 잔 밖에 못 마시게 하다니 너무 지독해. 그렇지만 난 내 술병을 가져왔지. 식후에 영화관에서 몰래 한 잔씩 마실 거야."

메리언이 와서 누군가를 만나보라고 그를 데려갔다. 나는 그가 분별 없이 행동한다고 생각했다. 윌리엄이 그를 보면 어쩔 것인가? 처음에는 여주인과 희롱하더니 다음에는 그 집의 규칙을 무시한다? 아치는 마법에 걸린 산에서 내던져지고 싶은 걸까?

"전 허스트 씨와 이야기하고 싶었는데 그분은 칵테일 시간에 참석하지 않는 것 같군요."

이저벨 블랜디쉬가 내 옆에 나타났다.

"분명히 사설을 쓰고 있을 거예요."

그녀는 느슨하게 짠 몸에 꼭 붙는 갈색 실크 드레스를 입고 긴 담뱃대로 담배를 피우고 있었다. 그녀의 시선이 아치와 메리언에게 향했다. 함께 웃고 있는 그들은 매우 행복해 보였다. 나는 그녀가 작가이기 때문에 사람들을 관찰하는 데 익숙할 거라고 생각했다.

중세시대 성의 홀처럼 드넓은 식당에 놓여진 엄청나게 긴 식탁을 처음 보았을 때를 나는 결코 잊지 못할 것이다. 식당 벽에는 프랑스와 이탈리아에서 가져온 빛바랜 깃발들과 값비싼 태피스트리들이 걸려 있었고 호화찬란한 은식기들이 기다란 보조탁자 위에 쌓여 있었다. 모든 것이 르네상스 시대의 상류층이 사용하던 장식물이었다. 그것들만으로도 『사생아 보르지아』의 완벽한 무대장치가 될 것 같았다. 그때 그 장엄한 식탁의 한가운데에 토마토 케첩과 브라운 소스 병, 그리고 냅킨꽂이를 모아놓은 것이 보였다. 이탈리아의 정치적 음모며 루크레치아의 고난 따위에 대한 상상은 순식간에 사라지고 어머니가 보셨다면 기절하셨을 거라는 생각이 들었다.

〈마리안느〉의 상영은 대단한 성공을 거두었다. 놀라운 것은 메리언이 전혀 말을 더듬지 않는다는 것이었다. 그러나 영화 상영이 끝난 뒤 허스트 씨는 찰리 채플린과 토키 영화의 미래에 대해 논쟁을 벌였다. 채플린 씨는 토키 영화는 장래성이 없다고 말했다. 모든 영화관에 음향 설비를 다시 갖추는 비용을 누가 댈 것인가? 그리고 영어를 알아듣지 못하는 사람들은 어쩔 것인가? 그러나 무성 영화는 모든 사람이 이해할 수 있다는 것이었다.

허스트 씨는 그 중 어느 것도 문제가 안 된다면서 무성 영화는 곧 쇠퇴할 거라고 단정적으로 말했다. 찰리 채플린은 몹시 화가 나서 성큼성큼 걸어 나갔다.

"무언극의 왕이 저기 가시는군."

누군가 속삭였다.

"저 분을 깎아내리지 마시오."

다른 누군가가 맞받아쳤다.

그런 상황에도 눈 하나 깜짝하지 않은 채 허스트 씨는 웨일즈식 토스트를 먹고 싶은 사람 없느냐고 명랑하게 묻더니 우리를 부엌으로 안내했다. 부엌에는 하인이 하나도 없었고 깨끗하게 정돈되어 있었다. 그는 팬을 꺼냈다.

나는 몹시 놀랐다. 이 백만장자가 정말로 요리를 할 참인가?

"사람이 너무 많아요."

그가 말했다.

"블랜디쉬 양하고 드라이버 양이 좀 도와주시겠소?"

메리언만 빼고 모두 나갔다. 그녀는 접시를 꺼냈고 나와 이저벨은 치즈를 갈았다. 그러자 이저벨은 여기 저기 서랍을 열어 강판을 찾기 시작했다. 허스트 씨가 팬에 겨자와 우스터 소스를 넣었다.

"블랜디쉬 양."

그가 말을 꺼냈다.

"당신 책은 내가 특히 관심을 가지고 있는 시대를 다루고 있어요. 능력 있는 한 사람이 한 나라의 운명을 좌우할 수 있었던 그 시대가 위대한 일을 성취할 수 있었던 때라는 데 당신도 동의하시오?"

블랜디쉬 양은 내게 강판을 하나 건네주고는 자기도 하나를 잡고 치즈 덩어리를 갈기 시작했다.

"물론이죠, 허스트 씨. 그 사람이 정직하고 올바르게 생각하는 사람이라면요. 하지만 제 책에서도 드러나 있다고 생각되지만, 그런 시대엔 권력자들이 자기들끼리 싸우면 여러 나라가 고통을 겪게 되지요. 당신네 나라 미국이 견제와 균형의 체계라 부르는 것에 의해 야망이 통제될 수 있는 상태가 더 안전하지 않을까요?"

허스트 씨는 팬을 스토브 위에 올려놓았다. 메리언은 낮게 콧노래를 부르면서 빵을 굽고 있었다. 그녀의 행동은 하나 하나가 모두 깔끔하고 능률적이었다.

"그건 그저 올바른 사람이 권력을 잡고 있느냐의 문제일 뿐이오."

집주인이 말을 계속했다.

"활동가 한 사람이 어떤 방해도 받지 않고 지배하는 게 아주 중요한 그런 시대가 있는 거라고 생각해요."

나는 갈아놓은 치즈를 팬에 넣었다. 윌리엄 랜돌프 허스트는 자기를 그 올바른 활동가라고 생각하는 건 아닌지 궁금해졌다. 그는 미국을 맡아서 다스릴 꿈을 가지고 있는 건 아닐까? 아치는 그가 의회 의원이었던 적이 있었다고 했다. 나는 라 카사 그란데의 르네상스풍의 웅장함을 생각해 보았다. 그는 자신을 그 시대의 정치적 왕자들 중의 하나로 상상하며 그 시대의 보물과 분위기에 빠져 있는 것일까? 나는 영리한 스페인의 한 가문인 보르지아 가문이 이탈리아로 이주해서 머리와 힘을 이용해 부와 권력을 획득한 것을 생각했다. 교황이 되고 또 자녀들을 모두 적자로 인정하는 것은 절대로 비열한 속임수가 아니다.

그의 야망이 무엇이든 간에 그는 정말로 맛있는 웨일즈식 토스트를 만들었다.

그 뒤 메리언은 우리 몇 사람을 로마식 풀로 안내했다. 그리스식 풀과 달리 실내에 있었고 가능한 일인 것 같지 않았지만 어쨌든 훨씬 더 아름다웠다. 금색과 하늘색 타일이 벽과 천장과 풀의 내부를 덮고 있었고 주위에는 대리석 조각상들이 서 있었다. 풀은 세로가 짧은 T자 모양으로 세 군데 풀이 만나는 지점에 다이빙대가 있었다. 기다란 스탠드 위의 둥그런 젖빛 전구들이 낭만적인 불빛을 던지고 있었다. 그리스식 풀처럼 물은 따뜻했고 탈의실에는 수영복이 가득했다.

나는 다이빙대의 높지 않은 계단을 올라갔다. 다이빙하려는 순간 한쪽 풀에 아치와 메리언 둘만 있는 것이 보였다. 곧장 다이빙하는 바람에 잘 보지 못했지만 그의 팔이 그녀를 감싸고 있고 두 사람의 머리가 아주 가까이 붙어 있다고 생각되었다. 내가 물 속에서 솟아올랐을 때 아치는 서두르며 풀에서 나가고 있었고 누군가가 그를 도와주러 다가왔다. 잠깐 동안 나는 그 사람이 허스트 씨라고 생각했으나 곧 우리 모두 안전한지 살피고 있던 경비원임을 알게 되었다. 아치는 한 손을 입에 대고 달려나갔다.

내가 뒤따라가려고 하자 메리언이 말렸다.

"아치는 모, 모, 몸이 좋지 않아요."

몹시 당황한 듯 그녀가 말을 더듬거렸다.

"뭘 잘못 먹은 게 아니어야 할 텐데. 사, 사, 사람을 보내서 어떤지 보, 보라고 해야겠어요."

다음날 아침식사를 하러 내려왔을 때 아치는 거기 없었다.

"당신 사촌은 상태가 안 좋아요."

배가 나오고 원기가 넘치는 브루스터 밀하우젠이 말했다.

"밤새 토하느라 잠도 못 잤다오."

"세상에, 어쩌면 좋아요."

메리언이 펄쩍 뛰었다.

"가, 가, 가루약을 줬는데. 그게 드, 드, 들을 줄 알았는데."

그러나 그때 찰리 채플린이 목장을 떠나려 한다는 소식이 전해져 아치의 복통은 더이상 화제가 되지 못했다.

"의견을 반박당하는 걸 싫어하시잖아요."

마리 드레슬러가 웅얼거렸다.

오전 중에 메리언과 허스트 씨, 밀하우젠, 블랜디쉬 등이 『사생아 보르지아』를 영화화하는 일에 관해 의논할 때 나는 아치가 머물고 있는 객관을 찾아갔다. 아치는 놀랄 만한 골동품들로 가득한 매우 화려한 거실에서 쉬고 있었다.

"침실들도 똑같아."

아치가 말했다. 얼굴은 좋아 보였으나 목소리에 힘이 약간 빠진 듯했다.

"난 리슐리외 추기경의 침대에서 잔다구!"

"좀 괜찮니?"

내가 물었다.

"훨씬 좋아졌어."

그가 망설이지 않고 말했다.

"가자. 다른 손님들 좀 찾아서 같이 산책하자."

그렇게 해서 몇 사람이 산책을 나가 산 주위를 감싸고 도는 수 마일 길이의 초록색 그늘이 진 길을 따라 걸었다. 그러나 아치가 너무나 빨리 지친 기색을 보이는 바람에 우리는 한 바퀴를 다 돌지 못하고 돌아왔다.

점심식사는 옥외에서 하게 되었다. 우리는 김이 오르는 접시들이 놓인 긴 식탁에서 푸짐하게 덜어다 먹었다.
 대화는 자연스럽게 이저벨의 책 얘기로 옮겨갔다. 프랑스 비단으로 만든 드레스를 입은 이저벨은 보다 편안한 옷들을 입은 손님들 틈에서 매력적으로 돋보였다.
 누군가가 어떻게 자료를 수집했는지 물었다. 그 질문을 한 사람은 허스트 씨였던 것으로 기억한다.
 "제가 잘못 알고 쓴 게 많다고 비난하는 사람들이 있었어요."
 그녀가 말했다.
 "예를 들자면 당시에는 비소를 구할 수 없었을 거라는 지적이 있었지요. 그런데……"
 그녀는 도전적인 태도로 좌중을 둘러보았다.
 "그건 기원전부터 독약으로 쓰였어요. 17세기에는 비소 가루가 '상속을 위한 가루'로 불리기도 했었죠. 적절한 표현이잖아요? 그 가루는 요즘에 파리잡이 끈끈이 종이에 발라놓는 독극물 같은 것이었을 거예요. 그 종이에 보통 비소를 바른다는 거 아셨어요? 그리고 그걸 스며 나오게 하는 게 가능하다는 것도 아세요?"
 그녀는 눈을 내리깐 채 잠시 머뭇거리더니 허스트 씨를 바라보았다.
 "이런 말을 하는 걸 용서해 주시기 바랍니다. 하지만 어젯밤에 부엌에서 그런 파리잡이 끈끈이 종이를 봤어요."
 우리는 모두 호기심에 차서 허스트 씨를 바라보았다. 그의 표정은 여전히 부드럽고 상냥했다.
 "프랭크."
 그가 식사 시중을 들고 있던 집사를 불렀다.
 "그 말 들었나? 그 종이들을 어떻게 처리해야 할 것 같네. 그렇지 않으면 우리 모두 밤새 죽을지도 모르겠어."
 집사는 미소를 지었고 몇몇 사람들은 웃음을 터뜨렸으나 그밖의 사람들은 생각에 잠겨 아치를 쳐다보았다. 메리언이 벌떡 일어섰다.
"동물들 보러 가는 게 어때요? 동물원에 갑시다!"
그것이 화제를 바꾸려는 책략이었다면 성공한 셈이었다. 이저벨과 다른 몇 명이 동물 우리로 내려갔다. 물론 아치도 함께였다.
메리언이 사자 한 마리에게 과자를 던졌다. 사자는 졸리운 눈으로 한 번 쳐다볼 뿐 움직이려 하지는 않았다.
"우, 너는 정말 야비해."
그녀는 사자에게 이렇게 소리를 지르고는 다른 우리 앞으로 갔다. 그 안에는 조그만 나무 그늘 아래 커다란 원숭이가 앉아 있었다.
"얘는 제리예요."
"와, 멋진데요."
이저벨이 말했다.
"이리 와 보렴, 꼬마야!"
그녀가 말괄량이 소녀처럼 큰 소리로 불렀다. 원숭이는 아무런 반응도 보이지 않았다.
"자, 이리 와서 인사해 봐."
그녀가 원숭이를 부르며 우리의 철망을 흔들었다.
관리인 한 사람이 다가왔다.
"부인, 저 같으면 그러지 않겠어요. 저놈은 정말 비열하기 짝이 없는 놈이거든요."
그러면서 그는 '건드리지 마시오'라고 씌어있는 표지판을 가리켰다.
잠깐 뒤에 제리는 손에 뭔가를 뱉어내더니 그걸 정확하게 이저벨에게 던졌다. 그 더러운 덩어리가 그녀의 비단 드레스에 끈적끈적하게 들러붙었다. 우리는 모두 놀라서 그녀를 바라보았으나 그녀는 다만 '맙소사'라고 중얼거렸을 뿐이었다.

메리언은 몸을 떨었다.

"세상에, 어째요. 제, 제, 제리, 이 못된 녀석! 나랑 같이 가요. 옷 갈아입는 걸 도와줄게요. 드, 드, 드레스는 걱정하지 말아요. 세탁이 되나 보고 안 되면 새 옷을 사줄게요."

아치와 내가 점심식사를 하던 자리에 돌아와 보니 허스트 씨를 포함해서 대부분의 사람들이 흩어지고 없었다.

또다른 장면 하나. 저녁시사 후에 몇 명이 탁자 하나를 둘러싸고 조각 그림 맞추기를 하고 있었다. 맞추기가 몹시 어려운 콘스터블의 그림이었던 것으로 기억한다. 그림 조각들을 찾느라고 서로 밀치고 장난하며 웃음이 끊이지 않았다.

그때 허스트 씨가 나타나자 모두들 조용해졌다. 그는 스크램블드 에그를 먹겠느냐고 물었다. 모두들 먹겠다고 했다. 어느 누구도 친절한 주인의 제의를 거절하고 싶지 않은 것 같았다. 곧 스크램블드 에그 접시들이 들어왔다. 우리 모두는 정말 맛있다고 칭찬했고 그건 빈말이 아니었다.

나는 여기서 얼마나 머무를 것인지 알고 싶었다. 내 좌석표는 아직 탁자의 끄트머리 가까이로 가고 있지 않았으나 나는 내가 환대의 정도를 표시하는 눈금에서 미끄러져 내려가는 꼴을 보고 싶지 않았다. 그러나 아치의 모습을 볼 수가 없었다.

"당신 사촌은 또 아픈 모양이오."

허스트 씨가 조용히 말했다. 나는 펄쩍 뛸 만큼 놀랐다. 그가 그렇게 가까이 있는지 몰랐던 것이다. 몸집은 매우 컸지만 그는 매우 조용하게 움직였다. 내가 아치를 찾고 있는 걸 그는 어떻게 안 것일까?

"실례합니다. 가서 몸이 어떤지 봐야겠어요."

커다란 손이 날 붙들었다.

"그럴 필요가 전혀 없어요."

그가 말했고 나는 거부당했다고 느꼈다.

"우리는 우리 손님들을 보살피고 있어요."

그가 부드럽지만 비난하는 어조로 덧붙였다.

"알고 있습니다."

나는 풀죽은 목소리로 대답했다.

다음날 아침식사 시간에 브루스터가 또다시 내게 아치가 밤새 고생했지만 지금은 조금 나아졌으며 조금 있으면 우리와 함께 어울릴 수 있을 거라고 말해 주었다. 나는 정말로 걱정되기 시작했다.

그날은 누구도 멀리 나가고 싶어하지 않았다. 샌 루이스 오비스포에서 로스엔젤레스로 가는 기차를 탈 사람들을 데리러 차가 몇 대 왔다. 풀 옆에 몇 사람이 모여 있어서 나도 끼어들었다.

어떤 신문사의 편집 주간이라는 사람이 나를 다른 사람들로부터 떼어놓더니 이렇게 말했다.

"내가 당신 사촌이라면 지체 없이 여기서 사라지겠어요."

나는 놀라서 그를 쳐다보았다.

"토머스 인스를 기억하세요!"

"토머스 인스요?"

내가 물었다. 그 사람은 무엇인가 유쾌하지만 금지된 행동을 하려는 아이처럼 흥분과 죄책감을 동시에 느끼고 있는 듯 보였다.

"배우였다가 감독이 된 사람이었죠."

어떻게든 그 얘기를 하고 싶어하는 강한 충동이 내게까지 전해졌다.

"메리언이 그 사람을 정말 좋아했어요. 사오 년 전쯤 추수감사절에 그 사람은 허스트 씨의 요트를 타고 항해에 나섰다가 살아서 내리지 못했답니다!"

그가 딸깍 소리가 나게 음료수 잔을 내려놓았다.

의회 의원 한 사람이 가까이에 와 있었다.
"터무니없는 소리요!"
그가 격하게 말했다.
"그는 배에서 내렸어요. 집에 도착해서 죽었지."
"허스트 씨가 그를 쐈어요."
편집 주간이 잔인하게 말을 이었다.
"물론 밝혀지지는 못했지요. 모두들 그가 갈매기를 쏘는 걸 봤는데도 루엘러 파슨즈가 배에는 총이 없었다고 증언했다오. 그렇게 해서 그 여자는 허스트 씨 신문의 칼럼니스트가 됐지요."
"그런데 그게 아치와 무슨 상관이 있지요?"
"당신은 눈도 없소?"
의원이 거칠게 물었다.
"당신 사촌과 데이비스 양이 서로 좋아하는 걸 모른단 말이요? 이제사 말하지만 당신들이 도착한 날 윌리엄은 그렇게 빨리 여기로 돌아올 수 없었소. 비행기 소리를 듣자마자 당장 사람들을 돌려세우더니 가자고 합디다."
"말조심하는 게 좋을 거예요."
마리 드레슬러가 조용히 말했다. 그녀가 얘기를 얼마나 들었는지 나는 잘 모른다.
"토머스 인스는 허스트 씨의 요트에서 내린 후 며칠 있다가 소화불량에 이은 심장마비로 죽었어요. 총상도 없었을 뿐 아니라 그 기사를 실은 건 뉴욕의 한 신문뿐이었어요. 그 기사에 요만큼이라도 믿을만한 구석이 있었다면 신문이란 신문은 전부가 그걸 실었겠지요."
"그렇지만 그 사람은 요트에서 내릴 때 아팠어요."
의원이 주장했다.
"하지만 그 사람들 말로는 총상이 아니었대요."

마리도 주장을 굽히지 않았다.

"그리고 루엘러 파슨즈는 그때 이미 허스트 신문에서 일하고 있었어요."

편집 주간이 잠시 생각에 잠겼다.

"만일 토머스 인스가 독살당한 거라면 소문이 그렇게 쉽게 가라앉지 않았겠지요?"

"허스트 씨가 그런 짓을 할 거라고는 믿지 않아요. 그건 불가능해요!"

내가 말했다.

"그럴까요?"

편집 주간이 조용히 물었다.

나는 아치를 찾아봐야겠다고 결심하고 일어섰다. 그때 갑자기 그가 나타났다. 크림색 바지에 셔츠와 세련된 줄무늬 재킷을 입고 있었다. 모두들 다가가 좀 어떠냐고 물었다.

"좋아요. 고맙습니다."

그가 평소의 그 악동 같은 미소를 지어보이려 애쓰면서 밝게 말했다. 곧이어 메리언이 달려왔다. 그녀는 몹시 걱정되는 모양이었다. 나는 모든 사람들의 눈길이 두 사람에게 쏠려 있는 것을 느낄 수 있었다. 나는 그녀가 아치에게서 좀 떨어졌으면 싶었다.

점심시간에 아치는 메리언이 그를 위해 특별히 주문한 스프를 한 그릇 먹고는 다시 쉬어야겠다며 물러갔다.

얼마 뒤 밀하우젠이 내게 와서 아치의 복통이 도졌다고 말했다.

"당신이 그를 여기서 데리고 나가지 않으면 그는 죽을지도 몰라요."

그가 잔인하게 말했다.

아치는 칵테일 시간에 우리와 함께 했다. 그는 건강해서 혈색이 좋다고 할 수 있을 정도였다. 그는 나를 한 옆으로 데리고 가더니 나만 괜찮다면 아침에 기차를 타고 로스엔젤레스로 돌아가자고 말했다. 저녁식사 때도 그는 스프를 한 그릇 먹고는 곧 사라졌다. 그가 나가면서 이저벨 블랜디쉬 옆을 지날 때 그녀가 그의 소매에 손을 살짝 대고 몸이 어떠냐고 물었다. 그는 아주 짧게 대꾸했을 뿐이어서 조금 후에 메리언이 이저벨에게 이렇게 말했을 때 나는 깜짝 놀랐다.

"아치가 당신을 몹시 좋아하나봐요. 당신이 그에게 용기를 좀 북돋워주셔야 해요. 그를 잠깐 바라본다든가 해서……."

메리언은 고개를 약간 숙이고 관능적인 눈길을 던졌다. 그것은 스무 걸음쯤 떨어진 거리에서라도 어떤 남자든 그 자리에 세우고 말 듯한 시선이었다. 이저벨이 기겁을 했다.

"그럴 리가 없어요, 메리언. 설사 그렇다 해도 저는, 저, 이미 약혼한 상태인 걸요."

"약혼했다고요!"

메리언이 손뼉을 쳤다.

"당신 정말 앙큼한 사람이군요! 그 행운의 사나이는 누구죠? 전 로맨스가 정말 좋아요. 결혼식은 여기서 하세요, 여긴 결혼식 하기에 정말 멋진 장소예요. 그리고 내가 신부 들러리 해 줄게요. 그러려면 새 드레스를 하나 사야겠어요."

그녀는 소리내어 웃었다. 완전히 마음이 놓이는 모양이었.

이저벨은 아주 냉정해졌다.

"제발, 메리언, 아무 말도 하지 말아주세요. 공식적으로 약혼한 것도 아니고 또 그 사람은 뉴욕에 있는 걸요."

그녀는 자신이 가장 원하지 않는 일이 바로 샌 시미언에서의 결혼식이라고 내놓고 말하지는 않았으나 그렇게 말하는 것처럼 들렸다.

아치는 그날 밤을 고통스럽게 보냈고 다음날 아침이 되어서도 위경

련과 설사에 시달리고 있었다. 허스트 씨는 로스엔젤레스까지 비행기로 가라고 강권했다.

그와 메리언은 계단 맨 아래에 서서 우리를 배웅했다. 아치는 아무렇지도 않은 듯 보였으나 그의 태도로 보아 몹시 괴로운 상태임을 나는 느낄 수 있었다. 나는 걱정으로 제정신이 아니었다. 모든 암시들이 불길하게 되살아나서 나는 그가 위에 탈이 났다는 것을 수긍할 수 없었다. 그러나 우리에게 곧 또 와달라고 미소지으며 말하는 이 커다랗고 조용한 사람이 내 사촌을 질투해서 독을 먹였다는 것도 믿을 수가 없었다.

그때 나는 허스트 씨의 힘과 위상, 르네상스 시대에 대한 그의 취미, 그 냉혹한 시대의 장식물들을 이용해 자신의 성을 만들어낸 것 등을 떠올렸다. 그는 원하기만 한다면 무엇이든 없앨 수 있을지도 모른다.

우리는 비행기에 타고 이륙하기를 기다렸다. 아치는 내 옆에서 떨고 있었다. 그는 술병을 꺼냈다.

"제기랄, 비었잖아."

"아치, 술은 너한테 아무 도움이 안 돼."

"그냥 목이 말라서 그래."

"그러면 물을 마셔. 집에 가서 맛있는 스프를 만들어줄게."

그는 진저리를 쳤다.

"그 말은 꺼내지도 마!"

그 여행은 아치에게 고통이었다. 몸이 아파서가 아니라 다리에 쥐가 나서였다. 좁은 좌석에 끼어앉아 벨트에 묶인 상태라 다리의 경련을 풀 수가 없었던 것이다.

비행장에 내렸을 때 나는 그의 차를 놔두고 택시를 타자고 제안했지만 그는 아무 문제없이 운전할 수 있다고 주장했다. 그는 도중에 나를 내려주겠다고 고집을 부리며 그를 위해 뭔가 먹을 것을 만들어주겠다는 내 말을 들으려고도 하지 않았다.

"나한테 독을 먹이고 싶은 거야?"

그가 날카롭게 물었다.

"겨자를 잔뜩 친 콩팥 요리를 하려고 했던 거 기억 안나? 개도 그걸 안 먹으려고 하더라!"

"오랜 전 일이잖아."

내가 항의했다.

다음날 아침 나는 그를 찾아갔다.

"좀 어때?"

나는 걱정스럽게 물었다. 그는 잠옷바람이었다. 안색은 발그레했으나 송글송글 솟아난 땀으로 얼굴이 번들거렸다. 아치는 호소하는 듯한 표정을 지으며 어깨를 으쓱했다.

"사실은 그다지 좋지 않아."

너무나 그답지 않은 태도여서 나는 그의 상태가 몹시 나쁘다는 것을 알 수 있었다.

"뭣 좀 먹었어?"

내가 물었다. 내 어머니는 항상 음식이 만병통치약이라고 주장하셨다. 그는 고개를 저었다.

"삼킬 수가 없어."

나는 그의 침실 문으로 갔다. 예상했던 대로 위스키 병이 침대 옆에 있었다.

"제발, 아치, 술은 너한테 전혀 도움이 안 된다고 얘기했잖아."

"술은 나를 살아 있게 해 주는 유일한 거야. 도대체 어쩌라는 거야?"

그가 그렇게 짜증을 내는 것은 그의 상태가 샌 시미언에 있을 때보다 더 나빠졌다는 표시였다. 그것을 보자 나는 기분이 좋아졌다. 자기 집에 있는 아치에게 허스트 씨가 독을 먹이지는 못했을 것이고 따라서 만일 아치가 더 나아지지 않았다면 그건 바로 그가 위장병을 앓고 있다는 의미였다. 커다란 안도감이 밀려왔다.

"부엌이 어디지?"

"말했잖아. 먹을 것이 다 떨어졌어."

"이럴 땐 찐 생선을 먹어야 해."

내가 주장했다. 그는 싸울 기운이 없는 게 분명했다. 내가 음식접시를 가지고 오자 그는 맛을 보더니 조금 먹었다. 그때 벨이 울렸다. 메리언이 문 앞에 서 있었다. 그녀는 막 영화 촬영에 들어가려는 사람처럼 아름답고 우아했다.

"데, 데, 데이지, 그는 좀 어때요?"

그녀는 급히 묻더니 들어오라는 말도 안 했는데 안으로 들어섰다.

"당신, 괜찮아요?"

그녀가 물었다. 그는 머리를 흔들었다.

"의사에게 갔었어요?"

"의사가 뭘 할 수 있겠어요? 그저 위염에 걸렸다며 먹어봤자 낫지도 않는 약 몇 알 주고 돈은 엄청 달라겠지. 됐어요, 며칠 있으면 좋아지겠지요."

그가 기운 없이 말했다.

메리언은 자리에 앉더니 가방에서 종이를 하나 꺼냈다. 그녀는 몸을 앞으로 굽히고 진지하게 말했다.

"아치, 입안이 깔깔해요?"

아치는 놀란 듯했다.

"그래요, 맞소!"

"또 삼킬 수가 없나요? 위도 아프고요?"

그는 고개를 끄덕였다.

"설사하고 종아리에 쥐도 나고 두통도 있지요?"

그는 계속 고개를 끄덕였다. 메리언은 뒤로 기대어 앉았다. 얼굴이 무척 창백했다.

"아치, 난 어, 어, 어제 윌리엄의 서재에서 몇 시간을 있었지요. 거기엔 책이, 어, 뭐더라……"

그녀는 종이를 들여다보면서 조심스럽게 발음했다.

"독극물에 관한 책이 있어요. 독약 있잖아요."

"무슨 말씀을 하시려는 거예요?"

나는 걱정을 하며 물었다.

"이저벨이 파리잡이 끈끈이 종이 얘기했던 게 머리에서 떠나지 않았어요. 한참 시간이 걸렸지만 겨, 겨, 결국 그 긴 단어들로 씌어 있는 얘기가 뭔지 알아냈어요. 그리고는 윌리엄에게 쇼핑 좀 해야 하니까 비행기 타고 갔다와야겠다고 했지요. 난 언제나 쇼핑을 하니까요!"

메리언은 초조하게 그 종이를 만지작거렸다.

"당신의 증상과 일치하는지 알아봐야 했거든요. 사람들이 윌리엄에 대해 무슨 얘기를 하는지 당신은 모를 거예요!"

"그럼, 그분이 아치의 병에 책임이 있다는 얘긴가요?"

그녀가 눈을 번쩍이며 내 말을 반박했다.

"그렇게 바보 같은 얘기는 처음 들어보네요! 윌리엄은 파리 한 마리도 못 죽여요! 한번은 그의 작은 개가 화분 안에 들어간 쥐 한 마리를 위협하고 있었는데 그가 자기 손으로 쥐를 꺼내서 구멍에 넣고는 내 예쁜 담요를 잘라서 따뜻하라고 넣어줬어요. 정말이지 윌리엄은 너무나 따뜻한 사람이에요!"

쥐를 돌보는 거구의 남자의 모습은 매력적이었으나 쥐 한 마리를 구해주는 것은 자신의 정부를 바로 눈앞에서 빼앗아가도록 내버려두는 것과는 전혀 별개의 것이라고 생각하지 않을 수 없었다.

아치는 접시를 밀어내더니 벌떡 일어섰다.

"실례해요."

그의 말소리는 불분명했다.

"곧 오겠소."

그는 급히 나갔고 메리언은 크나큰 걱정에 잠겨 고양이 소리 같은 신음소리를 냈다.

"당신 얘기는 그분이 아치에게 독을 먹이고 있다고 사람들이 생각한다는 건가요?"

내가 물었다.

"난 똑똑하진 못해도 듣는 건 있다구요. 게다가 모두 가버렸어요. 그러니까, 가야 하긴 했지만 하루 이틀 더 있어도 되느냐고 청하는 사람들도 자주 있었고 윌리엄에게 소풍 나가자고 제안하는 경우도 많았거든요. 그런데 이번에는 그런 일이 없는 거예요. 또 같은 일이 일어나고 있어요."

"토머스 인스 때와 같은 일 말씀이세요?"

그녀는 고개를 끄덕였다.

"조사도 했지만 사람들은 자기 믿고 싶은 대로 믿더군요. 나는 윌리엄이 또 그런 입장에 처하는 건 견딜 수가 없어요."

그녀의 말에는 전혀 거짓이 없어 보였다.

"사람들은 내가 돈 때문에 그와 함께 지낸다고들 하지만 그를 만나기 전에 벌써 나는 성공한 배우였어요. 그리고 그의 신문에 실리는 그 쓰레기 같은 선전 기사가 필요하지도 않아요."

그녀의 진지함이 그녀를 더욱 사랑스럽게 보이게 했다.

"어쨌거나."

그녀는 급하게 말을 이었다.

"아까 말했던 것처럼 사람들이 말하는 내용은 너무 지, 지, 지독해요. 나는 아치가 위장장애같은 뭔가 정상적인 이유로 위가 아픈 거라고 생각했어요. 위장장애는 정상적인 것 아니에요?"

팔랑개비 국화처럼 파란 그녀의 커다란 눈은 다섯 살짜리 아이의 눈처럼 진지했다.

"그렇지만 비소 중독이 어떤 것인지 한번 알아봐야겠다고 생각했지요. 윌리엄은 거의 모든 분야에 관한 책을 다 가지고 있어요. 나는 보통은 이야기가 없는 책을 읽지 못하는데 이건 너무나 중요했으니까요. 어려운 내용이었지만 정말로 집중해서 한다면 뭐든 해낼 수 있다는 걸 알고 있어요. 당신도 아시죠?"

그녀는 진심으로 내 의견을 알고 싶어했으므로 나는 그렇다고 대답해 주었다.

"당신은 정말 좋은 사람이에요, 그거 아세요? 어쨌거나 그 책엔 내가 이해할 수 없는 의학 용어들이 엄청나게 많았지만 결국 이런 얘기였어요. 비소를 먹으면 그 즉시 아프게 된다. 음식에 들어있는 걸 먹었을 때는 열두 시간이 넘으면 괜찮아진다. 그런데 그동안 아치는 음식을 먹자마자 아팠다가 나중엔 멀쩡해 보이고 그랬잖아요?"

나는 그가 혈색이 좋아 보이던 것을 생각하고 동의할 수밖에 없었다.

"그리고 그 책에는 처음 비소를 먹으면 피부가 '뽀얗고 장미같이' 된다고 나와요. 어떤 사람들은 그런 피부를 만들려고 비소를 사용했다고도 하거든요!"

그녀는 잠시 말을 멈추었다.

"비소를 먹기로 결정하다니요!"

그건 놀라운 얘기였다.

"그래서 아치가 이런 증상들을 보이는지 보러 와야만 했어요."

환자가 돌아왔다. 그는 손수건으로 얼굴의 땀을 닦고 있었다.

"아치, 메리언은 누군가 당신에게 비소를 먹였다고 생각하고 있어

요."

내가 솔직하게 말했다.

"그건 말도 안 되는 생각이오."

의자에 무너지듯 주저앉으며 그가 피곤한 목소리로 말했다.

"누가 날 죽이려고 한단 말이오?"

만일 당신이 예순 살을 넘어섰고 당신보다 서른 살이나 젊은 여자를 좋아하는데 그 여자와 결혼할 수 없다면 그녀가 당신보다 젊은 남자에게 매혹 당할지도 모른다는 생각이 드는 건 당연한 일일 것이다. 흥미로운 것은 메리언이 허스트 씨를 매우 따뜻한 사람이라고 주장하면서도 그가 경쟁자의 웨일즈식 토스트에 비소 가루를 넣을 수도 있는 사람이라고 생각하는 것처럼 보였다는 사실이다.

"책에 비소를 먹는 걸 중단하면 나아진다는 얘기는 없던가요?"

내가 물었다. 그녀는 얼굴을 찡그렸으나 여전히 매력적으로 보였다. 나는 허스트 씨가 그녀에게 끌리는 이유를 알 것 같았다.

"있을 것 같긴 한데 긴 단어들이 너무 많아서요!"

"아치는 더 나빠지고 있어요."

내가 단호하게 말했다.

"그러니 독을 먹은 것일 리가 없어요. 의사에게 가보면 좋을 텐데!"

"만일 아직도 비소를 먹고 있다면 더 나빠지겠지요."

메리언이 고집스럽게 말했다.

"내 얘기를 하면서도 내가 여기 없는 것처럼 구는군. 그러지들 말아요."

아치가 화를 냈다. 나는 그의 항의를 무시했다.

"그렇지만 지금은 아주 다른 음식을 먹는 걸요."

그때 갑자기 머리에 떠오른 것이 있었다.

"아치, 네 위스키!"

메리언이 손뼉을 쳤다.
"그럴 줄 알았어요! 사람들이 술을 많이 마시는 걸 윌리엄이 싫어하기 때문에 하인들이 손님들 가방에서 술병만 보면 치우곤 하지요. 그렇지만 손님들이 너무 약아서 여러가지 술책을 쓰는 거예요."
"난 술병들을 뒷주머니에 넣어두었다가 내 물건들이 정리된 다음 매트리스 밑에 숨겼어요. 남자들은 가끔 한 잔씩 해야 한다구요."
아치가 풀죽은 목소리로 말했다. 나는 침실에서 위스키 병을 가지고 나왔다. 메리언은 그것을 내게서 받아들더니 욕실로 달려갔다. 그녀는 욕실이 어디 있는지 정확하게 알고 있는 것 같았다. 거기서 그녀는 내용물을 조심스럽게 세면기에 따르기 시작했다.
"이봐요, 그건 내 위스키요."
아치가 항의했다.
"독 때문에 고생하고 싶으세요?"
메리언이 물었다. 술을 따라낸 후 그녀는 선반에서 유리컵을 하나 꺼내 병 밑바닥에 남은 술을 남김없이 컵에 따랐다.
"봐요."
그녀가 말했다. 위스키에 섞여 있는 하얀 침전물이 보였다.
"이런 위스키는 본 적이 없어요."
메리언이 의기양양하게 말했다.
"하지만 이게 밀조주라면요?"
나는 내 생각을 말했다.
"밀조주라 해도 이렇지 않아요."
그녀가 주장했다.
"비소는 뜨거운 액체에 녹지만 차가워지면 조금씩 드러난다고 책에 씌어 있었어요."
아치가 거실로 들어갔다. 그는 술이 든 찬장문을 열어젖히고는 같은 상표의 다른 술병을 꺼내서 높이 들고 바닥을 들여다보았다.
"침전물이 더 많은 것 같군."
그가 말했다. 그는 다른 술병을 차례로 꺼내보았다. 모두 똑같았다. 그는 술병을 내던졌다.
"나쁜 년!"
"누구요?"
메리언과 내가 동시에 물었다. 아치가 얼굴을 문질렀다.
"내 사랑스런 아내요."
"네 아내라구?"
내가 소리를 질렀다.
"당신, 결혼했어요?"
메리언은 놀라서 숨도 못 쉬었다.
"유감이지만, 그렇소."
아치는 신음소리를 냈다.
"누구랑?"
내가 물었다.
"이저벨이에요."
메리언이 흥분해서 말했다.
"한 커플 사이에 뭔가 있으면 난 그걸 알아요. 나는 항상 로맨스가 이루어지게 하지요. 내가 남자에게 아무개가 당신에게 반했다고 얘기하면 그 남자는 여자와 즐거운 시간을 보내는 거예요. 그리고 나서 내가 여자에게 그 남자가 당신에게 빠져있다, 내게 그렇게 말하더라고 하면 그들은 그렇게 돼요!"
"우린 이 년 전에 결혼했어요."
아치가 말했다.
"이저벨의 진짜 이름은 힐더 블랙이에요. 그녀는 잡지사에서 일하고 있었는데 무대 뒷얘기를 취재하러 왔었죠. 나는 그때 주인공의 대역을 연습하고 있었어요. 나는 그녀에게 끌렸고 음, 그래서 어찌어찌 그렇게 됐어요. 그런데 그녀가 임신했다고 하니 나는 결혼할 수밖에 없었어요."

그가 씁쓸하게 말했다.

"그런데 넌 우리를 결혼식에 초대하지도 않았어!"

내가 따졌다.

"등기소 결혼이었어. 아버지는 날 안 보시려 했고 어머니는 아시면 놀라실까봐 알리지도 않았어."

"아기는 어떻게 됐어요?"

메리언이 조용한 목소리로 물었다.

"아, 그녀는 아기를 잃었어요. 아무튼 그렇게 얘기했어요. 처음부터 아기는 있지도 않았다는 생각이 들어요. 그리고는 모든 게 너무나 빨리 악화됐고 이젠 못 참겠다고 결정했지요. 어떤 대리인이 미국에서 일해보겠느냐고 해서 새 출발의 기회라고 여기고 받아들였지요. 그리고 힐더에게는 이혼을 요구했어요. 그런데 그녀는 절대로 내가 자기를 버리도록 놔두지 않겠다고 했지요."

그의 목소리는 음울하면서도 분노에 차 있었다.

"다행히 그때는 그녀가 보르지아 책을 막 출판했던 무렵이었는데 그게 잘 팔리길래 나는 떠났지요. 그리고는 여기저기 고생하며 다니다가 간신히 MGM과 계약을 하게 됐고. 모든 게 잘 돼간다고 생각하던 참에 스튜디오로 보낸 그녀의 편지를 받았는데 뉴욕에서 어떤 백만장자를 만났는데 그와 결혼하고 싶다고 썼더라구요. 그런데……"

그는 화난 표정으로 허공을 응시했다.

"나는 윗사람들에게 총각이라고 말했으니 이혼은 끝없이 소동을 일으킬 게 뻔했지요. 그래서 증거를 제공하는 걸 거부했어요. 위스키는 그 며칠 후에 도착했어요. 2주일 전에요. 여섯 병이었는데 휴대용 술병에 넣어간 건 첫번째 병에서 따른 거예요. 그 여자가 까다롭고 못된데다 거짓말쟁이라는 건 알았지만 이렇게 악랄하게 굴 거라고는 생각도 못했어요."

나는 그녀가 어떻게 그를 사로잡을 수 있었을까 궁금해졌다.

"세상에, 우리 여자들이 남자를 골탕먹이는 방법을 보면 놀라워요."

메리언이 말했다.

"그녀에게 전화를 해서 이리로 오라고 해요. 이혼에 관해 얘기하고 싶다고 하세요."

"난 그녀가 어디 머물고 있는지 모르는데."

"물론 벨 에어이지요."

메리언의 말은 그곳말고는 머물 만한 곳이 전혀 없지 않느냐는 것처럼 들렸다. 그녀는 수화기를 들어 교환원에게 번호를 알려주고 수화기를 아치에게 넘겨주었다.

20분 후, 힐더가 도착했다.

메리언과 나는 침실에 숨었다. 아치는 이런 것까지는 생각하지 못했으나 메리언이 고집을 부렸다. 목격자가 필요하다는 주장이었다.

"안녕, 아치."

힐더의 냉랭한 목소리가 들렸다.

"마침내 정신을 차렸군요."

"위스키 좀 들지."

아치의 목소리가 떨리고 있었다.

"그런 건 손도 안 대는 걸 알잖아요."

"어쨌든 비소는 먹고 싶지 않다는 건가?"

그가 독살스럽게 말했다.

"무슨 말인지 전혀 모르겠네요."

"천만에, 알잖아. 악랄한 여자같으니라구. 당신은 날 죽이려고 했어."

내 사촌의 목소리라고는 믿어지지 않는 목소리였다.

"그렇게는 안 될 걸. 이젠 내 차례야."

"당신이 어째서 아픈지 모르지만 아무튼 그것 때문에 머리가 돌아버린 모양이군요."

힐더의 목소리는 흔들림이 없었다.

"난 이혼 문제를 의논하러 왔지 미치광이의 헛소리나 듣자고 온 게 아니에요. 당신이 내 원고만 돌려주면 모든 일이 조용히 처리되도록 내가 보장하겠어요. 소문나지 않는 게 당신에게나 내게나 좋지 않겠어요?"

"무슨 얘기를 하는지 하나도 모르겠군."

아치가 불안정한 목소리로 말했다.

"내게서 훔쳐간 원고 말이에요."

힐더가 목소리를 높였다.

"그걸 이용해서 날 갈취했잖아요."

메리언과 나는 놀라서 얼굴을 마주 보았다.

"당신은 이제 계약을 했으니 내 돈은 필요 없지 않아요?"

그녀의 목소리가 작아졌다. 아치에게 가까이 다가앉은 모양이었다.

"처음에는 우리도 잘 지냈잖아요. 이젠 친구로 지낼 수 없을까요? 난 절대로 당신을 해치고 싶지 않았어요."

"바로 저거예요."

메리언이 소리를 질렀다.

"고, 고, 고백했어요!"

그녀는 거실로 달려들어갔다.

"고백했다구요? 무슨 말씀이세요?"

힐더가 아치에게 고개를 돌렸다.

"날 속였어, 이 악마 같은 자식."

아치는 아픈 듯한 표정을 지었다. 어렸을 때도 나쁜 짓을 한 게 발각되면 언제나 그랬었다.

"돈을 갈취했다는 게 무슨 말이지요?"

내가 엄하게 물었다.

"그걸 탈 안 나게 해낼 수 있을 거라고 생각한 제가 바보였어요."

힐더가 한숨을 쉬며 말했다.

"사실 『사생아 보르지아』는 제 이모가 쓰신 거였어요. 이모가 돌아가신 후에 그분 서류 가운데서 발견했지요. 저는 그걸 타이핑하고 제 이름을 써서 한 출판사에 보냈어요. 어쨌든 이모는 모든 걸 제게 물려주셨으니까요. 그런데 아치가 원고를 찾아내서는 지금까지 제게서 돈을 뜯어낸 거예요."

"그래서 내가 죽길 바랐나?"

그가 감정이 격해서 말했다.

"내가 당신에게 독을 먹였다고 말하는 사람은 거짓말쟁이에요."

힐더가 그지없이 침착하게 말했다. 나는 원숭이가 그녀에게 오물을 던졌을 때 그녀가 보였던 침착함이 기억났다. 그리고 비소에 관한 얘기를 꺼내고 모두가 허스트 씨를 의심하게끔 몰아간 그녀의 영리함도 생각났다. 메리언이 너무 경솔했다. 이제 힐더에게서 고백을 받아내기는 불가능했다.

"저는 진실을 밝힐 거예요."

힐더가 머리를 꼿꼿이 세우고 말했다.

"약혼자에게는 벌써 말했어요. 당신도 이제는 내게서 돈을 빼앗을 수 없을 테니 원고를 돌려주는 게 좋을 거예요."

"그러면 이혼이 알려지지 않게 해줄 건가?"

"사람들은 나를 힐더 포테스큐가 아니라 이저벨 블랜디쉬로 알고 있어요. 당신을 아는 사람은 아직 없잖아요?"

그녀가 잔인하게 말했다.

"당신 첫 영화가 나오기 전에 이름을 바꾸세요. 그러면 아무도 우리 이혼에 관심을 갖지 않을 거예요."

"맞아요!"

메리언이 열렬하게 말했다.

"아치 포테스큐란 이름은 사실 너무 화려해요. 좀 짧은 이름, 그러니까 로리 케, 케, 케이블같은 게 좋아요. 제가 스튜디오에 그렇게 알리지요."

"우리가 이혼하는 날,"

아치가 힐더에게 말했다.

"원고를 돌려주지. 하지만 또 날 죽이려고 할 경우엔 세상에 알리고 나도 망하고 말겠어."

그는 자기가 여자들에게 인기 높은 배우인 것처럼 굴었다.

힐더는 경멸의 눈초리로 그를 바라보았다.

"아치 포테스큐, 당신은 거짓말쟁이에다 돈이나 갈취해먹는 인간이지만 한때는 당신을 사랑했었으니 당신을 독살하는 일은 안 해요. 잘 있어요!"

그녀가 나가고 문이 닫히자 아치는 소리 없이 의자에 앉았다.

"끔찍하군! 죽을 것 같아."

메리언이 그를 똑바로 바라보았다.

"의사를 불러요. 책에는 위 세척이 필요하다고 씌어 있었어요. 난 그게 당신의 어리석음까지 씻어줬으면 좋겠어요."

"메리언, 내 사랑! 이러지 말아요."

"날 그렇게 부르지 말아요! 그 가엾은 여자를 그런 식으로 벗겨먹어요?"

"그 여잔 날 죽이려고 했소."

"당신이 내게 그런 짓을 했다면 나도 그 여자처럼 했을 거예요. 당신은 영화에선 멋있어 보이지만 실생활에선 아, 아, 악취가 나요! 우리가 그 문제에 대해선 하나도 이, 이, 입증할 수 없지만 당신들 중 한 사람이라도 비소에 대해 한 마디라도 꺼냈다간 두, 두, 둘 다 할리우드에선 끝장인 줄 아세요. 알겠어요?"

복수하는 천사로 변신한 그녀에게 넋이 빼앗긴 나는 고개를 끄덕였다.

"이 얘기가 퍼지면 아치의 평판에 전혀 도움이 안 될 테니까요."

내가 말했다. 메리언은 가방을 집어들고 나갔다.

"왜 저러지?"

"아치, 네가 내 사촌이라는 걸 잊은 건 아니지만 넌 신사답게 처신하지 않았어."

"데이지, 너까지 그러기야? 난 멍청한 암소랑 결혼을 했다구."

"전체 얘기 중에 그 부분만 제대로 됐어."

"그리고 넌 샌 시미언에 가게 됐구."

나는 조금 누그러졌다.

"그건 절대로 안 잊을게. 이젠 제발 스튜디오에 전화해서 믿을 만한 의사 좀 알려달라고 해. 넌 치료받아야 해."

나는 부엌으로 가서 내 물건들을 챙겼다. 나는 너무나 혼란스러웠다. 아치가 비소가 든 위스키를 마시고 있었다는 것에 놀랐고 그가 남의 돈을 갈취했다는 것에 화가 났다. 어머니가 내게 그와 연락하지 말라고 하셨던 것은 당연한 일이었다. 거실로 돌아오니 아치는 책상 서랍에 든 영수증이며 서류들을 뒤지고 있었다.

"아치, 난 네 도움 없이도 할리우드에서 잘 해 나갈 수 있어."

그는 내 말을 듣고 있지 않았다.

"이걸 좀 봐. 위스키와 함께 왔던 거야."

그것은 코스모폴리턴 영화사의 명함으로 '아치 포테스큐에게, 보르지아 가문과 멋진 일을 해내길 빕니다' 라는 메시지가 씌어 있었다. 보내는 사람의 이름은 없었지만 명함은 진짜 같았다. 힐더가 스튜디오에 갔다가 한 장 가져온 것일까?

"한 가지 이해할 수 없는 건, 내가 어디서 사는지 그녀가 어떻게 알았느냐는 거야."

아치가 천천히 말했다.

"네가 말해준 게 아냐?"

"웬 걸, 그랬다가 그 여자가 여기 와서 떠들어대면 어쩌라고 가르쳐줬겠어? 그 여잔 내 거래 은행으로 직접 돈을 보냈었어. 내가 아까 전화로 그 여자한테 내 주소 말해주는 걸 너도 들었잖아."

"그녀는 스튜디오를 방문했을 때 네 주소를 알아냈으면서도 모르는 척하고 있었는지도 몰라."

"그렇지만 그 여잔 아직 스튜디오에 가본 적이 없어. 다음 주에 갈 건데. 누군가에게 전화를 했던 게 틀림없어."

그녀가 스튜디오에 간 적이 없다면 어떻게 명함을 손에 넣었을까? 아치에게는 그런 의문이 일어나지 않는 모양이었다. 그는 아주 똑똑하다고는 할 수 없는 사람인 데다가 비소가 그의 지능에 영향을 미쳐서 그런지도 몰랐다. 내가 그 의문을 지적해봤자 아무런 쓸모가 없다는 생각이 들었다. 그때, 메리언이 모호한 어구를 가지고 힐더의 고백이라고 주장했던 것이 의심스러워지기 시작했다.

앞에서 말했던 것처럼 나는 메리언에게 그녀나 허스트 씨가 살아 있는 동안은 이 일에 대해 한 마디도 않겠다고 약속했었다. 『사생아 보르지아』는 영화로 만들어지지 않았으나 힐더는 약혼했다던 백만장자와 결혼하고 글 쓰는 일을 그만두었다. 아치는 두 편 정도의 영화를 더 찍었으나 술에 빠지는 바람에 계약이 정지되었다. 그 전에 나는 이미 결혼을 하고 아이들을 키우느라 배우가 되기를 포기했다. 나는 내가 결코 배우병에 걸리지 않았음을 알고 있었다.

허스트 씨와 메리언은 어떻게 되었을까? 그들은 그 후로 영원히 행복하게 살았다고 말해도 좋을 것이다. 적어도 허스트 씨가 1951년에 여든여덟 살의 나이로 죽을 때까지는 말이다. 그들은 30년이 넘도록 함께 산 셈이었다. 메리언은 나중에 결혼했지만 행복하지 못했다. 그녀는 얼마 전, 허스트 씨가 죽은 지 10년 만에 예순 넷의 비교적 젊은 나이에 세상을 떠났다.

내가 그 당시의 일에 대해 확실하게 알고 있는 것은 샌 시미언에서 지낸 날들을 결코 잊지 못할 것이라는 사실 뿐이다. 윌리엄 랜돌프 허스트는 많은 일을 한 사람이지만 그는 무엇보다도 영원히 잊을 수 없는 성을 지은 사람이었다.

Janet Laurence

엘리스 피터스의 소설들 (특히 이디스 파제터라는 본명으로 쓴 소설들)을 읽으면서 나는 과거가 현재만큼이나 생생하게 그려질 수 있다는 것을 깨닫게 되었다. 그녀는 독자들을 그들이 살고 있는 세상과 마찬가지로 인식가능한 세상으로 데리고 가는 재능을 지녔다. 나는 처음으로 역사소설을 써보려고 애쓰던 무렵에야 그것이 얼마나 어려운 일인지, 과거의 한 시대를 재생해내려면 얼마나 깊은 연구가 필요한 지 비로소 깨달았다.

그럼에도 불구하고 여전히 나는 역사에 매혹당해 있었다. 나는 과거 여러 시대의 풍경이며 소리며 그밖의 여러 요소들을 재생해내고, 도덕과 행동이 여러 사회의 서로 다른 기준에 따라 얼마나 영향을 받는지 연구하며, 시대가 변해도 여전히 진실로 남아 있는 것은 무엇인지 찾아내는 것을 좋아했다. 필연적인 결과로서 나는 이탈리아의 유명한 풍경 화가인 카날레토를 등장시킨 일련의 역사범죄소설들 중 첫 권을 쓰게 되었다. 사회의 모든 계층의 사람들과 섞일 수 있고 관찰자의 눈과 국외자의 초연함을 가지고 18세기 중반의 범죄들을 조사하는 예술가라는 착상은 더할 나위 없이 매력적이었다.

하지만 이번 작품은 카날레토가 등장하지도 않고 그가 살던 시대를 배경으로 하고 있지도 않다. 이 작품은 캘리포니아에 있는 윌리엄 랜돌프 허스트의 유명한 환상적인 대저택인 샌 시미언을 한 차례 방문했던 경험에서 나왔다. 그의 엄청난 창조물을 이리저리 둘러보고 그 가치를 따질 수도 없는 르네상스 시대 보물 컬렉션을 구경하면서 나는 수수께끼 같은 존재인 그 거물 사업가와, 그가 메리언 데이비스와 맺고 있던 관계의 신비함에 끌렸다. 할리우드의 초창기에 그녀가 누렸던 영화배우로서의 명성은 허스트의 후원과 떼어서 생각할 수 없는 것이었다. 이 작품에서 데이지와 아치 및 이저벨은 가공의 인물들이지만 그밖의 세부적인 사항들은 대부분 사실에 근거한 것이다. 그 모든 사람들과 사실들을 한데 묶어놓는 일은 어느 정도의 상상력만 발휘하면 되었다.

자넷 로렌스

잔인한 상처

케이트 로스

"우리 모두 아주 미묘한 입장에 있어요. 신사가 결투의 결과로 죽으면 법에서는 그의 상대와 입회인들 모두를 살인의 주범으로 간주하고 입회 의사는 살인을 도운 것으로 보거든요."
"하지만 이 사람은 결투 때문에 죽었을 리 없어요!"
프레드가 고함을 질렀다.
"몸에 겨우 스쳤을 뿐이잖소!"

***

누군가가 '하지 말았어야 했는데' 라든가 '했더라면' 같은 말을 쓰기 시작하면 한이 없어진다. 나는 열다섯 살에 크레이븐 백작과 살겠다고 아버지 집을 떠나지 말았어야 했다. 일단 그러고 나서는, 아버지가 나를 다시는 집으로 데려가지 않으리라는 것을 알았을 때는, 그 고귀한 귀족의 부와 사회적 지위를 고려해서 그에게 들러붙었어야 했고 그가 잘 때 쓰는 그 끔찍한 면 모자와 서인도 제도의 코코아나무 숲에서 있었다는 그 끝없는 전투 얘기를 견디는 법을 터득했어야 했다. 가장 확실한 것은, 귀족 자제인 프레드 램과 사귀어 크레이븐 경으로 하여금 나를 포기하는 게 좋겠다고 생각하도록 만들지 말았어야 했다. 내가 그를 속인 적이 결코 없으며, 여자는 한 남자만을 사랑해야 한다는, 그렇지 못하다면 한 번에 한 사람만을 사랑해야 한다는 원칙을 언제나 고수해 왔을 뿐임을 하늘에 두고 맹세할 수 있다 해도 말이다. 그리고 마지막으로, 세상에 나 혼자 남았다는 것을 알았을 때 프레드 램과 운명을 함께 하지 말았어야 했다. 그는 나를 미칠 듯이 사랑했지만 내게 최소한의 생활 편의조차도 제공해줄 수단이나 의향이 없는 가난한 둘째 아들이었던 것이다. 그런 실수들을 저질렀으니 서머스 타운의 비좁은 작은 하숙에서 소파 위에 죽은 남자를 뉘어둔 채 꼼짝 못하고 있는 상황을 불평할 권리가 내겐 전혀 없었을 것이다.

애스트레이 경이 내 집에 막 도착했을 때 프레드에게 총을 맞았다는 것 말고는 특별히 잘못된 것은 없었다. 그들의 싸움은 그 전날 아침 프레드는 말을 타고 나가고 애스트레이는 자신의 이륜 마차를 몰고 나갔던 하이드 파크에서 일어났다. 그들은 하마터면 충돌할 뻔했다. 결국 말들은 앞다리를 들고 일어서고 가죽끈들은 뒤엉키고 모자들은 짓밟혔다. 그들은 한참 동안 서로를 비난하고 욕을 해댔는데 그런 도중에 프레드가 애스트레이에게 고삐를 원숭이에게나 넘기지 그랬느냐고 말했다. 애스트레이는 말을 모는 일에 매우 예민했다. 한두 해 전 그의 사륜 마차가 뒤집어지는 엉뚱한 일이 있었기 때문이다. 좌석이 땅에서 3미터밖에 떨어져 있지 않고 손가락 한두 개를 고삐에 걸고 있었는데도 그런 일이 벌어졌다. 어쨌든 그는 프레드에게 그 말을 취소하라고 요구했고 프레드가 거절하자 둘은 프림로즈 힐에서 결투하기로 했다. 나는 프레드가 아침 일곱 시에 그의 최근의 적수와 두 명의 입회인, 그리고 의사 한 명을 대동하고 내 집 문간에 나타날 때까지 그 일을 전혀 모르고 있었다.

"하지만 애스트레이 경은 자기 집에 있는 게 더 낫지 않겠어요?"

다른 사람들이 홀에서 모자와 장갑을 벗고 있는 동안 나를 응접실로 살짝 끌고 가 짧게 키스를 한 프레드에게 내가 속삭였다.

"천만에."

그가 말했다.

"그건 그냥 스친 상처일 뿐이오. 내 총알이 그의 가슴을 스쳐 지나간 건데 뭘. 의사가 상처를 처치하고 곧 좋아질 거라고 단언했어요. 명예를 지켰으니 나도 내가 했던 말을 취소했고 우린 다시 친구가 됐어요. 당신 집이 시내로 가는 길에 있어서 사람들을 모두 이리로 데리고 온 거요. 뭘 좀 먹었으면 해서. 그리고 물론 내 사랑하는 해리에게 자랑도 하고 싶었고."

"하지만 오스굿 부인도 없는데……"

내가 항의했다. 오스굿 부인은 나와 함께 살고 있는 늙은 유모다.

"그게 뭐 어때서?"

프레드가 웃었다.

"당신은 감독할 부인이 필요한 나이는 지났잖소!"

나는 입술을 깨물었다. 그는 내가 걱정하는 이유를 잘못 알고 있었다.

"걱정 말아요."

내게 다시 키스하며 그가 말했다.

"나는 하나도 안 다쳤으니까."

그건 나도 알 수 있었다. 180센티미터 키의 그는 여느 때처럼 건강하고 멋있었다. 그런데 어떻게 이 많은 사람들을 거저 먹이고 마시게 하겠다고 내 집으로 끌고 올 수 있단 말인가, 내가 돈이 거의 떨어져 간다는 것을 똑똑히 알고 있을 그가? 그는 내게 돈을 너무나 적게 줬기 때문에 최근에 나는 크레이븐 경이 주었던 돈도 바닥이 났고 급기야는 장신구들을 팔지 않을 수 없었다. 단지 차와 스타킹 따위를 마련하려고 말이다. 그럼에도 나는 그를 화나게 하기가 싫었다. 돈 때문에 찾아갔을 때 내 아버지가 펄펄 뛰던 것을 너무나 잘 기억하고 있기 때문이었다. 아버지는 어떤 문제도 상의할 만한 기분이 아니셨다.

"찬장엔 식은 양고기하고 네덜란드산 치즈 밖에 없어요."

내가 말하기 시작했다.

"상관없어요."

그가 명랑하게 말했다.

"어떻게 때우게 되겠지. 나는 내 사랑하는 작은 아내가 훌륭하게 해 낼 거라고 확신해요."

그는 기분이 좋을 때면 나를 종종 이렇게 불렀다. 수채화 속의 그 아내들에 대한 신사들의 다정함을 능가하는 것은 아무것도 없을 것이다. 그러나 그 아내들과 그들은 내일 이혼할지도 모른다, 그들의 변덕 때문에, 혹은 여자의 변심 때문에.

그는 홀로 머리를 내밀고 소리쳤다.

"모두들 들어오시오. 해리엇 윌슨 양에게 소개해 드리지요."

나는 애스트레이 경과 정식으로 인사를 나누었다. 스물두 살 정도로 푸른 눈과 어린애같은 동그랗고 발그레한 얼굴에 금발의 곱슬머리가 아름다운 신사였다. 프레드가 쏜 총알이 그의 겉옷과 조끼, 그리고 셔츠까지 찢어놓아서 가슴에 깨끗하게 감아놓은 붕대가 내다보였다. 그는 이리저리 거닐고 있었으며 기분도 괜찮아 보였다. 그러나 졸립다고 했고 5월의 아침 날씨가 시원했음에도 손수건으로 끊임없이 이마를 닦았다.

애스트레이 경의 입회인은 그의 사촌인 에드워드 빙엄 씨였다. 그는 서른 정도의 나이에 법정변호사가 되기 위한 교육을 받았으나 그 직업에 종사해야 할 만한 긴급한 필요성을 느끼고 있는 것 같지는 않았다. 프레드의 입회인은 내 쓰라린 경험으로 이미 알고 있는 사람이었다. 그는 왕실 근위 기병대의 제임스 패럴 대위였다. 그는 자신을 여자들의 마음을 온통 사로잡는 존재쯤으로 여기는 사람이었다. 그래서 프레드가 현명치 못하게도 우리 둘을 소개시켰을 때부터 나를 자기 친구로부터 빼앗으려고 끈질기게 노력해왔다.

"그리고 여기는 그 유명한 고프요."

프레드가 의사의 어깨를 탁 치며 소개했다.

"경마장 의사지. 작년에 애스트레이의 마차가 뒤집어졌을 때 그의 목숨을 구한 이가 바로 이 사람이오. 그 이후론 경마 모임이나 내기 권투, 결투에 고프를 참석시키지 않으면 일이 안 돼."

유명한 고프는 키가 작고 납작코에 배가 나온 사십대 남자였다. 그의 값비싼 옷과 커다란 금시계는 권투 선수들과 기수들, 그리고 부유층의 무모한 젊은 신사들을 치료하고 얻는 돈이 상당함을 증명하고 있었다.

"정말 더 이상은 눈을 뜨고 있을 수가 없어요."

애스트레이 경이 말했다.

"결투에 대한 기대로 밤새 한 잠도 못 잔 모양이군."

프레드가 우쭐해서 내게 속삭였다. 그 자신은 분명 아주 잘 잤을 것이다.

"누워서 쉬셔야 합니다."

고프가 충고했다.

"윌슨 양, 경께서 잠시 눈을 붙이실 만한 조용하고 구석진 장소가 있을까요?"

나는 잠시 생각해 보았다. 나는 서머스 타운의 듀크스 로우에 있는 작은 벽돌집에 살고 있었다. 조그만 부엌에 손수건 크기만한 식기실, 벽에 오븐 모양으로 파여 있는 포도주 저장고 등, 모든 게 인형의 집 크기였다. 식당에는 여섯 명이 앉을 수 있을 것이다. 식탁에 마주보고 앉은 두 사람이 동시에 의자를 밀고 일어날 만큼 경솔하지만 않다면 말이다. 부엌과 식기실은 지하에 있었다. 일층 앞면에는 오스굿 부인의 거실이, 뒷면엔 그녀의 침실이 있었다. 이층 앞쪽은 응접실, 뒤쪽은 식당이었다. 삼층에는 앞면으로 내 거실이 있고 뒷면에 내 침실이 있었다. 하녀인 엘런은 다락에서 잤다.

나는 애스트레이 경이 내 거실까지 계단을 걸어올라갈 수만 있다면 거기 소파에 누워 쉬도록 제안했다. 그는 올라갈 수 있다고 했다. 고프 씨와 내가 거기까지 따라올라갔다. 우리는 그가 머리와 발 아래에 넓은 쿠션을 받치고 소파 위에 반듯이 눕도록 해주었다. 고프는 그의 맥박을 재고 통통한 작은 손으로 이마를 짚어보았다. 그의 손은 뜻밖에도 빠르고 민첩했다. 나는 창문에 블라인드를 내리고 고프와 함께 나왔다.

"땀을 몹시 흘리네요."

내가 걱정스럽게 말했다.

"그분 몸이 스스로를 치유하려고 싸우는 겁니다."

의사가 설명했다.

"이마는 아주 차가워요. 열이 나는 기미는 전혀 없습니다."

"그러면 그냥 놔두어도 되겠지요?"

"물론입니다."

그가 말했다.

"안 좋다면 제가 그렇게 놔두지 않지요."

애스트레이 경은 그렇게 당분간 자리를 비우게 됐고 다른 사람들은 응접실과 식당을 차지했다. 엘런과 나는 어떻게 해야 그들을 먹일 만큼의 고기와 술을 마련할 수 있을지 알 수가 없었다. 나는 한 선술집에 엘런을 보내 송아지 고기 파이와 구운 닭고기, 백포도주와 적포도주를 사오게 했다. 프레드는 거기에 든 비용을 갚아주겠다고 약속했지만 그런 약속 따윈 금방 잊어버리고 마는 사람이었다.

빙엄 씨는 응접실에서 다양한 얘깃거리들을 꺼내놓고 있었다. 그는 상당한 언변과 학식의 소유자였다. 그러나 자신의 재능을 너무나 잘 알고 있어서 겸손을 가장하는 일 같은 건 할 수가 없었다. 그는 아주 보기 좋은 외모를 갖고 있었다. 호리호리하고 늘씬했으며 곱슬머리가 유행인데도 그것을 무시하고 금발의 곧은 머리를 머리에 부드럽게 흘러내리게 하고 있었다. 그의 코는 좀 긴 편이었고 피부는 여자처럼 희고 섬세했다.

그는 우리에게 보나파르트와의 평화가 지속되지 않을 이유를 설명해주었고 천연두 백신이 어떻게 작용하는지, 여러 법정의 재판권은 무엇인지 알려주었다. 나는 보나파르트 얘기는 끝까지 열심히 들었고 백신 얘기까지도 기꺼이 들었다. 사람들에게 우두를 감염시키기 위해 랜셋으로 상처를 낸다는 얘기에 질리기는 했지만. 그러나 법정 얘기는 정말 지겨웠다. 나는 슬쩍 빠져나와 애스트레이 경을 들여다보러 갔다. 그는 자고 있었으나 내가 들어가자 깼다.

"윌슨 양입니까?"

그가 잠긴 목소리로 말했다.

"네. 편안하세요? 필요한 건 없으신지요."

내가 말했다.

"입안이 지독하게 말랐어요."

그가 대답했다.

"물 한 잔 마셨으면 좋겠어요. 그것만 아니면 아주 좋아요. 아주 이상한 꿈을 꾸긴 했지만요. 처음엔 내가 날 수 있다고 생각했는데 나중에 보니까 내가 커다란 소용돌이에 빠져 있는 거예요. 계속 돌기만 할 뿐 빠져나올 수가 없었어요."

나는 그의 이마를 짚어보았다. 차가웠으나 축축했다. 나는 그의 눈을 보고 놀랐다. 블라인드를 닫아 놓아서 방이 어둑어둑했으나 그의 눈동자가 마치 밝은 빛 속에 있기라도 한 것처럼 바늘끝처럼 줄어들어 있었다.

나는 고프가 그를 다시 검사해보는 게 좋을 것 같다고 생각했으나 그를 놀라게 하고 싶지 않아서 그냥 '물 좀 갖다 드릴까요?'라고만 말했다.

"그러면 정말 고맙겠어요."

그가 힘없이 상냥한 미소를 지었다.

"당신은 아주 착한 분이라고 램이 그러더군요."

"그렇게 좋은 사람은 아니에요."

내가 말했다.

"착한 사람이라면 여기 있지 않았겠지요."

나는 물을 가지러 식당으로 뛰어내려갔다. 그러나 내가 물을 가지고 돌아왔을 때 애스트레이 경은 아까보다 더 깊이 잠들어 있었다. 나는 물컵을 소파 옆 탁자 위에 놓고 아래층으로 내려왔다.

패럴 대위가 응접실과 식당 밖 층계참에 누워 나를 기다리고 있었다. 나는 계단을 내려가기 위해 치마를 조금 들어올리고 있었는데 그의 눈길이 내 발목에 꽂혀 있었다.

그러나 내가 프레드의 등뒤에서 놀아날 생각이 있다 해도 패럴 대위는 결코 애정을 느낄 것 같지 않은 사람이었다. 나는 고운 피부와 푸른 눈과 우아한 손발을 늘 찬양해 왔다. 패럴 대위는 몸집이 크고 혈색 좋은 얼굴에 아주 검은 구레나룻을 기르고 있었으며 손은 쇠고기 옆구리살 같고 발은 너무 커서 신고 있는 장화에 달린 술이 짐배 위의 깃발처럼 보였다. 나는 지금까지 여러 번 그의 구애가 가망이 없다는 것을 그에게 알려주었으나 그는 자만심이 너무 커서 아무리 비웃고 거절을 해도 낙심하는 법이 없었다.

"당신을 나 혼자 차지하고 싶어서 기다리고 있었소."

내 손을 잡으려고 하며 그가 말했다. 나는 두 손을 등뒤로 감추고 응접실로 들어가려고 시도했다. 그가 내 앞을 막아섰다.

"소용 없어요, 대위님."

내가 쏘아주었다.

"대위님은 절 기다리게 하실 수는 있어도 제 마음을 뜨겁게 하실 수는 없어요. 사랑이란 건 억지로 되는 게 아니랍니다."

나는 프랑스어로 그렇게 말했다. 나는 프랑스의 한 수녀원에서 교육을 받았었다. 프랑스 수녀원도 때로는 잘못된 졸업생을 배출하는 법이다.

"당신은 내게 지나치게 냉정해요."

그가 불평했다.

"난 여자 문제로 이렇게 골치를 썩어본 적이 없소."
"그렇다면 절 포기하시는 게 훨씬 낫지 않겠어요?"
내가 대꾸했다.
"군사 교육 때 가망이 없으면 포위를 풀라는 것도 못 배우셨나요?"
"전리품이 이렇게 굉장한 것이면 풀지 않는 법이오."
그는 그에게 박수갈채를 보내줄 구경꾼들이라도 불러들이려는 것처럼 능글맞게 웃었다.
"망설이기에는 당신이 너무 아까워요, 해리엇. 당신은 램에게 빚진 게 하나도 없어요. 그 인간은 당신에게 용돈도 주지 않으려 하고 일주일에 닷새는 독수공방하게 하지 않소. 당신에게 그가 도대체 뭐요?"
사실 프레드 램이 잘 생겼고 내가 그보다 더 좋아하는 남자가 없다는 것, 그리고 그를 떠나 넓은 세상에서 내 운을 시험해보는 것이 그에 대한 배신이며 내게는 위험이라는 것 외에는 내가 그와 함께 있을 이유가 없었다. 그러나 이런 것은 패럴 대위에게 할 얘기가 아니었다.
"생일이 언제시죠, 대위님?"
내가 물었다.
"제가 보청기 하나 사 드리죠. 제가 하는 말이 하나도 들리지 않는 것 같으니까요. 세상에 프레드릭 램 같은 사람이 하나도 없다 해도 대위님은 저와 잘 될 수 없을 거예요."
그는 얼굴이 점점 더 빨개지더니 이를 갈며 말했다.
"당신 같은 종류의 여자에게 이 남자와 저 남자 사이에서 선택할 자격이 있는지 모르겠소."
"대위님은 정절과 기호를 혼동하고 계시는군요."
내가 말했다.
"한 남자를 빼앗긴 여자라도 다른 남자를 소유할 자격이 있답니다."
그 말을 남기고 나는 그의 팔 아래로 재빨리 빠져나가 응접실로 들어갔다.

"해리, 얼굴이 많이 상기됐군!"

문가에 서 있던 프레드가 말했다.

"운동을 좀 했지요."

내가 그에게 말했다.

"당신 친구인 패럴을 막느라고 말이죠."

"그가 아직도 당신을 쫓아다닌단 말이오?"

프레드의 목소리가 높아졌다.

"그건 당신에겐 명예가 되는 일이에요, 해리! 할 수만 있다면 한 일 년 당신 때문에 한숨짓게 해 주구려. 정말 재미있군!"

나는 그가 아무런 도움도 되지 못한다는 걸 깨달았다. 잘난 체하는 자기 친구 패럴이 헛되이 갈망하는 여자가 자기 정부라는 것이 그로서는 기쁜 일이었던 것이다.

"제가 그 사람이랑 도망가면 당신은 아주 좋아하시겠군요."

내가 말했다.

"그럴 리가 있소!"

내 손을 꼭 쥐며 그가 말했다.

"나는 내 작은 아내가 누구랑 함께 있더라도 믿을 수 있다는 걸 알고 있어요."

이것은 원칙을 고수하는 데서 나오는 말이다. 내가 크레이븐 경의 보호 아래 있는 동안은 프레드를 가까이 오지 못하게 했었기 때문에 그는 나를 자기 친구들 앞에 내놓고서도 나의 애정에 대해 걱정도 않는 것이었다.

"고프 씨는 어디 있죠?"

응접실에 그가 없는 것을 깨닫고 내가 물었다.

"저기 있을 거요."

머리로 식당 문 쪽을 가리키며 프레드가 말했다.
"애스트레이 경을 그 사람이 좀 봤으면 좋겠어요. 얼굴이 아주 안 좋아 보여요."
"아무것도 아닌 일을 가지고 수선을 떠는군. 애스트레이는 금방 멀쩡해질 거요."
나는 거기서 그와 입씨름을 하는 대신 식당으로 들어갔다. 위대한 고프는 식탁에 앉아서 구운 닭고기 남은 것을 멍하니 뒤적거리고 있다가 내가 들어가자 일어섰다. 내가 무슨 일이 있는지 얘기해주자 그는 올라가서 환자를 보겠다고 했다. 나는 막연하게 불안한 느낌이 들어 그를 따라 올라갔다. 그런 느낌을 말했다면 프레드는 틀림없이 여자들의 우울증 탓이라고 했을 것이다.
애스트레이 경은 내가 아까 나갈 때 보았던 모습 그대로 누워 있었다. 그러나 내가 블라인드를 올리고 고프가 '좀 어떠십니까?' 라고 다정하게 물었는데도 청년은 반응이 없었다.
고프는 맥박을 보려고 그의 팔목을 잡았다. 그러나 다음 순간 의사의 입이 딱 벌어지고 두 눈이 휘둥그레졌다. 그는 급히 애스트레이의 목을 만져보고 그의 가슴에 귀를 댔다. 그가 다시 머리를 들었을 때 그의 얼굴은 잿빛이었다.
"윌슨 양, 돌아가셨어요!"
"죽었다구요!"
내가 부르짖었다.
"어떻게 그럴 수가 있죠?"
"모르겠습니다. 상처가 그렇게 심각하다고는 생각하지 않았었는데……."
고프는 애스트레이의 찢어진 셔츠와 조끼의 단추를 풀고 가슴에 감긴 붕대의 한 귀퉁이를 들쳐보았다. 나는 움찔 물러서며 고개를 돌렸다. 상처에서 어떤 끔찍한 부패의 징후를 보게 될지도 모르기 때문이었다. 그러나 그건 좀 길긴 했지만 단순히 긁힌 상처였을 뿐이었다. 피는 말라 있었고 주위의 피부도 깨끗하고 멀쩡했다.

프레드와 패럴 대위, 빙엄 씨가 문간에 나타났다.

"괜찮지요?"

빙엄이 내게 물었다.

"당신이 고프를 데리고 제 사촌을 보러 갔다고 램이 그러기에……"

"사촌께서 돌아가신 것 같습니다."

의사가 더듬거렸다. 그들은 놀라서 동시에 소리를 질렀다. 고프는 떨리는 두 손을 꽉 쥐고 그들에게 실수 같은 건 없었다고 장담했다. 나는 가엾은 청년의 눈을 조용히 감기고 축축이 젖은 노란 곱슬머리를 이마 주위로 넘겼다. 그 와중에 무슨 소란인지 알아보러 올라왔던 엘런이 애스트레이 경이 죽은 것을 알자 바닥에 털썩 주저앉아 앞치마를 머리 위로 뒤집어쓰고는 비명을 지르기 시작했다.

나는 가까스로 그녀를 진정시키고 아래층으로 부축해 내려갔다. 돌아와 보니 빙엄 씨가 침착함을 되찾고 자기 사촌의 뜻밖의 죽음과 관련해 실제적인 견해를 피력하고 있었다.

"우리 모두 아주 미묘한 입장에 있어요. 신사가 결투의 결과로 죽으면 법에서는 그의 상대와 입회인들 모두를 살인의 주범으로 간주하고 입회 의사는 살인을 도운 것으로 보거든요."

"하지만 이 사람은 결투 때문에 죽었을 리 없어요!"

프레드가 고함을 질렀다.

"몸에 겨우 스쳤을 뿐이잖소!"

"당신은 네 시간 전에 그를 봤어요."

빙엄이 냉정하게 대꾸했다.

"그리고 지금 그는 죽었고요. 이젠 그를 위해 해줄 일이 아무것도 없으니 우리 모두 그에게서 떨어져 있는 게 어떨까 싶은데요."

"이 사람을 여기 놔둘 수는 없어요!"

내가 외쳤다.

"해리엇 말이 옳아요."

패럴이 말했다.

"우리는 그를 결투 장소로 도로 데려가야 해요."

"아침 시간도 한참 지났으니 이제 사람들 눈에 띌 겁니다."

빙엄이 말했다.

"어두워질 때까지 여기 숨겨놓을 수는 있을 게요."

패럴이 제안했다.

"그건 안 될 소리예요!"

내가 소리치자 패럴이 내 말을 막았다.

"다들 침착해요. 우리가 다 이 일에 엮여들어갈 필요는 없어요. 우리 중에 정말 위험에 처한 사람은 램이에요. 총을 쏜 것도 램이고 어제 아침에 애스트레이와 싸우는 것도 상당히 많은 사람들이 봤으니까. 램, 자넨 가능한 한 빨리 이 나라를 떠나야 할 것 같네. 나머지 우리들은 의심을 받지 않고 애스트레이의 죽음을 알릴 수 있는 방법을 찾아보겠네."

"하지만 난 이 나라를 떠나고 싶지 않아!"

프레드가 주장했다.

"그리고 그래야 할 필요도 없어. 난 그저 피부를 스쳤을 뿐이라구! 벼룩에 물린 자국 같은 그런 상처로는 죽지도 않았을 테고 죽을 수도 없어!"

고프는 갈색 가죽의 의료 가방을 들고 슬며시 방에서 나갔다. 나도 따라나갔다. 그는 짧고 뚱뚱한 다리를 가능한 한 재게 놀려서 계단을 내려가고 있었다. 나는 날듯이 쫓아 내려갔다. 그리고 그가 2층의 층계참에 닿은 순간에 웃옷 꼬리를 붙잡았다.

"위, 윌슨 양, 전 정말 가야 합니다."

그가 사정했다.

"고프 씨, 제발 저랑 잠깐 얘기 좀 해요. 프레드의 목숨이 여기 달려 있을지도 모른다구요! 애스트레이 경이 정말로 프레드가 입힌 상처 때문에 죽었을 수도 있는 건가요?"

고프는 심각한 얼굴로 천장을 바라보았다.

"인간의 몸은 신비하죠. 어떤 경우에는 이해를 불허합니다."

"그건 대답이 못 돼요!"

나는 신경질적으로 소리를 질렀다. 그러나 내게 도움이 될지도 모르는 지식을 가진 사람을 적으로 만들어서는 안 된다는 것을 언뜻 떠올리고 나는 어조를 부드럽게 했다. 그래도 그의 옷자락은 꼭 붙들고 있었다.

"고프 씨, 당신은 런던에서 가장 존경받는 의사세요. 뼈나 피나 근육에 대한 이해에서 당신을 따라올 사람은 아무도 없을 거예요. 애스트레이 경의 죽음 같은 뜻밖의 죽음에 그 원인을 명백히 밝힐 수 있는 사람이 있다면 그건 바로 당신뿐이에요."

고프가 불안한 듯 몸을 떨며 안절부절못하고 있을 때 빙엄이 계단을 내려와 우리 옆에 섰다. 그는 내가 의사에게 한 질문을 엿들었던 듯 냉정하고 과학적인 관심을 가지고 대답을 기다렸다. 고프는 우리 둘을 번갈아 보더니 마침내 입을 열었다.

"저로서는 그런 얕은 상처가, 썩어들어가는 징후도 없는데 애스트레이 경 같은 건장한 젊은이를 죽인다는 건 도저히 있을 수 없는 일이라고 말할 수밖에 없습니다."

"그러면 어떻게 죽었을까요?"

나는 정말 궁금했다.

"아마 심장마비인 것 같습니다."

고프가 말했다.

"사람들에게 그 얘기를 해주실 수 없을까요?"

내가 간청했다.

"그러면 프레드와 다른 사람들 모두 그의 죽음에 책임을 지지 않아도 되지 않겠어요?"

"법은 고프의 말을 인정하지 않을지도 몰라요."

빙엄이 말했다.

"결국 제 사촌이 자연적인 이유로 죽었다고 말하는 건 고프에게 유리한 거니까요. 어쨌든 애스트레이의 심장이 멈춰버린 게 결투 때문이었다면 우리 모두 책임을 지지 않을 수 없는 거지요."

나는 한 손으로 이마를 짚었다. 이건 정말 힘겨운 일이었다. 모든 것이 너무나 빨리 일어나고 있었다. 나 혼자 생각해 볼 수 있게 이 사람들이 모두 가버렸으면 싶었다. 나는 애스트레이 경이 살아서 계단을 내려오며 자기가 우리를 속여넘긴 게 신이 나서 웃는다면 얼마나 좋을까 생각했다. 그리고 엄마가 그리웠다.

"고프 씨."

열심히 생각을 더듬으며 내가 말했다.

"애스트레이 경은 여기 막 왔을 때 졸려 했고 계속 손수건으로 얼굴을 닦았어요. 몇 시간 후에 그를 보러 갔을 때는 입이 탄다며 불편을 호소했고 날기도 하고 소용돌이에 빨려들기도 한 이상한 꿈에 시달렸다고 했어요. 여전히 땀을 흘리면서 눈동자가 바늘 끝만큼 수축해 있었고요. 고프 씨, 만일 그가 결투를 하지 않았고 그래서 다칠 일도 없었는데 그런 모습을 보였다면 그게 뭘까요?"

고프가 입술을 축였다.

"제 생각엔…… 제 생각엔……."
"뭔데요?"
내가 재촉했다.
"애스트레이 경이 죽기 몇 시간 전에 아편정기를 드셨던 게 아닌가 싶습니다."
"아편정기라구요?"
눈을 크게 뜨며 내가 말했다.
"아편을 녹인 액체죠."
빙엄이 설명했다. 내가 마치 세상 사람들이나 그 아내들이 고통을 줄이기 위해 아편정기 한 병쯤 주변에 두고 있지 않은 어떤 먼 별에 살기라도 하는 것 같은 말투였다.
"고프는 제 사촌이 아편 중독 증세를 보였다고 생각하는 겁니다."
"그가 부상을 고통스러워 해서 당신이 아편을 줬나요?"
내가 고프에게 물었다.
"그랬죠."
고프가 대답했다.
"하지만 먹으려 하지 않았어요. 분명히 기억하시지요, 빙엄 씨."
그 불쌍한 의사는 두 손을 꼭 잡으면서 간청하듯 말했다.
"그는 먹으려 하지 않았어요!"
"기억합니다."
빙엄이 침착하게 말했다.
"그가 그걸 먹었다면 나는 무척 놀랐을 겁니다. 그는 어떤 종류의 약도 먹기 싫어했으니까요. 그 일에 있어서는 당신에게 잘못이 있다고 할 수는 없습니다. 그걸 주었다 해도 보통 먹는 양 정도로는 죽지 않았겠지요. 그는 아주 많은 양을 먹어야만 했을 겁니다. 아니면 고도로 농축된 형태의 아편을 먹은 거죠."

"어떻게 그렇게 했을까요?"

내가 물었다. 빙엄 씨는 이 질문을 자신의 지식을 과시하는 기회로 이용했다.

"아편은 천연 그대로의 상태인 끈끈한 갈색 액체에서부터 알코올에 아주 적은 비율로 녹인 아편정기까지 다양한 약효를 가진 것들을 구할 수 있지요. 하지만 이런 얘기들은 아무런 의미가 없어요. 제 사촌은 어떤 형태의 아편이든 저희들 눈에 띄지 않고는 먹을 기회가 없었으니까요."

"아편을 먹고 이 시간에 저렇게 죽으려면 언제 먹었어야 하는 거죠?"

내가 고프에게 물었다.

"적어도 두 시간 전에서 네 시간 전 사이에는 먹었어야겠지요."

불쌍한 얼굴로 의사가 말했다.

빙엄이 시계를 보았다.

"지금 아홉 시가 조금 지났어요. 네 시간 전엔 제가 사촌과 같이 있었어요. 결투 장소로 가는 중이었지요. 애스트레이가 어떤 형태의 아편이든 먹었다면 제가 봤을 겁니다. 패럴 대위 말이 맞아요. 제일 좋은 방법은 시체를 결투 장소에 가져다 놓고 경찰이 조사하게끔 하는 겁니다. 그와 램이 결투를 벌였다는 건 금방 밝혀질 테지만 램은 자취 없이 사라지고 나머지 사람들은 그 일에 대해 발설하지 않는 거죠. 애스트레이의 상처가 미미해서 경찰도 어리둥절하겠지만 그의 죽음은 결투 때문이라고 결론 날 게 거의 확실합니다."

"하지만 프레드는 사라지고 싶어하지 않아요."

내가 반대했다.

"그리고 그가 몇 년, 어쩌면 평생을 자기가 저지르지도 않은 살인 때문에 자기 나라를 떠나 있어야 할 이유도 없어요!"

빙엄이 나의 말을 인정하면서 말했다.

"불공정한 일일 수도 있어요. 그러나 여기 남아서 기소당할 위험을 무릅쓴다는 건 미칠 노릇입니다."

그는 우리 옆을 지나서 응접실로 들어갔다. 나는 그가 자기 사촌의 죽음에 슬퍼할 위인이 아니라는 생각을 하면서 그의 뒷모습을 바라보았다.

"전 지금 가야겠습니다, 윌슨 양."

다시 계단 쪽으로 발을 옮기면서 고프가 말했다. 나는 그의 윗도리 자락을 두 손으로 움켜쥐고 구두 뒤꿈치를 카펫 깊숙이 찔러 넣었다.

"아직 가지 마세요! 프레드와 저는 당신의 의학 지식 없이는 아무것도 할 수 없어요. 우린 애스트레이 경이 어떻게 죽었는지 알아내야 해요."

고프가 덜덜 떨며 말했다.

"말씀드릴 수 있는 건 다 말씀드렸어요. 제발 제 옷 좀 놔 주시고 가게 해주세요. 부탁드립니다!"

그래도 나는 놓지 않았다. 우리는 줄다리기를 하는 형국이었다. 나는 거의 넘어질 지경이었다. 나는 헐떡이면서 말했다.

"우리를 도와주면 당신에게 이롭다고요! 애스트레이 경이 독살당했다면 당신에겐 아무런 책임도 돌아가지 않아요. 하지만 결투에서 죽은 걸로 결론이 나면 빙엄 씨 얘기론 당신도 살인을 도운 죄로 체포될 수 있어요!"

고프는 용기를 짜냈다.

"빙엄 씨나 램 씨나 패럴 대위는 신사들이세요. 그분들은 제가 그 결투와 아무런 상관도 없다는 걸 밝혀주실 겁니다."

"하지만 저는 신사가 아니에요."

내가 말했다. 그는 입을 딱 벌렸다. 그가 옷자락을 잡아빼는 일을 갑

잔인한 상처 445

자기 멈추었기 때문에 나는 하마터면 뒤로 자빠질 뻔했다.

"서, 설마 절 밀고하겠다는 말은 아니시겠죠?"

"물론 아니에요. 제가 당신 도움을 필요로 할 때 절 못 본 체하지만 않는다면요."

"좋습니다. 여기 남지요."

그가 무거운 목소리로 말했다.

"고마워요, 고프 씨! 전 가서 프레드에게 말해야겠어요."

나는 계단을 달려올라갔다. 그러다가 불쌍한 애스트레이 경을 둘러싸고 모두 모여 있던 거실에서 나오고 있는 패럴 대위와 마주쳤다. 그가 기분 나쁘게 말했다.

"해리. 램에게 어서 도망치라고 당신이 설득을 해야겠소."

"하지만 그건 애스트레이 경이 그의 손에 죽었다고 인정하는 거나 마찬가지예요."

"그랬잖소. 그렇지 않더라도 그런 거나 거의 마찬가지지. 하지만 걱정 말아요, 내 귀여운 해리."

그가 점잔빼며 말했다.

"램이 가고 나면 내가 당신을 돌봐줄 테니까."

"프레드가 떠난다면 저도 함께 갈 거예요!"

내가 선언했다. 그러나 속으로는 가슴이 무너지는 것 같았다. 프레드는 영국에서도 나를 거의 챙겨주지 않았었다. 그러니 대륙으로 가서 내가 어떻게 그에게 몸을 의탁할 수 있을 것인가, 내가 잘 사는지 조금이라도 관심을 가져줄 가족도, 친구도 없고 함께 살 늙은 유모도 없는 그곳에서?

"당신이 그렇게 무모한 짓은 않을 거라고 믿소."

그가 기분 좋은 듯 말했다.

"그래도 당신이 램에게 알아듣게 얘기하는 게 좋을 것 같아요. 시간이 별로 없어요."

그는 쿵쿵거리며 계단을 내려갔다. 내가 거실로 들어가자 창가에 서 있던 프레드가 몸을 돌려 나를 보았다.

"해리, 내 총알은 스쳐지나가기만 했어!"

"제발 그만해요. 당신은 꼭 한 가지 곡조만 반복하는 뮤직 박스 같아요!"

나는 소파를 돌아서 프레드 곁으로 갔다. 애스트레이 경의 시체 위에는 누군가가 친절하게도 담요를 덮어놓았다.

"고프하고 빙엄 씨하고 같이 얘기를 했었어요. 애스트레이 경은 상처 때문에 죽은 게 아니라 아편 중독으로 죽었을 가능성이 있는 것 같아요."

나는 우리가 어떻게 그런 생각을 하게 됐는지 간략하게 설명했다.

"빙엄 씨는 애스트레이 경이 죽기 전 네 시간 안에는 어떤 종류의 아편도 삼킬 기회가 없었다고 해요. 하지만……"

나는 여기서 갑자기 말을 멈췄다. 내 생각이 움직여 가는 방향이 너무나 충격적이기 때문이었다. 나는 천천히 말했다.

"문제는 애스트레이 경이 아편인 줄도 모르고 아편을 먹었을 수도 있다는 거지요. 누군가가 그에게 먹이려 했기 때문에 말이죠."

프레드의 눈이 휘둥그레졌다.

"그가 독살당했다고 생각하는 거요?"

"자기 스스로 원해서 먹지 않았다면 누군가가 몰래 먹인 게 틀림없지 않겠어요?"

"드루리 레인에서 공연되는 연극 얘기처럼 온통 끔찍하게만 들리는군."

프레드가 중얼거렸다.

"애스트레이 경이 독살당한 게 아니라면 당신이 그를 죽인 거예요."

내가 딱 잘라 말했다.

"난 죽이지 않았소!"

그가 소리질렀다.

"그렇다면 그는 독살당한 거예요. 제가 아는 건 다 말씀드렸어요. 자."

나는 내가 가장 좋아하는 자세로, 집게손가락으로 턱을 괴고 짙은 갈색의 숱 많은 곱슬머리가 손 위에 흘러내리는 모습으로 탁자 앞에 앉았다.

"오늘 아침에 모두들 이리 오기 전까지 보았던 애스트레이 경의 말과 행동을 아는 대로 다 말해주세요."

그는 뒷짐을 지고 창 앞을 왔다갔다했다.

"패럴과 나는 오늘 아침 네 시쯤에 프림로즈 힐을 향해 출발했소. 패럴이 자기 마차에 날 태우고 갔지. 우리는 다섯 시 조금 못 돼서 도착했어요. 그리고 패럴은 애스트레이와 빙엄과 만나기로 돼 있던 근처 여관으로 갔고 모두 함께 돌아왔소. 고프도 곧 왔고. 패럴과 빙엄이 땅에 표시를 하고 권총에 장전하는 동안 애스트레이와 나는 떨어져 서있었소. 그리고는 각자 자리를 잡았고 입회인들과 고프는 발사선에서 물러났지. 곧 신호가 떨어져서 둘 다 권총을 발사했소. 애스트레이가 쏜 건 많이 빗나갔고 내가 쏜 건 당신도 봤다시피 그의 가슴을 스치고 지나갔소. 고프가 랜셋으로 상처를 헤쳐서 뼈가 부서진 게 있나 살피고 나서 붕대로 감았어요. 애스트레이와 나는 화해를 했고 모두 함께 이리로 왔지."

"다시 생각해 봐요."

내가 재촉했다.

"애스트레이 경이 뭔가를 먹거나 마시는 거 봤어요?"

"맞아, 봤소!"

프레드가 걸음을 멈추었다.

"패럴이 브랜디를 한 병 가지고 있었어. 애스트레이는 고프가 아편 정기를 줬을 때는 먹으려 하지 않더니 브랜디는 많이 마시더군."

"브랜디를 마신 사람이 또 있어요?"

"난 안 마셨소. 그런데 그게 무슨 의미가 있지? 패럴이 애스트레이를 독살했다고 생각하는 거요? 대체 무슨 이유로 그가 그런 일을 했겠소?"

"그는 저를 원했으니까요."

내가 말했다.

"브랜디 병에 아편을 넣어서 결투 장소에 가지고 갔을 수도 있지요. 부상을 입은 사람에게 주려고 말이죠."

"누가 다칠 지 그가 어떻게 알 수 있었겠소?"

나는 의기양양하게 이야기를 계속했다.

"그건 문제가 아니었겠죠. 당신이라면 당신을 죽일 수 있을 테고 애스트레이가 다친다면 당신을 살인자로 만들면 되니까요. 어느 쪽이든 그는 당신을 제거할 수 있는 거죠."

"우리 둘 다 총을 맞지 않았다면?"

그가 알고 싶어했다.

"그러면 술병을 주머니에 아무도 모르게 집어넣으면 되겠죠."

"하지만 이것 봐요. 당신은 패럴이 당신 때문에 한 사람을 죽일 수도 있다고 생각하면서 은근히 즐기고 있는 것 아니오?"

프레드가 이의를 제기했다. 나는 당황했다. 애스트레이 경의 죽음에 대한 그럴듯한 설명을 찾았다는 기쁨에 겨워 그 안에 내포된 어리석음을 생각해보지 못한 것이다. 패럴 대위가 나의 아름다운 눈을 위해 지금까지 한 번도 다퉈본 적이 없는 사람을 독살할 수도 있다고 믿기 위해서는 내가 누구의 정부라는 것 이상의 허영심이 필요했다. 무엇보다도 그는 내가 프레드를 따라가지 않으리라고 확신할 수 없었을 것이다. 비참한 생활을 하게 될지라도 말이다.

"패럴 대위가 애스트레이 경과 달리 싸운 적이 없나요?"

내가 기대에 차서 물었다.

"들어보지 못했소."

프레드가 말했다. 나는 생각에 잠겼다.

"빙엄 씨는 어때요? 애스트레이 경과 서로 미워하지는 않았을까요?"

"그럴 것 같지 않은데. 그들은 사촌이고 어릴 때부터 서로 알고 지냈어요."

"사촌이라."

나는 그 말을 되풀이하며 곰곰 생각해보았다.

"애스트레이 경이 죽으면 빙엄 씨는 무슨 이득을 보게 될까요?"

"모든 걸 얻게 되지."

프레드가 말했다.

"그는 애스트레이의 상속인이니까."

"애스트레이 경은 아주 부자지요?"

내 목소리가 흥분으로 커졌다.

"물려받을 게 많을 거요."

프레드가 고개를 끄덕였다.

"물론 작위도 있지. 그것도 빙엄에게 가겠지. 그런 이유로 빙엄이 애스트레이를 죽였을 거라고 가정한다 해도 실제로 어떻게 죽였는지는 증명할 도리가 없지 않소? 그는 그 사실을 부인할 테고 애스트레이는 아무 말도 해줄 수 없으니 말이오."

나는 미간을 모으고 생각에 잠겼다.

"아까 결투 전에 패럴 대위가 애스트레이 경과 빙엄 씨를 만나려고 여관으로 갔었다고 했죠? 그 사람, 거기서 뭔가 중요한 걸 봤을 거예요. 그것 말고도 전 그가 가지고 있었다는 그 브랜디에 대해 더 알고 싶어요."

"어떻게 하겠다는 거요? 그에게 사람들을 독살시키는 일을 해 왔느냐고 물어볼 수는 없잖소?"

프레드가 물었다.

"그렇게 하진 않지요. 제게 생각이 있어요. 여기서 기다려보세요!"

나는 도도하게 대답하고는 문으로 달려갔다. 그러나 새로운 생각이 떠올라 다시 뒤돌아보았다.

"애스트레이 경이 자살하려고 했다는 건 있을 수 없는 일이겠죠?"

"그가 만일 그랬다면 내가 바보요. 그는 아주 쾌활했소. 너무나 사랑하는 여자와 결혼할 예정이었으니까."

프레드가 말했다.

"아!"

내가 나지막이 탄성을 질렀다.

"당신 꼭 크림을 삼킨 고양이 같군. 뭘 하고 놀 참이오?"

그가 말했다.

"곧 말씀드릴게요."

그렇게 말하고 나는 쏜살같이 달려나갔다. 나는 계단을 달려내려가 패럴 대위를 찾았다. 그는 식당에서 식탁 앞에 앉아 포도주를 마시고 있었다. 내가 들어가자 그는 그 커다란 몸을 움직여 일어섰다.

"아, 대위님."

나는 손으로 이마를 짚으며 한숨을 쉬었다.

"전 완전히 지쳤어요. 죽을 것 같아요! 브랜디를 한 모금이라도 마시고 싶어 죽겠는데 집에는 하나도 없네요! 대위님이 한 병 가지고 계시다고 프레드가 그러더군요. 조금 마시게 해주실 수 있으세요?"

"가져오려면 아래층에 내려가야 하오."

이런 식의 기사도라니.

"포도주도 괜찮지 않겠소?"

"절 위해서라면 그 정도의 수고쯤은 기꺼이 해주실 줄 알았는데요."
내가 책망하듯 말했다.

"물론 그렇소!"

그는 그 코끼리 만한 몸체를 움직였다.

"홀의 탁자 위에 놔 두었소. 총알처럼 갔다 오리다!"

그가 나간 동안 나는 벽장으로 달려가서 그 안에 있던 브랜디 병을 꺼내 커튼 뒤에 숨겼다. 내가 거짓말을 했다는 것을 그가 알아서는 안 됐다. 그가 돌아왔을 때 나는 최대한 지치고 기운 없는 모습으로 창가 의자에 앉아 있었다.

그는 멋지게 절을 하면서 내게 술병을 내밀었다. 나는 갑자기 당황스러워졌다. 그가 그렇게 순순히 술병을 내놓는 건 술에 잘못된 것이 없다는 의미일 거라는 생각이 들었다. 하지만 내가 자기를 의심하고 있다는 걸 알고 나도 죽이기로 했다면 어쩌지? 애스트레이 경이 내 집에서 독살당해 죽을 수도 있다면 또 무슨 일은 일어나지 못하겠는가?

나는 떨리는 손으로 그 병을 입으로 가져갔다. 내 호기심은 (갈증은 말할 것도 없고) 채워지지 않은 채였지만 두려움은 가라앉았다. 병이 비어 있었던 것이다.

"나머지를 내가 다 마셔버린 모양이오."

패럴이 무심히 말했다.

"운이 나쁘군! 그 대신 포도주 좀 들어요."

그는 잔에 술을 따르고 내 뒤로 돌아와 내게 잔을 내밀며 내 어깨에 팔을 둘렀다.

"가엾은 해리. 당신, 많이 혼란스럽고 도움이 필요한 것 같아."

"그럴 필요 없어요. 난 끄덕 없어요."

그의 팔에서 빠져나오며 내가 말했다. 그는 어깨를 으쓱 하더니 다시 식탁에 가서 앉았다.

"램에게 영국을 떠나라고 설득 좀 해봤소?"

나는 대답하지 않았다. 나는 새로운 전략을 마련하느라 머리를 짜내고 있었다. 문득 영감이 떠올랐다. 나는 그의 옆에 앉아 역겨움을 억누르고 손가락 끝으로 그의 손을 쓸었다.

"대위님, 절 좀 도와주세요! 제가 기댈 수 있는 사람은 대위님뿐이에요. 프레드는 너무 비탄에 빠져 있어서 자기 자신이나 제게 도움이 안 돼요."

대위의 눈이 반짝 빛났다.

"물론이요. 뭘 해줄까요?"

"당신은 제가 믿는 단 한 사람이기 때문에 정말로 완전히 믿고 말씀드리는 거예요. 전 애스트레이 경은 독살당했고 빙엄 씨가 그런 짓을 저질렀다고 생각해요!"

"뭐요?"

나는 어떤 이유로 애스트레이가 아편 과용으로 죽었다고 믿는지 재빨리 설명했다.

"빙엄 씨는 오늘 아침 결투 전에 그와 함께 있었어요. 그가 죽으면 빙엄 씨는 작위와 재산을 물려받게 되지요. 그는 영리한데다 야망도 있을 거예요. 어쩌면 애스트레이 같이 생각 없는 사람보다 자기가 가문의 작위와 부를 더 훌륭하게 사용할 수 있다고 생각했는지도 모르지요. 게다가 애스트레이 경은 결혼할 참이었어요. 그러면 곧 빙엄 씨 대신 물려받을 후계자를 낳을 것 아니겠어요!"

"믿을 수 없는 얘기요."

머리를 흔들며 패럴이 말했다.
"한 가지 의문은,"
나는 계속 밀고 나갔다.
"언제, 어떻게 빙엄 씨가 독약을 먹였느냐 하는 거예요. 대위님, 그 의문을 어떻게 해결해 주실 수 없으세요?"

그는 이리저리 계산을 굴리며 나를 바라보았다. 나는 그가 내게 독살이라는 생각은 내 상상일 뿐이라고 말해주는 것과 내게 협력함으로써 감사 인사와 칭찬을 받는 것 사이에서 결정을 지으려고 애쓰고 있는 것을 알았다. 나는 숨을 죽였다. 마침내 그가 입을 열었다.

"당신에게 도움이 될 만한 걸 알고 있소. 애스트레이와 빙엄은 내가 그들을 만나러 갔던 여관에서 같이 아침식사를 했소. 애스트레이는 브랜디를 넣은 커피만 마셨다고 말했소. 그런데 이제 생각해보니 그는 그 맛이 좋지 않았다고 했어요."

이건 내가 기대하던 것 이상이었다.
"오, 고마워요, 대위님! 당신은 정말 친절하고 정말 영리하세요!"
"이런, 이런! 당신을 위해서라면 내가 무슨 일이든 못하겠소!"

그는 내게 몸을 굽혔다. 내 입술에 키스를 하려는 것이었다. 그러나 나는 의자에서 일어나 문으로 달려갔다. 나는 그에게 키스를 보내고 재빨리 나왔다. 이제 빙엄 씨를 찾아야 했다. 그는 응접실에 없었다. 나는 일층으로 내려갔다. 엘런이 홀에 있는 것을 보고 내가 물었다.

"빙엄 씨 봤니?"
"오스굿 부인 거실에 계시는 것 같은데요."
"무서운 건 괜찮아진 것 같구나."
"아, 예, 아가씨."

그녀는 이렇게 말하고 킬킬거리며 웃더니 두 손으로 입을 가렸다. 나는 그녀를 찬찬히 살펴보았다. 위층에 죽은 사람을 뉘어놓고는 웃고

까불다니 그녀답지 않았다. 나는 그게 새로운 형태의 히스테리 발작인가 보다고 생각했다. 별로 해롭지 않은 것 같고 나도 급했기 때문에 나는 그녀를 그냥 지나쳐서 거실로 들어갔다. 빙엄 씨는 탁자 앞에 앉아 신문을 읽고 있었다. 나를 보자 예의 그 냉정하고 정중한 태도로 일어났다.

"절 찾고 계셨습니까, 윌슨 양?"

나는 문에 등을 붙이고 서서 눈을 크게 뜨고 그의 얼굴을 똑바로 쳐다보았다. 무슨 말을 해야 하나? 또다른 영감이 필요했다. 드디어 영감이 떠오르자 나는 무조건 그것에 복종했다.

"빙엄 씨, 방해해서 미안하지만 얘기 좀 해야겠어요. 제가 의지할 수 있는 사람은 당신뿐이에요! 당신은 머리도 좋고 법이며 의학이며 세상의 모든 일들에 대한 지식이 대단하시니까요. 당신이 절 도와주시지 않으면 전 어떻게 해야 할지 모르겠어요!"

빙엄의 딱딱한 태도가 조금 풀렸다. 동정심에서 그러는지 허영심이 충족되어서 그러는지는 알 수가 없었다.

"제게 당신을 도울 힘이 있다면 마음대로 쓰십시오."

"빙엄 씨."

나는 목소리를 깔고 〈맥베스〉에서 흥분된 어떤 순간에 시든즈 부인이 사용하는 것을 들은 적이 있는 그 떨림을 목소리에 담으려고 애쓰며 그에게 가까이 다가갔다.

"전 당신 사촌이 독살당했고 패럴 대위가 그를 죽였다고 믿고 있어요. 기억하실지 모르겠는데 애스트레이 경이 부상당한 후에 패럴 대위가 그에게 브랜디를 마시게 했었지요. 당신 같이 지각력 있는 분은 눈치를 채셨겠지만……"

여기서 나는 눈을 내리깔고 속눈썹 사이로 얌전하게, 그러나 상황에 어울리게 그를 쳐다보았다.

"패럴 대위는 제게 관심이 없지 않거든요."

나는 결투하는 사람 둘 중 하나를 독살함으로써 패럴이 어떻게 나를 프레드에게서 떼어놓을 수 있는지 설명했다.

"물론 자신을 그런 끔찍한 범죄의 원인이라고 생각하다니 참 허영심도 지나치다고 생각하시겠지요."

"아닙니다."

그가 뭔가를 생각하면서 말했다.

"패럴이 잃게 될지도 모르는 돈을 생각하면 그런 생각 않지요."

"돈이라뇨?"

나는 시든즈 부인 흉내를 내던 걸 까맣게 잊고 어린 소녀처럼 입을 딱 벌렸다.

"그 내기, 모르셨습니까?"

그가 물었다.

"패럴은 한 동료 장교하고 내기를 했는데 자기가 한 달 내에 램에게서 당신을 뺏을 수 있다는 데에 오백 파운드를 걸었어요. 전 그게 관청의 도박금 장부에 올라 있는 걸 봤어요. 그게 몇 주 전이었지요. 한 달이 거의 다 되었을 겁니다."

"세상에!"

그렇다면 일의 양상이 아주 달라질 수밖에 없었다. 빙엄이라는 여우를 굴 밖으로 나오게 하기 위한 수단으로 패럴을 물고 들어갔던 것인데 그것이 이젠 사실일지도 모르게 된 것이다. 500파운드는 큰 돈이었다. 그리고 패럴은 부자가 아니었다. 내가 물었다.

"패럴 대위가 가지고 있던 술병의 술을 마셨나요?"

"아니오."

빙엄이 말했다.

"그리고 제 사촌 외에는 다른 사람이 마시는 걸 본 기억이 없습니다.

그게 어떻게 됐나요?"

"비었어요."

내가 말했다.

"그는 자기가 나머지를 다 마셔버렸다고 하지만 아무도 안 보는 사이에 그걸 쏟아버렸을지도 몰라요. 그렇지만……."

나는 신중한 표정을 꾸몄다.

"대위에게 공정하게 해야 하니까 애스트레이 경이 다른 때 다른 방법으로 아편을 먹게 됐을지도 모른다는 걸 생각해봐야 해요."

"그가 죽기 네 시간 전에 먹었을 게 분명하다고 고프가 말하지 않았습니까."

빙엄 씨가 내게 일깨워주었다.

"말씀드렸던 것처럼 전 줄곧 애스트레이와 함께 있었습니다. 프림로즈 힐까지 가는 동안에도, 여관에서 아침을 먹을 때도, 애스트레이와 램이 마주 총을 쏘던 결투장에서도 같이 있었죠. 애스트레이가 어떤 형태의 아편이든 먹었다면 제가 봤을 겁니다."

"두 분이 아침을 같이 드셨다지요. 그가 먹거나 마신 것에 혹시 아편이 넣어졌을 수도 있지 않을까요?"

내가 슬쩍 끼어들었다.

"불가능한 일입니다."

그가 단언했다.

"애스트레이는 브랜디 넣은 커피만 마셨어요. 저도 같은 주전자의 커피와 같은 병의 브랜디를 따라 마셨지만 아무 일도 없었습니다. 제 관찰력이 의심스러우시다면……."

그의 말투는 내가 그의 말을 더 들을 가치도 없는 바보라는 것을 암시하고 있었다.

"우리 시중을 들어주고 커피와 브랜디를 따라주었던 웨이터에게 물어보시지요."

"당신을 의심하다니 상상도 못할 일이에요."

나는 일단 그를 안심시켰다.

"도와주셔서 뭐라고 감사드려야 할지 모르겠어요. 애스트레이 경의 죽음에 프레드는 책임이 없다는 걸 밝혀내는 일은 제게 너무나 중요한 일이거든요!"

나는 서둘러 밖으로 나갔다. 이제 어디로 가야 하지? 패럴에게로 가자. 나는 그렇게 결정을 내리고 계단을 달려올라갔다. 그러다가 대위의 동정심을 끌어낼 준비를 하고 가는 게 좋겠다는 생각이 들었다. 나는 응접실로 들어가 거울 앞에 서서 어깨까지 흘러내린 곱슬머리를 단정히 모으고 뺨을 콕콕 집어 발그레하게 만들었다.

"뭘 하고 있는 거요?"

문간에서 프레드가 물었다.

"날 그 지옥 같은 거실에서 애스트레이의 시체와 동무하며 기다리라고 해놓고는 돌아오질 않다니."

"패럴 대위랑 빙엄 씨랑 얘기를 했었어요. 난 그 두 사람 중 하나가 애스트레이를 독살했다는 걸 밝히고 싶어요. 현재로선 그게 패럴 대위인 것 같아요."

"그러면 그들에게 질문을 하려고 거울 앞에서 몸치장을 하는 거요?"

그가 이죽거렸다.

"무슨 뜻이에요?"

"당신은 내가 이 나라를 떠나야만 할 거라고 생각하는 것 같은데. 그래서 나를 문 밖으로 내쫓기도 전에 새 보호자를 찾기 시작한 것 같군. 나로선 빙엄을 택하라고 조언하겠소. 그는 유산을 받을 테니 패럴이나 내가 할 수 있는 것보다 당신을 훨씬 더 호사스럽게 살 수 있게 해줄 것 아니오?"

"어떻게 그런 말을 할 수 있어요?"

나는 울음을 터뜨렸다.

"이 봐요, 해리. 흥분하지 말아요."

그는 어쩔 줄 모르며 말했다.

"흥분하지 말라고요? 자기 자신에게나 그랬을까 다른 사람에게는 해를 끼친 적이 없는 가엾은 남자가 내 거실에 죽어서 누워 있고 그를 죽인 자는 내 집안 어딘가에 있어요! 전 브랜디 병이며 아침식사며 총알이며 아편 따위에 온 정신을 쏟고 있다고요! 그런데 당신은 내가 당신을 배신하고 버릴 거라는 소리나 하고 있어요? 당신 때문에 난 살인자일지도 모르는 사람들과 수수께끼 놀이를 하고 있는데! 이젠 당신과 끝이에요, 프레드 램! 당신 혼자서 그 궁지에서 빠져나와 보시죠!"

내가 방에서 나가려고 하자 그가 붙잡고 물었다.

"뭔가 알아냈소?"

"많이 알아냈어요. 하지만 당신에겐 별 도움이 못 될 거예요. 난 이 집을 떠날 테니까요."

"기다려요! 당신 없이 내가 어떻게 이 일의 진상을 알아낼 수 있겠소?"

그가 사정했다.

"절 비난하시기 전에 그런 생각을 하셨어야죠. 저리 비켜요, 프레드 램! 난 갈 테니까!"

"해리, 제발!"

그는 나를 억지로 소파로 끌고 가서 자기 손수건을 내 손에 쥐어주었다.

"눈물이나 닦아요."

한쪽 무릎을 꿇고 내 옆에 앉으며 그가 달랬다.

"정말, 정말 미안해요. 애스트레이는 저렇게 죽어버렸지, 난 그의 죽음에 아무런 책임이 없다는 걸 알면서도 도망을 가야 하지. 그러니 너무 충격이 커서 내가 무슨 말을 하고 있는지도 잘 모르겠소. 게다가 당신을 잃을지도 모른다는 생각에 미칠 것 같았어요. 날 용서한다고, 날 버리지 않겠다고 말해줘요! 이런 때 내 사랑하는 작은 아내가 없으면 난 살아나갈 수가 없어요."

그는 애스트레이 경의 죽음에 대해 내가 가지고 있는, 그리고 아직도 더 얻을 수 있는 정보가 없으면 살아나갈 수 없을 것이다. 나는 이 끔찍한 일 전부를 내던지고 여기서 달아나고 싶은 마음이 간절했다. 그것이 엄마에게로 가는 것이고 아버지의 분노를 견뎌야 하는 것이라 해도 말이다. 그러나 그때, 애스트레이를 죽이고 우리 등뒤에서 우리 둘과 세상 사람들을 비웃을 악한 인간에게 프레드와 내가 당하게 되는 거라는 생각이 스쳤다. 더구나 나는 프레드가 자기 나름대로는 나를 사랑하고 있다고 진정으로 믿고 있었고 그가 그런 곤경에 처해 있는데 그를 버릴만한 용기도 없었다.

"내가 여기 남아서 애스트레이 경을 죽인 게 누군지 계속 알아내려고 노력한다면 내가 자유롭게 행동하도록 해주고 내게 캐묻거나 날 비난하는 일을 않을 거예요?"

그는 손을 가슴에 얹으며 말했다.

"맹세해요! 내가 당신을 도울 방법이 없겠소?"

"당분간 끼어들지 마세요."

내가 명령조로 말했다.

"좋소."

그가 마지못해 동의했다.

"하지만 당신이 필요로 하면 가까이 있겠소."

그는 방을 나갔다. 나는 찬물로 눈을 씻으려다가 내 눈물이 패럴 대위에게 날 더 흥미로운 존재로 만들어 줄 거라는 생각에 그냥 내버려두었다. 나는 프레드의 손수건을 살짝 쥐고 끝자락을 길게 빠져나오게 한 후 식당으로 갔다. 패럴은 식탁에 앉아 있다가 내게로 다가왔다.

"이런. 우울해 보이는구려! 무슨 일이 있었소?"

"대위님, 빙엄 씨가 얼마나 교활한 악당인지 믿지 못하실 거예요! 그는 애스트레이 경의 죽음에 대한 책임을 당신에게 씌우려고 했어요. 그는 당신이 애스트레이 경에게 당신이 가지고 있던 술병의 술을 마시게 했고 다른 사람이 그 병의 술을 먹는 건 못 봤다고 해요."

"세상에, 그게 정말이오?"

패럴이 벼락같이 소리를 질렀다.

"내 앞에서도 그렇게 말하는지 어디 봅시다!"

그는 문 쪽으로 가기 시작했다. 나는 그의 앞으로 달려갔다.

"안 돼요, 대위님! 그가 하는 말을 제가 전부 당신에게 얘기하고 있다는 걸 알게 하고 싶지 않아요. 제가 바라는 건 그의 신뢰를 얻어서 다 털어놓게 만드는 것뿐이에요."

"그렇다면 그와 얘기할 시간을 좀 주겠소."

그가 허락했다.

"하지만 그가 계속 날 모함한다면 결투를 하겠소. 정말 화가 나는군! 애스트레이를 죽이다니? 내가 도대체 뭣 때문에 그런 짓을 한다는 거요?"

"프레드가 이 나라를 떠나게끔 만드려고 그런다는 거죠."

내가 슬쩍 깨우쳐주었다.

"그리고 당신이 프레드와 저를 갈라놓을 수 있다면서 오백 파운드를 거셨다면서요."

"그런 일로 살인을 하지는 않아요! 확언하지만, 당신을 얻기 위해 내가 못할 일이란 그다지 많지 않소. 하지만 교수형을 당한다면 내가 당신에게 무슨 도움이 되겠소."

그의 이마가 다시 어두워졌다.

"쓸데없이 참견을 하다니, 망할 놈 같으니라구! 오늘 아침에 애스트레이가 자기랑 함께 마신 브랜디 넣은 커피에 대해선 뭐라고 합디까?"

"자기도 같은 주전자의 커피와 같은 병의 브랜디를 마셨다고 하더군요."

패럴은 뒷짐을 지고 머리를 황소처럼 수그린 채 쿵쾅거리며 왔다갔다하더니 갑자기 걸음을 멈추었다.

"그렇지! 들어봐요. 빙엄이 아편정기를 먹는 버릇이 있다면 어떻겠소? 그것에 길들여진 사람들은 아주 많은 양을 먹어도 끄떡없을 거요. 오랫동안 그걸 먹어온 친구를 아는데 그는 말도 죽일 만큼의 양을 아무렇지도 않게 마셔요."

"그렇다면 그는 애스트레이 경을 죽이기 위해 커피나 브랜디에 아편정기를 잔뜩 넣은 거군요. 자기는 아무 탈도 나지 않고 말이에요!"

나는 상황을 이해한 척했다.

"당신은 정말 영리하세요! 저 같으면 그런 일은 생각도 못 해냈을 거예요."

그의 눈을 보니 그는 자기가 약간의 보상을 받을 만하다고 느끼는 것 같았다. 나는 신중하게 그의 손이 닿지 않을 곳으로 물러섰다.

"해리."

그는 나를 달래보려고 했다.

"전 빙엄 씨에게 가야만 해요. 우린 이제 그를 잡은 것 같아요. 다시 와서 상황을 다 얘기해 드릴게요."

나는 달려나가서 계단을 날 듯이 뛰어내려가 빙엄이 있는 거실로 향했다. 가는 도중 내 머릿속에는 아편을 먹는 친구를 보면서 패럴이 애스트레이를 아편으로 독살하려는 묘안을 떠올린 게 아닌가 하는 생각이 스쳤다. 그러나 그런 생각만으로 그가 그런 짓을 했다는 것이 입증되지는 않는다.

거실로 들어가니 빙엄은 아직 거기 그대로 있었다. 나는 불길한 분위기를 풍기며 문을 닫고 슬픔과 공포를 가득 담은 눈으로 그를 바라보며 시든즈 부인을 흉내낸 목소리로 말했다.

"빙엄 씨. 패럴 대위는 저로선 상상도 못할 만큼 사악한 인간이에요. 자신에게 의혹이 쏟아지니까 그걸 피하려고 혈안이 된 나머지 애스트레이 경을 독살한 죄를 감히 당신에게 뒤집어씌우는 거예요!"

"기가 막히는군요. 제가 제 사촌과 똑같은 걸 마셨다는 얘기를 그에게 했습니까?"

그가 비웃으며 말했다.

"물론이죠. 그랬더니 그는 당신이 습관적인 아편 사용자일지도 모른다고 둘러대지 뭐예요. 애스트레이 경을 죽일 만한 양을 먹어도 끄떡없을 거라고 하면서요."

그의 입술 양끝이 올라갔다.

"만일 그렇다면 약을 먹지 않고는 몇 시간도 견디지 못할 겁니다. 격심한 통증이 올 테니까요. 그렇지만 전 약 없이도 아주 멀쩡하지요. 오랫동안 절 관찰한 사람이라면 누구라도 그걸 증명해줄 수 있을 겁니다."

"그렇다면 패럴 대위가 당신 사촌을 죽였다는 데 의문의 여지가 없네요."

내 생각에는 그것이 유일하게 가능한 대답인 것 같았다.

"그러나 배심원들을 납득시킬 수 있게 그 사실을 입증할 수 있을는지 모르겠군요."

"전 배심원에 대해선 전혀 몰라요. 자백하도록 만들어야 한다고 생각해요."

"자백하지 않을 겁니다."

자리에 앉아 편안하게 다리를 꼬면서 그가 말했다. 나는 그의 냉정함에 놀라지 않을 수 없었다. 하지만 애스트레이의 작위와 재산이 자기 것이 되었는데 프레드나 패럴이 자기 사촌을 죽인 죄로 잡혀가거나 말거나 그에게 뭐 그리 큰일이겠는가? 그는 분명히 자기 사촌에게 별로 애정이 없었을 것이고 변호사이기 때문에 진실을 밝히는 일에 그다지 마음이 없을 것이다. 그는 더이상 내게 도움이 되지 않을 것이다.

나는 그 방을 나왔다. 패럴 대위를 다시 한번 구슬러봐야 했지만 어떻게 시작해야 할지 알 수가 없었다. 거기 그렇게 서서 이리저리 궁리를 하고 있는데 엘런이 지하실에서 올라왔다. 모자는 한쪽으로 흘러내렸고 낮은 소리로 중얼거리고 있었다. 나는 아까 전에 보았던 그녀의 이상한 행동이 히스테리 발작이 아니었다는 것을 깨달았다. 간단히 말해서 그녀는 몹시 취해 있었던 것이다. 나는 화가 났다.

"도대체 어쩌다 이 지경이 됐지?"

"아, 아가씨!"

그녀의 얼굴이 일그러졌다.

"전 나쁜 짓을 하려던 게 아니에요. 그렇게 하지 말았어야 했다는 것도 알아요. 하지만 그 귀족 어른의 죽음에 너무 놀랐던 데다가 우리 모두 곤경에 처하고 경찰서로 끌려가지나 않을까 너무 겁이 났어요. 그저 몇 모금 마시려고 했던 것뿐인데 브랜디 맛이 너무 좋아서……. 기분도 훨씬 나아졌어요!"

"브랜디라고?"

내가 황급히 물었다.

"무슨 브랜디?"

나는 비틀거리는 그녀를 부축해서 내 옆에 앉혔다.

"저기 병이 있었어요."

그녀는 딸꾹질까지 하며 홀의 탁자를 가리켰다.

"패럴 대위님 건가봐요. 그분에게 말 안 하실 거죠?"

"그래, 안 해."

내가 말했다.

"그런데 한 가지 물어볼 테니 꼭 대답을 해야 돼. 아주 중요한 거야. 그 병에 든 브랜디를 얼마나 마셨지?"

"그걸 제 월급에서 제하시려고요?"

그녀는 몸을 움츠리며 물었다.

"아니야. 패럴 대위님은 다 용서해 주실 거라고 생각해. 하지만 난 얼마나 마셨는지 꼭 알아야겠어."

그녀는 눈을 깜빡이며 술에 흠뻑 젖은 머릿속을 뒤지기 시작했다.

"병에 반쯤 있었어요."

"확실해?"

"확실해요."

그렇다면 엘런은 적어도 애스트레이 경만큼 마셨다는 얘기였다. 나는 그녀의 눈을 들여다보았다. 그녀의 눈동자는 수축되어 있지 않았다. 그녀는 애스트레이 경이 보이던 증상을 하나도 보이지 않고 있었다. 어쩌면 그녀는 패럴 대위가 말하던 그런 사람들, 즉 아편을 상습적으로 먹는 사람들 중의 하나인지도 모른다.

"엘런, 아편정기 먹어본 적 있어?"

"한 번이요. 치통이 너무 심해서요."

나는 멍하니 고개를 저었다.

"넌 다시 아래층으로 내려가는 게 좋겠다. 정신이 들 때까지 거기 있어."

"예, 아가씨."

그녀는 흔들거리며 일어나서 계단을 내려가기 시작했다. 나는 그녀가 발을 헛디디지나 않는지 지켜보다가 혼란스러워져서 턱을 괴고 앉았다. 빙엄은 아침 먹을 때 애스트레이에게 약을 먹이지 않았다. 패럴도 브랜디로 그를 죽이지 않았다. 어느 누구도 그가 다른 것을 먹거나 마시는 걸 보지 못했고 누구의 눈에도 띄지 않고 먹을 만큼 사람들과 그리 오래 떨어져 있지도 않았다. 그가 독살당했다는 생각은 한낱 공상에 불과한 것일까? 결국 그는 상처 때문에 죽은 것일까?

이제 한 가지 희망밖에 남아 있지 않았다. 기대할 것도 없는 희망이었다. 나는 애스트레이가 부상 당한 후에 고프가 그에게 아편정기를 주었다는 것을 떠올렸다. 그렇다면 고프가 가지고 다니는 그 의료 가방 안에 그 약병이 들어 있다는 얘기다. 누군가가 몰래 그 약을 덜어내서 아무도 보고 있지 않을 때 애스트레이에게 먹인 게 아닐까. 어떻게 그런 일을 할 수 있었는지는 생각해내지 못했지만 그 병을 한번 보는 게 좋을 것 같았다. 단서가 될 만한 게 있을지도 몰랐다.

나는 고프가 어디 있는지 몰랐다. 한참 걸려서 집안의 거의 모든 방들을 들락거린 다음에야 나는 그가 있을 법하지 않은 방을 찾아보는 게 좋겠다는 생각이 들었다. 나는 그가 일층 뒤쪽에 있는 오스굿 부인의 침실에 있는 게 틀림없다는 결론을 내리고 그리로 갔다.

고프는 거기에도 없었다. 그러나 그의 뚱뚱한 몸이 안락 의자에 남겨놓은 깊이 눌린 흔적이 그가 조금 전까지 거기 있었음을 알려주고 있었다. 내가 찾던 그 의료 가방도 구석의 세면대 뒤에 있었다. 나는 그것을 끌어내 탁자 위에 올려놓았다. 안을 들여다보려면 의사의 허락을 얻어야 한다는 생각은 들었지만 너무나 보고 싶어서 그가 돌아오길 기다릴 수가 없었다.

뚜껑을 열어 보니 반짝이는 랜셋 세트며 붕대 뭉치며 알약 상자 등이 가죽 줄로 고정되어 있거나 주머니에 넣어져 깔끔하게 정리되어 있었다. 랜셋을 보자 고프가 뼛조각을 찾느라 애스트레이 경의 상처를 뒤적거렸다는 얘기며 피부 밑으로 우두 백신을 넣는데 랜셋을 어떻게 사용하는지에 대한 빙엄의 소름끼치는 설명이 생각났다. 나는 몸을 부르르 떨며 아편정기를 찾는 일에 몰두했다.

나는 곧 루비처럼 붉은 액체가 든 병을 찾아냈다. 코르크 마개에 붙어 있는 표지에는 '아편정기' 라고 씌어 있었고 그 아래에는 '독약' 이라는 글씨가 있었다. 병은 주둥이 부분까지 가득 차 있었고 마개는 꼭 닫혀 있었다. 누구도 애스트레이 경을 죽이기에 충분한 양을 이 병에서 따라낼 수 없었을 것 같았다. 내 마지막 희망은 사라져버렸다. 프레드와 나는 끝장 나고 말았다.

바로 그때 가방 바닥의 펠트 천 안감이 불룩하게 튀어나온 것이 눈에 띄었다. 나는 아무 생각 없이 그것을 문질러 판판하게 하려고 했으나 그럴 수가 없었다. 안에 뭔가 들어 있었던 것이다. 나는 안감 밑으로 손을 넣으려고 애썼다. 가장자리의 풀이 떨어지며 안감이 들렸다. 검지와 중지를 핀셋처럼 사용해서 나는 그것을 잡아 끌어냈다.

그것은 네모나게 접은 기름 먹인 종이였다. 그 종이를 펴보니 진득거리는 걸쭉한 갈색의 물질이 담겨 있었다. 처음 보는 물질이었지만 그게 뭔지는 알아야 할 것 같았다. 그리고 아주 최근에 그것에 대해 들은 것 같은 느낌이 들었다.

문간에서 '헉' 하는 소리가 들렸다. 나는 홱 고개를 들었다. 고프가 내 손에 들린 것을 바라보고 있었다. 나는 사람의 얼굴에서 그런 공포와 죄책감과 두려움의 표정을 본 적이 없었다. 그제서야 나는 내가 무엇을 찾아냈는지 알았다. 박식한 빙엄 씨가 가공하지 않은 아편은 끈끈한 갈색 액체라고 했던 것이 기억났다.

"애스트레이 경에게 아편을 준 게 당신이었군요."

내가 먼저 입을 열었다.

"그런데 어떻게 주었죠? 언제요? 그가 이걸 먹었을 리는 없어요. 그는 약 먹는 걸 싫어했으니까요. 먹지 않았다면 이게 어떻게 그를 죽일 수 있었죠? 달리 어떻게 독약이 사람의 몸 속으로 들어갈 수가……."

나는 문득 숨을 죽이고 중얼거렸다.

"백신 주사군요."

고프는 심하게 몸을 떨기 시작했다.

"상처를 내서 우두에 걸리게 할 수 있다면, 아편도 같은 방식으로 주입될 수 있겠군요? 애스트레이 경의 상처를 랜셋으로 헤집으면서 이 액체를 몸 안에 집어넣을 수 있지 않았겠어요?"

나는 숨을 죽이고 말을 계속했다.

"말도 안 되는 소립니다, 윌슨 양."

고프가 급히 내게 오고 있었다. 그의 목소리는 부드럽고 또렷했으나 얼굴은 창백했다.

"당신이 그런 일을 어떻게 이해합니까. 당신 같은 여자가 의학에 대해 뭘 아냐고요."

"하나도 모르죠."

내가 대꾸했다.

"하지만 제가 말도 안 되는 소리를 하는데 당신은 왜 그렇게 겁을 먹는 거죠?"

"난 절대로 그런 짓을 안 합니다."

그가 더 가까이 다가오면서 주장했다.

"난 의사예요."

"그러니 그런 일을 하는 방법을 아시지 않겠어요?"

"맙소사, 윌슨 양, 난 바로 지난 해에 애스트레이 경의 목숨을 구했어요!"

"그가 당신에게 신세를 졌지요."

그러자 짐작이 갔다.

"그가 유언장에서 당신에게 돈을 남겼나요?"

그는 목쉰 소리로 울부짖으며 내게 달려들어 한 손으로 내 허리를 잡고 다른 손으로는 자기 가방에서 랜셋을 꺼냈다. 나는 비명을 지르며 그에게 발길질을 했다. 그 사악한 칼날을 피하기 위해 나는 몸을 뒤로 제끼며 몸부림을 쳤다.

프레드와 빙엄, 그리고 패럴이 뛰어들어왔다. 빙엄과 패럴이 고프를 붙들었고 프레드는 나를 그에게서 빼냈다. 나는 프레드에게 매달렸다. 조금 전 그때가 내 마지막 순간일 수도 있었다는 게 믿어지지 않았다.

고프는 금방 수그러들었다. 빙엄과 패럴이 커튼줄로 그를 묶었다. 그리고 빙엄이 엄하게 그를 추궁하기 시작했다. 운 나쁜 의사는 완전히 기가 꺾여서, 경마 모임이며 내기 권투에 계속해서 참석하다 보니 도박에 깊이 빠져들게 되었고 큰 빚을 지게 되었으며 애스트레이 경이 그에게 천파운드를 유산으로 남기기로 했다는 얘기를 순순히 털어놓았다. 빙엄은 이런 경우 그는 유산을 받을 수 없을 거라고 말했다. 법은 유산을 좀더 빨리 받으려고 하는 유산 수령인들을 수상하게 본다는 것이었다. 그리고 마침내 빙엄과 패럴은 그를 보우 스트리트에 있는 경찰서로 끌고 갔다. 프레드는 나와 함께 있어주려고 뒤에 남았다. 그는 나를 안아주었다.

"당신과 단 둘이서만 있어본 게 한 일 년 되는 것 같아. 당신 혹시 싫은 거 아닌지……."

그는 애교스런 목소리로 말하며 내 표정을 살폈다.

"물론 전 무엇보다도 당신과 있고 싶어요. 바로 몇 분 전에 죽을 고비를 넘겼는데 안 그러겠어요?"

"당신 아까처럼 그렇게 사람을 잡으려고 하지 않아도 돼."

그는 나를 떼어놓으며 중얼거렸다. 그러더니 잠시 있다가 이렇게 덧붙였다.

"그렇게 날 도와준 것에 대해 당신에게 감사해야 할 것 같소."

"그러셔야죠."

내가 당연하다는 듯 말했다.

"당신 아주 건방져졌어."

그가 말했다. 사실이었다. 그 이유를 굳이 먼 데서 찾을 필요는 없었다. 나는 프레드 램을 도망자의 신세에서 구했을 뿐만 아니라 나 자신에게 내가 그 없이도 살 수 있다는 것을 보여준 것이다. 내가 앞으로 어떤 고난을 겪더라도 고프와 그 랜셋보다 더 무섭지는 않을 것이다. 또한 어떤 수수께끼를 풀게 된다 해도 애스트레이 경의 죽음보다 더 풀기 어려운 것은 없을 것이다. 나는 그 일들을 겪어냈다. 넓은 세상도 이제 더 이상은 무섭게 보이지 않았다. 나는 내가 세상과 잘 대적해 나갈 수 있겠다고 생각하기 시작했다.

Maxim Jakubowski

                                        케이트 로스는 보스턴의 한 유명한 법률 회사의 법정 변호사였고 멋진 역사추리소설 탐정인 줄리언 케스트럴을 창조한 사람이었다. 그녀가 창조한 인물은 19세기 중엽이라는 활기찬 배경에서 불가해한 사건들에 대책 없이 이끌리는 섭정 시대의 멋쟁이였다. 그는 『깊이 베이다』, 『부서진 배』, 『신들이 사랑하는 사람』, 『음악 속의 악마』 등 네 편의 소설에 등장한다.

  이 추모집에 작품을 내달라는 요청을 하자 케이트는 새로운 여성 인물을 창조하기로 결정했다. 그녀는 그 인물이 25년 전을 시대 배경으로 한 새로운 시리즈의 중심축이 되기를 기대했다. 「잔인한 상처」는 해리엇 윌슨을 등장시킨 첫 작품이었다. 윌슨이라는 인물은 특별히 비범하고 사랑스러운 여주인공임이 입증되었다. 그러나 슬프게도 이 작품은 해리엇 윌슨이 등장하는 마지막 작품이기도 하다.

  케이트 로스는 이 단편을 완성시킨 후 얼마 안 되어 마흔 한 살이라는 젊은 나이에 암으로 죽었다. 우리는 그녀를 이디스 파제터처럼 몹시 그리워하게 될 것이다.

                                                                       맥심 재커보우스키

위대한 브로고니

데이비드 하워드

나는 빌헬름 브로고니였다. 그러나 이제 더이상 그 가문의 저명한 일원이 아닐 뿐 아니라 내일이면 훨씬 더 별 볼일 없는 존재가 될 것이다. 나는 목 매달릴 것이다. 죽을 것이다

***

포도밭 위로 솟아올라 있는 회색 성벽만 봐도 브로고니 가문이 그 도시에서 이름 있는 가문인 것을 알 수 있었다.

나는 빌헬름 브로고니였다. 그러나 이제 더이상 그 가문의 저명한 일원이 아닐 뿐 아니라 내일이면 훨씬 더 별 볼일 없는 존재가 될 것이다. 나는 목 매달릴 것이다. 죽을 것이다.

마리에츠부르크는 바바리아 지방의 별 이름 없는 작은 도시이다. 근처에 있는 마리에츠부르크 폭포는 장관이었다. 그러나 그것도 사람들이 그 도시에 머물게 할 만한 요인은 되지 못 했다. 그래서 1904년, 나와 내 형은 그곳을 떠났다.

랄프는 미국으로 갈 예정이었다. 미국은 마리에츠부르크의 주민들이 숨을 죽이고 외경심에 차서 그 이름을 발음하곤 하는 신화의 나라였다. 그들은 그곳이 모든 일이 가능한 마법의 땅이라고 말했다.

"그런데 빌헬름, 자넨 어떤가?"

사람들은 내게 물었다.

"자넨 어디로 갈 건가?"

"인도요."

내가 대답했다. 모두들 입을 다물었다.

"그곳에 의사가 필요하대요."

더 설명을 하려고 덧붙였으나 이미 그들의 주목을 끌지 못했다.

"미국이라……"

그들은 중얼거렸다.
"거기 간 사람은 지금까지 하나도 없었어."
미국은 마리에츠부르크와 같았으나 훨씬, 훨씬 더 좋았다.

오래지 않아 랄프에 대한 소식이 마리테츠부르크로 날아들기 시작했다. 그는 남부의 여러 주들을 순회하는 서커스단에 들어갔다. 신시내티라는 도시에서 결혼도 했다. 그리고 공연 때마다 마지막에는 그가 '죽음을 두려워 않는 공중 줄타기 공연'이라고 부르는 것으로 관객을 매료시켰다.
"빌헬름 소식은 없나?"
사람들은 마리에츠부르크의 장이 서는 광장에서 내 아버지에게 물었다.
"아, 그애는 아직 캘커타에 있다네."
아버지가 대답했다.
"환자들을 도와준대. 착한 애지."
그래. 그들은 그 말에 동의했다. 빌헬름은 착한 애였어. 그러나 미국은 얼마나 멋진 곳인가.

랄프가 집으로 보내오는 편지에는 이제 맨해튼의 소인이 찍혀 있었다. 그와 그의 아내는 서커스를 떠났다. 아이들도 있지 않았을까?
나? 나는 거의 편지를 쓰지 않았다. 글쎄, 미국의 유혹에 비교해볼 때 말라리아니 티푸스니 문둥병이니 하는 게 무슨 흥미가 있었겠는가?
얼마 안 있어 랄프의 편지에는 뉴욕의 신문들에서 오려낸 기사들이 동봉되어 오기 시작했다.
"이게 내 아들이라니!"

위대한 브로고니 475

아버지는 가장 최근에 받은 편지 봉투에서 〈뉴욕 타임스〉 일면 기사 조각을 꺼내면서 부르짖었다.

"그럴 리가 없어. 미미, 있을 수 없는 일이라고 말 좀 해봐."

그는 그 신문을 어머니에게로 밀었다. 어머니는 한 번 보더니 어머니의 모국어인 러시아어로 알아들을 수 없는 말을 중얼거렸다.

"하느님 맙소사."

조금 있다가 어머니가 똑똑히 말씀하셨다.

"그애가 이젠 스스로를 '위대한 브로고니'라고 칭하기까지 하는군요."

마리에츠부르크 사람들이 무슨 말을 해야 할지 몰라 입을 열지 못하는 경우는 그리 많지 않았다. 그러나 신문에 난 사진이 그들 사이에 돌았을 때는…….

글쎄. 서커스 공연은 그들도 이해할 수 있었다. 그러나 이건! 뉴욕의 두 개의 고층 건물 사이에 줄을 매놓고 걷다니. 이건 미친 짓이었다. 다음엔 무슨 일을 할 건지, 원. 그들은 그렇게 말했다.

다음 일은 두 건물 사이에 더 높이 줄을 매놓고 걷는 것이었다. 그 바로 전에는 어떤 유명한 폭포를 가로질러 걷기도 했다. 또한 완전히 봉해진 금속 상자에 들어간 채로 허드슨 강에 던져져 거기에서 탈출하는 것도 있었다.

위대한 브로고니가 시어도어 루스벨트 대통령 앞에 소개되었을 때는 그 사진이 바바리아의 신문 일면에 소개되기도 했다. 이제 마리에츠부르크 사람들은 위대한 브로고니의 최근 모험에 대해 신문에서 읽을 수 있게 되었다.

그러나 그들의 눈은 언제나 같은 단어에 머무르곤 했다. 그것은 '백만장자'란 단어였다.

"빌헬름 소식은 있나?"

마리에츠부르크의 자갈 깔린 좁은 길에서 그 질문을 하는 사람은 점점 적어졌다. 도시 위로 솟은 그 성 안에서도 마찬가지였다. 거기에는 내 탓도 일부 있다. 이제는 그걸 알겠다.

집에 가는 일은 거의 없었지만 간혹 집에 가게 될 경우에는 언제나 동기가 있었다. 캘커타에서의 봉사 활동이 잘 되지 않고 있었던 것이다. 처음에는 아버지도 너그럽게 도와주었다. 그러나 내 요구가 점점 커지자 아버지의 핑계는 훨씬 더 기발해졌다.

아버지는 사업을 확장하기 위해 더 많은 포도밭을 사야 했다. 성은 많은 돈을 들여 수리해야 했고 짐배는 낡아서 교체해야만 했다.

"위대한 브로고니에게 돈을 좀 달래보지 그러니?"

어느 땐가 내가 인도로 돌아가기 전날 밤에 아버지가 골치가 아프다는 듯 제안했다. 그제서야 나는 아버지에게 랄프는 더이상 존재하지 않는다는 것을 깨달았다. 그는 이제 위대한 브로고니였던 것이다.

처음엔 내가 랄프에게 보낸 편지들에 대한 답장이 없었다. 봉사단의 상황은 위기에 처해 있었다. 키니네가 떨어졌고 꼭 필요한 다른 약들도 많이 부족했다. 거기다가 봉사단이 들어 있는 건물은 폐허 상태였다. 나는 환자들을 돌보기 위해 안에 들어가 있어야 하는 데도 하루에 몇 시간씩 건물 수리에 매달려 있었다.

절망에 빠진 나는 다시 아버지에게 편지를 썼다. 거의 구걸하는 거나 마찬가지인 편지였다. 관대한 반응을 기대하지도 않았다. 그러나 응답이 있었다. 약소한 금액의 수표 한 장이었다. 봉사단이 적어도 한 달은 지낼 수 있는 금액이었다. 그러나 랄프에게서는 아무런 소식이 없었다.

그러던 어느 날, 캘커타에 있는 내 거래 은행을 통해 편지 한 통이 도착했다. 뉴욕 소인이 찍힌 것을 보자 나는 서둘러 봉투를 찢고 급히 내용을 읽었다.

빌헬름에게,
그 불쾌한 편지들을 더이상 보내지 말기 바란다. 나는 매주 돈을 요구하는 많은 요청을 받지만 이른바 자선 기관이라는 것들 중 어느 것을 선택할 수가 없다.
그래서 나는 그런 요청을 전부 거절해 왔다. 그러니 네 요청도 거부해야겠다.
랄프. 위대한 브로고니.

나는 내가 읽은 내용을 믿을 수가 없었다. 그리고 그 다음 주의 일들을 거의 기억할 수가 없다.
나의 분노는 아버지에게서 온 뜻밖의 편지를 받고서야 겨우 가라앉았다. 랄프가 사고로 다쳤던 것이다. 아버지는 자세한 내용을 알지 못했으나 랄프의 공연 중 하나가 아주 잘못 되는 바람에 그가 지금 얼굴과 두 팔에 심한 화상을 입고 병원에 입원해 있다는 것이었다.
나는 충격을 받았지만 랄프에게 동정심이 생기지 않는 것이 부모님이 뉴욕으로 그를 찾아갈 것이라는 얘기만큼이나 놀라웠다. 부모님이 독일을 떠나는 것은 그때가 처음이었다. 이미 계획이 다 세워져 있었다. 부모님은 프랑스까지 가서 브리티시 화이트 스타 해운의 새 배를 탈 예정이었다. 그 배는 타이타닉 호였다.
타이타닉 호의 소식은 몇 주가 지나서야 캘커타에 도착했다. 그때 이미 랄프는 마리에츠부르크의 우리 집안의 성에 돌아와 있었다. 그는 처음에 예상했던 것만큼 심하게 다친 것은 아니었다. 비록 얼굴 흉터가 심해서 대중 앞에 나설 때는 공연용 마스크를 쓰긴 했지만.

내가 없는 동안 랄프는 재빨리 집안의 포도주 사업을 장악했다. 그 상황은 바바리아 주의 사람들에게 곧 공식적인 것이 되었다.

집안 변호사로부터 부모님의 유언장 사본이 보내져 왔을 때 나는 말라리아로 병석에 있었다. 살기 위해 병과 싸우고 있는 사람에게 상속권 박탈이란 소식은 처음엔 우습고도 시시한 일로 보였다. 그러나 열이 내리고 나니까 그 깊은 배신이 이미 약해져 있는 내 영혼을 어둡게 물들이기 시작했다.

지금은 그때 내 마음 속에서 굳어지기 시작하던 계획이 말라리아 탓이었다고 할 수는 없다. 우리 모두에게는 어두운 면이 있다고 하는 얘기를 들었었다. 바로 그때 나는 나의 어두운 면을 발견했다.

다음날 나는 일찍 일어났다. 선교단원들에게 인사할 때 나는 이상하게도 힘이 넘쳐났다. 그들은 나를 보고 놀랐고 나의 새로운 활력에 대해서도 관심을 보였다. 희망은 유행성 질병처럼 전염성이 있다. 그리고 희망은 내가 봉사단의 생존을 위해 가지고 있는 것이었다. 그러나 먼저 나는 몇 가지 일들을 해야만 했다.

그날 밤 나는 바바리아의 집으로 편지를 썼다. 다음날 아침, 나는 간호사 중 한 명인 기트사를 불러 그 편지를 두 통 베끼고 마리에츠부르크의 형과 움스도르프라는 인근 도시에 있는 우리 집안 변호사의 주소를 쓰도록 했다. 독일어를 전혀 못하는 기트사는 자기 필체로 부지런히 편지를 베껴쓰고는 아무것도 묻지 않고 내게 주었다.

자신의 죽음을 공표할 기회를 갖는 사람은 많지 않을 것이다. 그런데 내가 그 두 통의 편지를 부칠 때 한 일이 바로 그것이었다. 나는 단원들에게 병원 일을 맡기고 싶지 않았으나 다른 방법이 없었다.

나는 배로 베니스까지 간 뒤 북쪽으로 스위스 계곡을 지나 바바리아에 도착했다. 머리는 어깨 위까지 늘어지고 해적 뺨치게 턱수염까지 길어서 스스로도 나 자신을 못 알아볼 지경이었지만 그래도 아는 사람들이 사는 도시는 모두 피해 다녔다.

나는 마리에츠부르크 폭포에서 하류 쪽으로 1킬로미터 쯤 떨어진 도시인 움스도르프에 하숙을 정했다. 움스도르프는 그 강에서 배가 항해할 수 있는 마지막 도시였지만 어떤 짐배들은 훨씬 상류인 폭포 바로 밑 내 아버지가 사업상 필요 때문에 만들어 놓은 조그만 개인 선창까지 올라갔다. 거기서 나는 마리에츠부르크까지 갔다.

어둠이 내린 지 몇 시간이 지났지만 장이 서는 광장에 들어설 때 나는 여전히 자갈 깔린 땅바닥만 보고 걸었다. 고향 도시에는 내 친구들이 많았지만 곧 나는 내 모습과 지난 8년 동안 내가 그곳에 거의 있지 않았던 것 때문에 내가 누군지 알아보기 힘들 거라고 확신하게 되었다.

내 계획을 위해 아주 알맞은 시기였다. 포도 수확 때문에 사방의 떠돌이 일꾼들이 그 도시로 모여들었던 것이다. 나는 곧 희미하게 불이 밝혀진 술집에서 일꾼 두 명 사이에 끼어앉게 되었다. 캘커타에서 처음 들었던 것을 확인해보고 싶었다. 결국 나는 그들과의 대화를 성과성의 새 주인 쪽으로 이끌어갔다.

"위대한 브로고니는 이젠 그렇게 위대하지 않다오."

내가 방금 사준 맥주를 햇볕에 그을은 투박한 얼굴로 가져가며 그들 중 하나가 단언했다.

"여기 있는 루디도 위대한 브로고니처럼 줄창 마스크를 쓰고 있으면 여자들에게 인기가 있을 거요."

그는 큰 소리로 웃으며 자기 동료를 향해 손을 흔들다가 턱수염에 맥주를 흘렸다. 내 얼굴에 나타난 놀라움을 보자 그는 완전히 내게로 돌아앉았다.

"위대한 브로고니에 대해 하나도 듣지 못했다니 도대체 어디 있었소?"

그는 멸시 섞인 어조로 중얼거렸다.

"그 사람은 가면을 벗으면 거울을 깨게 될까봐 걱정스러울 거요. 게다가 더 어리석어졌지요."

그는 술집의 더러운 유리창을 통해 겨우 보이는 커다란 플래카드를 가리켰다. 마침내 바깥으로 나와서 그 플래카드를 보았을 때 처음에는 그것이 전하는 정보를 믿기 힘들었다. 포도 수확과 브로고니 포도주 회사 설립 50주년을 축하하기 위해 위대한 브로고니가 단 한 번 밖에 시도하지 않았던, 유명한 나이애가라 폭포에서 했던 매우 특별하고 위험한 묘기를 선보일 거라는 내용이었다. 위대한 브로고니는 포도주 통에 들어가 마리에츠부르크 폭포를 뛰어내리려 하고 있었다.

성의 탑들의 단단한 그림자가 그 아래 도시를 지키는 보초들처럼 서 있었다. 일주일이 지났고 내 계획은 거의 완성되어 있었다. 나는 그 다음날 아침에 있을 위대한 브로고니의 낙하를 위한 최종 준비를 지켜보며 온종일 숲에서 기다렸다.

밤이 되었다. 폭포에서의 점프를 위해 특별히 튼튼한 통을 만들라는 요구를 받았던 성 안의 작업장도 이젠 비어 있었다. 구름이 달빛을 가리기를 기다려 나는 숲에서 나와 자갈 깔린 마당을 소리없이 가로질렀다. 작업장의 커다란 문은 닫혀 있었지만 성에서 지낸 내 어린 시절의 기억을 떠올려 보면 들어가는 일은 어렵지 않았다. 나는 잘 맞지 않는 문짝 두 개를 잡아당겨 수십 년 동안 닳아서 생긴 틈으로 몸의 힘을 빼고 끼어 들어갔다.

안으로 들어서자 폭포까지 옮기기 위해 수레 위에 실어 놓은 나무통이 금방 눈에 띄었다. 나는 작업장 문짝 사이의 틈에 곡식 자루를 쑤셔

넣고 밖에서 불빛이 보이지 않을 것이라고 흐뭇해 하면서 기름 등잔에 불을 켰다. 그리고 수레 위로 올라가 나무통을 조사했다. 빨리 할 필요가 있었다. 나는 작업대에서 손으로 돌리는 송곳 하나를 가져다가 나무의 옹이가 있는 데마다 지름이 약 5밀리 정도 되게 작은 구멍을 뚫었다. 다 합해서 50개가 넘는 구멍이 뚫어졌다. 그리고 나서 그날 낮에 만들어 두었던 혼합물로 구멍들을 다시 메웠다. 그리고 먹물로 내가 손 댄 부분을 안팎으로 칠했다.

통 바닥에는 위대한 브로고니를 낙하의 충격으로부터 보호하기 위해 넣어둔 천이 있었는데 나는 그것을 빼낸 후 움스도르프에서 산 회반죽을 10여 센티미터 두께로 통 바닥에 쏟아넣었다. 그 다음 나무 조각을 정확한 크기로 잘라 그것이 바닥처럼 보이게 하기 위해 회반죽 바로 위에 단단하게 맞춰 넣었다. 다시 천을 바닥에 넣은 후 잘 됐는지 보기 위해 나는 등잔을 들고 통 안팎을 두루 살폈다. 만족스러웠다.

밖으로 나온 나는 마당을 가로질러 통 만드는 사람의 작업장으로 갔다. 수십 개의 통 중에서 내가 여태껏 작업을 했던 그 통과 제일 흡사한 것을 골랐다. 내 목적에 맞으려면 그것은 그렇게 튼튼할 필요가 없었다. 자갈 깔린 마당에 부딪치는 소음을 줄이려고 통을 천으로 감싸고 굴려서 세 시간 전까지 내가 숨어 있던 숲으로 가져갔다.

거기서부터는 말 그대로 거칠 것 없는 내리막길이었다. 마침내 나는 숲으로 올라가는 풀숲 길이 시작되는 곳까지 다 내려가서 숲을 나와 마리에츠부르크 폭포 쪽으로 출발했다. 폭포 발치의 고사리 숲과 잔가지들 아래 통을 숨기고 나자 자정이 넘었다.

할 일이 한 가지 더 있었다. 나는 겉옷 주머니에서 작은 유리병에 든 염산을 천천히 꺼냈다.

내가 그곳에 있었던 흔적을 찬찬히 모두 지운 후 나는 다음 날 아침 일찍 하숙을 나서 막 동이 트기 시작할 무렵의 짙은 회색빛 어둠 속으로 사라졌다. 얼마 후 내가 마리에츠부르크 폭포에 다시 나타난 것은 건너편 강둑 위의 나무들 위로 아침 첫 햇살이 꽂힐 무렵이었다.

환히 트인 장소라 불안을 느끼며 나는 지난 일 주일 동안 내가 직접 꿰매 만든, 위대한 브로고니의 의상을 흉내낸 옷으로 재빨리 갈아입었다. 나는 캘커타에서 살면서 필요에 의해 바느질을 배우게 됐다. 그리고 의과 대학 다닐 때 배운 화학적 염색의 기본 지식을 동원해서 위대한 브로고니가 입는 의상의 밝은 빨강과 노랑 색상을 만들어 낼 수 있었다.

2미터 길이의 밧줄과 브로고니의 의상을 마무리짓는 검은 가죽의 얼굴 마스크만 놔두고, 벗은 옷을 몽땅 가죽 주머니에 넣은 후 돌멩이를 가득 넣고 강으로 던졌다. 폭포 아래의 뒤엉키는 물살이 순식간에 그것을 6미터 아래 강바닥으로 밀어넣었다. 나는 숨겨놓았던 통을 꺼내 경사진 풀밭으로 굴려 물 속에 밀어넣었다. 처음에는 물살이 너무 세차서 통이 자꾸 내 손에서 빠져나가려고 했다. 나는 통을 단단히 부여잡고 몇 미터 위쪽, 물살이 조금 약해지는 곳으로 끌고 올라갔다.

15미터 높이의 천둥소리를 내는 물의 벽이 바로 손 닿을 거리에 있었다. 이미 흠뻑 젖어버린 나는 산의 눈이 녹은 물 속으로 들어가지 않을 수 없었다. 숨이 멎게 차가웠으나 다행스럽게도 아직 강바닥에 발이 닿았다.

한 손으로는 강둑에 튀어나온 바위를 붙들고 다른 손으로는 통을 꼭 잡고서 나는 퍼붓듯 내리꽂히는 폭포물을 뚫고 앞으로 나아가 폭포 뒤 움푹 파인 바위 덩어리 바닥에 둥그런 돌들이 흩어져 있는 곳에 이르렀다. 몹시 지친 나는 내가 막 들어온 새로운 세상을 살펴볼 생각도 않은 채 한참을 그냥 앉아 있었다.

폭포 안쪽 내가 있는 곳에서 눈앞의 두터운 물의 벽 너머의 것을 본다는 것은 불가능했다. 나는 몇 시간을 참을성 있게 기다렸다. 취주악대의 소리가 가까워질 때에야 나는 폭포 양쪽에 엄청난 구경꾼이 모여들고 있다는 것을 알았다. 방수 주머니에서 시계를 꺼내 보니 위대한 브로고니가 낙하할 시각까지 몇 분밖에 남아 있지 않았다.

맥박이 세차게 뛰기 시작했다. 나는 재빨리 밧줄 한 끝을 바위에 묶고 마스크를 쓴 뒤 통을 들어 소용돌이치는 물 속에 넣었다. 그리고는 힘들게 통 안으로 들어갔다. 그리고 너무 일찍 나가지 않도록 줄을 단단히 붙들고 있었다.

폭포의 굉음에도 불구하고 햇빛이 환한 바깥에서 무슨 일이 벌어지고 있는지 알기는 뜻밖에도 아주 쉬웠다. 관중은 위대한 브로고니가 통 안으로 들어가자 환호했다. 그리고 그가 소용돌이치는 물 속으로 굴러 들어가자 박수갈채를 보냈다. 위대한 브로고니가 15미터 높이에서 떨어져내리는 순간에는 환호와 박수 소리가 뚝 끊겼다.

눈에 튀는 물을 쉴새 없이 닦아내며 나는 떨어져 내려올 브로고니의 통을 보려고 폭포의 물줄기에서 눈을 떼지 않았다.

그때 갑자기 그것이 나타났다. 통의 무게 때문에 빙빙 돌면서 폭포수를 뚫고 곧장 떨어지다가 내 바로 위에서 완전히 모습을 보였다. 내가 재빨리 피하지 않았더라면 통이 내 머리에 부딪혀 박살이 날 뻔했다. 그것은 내게서 조금 떨어진 물 속으로 곤두박질치더니 시야에서 사라져버렸다.

그 모든 일이 너무나 빨리 일어났기 때문에 똑똑히 볼 수는 없었다. 그러나 내가 통을 뚫어서 진흙 반죽을 밀어 넣은 구멍들이 지금쯤은 진흙이 다 빠지고 브로고니의 통 속으로 물을 빨아들이고 있을 것이다. 물은 회반죽에 흡수되어 통과 브로고니를 6미터 아래 강바닥으로 끌고 들어갔을 것이다.

나는 밧줄을 놓고 통 뚜껑을 제자리에 고정시킨 후 몸을 웅크렸다.

떨어지는 물의 무게가 내 통을 밑으로 눌렀다가 그 너머의 흰 물 속으로 몰고 갔다. 나는 통 안에 솜을 넣은 깔개를 죽 둘러두었으나 지금 내가 받는 충격에는 속수무책이었다. 몇 초 사이에 열 번도 넘게 구르고 뒤집어지는 바람에 나는 머리를 통 뚜껑에 쉴새없이 찧어댔다. 그 때문에 잠시 의식을 잃었지만 오래 가지는 않았다. 통은 이제 바위에 부딪쳤고 나무가 쪼개지면서 물이 스며들기 시작했다. 그래도 통은 계속 뒤집어졌고 흘러드는 물 때문에 숨을 쉴 수가 없었다.

그러다가 갑자기 모든 것이 그쳤다. 강에서 힘이 빠져나가고 나는 강물을 따라 떠내려가고 있었다. 나는 뚜껑을 밀쳤다. 통 안의 숨막히는 공간으로 햇빛과 함께 우레와 같은 박수 갈채가 쏟아져 들어왔다. 축제를 위해 포도주를 나르던 짐배 하나가 다가와서 나를 통에서 꺼내 주고 안전하게 기슭까지 데려다 주었다.

그곳에서 나는 위대한 브로고니의 노랑과 빨강 휘장이 둘러쳐진 마차에 태워져 시내까지 행진했다. 나는 마차 위에 높이 서서 다른 통이 보이는지 강을 열심히 바라보았다. 없었다.

위대한 브로고니는 죽은 것이다.

나는 광장까지 행진을 했고 모든 사람에게서 찬사를 들었다. 너무나 많은 사람들이 등을 두드려대는 바람에 어깨가 아팠다. 싫다고 했지만 사람들이 원했기 때문에 몇 마디 말을 하게 되었다.

나는 더듬거리며 내 부모님에 대해 얘기했다. 내게 '포도주 축제를 위해서 뭔가 기억에 남을 만한 것을 공연해 주도록' 부탁했던 아버지와 '그런 어리석은 짓을 그만두게 하려고 늘 애썼던' 어머니에 대해 말했다. 내 이야기는 군중 속에서 한바탕 웃음을 자아냈다. 내 얘기가 부모님에 대한 그들의 기억을 되살렸기 때문이었다. 자신감이 점점 커졌다.

"저는 또한 캘커타에서 환자들을 위해 인생을 바친 내 동생, 빌헬름의 헌신에도 찬사를 보내고 싶습니다."

계속 하고 싶은 유혹을 느꼈으나 나 자신에 대해 이런 식으로 얘기하는 것이 너무나 쉽다는 것에 놀라고 있었다. 내가 위대한 브로고니의 옷 속으로 들어가자 빌헬름 브로고니 의사는 존재하지 않게 된 것 같았다.

현명하게도 나는 봉사단에 기부할 것을 요구하고 싶은 유혹을 물리쳤다. 나의 운을 계속 시험해 보는 것은 좋은 일이 아니었다. 어쨌건 이제 나는 브로고니 포도주 회사의 상속인인 위대한 브로고니가 되었으니 봉사단은 더이상 돈이 부족하지 않을 것이다.

"신사 숙녀 여러분, 이제 저는 마지막으로 한 가지를 선언하고자 합니다."

극적인 효과를 노려 나는 잠시 말을 끊었다.

"여러분이 오늘 목격하신 것이 위대한 브로고니의 마지막 공연이었습니다."

나는 정말로 기분이 좋아져서 과장된 몸짓으로 검은색 가죽 마스크를 떼어냈다. 내 얼굴 한쪽으로 녹아들어간 피처럼 붉은 화상의 흉터를 사람들이 완전히 익힐 때까지 침묵이 흘렀다. 사실 그 전날 밤 내가 희석한 염산을 끼얹어 내 얼굴에 만든 상처는 영원할 거라는 정도에서 그치는 것이 아니라 대단히 인상적이었다. 게다가 동정심은 내가 진짜 브로고니인가 하는 의심을 완전히 덮어줄 것이다.

"그리고 여러분,"

나는 말을 계속했다.

"여러분의 식욕을 돋워주기 위해 폭포에서 떨어지는 일을 추천할 수는 없지만 잔치를 시작하도록 합시다."

나는 술잔에 포도주가 가득 들어 있을 거라고 생각하고 그것을 높이 쳐들었다. 그러나 그것은 비어 있었다.

"바바리아에서 이 축제가 포도주 없는 유일한 포도주 축제일 것 같군요."

내가 큰 소리로 말했다. 내가 선창에서 있었던 사고에 대해 들은 건 그때였다. 포도주를 운반하는 짐배의 선원들이 (그놈들, 지옥에나 가버려라!) 위대한 브로고니의 낙하에 정신을 빼앗겼다는 것이다. 그래서 포도주 여섯 통이 강으로 떨어져버렸다는 얘기였다.

내가 잔치를 연기해야겠다는 선언을 막 하려는 순간, 포도주를 실은 마차가 덜컹거리며 광장으로 들어왔다. 이미 흥분해 있던 군중은 더욱 더 시끄럽게 환호성을 질렀다.

나만이 예외였다.

마차 위에 통이 일곱 개가 있으며 그 중 하나는 조용하지 않다는 것을 깨달았던 것이다.

Maxim Jakubowski

이디스 파제터는 신인 작가들을 칭찬하는 데 있어서 언제나 매우 너그러워서, 지금은 역사추리소설 분야에서 나름대로 입지를 굳힌 작가들의 많은 초기 작품들 뒤표지에 그녀의 친절한 찬사의 글이 실리곤 했었다.

그녀의 그런 정신을 생각할 때 나는 처음 소설을 쓰는 작가를 이 추모집에 싣는 것이 아주 적절한 일이라고 생각했다. 그리하여 〈크라임 타임〉지와 함께 작품을 공모했다. 나와 〈크라임 타임〉의 편집자들은 데이비드 하워드의 「위대한 브로고니」를 이 작품집에 실을 작품으로 선정했다. 우리는 이것이 추리소설가로서 그의 경력의 시작이 되기를 희망한다. 유감스럽게도 여기에 실을 지면이 부족하여 싣지 못한 좋은 작품은 크리스티나 린 본의 「교수형 시키기」였다.

엘리스 피터스는 두 작품 모두를 칭찬했을 거라고 확신한다.

맥심 재커보우스키

하일랜드의 마지막 왕비

앤 페리

폭력이 돌아온 것이다. 칼에 죽은 그녀의 아버지와 남자 형제들, 불 타 죽은 길레컴 게인에 대한 기억이 홍수처럼 그녀를 휩쓸고 지나갔다. 이건 맥베스를 노린 거다! 살인자는 그가 여기 온다는 걸 알고 있었다. 사자가 그를 코도어로 도로 불러가지 않았다면 그는 여기 있었을 것 아닌가. 이것도 애툴 가의 해묵은 원한일까, 아니면 어떤 새로운 것일까? 그녀는 말을 하려고 했으나 목소리가 나오지 않았다.

***

말을 탄 스무 명 정도의 남녀가 언덕 꼭대기에 다다랐다. 그들의 맨 앞에 선 맥베스는 고삐를 당기며 한여름 햇빛 속에 아른아른 빛나고 있는 벤 위비스의 꼭대기를 건너다보았다. 왼쪽으로는 기다란 계곡이 있고 그 너머로 짙푸른 산이 잇달아 스코틀랜드의 고귀한 심장부로 이어지고 있었다. 그들 앞에는 크로마티의 코발트빛 물이 펼쳐져 있었다.

그의 옆에 선 그루어크가 미소를 지었다. 피를 흘리고 상실을 겪었던 이 땅의 모든 기억에도 불구하고 이곳은 그녀가 사랑하는 땅이었다. 그녀의 첫 남편 길레컴게인은 그들 뒤로 겨우 30킬로미터 떨어진 인버네스 근처에서 살해당했다. 그와 그의 부하 50명은 늙은 맬컴 2세의 군대가 그들을 가두고 탑에 불을 지르는 바람에 모두 타 죽었다. 그녀는 전쟁에 익숙했다. 애톨과 모레이 두 집안 사이에 왕관을 놓고 벌어진 증오에 찬 그 싸움에서 그녀는, 자신의 손자들 중 계승자는 덩컨이 되어야 한다는 맬컴의 야망에 아버지와 남자 형제 넷을 모두 잃었다.

그건 과거의 일이었다. 덩컨은 포악하고 무능력한 늙은 왕이었다. 그는 남쪽으로는 잉글랜드와, 북쪽으로는 오크니와 싸워왔다. 그가 훌륭한 군인이었다면 그건 문제되지 않았을 것이지만 그는 형편없는 군인이었다. 재앙이 이어졌다. 결국은 백성들이 들고 일어나 그를 몰아내고 맥베스를 뽑아 그 자리에 앉혔다.

그녀는 맥베스를 곁눈질해 보았다. 그는 바람과 햇빛에 그을린 피부에 금발머리를 반짝이며 안장 위에 높이 앉아 있었다. 그가 그녀를 보고 미소지었다. 그들은 말을 몰아 바다와 나룻배를 향해 긴 언덕을 내려갔다. 배로 건너도 시간이 걸리겠지만 코넌 옆을 돌아 말을 타고 달리면 시간이 훨씬 더 걸릴 것이다. 작은 만은 육지로 깊이 들어와 있어서 그들의 여정은 50킬로미터나 더 길어질 것이다.

그들은 어제 코도어를 출발해서 펀 수도원으로 가고 있는 중이었다. 그루어크는 그곳 원장과 의논할 문제들이 있었다. 과부와 고아들을 돌보는 것은 그녀의 특별한 관심사였다. 그녀는 그들의 외로움과 두려움, 그리고 그들의 소망을 너무나 잘 이해하고 있었다. 길레컴게인의 죽음 이후 그 학살에서 살아남은 아들 루러크와 그녀도 바로 그런 곤경을 겪었다. 그녀의 할아버지는 왕이었고 아버지는 왕위 계승을 주장할 수 있는 합법적 후계자였으나 그들과 그녀의 남자 형제들은 모두 죽었고 그녀와 그녀의 아들, 그렇게 둘만 남았다.

그런 사정은 그녀와 맥베스의 여러가지 공통점 중 하나였다. 맥베스 역시 많은 식구를 맬컴의 야망 때문에 잃었다. 그들의 결혼은 애톨과 모레이의 요구를 결합한, 정략적인 왕가의 결혼이었으나 사랑 때문에 한 결혼이기도 했다. 그리고 맥베스는 루러크를 기꺼이 자신의 아들로 받아들였다.

왕국은 케이스네스에서 랭커셔에 이르렀고 대체로 평화로웠다. 그리고 그들은 부유했다. 먹을 것이 풍부했고 법의 집행이 공정하게 행해졌다. 이따금씩 작은 싸움들이 있었으나 그건 인간의 본성 아닌가. 잉글랜드에서는 참회왕 에드워드가 쫓겨난 덩컨의 아들을 보호하고 있었다. 해협 건너에서는 노르망디의 윌리엄이 잉글랜드의 왕위를 노리고 있었고 노르만인 귀족들이 맥베스의 궁정을 피난처로 삼고 있었다. 북쪽에서는 해롤드 하드라다가 해안을 따라서 더 깊숙이 침략하기 위해 준비중이었다. 그 역시 노략질하기에 딱 좋은 비옥하고 햇볕이 따뜻한 땅에 눈독을 들이고 있었다.

그녀를 앞서서 그녀의 친족인 크리넌이 좀더 속력을 내서 언덕을 내려가고 있었다. 사공을 부르고 말과 사람들을 싣기 시작하려는 것이었다. 그들의 충성심을 잘 알고 있고, 또 그녀와 핏줄이 같은 사람들과 함께 여행하는 것이 현명한 일이었다. 그것이 가장 확실한 신뢰였다. 그녀는 그것을 오래 전에 깨우쳤다. 그리고 맥베스가 로마로 순례를 떠나, 한동안 스코틀랜드를 통치하는 일이 그녀의 손에 맡겨졌을 때 그 신뢰는 더욱 굳어졌다. 켈트의 법은 앵글로색슨의 법보다 훨씬 현명했다. 노르만의 것보다도 현명할 것이다. 그것은 최고의 인물, 가장 유능하고 용감하며 현명한 사람이 씨족의 족장이 되도록 허용한다. 그게 여자라면 여자가 족장이 되는 것이다. 그녀의 유산은 그녀의 것이었으며 그녀의 지참금도 언제나 그녀의 것이었다.

말들이 얕은 물가에서 첨벙거리다가 물러섰다. 흔들리는 뗏목 나룻배를 믿을 수 없었던 것이다. 크리넌이 사람들에게 앞으로 오라고 손짓했다. 그 사람들을 전부 건네려면 서너 번은 왕복을 해야할 테지만 그래도 작은 만의 끝부분을 따라 육지로 빙 돌아가는 것보다는 훨씬 빨랐다. 그녀는 말에서 내려 햇볕 속에 참을성 있게 서 있었다. 평화로움이 그녀의 마음을 채웠다.

맥베스가 다가와 그녀의 어깨를 감쌌다. 그는 아무 말도 하지 않았다. 침묵이 편안했던 것이다. 그들은 서로를 너무나 잘 알고 있었다. 그녀는 그의 생각을 이해할 수 있었다. 지금 이 순간은 그가 전쟁이며 알력, 재판이나 국사의 결정 같은 것을 잊을 수 있는 드문 시간 중의 하나였다. 그들에게는 남쪽의 도시들보다 더 편안하게 느껴지는 이 넓고 빛나는 땅에서 그들은 친구들과 말을 타고 여행하는 일개 남자와 여자가 될 수 있었다. 편에 도착할 때까지는 어떤 국사도 생각할 필요가 없었다. 그리고 거기까지는 아직 50여 킬로미터가 남아 있었다.

뗏목 위에서 달각거리는 말발굽 소리와 해변의 자갈 위로 밀려왔다가 스르르 물러나가는 물소리 외에는 움직임이 없는 공기 중에 아무런 소리도 섞여 있지 않았다. 그때 누군가가 외치는 소리가 들려왔다.

그루어크는 홱 몸을 돌렸다. 그들 뒤의 블랙 아일 언덕 위에서 말을 탄 사람 하나가 빠른 속도로 달려 내려오고 있었다. 맥베스는 그녀의 어깨에 두르고 있던 팔을 내리고 그 사람을 지켜보며 언덕의 오르막을 걸어 올라갔다. 그런 속도로 오는 사람이라면 무언가 급한 전갈이 있어서일 것이며 그렇게 급한 소식이라면 좋은 것일 리 없었다.

다른 사람들도 돌아섰다. 뱃사공까지도 말들을 태우는 일을 멈추었다. 그 말들이 모두 다시 돌아가야 한다면 그것들이 배 위에서 제대로 자리를 잡게 하려고 애쓰는 일은 무의미한 일이 될 것이다. 붉은 연이 그들 위에서 원을 그렸다. 갈라진 연 꼬리가 파란 하늘 아래서 또렷하게 도드라졌다.

말을 탄 사람이 속도를 더 빨리 하여 허둥대며 그들에게 다가오더니 맥베스로부터 얼마 안 떨어진 곳에서 말에서 뛰어내렸다.

"전하! 퍼거스로부터의 전갈을 가져왔습니다. 잉글랜드 궁정으로부터의 소식입니다. 코도어에서 사자가 기다리고 있습니다."

맥베스는 놀라지 않았다. 그의 얼굴이나 태도에 두려움이란 없었다.

"또 맬컴인가?"

그가 물었다. 덩컨의 큰아들이 맬컴이었다.

"그리고 노르만 귀족들 드 보앙과 길베르입니다."

사자가 대답했다. 맥베스는 그루어크를 돌아보았다.

"드 보앙이라면 돌아가봐야겠소. 당신은 편으로 가시구려. 원장과 만나는 일은 중요한 거니까. 나흘 후에 봅시다."

"제가 같이 가겠습니다, 왕비 전하."

크리넌이 앞으로 나서서 그루어크 옆에 더 가까이 서며 말했다.

"다섯 사람이면 충분할 겁니다. 위험은 없을 겁니다."

그는 햇빛 속에 거의 움직임이 없는 넓고 고요한 바다를 돌아보지 않았으나 그의 몸짓이 그의 생각을 드러내고 있었다. 사실이었다. 이곳은 모레이 영토로 맥베스가 태어나면서부터 권리로 소유한 땅이었으며 그녀의 땅이기도 했다. 그녀는 여기서 사랑과 존경을 받고 있었다.

사자가 기다리고 있었다. 맥베스는 한참동안 그녀에게서 눈을 떼지 않고 바라보더니 그녀가 미소를 짓자 몸을 굽혀 그녀의 입술에 부드럽게 입맞춤을 했다. 그리고는 돌아서서 말에 올라타 사자를 앞질러 언덕을 달려올라갔다. 15명의 부하들이 말에 올라 그의 뒤를 따라 달려갔다.

말 7필만 남자, 만을 건너는 일은 한 번에 끝났다. 그루어크와 크리넌, 그리고 5명의 부하들은 물을 튀기며 건너편 기슭에 올라 만의 가장자리를 따라 동쪽으로 또 북쪽으로 여행을 계속했다. 바다표범들이 파도가 밀려드는 바위 위에서 햇볕을 쬐고 있었다. 한 번은 바다 독수리가 낮게 급강하하더니 물고기 한 마리를 날카로운 발톱으로 움켜쥐고 물 속에서부터 날아올랐다. 햇볕이 뜨거웠다. 그루어크는 밀려오는 조수가 실어오는 신선한 공기가 반가웠다.

"그 맬컴이란 자는 자기 아버지와 똑같군요. 끊임없이 뭔가 말썽을 일으키는군요."

크리넌이 입을 열었다.

"잉글랜드 궁정에 그렇게 오래 있었으니 이젠 스코틀랜드인이라고 하기도 힘들지요. 여기 이 언덕들을 봐도 못 알아볼 걸요."

그녀가 대답했다.

"하느님 덕분에 그자가 여기 못 오게 돼야죠!"

크리넌이 내뱉듯 말했다.

"그리고 맥베스께서 그 노르만인들을 자기 고향으로 돌려보냈으면 좋겠어요. 그들이 여기 있는 한은 에드워드가 우리에게서 눈을 떼지 않을 겁니다."

"그건 토르핀을 막기 위한 균형 장치예요."

그녀가 반박했다.

"오크니는 우리를 괴롭히지 않을 겁니다."

그가 확신에 찬 어조로 말했다.

"맥베스께서 왕으로 있는 한은요. 아무튼 토르핀은 하드라다를 자기 해안에 못 올라오게 하는 일만도 버겁지요."

그녀의 말이 작은 만으로 흘러드는 얕은 강 입구의 돌들에 미끄러져 균형을 잃었다. 그녀는 말의 머리를 높이 쳐든 자세를 유지하고 강 쪽으로 들어가서 물살을 가로질러 건너편 강가로 올랐다. 그들은 가끔씩 웃어가며 과거의 일들과 사람들을 회상하고 함께 나누었던 기쁨과 두려움을 떠올렸다.

네 시가 됐는데도 해는 아직 높았다. 그들은 강을 또 하나 건너 숲으로 들어갔다. 초록의 서늘함이 그들을 감쌌다. 여섯 시 조금 지나 그들은 펀 수도원에 도착했다. 하늘에는 아직도 푸른 빛이 남아 있었다. 북쪽 지평선을 물들이는 황금빛도 없었고 몇 줄 떠 있는 구름에도 분홍물이 들어 있지 않았다.

원장은 그들을 열렬하게 환영했다. 그는 노스(고대 노르웨이)와 색슨의 혈통으로서, 큰 키에 떡 벌어진 어깨와 불룩한 통 같은 가슴의 소유자였다. 그는 칼과 혀를 가지고 자신의 교회를 지켜왔으며 노년에 이른 지금은 북쪽 끝의 이 수도원으로 그 노고에 대한 보답을 받은 셈이었다. 이 수도원은 넓은 땅을 소유하고 있었으며 일상적인 사소한 다툼이나 믿음의 시험 외에는 별다른 문제가 없는 곳이었다.

"왕비 전하!"

그는 기쁨으로 얼굴을 빛내면서 두 팔을 활짝 벌렸다.

"어서 오십시오! 이렇게 와주시니 얼마나 즐거운지 모르겠습니다. 자, 에이든이 말을 돌볼 겁니다. 당장 달려가지 않고 뭐 하느냐! 거기서서 여왕님이 널 기다리게 한단 말이냐!"

얼굴이 붉은 소년이 사과의 말을 중얼거리면서 후닥닥 달려왔다. 그는 너무 수줍어서 그녀가 말에서 내리도록 도와주지도 못했다. 원장이 황급히 나서서 손을 내밀었고 그녀는 필요해서라기보다 예의상 그 도움을 받아들였다. 그리고 그들 두 사람에게 고맙다고 인사했다.

"크리넌 님. 편에 오신 걸 환영합니다. 저희가 해드릴 수 있는 건 원하시는 대로 다 해드리겠습니다."

원장이 유쾌한 목소리로 계속 떠들었다. 그리고는 그루어크를 바라보았다.

"식사를 원하십니까? 편안한 의자는요? 안으로 드시겠습니까, 아니면 정원에 계시겠습니까? 벌꿀술로 하시겠습니까, 아니면 맥주나 포도주를 드시겠습니까? 굳이 말씀을 드린다면 벌꿀술이 아주 좋습니다. 히이드 꿀만한 게 없지요. 세상에서 제일 좋은 겁니다."

그가 안으로 안내했다. 오래 된 돌 건물은 햇볕을 받아 찌는 듯 더웠다. 부엌에서 뭔가를 굽는 냄새가 흘러나왔다. 담으로 둘러싸인 정원에는 자두나무가 많았다. 처음 열린 열매들은 벌써 자주색이 짙어지고 있었다. 돌담과 건물이 열기와 꽃들의 짙은 향기를 받아들여 다시 내뿜고 있었다.

식사는 훌륭했다. 사치스러울 정도였다. 생선과 고기와 야채, 빵에다 특히 원장이 칭찬했던 벌꿀술이 나왔다. 과연, 술은 그렇게 칭찬할 만했다.

"전하."

생선이 나왔을 때 원장이 말했다.

"왕께서 로마로 순례를 떠나셨던 얘기를 해주실 수 있겠습니까? 정말로 듣고 싶습니다. 전 스코틀랜드를 떠나본 적이 거의 없습니다. 노섬브리아에 몇 번 가봤고 홀리 아일랜드와 재로우, 요크까지도 가봤지요. 그렇지만 그건 프랑스와 비교하면 아무것도 아니에요. 하물며 로마와 비교하겠습니까! 교황님은 알현하셨답니까? 동방에 대한 소식은 어떤 게 있는지요? 우리가 터키인들에게서 예루살렘을 되찾게 될까요?"

그녀는 놀랐으나 그의 관심을 물리칠 수가 없었다. 그의 큰 얼굴은 호기심으로 빛났고 음식에 대해서는 거의 잊고 있는 것 같았다. 맥베스는 순례에 대해 그녀에게 많은 얘기를 해주었다. 그들은 몇 시간이고 앉아서 영원한 도시로 불렸던 로마의 엄청나고 거대한 폐허를 보고 놀랐던 감정을 함께 나누었다. 그 도시는 거의 6세기 전에 야만인들에 의해 약탈당해 이제는 그 제국의 영광이 잡초만 무성한 폐허로 남아 있다고 했다.

그녀는 그의 눈을 통해 그것을 보았고 그가 느꼈던 경외감과 슬픔, 그런 낭비에 대한 실망, 그것이 인류에게 어떤 의미가 있는 것인지를 완전히 잊고 만 사람들의 무관심에 대한 분노를 함께 느꼈다. 그 도시는 세계의 중심이었으나 무지한 사람들에게 그것은 때려부셔야 할 또 하나의 돌 무더기에 지나지 않았고 자신들이 이해하지 못한 것에 대한 증오를 분출하는 또다른 통로였다.

그녀는 대답하면서 미소짓고 있는 자신을 발견했다. 그녀는 맥베스가 했던 말들을 사용해 대답하고 있었고 그의 말을 들으면서 느꼈던 따뜻함을, 그리고 자신의 상상력을 되살리고 있었다.

크리넌은 끼어들지 않았다. 그는 잉글랜드와 노르망디에 가보았으나 그 나라들은 로마의 마법을 지니고 있지 못했다. 누가 심장부와 변방을 비교하고 싶어하겠는가?

"아, 멋지군요! 그런 것들을 보셨다니!"

다 듣고 난 원장이 자신의 넉넉한 배 위에서 두 손을 맞잡으며 한숨을 쉬었다. 그는 더이상 물으려 하지 않고 그들에게 벌꿀술을 더 따라 주었다. 빈 술잔이란 그의 손님 접대에서는 있을 수 없는 일이었다.

"하지만 여행하기에는 먼 길이죠. 위험하기도 하고. 몇 달이나 걸리고 말이죠."

그는 상당한 존경심을 가지고 그녀를 바라보았다. 맥베스가 떠나 있는 동안 그녀가 그 대신 다스렸다는 것은 원장도 알고 있었다.

"힘드셨겠습니다."

그녀가 하고 있던 생각을 그가 입 밖에 내어 말했다.

"그랬죠."

그녀가 고개를 끄덕였다. 얼마나 어려웠는지 그가 알기나 할까? 그건 외로움보다 더 나빴다. 어려운 문제들에 결정을 내려야 했고, 싸움을 해결해야 했으며 잉글랜드의 에드워드, 노르망디의 윌리엄, 그리고 오크니의 토르핀과의 외교 관계를 지속해야 했다. 최악의 일은 반란이 일어나 진압해야 했던 것이었다. 그것은 그녀가 즉각 조치를 취했기 때문에 크게 번지지 않았다. 그녀는 유혈 사태를 너무 많이 보았기 때문에 우유부단할 수가 없었다. 처벌은 빠르고 완벽해야 했다.

"전하께선 왕의 부재를 누군가 이용할 거라는 걸 예상하고 계셨던 것 같습니다."

원장이 뭔가를 생각하며 말했다. 그의 넓적한 얼굴에 미소가 떠올랐다.

"그렇지만 그들이 전하를 더 부드럽고 유약한 분이라고 생각했다면 사람을 잘못 본 거지요. 만일 애톨 가가 자신들의 영광 대신 스코틀랜드의 평화를 원했다면 그대로 가만히 있었을 테지요. 맬드리드나 그의 일족을 애도하는 사람은 거의 없을 겁니다."

"그의 딸인 도더는,"

크리넌이 재빨리 끼어들었다.

"그녀는 어떤 잘못도 없었습니다."

"그랬을 지도 모르지요."

원장이 한숨을 쉬며 동의했다.

"그러나 핏줄이 말하는 법입니다. 그녀는 자기 아버지에게 헌신적이었고 복수를 하기 위해 사람들을 모으는 데 기꺼이 나섰어요. 사람들 말로는 아름답기도 했다면서요."

"왕에게 반역한 사람을 여자라고 해서 용서해줄 수는 없습니다."

그루어크가 정말로 유감스러워 하며 말했다.

"저도 마음이 내켜서 한 일은 아닙니다. 하지만 그녀의 의지력을 심판해야 했지요. 제가 제 의지력을 아니까요. 우리는 남자들처럼 무기를 들진 않지만 남자들처럼 빨리 생각할 수 있고 깊이 증오할 수 있습니다. 만일 제가 한 남자를 잘 생겼다고 해서 용서한다면 여러분은 그걸 유약하다고 하시겠지요. 그 사람이 나라를 또다시 전쟁으로 몰아넣는다면 제게 고마워하지도 않으실 테고요."

"아, 물론이지요!"

원장이 열렬하게 맞장구쳤다.

"전하의 영혼에 축복이 있기를!"

"전쟁을 원하는 사람은 아무도 없습니다."

크리넌이 뒤이어 말했다. 그의 목소리는 긴장되어 있었고 딱딱했다.

"우리는 덩컨 때문에 전쟁을 실컷 겪었지요. 그가 벌인 바보 같은 전투들에서 얼마나 많은 사람들이 죽었는지는 하느님만이 아시지요!"

그들은 공포와 슬픔의 과거를 회상하고 현재에 감사하며 오랫동안 말없이 앉아 있었다.

10시 조금 지나서 그루어크는 혼자서 수도원의 정원을 산책했다. 태양은 장엄한 황금빛 불길 속으로 떨어지고 있었지만 하늘엔 아직 빛이 퍼져 있어서 앞으로도 두 시간 정도는 그 빛에 책을 읽을 수 있을 것 같았다.

그녀는 깜짝 놀라 잠에서 깨어났다. 숨이 막히고 가슴이 쿵쾅거렸다. 누군가 넘어지기라도 한 것처럼 문 밖에서 둔하게 쿵 하고 부딪치는 소리가 났다. 잠시 조용하더니 크고 날카로운 신음소리가 들렸다. 고통 때문이기도 하고 경고를 하기 위해서인 것 같기도 했다.

그녀는 침대에서 빠져나와, 여행할 때면 허리띠에 지니고 다니는 단검을 잡았다. 밖에서 시끄러운 발소리가 나더니 공포에 질린 비명에 뒤이어 조심하라고 외치는 소리가 터져나왔다. 누군가가 그녀의 이름을 부르면서 문을 세차게 두들겼다.

"무슨 일이죠?"

싸우게 되면 싸울 참으로 단검을 단단히 쥐고 그녀가 대답했다.

"괜찮으십니까? 다치셨어요?"

목소리가 물었다.

"아니요! 핀들레이요?"

그의 목소리 같지 않았다. 그는 문 밖에서 보초를 서기 위해 남아 있었는데, 맥베스의 친족이었지만 그녀가 자기 친족처럼 믿는 사람이었다.

"아닙니다. 도널드입니다. 핀들레이는 죽었어요. 하느님이 우리를 보호해주시기를."

그녀는 문을 밀어젖혔다. 도널드는 손에 칼을 들고 그녀 앞에 서 있었다. 그의 얼굴이 벽에 걸린 횃불 빛에 창백하게 드러났다. 그녀의 발치에 핀들레이의 시체가 나뒹굴고 있었다. 옆구리에 난 커다란 상처에서 피가 쏟아져나오고 있었다.

폭력이 돌아온 것이다. 칼에 죽은 그녀의 아버지와 남자 형제들, 불타 죽은 길레컴게인에 대한 기억이 홍수처럼 그녀를 휩쓸고 지나갔다. 이건 맥베스를 노린 거다! 살인자는 그가 여기 온다는 걸 알고 있었다. 사자가 그를 코도어로 도로 불러가지 않았다면 그는 여기 있었을 것 아닌가. 이것도 애톨 가의 해묵은 원한일까, 아니면 어떤 새로운 것일까? 그녀는 말을 하려고 했으나 목소리가 나오지 않았다.

원장이 복도 끝에 나타났다. 머리를 산발하고 옷은 너무 급히 입은 탓에 꼴이 말이 아니었다.

"아, 고마워라!"

그녀를 보자 그는 힘차게 성호를 긋고는 침을 꿀꺽 삼켰다.

"살아 계시다니, 하느님 고맙습니다!"

그는 핀들레이를 보았다.

"가엾은 분 같으니. 하느님께서 그의 영혼을 거두어주시기를!"

"누구죠?"

마침내 그녀의 목소리가 나왔다.

"누가 이런 짓을 한 거죠?"

"모르겠습니다. 핀들레이가 소리를 지르자 달아났습니다. 크리넌이 에이나와 앵거스를 데리고 뒤쫓아 갔습니다."

도널드가 대답했다. 이어서 그녀가 물었다.

"혼자서 했단 말인가요? 그자가 어떻게 안에 들어왔지요?"

수사 한 사람이 옷자락을 펄럭이며 복도를 급히 걸어오고 있었다. 가쁜 숨을 몰아쉬며 다가온 그는 나무 몽둥이를 들고 있었다.

"세 명이었습니다, 전하. 수사 두 명이 심하게 맞았지만 다행스럽게도 회복될 거 같습니다."

그는 그녀를 유심히 쳐다보았다.

"전하, 뭐 필요한 게 있으십니까? 어지러우신가요?"

"아니오."

사실은 그렇지 않았다. 그녀는 충격과 분노와 슬픔으로 쓰러질 것 같았다. 꼿꼿이 서 있기 위해서는 문틀을 붙들고 있어야만 했다. 햇불빛 속에서는 그녀가 떨고 있는 게 아무에게도 보이지 않을 것이다.

"고마워요."

한참 후에야 그녀는 이렇게 인사했다.

"그런데 그들이 노린 건 전하일 겁니다. 난 코도어로 돌아가서 왕께 알려야겠어요."

"지금 말씀입니까?"

믿을 수 없다는 듯 원장의 두 눈이 휘둥그레졌다.

"그래요, 지금 당장! 우물쭈물할 시간이 없어요."

그녀는 크리넌을 돌아보았다.

"말에 안장을 얹어요. 옷을 입는 대로 떠날 거예요. 그래도 하루하고 반나절은 걸리겠지요. 그들이 더 빨리 움직이지 않기만 바랄 밖에요."

"다른 사람들은 육로로 보내지요."

크리넌이 말했다.

"여기서 가장 빠른 길은 동쪽으로 15킬로미터 거리에 있는 세인트 콜맥 항구까지 말을 타고 가서 배를 타고 타뱃 네스를 돌아 모레이 만을 건너는 겁니다. 거기서부터는 아더지어에서 말을 빌려 코도어까지 타고 가고요. 지금 떠나면 정오까지는 도착할 겁니다."

"아주 좋아요!"

안도감이 밀려왔다. 우리들은 제때 도착할 것이다! 그녀는 맥베스에게 경고해줄 수 있게 됐다.

"그렇게 하지요! 말도 준비를 시키세요."

그리고 그녀는 방으로 들어가 문을 닫았다. 예의 같은 것을 차릴 시간이 없었다. 나중에야 그녀는 핀들레이 생각이 났다. 원장에게 그에 대해 얘기를 하고 이곳 편에 그를 묻어달라고 부탁할 것을 그랬다 싶은 생각이 들었다. 그녀 자신의 볼 일은 얘기도 꺼내보지 못했지만 다음 기회가 생길 때까지 미룰 수밖에 없었다. 그녀가 직접 다시 올 수도 있고 아니면 사자 편에 돈을 보내서 수사들에게 핀들레이의 영혼을 위해 기도하고 그의 무덤도 돌봐달라고 부탁할 수도 있을 것이다.

그녀는 옷을 다 입고 머리를 뒤로 모아 급히 땋았다. 더이상은 시간이 없었다. 자정에서 30분이나 지났다. 원장이 창백한 얼굴로 대문 앞에서 기다리고 있었다. 크리넌은 말을 준비해 놓고 그 옆에 서 있었다.

"하느님께서 보살펴주실 겁니다."

원장이 진심으로 말했다.

"저희가 핀들레이를 묻어주겠습니다. 걱정 마세요."

"고맙습니다."

그녀가 고마움을 표했다.

"저도 여러분과 함께 기도하겠습니다. 왕께 위험을 알리고 나면 좀 더 구체적으로 감사를 표시하겠습니다. 그동안 원장님께서 기도해주시겠지요. 평안하십시오."

원장이 라틴어로 그녀의 안전을 비는 기도를 중얼거리며 허공에 성호를 긋는 동안 그녀는 말에 올라탔고 크리넌이 그 뒤를 따랐다. 그들은 반도를 따라 동쪽으로 쉬지 않고 달렸다. 바다에 아주 가까이 붙어 달렸기 때문에 하늘의 빛이 들쭉날쭉한 땅과 잇닿은 바다로부터 반사되어 길을 가는 게 어렵지 않았다. 세인트 콜맥은 오래 된 항구였다. 픽트 족이 예수가 태어나기 이천 년 전에 그곳에 정착했었다. 배는 쉽게 찾을 수 있을 것이다. 맑은 빛 속에서 길은 아주 또렷하게 드러났다.

그들은 말없이 달렸다. 말의 목 쪽으로 몸을 기울여 말을 재촉하며 눈으로는 길에 난 바퀴자국이며 웅덩이를 찾았다. 10킬로미터쯤 달려 언덕 하나를 오르자 바다가 은으로 만든 방패처럼 그들 앞에 놓여 있었다. 거울처럼 고요한 바다는 여름 하늘의 빛을 반사하고 있었다. 북쪽으로 바다 건너에는 서더랜드의 산들이 그 뒤에서 막 떠오르려고 하는 태양빛을 받아 가장자리에 불을 두르고 검자주빛으로 솟아 있었다. 그 고요 속에는 바람 한 줄기도 없었다. 그 풍경이 너무나 아름다워 그루어크는 잠시 긴급함과 두려움을 잊었다. 광대하고 빛나는 밤이 그 장엄함으로 그녀를 덮어버리고 그녀의 감각을 무디게 만들었다. 그녀는 그녀의 심장을 멎게 할 정도로 강렬하게 이 땅을 사랑했다. 이곳은 고향이었다. 다른 어떤 곳도 이곳을 대신할 수 없었다.

그러나 크리넌은 앞서서 가고 있었다. 벌써 항구의 만곡부를 향해 긴 언덕을 내려가는 중이었다. 그녀는 항구를 둘러싼 담과 배들의 검은 윤곽을 볼 수 있었다. 그녀는 다시 말을 몰아 그를 따라갔다. 낭비할 시간이 없었다. 그들은 단단한 바닷가를 따라 말을 달렸다. 반짝이는 물은 모래밭에서 물결도 일으키지 않고 물러갔다.

"저 집에서 물어봐요."

가장 가까운 낮은 돌집을 가리키며 그루어크가 지시했다.

"우리가 누군지 말하고 금을 주도록 해요."

그녀는 가죽 지갑에서 돈을 꺼내주었다.

"물가로 바짝 대시오."

그녀가 내는 소리에 잠에서 깬 어부는 아주 열심이었다. 그날 하루 고기를 못 잡을 지도 모르지만 금을 손에 쥐고 있었던 것이다. 어쨌거나 왕비의 분부를 거절할 수는 없는 법이다. 그녀는 어부에게 고맙다고 인사하고 모래 언덕과 바닷풀 사이를 달려 올라갔다가 속도를 내어 얕은 물가로 첨벙거리며 달려 내려가 크리넌의 도움을 받아 배에 기어 올랐다. 크리넌은 배 중앙에 가로질러 놓인 긴 판때기에 앉아 노를 세게 당겼다.

배가 밤의 광휘를 깨치고 나아가는 소리 외에는 아무 소리도 들리지 않았다. 바다는 비단결처럼 매끄러웠고 하늘은 너무 밝아서 별이 빛을 잃었다. 두 시가 넘었을 것이다. 북서쪽 수평선 아래에서는 벌써 새벽의 불길이 붉게 타오르고 있었다.

크리넌은 동쪽으로 뱃머리를 돌렸다. 육지와 평행하게 나아가면서 타뱃 네스를 매우 근접해서 돌고, 코도어로 가서 맥베스에게 위험을 알리기 위해 남쪽으로 모레이 만을 다시 건넜다.

"누굴까?"

세인트 콜맥을 떠난 후 처음으로 입을 열어 그녀가 말했다.

"애톨 가문의 누군가가 아직도 권력에 집착하는 걸까요?"

"그럴지도 모르지요."

노를 더 세게 당기며 크리넌이 언짢은 목소리로 말했다. 노와 배가 환하게 빛나는 물을 가르며 속도를 냈다.

"누가 알겠습니까, 맬컴 노인이 자기 핏줄에게 왕관이 계속 물려지도록 악마에게 돈을 주었는지 말입니다."

"맬컴은 죽었어요."

그녀가 일깨웠다.

"덩컨도요. 그는 맥베스의 이름이 투표에 부쳐지기도 전에 핏거브니 전투에서 죽었어요. 에드워드말고는 그 누가 그 자리에 잉글랜드의 왕자를 앉히고 싶어하겠어요?"

"에드워드면 충분하지 않습니까? 그리고 맬컴이 에드워드의 궁정에서 자랐다고는 해도 자신을 잉글랜드인이라고 하지는 않을 걸요."

그는 노를 물 속에 깊이 넣고 자기 몸무게를 온통 실어서 노를 밀었다.

그의 말이 옳았다. 맬컴이 온다면 군대를 끌고 오지, 한밤의 살인자와 함께 오지는 않을 것이다. 도덕적인 문제는 차치하고라도 그런 식으로는 결코 왕관을 얻을 수 없을 테니까. 평의회에서는 몰래 숨어들어온 사람을 왕으로 추대하지 않을 것이다. 그리고 맥베스는 모두의 사랑을 받고 있었다. 스코틀랜드가 과거 어느 때보다도 국경을 더 멀리 확장했기 때문이었다. 그는 거의 한 세대 동안이나 이 땅에 평화를 유지해왔고 부도 가져왔다. 맬컴과 덩컨이 일으켰던 전쟁을 치른 후라 그것은 정말로 큰 축복이었다.

이번 사건은 누군가 개인적인 이유에서 저지른 것이었으며, 마음 깊이 간직한 질투나 실제로 저질러진 것은 아니지만 그럴 거라고 믿은 죄에 뿌리를 둔 증오에 기인한 것이었다. 그녀는 애톨 가에 대한 생각으로 돌아갔다. 맥베스가 로마로 갔을 때 반란을 일으킨 건 그들이었다. 그녀는 맬드리드와 도더, 그리고 그들의 부하들을 처형하지 않을 수 없었다. 그 일을 돌이켜 생각하는 것은 고통이었다. 그녀는 정말로 그렇게 하고 싶지 않았으나 처벌의 필요성에 대해서는 결코 의심하지 않았다. 단 한 번이라도 반역을 용서하게 되면 왕은 다시는 자기 침대에서도 편안히 쉴 수 없을 것이다.

그들은 그 점에 있어서는 생각이 거의 같았다. 반짝이는 바다가 그들 주위에 펼쳐져 있었다. 물이 해변과 만나는 곳에서만 파도가 일 뿐 바다는 밝아지는 하늘에서 퍼지는 빛을 받으며 비단처럼 고요했다.

도더는 젊었다. 그녀는 도더의 얼굴과 기다란 금발머리를 기억할 수 있었다. 그녀는 용기가 있었다. 아무도 그것을 부정할 수 없을 것이다. 그리고 증오도 품고 있었다. 많은 남자들이 그녀를 흠모했으나 그녀는 결혼하지 않았다. 크리넌처럼 그도 결혼하지 않았다. 그녀는 그들 모두를 거절했다. 그녀가 원했던 유일한 남자는 모레이 가 사람이었는데 그녀의 아버지가 허락하지 않았다는 얘기가 있었다. 어떤 떠돌이 음유시인의 상상이 비약한 것이리라. 어쩌면 누군가가 그녀를 위해 복수하고 싶어했는지도 모른다.

"맥베스가 로마에 갔을 때 그 일이 반란이라고 생각해요?"

그녀가 큰소리로 물었다. 크리넌이 고개를 들었다. 물살이 빨라지고 있었다. 그들 앞에서 모레이 만 전체가 하얗게, 은빛으로 반짝이고 있었다. 세인트 콜맥에서는 완전히 멀어져 전혀 보이지 않았다.

"도더를 위한 거였냐고요?"

그가 천천히 미소 지으며 말했다. 그가 새벽빛을 향해 얼굴을 들었다. 그 순간 그녀는 보았다, 그의 두 눈에 서린 복수심을. 그리고 그녀는 이해했다. 그녀는 어째서 그들이 반짝이며 넘실대는 파도 위에 이렇게 단 둘만 있게 됐는지 그 이유를 깨달았다. 누군가 도더를 위해 복수하고 싶어했다면 그들이 찾는 것은 그루어크이지 맥베스가 아닐 것이다! 그는 희생자였던 적이 없었다. 그건 속임수였다!

그녀는 일어서서 앞으로 몸을 날렸다. 그는 두 손으로 노를 하나 잡느라 조금 늦게 대응했다. 그가 일어설 때 그녀는 몸을 낮추고 그의 몸이 기울어지는 방향으로 자신도 몸을 던졌다. 배는 심하게 흔들렸다. 거의 뒤집어질 지경이었다. 크리넌이 흔들거렸다. 그녀를 내리쳐 물 속으로 날려버리려고 높이 쳐든 노가 허공에서 흔들렸다. 그녀는 다시 그가 있는 쪽으로 돌진했다. 배가 옆으로 기울었다. 크리넌이 두 팔을 허공에서 휘저었다. 그의 정강이가 배의 옆면에 걸렸다. 그의 몸이 꺾이면서 노를 든 채 물 속으로 떨어졌다.

차가운 바닷물이 그를 삼키고 덮어버릴 때 그는 한 번 소리를 질렀다. 그리고는 헤엄을 쳐서 배를 향해 손을 뻗었다. 그녀는 남아 있는 노를 잡고 황급히 젓기 시작했다. 할 수 있는 한 빨리 그에게서 벗어나려고, 배를 붙들려는 그의 손, 한 번이라도 그녀에게 닿으면 그녀를 질식시켜 목숨을 앗아가버릴 것만 같은 그 손에서 벗어나려고 필사적이었다.

그러나 물은 차고 빨랐다. 모든 것을 빨아들여 바위를 향해 동댕이

쳤다. 크리넌에게는 그럴 힘이 없었다. 그 속에서 헤엄칠 수 있는 사람은 아무도 없었다. 그녀도 헤엄칠 수 없으리라는 걸 그는 알고 있었다. 그녀의 치마가 그녀를 물로 끌어들일 것이다.

그녀는 노에 몸을 기대고 숨을 몰아쉬었다. 노를 젓느라 힘이 들어서 어깨가 떨어져 나갈 것 같았다. 그녀만 타고 있어서 가벼워진 배는 이리 돌고 저리 빗나갔다. 제대로 가려면 두 개의 노가 필요했다. 물은 그녀를 끌고 다녔지만 크리넌을 아래로 끌어당기기도 했다. 그녀는 반짝이는 바다보다 그가 훨씬 더 무서웠다.

그녀는 아더지어까지 가지 못할 것이다. 그녀는 그것을 깨달았다. 그러나 물살은 모레이 만이 보이는 이쪽 어딘가에서 그녀를 해변에 올려놓을 것이다. 그러면 낮은 절벽들을 기어올라 세인트 콜맥까지 다시 되걸어가면 된다. 그리고 거기 사람들에게 크리넌이 물에 빠졌다고 설명해야지. 그가 살았더라면 그녀에 대해 말했을 것처럼 꼭 그렇게……. 나중에 다시 집에 돌아가게 되면 맥베스에게 진실을 말할 것이다. 집이라…… 그가 있는 곳이 바로 집이었다. 그러나 케이스네스에서 요크까지 이 땅 전체가 집이기도 했다. 이곳이 가장 환하고 포근한 곳이기는 했지만. 그녀는 스코틀랜드의 여왕이 아닌가?

그녀는 미소를 지었다. 그리고 바다가 그녀를 데리고 가도록 내맡겼다. 둥근 하늘이 떠오르는 태양으로 인해 그 빛이 점점 엷어지고 있었다.

Anne Perry

　　　　　　　　　나는 역사추리물로 새로
운 경지를 개척한 엘리스 피터스를 존경한다. 그녀는 우리에게 먼 과거를 현재만큼이나 박진감 있고 공감을 느낄 수 있게끔 보여주면서 우리가 사랑할 수 있는 인물들을 창조했다. 나는 그녀의 책을 읽을 때마다 함께 있으면 정말 즐거운 사람과 동무하고 있는 듯한 느낌을 갖는다.

　나는 그녀를 기리는 작품 한 편을 쓰고 싶었다. 그리고 내가 아는 한은 아직 누구도 사용하지 않은 역사상의 탐정을 창조하고 싶었다. 나는 상상력을 자극하는 인물, 엘리스 피터스가 좋아했을 만한 인물, 그녀가 다룬 시대에서 그다지 멀지 않지만 캐드펠 수사와는 완전히 다른 인물을 찾으려 애썼다.

　나는 또한 이곳, 스코틀랜드의 하일랜드 지방 북동쪽을 이 이야기의 배경으로 삼은 데 대한 변명도 하고 싶다. 셰익스피어가 우리에게 보여주고 싶어한 모습으로서가 아니라 역사에 기록되어 있는 대로의 레이디 맥베스보다 더 용감하고 동정심이 있는 여성이 어디 있었겠으며, 스코틀랜드가 남쪽으로 요크셔와 랭커셔까지 뻗어 있던 때, 스코틀랜드의 마지막 왕에게 그녀보다 더 어울리는 아내가 어디 있었겠는가.

　이곳은 맥베스의 나라이다. 코도어는 불과 몇 마일 밖에 떨어져 있지 않다.(덩컨이 살해당했을 때의 핏자국이 있다고 생각되는 그 성은 아직도 300년 후에나 지어질 것이지만!) 당시에는 성 콜맥의 피난처였던 포트머호맥은 실제로는 적게 잡아도 사천 년은 되는 곳이고 맥베스 시대에 번성하고 있었다. 그건 완벽한 답인 것 같았다. 나는 이 작품을 쓰면서 아주 즐거웠다.

앤 페리

해부용 시체 만들기

피터 러브지

"시체들을 없애는 건 내게 문제도 아니었어요. 정말이지 우린 아주 많은 시체를 처리했기 때문에 몇 구나 되는지 세다가 잊어버렸지요."
"열여섯이라던데."
말라서 갈라진 입술이 벌어지더니 벌쭉 웃었다. 열여섯이라니, 농담도 심하시지.

***

"시체들을 없애는 건 내게 문제도 아니었어요. 정말이지 우린 아주 많은 시체를 처리했기 때문에 몇 구나 되는지 세다가 잊어버렸지요."

"열여섯이라던데."

말라서 갈라진 입술이 벌어지더니 벌쭉 웃었다. 열여섯이라니, 농담도 심하시지. 관청에서 말하는 숫자는 언제나 너무 적었다는 건 누구나 다 알고 있었다.

"그 일로 처벌도 받지 않았다면서."

"그건 말하지 않겠어요."

"이러지 마쇼. 당신은 자유의 몸이잖소. 삼십 년이 지났고 당신은 지금 여기 '거만한 공작새' 술집에서 위스키를 마시고 있지 않소."

"고마운 일이죠, 정말."

"개과천선한 거지."

"아, 뭐, 죄가 없지는 않지만 그때 이후론 사람을 죽인 적이 없어요. 그때는 정말 악했지요, 끔찍해요, 정말 끔찍해."

"아직도 그 일로 괴롭소?"

"천만에요."

"정말이요?"

그는 큰 소리로 웃었다.

"맙소사. 만일 그 일을 생각한다면 하룻밤도 편히 못 잤을 겁니다."

그 사람을 찾아내는 일이야말로 말할 수 없이 괴로운 일이었다. 소문으로 그는 지금 옥스퍼드 거리의 걸인이 됐다고 했다. 그러나 1860년에 옥스퍼드 거리에서 어떤 걸인 하나를 찾는 일은 브라이튼의 해변에서 조약돌 하나를 찾는 일과 같았다. 하이드 파크에서 홀번에 이르기까지 거리에는 사회의 낙오자들이 떼를 지어 다니면서 흉터와 불구가 된 팔다리, 보이지 않는 눈과 영양실조인 아기들을 내보이며 행인들에게 자비를 호소하고 동전 몇 푼에 우르르 달려들었다. 그들은 부자들이나 자칭 부자들, 마셜 앤드 스넬그로브와 피터 로빈슨 같은 대형 포목점에 가려고 시골에서 올라온 순진한 사람들을 괴롭혔다.

아침나절 내내, 그리고 오후 시간 대부분을 여기저기 수소문하고 다닌 후에야 그는 히스 모자 가게 밖에서 윌리엄 헤어를 찾아냈다. 은발에 볼품없이 마른 그는 미소를 띠고 구두끈을 내밀고 있었다. 구두끈이 필요 없는 사람들로부터는 동전을 받는 것도 마다하지 않았다. 법원 서기들이 그를 '홀쭉한 몸매에 무시무시하고 악귀같이 생긴 인간'이라고 부른 적이 있지만 노년에 접어든 이 시점에서 그는 누구도 두렵게 만들 것 같지 않아 보였다. 그는 활기에 차서 웃는 얼굴을 하고 아일랜드 사투리로 빠르게 지껄이면서 물건을 사러 나온 사람들의 호주머니 돈을 노리고 치열하게 경쟁을 벌이고 있었다.

헤어가 자신의 악명을 이용하는 것을, 다시 말해 일련의 살인사건을 얘기하는 것을 듣는 일은 멋진 일일 거라고, 최신의 오락거리이며 음악당 밖에서 들을 수 있는 최고의 음악일 거라고 생각되었다. 아일랜드인들이 흔히 그렇듯이 그는 대단한 이야기꾼이었다. 게다가 놀라울 정도로 능란하게 다른 사람들, 특히 그의 파트너였던 버크와 해부학자인 녹스 박사에게 모든 책임을 돌렸다.

물론 그의 얘기를 들으려면 그를 설득해야만 했다. 처음에 그런 부탁을 했을 때 그는 사람을 잘못 보았다고, 자기는 그 사람이 아니라고 했다. 술 한 잔 사겠다고 하자 그제서야 순순히 응했다. 그래서 지금

술집에 있게 된 그는 시간이 갈수록 말이 많아졌다.

"내가 재판을 받을 때였나, 그 직후엔가, 그 유명한 머리 혹 전문가인 쿰씨가 내 머리를 쟀는데, 아시오? 그거 알아요?"

"골상학자 말이군."

"맞아요. 골상학자. 상상력의 혹이라고 하는 게 있는데 내 혹은 놀랍다데요. 경이로울 지경이래요. 워즈워스나 볼테르의 혹보다도 크답디다. 이런 혹을 가진 내게 기회만 있었더라면 멋진 일들을 했을 거라더군요."

"기회가 있었잖소."

"그래요. 그랬지요."

입이 크게 벌어졌다. 그 소리 없는 웃음은 그에게 축복인 동시에 저주였다.

"당신은 다른 이들에게서 기회를 빼앗았소."

"아주 묘하게 표현하는군요."

"그렇게 많은 사람을 죽이고도 살아서 그 얘기를 하는 사람은 하나도 없었소."

그 말에 그는 들리지 않을 정도로 낮은 소리로 말했다.

"그 얘기를 그렇게 자주 하지는 않아요."

"돈을 받지 않으면 안 한다는 거겠지."

그의 얼굴에 뻔뻔스러운 미소가 다시 떠올랐다. 법정에서 그가 끊임없이 지어내던 그 미소는 판사를 불쾌하게 만들고 방청석에서 경멸의 야유가 터져나오게 했었다. 그의 미소는 그를 증오하던 에딘버러 사람들을 격분시켰다.

손에 위스키 잔을 들고 있음에도 불구하고 헤어는 이 새로운 후원자와 있는 게 편치 않은 모양이었다.

"이보시오, 우리가 전에 만난 적이 있던가요?"

"그건 왜 묻지?"

"당신 말하는 투가 친숙해서 그래요."

이 자의 뻔뻔스러움이라니. 그가 저지른 범죄들이 그를 선택된 사람들 중 하나로 만들기라도 한 것 같았다.

"당신은 악명 높아, 헤어. 난 당신에 대해 모든 걸 알고 있소. 그래서 그런지도 모르지."

"다는 모를 걸요. 최악의 것들이야 알겠지요. 하지만 아무도 당신에게 최선의 것들은 얘기하지 않았을 거예요. 신문 기사를 믿어서는 안 돼요. 이상하게 들리겠지만 나는 그 일을 계획하지 않았어요. 상황이 날 그렇게 만든 거라고요, 상황이."

그는 이제 거침없이 말하고 있었다.

"처음 시체는 우리가 죽인 사람의 시체가 아니었어요. 그는 늙은 군인이었는데 내 아내가 웨스트 포트에서 운영하던 하숙집에서 하숙하던 사람이었지요. 그는 자연적인 이유로 죽어가고 있었지요."

이 얘기는 소름끼치는 재미를 느끼게 했다.

"그래서?"

"하느님께 맹세코 그건 사실이예요."

그는 주먹으로 탁자를 치며 주장했다.

"매그와 나는 그의 죽음을 재촉하지 않았어요. 우리는 그가 며칠 더 살기를 바랐어요. 그가 방세를 낼 때가 됐거든요. 사 파운드였죠. 그런데 일 년에 네 번 나오는 연금이 지급되기도 전에 운명이 잔인하게도 그를 하느님께로 데려갔어요. 방세가 들어오지 않으면 무슨 수로 하숙집을 운영한단 말이오?"

"그러니까 상황이란 건 금전적인 거였군?"

"한마디로 말해서 그렇지요. 그 사람은 내가 갖다 팔 만한 걸 아무것도 남기지 않았어요. 내가 관청에 가서 군대에 대고 그 사람 연금을 달라고 할 수도 없잖소. 그 돈을 받으려면 다른 곳에 갈 수밖에 없었지요."

"시체를 팔아서 받으려는 거였군."

헤어는 고개를 끄덕였다.

"다른 하숙인이 있었는데 버크라는 이름의 아일랜드 사람이었죠. 그 사람 이름은 그 후로 악(惡)을 지칭하는 말이 됐지만 어쨌든 그 사람 도움을 받아서 팔았지요. 물론 윌리엄 버크가 천사가 아니었다는 건 인정해요. 하지만 혼자선 할 수가 없었어요. 우리는 도널드 노인을 관에서 꺼내고 무게가 나가도록 나무 한 토막을 넣어서 빈민에 맞는 장례를 치렀지요. 그리고 그날 밤 어두워진 뒤에 시체를 사우스 브리지에 있는 대학으로 가져갔어요. 의학 실습을 위해 기증하려는 생각이었죠."

"팔려는 생각이었다는 거겠지."

"방세를 받기 위해서였어요. 거기 해부학 수업에 시체가 부족하다는 건 에딘버러 사람 모두가 알고 있었죠. 그때, 그러니까 1827년에 그 도시에는 일곱 명의 해부학자가 있었는데 학생들을 가르치기 위해 해부를 했어요. 하지만 그걸론 충분하지 못했지요. 해부학 강의실은 극장 같습디다. 모두 아주 컸고 천장 있는 데까지 학생들이 들어차 있었지요. 한 학기 학생이 오백 명이나 됐다니까요. 그러니 시체를 거래하는 것도 당연하지 않아요? 버크와 내가 무덤을 뒤지고 다녔다는 얘기가 아니에요. 당신들이 우리에 대해 뭐라고 말하든 간에 우리는 결코 그런 일을 한 적이 없어요. 우리가 판 시체는 다 아직 묻지 않은 것들이었어요. 어쨌든 우리는 저절로 죽은 그 시체를 가지고 먼로 교수를 찾아갔어요."

"왜 먼로 교수였지?"

"팔 물건을 가지고 있으면 최고인 사람에게 가는 게 낫지 않겠어요?

"그런데 야릇한 운명의 장난이 있었지요. 우리가 그 전리품을 커다란 나무상자에 넣어 갖고 가서 마당 한가운데에 꺼내놓고 서 있는데 마침 학생 하나가 지나가더라고요. 내가 그 학생에게 해부학부로 가는 길을 물었지요. 거기에 운명이 끼어든 거죠. 그 학생은 그 교수의 제자가 아니었어요. 녹스 박사의 영리한 제자놈들 중 하나였죠. 그는 우리를 카우게이트로, 서전스 스퀘어 10번지로 보냈어요. 경쟁자의 강의실로 보낸 거지요."

그는 몸을 바로했다.

"그게 바로 우리가 그 악독한 녹스 박사의 손아귀에 떨어지게 된 사정이에요. 만일 우리가 처음에 그 교수한테 갔더라면 얘기는 달라졌을지도 몰라요."

"그건 왜지?"

"그때 들은 얘기 때문에 그렇게 됐으니까요."

"녹스 박사가 얘기했소?"

"그 사람 조수들이 했죠. 서전스 스퀘어에 있던 사람들 말입니다. 그날 밤엔 그 늙은 악마를 보지 못했어요. 그자의 학생 세 명을 상대했었죠. 그 사람네 조직은 대단합니다. 학생들 몇이 밤에 당번을 서서 우리 같은 방문객들을 맞고 시체를 사는 거였어요. 아무것도 묻지 않고 말이죠. 칠 파운드 십 실링을 줍디다. 십 파운드를 내라고 계속 우겼어야 했는데 우린 경험이 없었죠. 사실을 말하자면 그 학생들은 우리가 가져간 시체에 아주 만족한 듯했고 우리도 그랬지요. 그런데 그 사람들이 우리 아일랜드인들의 마음을 사로잡는 말을 하는 거예요. '처리할 시체가 있으실 때 또 만나 뵈면 기쁘겠다'는 것 아니겠어요. 하, 그 말에 귀가 솔깃하지 않겠소!"

"'만나면 기쁘겠다'고? 당신들 그 나무상자에 든 내용물을 보면 기쁘겠다는 얘기였겠지."

내 말에 그는 낄낄거리며 웃었다.

"그런데 그날 밤 그 세 학생들이 누군지 아쇼? 그들은 지금 우리나라에서 가장 유명한 외과 의사들이 됐지요. 윌리엄 퍼거슨 경, 토머스 워튼 존즈, 그리고 앨릭잰더 밀러랍니다. 그런데 그들의 교육을 그렇게 훌륭하게 도와줬던 나는 이렇게 거리에서 구걸하는 신세가 된 거죠."

"위스키 한 잔 더 가져올까?"

"싫다고는 않겠어요."

자리에 혼자 남자 윌리엄 헤어는 술 이상의 것을 얻어낼 가능성을 따져보기 시작했다. 그는 술값을 신문사가 내는 게 아닐까 의심하고 있었다. 버크와 헤어의 이야기에 대한 기괴한 관심은 아직도 상당했다. 옛날과 똑같았다. 수요와 공급의 법칙이 다시 작용하는 것이었다. 유명한 범죄에 대한 관심을 가진 신문사라면 이 인터뷰에 상당한 돈을 지불해야 할 것이다. 어쩌면 괜찮은 호텔에서 일주일을 지낼 만한 돈을 받기로 흥정할 수 있을지도 모른다.

"어딜 대표해서 왔는지 말해줄 수 있나요?"

그가 자리로 돌아오자 헤어는 그에게 이렇게 말했다.

"나 자신이요."

"신문사에서 온 게 아닌가요?"

"아니오. 난 흥행사요."

헤어는 화를 내며 일어섰다.

"난 기괴한 걸 보여주는 쇼 같은 덴 안 나가요."

"진정해요. 난 당신을 고용할 의사가 전혀 없소. 그저 위스키를 마시면서 조용히 둘이서 얘기를 나누려는 것 뿐이오."

그는 여전히 서 있었다.

"무슨 쇼를 하시나요?"

거만한 태도로 흥행사는 말했다.

"그건 이 대화와는 전혀 상관없는 것이오. 나는 내 목소리 덕분에 서커스에 고용돼 있소. 북아메리카에서 온 오지브웨이 인디언들의 유랑 서커스단에 사회자이자 강연자이며 해설자로 출연하지."

만일 헤어의 입을 다물게 할 수 있는 사람이 있다면 그건 바로 오지브웨이 인디언 패를 대변하는 사람이었다. 그는 다시 자리에 앉았다.

"그렇다면 내게 뭘 원하는 겁니까?"

"나는 무슨 일이 일어났었는지를 알고 싶소."

"벌써 다 아는 얘기 아닌가요?"

"그건 그렇소. 나는 그 일을 했던 사람에게서 직접 그 얘기를 듣고 싶은 거요. 어떤 방법을 썼는지 말해 주시오. 어떻게 살인을 했소?"

"제발 목소리 좀 낮춰요."

헤어가 말했다.

"난 내 과거를 런던 사람 전부가 알기를 원치 않아요."

그는 과거에, 사람들에게 이름이 알려지는 바람에 고통을 겪을 만큼 겪었던 것이다. 아까보다는 소리를 낮추어서 흥행사가 말했다.

"당신은 늘 그 일은 버크가 앞장서서 했다고 주장했었지?"

탁자 위로 몸을 기울이며 헤어가 낮은 목소리로 대답했다.

"그가 숨을 끊었지요. 그게 사실이에요. 언제나 베개를 가지고 다녔다니까요."

"하지만 당신이 도왔잖소."

"소극적으로만 했지요. 실험 재료의 몸 위에 앉아서 팔다리를 휘두르지 못하도록 했을 뿐이죠. 난 그것도 잘 했어요. 폭력을 쓴 티가 절대 안 났으니까요. 전혀 안 났지요. 그 덕분에 교수형을 면했죠."

"그도 그렇지만 당신의 달변 덕이기도 해요."

헤어는 코웃음을 쳤다.

"당신이 말하는 것을 보면, 당신은 설명을 아주 잘 하는 사람 같군요. 당신이 뭐라든 간에 우리는 전문가였어요. 철두철미했지요. 우리는 아무나 죽이진 않았어요. 세심히 골랐죠. 아무도 찾지 않을 걸인이나 저능아, 불행한 계층의 여자들을 골랐어요. 녹스 박사의 해부대 위에 뉘어놓으면 그들이 어떤 종류의 쓰레기인지는 문제가 되지 않았어요. 그는 그 사람들을 실험 재료라고 불렀지요."

그는 소리내어 웃었다.

"뻣뻣했지요. 그 사람 실험 재료들 말이오. 그가 왕 같다는 생각이 들었어요."

"당신은 당신이 죽인 사람들을 뭐라고 불렀소?"

"우리 탄환이라고 불렀지요. 그들 중 아무도 찾아다니는 사람이 없었다고 방금 얘기했지요? 그 말은 정정하는 게 좋겠어요. 우리 탄환들 중 하나의 딸이 찾으러 온 적이 있었지요. 성인 여자로 창녀였어요. 자기 엄마를 찾으러 왔더군요."

그는 말을 잠시 멈췄다. 말을 멈출 시간을 조절하는 것도 연기의 일부였다.

"그 모녀를 십육 파운드에 팔았어요."

"다른 사람에게 시체를 판 적도 있소?"

"없어요. 녹스 박사에게만 팔았어요. 그에 대해 이 얘기만은 하지요. 그 끔찍한 의사에 대해서는 말을 많이 않겠어요. 그 사람은 자기 명성을 어떻게 지켜야 하는지를 알고 있었지요. 우리가 그에게 가져간 시체 중에 그 도시에서 '미친 제이미'라고 알려진 자의 것이 있었어요. 그자는 조금은 유명했지요. 여름이건 겨울이건 언제나 맨발로 다녔는데 발이 괴상했어요. 말하자면 기형이었지요. 우리가 해부실에 도착해서 그를 나무상자에서 끄집어내자 수위까지 서너 명이 있었는데 모두들 '미친 제이미잖아!'라고 말하더군요. 하지만 녹스 박사는 그 말을 하지 못하게 했어요. 그럴 리가 없다는 거예요. 버크와 나는 입조심을 하기로 하고 돈을 받았지요."

"녹스 박사가 일부러 그랬다는 거요?"

"확실해요."

"왜지?"

"얼마 후에 제이미를 찾는 작은 소동이 있었기 때문이죠. 그의 모친과 누이가 시내를 돌아다니며 묻고 다닌 거예요. 그 말을 듣자마자 녹스 박사는 그 시체를 해부하고 조각난 시체는 여기저기 흩어버리라고 지시했지요. 퍼거슨 씨가 발 두 개를 가지고 나갔고 다른 사람은 머리를 가져갔죠. 혹시 경찰이 찾아오더라도 시체 나머지 부분만 가지고는 미친 제이미의 것이라고 알아볼 수 없도록 말이죠."

대화가 끊겼다. 무시무시한 묘사들도 헤어가 기대했던 만큼의 전율을 일으키지 못했다. 술을 한 잔 더 살 모양인가? 그러나 아니었다.

"그런데 그 많이 남는 장사가 겨우 아홉 달 뒤에 끝나게 된거군."

"당신은 그 사실들을 조사라도 해본 것 같군요."

헤어가 비꼬듯 말했다.

"그렇긴 해도 그건 내 탓이 아니었어요. 난 버크와 문제가 있었어요. 언젠가 한번은 싸웠었지요. 그해 여름에 버크는 폴커크에 있는 자기 처가 식구들을 방문하러 갔었는데 돌아왔을 때 뭔가 수상한 낌새를 눈치챘어요. 나 혼자서 일을 하고 녹스 박사한테 탄환을 가져가 자기한테 말도 않고 돈을 챙겼다고 생각한 거죠. 그 의심 많은 작자는 사실을 알아내려 서전스 스퀘어로 달려갔죠. 그리고는 그들이 내게 여자 시체 하나 값으로 팔 파운드를 지불했다고 하더라면서 화를 내더니 우리 하숙집을 떠났어요. 새 하숙집을 구한 겁니다."

"당신들의 협조에 암운이 드리워졌겠군."

"오래 가지는 않았어요. 버크는 돈이 궁해지자 은근히 다가와서는 새로운 제안을 내놓았어요. 자기 아내의 사촌 하나가 집에 온다는 거였어요. 폴커크에서 만났는데 젊은 여자라더군요. 그는 내가 먼저 일에 나서 주길 바랐어요. 자기 친척이니까."

"그래서 당신이 질식시켰소?"

"그 사람 가족들에게 친절을 베푼 거죠. 십 파운드짜리 탄환이었어요. 하지만 버크는 더 이상 우리집에서 하숙하려고 하지 않았어요."

"그래도 당신들은 다시 일을 시작한 셈이잖소."

입술을 비트는 미소가 그의 얼굴에 떠올랐다.

"함께 몇 건 더 했지요. 그런데 우리의 미친 짓을 끝장 낼 일이 생겼지요. 버크가 나와 내 아내 매그에게 자기 하숙에 와서 할로윈을 같이 즐기자고 초대했어요. 재앙이었지요! 거절할 만한 분별이 있었더라면 좋았을 텐데. 그는 또다른 탄환을 찾아두었는데 도커티라는 늙은 거지 여자였어요. 그 여자는 버크나 나처럼 아일랜드인이었는데 그 파티에 너무나 오고 싶어했죠. 그런데 그의 하숙에는 방이 하나밖에 없었어요. 게다가 그에게는 그레이 가족이라는 하숙인들까지 있었지요. 그들은 마루에 짚을 깔고 잤어요. 어지러운 상황을 정리하려고 나는 그레이 가족에게 그날 밤 우리집에 와 있으라고 했어요. 그래서 그 사람들은 우리집으로 왔지요. 버크와 그의 아내 넬, 그리고 나와 매그, 거기에 도커티 노파만 남게 됐지요. 자, 그래서 모두 술을 꽤 많이 마셨는데 그 노파가 '살인이야!' 라고 비명을 지르지 뭡니까. 이웃사람 하나가 나가서 경찰을 부르더라고요."

"체포당했소?"

"아니요."

그는 또 소리없이 웃었다.

"법의 수호자란 인간들이 어떤지 아시잖아요. 그들은 그 지겨운 합승마차나 마찬가지지요. 필요할 땐 없다고요. 우리에게 문제가 생긴 건 버크가 무능했기 때문이죠. 그레이 가족이 다음 날 아침에 돌아와 보니 시체가 아직도 방에, 그 사람들 자는 짚 밑에 있었던 거예요. 상상이나 할 수 있겠어요? 지옥에서 도망치는 박쥐처럼 그레이가 경찰서로 날아갔어요."

헤어와 함께 앉아 있는 사람은 생각에 잠긴 채 술을 들이켰다. 그는 이 대화를 기록하지 않았다.

"재판에 대해서는 말할 필요 없소. 당신이 교수형을 피하려고 어떻게 증언을 했는지도 말할 필요 없소."

"법 절차를 돕기 위해서였죠. 내가 없이는 기소를 할 수 없었는 걸요. 조금 아까도 얘기했었지만 시체에는 긁힌 자국 하나 없었다니까요."

"당신 머릿속엔 버크보다 뇌가 몇 개 더 들어있나 보군."

"아시다시피 그는 교수형을 당했죠."

"그리고 그의 시체는, 아주 적절한 일이지만, 해부를 하도록 먼로 교수에게 보내졌지."

"예."

헤어는 유쾌하게 말했다.

"그런데 혹시 유해 공개라는 거 들어봤소?"

"유 뭐라고요?"

헤어는 껄껄 웃었다.

"버크는 해부대 위에 뉘어졌을 때만큼 인기 있던 적이 한번도 없었어요. 지혜로운 판사께서 그를 공개 해부해야 한다고 판결했지요. 그리고 사람들에게 그 결과를 보도록 요구했어요. 삼만 명이 해부실을 거쳐갔지요. 에딘버러 시민 거의 전부였을 겁니다. 그 줄이 이 킬로미터 가까이 이어졌으니까요."

"당신 친구는 가죽을 벗기고 소금에 절여 보존되어 통에 눌러 담아

졌지. 당신 말대로라면 학문을 위해서 말이지. 그의 가죽은 조각조각 잘려서 기념품으로 팔렸고. 거기 대학에 가면 아직도 그의 해골을 볼 수 있을거요."

독자를 위해서 말하자면 이 말은 사실이 아니었다. 헤어는 그 말을 좋아하지 않았다. 게다가 그는 그 말에 비난이 들어 있음을 눈치챘다. 그는 강조하듯 힘주어 말했다.

"나도 살기 좋았던 건 아니었어요. 그들은 나도 버크 꼴을 만들려고 정말로 넌더리나는 짓들을 했단 말이에요. 민사 소송이 끝나니까 개별적 법률에 의한 기소를 하더라구요. 그들이 패했지요. 그러나 그건 정신적인 박해였어요. 그리고 마침내 자유의 몸이 되니까 이젠 바깥의 폭도들 때문에 생명의 위협을 느꼈지요. 그들은 나를 죽이고 싶어했어요."

"당연하지."

"나는 변장을 하고 감옥에서 몰래 빠져나와야 했어요. 그리고 남쪽으로 가는 우편 마차에 태워졌죠. 운이 나쁘려니까 승객들 중 한 명이 재판에 하급 변호사로 참여했던 사람이어서 나를 알아보고는 사람들에게 지껄여댔지 뭡니까. 소식이 퍼져나갔어요. 덤프리즈에서는 폭도들의 습격을 받았고요. 정말 추잡한 일이었지요, 정말로. 그래서 잠시 군대에 밀어넣어졌어요. 그런데 거기도 안전하지 못했어요. 결국 당국에서 내 안전을 위해 나를 다시 감옥에 넣었는데 밖에서는 늑대들이 밤새도록 내 피를 달라고 울부짖었지요. 그 사람들을 해산시키느라고 경관이 백 명이나 동원됐다니까요."

"하지만 빠져나왔잖소."

"무장 경호원의 호위를 받았어요. 민병대가 나를 호위해서 국경을 넘게 해줬어요."

"헤어, 당신은 운이 좋은 남자요."

"그렇게 생각하세요? 파멸했다고 봐야지요. 날 좀 보세요. 누가 운 좋은 남자였는지 내 말씀드리죠. 그건 그 녹스라는 똥 같은 인간이에요. 그자는 그 사건에 깊이 관련돼 있었어요. 버크만큼 죄가 있고 나보다 더 죄가 커요."

"왜 그렇지?"

"그 일을 사주한 건 녹스에요, 그렇지 않겠어요? 그자는 모든 걸 알고 있었어요. 그는 열 번도 넘게 우리를 직접 상대했어요. 아, 물론 그자는 그걸 부인했지요. 정말이지, 그 시체들이 어디서 나온다고 생각했겠어요? 막 죽은 시체가, 그것도 시계처럼 규칙적으로 말이에요. 그자가 의사라고 해서 사람들이 속지는 않았지요."

"외과 의사요. 말에 주의해야겠군. 당신이 방금 언급한 사람들은 당신이 조금 아까 폭도라고 불렀던 그 군중이었소."

헤어는 웃었다.

"폭도였는지는 몰라도 어쨌건 그들은 녹스에 대해 다 알고 있었어요. 그들은 캘턴 힐에 모여서 그 작자의 인형을 만들었지요. 그걸 뉴잉턴 플레이스에 있는 그자의 집까지 행진을 하며 끌고 가서는 그 집 마당에서 화형시키고 그 집 창문을 전부 때려부셨다는 걸 나도 알고 있어요."

"그랬었지."

"당신도 들었나요?"

"그렇소."

흥행사가 말했다.

"그리고 그들은 그의 해부 강의실도 습격했었소. 당신처럼 그도 도망쳤지. 포토벨로에 있는 은신처로 숨어들었다고들 하더군. 그러자 사람들은 인형을 또 하나 만들어서 거기 타워 거리 꼭대기에 있는 교수대에 목을 매달았지. 증오의 대상이 된 건 당신뿐만이 아니오."

해부용 시체 만들기 525

"그자는 자기 일자리를 되찾았어요."

헤어가 지적했다.

"같은 해에 그는 서전스 스퀘어로 돌아가서 시체를 해부하기 시작했어요."

"아, 하지만 그는 대학 심의위원회의 조사를 받는 모욕을 당해야만 했지. 위원회는 그의 과거 행적에서 비난받을 만한 것을 하나도 찾지 못했소. 거기에 차이가 있지. 정의라는 게 있다면 당신은 유죄를 선고받아야만 하오. 아니 그랬어야 했소. 녹스 박사는 그 사건에 있어서 면죄를 받았소."

"말도 안 되는 일이죠."

헤어가 중얼거렸다.

"뭐라고?"

"그들은 결코 그를 해고하지 못했을 거예요. 그는 자기 학생들에게 신이었으니까요. 그들은 그 작자를 숭배했다고요. 그의 강의에는 매번 오백 명이 넘게 들어왔어요."

"하지만 그의 경력은 크게 상처를 입었지. 이건 모를 텐데, 그는 그 대학의 석좌교수에 두 번 지원했었지만 두 번 다 떨어지고 말았소. 결국 에딘버러에서의 교수직을 사임할 수밖에 없었고. 그리고 글래스고우로 갔소."

"나는 눈물겹게 살게 되고요. 그자가 고벌즈 지역의 빈민굴 셋방에서 피를 토하며 죽었으면 좋겠어요."

"여전히 잔인하군."

"내겐 그럴 만한 이유가 있어요. 녹스 박사는 마지막 시체 값을 적게 쳐주었어요."

"마지막 시체? 무슨 말이요?"

"내가 말했던 그 아일랜드 노파 말이에오. 할로윈 때 죽였다는 도커

티란 여자요. 우린 그 여자 시체를 모든 게 끝장났던 그날 녹스에게 배달했어요. 그걸 없애야 했으니까요. 그랬는데 반값만 줬지요. 나머지는 월요일에 받을 수 있을 거라면서. 나머지 오 파운드는 끝내 못 받았어요."

"그런데 그게 아직도 화가 난단 말이요?"

"모두들 나를 비웃기만 해왔어요……. 오늘 당신은 아니지만."

"지금까지 겨우 술 두 잔 샀는데?"

'지금까지'라는 말이 헤어에게 용기를 주었는지 그는 자기에게 유리하게 설득해보려는 듯 이렇게 말했다.

"내가 당신에게만 털어놓은 모든 세세한 정보들에 대한 대가로 내게 잠자리를 마련할 만한 돈을 주실 수 있나요?"

"그보다 더 좋은 것도 해줄 수 있지. 내가 돈을 주면 당신은 그 돈으로 술만 마시겠지만 나는 당신이 살 곳을 마련해줄 수 있소. 난 해크니에 방을 몇 개 가지고 있소. 초라한 곳이지만 당신이 지금 사는 곳보다는 나을 거요."

"해크니라. 멀지 않은 곳이군요."

"마차를 타고 갈까?"

헤어의 얼굴이 환해졌다.

"좋지요. 그리고 나를 당신 친구나 이웃들에게 소개하고 싶다면 그래도 좋아요."

"그럴 필요 없소."

"나는 살아 있으면서도 '공포의 방'에 전시된 유일한 사람이오. 베이커 거리. 그건 내 또다른 주소예요."

그가 농담을 했다.

"나갈까?"

"당신이 준비됐다면 난 좋아요."

헤어는 남은 위스키를 마시고 일어섰다. 그는 오른손을 내밀어 두 사람 사이의 공간을 더듬었다.

"당신 팔을 잡으면 내게 도움이 될 거예요."

"그러시오."

흥행사는 관심 있는 것 같은 말투로 물었다.

"어쩌다 시력을 잃게 됐소?"

"남쪽으로 온 다음에 그랬죠. 일자리를 얻었죠. 노동일이었어요. 잠시 동안은 모든 게 좋았어요. 다른 사람들과도 아주 잘 지냈죠. 그런데 순전히 허영심에서 동료 한 명에게 내가 옛날 그 유명한 동업자 중 더 똑똑했던 사람이었다고 털어놓았죠. 똑똑하다고 말이에요! 어떻게 됐는지 알겠어요? 나를 죽이려 들더란 말이에요. 석회 구덩이에 던져넣더라고요. 나쁜 놈들! 그때 두 눈을 다 잃었어요. 그 후론 줄곧 떠돌아다녔어요. 내가 가장 유감스럽게 생각하는 게 뭔 줄 아세요?"

"모르오."

그는 또다시 미소를 지었다.

"공포의 방에 전시된 내 모습을 볼 수 없게 된 거예요."

"조심해요. 계단이 있소."

"어디로 내려가는 거죠? 악마와의 회합인가요?"

헤어가 빈정거렸다.

그들은 술집을 나서서 맨 먼저 다가온 마차를 잡아탔다. 동쪽으로 방향을 잡은 마차는 옥스퍼드 거리의 인파와 마차의 물결 속에서 곧 보이지 않게 되었다.

지금까지 묘사된 두 사람의 만남은 그 사건에 대한 설명에 근거해서 꾸며낸 얘기지만 몇 가지 사실을 알리면서 이 이야기를 끝맺고자 한다. 윌리엄 헤어는 1828년에 버크와 공모해서 웨스트 포트 살인사건들을 저질렀으며 1860년께까지 눈먼 거지로 옥스퍼드 거리에서 자주 눈에 띄던 인물이었다.

유명한 해부학자이던 로버트 녹스 박사도 말년을 비교적 평범하게 해크니에서 일반 개업의로, 나중에는 '오지브웨이 인디언들의 유랑 서커스단에서 사회자이자 강연자 겸 해설자'로 보냈다. 그는 1862년에 71세의 나이에 심장마비로 죽었다.

헤어는 그냥 사라져버렸다.

Peter Lovesey

역사추리소설을 쓰는 모든 작가들과 마찬가지로 나는 그녀의 놀라운 성공에 크게 고무되었다. 캐드펠이 TV에 등장하기 훨씬 전부터 그랬다. 나는 우리 두 사람의 책을 출판하던 맥밀런 출판사의 편집장인 조지 하딘지를 통해 그녀가 일찍부터 그 장르를 시도했다는 것을 알고 있었다. 이디스(그는 언제나 그녀를 이렇게 불렀다)는 그가 콜린스사에서 옮겨와 맥밀런의 범죄소설 부문을 맡았을 때 그와 함께 했다. 점심을 먹으면서 그는 놀라운 독창성과 매력이 있지만 좀처럼 시로프셔를 떠나려 하지 않는 작가의 책을 파는 것이 얼마나 어려운지를 걱정스럽게 얘기하곤 했다. 마침내 런던에 어려운 걸음을 했던 이디스를 직접 만날 기회가 왔다. 그녀는 친절하고 다정다감했으며 재미있었다. 성공한 사람의 우쭐해하는 태도는 전혀 없었다.

내가 쓴 범죄소설들은 역사소설이라고 할 만한 것은 못 된다. 나는 운동 경기의 역사에 대한 관심 때문에 빅토리아 시대를 알게 되었고 그 시대의 일들을 즐겨 읽게 되었다. 1970년에 출판된 나의 첫 소설인 『죽음으로 향하다』는 초장거리 경주를 다룬 추리소설이었다. 그 후 일곱 권의 소설을 썼는데 모두 크립 경사를 주인공으로 해서 빅토리아 시대의 오락과 열광적인 관심거리들을 다루었다. 그리고는 1916년에서 1946년 사이를 배경으로 한 '단막 소설들'을 몇 편 썼다. 그 후에는 다시 빅토리아 시대로 돌아가서 황태자인 버티를 아마추어 탐정으로 등장시켰다.

앞의 작품은 1860년을 배경으로 해서 1827년과 1828년에 세간을 놀라게 했던 사건들을 주로 다루고 있다. 그 정도가 내가 갈 수 있는 가장 오래된 과거이다.

피터 러브지

마무르 자프트의 임무 수행

마이클 피어스

그들이 그 방을 나오고 있을 때 네리 왕자가 오언에게 다가와 그의 팔 위에 손을 올려놓았다.
"이보시오."
왕자가 말했다.
"네?"
"성가신 일이 생겼소. 어쨌든 그런 것 같아요. 사실은……."
그는 망설이다가 말했다.
"여자 하나가 사라졌소."

***

"양이오."
관리가 말했다.
"염소예요."
오언이 말했다. 관리는 손가락으로 탁자를 두드렸다.
"전하께선 특히 양을 언급하셨소."
"거긴 양이 없어요. 양이 뭘 먹겠소? 온통 사막인데."
관리는 걱정스런 얼굴이 되었다.
"전하께선 전통적인 베두인식 연회를 생각하신 거요."
"눈알 말이오?"
"뭐라고요?"
"그 사람들은 그걸 먹거든요."
"아니오, 난 그렇게 생각지 않소. 상징적인 연회겠지요. 아니면 흉내 내는 정도의 것일지도 모르고요. 기분 좋게 말이오."
관리는 잠시 망설였다.
"내 생각으로는 전하께서 가재를 좋아하실 것 같소."
"베두인족은 가재를 먹지 않아요."
"그날 저녁 때 아닐까요?"
관리는 희망에 차서 말했다.
"수도원에서요?"
수도원으로의 여행 이야기가 나왔을 때 오언은 회의적이었다.

"전하께서는 뭘 원하시나?"

그는 총영사의 부관에게 물었었다.

"전하의 기독교도 신민들에게 호의를 보여주고 싶어하시지."

"그걸 궁에서 보여주실 수는 없나? 카이로에서?"

이것은 시나이 반도의 바위와 암석 투성이 길을 차들이 애를 먹으며 나아갈 때 전하 자신도 해봤을 법한 생각이었다. 절벽들이 열기를 가두고 있는 탓에, 차창을 모두 열고 그 덕에 들어오는 약간의 바람이 있었어도 기온은 섭씨 50도를 넘었다. 그들은 물론 이럴 줄 알고 있었다. 그래서 터어키 옥의 계곡을 지난 후에 멈춰서서 지도에 나와 있는 바로는 그들이 가는 길에 있는 유일한 오아시스에서 간단히 점심(전하가 말한 '베두인식 연회')을 먹기로 계획했던 것이다.

관리는 창 밖을 응시했다.

"우리, 지금쯤은 거기 도착해 있어야 하는 것 아니요?"

"여기서 잠시 멈추는 게 어떻겠소?"

오언이 제안했다.

"차를 좀 식혀야지요. 난 작은 차를 하나 타고 계속 가겠소."

차가 아니라 낙타를 위해 만들어진 그 길은 절벽을 따라 위태롭게 이어지고 있었다. 도저히 돌아갈 수 없을 것 같은 모퉁이가 한두 군데 있었고 그런 다음에는 거짓말 같이 깊은 계곡으로 곤두박질치는 것이었다. 계곡은 양으로 가득 차 있었다.

"당신들 도대체 여기서 뭘 하고 있는 거요?"

오언이 말했다.

"길을 가는 중이잖소."

그들은 헤자즈 어디쯤에서 카이로에 있는 장으로 양들을 몰고 가는 모양이었다. 관리에게 그런 말을 한 후라 오언은 자신에게 불리한 상황이 전개되는 것을 보고 싶지 않았다.

"보시오."

그가 말했다.

"이 분 후면 전하께서 여기 도착하시오. 그분은 위대하고 강력하시며 엄청난 식욕을 가지고 계시지요. 그분이 도착하셨을 때 여기서 발견되는 양은 모조리 잡아 먹힐 거요."

1분 후에 계곡은 깨끗이 비었다. 급히 걷고 있는 천막 몇 개를 제외하면 아주 불행한 얼굴을 하고 낙타 몇 마리를 끌고 가는 상인 한 명과 한 천막의 입구에 서 있는 황홀할 정도로 예쁜 젊은 여자 한 명이 있을 뿐이었다. 도시의 젊은 여자들과는 달리 사막의 여자들은 베일도 쓰지 않았고 대담하기로 이름이 높았다. 그렇다 해도 그 여자가 그에게 윙크 비슷하게 한 것 같아서 그는 놀라지 않을 수 없었다.

저녁이 다가올 무렵 그들은 점점 좁아지는 개울 상류에서 왼쪽으로 돌았다. 그들 앞에 성 캐서린 수도원의 요새 같은 회색 담과 뾰족한 삼나무들이 나타났다. 그러나 아직 그곳에 닿은 것은 아니었다. 그들은 가파르고 좁은 비탈길을 올라가야만 했다. 비탈길의 한쪽은 간담이 서늘해질 만큼 깎아지른 듯한 벼랑이었다. 거기서 전하는 분별 있게도 차를 내려 걸었다. 그러나 그가 함께 데리고 가야 한다고 고집을 부린 그의 처첩들은 여러 대의 차안에 남아 있었다. 자동차가 힘겹게 비탈길을 오를 때 정말로 한 대가 오르던 길에서 뒤로 밀려 한참 아래까지 내려가고 말았다. 차 안에서 놀란 비명이 터져나왔다. 우여곡절을 겪은 한참 뒤에야 그들은 수도원의 거대한 문 앞에 도착해 담 위에 높이 달린 낡은 종을 울리게 되었다.

그날 저녁, 그들은 오래된 수도원 식당에서 육중한 긴 식탁을 둘러싸고 식사를 했다. 그 식탁에는 몇 세기 전 그곳을 방문했던 십자군 기사들의 문장이 일정한 간격을 두고 새겨져 있었다. 음식은 전하의 미각으로 보면 다소 소박했지만 아랍인의 예의에 맞게 그는 실망을 숨기고 수도원의 역사에 대해 원장과 공손하게 대화를 나누었다.

"육 세기에 성 캐서린을 기려서 유스티니아누스 황제가 세우셨지요."

원장이 말했다.

"그 얘기는 아실 것 같습니다만······."

"안다고는 할 수 없습니다."

"음, 그녀는 어린 순교자였지요. 전설에 따르면 그녀는 막시무스 황제에게 용감하게 맞섰답니다. 너무나 용감해서 황제는 그녀를 바퀴에 묶어 죽이라고 명령했지요."

전하는 충격을 받았다.

"심하군요."

그가 말했다.

"그렇지만 독특하네요. 그렇게 해서 이 수도원이 시작된 거군요?"

원장이 고개를 끄덕였다.

"우리 모두에게 교훈이 되는 얘기군요."

전하가 중얼거렸다.

그들은 수사의 안내를 받으며 버팀벽들을 돌고, 못이 줄지어 박힌 오래된 문을 여럿 지나며 육중하게 드리운 낮은 둥근 천장과 두꺼운 벽으로 둘러싸인 통로를 한참 걸었다. 마침내 그들은 안마당을 둘러싼 베란다로 나왔다. 쇠침대가 하나씩 놓인 작고 흰 방들이 베란다로 통해 있었다. 손님들이 묵을 곳이었다. 일행이 다 들어갈 만큼 방이 많지 않아서 오언은 자기 침낭을 가지고 지붕으로 올라가기로 했다. 그가 카이로에 있었다 해도 했을 일이었다. 1년 중 이맘 때는 밤 기온이 너무 높아서 바람을 쐴 수 있는 기회를 오히려 반기게 마련이었다. 그러나 해발 2,000미터 산중에서의 밤은 확실히 잠들기 어려울 만큼 추웠다. 게다가 아랫방들에서 들려오는 소란스런 소리에 잠들기가 더 어려웠다. 그들은 정말로 시끄럽게 떠들고 있었다. 그러나 마침내 전하의 여자들도 다 잠에 빠져들었고 그도 곧 불편한 잠에 들었다.

한밤중에 그는 갑자기 잠에서 깨어났다. 하늘은 싸늘하게 맑았고 달이 지붕과 작은 탑들을 대낮처럼 환하게 비추고 있었다. 바깥 담 쪽에서 무슨 소리가 들린 것 같아서 그는 무슨 소린지 알아보려고 담요를 뒤집어쓴 채 일어나 앉았다.

놀랍게도 불타는 커다란 바퀴처럼 보이는 것이 지붕을 가로질러 굴러오고 있었다. 그것은 탑 꼭대기를 향해 오다가 잠시 흔들리더니 벽을 향해 곧장 떨어졌다. 잠시 후 그는 그것이 다른 쪽 비탈 아래로 굴러떨어져 부서지는 소리를 들었다.

그는 벌떡 일어나 그쪽으로 달려갔다. 거기 닿아보니 그것은 이미 다 부서져 잠잠했다. 그 지점에서는 절벽이 가파르게 내리닫고 있어서 달빛이 비추고 있었지만 바퀴가 어디에 떨어졌는지 볼 수가 없었.

만일 그것이 떨어졌다면 바퀴가 있었다는 얘기가 된다. 그는 주위를 둘러보았다. 사방이 고요했다. 자기 혼자만 지붕 위에 있었다.

그는 다시 침낭 있는 곳으로 돌아왔다. 환상을 본다는 건 그답지 않았다. 그러나 달리 어떻게 설명한단 말인가? 불에 타고 있건 아니건 간에 바퀴는 지붕 위를 굴러다니지 않았다. 카이로에서는 그랬다. 성 캐서린 수도원이라고 해서 다를 것은 없다고 생각했다.

어쩌면 세 병째의 몽트라셰를 가지고 오라고 한 게 실수였는지 모른다. 그는 네리 왕자의 꾐에 넘어가 그것을 마셨던 것이다. 그는 식사 때 전하의 많은 서출 아들 중 하나인 네리 왕자 옆에 앉아 있었는데 왕자는 우울한 눈으로 주위를 둘러보더니 자기가 마실 음료를 가져오게 했다. 전하 자신은 적어도 공적으로는 엄격한 회교도여서 술을 마시지 않았다. 수도원에서는 때에 따라 손님들에게 포도주를 제공하기도 했으나 그건 그 지역에서 만든 묽고 물 같은 포도주였다. 왕자가 가지고 다니는 술은 확실히 더 나았다. 그래서 왕자와 오언은 둘이 함께 즐거운 저녁 시간을 보냈던 것이다. 그러나 세번째 병의 술을 마신 건 아무래도 실수였던 것 같았다. 그래. 추운 지붕 위에서 담요를 끌어올리며 오언이 중얼거렸다. 분명히 실수였어.

추위 때문이었는지, 지붕 아래 방들에 있는 그 지독한 여자들 때문이었는지, 그는 일찍 일어났다. 뭔가 항의를 하며 목청을 돋운 날카로운 목소리가 또 들렸다. 전하는 저 소동에 대해 뭔가 조처를 취할 것이다. 아마 하렘 담당인 주베르인지 뭔지 하는 그 커다란 누비아인 시종을 부를 것이다. 아마도 그랬는지 소란이 갑자기 가라앉았다.

동이 트기 전, 사위가 잿빛으로 어렴풋하게 밝아오는 시간이었다. 그러나 다시 잠이 들 것 같지 않았다. 그는 침낭을 말아 들고 면도할 뜨거운 물을 얻으려고 부엌으로 내려갔다. 부엌은 검은 눈에 누런 피부의 아랍인 같아 보이지만 아랍인이 아닌 남자들로 가득했다. 수도원의 하인들은 수 세기 전에 루마니아에서 그리로 보내진 왈라키아인들의 후손들이었다. 그들은 자신들의 언어를 잃어버리고 아랍어만 썼다. 또한 흥미롭게도 그들은 자신들의 종교를 잃어버리고 회교도가 되어 있었다. 이는 그들이 지금 있는 곳을 생각해보면 훨씬 더 흥미로운 일이었다. 그들 중 하나가 그에게 더운 물을 따라주었다. 그는 한 구석에 서서 면도를 했다.

면도 후 그는 마당으로 나왔다. 아직 어두웠지만 그가 마당으로 나서자마자 어둠이 갈라지며 햇빛이 한 조각 비쳐들었다. 그와 거의 동시에 회교의 기도 시간을 알리는 사람이 저기 지붕 위 어딘가에서 큰

소리로 외치기 시작했다.

회교의 기도 시간을 알리는 사람이라고? 기독교 수도원에?

그때 그는 깨달았다. 그의 바로 앞에 작은 교회가 있었고 그 옆에 그보다 훨씬 작은 회교 사원이 있었다. 수도원에서 일하는 회교도 하인들을 위해 있는 것이었다. 회교 사원이 기독교의 가장 오래된 장소들 중 하나의 심장부에 사이좋게 나란히 있는 것을 보자 오언은 이상하게도 마음이 편해졌다. 오언은 마무르 자프트, 즉 시나이 반도와 이집트에서 평화와 질서를 유지하는 책임을 맡은 사람이기 때문이었다. 그 지역의 질서에 위협이 되는 것은 이집트 총독의 신민들을 구성하고 있는 다양한 인종적, 종교적 집단, 즉 아랍인과 코프트인, 이탈리아인과 누비아인, 그리스인과 유대인, 기독교도와 회교도간의 긴장이었다.

남자들이 사원으로 줄지어 들어가기 시작했다. 수도원의 하인들뿐 아니라 전하를 포함한 손님들도 들어갔다. 그리고는 바닥에 엎드리기 시작했다.

물론 나중에 수도원의 일상적인 기도가 있었다. 그리고 아침 시간이 한참 지나서야 방문객들은 도서관과 수도원의 보물들을 구경할 수 있었다. 그곳은 삭막한 방이었다. 벽을 따라 줄지어 놓인 노란색 소나무 장롱과 궤짝들로 둘러진 그 방에서는 오래된 책들과 백단향나무, 그밖에 뭔지 알 수 없는 냄새가 풍기고 있었다. 마치 누군가가 값비싼 파리산 향수를 뿌리고 그 방에 있기라도 했던 것 같았다. 오언은 수사들에 대한 전문가는 아니었지만 이건 있을 법하지 않은 일이라고 생각됐다. 장롱과 궤짝들이 하나씩 열리고 아름다운 귀중품들이 꺼내져 그들 앞에 놓여졌다. 그림이 그려진 눈부시게 아름다운 옛날 필사본들, 보석으로 장식한 성서와 성상들은 오래 전에 죽은 러시아의 황제들과 황후들이 보낸 선물이었다. 이 수도원은 서방의 교회가 아니라 동방의 교회와 친밀한 관계를 유지했기 때문이었다.

그들이 그 방을 나오고 있을 때 네리 왕자가 오언에게 다가와 그의 팔 위에 손을 올려놓았다.

"이보시오."

왕자가 말했다.

"네?"

"성가신 일이 생겼소. 어쨌든 그런 것 같아요. 사실은……."

그는 망설이다가 말했다.

"여자 하나가 사라졌소."

그러나 오언이 그 고급 관리에게 갔을 때 그는 그 사실을 부인했다.

"아니, 그럴 리 없을 거요."

그는 공손하게 전하의 의견을 물었다.

"여자가? 아니, 그럴 것 같지 않은데. 하지만 수가 워낙 많으니 실수하기 쉽지. 가서 다시 헤아려보게."

관리는 하렘 담당자와 함께 돌아왔다.

"없어진 사람이 있나, 주베르?"

"없는 것 같습니다."

주베르가 말했다.

"자, 보시오."

오언을 돌아보면서 전하가 말했다.

"틀린 보고요, 분명해요."

네리 왕자는 그 문제에 대해 공개적으로 언급하는 것은 거절했으나 끈질기게 자기 주장을 고수했다.

"하지만 왕자님."

오언이 간했다.

"제가 뭘 더 할 수 있을 거라고 생각하십니까? 전하께서 당신의 하렘에서 없어진 사람이 하나도 없다고 하시면 명백한 증거가 없는 이상 저는 그 말씀을 반박할 수 없습니다."

"내가 증거를 가져오겠소."

왕자가 약속했다. 그는 하렘의 여자 하나와 은밀한 만남을 주선했다.

그녀를 위해서나 오언을 위해서나 은밀한 만남이어야 했다. 그 만남은 그날 오후, 더위가 거대한 무쇠주먹처럼 수도원을 짓눌러서 모든 사람들이 실내로 쫓겨들어간 다음에 이루어졌다. 그러나 괴상한 영국인들은 아직도 돌아다닐지 몰라서 오언은 그보다 훨씬 시적인 성향의 다른 사람들처럼 수도원의 정원을 이리저리 걷기로 했다. 회색의 돌과 붉은 암석 사이에서 정원은 놀라운 초록의 풍경을 이루고 있었다. 초록도 한 가지 색만이 아니었다. 삼나무의 짙은 초록색, 올리브나무의 파스텔색, 봄 잎사귀가 막 나온 아몬드나무의 아름다운 연초록색까지 몇 가지나 되었다.

정원의 호젓한 구석에 조그만 흰 집이 있었다. 그들이 만나기로 한 곳이 바로 거기였다. 오언은 조용히 안으로 들어갔다가 충격에 잠시 멍하니 서 있었다. 그곳에는 사방을 둘러서 가지런히 간추려진 인간의 뼈가 끝없이 쌓여 있었다. 해골과 다리뼈, 팔뼈 등이 모두 깔끔하게 모아져 있었다. 그곳은 수도원의 납골당이었다. 단단한 붉은 암석 지역이라 매장할 장소가 모자라자 얼마 후부터 시체를 파내어 유골을 이 조용한 휴식 공간에 모시게 되었던 것이다.

오언은 뒷문을 조금 움직였다. 그는 또다른 충격을 받았다. 문 바로 뒤에 유골 하나가 의자에 앉아 있었다. 수사복을 입고 있는 그 유골은 손가락 사이에 묵주를 걸고 있었다.

얼마 안 있어 빠르고 가벼운 발소리가 다가오는 것이 들렸다. 문이 조심스럽게 열리고 베일을 두른 날씬한 여자 하나가 미끄러지듯 들어섰다.

"세상에!"

그 유골을 보자 여자가 나직이 중얼거렸다. 틀림없는 아일랜드인의 말소리였다. 오언은 그녀에게 다가갔다.

"괜찮습니다."

그가 말했다.

"납골당일뿐이에요."

"어디서 이 뼈들을 모았을까요?"

여자가 몸을 떨었다.

"아마 어딘가에서 시체를 먹었을지도 몰라요!"

초록색 눈이 오언을 살폈다.

"당신은 마무르 자프트시죠?"

오언은 고개를 끄덕였다.

"저, 저는 여기 오래 있을 수가 없어요. 그 커다란 짐승은 어디에나 눈을 가지고 있어요. 그래서 누알라에 대해서도 알게 된 거죠."

"사라진 사람이 누알라란 여자입니까?"

"그래요. 그가 어젯밤에 들어와서 그녀를 데려가려 했지만 다른 사람들이 그를 들어오지 못하게 막았어요. 그가 나중에 다시 왔는지는 모르지만 오늘 아침에 그녀는 거기 없었어요."

"다른 데 있지 않을까요? 이를테면 여자들 있는 데 말입니다."

"거기엔 없어요."

그녀가 단호하게 말했다.

"전하였던가요?"

그녀는 고개를 저었다.

"그분은 볼 일이 있으면 하렘으로 들어오세요."

그녀가 할 수 있는 얘기는 그것뿐이었다. 그는 몇 가지 더 물어보았지만 그녀는 내내 불안하게 주위를 둘러볼 뿐이었다.

"전 가야 해요."

그녀가 말했다.

"좋습니다."

그는 그녀를 위해 문을 열어주었다. 그러나 그녀는 머뭇거렸다.

"누알라는 착했어요."

그녀가 말했다.

"그녀에게 무슨 일이 생겼다고 생각하고 싶지 않아요."

"아마 아무 일도 없을 겁니다."

그녀는 머리를 흔들었다.

"아, 아니에요."

그녀가 말했다.

"그녀에게 그 일이 일어난 거예요. 그들은 절대로 그런 걸 가지고 도망가게 놔두지 않아요."

"어떤 것 말이죠?"

그녀는 침착하게 그를 응시했다.

"무슨 생각을 하시는 거죠?"

그녀가 물었다.

"네리 왕자입니까?"

"계속 시도하는 사람이 많아요."

그녀가 말했다.

"하지만 결코 성공하지 못하지요."

조그마한 분홍색 새가 문간으로 폴짝거리며 뛰어 들어왔다. 오언은 호기심 어린 새의 모습과 색깔로 미뤄 아마 개똥지빠귀인가 보다고 잠시 생각했으나 그 새는 빨간색이 아니라 분홍색, 주위의 암석들 같은 분홍색이었다. 그리고 이곳에는 개똥지빠귀가 없었다. 아마도 시나이 장밋빛 참새인 게 틀림없었다. 새는 그곳에 잠시 서서 수도복 입은 유골을 머리를 갸웃거리며 바라보다가 날아가버렸다.

"어떤 사람들에게는 괜찮지요."

하렘의 여자가 말했다.

그러나 여기서 어떻게 시체를 없애지? 정원을 지나 돌아오면서 오언은 스스로에게 물어보았다. 아까 납골당에서 본 대로 여기서 사는 수사들조차도 그 일이 어렵다는 것을 알고 있었다. 그걸 묻어? 그러나 이곳의 흙은 얕아서 조금만 파면 곧 바위가 나왔다. 정원을 푸르게 유지하는 것은 그 흙의 깊이가 아니라 그 사이를 흐르는 물이었다. 그렇다면 우물에? 그러나 여기의 우물들은 매우 중요해서 아무도 그 안에 뭔가를 생각 없이 던져 넣지는 않았다. 묻지 않는다면, 그러면 어떻게 숨길까? 이곳에는 두꺼운 문에 무거운 빗장이 달린 쓰지 않는 방들이 많았다. 그러나 어디에 시체를 놓아두건 간에 지상에 있다면 이 더위에 곧 냄새를 풍기게 될 것이다. 수도원 같은 데서는 얼마나 멀리, 빠르게 냄새가 퍼질까? 그런 생각을 하는 것은 괴상한 일이었다. 그러나 어쨌든 오래 걸리지는 않을 것이다. 그렇다면 원치 않는 시체를 처리해야 할 때 어떻게 할까? 이집트에서 사람들이 낡은 쓰레기를 버릴 때 하듯이 시체를 담 너머로 던져버리나? 담 너머로 던져버려?

절벽이 깎아지른 듯 가팔라서 오언으로서는 밧줄 없이 내려갈 수가 없었다. 그는 정원사 한 명에게 밧줄 좀 빌려달라고 했다. 그는 밧줄을 바위에 단단히 묶고 구경꾼들에게 밧줄에 손을 댔다가 그들이 입을지도 모르는 사지 절단의 위험에 대해 인상적으로 자세히 묘사해준 다음 절벽 아래로 내려가기 시작했다.

바위는 회색으로 단단했고 그 위에는 풀 한 포기 나 있지 않았다. 바위에 손을 대자 바위 표면이 너무 뜨거워서 손바닥이 타는 것 같았다. 내려가면서는 그렇게 손을 댈 필요가 없었다. 바위 표면에서 바깥쪽으로 몸을 기울이고 발을 사용했기 때문이었다. 문제는 올라갈 때일 것이다.

내려갈수록 올라갈 일이 점점 더 걱정됐다. 꼭대기에서 볼 때에도 절벽은 대단해 보였다. 그러나 가까이 가자 절벽의 규모와 위험성은 더 크다는 게 확인됐다. 그는 잠시 멈추고 쉬었다. 조금 떨어진 곳에서 절벽 표면에 있는 작은 돌이 갑자기 움직였다. 그것은 돌이 아니라 도마뱀이었다. 완벽하게 보호색을 띠고 있어서 돌이라고 생각했던 것이다.

잠시 쉰 후 그는 아래를 내려다보지 않도록 조심하면서 다시 기어 내려가기 시작했다. 마침내 땅에 발이 닿았을 때 거기서 그를 참을성 있게 기다리고 있던 한 젊은 여자를 발견하고 그는 너무나 놀랐다.

"당신이 혹시…… 아니, 그럴 리가 없지!"

그녀는 물론 누알라가 아니었다. 몇 미터 떨어진 곳에 누알라가, 아니 그녀의 시체가 있었다. 바퀴의 잔해에 묶여 있는 그 시체는 알아볼 수 없을 정도로 까맣게 타 있었다.

"왜 불태워야 했을까요?"

그의 맞은 편에 앉아 있는 여자가 불평했다.

"가져갈 만한 게 하나도 없잖아요."

그녀는 낯이 익었다. 그 순간 기억이 났다. 그 전날 그는 양치기의 야영지에서 한 천막 앞에 서 있던 그녀를 보고 놀랐었다.

"이름이 뭐죠?"

"달릴라예요."

그녀가 말했다.

"여긴 어떻게 왔소?"

그녀가 산자락을 감아 돌아오는 넓고 편한 길을 가리켰다.

"왜 절벽을 내려오셨어요?"

그녀가 궁금해하며 물었다.

"저 여자를 찾고 있었거든요."

오언이 말했다. 여자가 고개를 끄덕였다.

"당신이 마무르 자프트라 그렇군요."

그녀가 말했다.

"사람들이 당신 얘기를 하고 있었어요."

"시체에서 뭐 빼낸 것 있어요?"

"가질만한 게 없다니까요."

"시체가 여기 있다는 건 어떻게 알았지요?"

"양을 지키던 사람 하나가 봤어요. 불타는 천사가 내려오는 것 같았다고 하더군요. 그 사람은 겁에 질려서 야영지로 달려왔어요. 그러자 모두들 두려움에 사로잡혔어요. 신이 일종의 표시로 그걸 보내신 게 틀림없다고들 생각했거든요. 하지만 전 그렇게 생각하지 않았어요. 그렇잖아요. 왜 신이 그런 걸 보내고 싶어하겠어요. 그래서 가서 그게 뭔지 보자고 했지요. 하지만 아무도 같이 오려고 하지 않았어요. 그런데 와보니 정말 괜히 왔다 싶어요. 가져갈 게 아무것도 없으니 말예요. 당신을 만난 것 말고는요."

그녀가 그를 쳐다보며 그렇게 말했다.

"아, 고맙소. 그런데 지금은 좋기만 하진 않군요. 이 시체를 절벽 위로 올려가야 하거든요. 그걸 도대체 어떻게 해야 할는지 모르겠소."

"기독교도들한테 바구니를 빌려달라면 되잖아요."

달릴라가 말했다.

"바구니요?"

"빵을 내려보낼 때 쓰는 것 말이에요."

그제서야 담 꼭대기에 걸려 있던 바구니를 본 기억이 났다. 빵을 담아 내려보내는 일뿐 아니라 유사시에는 사람들을 태워 끌어올릴 수도 있을 만큼 큰 바구니였다. 그런데 끌어올릴 수 있는 권양기 같은 게 있을까?

"고맙소. 당신의 생각은 보잘것없는 남자들의 생각보다 훨씬 앞서 가는군요."

"나도 늘 그렇게 생각해왔어요."

그녀는 그에게 자기가 왔던 길로 나가 수도원까지 가는 길을 가르쳐주기로 했다. 그러나 출발하는 순간, 그녀가 머뭇거렸다.

"오늘 밤 어때요? 어디서 주무시죠?"

"어쩌다 보니 지붕 위에서 자게 됐어요. 그렇지만……"

"괜찮아요."

"괜찮다고요?"

그러나 달릴라는 벌써 저만큼 가고 있었다. 떠나면서 그녀는 바퀴에 묶여 있는 불탄 시체를 마지막으로 한 번 돌아보더니 고개를 흔들었다.

"기독교도들이 하는 짓이란……"

그녀가 말했다.

"그들은 사람을 한껏 이용해 먹고는 더이상 쓸모가 없으면 이렇게 한답니다!"

"주베르."

전하가 엄하게 말했다.

"자네, 안 되겠군. 세지도 못하나."

주베르는 죄송하게 됐으나 때때로 그 숫자가 자기로선 감당 못하게 많다고 아뢰었다.

"나도 알고 있네. 하지만 좀 더 신경을 썼어야지. 마무르 자프트께 너무 폐를 끼쳤지 않은가."

시종은 그 일에 대해서도 죄송하게 됐다고 말했다. 그러나 그의 표정은 말과는 정반대였다. 아마도 바퀴에 대해 생각하고 있나 보다고 오언은 짐작했다.

"전하, 이건 수를 제대로 세고 말고의 문제가 아닌 것 같습니다. 이건 살인사건입니다."

"살인이라고요? 천만에, 아니요. 자살일 거요."

"자살이요? 자신을 바퀴에 묶고 자기 몸에 불을 지른 다음 담 위로 바퀴를 굴려간단 말씀입니까?"

"흥분을 맛보기 위해 그 여자들이 하지 못하는 짓이란 없다오."

전하가 기분이 좋아서 말했다.

"제게 좀 더 많은 것을 말씀해주셔야 할 것 같습니다."

오언이 말했다.

"더 이상은 몰라요."

네리 왕자가 침울하게 말했다.

"그녀는 거기 있었는데 없어졌소."

"왕자님은 물론 그녀를 알고 계셨지요."

"난 그녀가 하렘에 들어가기 전부터 알고 있었소."

"그녀는 부인이었나요, 첩이었나요?"

"첩이었소. 난 그녀가 팔리기 전에 봤었지요."

"어디서 보셨지요?"

"이스탄불의 노예 시장에서였소. 그녀는 굉장히 아름다웠어요. 많은 남자들이 그녀를 소유하고 싶어했기 때문에 기꺼이 많은 돈을 지불하려고 했을 거요. 나도 그랬소. 그런데 어느날 누군가가 그녀를 시장에서 데리고 갔고 나는 그게 전하라는 걸 알게 됐소. 난 그녀를 포기할 수가 없었어요. 그녀도 그걸 원했을 거예요. 그는 그녀에게는 너무 늙은 사람이었으니까. 그녀는 젊음, 사랑을 원했소. 내가 그것을 그녀에게 줄 수 있었는데."

"그녀에게 그런 제안을 했었습니까? 그녀가 전하의 하렘에 들어간 이후에?"

"그럴 기회를 갖지 못했어요. 그 시종이 언제나 거기 있었으니까. 아, 나는 노예들을 매수했고 다른 여자들도 매수했고 전갈도 보냈지요. 그러나 그런 전갈이 그녀에게 닿았는지는 알지 못했어요. 쪽지 몇 개는 전하가 가로챈 게 틀림없어요. 그가 종종 그녀를 야단치곤 했으니까요. 그날도 그랬지요."

"그녀에게 쪽지를 보냈었나요?"

"그렇소. 난 그날 기회가 왔다고 생각했어요. 당신도 알다시피 그들은 방 몇 개에 나누어 들었고 수도 많지 않았는데다가 주베르가 그들을 지키기도 어려운 상황이었으니까. 난 그녀와 만날 약속을 했소."

"어디서요?"

"도서관에서요. 밤에 그 시간이면 도서관에는 아무도 없을 거라고 생각했소. 그런데 누군가 있었소. 촛불빛을 봤어요. 난 어찌해야 할지 몰랐소. 생각을 해봤지요. 그녀가 오면 어쩌지. 그래서 난 문 밖에서 기다렸다오."

"그래서, 그녀가 왔습니까?"

"안 왔어요. 거기 있는데 남자 하나가 밖으로 나오더군요. 하인 중 한 사람이었어요. 그가 촛불을 켜놓은 채 가길래 나는 그가 시중들던 수사 하나가 아직 거기 있나보다고 생각했어요. 그래서 그가 가고 나서도 안으로 들어가지 않고 문 밖에서 기둥 뒤에 숨은 채 기다렸지요.

여전히 그녀가 올지도 모른다고 생각했기 때문이오. 그런데 아까 그 하인이 돌아오는 소리가 들리지 않겠소. 그래서 복도 맞은편 끝으로 가서 숨었지요. 그가 자기 주인을 데리러 왔나보다고 생각했으니까요. 그들이 나와서 어느 방향으로 갈지 모르잖소. 그런데 주인이 있었던 게 아닌지 그는 나가면서 촛불을 끄더군요. 아주 깜깜해진 복도를 따라 저리로 걸어가면서 그가 한숨을 쉬는 소리가 들렸소."

"그래서 그만 오셨습니까?"

"아니요. 거기 있었어요. 그녀가 다시 올지도 모른다고 생각했으니까요."

"다시 온다고요?"

왕자는 잠시 머뭇거리다가 말했다.

"도서관 안으로 고개를 살짝 들이미니까 강한 향수 냄새가 났어요. 나는 그게 어쩌면 그녀의 냄새이고, 그녀가 여기 왔다가 그 하인의 발소리를 듣고는 도망쳤나보다고 생각했던 거죠. 만일 내 생각대로라면 그녀는 다시 돌아올 거라고 생각했어요."

"그런데 왔습니까?"

"안 왔소. 그녀가 올 거라고 기대하면서 새벽 무렵까지 거기서 기다렸어요. 그러다가 그녀가 어쩌면 여기 안 왔는지도 모르겠다고, 아니면 그녀가 날 좋아하지 않는 모양이라고 생각했소. 그런데 내 방으로 돌아왔을 때 여자들이 우는 소리가 들렸어요. 그러자 그녀가 날 만나러 오려고 했다가 주베르한테 잡혔는지도 모르겠다는 생각이 들더군요."

"아, 주베르."

오언이 말했다.

"당신의 임무가 당신에겐 버겁소, 아니면 별 어려움이 없나요?"

"괜찮습니다. 힘든 일이지만 제가 쉽게 해내는지도 모르지요."

"여기 온 후에 당신 임무가 더 힘들어졌지요?"

"뭣 때문에 그렇겠습니까? 이곳이나 궁이나 마찬가지지요."

"하지만 장소가 달라지면 물건을 배치하는 것도 달라지지 않소."

"그 말은 맞습니다."

"그리고 사람들도 다르게 행동하고요."

"그럴 수도 있지요. 무슨 말씀을 하고 싶으신 겁니까?"

"그 여자 말이오. 그녀가 그날 밤 여느 때와는 다르게 행동하던가요?"

"그랬을 겁니다."

"당신은 모든 걸 다 보는 사람 아니오. 그녀가 다르게 행동했다는 걸 알고 있었소?"

그 커다란 시종은 선뜻 대답을 하지 못했다.

"아니면 그녀가 그럴 수만 있었으면 다르게 행동했을 거라는 걸 알고 있었던가. 당신은 그녀를 막지 않았소, 주베르?"

"전 그날 밤 그녀를 보지 못했습니다. 아니, 그녀가 자기 방으로 갈 때 보긴 했지요. 그날 밤에는 말씀하신 것처럼 배치가 달라졌으니까요. 그래서 여자들이 모두 정해진 장소에 안전하게 들어가는지 확인하고 싶었지요. 그녀가 방에 들어갈 때 봤습니다. 그러나 그 후로는 보지도 못했고 얘기를 하지도 않았습니다. 그녀와 어떤 일도 없었습니다."

"그리고 아침에 그녀가 없어진 걸 알았나요?"

"여자들이 떠드는 소리를 들었지요. 저는 다른 집에 손님으로 와서 잘하는 짓이다 싶어 경고하러 들어갔었지요. 그때 그들이 그녀가 없어졌다고 말해 주었습니다."

"그래서 어떻게 했나요?"

주베르는 그의 얼굴을 똑바로 바라보았다.

"네리 왕자님 방으로 갔습니다."
"왕자님을 봤소?"
"그렇습니다."
"여자는 못 보고요?"
"못 봤습니다."
시종이 잠시 말을 멈추었다.
"왕자님께선 방에 막 돌아오신 참이었지요. 그러니 그날 밤 그녀가 자기 방을 나간 후에 그녀에게 무슨 일이 일어난 건지 알고 싶으시다면 왕자님께 질문을 하셔야 한다고 생각합니다."

여행자 하나가 마당으로 들어와서 낙타에게 무릎을 꿇게 하고 있었다. 한쪽 다리를 안장의 앞머리 위로 휙 넘기다가 그는 오언을 보았다. 그는 낙타에서 내려오자 그에게로 왔다.
"선생님, 정말 운 좋게 만났습니다."
"어째서 그렇소?"
"선생님, 전 도움이 필요합니다."
"무슨 일이죠?"
남자는 바닥에 쪼그리고 앉았다. 오언도 그 옆에 앉았다. 긴 얘기가 될 모양이었다.
"선생님, 요 전날 저기 도둑놈들 소굴로 차를 타고 오셔서 양들을 치우라고 명령하시는 걸 뵈었지요."
"아, 예. 나도 당신을 봤소."
오언은 그제서야 그를 알아보았다. 천막들 사이에서 낙타 몇 마리를 끌고 가던 그 상인이었다.
"어떤 도움이 필요하신가요?"
"선생님, 선생님께선 곧 오셨던 곳으로 돌아가실 테지요. 전 선생님과 함께 돌아가고 싶습니다."

"그렇지만 우리는 차를 타고 가고 당신은 낙타를 타고 가지 않소."

"선생님, 전 낙타들을 남겨두고 싶습니다. 나중에 와서 끌고 가면 되지요. 저를 선생님 차에 태워서 데려가 주십시오."

"이건 중요한 행렬이오."

"알고 있습니다."

걱정스런 표정으로 상인이 말했다.

"그렇지만 전 꼭 그래야 합니다. 가장 작은 자리라도 좋습니다."

"왜 꼭 그래야 하지요?"

남자는 잠시 망설였다.

"선생님, 그 악당들하고 같이 있었다니 제가 어리석었습니다. 거기 여자가 하나 있는데 그 여자가 저를 자기 천막으로 들어오라고 유혹했어요. 전 기꺼이 들어갔죠. 베두인 여자들은 매우 친절하다고 생각했으니까요. 그런데 나중에 그녀의 남자 식구들이 와서 말하는 거예요. '처녀를 망쳐놨으니 결과를 책임져야 한다' 고요."

"그 여자가 처녀였다니, 그럴 것 같지 않은데요."

"제 생각도 그렇습니다. 그런데 그들이 이렇게 말하더군요. '이 여자와 결혼을 하든지 여자 가족에게 보상금을 지불해야 한다' 고 말입니다."

"지불하세요. 그게 가장 현명할 것 같군요."

"할 겁니다. 그런데, 그런데 전 아직 일을 보지 못했습니다."

"직업이 뭡니까?"

"전 터어키 옥을 가지고 다니면서 팝니다."

"터어키 옥을 판다구요? 이 산 속에서요?"

그러고 보니 생각이 났다. 한때는 여기 어디선가 옥을 파내지 않았던가? 그러나 그건 아주 오래 전, 파라오 시대의 얘기였다. 아직도 그런 작업을 하지는 않을 것이다. 어찌 됐건 생각해보니 터어키 옥의 계곡은 그들 뒤에 있었다. 그곳을 지나왔던 것이다. 그러나 상인이 여기서 뭘 하는 거지?

"그런데 무슨 일로 이렇게 멀리까지 왔지요?"

"전 다른 상인을 대신해서 짐을 하나 가지러 왔습니다."

있을 수 있는 일이었다. 상인들은 언제나 이런 식으로 서로의 부탁을 들어준다.

"그래서 무엇을 원하시오?"

"선생님과 함께 가는 겁니다. 그 나쁜 놈들이 절 붙잡아서 제게 나쁜 짓을 못하게요."

"글쎄요, 할 수 있는 방법을 알아보지요. 그렇지만 그 사람들하고 해결을 보지 못한 채 도망가면 다시는 이 산 속을 여행하지 못할 겁니다."

"그런 일은 참을 수 있습니다."

사방에 솟아 있는 단단하고 붉은 산을 둘러보며 상인이 말했다.

담요를 한 장 더 얻어두는 등 미리 대비를 했음에도 불구하고 지붕 위에서 자기에는 여전히 추웠다. 선잠이 들었던 그는 발자국 소리를 들었다. 맨발인 듯 거의 들리지 않을 정도로 조용한 발소리였다. 발소리의 주인은 잠시 망설이는 듯 서 있더니 그에게로 곧장 다가왔다. 가까이 다가온 그 사람이 그에게 몸을 굽혔을 때 그는 그 사람에게 달려들어 팔과 목을 잡고 비틀어서 바닥에 쓰러뜨렸다.

"아!"

달릴라였다. 오언은 그녀를 놓아주었다.

"아니 여기서 뭘 하는 거요?"

"당신을 만나러 왔지요."

담요 속으로 기어들어오며 달릴라가 말했다.

얼마 후, 이제는 따뜻해진 담요 속에서 달릴라가 부드러운 몸을 그에게 찰싹 붙이고 있을 때 그는 바로 누워서 별들을 올려다보았다. 하늘을 배경으로 포탑이 검게 보였지만 규칙적으로 오르내리는 톱니 모양의 탑 가장자리는 달빛에 뚜렷이 드러났다.

"여긴 어떻게 올라왔소?"

오언이 물었다.

"바구니를 타고 왔어요."

이 수도원의 안전 체계에 문제가 있는 게 분명했다.

"당신 발소리를 들었소."

오언이 말했다.

"전 이리로 곧장 올라오지 않았어요."

달릴라가 말했다.

"한번 주위를 살펴보는 게 좋겠다고 생각했지요. 그런데 제가 뭘 봤는지 아세요? 그 망할 놈의 상인을 봤지 뭐예요!"

"그 사람 오늘 오후에 왔어요. 내게 차 좀 태워달라고 했어요. 어떤 여자가 그를……. 달릴라! 설마 당신은 아니겠지요?"

"제가 그 일과 어떤 관련이 있을 수도 있어요."

그녀가 적당히 둘러대었다.

"그는 당신과 결혼하지 않고 달아나려고 할 거예요!"

오언이 경고했다.

"결혼이요?"

달릴라가 경악하며 말했다.

"누가 결혼 얘기를 했대요?"

"당신이 했겠지요. 아니면, 당신 남자 식구들이 했겠지요. 결혼하든지 보상을 해라, 그랬다더군요."

"아, 그건 맞아요. 그는 돈을 내놓을 거예요, 그렇겠죠?"
"그는 한 푼도 가진 게 없다고 했소."
"그 늙은 욕심쟁이가요?"
달릴라가 코웃음을 쳤다.
"그 사람, 돈은 많아요. 우리는 여기 산 속에서 그 사람을 오래 전부터 봐왔어요. 언제나 무슨 일인가를 보러 오가는 중이었지요. 지금도 그래요. 틀림없어요. 한밤중에 누굴 만나는 걸까요? 짐꾸러미를 어딘가에 전달하려는 걸까요? 그게 뭔지 그는 말하고 싶어하지 않아요. 확실해요!"
"그 짐 얘기는 뭐죠?"
"누군가가 그에게 줄 거예요."
"수사일까요?"
"아니요, 저 소름끼치는 하인들 중 하나예요. 그들은 아랍인처럼 보이지만 아랍인이 아니에요. 우린 그들을 조금도 믿지 않아요. 그 사람도 믿지 않지요."
달릴라가 험악한 목소리로 말했다.
"그 망할 놈의 상인 말이에요."

"그래, 일은 보셨소?"
오언이 물었다.
"일이요?"
상인은 놀란 것 같았다.
"아니오, 아직 못 봤습니다."
"짐은 받았겠네요."
"짐이요?"
"다른 상인을 대신 해서 짐을 받아갈 거라고 했지 않소?"

"아, 예."
"그걸 가져갈 생각이었소? 우리와 함께 떠날 때?"
"그랬지요."
"그렇다면 중요한 짐이겠군요?"
"그리 중요한 건 아닙니다. 자잘한 장신구 몇 개죠."
"장신구 몇 개를 위해 오기에는 먼 거리인 것 같군요. 그런 것들이 아니라 뭔가 더 귀중한 것이 들어있는 것 아니오? 터어키 옥 같은 것 말이오. 당신은 터어키 옥 장수가 아닙니까?"
"터어키 옥은 들어있지 않습니다."
"뭐가 들었을까요? 보고 싶군요."
오언은 대답을 기다렸다.
"볼 필요가 있을 것 같소."
그는 은근히 압박을 가했다.
"그래야 우리 행렬에 그 짐을 끼울 수 있을 테니까요."
"어쩌면 전 선생님과 가지 않을 것 같습니다."
상인이 말했다.
"그래요? 유감이군요. 오늘 아침에 당신의 적들이 대문 밖에서 기다리는 걸 봤거든요. 우리 일행은 막강하지요. 이런 일행은 또다시 없을 겁니다."
상인은 땀을 흘리기 시작했다.
"그 짐은 중요한 게 아닙니다."
그가 웅얼거렸다.
"그렇다면 좀 봅시다. 보자고요."
오언이 되풀이 말했다. 그의 목소리가 엄격해지고 있었다.
"나는 마무르 자프트요."
마지못해서 상인은 짐 꾸러미를 풀기 시작했다. 안에는 오래된 아름다운 성찬배가 들어 있었다. 그 가장자리는 보석들로 반짝거렸다.
"이게 자잘한 장신구란 말이오?"
상인은 마른침을 삼켰다.
"그렇게 말해야만 했어요."
그가 우는 소리로 말했다.
"전 입을 다물고 있어야 했으니까요."
"누가 그렇게 시켰죠?"
"이걸 제게 준 사람들이 그랬습니다."
"그들이 누구요?"
"저기…… 저기…….."
남자의 입이 바짝 말랐다.
"수사들입니다."
갑자기 좋은 생각이 난 듯 그가 말했다.
"그래요, 수사들이 이걸 줬습니다."
"조심하시오!"
오언이 경고했다.
"내가 그들에게 물어볼 거요."
"그들은 말을 안 할 겁니다. 이건 수도원과 카이로에 있는 거물들 사이의 은밀한 거래니까요. 그들은 이 일이 알려지는 걸 원치 않을 겁니다."
"그래, 그들이 이걸 당신에게 줬단 말이죠?"
오언이 믿어지지 않는다는 듯 말했다.
"은밀히, 한밤중에 말이죠?"
"아무도 모르게 하려고 그랬지요."
상인이 계속 주장했다.
"말해보시오. 누가 건네줬소?"

"수사들입니다. 이름은 모르……."
"이름을 대시오!"
오언이 말했다.

"말해보게, 로버트."
오언이 말했다.
"그 성찬배가 어디에 보관돼 있었지?"
갈색의 두 눈이 흔들림 없이 똑바로 그를 응시했다.
"도서관입니다. 수도원의 보물들은 거기 보관해 둡니다."
"나도 도서관을 봤네. 보물들은 튼튼한 궤짝에 넣어두지 않나?"
"그렇습니다."
"그리고 그 궤짝들은 잠가둘 텐데?"
"그렇습니다. 그러나 전 열쇠를 가지고 있습니다. 언젠가 밀랍으로 본을 떠서 그 상인에게 주었지요. 그걸로 열쇠를 만들 수 있도록 말입니다."
"그러면 전에도 수도원 물건을 훔친 적이 있나?"
하인은 대답이 없었다.
"됐어. 다른 것들 좀 알고 싶네. 도서관에 들어가서 성찬배를 꺼내온 게 언제였지?"
남자는 입을 꼭 다물었다.
"내가 말해줄까?"
오언이 말했다.
"그저께 밤이었지. 숨기려고 해도 소용없네. 본 사람이 있으니까."
남자가 어깨를 으쓱했다.
"뭐, 그렇다면 본 사람이 있는 거지요."
그러나 그는 떨고 있는 것 같았다.

"말해보게."

오언이 말했다.

"전하께서 오신 날 밤이었습니다."

남자가 마지못해 입을 열었다.

"전 그때가 좋은 기회라고 생각했습니다. 도착하시면서 아주 소란스러워졌으니까요."

"자넨 도서관에 들어갔어. 거긴 어두웠으니까 촛불을 켰지. 그리고 궤짝을 열어서 성찬배를 꺼냈지. 자, 내가 알고 싶은 건 이걸세. 언제 그 여자가 들어왔지?"

"여자요?"

"자네가 성찬배를 꺼내고 있을 때 들어왔나?"

"거기 여자가 왔었다는 걸 어떻게 아십니까?"

"누군가 자넬 봤고 그 여자의 향수 냄새도 맡았네."

로버트는 한참 동안 말이 없었다.

"그렇습니다."

마침내 그가 말했다.

"그 냄새가 문제였습니다. 그녀에게서 장미 향수와 사향 냄새가 났습니다. 그게 제 신경을 건드렸습니다."

"그녀는 누군가 다른 사람을 기다리고 있었네."

오언이 말했다.

"그런데 그 사람 대신 자네를 본 걸세."

"그녀는 놀라서 소리를 지르려고 했습니다. 그렇지만 제가 그 여자의 목을 졸랐지요. 그녀는 살려달라고 했습니다. 제가 기독교도라고 생각한 모양이지요. '난 기독교도가 아니야.' 제가 말했지요. '그리고 행실 나쁜 여자는 어떻게 해야 하는지 알고 있어.'"

"도둑질하는 장면을 들켰을 땐 더 그렇겠지."

로버트는 어깨를 으쓱했다.

"남자는 살아야 하는 법이죠."

그가 말했다.

"여자도 그렇지. 그녀를 왜 바퀴에 묶었지?"

"그 여자를 어떻게 처리해야 할지 몰랐습니다. 수도원 안에는 시체를 오랫동안 들키지 않고 숨겨둘 수 있는 곳이 없습니다. 묻을 땅도 없고요. 담 너머로 던져버리면 다음날 아침에 사람들이 찾아내지 않겠습니까."

그는 자기 발을 내려다보았다.

"그녀가 이런 말을 했습니다. '여기는 신성한 곳이에요. 여기서 나쁜 짓을 하면 하느님께서 당신을 더 가혹하게 벌하실 거예요.' 이렇게요. 그래서 제가 말했지요. '넌 이곳을 선택하지 말아야 했어. 나도 그렇고.'"

"그랬더니 이러더군요. '여긴 성스런 여자의 이름을 딴 곳이에요. 만일 여기서 여자에게 나쁜 짓을 하면 이 수도원이 복수를 할 거예요.' 하지만 전 마음을 굳게 먹었지요. 그녀를 놔주면 제가 발각될 테니까요. 그때 이런 생각이 들었지요. 옛날 사람들이 성 캐서린에게 했듯이 이 여자를 바퀴에 묶자. 시체가 훨씬 더 멀리, 어쩌면 절벽 너머까지는 굴러가지 않겠나. 사람들이 보더라도 그걸 기적이라고 생각하고 그게 신이 하신 일이지 인간이 한 일이라고는 믿지 않을 거라고요."

"정말 잘 해결됐소!"

다음날 차를 타고 산 속을 되돌아 나올 때 전하가 진심으로 말했다.

"성찬배가 없어진 걸 알기도 전에 그걸 그들에게 돌려주었으니 말이오. 그게 봉사라는 것이지요! 내가 나의 기독교도 신민들을 어떻게 돌보는지 그 일로 확인이 된 거요."

오언은 고개를 돌려 그들 뒤로 길게 이어지는 차량의 행렬을 바라보았다. 상인은 그 안에 있지 않았다. 전하가 그에게 채찍질을 하고 그의 낙타들을 몰수한 후 산 속을 걸어서 그가 온 길로 가도록 놔두라고 명령했던 것이다. 갈 수 있다면, 그리고 그 사람들이 그를 놔준다면 말이지만.

달릴라는 그다지 관심을 갖지 않았다.

"카이로에서 만나요!"

그녀가 오언에게 말했다. 오언은 그녀가 카이로까지 올 거라고 확신했다. 그런데 로버트는 어디 있나? 오언은 그에게 벌을 주고 차에 태우라고 명령했었다.

"아, 그자는 다시 수도원으로 갔소."

전하가 말했다.

"주베르하고 같이 갔지요. 주베르가 처리할 일이 한두 가지 있어서 말이오. 바퀴와 관련된 일일 거요, 분명히."

Michael Pearce

　　　　　　　　　어떤 작가들에게는 대상에
대해 밀접한 것보다 일정하게 거리를 두는 것이 중요하다. 나는 거리를 걸을 때 아무것도 알아채지 못한다. 그러나 이집트에 관한 내 소설들은 중동 지방에서 보낸 나의 청소년 시절을 떠올리며 기억해낸 세세한 일들로 가득차 있다. 그것들이 시간 속으로 사라졌을 때 내게는 가장 잘 보인다. 만일 당신이 그런 작가라면 당신은 천성적으로 역사소설에 이끌릴 거라고 생각한다.

　그러나 왜 역사추리소설인가? 그건 명백하게도 우리가 역사와 추리소설에 흥미를 느끼기 때문이다. 내가 관심을 갖는 종류의 역사는 역사의 흐름이 달라졌을지도 모르는 그런 순간들이다. 예를 들어 1890년대의 러시아에는 진정으로 독립적인 법 체계가 시작될 수도 있었던 기회가 있었다. 그것은 개인의 자유를 위해 커다란 중요성을 갖는 것이었다. 또한 민족주의가 발흥하고 영국인들은 그것을 막으려고 애쓰던 1900년대 초의 이집트도 그런 경우이다. 내가 관심을 갖는 범죄는 정치적인 범죄이다. 나는 내 주위에서 화약 음모 사건 같은 것들이 온통 들끓고 있는 것이 보인다! 이런 일들이 역사추리소설 장르에서는 아주 훌륭하게 결합되는 것이다.

　이런 얘기도 상당히 설득력 있게 들리겠지만 나를 그 장르로 끌어당기는 또다른 점이 있다. 그것은 역사추리소설이 즐겁게 쓰기에 아주 훌륭한 장르라는 점이다. 여러분은 그 장르의 모든 관례를 즐길 수 있다. 주인공을 주인공답지 않은 주인공으로 만들고, 어떤 특별한 배경 (예를 들어 중세의 수도원 같은 곳!)에서 이야기를 진행하고, 그 이야기를 온갖 괴상한 장치들(회전 불꽃도 포함해서)과 관련시키지만 대개는 독자를 정원의 오솔길로 이끌어가는 그런 관례들 말이다.

그뿐 아니다. 역사추리소설은 특히나 독자친화적인 장르이다. 작가는 줄거리라는 매개체를 통해 독자를 이야기에 끌어들임으로써 커다란 이익을 얻는다. 그러나 그런 관계는 오용되어서는 안 된다. 독자를 속여서는 안 된다는 얘기다.

그 관계를 떠받치는 것들 중 하나는 역사적인 세부사항들의 사용이다. 그런 세부사항들은 틀리지 않아야 하는데 그러기 위해서는 연구가 필요하다. 또한 그것들은 맞는 것처럼 보여야 하는데 그건 이야기를 끌고가는 기술의 문제이다. 엘리스 피터스는 이 두 가지를 이해하고 있었다. 그녀는 또 완전히 믿을 수 있는 세계를 창조하기 위해 세부적인 사항들을 사용하는 방법을 알고 있었다. 그것은 여러가지 면에서 이 장르의 가장 중요한 필수 조건이다.

그녀는 이야기를 가지고 그 일을 했다. 수도원의 규칙에 관한 오백 페이지 짜리 책을 읽고 싶은가? 맙소사, 글쎄, 별론데. 내일이나 한번 읽어볼까? 그러나 만일 그것이 '이런 흥미로운 살인사건이 있었다, 그리고 별난 늙은 수사가 있었다' 라는 거라면? 아, 이제야 말이 통하는군!

마이클 피어스

다른 사람들에게 용기를 주기 위해

마틴 에드워즈

나는 교수형을 절대로 놓치지 않는다. 내가 냉혹한 인간이어서 타이번에서 거행된 교수형을 한 번도 빼놓지 않고 다 갔던 건 아니다. 오히려 나는 철학적 성향의 사람들이 지니고 있는 냉정한 호기심에서 그곳을 찾는다. 죽음은 정신을 집중하게 만든다.

***

나는 교수형을 절대로 놓치지 않는다. 내가 냉혹한 인간이어서 타이번에서 거행된 교수형을 한 번도 빼놓지 않고 다 갔던 건 아니다. 오히려 나는 철학적 성향의 사람들이 지니고 있는 냉정한 호기심에서 그곳을 찾는다. 죽음은 정신을 집중하게 만든다. 사람들은 어떤 유식한 논문에서보다도 그들의 창조주를 곧 만나게 될 사람들을 지켜보는 것에서 인간의 조건에 대해 더 많이 배울지도 모른다. 교수대에 올라선 불쌍한 인간들의 행동은 헤아릴 수 없을 정도로 다양하다. 소리를 지르고 비명을 내뱉는 자들도 적지 않다. 또 어떤 사람들은 괴로움으로 그저 흐느끼기만 한다. 그 광경은 냉정한 구경꾼에게 언제나 매혹적이다.

곧 죽게 될 남자나 여자가 유명한 범죄자인지 이름 없는 말도둑인지 그런 것은 내게 조금도 중요하지 않다. 나는 페러스 백작의 사형을 지켜본 삼만 명의 군중 가운데 한 명이었으나 사형 집행인이 어떤 하녀 하나의 목을 매달 거라는 예상에도 마찬가지로 유혹당한다. 오랜 세월 교수형을 보면서 한 가지 배운 것은 농부도 영주와 똑같이 공포를 경험할 수 있다는 바로 그것이다.

죄인이 마침내 받아 마땅한 벌을 받는다는 생각 때문에 얻어지는 만족감을 과장하기는 어렵다. 게다가 개인적인 만족은 사형 집행에서 배우는 교훈을 인식함으로써 강화된다. 일하기 싫어하거나 탐욕스럽거나 사악한 인간들에게 나는 타이번에서 바람 속에 몸을 뒤틀고 있는 그들과 동류의 인간들의 모습을 보는 것보다 그들의 삶의 방식을 고칠 필요를 더 잘 일깨워주는 것은 없을 거라고 제안하는 바이다.

나는 법적 절차 전체에 관심을 가지고 있다. 내 아버지가 변호사로 재산을 모은 것을 생각하면 그리 놀랄 일도 아니다. 그런데 사건의 배경에 대한 지식이 종종 전체 드라마의 마지막 장면에 특별한 전율을 부여한다. 에이브 르원의 경우가 그러했다. 그는 보잘것없는 뱃사람으로, 웨이 강의 한 지류를 오가는 조그만 짐배인 두 자매 호의 주인이었다. 나는 신문을 통해 그 재판의 전 과정을 알고 있었는데 (지금은 그렇게 하는 것이 습관이 되었다) 그가 자신은 마사 스콜스를 살해하지 않았다고 처음부터 어찌나 격렬하게 주장하는지, 충격을 받았다. 그러나 그는 배심원들에게 확신을 주지 못했고 판사는 그에게 교수형을 선고했다.

내가 더 젊었을 때에는 뉴게이트 감옥에서부터 사형수의 행렬을 따라간 적도 많았다. 세인트 세펄커 교회 묘지에서 종치기가 '죽음의 선고를 받은 자여, 슬픈 눈물로 참회하라. 너의 영혼을 구원하시도록 주께 자비를 구하라!'고 재촉하는 소리를 들으며 얼마나 여러 번 기대감으로 몸을 떨었는지 모른다.

나는 악당을 운명의 장소로 싣고 가는 마차 뒤를 따라 말을 타고 가기도 했다. 악당은 영적인 안내를 제공하려는 의지로 충만한 감옥 목사와 함께 자기 관 위에 앉아서 갔다. 기마 경찰과 도보 경관들이 호위했다. 사형 집행은 모두를 평등하게 한다. 부자와 가난한 사람이 한데 뒤섞여 다른 곳에서는 결코 볼 수 없는 방식으로 궁극적인 정의의 행위를 축하하는 것이다. 우리는 목을 축이기 위해 여러 군데의 술집에 들르곤 했는데 타이번 트리에 도착할 때면 죄인과 집행인처럼 나도 취하곤 했었다는 것을 고백해야겠다.

60이 넘으면서 나는 그런 습관을 버렸다. 나는 술을 그다지 잘 마시지 못했을 뿐더러 소매치기를 당하는 데에도 진력이 나기 시작했다.

어쨌거나 귀가 점점 안 들리게 되면서 뒷골목 선술집의 좁은 공간에서 마구 뒤엉킨 사람들이 내는 그 소음에 귀울림이 악화되었다. 앞에서 말했듯이 교수형에 대한 나의 관심은 무엇보다도 지적인 것이었다. 어쩌면 언젠가는 내 주제에 관한 평생에 걸친 연구의 결과를 총정리하는 논문을 준비할지도 모른다. 결혼하지 않은 내 누이 앨리스는 내가 그러리라고 믿지 않는다. 그녀는 사람들에게 내가 지난 40년 간 작가가 되겠노라고 큰소리만 치고 여태껏 한 글자도 쓰지 않았다고 말하곤 한다. 하지만 에이브 르윈의 처형에 대한 이 보고서를 쓰느라 종이에 펜을 댄 것이 더 위대한 것들을 쓰도록 나를 자극할지도 모른다. 그러나 나는 아직도 내 기억 속에 자리잡고 있는 그 특별한 날에 대한 얘기를 대중적인 소비를 위해 되풀이할 수 없을 것 같아 걱정스럽다.

바로 그날 아침 나는 타이번으로 곧장 가기로 마음먹고 먼지가 풀풀 이는 황량한 하이드 파크를 가로질러 마더 프록터의 의자 중에서 늘 앉는 가장 좋은 자리를 차지하기에 충분한 시간을 두고 도착했다. 나는 그 여자의 가장 오랜 고객이었다. 교수대가 훤히 내려다보는 그 땅은 오래 전에 그 여자의 아들이 물려받았지만 그는 여전히 처형장이 가장 잘 보이는 자리를 내게 특별 요금으로 내주었다. 그가 내게 고개 숙여 인사했고 나도 답례를 했으나 서로 말은 하지 않았다. 잘 듣지 못하게 되면서 나는 대화를 나누려고 시도하는 일에 별 흥미를 느끼지 못했다.

관중이 점점 불어나고 열기가 뜨거워질 때 나는 교수형에 이르기까지의 연속된 사건들을 촉발시킨 그 충격적인 장면을 마음속으로 그려보았다. 2월의 어느 아침, 일하러 가던 어떤 재단사가 운하에 떠 있는 검은 물체를 보았다. 처음에 그는 그것이 물에 불은 개의 시체라고 생각했으나 놀라서 다시 보니 그게 아니었다. 그는 그 물체를 둑으로 끌어냈고 자신의 의심이 잘못된 게 아님을 확인했다. 그는 거친 자루에 담겨서 위 아래로 머리와 발이 삐져나온 채 밧줄로 꽁꽁 묶인 한 젊은 여자의 시체를 바라보고 있었다. 나는 눈을 감고, 그 시체를 보았을 때 그의 뱃속에서 일었을 욕지기를 상상해보려고 애썼다. 쓴 물이 넘어온 것처럼 혀 위에 그 맛이 느껴지는 것 같았다.

곧이어 그 시체는 운하 옆에 있는 나침반이라는 이름의 여인숙 주인의 19살 난 딸인 마사 스콜스의 것으로 확인되었다. 그녀는 3주 전에 실종되었는데 그녀가 잘 아는 뱃사람 한 명과 얘기를 나누는 모습이 마지막으로 목격되었다. 그 남자는 에이브 르윈으로, 술을 마시러 그 집에 자주 들렀고 그녀에게 반한 것으로 알려져 있었다. 거기 있던 술꾼들 중 하나는 그녀가 르윈의 무릎에 앉아 있는 것을 보았다. 그리고 얼마 후 그녀는 사라졌다.

그를 심문하자 처음에 그는 그 여자가 어찌 됐는지 전혀 모른다고 주장했다. 그는 집시였고 비열한 거짓말쟁이였다. 결국 그는 자기가 그녀에게 '두 자매' 호에 타고 함께 가자고 설득했다고 자백했다. 그는 그때 배에 혼자 있었는데, 싣고 온 곡물 짐을 근처의 창고까지 운반해가기 전에 먼저 가서 화물 운송장 때문에 운하 회사와 벌였던 싸움을 해결해달라고 그의 동료에게 부탁했기 때문이었다. 그는 자신과 마사 둘 다 술에 취해 있었기 때문에 그들이 배의 선실에 같이 누워 있기는 했지만 욕정을 채우려던 의도를 충족시킬 수가 없었다고 말했다. 결국 그는 잠이 들었고 그의 동료가 돌아와 그를 깨웠을 때 그녀는 어디에도 보이지 않았다. 그녀가 집으로 돌아가기로 결정한 거라고 생각한 그는 계속 운항해갔다. 그에게는 불행한 일이지만 오래지 않아 마사의 시체가 들어 있던 자루는 그의 짐배의 화물에서 나온 것임이 입증되었다.

채드번이라는 그의 동료도 집시였는데 그의 진술도 갈팡질팡했다. 처음 심문을 받으면서는 거의 공황 상태에서 자기는 마사를 전혀 보지 못했다고 주장했다. 나중에 자기가 주요 용의자가 아니라는 것을 확신하게 되자 그는 어떤 남녀 한 쌍이 두 자매 호가 매여 있던 곳에서 별로 멀지 않은 곳의 나무 벤치에서 끌어안고 있는 것을 보았다고 말했다. 그 여자도 마사처럼 금발의 곱슬머리였다. 그는 그녀와 함께 있는 남자의 얼굴은 보지 못했으나 여자의 등에 둘러져 있던 남자의 오른손에 엄지손가락이 없었다고 주장했다. 따라서 그 남자는 에이브 르윈일 리가 없다는 것이었다. 그들을 지나쳐 간 지 일 분쯤 지났을까, 그는 찰싹 때리는 소리를 들었고 남자가 자신의 행운을 너무 지나치게 밀어붙였다고 생각했다. 여자가 울부짖는 소리가 들렸다.

"그만해요, 잭! 그만!"

채드번은 그 여자 목소리가 술에 많이 취해 있는 것처럼 들렸다고 말했다. 그러나 그는 돌아보지 않았다. 사랑싸움에 끼어드는 건 그가 할 일도 아니었고 배로 돌아가기 전에 나침반 술집에 들러서 갈증을 풀고 싶은 생각뿐이었다. 에이브 르윈이, 게으르고 무기력한 뱃사람에게 싫증이 난 마사가 두 자매 호에서 뛰어내려 다른 애인을 찾은 모양이라는 의견을 제시했다. 그녀의 아버지는 딸에 대해 나쁘게 얘기하는 것을 들으려 하지 않았으나 그녀는 남자들과 같이 있는 것을 좋아하는 걸로 이미 소문이 자자했다. 만일 그녀가 그 미지의 찬미자를 화나게 했다면 그가 격분해서 그녀를 죽이고 자기 죄를 감추려는 필사적인 시도로 짐배에서 자루를 훔쳐내 시체를 그 안에 넣었을 수도 있었을 것이다. 그러나 검사들은 채드번을 아무 쓸모없는 거짓말쟁이라며 믿지 않았다. 그가 그렇게 해도 자신에게는 죄가 돌아오지 않는다고 확신하고서 살인을 저지른 자기 친구를 도와주려 한다는 것이었다. 그가 사실을 말하고 있다고 해도 채드번이 보았다는 그 남자가 누군지 안다는 사람이 아무도 나타나지 않았고 그 여자가 정말로 마사였다는 증거도 없었다.

반면에 르윈의 유죄를 증명하는 증거는 아주 많았다. 자루 뿐 아니라 자루를 묶은 밧줄까지도 짐배에 있던 것이었다. 여자는 심하게 맞다가 목이 부러져서 죽었는데 르윈은 성질이 사납다고 알려져 있었다. 여자가 실종되기 일주일 전에 두 사람이 여인숙 마당에서 싸웠으며 그때 그가 그녀에게 그녀 아버지가 뭐라고 하든 무시하고 자기와 함께 배로 돌아가지 않으면 가만 안 두겠다고 위협하는 것을 들었다는 목격자가 여럿 나타났다.

피고측은 그녀가 채드번이 보았다는 그 잭이란 남자에게 두 자매 호의 주인이 배에 혼자 있으며 취해서 꼼짝도 못한다고 말했을지도 모른다고 주장했다. 화가 나서 그녀를 죽인 다음 잭은 배에서 훔쳐낸 것들로 시체를 싸서 깊이 가라앉도록 돌을 매달아 운하에 던져 자신의 범죄를 감추려 했을지도 모른다고 주장했다. 그렇게 조심을 했어도 지류를 오가는 배들의 움직임과 시체의 복부에 생기는 가스 때문에 불쌍한 마사가 물 위로 떠오르리라는 것을 그가 깨닫지 못한 거라고 말했다.

그러나 그것은 참으로 빈약한 주장이었다. 배심원은 별로 시간도 들이지 않고 그 주장을 기각했다. 내가 만일 번거로움을 무릅쓰고 재판에 참석했더라면 입술을 읽어야만 했겠지만 상상 속에서는 판사가 오싹하게 또렷한 목소리로 선고하는 소리를 들을 수 있었다.

"법은 당신이 처형장에서 당신이 왔던 곳으로 돌아갈 것을 명한다. 거기서 당신은 죽을 때까지 목을 매단 채 매달려 있게 될 것이다! 죽을 때까지! 죽을 때까지! 주께서 당신의 영혼에 자비를 베푸시기를!"

상상에서 깨어났을 때 나는 사형집행인이 교수대를 살펴보고 있는 것을 보았다. 그는 헤슬롭이라는 이름의 건장한 악당이었다. 나는 그가 지금까지 적어도 6명의 악한들을 목매다는 것을 보았다. 처형인들은 별로 인기가 없었다. 때때로 나는 군중이 그들을 공격하는 것을 보았다. 10년 전에 당시 타이번의 예식 진행자였던 남자는 돌에 맞아 거의 죽을 뻔 했었다. 그러나 권투 선수 같은 근육에 180센티미터의 키, 게다가 늘 술에 절어 있는 헤슬롭에게 도전하려면 여간 용감해서는 안 될 것이다.

기대에 찬 외침이 사형수를 태운 마차의 도착을 알렸다. 함성이 너무나 컸다. 나는 이 정도면 소매치기들이 득실대겠다는 생각이 들었다. 사람들은 서로 밀치거나 싸웠으며 그들의 폐를 가득 채우는 먼지 구름 때문에 기침을 했다. 내 자리에서 조금 떨어진 곳에 잘 차려입은 한 여자가 있었다. 내가 처형장에서 종종 보았던 그 여자는 르윈이 교수대에 오를 때 새된 목소리로 그에게 욕을 퍼부었고 운 나쁜 목사가 찬송가를 부르기 시작하자 두 주먹을 격렬하게 흔들어댔다.

고맙게도 르윈은 교육받은 사람이 아니었기 때문에 좀더 똑똑한 살인자들이 즐겨하는 그런 종류의 기다란 독설은 듣지 않아도 됐다. 우리 앞에 서 있는 그는 이미 기력이 없는 게 분명해보였다. 그는 이렇게 소리쳤을 뿐이다.

"하느님이 내 증인이오. 나는 결백해요!"

그리고 그는 곧 입을 다물었고 내 주위 사람들은 와자하게 비웃음을 터뜨렸다. 이 죄인에게서 그 사건을 완성시킬 최종적인 죄 고백이 나오지 않은 것에 나는 낭패를 본 것처럼 가슴이 쓰렸다. 목사도 같은 기분이었던 듯 장황한 설교를 늘어놓지 않았다. 당황해서 몇 마디 중얼거린 후 그는 단을 내려와 군중 속으로 사라져버렸다. 집행인이 앞으로 나와서 (나는 그의 숨결에서 맥주 냄새를 맡은 것 같은 착각을 일으켰다) 르윈의 목에 고리를 맸다.

존 헤슬롭이 죄수의 얼굴을 덮을 때 전에도 여러 번 그랬던 것처럼 나는 몸이 굳어지는 것을 느꼈다. 그리고 내 맥박이 빨라지는 것을 의식하지 않을 수 없었다. 그런 순간에 필연적으로 마음을 스쳐가는 생각, 몇 초도 안 돼서 발 밑의 조그만 문이 열리고 그의 목이 툭 꺾일 거라는 생각은 끔찍하지만 아주 기분 좋은 뭔가가 있다.

헤슬롭의 얼굴이 갑자기 잔인한 미소로 일그러졌다. 그는 얼굴이 가려진 남자에게 몸을 기울이고는 귀에 대고 뭐라고 속삭였다. 그리고는 손잡이를 당겼다. 죄수의 몸이 홱 움직이다가 떨어졌고 그로써 정의가 행해졌다.

아니, 그런가? 한순간 나는 의심에 사로잡혔다. 그러나 곧 나는 결백한 사람을 교수형에 처하는 것도 죄가 있는 자를 처형하는 것과 마찬가지로 대중에게는 유익한 효과를 갖는다는 것을 상기했다. 누구도 그의 죄를 의문시하지 않는 한 말이다. 곧 나는 내가 본 것을 누구에게도 말해선 안 된다는 것을 깨달았다. 그런 이유로 이것은 완전히 개인적인 회고담으로 남아 있어야만 한다. 왜냐하면 곧 자신들의 전리품을 수거하게 될 해부학자들을 지나쳐 서둘러 나올 때 헤슬롭이 엄지손가락이 없다는 것을 전에는 깨닫지 못했다는 생각을 했기 때문이다. 전에는 죄수 발 밑의 문을 여는 그 손을 자세히 볼 이유가 없었던 것이다. 정말이지 내가 집행인이 르윈에게 속삭였던 말, 그 뱃사람이 그의 생애 마지막으로 들었던 그 말을 그의 입술에서 읽지 못했더라면 이번에도 자세히 보지 않았을 것이다. 그는 이렇게 말했던 것이다.

"그녀가 했던 것처럼 자네도 내게 사정하지 그래? '그만 해요, 잭! 그만!'이라고 말이야. 물론 그 계집년의 말을 들어주지 않은 것처럼 네 말도 들어주지 않을 거지만 말이야."

Martin Edwards

역사추리물은 매력적인 형태의 현실 도피이다. 독자나 작가나 잠시 동안 다른 장소와 시간 속에 자신을 잊고 빠져드는 즐거움을 누릴 수 있다. 철저한 연구를 거쳐 나온 역사추리소설은 과거에 대해서 교과서에서 얻을 수 있는 것만큼이나 정확하면서도 훨씬 더 흥미로운 통찰력을 제공한다. 우리 사회와 아주 다른 한 사회에 대한 묘사가 뚜렷한 성격 묘사와 흥미진진한 사건에 의해 생생하게 그려질 때 그 결과는 참으로 기억할 만한 것이 된다. 나는 수많은 독자들이 엘리스 피터스의 작품에서 중세의 생활이나 관습에 대해 어떤 기록문서나 백과사전에서 알게 된 것보다 훨씬 더 많이 배웠을 거라고 확신한다. 캐드펠 편람이라는 묵직한 참고서에는 그녀의 뛰어난 시리즈에서 언급된 허브며 식물들 전부를 설명하는 기다란 부록까지 달려 있다. 마찬가지로 중요한 사실은, 캐드펠 수사 시리즈가 우리에게 스티븐 왕의 통치 이래로 어떤 변화들이 있었다 해도 기본적인 인간적 가치들은 언제나 그래왔던 것처럼 지금도 여전하다는 것을 일깨워준다는 점이다.

내가 쓴 소설들은 현재의 리버풀에 뿌리를 두고 있지만 나는 지난 2, 3년간 역사적 하위 장르에 점점 더 매료되어왔다. 장편소설들을 쓰는 사이사이에 한두 편의 단편 역사추리물을 쓰는 일은 속도와 기분에 유쾌한 변화가 되었다. 전에는 잘 알지 못했던 과거의 여러 측면들을 연구하고 매우 다양한 인물과 사회 배경을 시도해볼 수 있는 기회였다. 그래서 나는 빅토리아 시대의 옥스퍼드와 전시의 요크셔를 배경으로 한 작품들 뿐 아니라 셜록 홈즈를 모방한 작품, 캐럴라인 왕비의 죽음에 대한 또다른 설명, 그리고 『리어왕』에 묘사된 사건들의 속편도 시도해보았다. 이런 실험들은 내게 많은 즐거움을 주었다.

「다른 사람들에게 용기를 주기 위해」라는 작품의 아이디어는 실제 범죄를 그린 책에 나온 한 소녀의 살인에 대한 설명에서 나왔다. 그 소녀의 시체는 브릿지워터 운하에 버려져서 내가 살고 있는 체셔의 림이라는 마을 강기슭에 떠올랐다. 거의 같은 때에 나는 사형 장면을 보기 위해 타이번에 모여들곤 했던 이상한 군중에 대해 읽고 있었다. 따라서 이 작품에 대한 아이디어가 떠올랐을 때 배경에 대한 연구는 이미 반쯤 돼 있는 셈이었다. 그러나 과거를 배경으로 한 추리물을 쓰고 있다 해도 오로지 과거에서만 살 필요는 없다. 브리튼에 있는 운하들의 역사를 검토하기 위해 나는 인터넷을 뒤졌고 오래 전의 항해에 대해 많은 것을 찾을 수 있었다.

이것은 지금까지 내가 쓴 역사추리물 중 가장 어두운 것이다.(역사범죄물이라는 하위 장르가 있던가?) 처형장에서의 구경꾼들의 행동은 많은 동시대의 묘사들과 일치한다. 오늘날 그처럼 열광적으로 피를 요구하는 일은 생각할 수도 없다. 그것은 오늘날에는 결코 일어날 수 없는 일이다. 아니 일어날 수 있는 일일까?

마틴 에드워즈

당사자는 살아 있을지도 모른다

린지 데이비스

"그래, 내 선친의 흥미로운 모험 얘기를 듣고 싶으시오?"
대위가 벽난로의 온기에 끄덕거리며 졸기 시작한 바로 그 순간에 윌리엄 애스크리크가 물었다.

***

    크리스마스 날에 할 만한 것으로 더 좋은 일들이 있었을지도 모른다. 그러나 자신들이 주의 일을 하려고 한다고 믿었던 사람들은 브로미지햄에 대한 새로운 위협을 덜어주라는 워윅 주 위원회의 명령에 기꺼이 따랐다. 그래서 그들은 1643년의 크리스마스를 코벤트리를 떠나 열을 지어 행진하면서 보냈다. 그들은 그날 밤과 어쩌면 며칠 밤을 더 애스턴 홀의 커다란 정원에서 지내게 될 것이 거의 확실하다는 것을 알고 있었다.
    어쨌든 그들은 날씨 덕을 보았다. 내란을 치르는 몇 해 동안은 양쪽 군대 모두가 견뎌야 할 고통을 크게 증가시키고 때로는 공격 결과에까지 영향을 미치는 최악의 날씨 조건으로 악명이 높을 것이다. 그해 11월은 지독한 눈과 폭풍우가 몰려 왔었다. 게다가 지옥 같이 쏟아져 나오는 화약 연기보다 훨씬 더 지저분하게 군대의 이동을 방해한 건 안개였다. 그러나 12월 들어서는 하늘이 맑아졌다. 덕분에 왕당파인 토머스 홀트 경은 이웃에서 감지되는 적의로부터 자기 집을 경비하는 것을 도와주도록 더들리 성에 40명의 소총병을 요청했고 요구대로 군인들을 지원받을 수 있었다. 브로미지햄이라는 의회파 도시는 수많은 대장간에서 그의 적을 무장시킨 검들을 생산해내고 있었다. 그뿐이 아니었다. 그 도시는 '매우 사악해서 왕의 군대 군인들이 소수로 움직일 경우 그들을 공격해서 죽이거나 포로로 잡아 코벤트리로 보내면서 폐하께 어떤 다른 곳보다도 더 단호한 적의를 선언하는 도시'로 생생한 명성을 얻고 있었다. 사실 브로미지햄이 이런 식으로 사로잡아 감방을 확보하기 위해 코벤트리로 보냈던 포로의 수는 '코벤트리로 보내기'(따돌리다, 절교하다라는 뜻으로 쓰임)라는 말을 영원한 속담으로 만들 만큼 많았다.

왕의 조카인 루퍼트 왕자가 행한 무서운 처벌이 이미 있었다. 그해 4월에 그는 리치필드의 포위를 풀어주기 위해 가는 길에 브로미지햄을 지나게 되었다. 왕자의 화려한 명성에도 기가 꺾이지 않은 시민들은 길을 가로질러 구덩이를 파고 자신들의 깃발을 세우고 겨우 한줌밖에 안 되는 군대로 그와 맞설 준비를 했다. 왕당파 군대는 용의주도하게도 구덩이 끝을 돌아 뒷길로 도시에 들어왔다. 양측에 모두 사망자를 남기고 많은 시민들이 모욕을 당한 사나운 밤이 지난 후 왕당원들은 불을 질러 디그베스와 데리턴드 주위의 수많은 집들을 파괴한 채 떠났다. 그 일은 의회를 지지했던 사람들의 태도를 더 단호하게 만들어서 그해 말쯤 되자 겨우 2킬로미터 가량 떨어진 애스턴에 사는 토머스 홀트 경의 삶은 더욱 불안해졌다. 대응책으로 그는 막대한 비용을 들여 그 자신이 지은 홀을 보호하기로 했다.

홀에 수비대를 두는 것은 대표적인 행위였다. 그러나 40명의 소총병을 얻었을 때 자기가 도전장을 낸 셈이라는 사실을 그는 알았어야 했다. 남자 키만큼이나 긴 총에 둘둘 말 화승 꾸러미, 몸에 두른 탄약대에 매달린 미리 준비한 일 회 분의 화약 덩어리들, 잘난 척 뻐기는 태도, 그리고 나중에 알게 된 것이지만, 외국어 호령 등으로 해서 더들리에서 온 군대는 눈에 띄지 않을 수가 없었다. 홀트는 적들의 화약을 끌어당기는 위험에 처하게 된 것이다. 코벤트리를 출발한 군대는 크리스마스 날 도착했다.

가드프리 보스빌 대령은 그 집을 차지하라는 임무를 띠고 있었다. 천이백 명의 부하를 이끌고 온 그는 거대한 저택이 언제나 그렇듯이 애스턴 홀도 매우 아름답다는 것을 알게 되었다. 저택은 높은 곳에 자리잡고 있었다. 복잡한 지붕의 선이 워윅셔의 하늘을 배경으로 또렷하게 드러나도록 고른 완벽한 장소였다. 짓는 데 17년이 걸리고 겨우 10여 년 전에 완공된 멋지게 좌우 대칭을 이룬 건물은 중심을 이루는 부분에 양쪽으로 똑같이 뻗은 측면부가 연결된 구조였다. 각각의 측면부에는 네덜란드식 박공 지붕들과 난간들, 여러 개의 높은 굴뚝, 그리고 꼭대기에 우아한 첨탑이 달린 사각의 탑들이 있었다. 마름모꼴의 붉은 벽돌은 뾰족한 모서리돌로 막아져 있었고 창문들은 균형이 잘 맞게 배치되어 있었다. 어느 창문 뒤에선가 낮게 들어오는 겨울 햇살에 금속빛이 번쩍거렸다. 소총에서 반사된 빛이 분명했다.

 수비하는 자들의 준비는 뒤죽박죽이었다. 토머스 경은 상대하기 어려운 인물임이 드러났다. 그는 정원에 있는 나무들을 베어내어 불이 건물로 옮겨붙지 못하도록 안전 지대를 만들어두자는 장교들의 요청도, 흙으로 보루를 쌓자는 제안도 처음에는 거절했다. 주저하던 그는 결국 설복당했고 급하게 깊은 도랑이 파여졌다. 교회도 왕당파 군대가 점거하고 있었기 때문에 그 저택으로 접근하는 것은 공격하는 사람들에게 매우 위험한 일이 될 참이었다. 그들은 포위 공격을 시작하는 것 외에 달리 방법이 없었다.

 도전을 한 것은 수비하는 쪽이었다. 보스빌은 즉각 대응했다. 그는 저택을 의회를 위해 사용하겠다고 요구했다. 수비 쪽에서는 자신들이 살아있는 한 내주지 않겠다는 관례적인 용감한 대꾸를 소리높이 외쳤다.

 첫번째 응수는 이렇게 끝났다. 날이 저물고 있었으나 보스빌의 군수품은 아직 도착하지 않고 있었다. 모두들 쉬러 물러났다. 공격하는 군대의 군인들은 첫 밤을 맨 땅에서 견딜 각오를 하고 있었다. 그들은 배낭에 넣어온 얼마 안 되는 행군용의 식량과 몰래 가지고 온 담배 조금, 그리고 도시의 여자들이 술을 몇 주전자쯤 가지고 올지도 모른다는 실낱 같은 희망만으로 견디고 있었다. 장교들은 밤 동안 물러나 따로 지내는 전통적인 특권을 이용했다. 그들은 말을 달려 브로미지햄으로 가서 포근한 깃털 침대와 로스트 비프를 제공할 수 있는 집들을 찾아갔다.

대령과 그의 부관들이 포터 가와 제넨 가, 그밖의 부유한 집들에서 푹신한 잠자리를 찾은 반면 하급 지휘관인 호프웰 대위는 애스크리크라는, 그들의 대의 명분에 동조하는 것으로 알려진 한 대장장이 집에 묵도록 혼자 보내졌다. 군대의 보급장교에게서 건네받은 주소로 찾아갔을 때에야 그 장교는 데리턴드에 있는 대장간을 겸한 윌리엄 애스크리크의 집이, 그 지역 사람들이 농담처럼 '루퍼트 왕자의 잉글랜드에 대한 불타는 사랑'이라고 이름지은 그 사건으로 완전히 불타버린 집들 중 하나라는 것을 알았다. 그런 이유로 어느 정도 재산이 있는 것이 분명한 애스크리크는 지금 겨우 건져낸 가재도구와 대장간 집기들을 다른 곳으로 옮겨 잔뜩 쌓아놓은 채 지내며 복구 작업을 하고 있었다. 아무리 시원찮은 대접이라도 받기가 어려울 지경이었다. 대위는 무기의 힘을 빌려서라도 어느 집이든 골라 운 나쁜 그 집 가장에게 자신을 먹이고 재우라고 명령할 권리를 가지고 있었다. 그러나 이처럼 우호적인 도시에서는 신중을 기하는 것이 현명했다. 게다가 그에게는 불행한 일이었지만 이 집 주인은 대단한 결의를 가지고 그를 붙잡아두려 한다는 것을 알 수 있었다. 주인 남자는 코벤트리에서 온 사람들이 애스턴 홀에서 어떻게 싸우고 있는지 듣고 싶은 강렬한 욕망을 품고 있는 게 분명했다.

그저 한 번씩 거친 말을 주고받았을 뿐이라고 고백해야 했던 호프웰은 나중에 유감스럽게 여길 게 뻔한 불리한 상황에 처했다.

그는 여기서 빠져나가 디그베스에 있는 올드 크라운 여관, 루퍼트 왕자에게는 아주 만족스러웠던 여관의 따뜻한 환대에 몸을 맡길 가망이 없음을 인정할 수밖에 없었다. 그는 부엌으로 끌려들어가 불타다 만 의자들이며 불길에서 구해낸 우묵한 접시들이 담긴 상자들이 어지럽게 쌓여 있는 틈에 놓인 아이들을 앉히는 낡은 낮은 의자에 쑤셔박혔다. 애스크리크의 늙은 여자 하인인 템퍼런스의 매서운 눈초리를 대했을 때 따뜻한 저녁식사에 대한 희망은 점점 사그라들었다. 게다가 자기가 두 세대를 건너뛰어 약 40년 전으로 거슬러 올라가는 어떤 강박 관념에 사로잡힌 남자와 마주하고 있다는 것을 깨달았을 때 그의 가슴은 더욱 더 무겁게 내려앉았다.

"법적인 논쟁에 관심 있소?"

조용하고 겸손한 젊은이인 호프웰 대위는 이것이 중대한 발언이라는 것을 깨달았다. 그는 낯선 도시에 혼자 갇힌 셈이었다. 총알이 가슴을 뚫고 지나갈지도 모르는 위험 속에 버텨야 하는 또 하루의 추운 날을 앞두고 긴 밤을 견뎌야 하게 생긴 것이다. 그런 일엔 관심이 없다고 했어야 했다. 그게 사실이었을 것이다. 그러나 타고난 예의바름 때문에 그는 고개를 끄덕이며 미소지었던 것이다.

"일 나셨네요!"

템퍼런스가 코웃음을 쳤다. 그녀는 강한 여자였다. 그녀가 브로미지햄에서 온 날부터 그건 분명히 알 수 있는 일이었다. 호프웰은 옳은 일을 위해 목숨을 바칠 각오를 하고 있었지만 군인이었다. 잠자리와 먹을 것을 얻는 데 있어서 가정적인 분위기에서 뭔가 보기 좋은 것을 기대했을지도 모른다. 예쁘고 애교 있는 하녀는 모두 보이지 않게 치워져 있었다. 템퍼런스는 공포스러운 늙은 여자였다. 그녀는 짙은 자주색 긴 옷에 가슴까지 내려오는 장식 없는 칼라를 달고 옷만큼이나 수수한 앞치마를 두르고 있었다. 처음에 그는 그녀가 애스크리크의 아내인가 했으나 템퍼런스에게는 아내의 유순함이 없었다. 그녀는 자기 고집대로 살았다. 얇은 입술에 퉁명스러운 그녀의 얼굴이 그렇다고 말하고 있었다.

그녀의 고용주인 윌리엄 애스크리크는 보통 정도의 체격에 머리가 벗겨진 남자로 빛나는 눈에 거침없는 태도의 소유자였다. 야윈 몸과 구겨져 내려앉은 넓은 칼라 속의 살이라곤 없는 목이 그의 식탁의 얼마 안 되는 돼지 껍질 튀김을 암시하고 있었지만 그는 계피를 많이 넣어 향기로운 냄새를 풍기는 데다가 나폴리 비스켓을 넣어 걸쭉해진 술, 설탕을 탄 뜨거운 우유를 꿀꺽꿀꺽 마시고 있었다. 그는 그 강장 음료를 아주 맛있게 들이켰다. 손님을 마주하고서도 거기서 입을 떼지 않았다.

"당신한테 줄 음식이 아무것도 없어요."

템퍼런스가 양파를 썰 때 보이던 것과 같은 무자비함으로 법률에 관한 주인의 얘기를 끊으면서 호프웰에게 선언했다.

"구운 빵 조각이 조금 있는데 거기에 완숙 달걀로 대강 때우셔야겠어요. 주인님 드릴 얇은 고기 조각 한 점밖에는 집 안에 있는 게……."

"그거 대위님께 드려요. 이제 멋지게 해야 할 일이 있으니 기력을 유지하게 해드려야지."

애스크리크가 말을 잘랐다.

"양파 국물에 잘 익혀요."

그가 말했다. 대위의 가슴이 부풀어올랐다. 그의 분별력은 그에게 그런 건 기대하지 말라고 타일렀지만 그는 송아지 고기에 백포도주 한 병이 곁들여져 나올지도 모른다고 생각했다.

"그럼 주인님껜 뭘 드려야 하죠?"

템퍼런스가 꿈쩍도 않고 주인에게 쏘아부쳤다. 호프웰 대위는 예의 바르게 고기를 거절하는 자신의 목소리를 들었다. 그러자 애스크리크는 그처럼 예의바른 손님 앞에서 혼자 고기를 먹으며 앉아 있을 수는 없다고 선언했다. 그러자 그 즉시 템퍼런스는 요리하지 않은 고기를 치워버렸다. 분명히 나중에 자기가 몰래 먹으려는 것이라고 호프웰은 생각했다. 결국 토스트와 달걀뿐이었다.
　호프웰 대위는 헛기침을 했다. 템퍼런스가 그들 둘을 노려보는 가운데 애스크리크는 눈을 빛내며 그를 살피고 있었다. 그가 묵을 집 주인이 얘기하고 싶어 안달인 얘깃거리는 모두 애스턴 홀과 관련 있다는 것을 대위가 이 집에 도착하자마자 추측할 수 있었을 정도로는 이미 얘기가 나와 있었다. 그는 대장간 주인이 토머스 홀트 경과 무슨 관계가 있는지, 왜 관심이 있는지 감히 물어보고 있는 자신을 발견했다.
　"아, 아, 성급하게 굴지 마시오. 시간은 많으니까."
　호프웰은 아무렇지도 않은 얼굴을 하고 있었다. 사실 몹시 자고 싶었으나 여유를 부리고 있는 주인이 지금 차지하고 있는 바로 그 자리에서 몹시도 불편하게 웅크리고 자라는 요구를 받을까봐 겁이 났다. 애스크리크 자신에게는 그를 기다리는 푹신한 침대와 따뜻한 이불이 있으리라는 건 의심의 여지가 없었다. 템퍼런스는 벌써 전에 침대를 따뜻하게 데우기 위해 재가 가득 든 납작한 통을 가져다 놓았다. 그러나 그녀의 주인은 한숨을 쉬면서 왕당파가 불을 지른 후에 자기들은 이처럼 어수선한 상태로 지내고 있다고, 믿어지지 않는 말을 늘어놓으며 사과했다. 오늘 밤 어떻게 쉬게 될지 불확실한 탓에 대위의 마음은 편치 않았다. 내일의 전투를 위해 힘과 기운을 비축해야 하는 그로서는 신경이 날카로워질 수밖에 없었다.
　빈약한 저녁식사가 식욕을 채워주지도 못했는데 그는 불편한 심사를 가중시키는 일을 지켜보아야만 했다. 템퍼런스가 다음 날 낮에 주인이 먹을 점심으로 냄비 요리를 준비하고 있었다. 깨끗하게 손질한 야채가 한 바구니 그득했고 자기 냄비에는 버터와 고기국물 속에 닭

한 마리가 떠다니고 있었다. 행주에 단단히 싸놓은 속이 꽉 찬 둥근 푸딩도 하나 있었다. 이것들이 전부 냄비 안에 들어가 다음 날 아침 내내 푹 삶아져 부드럽게 되면 애스크리크가 먹어치울 것이다. 그 시간에 호프웰 자신은 홀에서 소음과 총알과 연기와 왕당파의 욕지거리 속에 용감하게 싸우고 있을 것이다.

"그래, 내 선친의 흥미로운 모험 얘기를 듣고 싶으시오?"

대위가 벽난로의 온기에 끄덕거리며 졸기 시작한 바로 그 순간에 윌리엄 애스크리크가 물었다. 호프웰은 잠깐 정신을 차렸으나 그날 하루 코벤트리에서부터 여기까지 온 여행에다가 곧 포위 공격이 있을 장소에 도착한 긴장까지 겹쳐 평생 이렇게 졸린 적이 있을까 싶었다.

"토머스 홀트 경과 관련된 일이었습니까?"

"잔인하고 난폭한 인간이죠!"

애스크리크가 고개를 끄덕이며 말했다. 그의 목소리에도 그 두 가지 특질이 담겨 있었다.

"그 사람, 이 지역에서 꽤 중요한 인사이지 않습니까?"

대위가 조심스럽게 물었다. 토머스 홀트 경이 젊었을 때 주 장관을 지냈다는 것을 그는 알고 있었다. 홀트는 대단한 부자였고 광활한 토지를 소유하는 게 자신의 중요성을 보여주는 지표라고 생각하는 모양이었다.

"그건 그 사람 생각이지! 우리 가족은 그를 절대로 두려워하지 않았소."

"두려움을 일으키는 사람인가요?"

"부엌에서는 그럴 걸요, 아마."

애스크리크가 혼자만 즐거운 농담에 흥겨워하면서 애매하게 대답했다. 호프웰 대위는 관심이 있는 듯 보이려고 애쓰면서 한쪽 눈썹을 치켜올렸다. 그러나 그는 허벅지까지 올라오는 커다란 가죽 부츠를 벗어버리고 아픈 발가락들을 풀어주고 싶은 마음이 간절했다. 식탁용 삼발이와 잭이 널려 있는 가운데 놋쇠 난로망 위에 발을 올려놓고 쉬고도 싶었다.

"부엌은 위험한 장소라오."

뼈 손잡이가 달린 커다란 칼로 사형집행인처럼 무자비하게 무를 내려치면서 템퍼런스가 음산하게 말했다.

"그런데 애스턴의 부엌에서 무슨 일이 있었던 겁니까?"

얘기를 듣고 싶어서 조바심치며 호프웰 대위가 물었다.

"더드서턴에서였어요."

템퍼런스가 정정했다.

"만일 그 일이 일어났었다면 말이오!"

기묘하게 웃으면서 애스크리크가 덧붙였다.

"우린 그 얘기를 하면 안 되잖아요."

템퍼런스가 자기도 안다는 듯이 되받았다.

"그러면 그 얘기를 어떻게 해야 들을 수 있습니까?"

화가 나는 것을 감추고 그들의 수수께끼 같은 얘기에 웃는 척하면서 호프웰이 물었다.

"그런데 어떤 종류의 얘깁니까?"

"가장 끔찍한 그런 얘기지. 흉악한 짓을 저지르고 그걸 숨기려고까지 했지."

진지한 어조로 애스크리크가 대답했다.

"그런데도 그렇게 말하면 안 된다구요?"

"법정은 이런 견해를 가지고 있다……"

"……명예훼손은 직접적이어야 한다! 그래요."

템퍼런스가 다시 끼어들며 꾸짖듯 말했다.

"우린 누구나 다 그 노래를 부를 수 있다오."

그녀의 말을 잇기라도 하듯이 애스크리크가 법정의 평결 같아 보이는 것을 암송했다.

"A가 B의 머리를 쪼개서 반쪽은 한쪽 어깨 위에 놓이고 다른 반쪽은……."

"세상에!"

호프웰이 부르짖었다. 그들의 이야기는 이제 그의 호기심을 완전히 사로잡았다. 일 년 동안 전쟁을 치른 경험으로 그는 인간의 두개골에 그런 손상을 입힐 수 있는 타격을 가하려면 대단한 힘이 필요하다는 것을 잘 알고 있었다. 그는 뇌며 뼛조각이며 피가 어지러이 널린 장면을 상상할 수 있었다. 전쟁터의 대학살 와중에도 쪼개져 쏟아진 두개골은 끔찍한 광경이었다. 그런데 지금 얘기되고 있는 사건은 성격상 훨씬 더 가정적인 것이 분명했다.

템퍼런스와 애스크리크는 물끄러미 그를 바라보았다. 거의 40년을 그 얘기와 함께 살아온 참이라 그 소름끼치는 묘사는 더이상 그들에게 충격을 주지 못했다. 이 군인의 솔직하고 역겨워하는 반응은 그들로 하여금 오래 전에 일어났던, 혹은 일어났다고 여겨지는 그 폭력 행위를 재평가하게 만들었다.

"그렇게 잔인하게 살해 당한 사람은 누구였습니까?"

"아무도 죽지 않았는지도 몰라요."

애스크리크가 신이 나서 외쳤다. 괴팍하게 구는 걸 즐기는 건 브로미지햄 사람들의 습관이었다.

"우린 고등법원의 왕좌부에 앉아 있던 재판장의 권위를 근거로 해서 그렇게 얘기하지!"

호프웰은 애스크리크가 약을 올리는 데 화가 나서 그렇게 놀림감이 되는 일에 아무런 동조도 하지 않기로 작정했다. 그는 고집스럽게 침묵을 지켰다.

"그럼 아닌 거요."

애스크리크가 부드럽게 미소를 지었다.

"그저 이야기일 뿐이라고 했잖소."

듣고 있던 사람은 이제 더이상 견딜 수가 없었다. 호프웰은 일어서서 크게 하품을 하며 같이 있는 사람들을 남겨두고 자러 가려고 마음먹은 군인의 퉁명스러운 태도로 군복 조끼를 반듯하게 잡아당겼다. 애스크리크는 그 눈치를 알아채고 자기도 일어섰다. 대위는 그가 템퍼런스에게 촛불을 가져오라는 신호를 하는 것을 보고 마음이 놓였다. 그녀는 촛불을 가져왔다. 그건 초 토막이라고도 할 수 없는 것이었다. 기름이 묻은 초꽂이에 겨우 걸린 얇은 막에 불과했다. 아무런 말도 오가지 않은 채 호프웰은 작고 가구도 거의 없는 방으로 안내되었다. 그 방에는 조립식 의자 하나, 먼지 낀 창턱에 놓인 비어 있는 세면용 주전자 하나, 그리고 엘리자베스 여왕 시대 이후로는 침구를 깔지도 않은 채 내버려두었던 것 같은 좁고 커튼도 없는 침대 하나가 있을 뿐이었다. 마침내 잘 곳에 왔다는 것에 감사해서 그는 미소로 고마움을 표했다.

그는 애스크리크와 그의 하녀가 발끝으로 조용히 걸어나갈 때까지 기다리다가 말했다.

"결코 말해서는 안 될 일이 무엇인지 궁리하는 수고를 덜어주신다면 더 편안하게 쉴 수 있을 텐데요."

윌리엄 애스크리크가 돌아섰다. 그는 그 순간을 즐기고 있었다.

"내 선친께서 그렇게 말씀하셨소. 결코 부인하지 않으셨지. '토머스 홀트 경이 큰 식칼을 들어 그걸로 자기 요리사의 머리를 쳐서 쪼갰다. 그래서 그의 머리 반쪽은 한쪽 어깨 위로 떨어지고 반쪽은 다른 쪽 어깨 위로 떨어졌다.' 고 말이요."

"그가 자기 요리사를 죽였다고요?"

윌리엄 애스크리크는 미소만 짓더니 나가서 조용히 문을 닫았다.

소총의 탄알 하나가 휙 스쳐갔다. 템퍼런스와 윌리엄이 홀의 삼층 창문에서 번쩍인 빛에 눈을 껌벅거리고 있을 때 군인들은 머리를 숙였다. 총알이 아무도 다치지 않고 거대한 참나무의 잎사귀 사이로 사라져버리자 웃음이 일었다. 그러나 그때 보병 하나가 놀라서 얼굴이 붉어진 채 달려왔다. 보스빌 대령도 민첩하게 말을 달려 그리로 왔다. 그는 공격을 지켜보기 위해 도시에서 여기까지 걸어온 시민들을 뒤로 물러서게 하라고 부하들에게 지시했다. 고함치고 호령하지 않으려고 최선을 다하며 그 보병은 애스크리크에게 달려들었다. 그러나 누가 더 힘이 센지를 알아채고는 템퍼런스에게 말했다.

"부인, 제발 더 떨어지세요. 부인의 안전을 위해서 그래요!"
특별히 누구에게랄 것도 없이 그가 짜증스럽게 덧붙였다.
"이건 시장에서 공연하는 오락거리가 아니란 말이에요……."
"그건 당신 생각이지."
윌리엄이 의기양양하게 소리쳤다.
"난 이게 정말 좋소! 당신네 용감한 군인들이 여기 얼마나 오래 있게 될 것 같소이까?"
그가 대령에게 물었다.

보스빌은 말에서 내려서며 그를 흘끗 바라보았다. 그 표정은 첫째, 자기도 모르겠다는 것, 둘째, 그건 그 용감한 군인들(총알이 그들 주위의 땅에 와서 박히자 덜 용감하게 보이기 시작하는)이 할 일이지 다른 사람은 참견할 일이 아니라는 것, 셋째, 현재 싸울 사람이 모자라는 상황이 돼가고 있다는 것을 말해주고 있었다. 대개의 지휘관들처럼 그도 과거에 외국에서 복무했었고 이번 임무를 위해 많은 군인을 배정받았으나 의회파의 병력은 훈련되지 않은 비정규군으로 적들의 비웃음을 받고 있었다. 사실 내란에 나서서 싸우고 있는 군인의 대부분은 비정규군이었다. 영국에는 상비군이 없었다. 이런 종류의 국지전을 위해 소집할 수 있는 사람들은 모두 하루나 이틀 정도 훈련받은 늙은이들, 지역 단위로 신청과 모집을 통해 모을 수 있는 사람은 전부 모아 수를 불린 대책 없는 의용병들이었다. 농부, 술집 종업원, 석방된 죄수들이 가장 좋은 대상이었다. 지휘관들은 피를 보는 일에 익숙한 고기 장수들을 선호했다.

홀에 있는 왕당파 군인들은 프랑스와 아일랜드인이라는 건 조금만 생각해 보면 알 수 있는 일이었다. 훈련된 용병들인 것이다. 그들은 유럽의 30년 전쟁의 그 참혹한 전쟁터에서 살아남은 자들, 역전의 용사들일 것이다. 보스빌 대령은 무참한 패배를 당할지도 모른다는 것을 알고 있는 사람의 무표정한 얼굴을 하고 있었다.

윌리엄은 그에게 너그러운 미소를 지어보였다. 바로 그때 홀에서 또 총알이 발사되었다. 이번에는 밀집해 있던 군인들 사이에서 비명이 일었다. 서너 명이 땅바닥에 쓰러졌다. 동료들이 그들 주위에 몰려들었다. 그들이 그렇게 뒤엉켜서 부상 당한 동료들에게 지대한 관심을 보이고 있는 사이 다른 군인들은 시민들에게 물러나라고 아까보다 더 단호하게 소리질렀다. 브로미지햄 사람들은 죽을지도 모르는 곳에 서있고 싶어하지 않았다. 공격하는 편에 속해 있지 않은 사람들은 벌써 집으로 돌아갈 작정을 하고 있었다.

애스크리크는 보스빌이 저택에서 더 멀리 물러서라고 강권하는 데 따르면서도 머뭇거리고 있었다. 소총은 무시무시한 무게의 총알들을 발사했다. 최대 크기로 만들어졌다면 40그램 가까운 무게였다. 그 총알들은 400미터 거리에 있는 사람도 죽일 수 있었다. 그러나 유효 사정거리는 그보다 짧았다. 의회파 군인들은 현재로서는 홀에 있는 저격수들을 상대로 전진할 수 없었다. 그래도 그들은 잘 해내고 있었다. 그들의 무기가 도착해 있었다. 약 1킬로그램짜리 가벼운 포 몇 대와 여덟 필의 말이 끄는 커다란 놋쇠 컬버린 포 한 대가 왔는데, 컬버린 포는 7킬로그램이 넘는 포탄들을 한 시간에 10발이나 12발을 발사할 수 있었다. 홀의 남서쪽에 배치된 이 포들을 가지고 그들은 맹렬한 폭격을 퍼붓기 시작했다. 그들은 결국엔 그 건물을 포탄으로 두들겨서 항복을 받아내게 되겠지만 그 와중에도 대부분의 군인들은 몇 시간, 혹은 며칠 뒤에나 있을 교전을 기다리며 그저 줄지어 서 있을 뿐이었다. 애스크리크와 템퍼런스는 그게 너무 지루하게 느껴졌다. 그들은 자기들 집의 손님인 대위에게 주려고 가져온 새로 만든 슈롭셔 케이크가 몇 개 든 작은 꾸러미를 대령에게 맡기고 그곳을 떠났다. 호프웰은 대포를 지휘하는 일에 몰두하고 있었는데(대화를 피하기 위해서였다) 대령은 그가 꾸러미를 가지러 오기 전에 벌써 커다란 비스킷 같은 그 과자들을 거의 먹어버렸다. 호프웰 대위는 전날 밤 대령이 잔뜩 대접받았다는 그 귀한 네덜란드식 푸딩(겨자 소스와 함께 먹으면 가장 맛있다는, 야채와 함께 푹 익힌 쇠고기 요리)에 대해 듣고 싶은 것보다도 더 많이 듣지 않을 수 없었기 때문에 더 화가 났다.

 잠시 소강상태가 찾아와서 호프웰은 대령 옆에 서서 자기가 받아야 마땅한 선물에서 조금이라도 제 몫이 주어지기를 참을성 있게 기다렸다. 보스빌이 손에 닿는 대로 세 개의 케이크를 꺼내 먹는 것을 지켜보면서 그는 애스크리크의 아버지와 토머스 홀트 경 사이의 싸움에 대해 들은 것을 얘기했다.

 "과거의 원한을 되씹고 있더군요. 분명히 재판이 있었습니다. 제가 알기로는 고소 당한 사람이 애스크리크였긴 합니다만. 준남작이 고소했고요."

 "그랬지. 워윅셔에서는 유명한 재판이었다네."

 보스빌은 철학자 같은 태도로 말했다.

"주위를 둘러보게나. 증오의 씨앗이 다 여기 있어. 우리는 우리 군대를 전쟁으로 이끈 갈등의 축소판을 보고 있는 거지."

호프웰은 고분고분하게 그의 말대로 눈을 돌려 토머스 경이 그 지역 사람들에게 별다른 불평을 듣지 않고 담을 둘러친 거대한 정원과 그 너머, 한때는 막힘 없는 들판이었을 테지만 지금은 홀트가 담을 쌓은 다음 자신의 잇속을 채우려고 장인들에게 임대해준 소규모 자작 농지들로 빼곡한 곳을 바라보았다. 존 강과 리어 강 옆에 땅을 가지고 있는 그는 많은 물방아와 용광로를 소유하고 지금 그와 정치적으로 대립하고 있는 브로미지햄의 철기구 제조업자들에게 빌려주었다. 그가 스스로 번 돈으로 지은 웅장한 건축상의 경이인 그 집은 세상 모든 사람들에게, 특히 근처의 도시 사람들에게 그 소유주가 자신을 대단한 사람으로 여기고 있음을 선언하고 있었다.

"홀트 집안은 몇 대 째 결혼도 잘 했고 유산도 많다네."

보스빌 대령이 말했다. 그는 자신이 복무하고 있는 지역의 감수성을, 특히 지금 포를 겨누고 있는 지주 계급의 특정 인물들의 감수성을 알고 있거나 아니면 알아내려고 마음먹고 있었다.

"그런데 여기서 우리에게 도전하고 있는 자는 자신이 특별한 위치를 차지하고 있다고 믿고 있지. 그의 부친은 그가 스물한 살도 되기 전에 죽었고 그는 유산을 물려받았다네. 그리고는 제임스 왕이 처음으로 남쪽으로 왔을 때 새 왕을 맞는 환영단에 끼어서 그 일로 기사 작위를 받았어. 결혼도 잘 했지. 부유한 집안과 했다는 말이야."

"재산 관리도 잘 했고요."

호프웰이 자기 생각을 말했다.

"그는 정력적이고 빈틈없는 사업가로 명성이 높다네."

"집을 지었을 뿐만 아니라 재산도 불렸군요. 비록 인기는 없지만요?"

"자부심이 대단하겠지."

"욕심도 많고 말씀이죠?"

"게다가 원한도 깊지. 상속자인 자기 아들하고 이십 년 간이나 등을 돌리고 지냈다네. 왕까지 나서서 둘 사이를 화해시켜보려고 했지만 소용이 없었다더군. 아들은 에지힐에서 부상을 당했다가 회복되었는데 몇달 전 옥스퍼드에서 죽었다네. 그때도 그 아버지는 아무 반응이 없었어."

"왜 싸웠답니까?"

"아들이 아버지의 소원을 무시하고 제멋대로 결혼했기 때문이지. 그 아내가 런던 주교의 딸이었거든. 더할 나위 없이 훌륭한 집안 출신이지만 지참금이 거의 없었던 게 문제였지."

가까이에 서서 뻔뻔스럽게 엿듣고 있던 군인 하나가 큰소리로 말했다.

"토머스 경은 딸들 중 하나가 아버지 뜻대로 결혼하기를 거부하자 가두어두었다는 얘기도 있습니다. 사람들은 그녀가 저 집의 작은 다락방에 벌써 십오 년 째 감금돼 있다고 믿고 있습니다. 미쳤다고도 하지요."

마지막 말에는 어딘지 모르게 힘이 빠져 있었다.

"그녀가 저기 있다면 구출될 시간이 다가온 거야."

보스빌 대령이 다소 확신에 차서 말했다. 그는 그 말을 믿고 있는 모양이었다.

"우리는 그 가엾은 처녀를 찾아내서 고통에서 구해줘야 해."

그는 마지막 남은 케이크마저 다 먹은 뒤 대화를 방해받은 것에 발끈해서 다른 곳으로 가버렸다.

"두 분이 말씀하신 건 누구나 다 알고 있는 얘깁니다."

대령이 그렇게 무안을 주었는데도 끄떡도 않고 군인은 호프웰에게 계속 말했다. 의회파의 군대에서는 거리낌 없이 말을 할 수 있었다. 못 배우고 고집스런 사람들이 대개 그렇듯이 그들은 솔직한 것을 대단한 자랑으로 여기고 있었다. 정치적인 협상이 미묘할 때면 그 솔직함이란 건 교활함이 될 수도 있었다. 군인은 자기 창에 기대어 서 있었다. 그것은 쇠못이 박힌 길이가 5미터에 이르는 무시무시한 막대기로, 훈련이 잘 된 군인이라면 그것으로 적의 창자를 꺼낼 수 있었다.

"그는 자기 요리사를 죽였어요. 그리고는 그걸 숨겼고 그 흉악한 짓을 해명하도록 요구받지도 않았지요. 윌리엄 애스크리크가 그를 고발하고 또 고발했다는 이유로 재판을 받았을 때만 빼놓고는요."

"그런데 토머스 경은 뭐라고 했나?"

호프웰 대위가 부드럽게 물었다.

"자신은 결백하다고 했지요! 글쎄, 그랬을지도 모르지요."

군인이 말했다. 그의 논리는 앞으로 몇 세기 동안 계속될, 그리고 재판관들에 대해 불쾌하게 언급하는 브로미지햄 출신의 다른 사람에 의해 유명하게 쓰일 논리였다.

"그는 애스크리크가 악마의 사주를 받았다고 말했습니다. 하지만 홀트는 영원히 죄의 표지를 달도록 명령 받았지요. 피묻은 붉은 손의 표지예요."

"내 생각엔 그의 방패 위의 그 표지에 대해선 다른 설명도 가능할 것 같군."

그는 그것이 얼스터의 상징으로, 제임스 왕으로부터 준남작이라는 새로운 지위를 산 사람들에게 하사된 것임을 알고 있었다. 준남작 작위는 1095파운드에 팔렸는데 그 돈이면 아일랜드 북부에서는 30명의 보병을 유지할 수 있었다. 붉은 손의 표지는 그것을 단 사람이 얼스터의 충성스런 지지자임을 나타내는 상징이었다.

군인은 그런 설명에는 귀를 기울이고 싶어하지 않았다.

"결국 그는 귀족들 외의 다른 모든 사람들보다 우월한 위치를 돈을 주고 산 거군요. 오만하고 포악한 신흥 귀족이 된 거예요."

"자, 그러고 보니 그의 집 창문들을 깨버려도 되겠군."

호프웰 대위는 창문들을 더 폭격하기 위해 그 자리를 떠났다. 새로 끼운 값비싼 유리창들이 펑펑 터져서 깨어진 유리조각들이 폭포처럼 쏟아졌다. 포탄들은 입을 벌린 구멍들을 통과해 홀의 몸체 한참 안쪽으로 굉음을 내며 들어갔다. 그러나 수비병들은 다치지 않으려고 위층 방에서 꼼짝도 하지 않고 있을 것이었다. 건물의 높은 층에서 발사되는 소총 사격 때문에 전진하려는 시도도 할 수 없었다. 젊었을 때 자기 요리사에게 무슨 짓을 했건 간에 이젠 칠십 대가 된 토머스 홀트 경은 자기 집 하인들에게서 충성심을 이끌어낼 수 있는 모양이었다. 그 집 식솔들이 구식 함포로 쏘아대는 포탄도 공격자들을 물리치는 데 일조했다. 계속 몰아붙여 수비자들의 탄약이 떨어지기를 바라면서 보스빌 대령은 다음 날 전략의 변화가 있을 거라는 의견을 밝혔다.

전쟁 수칙에서 밀렵은 금지돼 있었다. 몇몇 군인들이 개 몇 마리와 홀트 경의 사슴 한 마리를 잡은 것으로 밝혀지자 그것에 대해 훈계하는 일이 호프웰에게 떨어졌다.

그날 하루의 전투와 살아남았다는 기쁨에 흥분하여 숙소로 돌아온 대위는 집 주인들에게 더욱 단호한 태도를 취했다. 그는 홀에서의 전략은 발설하면 군사 법정에 서게 되는 군사 비밀임을 내세워 호기심에 찬 질문들을 막았다. 그리고는 저녁식사 얘기를 꺼냈다. 그 말투가 너무 급해서 조금 심약한 하인이라면 당황했을 것이나 템퍼런스는 만만치 않은 상대임이 입증되었다.

"주인님이 점심 때 아주 근사한 닭고기 냄비 요리를 드셨기 때문에 저녁은 가볍게 치즈 케이크를 먹기로 했어요."

어제 저녁에 자기 냄비 속에 준비되어 있던 닭에서 남은 것 좀 없는지 물어보려던 호프웰 대위의 눈이 깨끗이 비워져 씻은 후 말리려고 벽난로 구석에 거꾸로 세워놓은 반질반질한 갈색 그릇에 가 멈추었다. 사과를 쌓아놓은 접시에서 사과 하나를 집은 그는 그것을 와삭거리며 씹으면서 씁쓸한 생각에 빠져들었다. 그는 보스빌 대령이 오늘 밤 쇠고기 구이와 아몬드 파이를 약속 받았다는 것을 알고 있었다. 그리고 애스턴 홀의 정원에 남겨진 부하들은 젊은 장교가 그들에게 퍼부었던 잔소리에도 불구하고 사슴 고기로 멋진 식사를 하게 될 것이다.

그에게 위로랍시고 주어진 것은 잔뜩 늘어놓은 커다란 서류 종이들이었다. 애스크리크는 그 서류들로 부엌의 식탁을 덮어버렸다. 템퍼런스는 식탁 한 귀퉁이에서 샐러드에 쓸 축 늘어진 잎사귀들을 따 넣고 있었다.

"당신 보여주려고 이걸 찾아냈소. 내 선친이 벌인 싸움의 진실을 알려주려고 말이오."

"죽은 요리사 말이군요."

호프웰은 템퍼런스에게도 비슷한 운명이 닥치기를 바라기라도 하는 것처럼 그녀를 노려보며 말했다. 그녀는 그의 시선을 무시했다.

호프웰은 빛 바랜 잉크로 법적 용어들과 라틴어가 잔뜩 휘갈겨 쓰여진 종잇장들을 한 번 바라보고는 한 팔을 내젓는 기지를 발휘했다. 군인으로서 너무 피곤한 탓에 불행하게도 그런 복잡한 서류에 주의를 기울일 수가 없음을 표시한 것이다. 애스크리크는 잠깐 실망한 듯 보였으나 기력을 회복했다. 그에게 말할 기회가 생겼기 때문이었다. 그는 파이프에 불을 붙이고 의자에 깊숙이 앉아 설명을 시작했다.

"이건 내 선친께서 자신이 보관하려고 베낀 소송 서류의 복사본들인데 이걸 보면 그 재판이 제임스 왕 오 년에 워윅에서 열렸던 것을 알 수 있을 거요. 이 서류에 의하면 리처드 잭슨 에이버스는……"

"홀트 경의 변호사인가요?"

"……토머스 홀트 경이 태어날 때부터 왕의 선량하고 진실하며 충성스러운 신하였으며 그의 훌륭한 평판과 신용과 존경과 사교력과 왕의 총애 때문에 워윅의 치안 판사 중 한 명으로 임명되었다고 했소."

"재판이 열린 바로 그 주 아닙니까? 그가 자신의 재판관이 된 건가요?"

처음에는 마음이 내키지 않았었는데 이제는 이야기에 끌린 호프웰이 말했다.

"아니오."

한결같이 퉁명스러운 어조로 애스크리크가 말했다.

"하지만 그의 친구들이 그를 재판했다는 걸 확실히 알 수 있을 거요!"

호프웰은 서류 위로 몸을 굽혔다.

"토머스 경이 습관적으로 썼다고 주장되는 것과 똑같은 두려움의 결여나 악의 아니면 호의를 가지고 그들의 직분을 수행했군요?"

그가 단언했다.

"그런 것 같소."

애스크리크가 미소지었다.

"여기 보면 역시 윌리엄 애스크리크라고 불렸던 당신의 부친께선 십이 월 이십 일에 브로미지햄에서 공개적으로, 터놓고, 악의에 차서, 그리고 여러 사람이 듣는 데서, 거짓되고 선동적이며 중상모략적인 상스러운 말을 큰소리로 떠들었다고 되어 있군요."

"토머스 경이 자기 요리사의 머리를 쪼갰다고 말이오."

"그런데 당신 부친께선 그 당시 고발당했던 것처럼 악마의 사주를 받았던 겁니까?"

"천만에! 절대 그렇지 않소. 내 선친께선 다른 사람들의 얘기를 듣지 않고도 그럴 수 있는 분이셨소!"

애스크리크가 소리질렀다. 브로미지햄 사람들은 의견을 솔직하게 표현하는 것을 자랑으로 여겼고 그 얘기에 다른 사람들이 화를 내면 은근히 기뻐했다.

"그렇다면 그분께 사용된 극단적인 표현들이 홀트 편의 예외적으로 극심한 분노를 보여주는지도 모른다고 생각할 수도 있겠군요."

"죄가 있다는 건가요?"

템퍼런스가 끼어들었다.

"그리고 소장에 따르면 당신 부친께선 토머스 경의 행복하고 번성하는 상태를 시기해서 그런 주장을 하게 되었고요."

"우리 집안은 이 지역에서 오래 살아왔고 명성과 지위가 있는 집안이죠. 훌륭한 혼사를 맺어왔고 공직도 맡았었소."

돈도 있고요라고 호프웰은 생각했다. 그 자신은 부엌에만 갇혀 있었다. 그것은 민가에 유숙하는 군인들의 어쩔 수 없는 운명이었다. 그들은 할 일 없이 노는 인간이며 음탕한 난봉꾼으로 간주되기 때문이었다. 그러나 그의 날카로운 눈은 수를 놓은 쿠션이 여기저기 놓인 멋진 응접 세트에 은제 소금 그릇이며 설탕 그릇, 커다란 금도금 과일 접시에 한 줄로 늘어놓은 섬세하게 조각된 포도주 잔들이 들어 있는 그릇장을 갖춘 응접실이 있다는 것을 간파했다. 이 부엌은 구리와 주석 그릇들이 가득 쌓인 선반들로 무너질 지경이었다. 그가 그의 작은 침실로 올라갈 때 쓰는 계단에는 조상들의 조잡한 초상화들이 걸려 있었다. 중세 시대와 엘리자베스 시대의 그 초상화들 안의 남자와 여자 조상들은 주름 장식이 달린 가장 좋은 옷으로 치장하고 매우 만족스러운 얼굴들을 하고 있었다.

그렇기는 해도 애스턴에 있는 그 거대한 저택의 눈부신 부유함이나 그 저택을 지은 이의 화려함에는 따라가지 못했다. 호프웰은 그런 차이에 전쟁의 씨앗이 있다는 보스빌 대령의 신념을 떠올렸다. 한 남자의 금고가 가득 차면 근면한 사람들을 화나게 한다는 그런 의미가 아니라 거만함과 과시욕이 시대의 새로운 분위기와 조화를 이루지 못한다는 뜻이었으리라.

살인을 저지른 자가 부유하고 권력이 있다는 이유로, 또 살해 당한 자가 그의 고용인이었다는 이유로 재판과 처벌을 피해나간다는 봉건적인 관념도 그렇게 시대에 뒤떨어진 것이었다.

"얘기는 이렇소."

드디어 애스크리크가 설명을 시작했다.

"홀트 경은 걸핏하면 싸우는 난폭한 사람이었소. 젊었고 아직 더드스턴 홀에서 살고 있었소. 그 집안이 오래 살아왔던 집으로 광대하고 아름다운 땅에 자리잡은 훌륭한 장원의 저택이었지요. 어느 날 사냥을 나갔을 때 그가 자기 일행에게 자랑을 늘어놓았소. 자기 요리사는 아주 부지런해서 언제 돌아가든 만찬을 준비했다가 차려 내올 거라고 말이오. 큰 내기가 걸렸지요."

"나머지 얘기는 추측이 되는군요."

"그런데 요리사가 주인을 실망시킨 건 그때가 처음이었소. 만찬 준비가 안 되어 있었던 거죠."

그 준남작이 어떤 기분이었을지 알겠군, 호프웰은 생각했다.

"그리고 내 선친께서 그렇게 분개했던 그 슬픈 사건이 일어난 거요. 친구들이 조롱하자 열이 받힌 토머스 경이 부엌으로 달려가서 도끼를 집어들고 요리사를 죽여버린 거죠."

"그렇지만 아무도 그렇게 말해서는 안 돼요!"

대위가 미소를 지었다.

"희귀한 추문을 만드는 비법: 요리사 하나를 택해서 뼈까지 자른다……"

"부친께서 거기 계셨습니까?"

"아니오, 하지만 그 사실은 브로미지햄 사람이면 누구나 다 아는 거였소. 토머스 경은 죄를 숨기려고 했었지만 말이오."

호프웰은 잠자코 앉아서 부엌에서의 그 장면을 그려보았다. 공포와 뜻밖의 사건, 시체를 숨기면서 겪었을 실제적인 문제들, 끔찍하게 사방에 튀고 바닥에 고였을 피와 그것을 닦아내는 일 등을. 사냥을 같이 나갔던 친구들은 무엇을 했을까? 그 소란스런 소리를 들었을까? 그들이 알지 못하게 하려고 술과 오락거리를 제공했을까? 아니면 공모자로 끌어들였을까? 그들은 내기돈을 내놓으라고 요구했을까, 아니면 그 문제는 그냥 넘겨버렸을까? 우습게도 호프웰은 요리되지 않은 만찬은 어떻게 되었을까 하고 궁리하고 있었다.

"목격자가 있었나요?"

"봤다고 고백할 목격자는 하나도 없었소."

"요리사에게 가족이 있었습니까?"

"있었다 해도 모두 매수 당해서 항의하지 않았겠지."

"인신 보호 규정에 따라서 검시할 시체는 있었나요?"

"공개적으로 제시된 시체는 없었소."

"그 후에 토머스 경은 아무 일도 없었던 것처럼 계속 생활할 수 있었지 않습니까?"

"결코 도전 받지 않으리라고 생각했던 거지."

"그러나 도전 받았지요. 그리고 당신 부친이 공개적으로 떠든 바람에 두번째로 격분하게 되었을 때도 살아 있는 요리사를 내놓지 못했어요. 그게 그의 결백을 밝힐 수 있는 최선의 방법이었는데도 말이죠."

"요리사가 죽었으니 내놓을 수 없었지. 그 후론 요리사가 다시는 사람들 눈에 띄지 않았던 건 확실하오."

"그렇다고 하더라도 하인이 사라진 분명한 이유가 있을 수도 있어

요."

대위가 느릿한 어조로 주장했다.

"그 얘기에서처럼 내기가 엉망이 되고 토머스 경이 격노해서 부엌으로 뛰어들어갔다면 요리사는 '걸음아 날 살려라'며 도망갔을지도 모르지요. 주인이 불쾌해 하는 것을 그렇게 두려워했다면 요리사는 그곳을 떠나 달아났을 겁니다. 그래서 토머스 경이 자기 요리사가 멀쩡히 살아 있는 것을 보여주지 못했을 테지요."

"당신은 아주 공정한 사람이구려."

애스크리크는 그의 말을 인정했다. 그러나 두 사람 모두 상대가 무슨 생각을 하고 있는지 알고 있었다.

"다른 하인들을 심문했나요?"

"그 일을 누가 할 수 있었겠소? 홀트는 주 장관에다 애스턴 교구의 목사였고 치안 판사였소. 그 일을 수치스럽게 생각한 사람들이 비공식적으로 심문을 했었지만 하인들이 협력하지 않았지."

"매수된 건가요?"

호프웰이 물었다.

"그렇게 말하면 또다른 명예훼손 소송에 말렸을 거요."

"그렇다면 무슨 일이 있더라도 비난하는 말은 피하도록 하십시다! 그런데 소송 결과는 어땠습니까? 홀트는 완전히 재판을 피해갔는데 살인과는 상관이 없는 당신 부친은 법정으로 소환 당했군요?"

"홀트가 천 파운드의 손해를 입었다고 주장했기 때문이지."

"휴!"

대위에게는 이것이 애스크리크 부자가 사실상 죄인으로 조작되었다는 가장 확실한 증거라고 생각되었다. 교활한 사업가인 토머스 경은 그들에게 그렇게 큰 액수의 보상금을 지불하게 만드는 일이 충분히 가능하다고 믿었음에 틀림없었다. 1000파운드의 돈은 뒤이어 그가 준남작의 작위를 사는 데 고스란히 들어갔을 것이다. 그만한 액수면 흉악한 죄를 지었다고 터무니없는 고발을 당한 명망 있는 인사에 대한 보상금으로 적당한 것이겠지만 그가 정말로 요리사를 죽였다면 참으로 놀랍고도 악독한 기회주의적인 태도 아닌가.

"선친께서 당신은 죄가 없다고 하시면서 배심 재판을 요구하셨소. 워윅에서 재판이 열렸는데 배심원들은 선친께 유죄 평결을 내렸소. 하지만 보상금을 삼십 파운드로 줄여주었지."

"부친께선 보상금을 다 내지 않게 돼서 다행이라고 생각하셨나요?"

"부당한 판결을 받았다고 생각하시고 항소하셨소."

"그러면 그 건은 워윅을 벗어나게 되었겠네요?"

"그랬지. 런던의 고등법원의 왕좌부로 가게 됐소. 재판장은 플레밍이었고 윌리엄스가 심리를 맡았었소."

애스크리크는 얘기가 절정에 이르자 몸을 똑바로 하고 앉았다.

"거기 가니까 인내심을 가지고 줄기차게 해나가면 정의는 얻어질 수도 있다는 게 입증됩니다. 결국 피고의 손을 들어주고 보상금을 무효화시켰으니까. 그런데 야릇한 궤변으로 그 사람을 무죄로 만들더군."

"무슨 궤변이었지요?"

"'A가 B의 머리를 쪼개서 반쪽은 한쪽 어깨 위에 놓이고 다른 반쪽은 다른쪽 어깨 위에 놓였다'는 원고의 진술은 B가 살해당했다는 것을 명확하게 증명해야만 한다는 거였소."

"그가 죽었을 거라는 게 분명하지 않습니까!"

호프웰 대위가 외쳤다.

"그러나 명예훼손은 직접적이어야만 한다고 판결을 내렸지. 그들의 결론은 이랬소. 선친께선 그 같은 결론에 두고두고 고마워하셨다오. 논리적인 결과에도 불구하고 그것은 침해행위였을 뿐이라고 말이오. 그래요, '그러한 상처에도 불구하고 당사자는 살아 있을지도 모른다'

는 거였소."
호프웰이 소리내어 웃었다.
"저 같으면 그걸 침해행위라고 하지 않고 법률 용어상의 문제라고 했을 겁니다."
"우리 집안에서는 재판장과 또다른 판사가 토머스 경이 묘사된 방식으로 자기 요리사를 죽인 게 분명하다고 믿었다는 의견이었소."
애스크리크가 진지하게 말했다.
"그렇다면 그는 명예훼손 소송을 줄기차게 벌인 악한이었네요."
"그로선 달리 선택할 것이 없었던 거지. 침묵하면 유죄를 인정하는 꼴이었을 테니까."
애스크리크가 말했다.
"맞아요. 그래서 어떻게 됐습니까?"
"모두 제자리로 돌아왔지. 몇 년 후에 토머스 경은 준남작의 지위를 손에 넣을 수 있었소. 재판이 열린 지 십 년 후에 선친께서 돌아가셨소. 토머스 경이 애스턴 홀 공사를 시작한 직후였소."
"혹시 그는 자기가 저지른 죄를 계속 상기시키는 더드스턴에서 살 수가 없었던 것 아닐까요?"
"그럴 지도 모르지!"
애스크리크가 고소하다는 듯이 웃었다.
"내 생각으론 그럴 것 같지 않소만 말이외다. 그는 대저택을 지어 자신의 지위를 보여주고 싶었지. 또 그걸 브로미지햄 가까이에 지어서 자신이 이 도시에 영향력을 가진 존재임을 확인시키고 싶었을 거요. 그는 애스턴 홀에 돈을 엄청 썼지만 여전히 부자지. 또 존경받고 있는 것 같지만 자식들과 사이가 아주 좋지 않았소. 그의 첫 아내는 자식을 열 다섯이나 낳았소."
"그런데 그는 사냥말고 달리 하는 일이 있습니까?"

"호프웰 대위님!"

템퍼런스가 그를 나무라듯 말했다. 애스크리크는 그녀의 주의를 돌리려고 새로운 얘기를 꺼냈다.

"그것과 관련 있는 것일지는 모르겠는데 한 가지 흥미로운 사건이 있었소. 찰스 왕이 등극한 해에 토머스 경은 늙은 제임스 왕이 죽기 전에 그가 지었던 죄를 모두 용서한다는 왕의 사면장을 얻었소."

"아하!"

"나도 그게 요리사 건에 국한되지는 않는다고 믿지만 선친의 변호사이기도 했던 내 변호사 존 하본은 그 서류에 관해 부지런히 이것저것 알아봤다오."

그는 식탁 위에 널린 서류들을 뒤적이더니 편지 하나를 찾아내 엄숙한 목소리로 읽기 시작했다.

"그 사면장은 어떤 법정에서 어떤 죄로 기소를 당했든 완벽한 답변으로 작용할 수 있으며 거의 모든 종류의 죄를, 모든 종류의 살인, 중죄, 강도질, 그리고 그런 죄의 종범이어도 용서해주는 것이오. 또한 자발적이건 비자발적이고 태만해서건 간에 모든 종류의 도피와 회피, 그리고 앞서 언급된 살인, 중죄, 혹은 그런 죄의 종범이거나 혐의자여도 모두 용서해주는 것이오."

"흥, 모든 걸 망라하는군요!"

뼈를 발라내는 칼을 고기에 찔러 넣고 당기면서 템퍼런스가 빈정댔다.

"양심의 가책을 언급하는 것만 빼놓았네요. 하지만 그것도 넣어서 읽으면 되겠지요."

호프웰 대위는 두 손을 깍지끼고 입을 다문 채 생각에 잠겼다.

"그런 서류를 얻어낼 필요를 느끼는 사람은 많지 않을 겁니다."

"토머스 경은 아마 양심을 품은 사람들에게 자기가 괴롭힘을 당할지도 모른다고 느끼는 모양이오."

애스크리크가 자기 생각을 말했다. 마치 그렇게 하고 싶은 사람 같았다.

"아니면 정당한 기소를 당하는 일을 피하고 싶었던 것 아닐까요?"

두 남자는 나지막이, 아무런 악의 없는 웃음을 웃었다. 홀트는 이제 노인 아닌가. 그 추문은 아직까지도 사라지지 않았고 앞으로도 그럴 것이다. 게다가 천이백 명의 의회파 군인들이 그의 지위와 재산의 상당 부분을 상징하는 그 집을 그에게서 빼앗을 참이다.

"정의는 빛나는 컬버린 포의 모습으로 와서 문을 두드린 거네요."

호프웰이 말했다.

"내일이면 그는 항복하지 않을 수 없을 겁니다. 아니면 우리가 그의 눈앞에서 그 집을 부숴버릴 거니까요. 살아남는다 해도 그는 망각 속으로 사라질 겁니다."

"천만에."

애스크리크가 비웃었다.

"몰수 위원회의 반이 그의 수중에 있소. 그의 사촌 아니면 손자들이지. 내 말 명심하시오. 그는 자신의 늙고 허약한 상태를 내세워서 질질 끌 것이고 결국 그 건은 조금씩 힘을 잃을 거요."

"그래도 그의 집은 폐허로 남을 거니까요."

대위가 사무적으로 말했다.

"요리사를 꼭 살려주세요."

템퍼런스가 말했다.

다음날 홀에 대한 마지막 공격이 시작되었다.

보스빌 대령은 군대를 정렬시켰다. 그는 몇몇 신앙심 깊은 찬송가 영창자들보다는 조용한 성품의 소유자여서, 한 손에 성경을 들고 다른 한 손엔 칼을 들고 앞장서서 말을 달려가는 사람은 아니었지만, 용감하게 그들에게 교전 준비를 시켰다. 기병과 보병이 용감무쌍하게 진격했다. 그들의 첫번째 임무는 교회를 공격하는 것이었다. 그들은 교회를 습격해 40명의 프랑스와 아일랜드 군인들을 포로로 잡았다. 그 중에는 여자도 한 명 있었다. 교회 재산을 파괴하는 것으로 유명한 반란군의 평판에도 불구하고 외부와 내부 모두에 어떤 손상도 끼치지 않았다.

교회를 차지하자 정원을 쑥대밭으로 만들었던 십자포화는 끝났다. 덕분에 의회파 군대는 보루를 차지하고 집으로 접근할 수 있었다. 그런 다음 그들은 창문을 통해 밀고 들어갔다. 안에 있던 수비병들은 마침내 항복하겠다고 외쳤다. 그것이 받아들여진 순간 두 명의 의회파 군인이 안으로 들어가다가 입에 총을 맞았다. 전쟁 수칙이 그렇게 야만적으로 위반되자 그들의 동료들은 격분한 나머지 적들을 모두 베어 죽이기로 작정하고 스무 명을 죽이거나 심한 부상을 입혔다. 장교들이 꾸짖고 나서서 학살은 겨우 멈췄다.

80명의 포로들을 한데 모아 무장을 해제시켰다. 그들은 이제 위험하지 않은 존재였다. 시체를 모아 묻고 부상 당한 사람들을 치료했다. 포연이 자욱한 가운데 군인들은 저택 안으로 들어가 돈이나 다른 값나가는 물건, 식기류, 그리고 홀트에게 죄가 있음을 입증할 만한 서류 등을 찾았다. 그들의 군화 소리가 웅장한 계단을 천둥 치듯 울리며 이층으로 향했다. 계단 난간의 기둥 하나가 포탄이 스쳐지나면서 박살난 채 흩어져 있었다. 군인들이 집안 구석구석을 뒤지면서 고함을 터뜨렸다. 그들이 이 방 저 방 옮겨다니면서 예상치 못했던 놀라운 물건을 발견했을 경우에는 그 소리가 더 커졌다. 정원에서는 벌써 덜거덕거리는 짐마차의 바퀴소리가 들려왔다. 포로들과 약탈물들을 실어가기 위해 마차들이 도착한 것이었다.

호프웰은 그 넓은 집안을 이리저리 뛰어다니며 헤매고 있었다. 그의 가슴은 쿵쿵거리며 뛰고 있었고 자신이 무엇을 찾고 있는지도 몰랐다. 그는 눈가가 찢어졌고 연기와 부서진 돌의 먼지로 더러워졌다. 그것은 그가 처음으로 경험한 심각한 교전이었다. 이렇게 큰 집에 들어와본 것도 처음이었다. 그는 끝도 없이 늘어선 눈이 휘둥그래질 만큼 멋진 방이며 응접실, 호화롭고 격식을 차리지 않은 침실과 화장실과 거실들을 지났다. 그 건물은 세 개의 층으로 되어 있었으나 수많은 계단들을 따라가면 어디가 어딘지 헷갈리는 여러 개의 중간층과 좁은 통로들이 나타났다. 그는 미끄러져가며 모퉁이들을 돌았다. 딱 한 번 달리던 발길을 멈추고 입을 딱 벌리고 서서 대만찬장의 천장 가까운 벽에 마련된 여러 개의 움푹 들어간 자리에서 그를 내려다보고 있는 아홉 명의 명사 상(像)을 올려다보았을 뿐이었다. 놀라운 솜씨로 깊게 양각한 흥미롭고 특별한 석고 인물상들이었다. 그는 계속해서 무슨 임무라도 띤 사람처럼 달렸다. 마침내 그는 긴 회랑으로 들어가는 문을 지나게 되었다. 그는 사람들이 그 회랑에 대해 얘기하는 것을 들은 적은 있으나 그런 놀라운 장소를 볼 준비는 되어 있지 않았다. 그러나 회랑은 텅 비어 있었다. 집의 다른 곳들처럼 참나무 판자로 바닥과 벽을 대고 당시 유행하던 띠 장식으로 눈부시게 고운 석고 천장을 꾸몄으며 그 지역에서 나는 부드러운 사암으로 그보다는 좀 수수한 편인 벽난로를 만들어 놓은 그 드넓은 방은 건물의 서쪽 면을 전부 차지하는 길이였다. 그가 들어갔을 때 거의 천장까지 닿는 유리창을 통해 낮게 들어온 겨울 햇살이 방을 환하게 밝히고 있었다.

호프웰은 예기치 않았던 슬픔에 사로잡힌 채 혼자 서 있었다. 그는 넋이 빠진 듯 멍한 기분이었다. 그는 텅 빈 회랑을 떠나 천천히 일층으로 내려왔다. 병사들이 커튼이며 그림들을 한아름씩 안고서 그를 지나쳐 갔다. 승리에 들뜬 그들의 소란스러움을 피해 그는 하인들이 모이는 곳으로 들어갔다. 부엌에 들어서자 허기가 몰려왔다. 그는 자신을 위해 약간의 약탈을 하기로 했다. 그는 빵 항아리에서 찾아낸 묵은 빵 덩어리를 먹기 시작했다.

그런데 그가 선 채로 조금은 죄책감을 느끼며 빵을 자를 도구를 찾고 있을 때 두 명의 병사가 포로 하나를 호위해서 들어왔다. 그들은 호프웰 대위가 쓴웃음을 짓고 있는 것을 보았다. 그는 부엌을 뒤진 사람들이 칼 상자를 마차에 실어 내간 게 틀림없다는 것을 그제서야 깨달았다.

포로는 셔츠까지 빼앗겼고 맨발이었다. 군인들은 보급을 제대로 받지 못하는 일이 종종 있었기 때문에 자신들이 잡은 포로의 옷과 신발을 훔치곤 했다. 그는 아무런 저항도 하지 않았다. 병사들도 그를 거칠게 다루지 않았다. 그래도 그는 격분해 있었으며 금방이라도 격렬하게 덤벼들 것 같았다. 그들이 왜 그를 이리로 데려왔는지 호프웰은 추측만 할 수 있을 뿐이었다. 그들에게 세심한 구석이 있어서 그렇게 나이 많은 노인이 자신들의 동료들이 그 많은 왕당파의 그림이며 식기며 가구를 들어내는 광경을 보지 않게 해주려고 했을 것이다.

포로는 제임스 1세 시대 풍의 콧수염을 기르고 큰 입과 긴 코에 거만한 눈을 하고 있었다. 전투에 지고 옷까지 빼앗긴 지경이었지만 그는 자신이 16실링 짜리 군복을 입고 식탁 앞에 서 있는 지저분한 젊은 대위보다 훨씬 우월하다고 생각했다. 군인들이 말해주기도 전에 호프웰은 그가 토머스 홀트 경이라는 것을 알았다.

그들의 눈이 마주쳤다. 호프웰은 아직 빵을 손에 들고 있었다. 그 때문에 그의 권위에 약간 손상이 가는 것 같았다. 그는 그 질문을 한다면 토머스 경이 정말로 요리사를 죽였는지 어떤지 그에게 말해주지 않을까 생각했다. 그러나 그는 묻지 않았다. 답을 알고 있기 때문이었다. 남자는 거만하고 완고했다. 그는 끝까지 그 사실을 부인할 것이다. 그러나 그가 그런 명예훼손에 대항한 것은 옳은 일이었다. 그의 명예는 애스크리크의 솔직함에 의해 영원히 상처 입었던 것이다. 그의 요리사의 죽음은 적어도 법적으로 흥미로운 사건으로 기억될 것이다. 그는 어쩌면 대위가 지금 그 생각을 하고 있다는 것을 알지도 모른다.

호프웰은 천천히 칼을 뽑았다. 그것은 브로미지햄에서 만들어진, 튼튼하고 잘 드는 칼이었다. 준남작이 어떤 일을 예상했던 그는 병사들에게 '호송차가 기다리고 있어. 데려가게'라는 명령만 내렸다. 그는 자기 칼을 내려다보다가 다시 토머스 홀트 경을 바라보았다. 그는 식탁 위에서 빵 덩어리를 조금씩 움직이며 신중하게 눈으로 길이를 가늠해 보았다.

"시대가 바뀌었어요, 토머스 경."

그런 다음 그는 칼을 번쩍 들어 빵을 내리쳤다. 빵은 깨끗하게 둘로 잘렸다.

Lindsey Davis

나는 어린 아이였을 때부터
이 이야기를 알고 있었다. 애스턴 홀은 제임스 1세 시대 양식의 훌륭한 저택이다. 그것은 지금 버밍엄의 중심부에 스파게티 사거리와 빌라 축구장과 코를 맞대고 있다. 그 홀을 지은 토머스 홀트 경과 그의 요리사의 이야기는 종종 신화 같은 얘기로 치부되곤 한다.

그러나 대학에 들어갔을 때 나는 법을 공부하는 친구들이 상당히 놀라운 판결로 유명해진 한 판례를 논하는 것을 들었다. 명예 훼손으로 인한 윌리엄 애스크리크의 재판과 뒤이은 항소는 분명히 있었던 것이다. 정말로 살인이 일어났던 것일까, 아니면 내가 불공정한 일을 영원한 것으로 만들고 있는 것일까? 법정에서 재판이 어떻게 진행되었는지에 관한 기록은 매우 구체적이다. 최종 판결은 판사들이 애스크리크의 주장에도 일리가 있다고 생각했다는 것을 보여준다.

그 이야기를 여기서 다시 하면서 나는 1643년에 있었던 의회당원들에 의한 포위 공격이 1606년에 한 부엌에서 일어났던—혹은 일어나지 않았던—사건의 직접적인 결과였다는 사실을 암시하지는 않겠다. 그것은 지나치게 단순할 뿐더러 정확하지도 않은 암시이기 때문이다. 그러나 사회적인 대립들은 그 일과 관련이 있는 것처럼 보인다.

사실이야 어떻든 그 모든 사건을 연구하는 것은 매우 재미있는 일이었다. 예전에 내가 작가가 되기를 꿈꾸었던 버밍엄 참고 도서관의 향토사 실과 애스턴 홀로 나는 다시 돌아갔다. 이번에는 작품을 쓰기 위한 사전조사와 연구를 위해서였다. 그곳 관리자들은 배경이 되는 정보를 제공하느라 끝없는 수고를 해주었고 너무나 친절하게도, 홀이 공식적으로 문을 닫는 겨울에도 방문할 수 있도록 허락해주었다. 그것은 정말로 특별한 경험이었다.

나는 역사소설의 열렬한 독자가 되면서 내란(찰스 1세 시대의 의회파와 왕당파의 싸움)에 관심을 갖게 되었다. 내가 읽었던 소설 중에는 이디스 파제터의 것들도 있었는데, 그때는 훗날 그녀가 엘리스 피터스라는 이름으로 내 첫 소설에 너그러운 찬사를 보내주리라는 것을 상상도 못했다.

그녀는 내가 대중소설에 대한 기준을 세우는데 도움을 준 작가들 중 한 사람이었다. 그런 높은 기준은 작가와 출판업자 모두에게 너무나 자주 무시되지만 독자들은 그것을 알아주고 결국에는 그것만을 높이 평가해준다. 내가 말하는 기준이란 글쓰기의 탁월함, 진정한 역사적 풍미, 그리고 무엇보다도 건전한 윤리적 기초를 의미한다.

내가 엘리스 피터스를 추억하며 쓴 이야기는 순수한 추리물이 아니다. 그러나 내가 말하고자 하는 것에 살인이 결정적인 것이기는 하다. 내게 있어서 엘리스는 캐드펠 수사 시리즈의 작가 이상의 존재이다. 이 이야기는 지역적인 풍미를 가지고 있기 때문에 적절한 것으로 여겨진다. 그것에 대해서는 내가 특별한 즐거움을 가지고 쓸 수 있고 상당한 통찰력을 가지고 있다고 믿고 싶다.

그녀는 국가적인 차원의 정치와 보다 개인적인 가정 내의 일들의 상호 작용에 끊임없는 관심을 가지고 있었다. 그래서 그녀의 많은 책들이 이런 내용을 포함하고 있다. 자신만의 삶을 이끌어가려고 애쓰는 개인들은 어떤 더 큰 역사적인 갈등에 끌려들어가 있고 그것에 영향을 받는다. 그리고 그들의 어려운 처지가 그것에 의해 해결되기도 한다.

또한 그녀는 부유하고 권력 있는 사람들이 지위가 높다는 이유만으로 자신들의 죄를 숨기도록 내버려두는 것은 옳지 않다고 보는 것 같다. 분노에 찬 한 지역 주민이 토머스 경에게 도전하고 요리사의 운명이 공개적으로 조사되도록 압력을 넣는다는 아이디어는 분명히 그녀의 정의감에 맞아드는 면이 있을 것이다.

린지 데이비스

어느 노상강도 이야기

몰리 브라운

초여름의 대기는 따뜻하고 들꽃 향기로 가득했고 머리 위로 드리워진 나뭇가지들이 길 위에 그늘을 만들고 있었다. 한결같은 속도의 말발굽 소리가 졸음을 몰고왔고 그는 곧 어제의 대단한 사건들을 되풀이해 떠올리며 백일몽에 빠져들었다.

그러나 길 옆 덤불에서 사람 하나가 뛰어나오는 것을 보자 그는 즐거운 꿈에서 놀라 깨어났다. 그 사람은 그의 말 굴레를 낚아채어 갑작스럽게 세웠다.

***

　로버트는 어느 때보다 만족스러운 기분으로, 조용한 시골길을 느린 속도로 달리고 있는 말 위에 앉아 있었다. 금발의 긴 가발과 그에 맞춘 비단 윗도리와 승마용 바지, 그리고 비단 리본으로 장식한 모자를 쓴 그는 자기가 화이트홀 궁전의 궁정 신하들 사이에서도 그다지 뒤쳐지지 않을 거라고 생각했다. 전에 누군가가 그에게 허영심이 그의 몰락을 가져올 거라고 말했었지만 그 말은 분명 질투에서 나온 것이었다. 그의 거만한 태도와 거울 앞에서 보내는 긴 시간은 그에게 이익만 가져왔다.
　초여름의 대기는 따뜻하고 들꽃 향기로 가득했고 머리 위로 드리워진 나뭇가지들이 길 위에 그늘을 만들고 있었다. 한결같은 속도의 말발굽 소리가 졸음을 몰고왔고 그는 곧 어제의 대단한 사건들을 되풀이해 떠올리며 백일몽에 빠져들었다.
　그러나 길 옆 덤불에서 사람 하나가 튀어나오는 것을 보자 그는 즐거운 꿈에서 놀라 깨어났다. 그 사람은 그의 말 굴레를 낚아채어 갑작스럽게 세웠다. 로버트는, 곤봉으로 무장한 바보 같은 그 녀석을 내려다보았다.
　"있는 거 다 내놓으쇼."
　좁은 이마에 얼굴의 나머지 부분에 비해 너무나 작은 가느다란 눈을 가진 그 남자가 말했다. 로버트는 그 남자의 얼굴을 힘껏 걷어찼다. 그 남자는 신음소리를 내며 뒤로 비틀거리더니 깨지는 소리를 내며 머리를 땅에 박았다. 로버트는 안장에서 뛰어내려 칼을 뽑아들고는 칼끝으로 남자의 목 부드러운 살을 눌렀다.

"네 놈 목을 베어버려야겠다, 이 나쁜 놈아!"

강도의 작은 두 눈이 재빨리 칼날을 내려다보았다. 그는 곤봉을 내던지고는 멍청한 얼굴에 공포의 빛을 띠었다.

"제발 목숨만……"

"닥쳐, 이 악당아! 나는 턴브리지 웰스 공작이시다."

가장 먼저 머리에 떠오른 지명을 대며 로버트가 말했다.

"널 교수형시키기 위해 행정장관을 부를 필요도 없는 사람이야. 지금 바로 여기서 내가 직접 네게 선고를 내리겠다."

남자의 두 눈에 눈물이 고이기 시작했다.

"제발, 공작님, 간청합니다, 불쌍히 여겨주세요! 전 이런 일이 처음입니다. 정말이에요!"

"그럴 거라고 생각했지."

'공작님'이라고 불린 것에 기분이 좋아진 로버트가 말했다. 웃음을 참을 수가 없었다.

"강도질하면서 너처럼 멍청하게 구는 놈은 처음 봤다! 이놈, 네 이름이 뭐냐?"

"조지프입니다, 공작님."

남자가 훌쩍이기 시작했다.

"나이는?"

"열일곱입니다, 공작님."

"열일곱치고는 몸집도 크고 튼튼해 뵈는군."

로버트가 냉담하게 말했다.

"열여덟이 되지 못할 테니 안 됐군."

"제발, 공작님, 자비를 베푸십시오! 전 오늘날까지 도둑질을 한 번

어느 노상강도 이야기 617

도 한 적이 없습니다. 이날까지 정직한 하인으로 일해왔습죠. 제 주인님 댁은 여기서 3킬로미터만 가면 됩니다."

애를 썼지만 로버트는 입술의 양끝이 자꾸 위로 올라가는 것을 막을 수가 없었다.

"알겠다. 그런데 도대체 뭣 때문에 정직한 하인이 노상강도가 됐느냐?"

조지프는 코를 훌쩍거렸다. 그의 목소리가 떨리고 있었다.

"침대에서 자는 게 어떤 건지 알고 싶었습니다."

로버트가 미처 예상치 못했던 대답이었다.

"뭐라고?"

그는 웃음을 거두고 물었다.

"저는 평생 동안 다른 사람 집에서 짚을 깔고 잤습니다. 전 제 침대 위에 누워보고 싶었어요. 하느님, 용서해 주십시오. 아무튼 제가 원하는 건 그것뿐이었습니다."

땅바닥에 누워 훌쩍거리며 울고 있는 덩치 큰 소년의 모습은 더이상 재미있는 볼거리가 아니었다.

"일어나라."

칼을 거두며 로버트가 말했다.

"이런 장난이 지겨워지는구나."

조지프는 그 자리에 그대로 있었다. 그는 잠시 하늘을 올려다보며 소리없이 입을 벌렸다가 다물었다. 그러더니 마침내 '장난?' 이라고 소리내어 말했다.

"그렇게 당해도 싸지."

로버트가 말했다.

"네가 내 돈을 뺏으려 했잖느냐. 그래서 네게 교훈을 주려고 한 거다."

"교훈이라고요?"

조지프는 아직도 움직이지 않고 있었다.

"그럼 공작이 아니군요?"

"그래. 난 왕이다."

조지프가 다시 입을 달싹거렸다. 그의 눈이 놀라서 휘둥그레졌다.

"도로의 왕이라고."

로버트가 설명했다.

조지프의 표정은 여전했다.

"신사 징세관이지."

소년의 얼굴을 보니 그는 아직도 이해하지 못하고 있었다.

"노상강도 말이다, 이 멍청아!"

"노상강도요?"

조지프는 이 말을 따라하더니 천천히 몸을 일으켜 앉았다. 몸을 바로하자 그는 뒤통수를 더듬어보고 자기 손끝을 살펴보았다. 손에는 피가 묻어 있었다. 그는 옷소매로 콧물을 닦으며 말했다.

"저처럼 도둑이라고요?"

로버트는 조지프의 곤봉을 집어들고 두 손으로 무게를 가늠해보았다. 단단하고 묵직했다. 자칭 강도가 그것을 어떻게 사용해야 하는지 모르고 있었던 게 다행이었다.

"난 너 같지 않다. 난 도둑질에 경험도 없이 하나 뿐인 무기도 잃어버리고 이제 머리까지 다치고 울어서 얼굴엔 얼룩이 진 채로 주인에게 돌아가야 하는 멍청이 어린애가 아니라고. 너 혹시 강도로 운을 시험해보기 위해 네 주인집을 떠날 때 그렇게 하도록 허락해달라고 했었느냐?"

조지프는 얼굴을 찡그리고 뒤통수를 또 만져보았다.

"그러진 않았겠지."

로버트가 말했다.

"네 주인도 네게 교훈을 주어야 할 필요를 느낄 게다. 그건 내가 가르친 것보다 더 혹독할 거야. 채찍을 몇 대나 맞을지 모르겠는 걸. 그래도 내가 너의 첫번째 사냥감이었으니 넌 정말 운이 좋았다는 걸 인정해야할 거다."

"세상에, 제가 어떻게 운이 좋아요?"

조지프가 물었다.

"아저씨가 방금 말씀하셨듯이 전 제 무기도 잃어버렸고 머리도 다친 데다 돌아가면 맞을 게 틀림없어요. 오늘 아침 출발할 때 전 이렇게 되리라곤 생각하지 않았어요."

"네가 만일 도둑이 아닌 다른 희생자를 상대로 강도질을 시도하다가 실패했다면 넌 지금쯤 교수대로 가고 있을 걸. 반대로 내게서 돈을 뺏으려던 네 그 웃기는 시도가 성공했다면 난 고발도 못했을 거다. 내가 가진 건 다 훔친 거니까."

로버트는 다시 말에 올라 여행을 계속할 준비를 했다.

"도둑질을 그렇게 서투르게 시작한 사람으로서는 감사할 일이 아주 많다는 걸 말해주고 싶구나."

"아저씨가 옳아요."

그 말에 담긴 진실을 막 깨닫기라도 한 것처럼 조지프가 갑자기 탄성을 질렀다.

"맞아요, 전 감사하게 생각해야 해요. 아저씨 같은 분을, 스스로 선택한 직업에서 숙련자가 되신 분을 만난 것보다 더 운 좋은 일이 어디 있겠어요?"

로버트는 말을 세웠다. 어두워지려면 몇 시간 더 있어야 할 것이다. 약간의 칭찬을 들을 만한 시간은 있다.

"숙련자는 아니야."

그가 겸손하게 말했다.

"아, 그렇지 않아요. 전 아저씨가 가진 총명함과 우아함 같은 자질은 없지만 다른 사람들에게서 그렇게 뛰어난 특성들을 알아보지 못할 만큼 바보는 아니에요."

로버트는 생각에 잠겨 잠시 입을 다물고 있었다. 그러더니 이렇게 말했다.

"넌 내가 처음에 생각했던 것만큼 어리석지 않은 지도 모르겠구나."

"어리석건 아니건 간에 이 직업에 대해서 아무것도 모르고 경험도 없는 채로 길에 뛰어들었으니 전 바보였어요."

조지프는 한숨을 쉬며 더러운 손으로 얼굴을 쓱 문질렀다. 두 뺨을 가로질러 검은 줄이 몇 개 그어졌다.

"전 제 어리석음에 대한 대가를 치러야겠어요. 그리고 주인집에서 절 기다릴 어떤 벌이라도 달게 받겠어요. 하느님께서 아저씨 여행길을 보살펴 주시기를."

그는 꾸벅 절을 하더니 걸어갔다.

"기다려라, 얘야."

로버트가 불렀다. 소년이 돌아섰다. 그의 얼굴에 어떤 기대감이 스쳤다. 로버트는 미소를 띠고 자칭 강도에게 곤봉을 던져주었다.

"넌 네가 아는 것보다 훨씬 운이 좋아. 왜냐면 내가 널 돕기로 했거든."

로버트는 나무 그림자가 드리운 길을 따라 말을 타고 천천히 달렸다. 소년은 걸어서 따라오고 있었다.

"말을 타고 있는 사람에게서 뭔가를 뺏을 생각이라면 오늘 했던 것처럼 하면 안 돼. 그냥 말굴레만 붙들면 안 된다구. 제일 먼저 해야 할 일은 그 사람을 땅바닥에 쓰러뜨리는 거야. 그런 다음에 그 사람이 말을 하려고 하면 곤봉으로 한 대 더 치면서 '지껄여댈 거야?' 라고 하는 거야. 그렇게 되면 네 마음대로 할 수 있게 되고 얻고 싶은 걸 얻을 수 있게 돼."

"제가 상대를 땅바닥에 쓰러뜨리기만 하면 그 사람이 제 마음대로 될 거라구요?"

"일반적으로 말하자면 그렇지. 하지만 상대가 자기 칼에 손을 대게 해선 안 돼. 만일 칼에 손을 대면 그의 팔을 부러뜨리겠다고 위협해야지."

"그래도 그가 칼을 뽑으려 하면요?"

"그럼 팔을 부러뜨리는 거지. 실행에 옮기지도 않을 일을 하겠다고 위협하는 건 좋지 않아."

"알겠어요."

생각에 잠긴 채 자기 허벅지를 곤봉으로 두드리면서 조지프가 말했다.

"그런데 아까 말씀하신 게 정말이에요? 갖고 계신 게 전부 훔친 거라는 말이요."

로버트는 큰 소리로 웃었다.

"거의 전부가 그렇지."

그는 손을 뻗어 말 이마의 흰 별을 만지며 말했다.

"이게 보이냐? 칠한 거야. 다리에 있는 표시들도 마찬가지고."

조지프는 이마를 찌푸렸다.

"말에 칠을 하셨다구요? 왜요?"

"알아볼까봐서지."

로버트는 한 눈을 찡긋하며 코를 톡톡 쳤다.

"내가 훔친 말엔 아무런 표시도 없었거든."

"아저씬 정말 영리하시군요."

조지프가 감탄하며 말했다.
로버트는 어깨를 으쓱했다.
"이건 아주 흔한 수법이야. 그리고 상대를 땅바닥에 넘어뜨렸으면 말을 가져가는 게 현명하지."
"그건 왜요?"
"쯧쯧! 넌 달려서 도망치고 네게 당한 사람에게는 말을 남겨줄 참이냐? 그래 가지고 얼마나 도망갈 거라고 생각하냐?"
"정말 아저씨 말씀이 옳아요. 전 그 생각은 못했어요."
"넌 모든 걸 생각하는 것부터 배워야겠다. 그렇지 않으면 내가 오늘 네게 가르쳐주려고 한 게 다 소용없게 될 테니 말이다. 도둑으로 살아남으려면 머리를 써야 돼. 그게 없으면 곧 수레에 실려 타이번(런던 근교의 사형 집행장)으로 끌려가게 될 거야."
"그런데 아저씨는 머리가 좋으시죠?"
로버트는 웃으며 또다시 코를 톡톡 쳤다.
"정직하게 말해서 바보는 아니지."
"아, 아저씨는 바보가 아니에요. 그런데 아저씨는 그저 살아남기 위해 머리를 써야 한다고 하셨지만 아저씨를 보기만 해도 아저씨는 살아남는 것보다 훨씬 더 잘 해오셨다는 걸 알 수 있는 걸요."
로버트는 만족해서 킬킬거리며 웃었다.
"맞아."
그는 겉옷 한쪽을 두드렸다.
"지금 나는 몸에 오십 기니 이상을 지니고 있단다. 비싸지 않은 것으로 만족하는 사람이라면 평생을 편히 먹고 살 수 있는 돈이지. 그리고 여기에는,"
그는 다른 쪽을 두드리며 말했다.
"런던에 가면 상당한 값을 받을 수 있는 물건이 들어 있지."

그들은 2킬로미터 정도를 더 걸었다. 그동안 로버트는 소년에게 자기 기술의 더 섬세한 부분들을 설명해주었다. 마침내 그들은 길이 둘로 갈라진 지점에 도착했다.

"자, 이제 헤어져야겠구나. 날도 저물어가고 난 어두워지기 전에 런던에 도착해야 한다."

"안녕히 가세요. 아저씨가 도와주시고 가르쳐주신 것, 잊지 않겠습니다."

"잘 가거라, 강도야."

로버트는 무심하게 큰 동작으로 한 손을 흔들며 왼쪽으로 가는 길로 접어들었다.

"아저씨, 죄송하지만."

조지프가 뒤에서 불렀다.

"제가 아저씨라면 그 길로 가지 않겠어요!"

로버트는 멈춰 서서 뒤를 돌아다보았다.

"이 길은 런던으로 가는 길인데, 아니냐?"

"런던으로 가는 길은 맞는데요, 어두워지기 전에 거기 닿으려면 그 길로 가지 마세요."

조지프가 말했다. 그는 오른쪽 길을 가리켰다.

"이 길로 가면 더 빨리 갈 수 있어요."

"어떻게 그러냐?"

"이 길을 따라가시다 보면 들판으로 나가는 문이 나와요. 들판을 곧장 가로질러 가면 맞은 편에 낮은 산울타리가 있죠. 그 뒤편에 런던으로 가는 마차길이 있어요. 그 길을 따라가면 한 시간은 더 빨리 갈 수 있어요."

로버트는 고맙다고 인사하고 그 길로 들어섰다.

그는 문을 찾아냈다. 그리고 말이 달리기 시작하자 얼굴에 부딪쳐오는 바람을 즐기면서 넓은 들판을 가로질렀다. 겉옷 안주머니에 든 돈이 쟁그렁거리며 서로 부딪쳤다. 그의 입가에 미소가 번졌다.

그는 아직도 자신이 얻은 행운이 믿겨지지 않았다. 그 일은 결코 깨고 싶지 않은 달콤한 꿈과 같았다. 그는 다시 그 전날 저녁에 있었던 사건들을 돌이켜 음미하기 시작했다. 그러자 주위의 드넓은 시골 들판이 흐릿하게 어두워졌고 두 눈에선 반짝임이 사라졌다.

런던과 턴브리지 웰스 중간 지점에 있는 한 여관의 주인에게서 그가 전갈을 받은 건 이른 오후였다. 내용은 이러했다.

'포츠머스 공작 부인께서 약수 드시러 가시는 길에 여기서 잠시 멈춰서 저녁식사를 하신다.'

그 쪽지를 읽는 그의 손이 떨렸다. 포츠머스 공작 부인이란 바로 찰스 2세가 총애하는 애인인 루이즈 드 케루알르였다. 그는 복면과 권총 두 자루를 챙겨서 몇 분 후에 하숙을 떠났다. 그리고 그 여관에서 몇 킬로미터 길 위쪽까지 말을 달려 숲에 숨어 기다렸다.

마침내 다가온 마차는 매우 아름다웠다. 금으로 가장자리를 두른 선홍색의 마차를 깃털로 머리를 장식한 여섯 필의 말이 끌고 있었다. 그는 숲에서 튀어나왔다. 그가 말고삐를 잡아당기자 말이 앞발을 높이 쳐들었다.

"가진 것 다 내 놓으시오!"
"어떻게 감히?"

단어마다 힘이 들어간 여자의 목소리가 외쳤다.

"내가 누군지 모르느냐?"

그는 마차 창문으로 돌아가서 왕의 정부인 프랑스인 카톨릭 교도, 루이즈 드 케루알르의 얼굴을 보았다. 큰 눈에 반짝이는 검은 머리였다. 그녀의 험악한 인상만 아니라면 로버트는 그녀를 아름답다고 생각했을 것이다.

"당신이 누군지 정확히 알고 있소이다."

복면 뒤에서 눈을 빛내면서 그가 말했다.

"국민의 돈으로 왕이 호사시키고 있는 창녀 아니오."

"맙소사! 이런 오만한 말은 들어본 적이 없어! 폐하께서 톡톡히 대가를 치르게 하실 거다."

"그런 건방진 프랑스식 태도는 아무런 도움이 안 돼요, 부인."

로버트가 말했다.

"이곳에선 내가 왕이고 내 명령은 절대적이니까 말이오. 그리고 화이트홀에 계신 폐하처럼 내게도 국민의 기부금으로 먹여 살리는 창녀가 있소."

그 말에 여자는 조용해졌다. 로버트는 다이아몬드 목걸이와 루비 박힌 금반지, 그리고 다이아몬드와 에메랄드 팔찌를 빼내 주고 돈까지 건넬 때의 그녀의 표정을 기억해내고 큰 소리로 웃었다. 로버트는 언제나처럼 조심하느라고 어젯밤 오랜 시간을 들여 팔찌며 목걸이에서 보석들을 전부 빼냈다. 누가 그 물건들을 알아볼까봐서였다.

그 불쌍한 자칭 강도가 너무나 쉽게 자기를 공작이라고 믿었던 것을 생각하자 다시 웃음이 터졌다. 겉옷 안주머니에서 잘그락거리는 보석들 덕분에 그는 곧 귀족처럼 잘 살 수 있게 될 것이다.

들판 저편에 한 줄로 늘어선 키 큰 산울타리에 가까워지자 그는 말의 속도를 늦췄다. 거기에는 말과 말 탄 사람이 지나갈 만한 틈이 있었다. 그는 런던으로 가는 길을 찾게 되리라 기대하면서 그 틈을 지나갔다. 갑작스러운 타격에 그는 안장에서 굴러 떨어졌다. 정신을 차리고 보니 그는 땅바닥에 납작하게 누워서 조지프를 올려다보고 있었다.

"뭐야?"

로버트가 화를 내며 내뱉었다.

"내가 그렇게 도와주고 충고를 해줬더니 이런 식으로 갚는 거냐?"
"입 닥쳐, 이 악당아!"
곤봉을 흔들며 조지프가 소리쳤다.
"지껄여댈 참이냐?"
로버트의 손이 칼로 향했다. 조지프가 그의 팔에 곤봉을 내리쳐 팔을 부러뜨렸다. 그는 아파서 비명을 질렀다.
"다시 움직이기만 해, 대가리를 부셔버릴 테니."
조지프가 말했다. 그는 몸을 굽혀 로버트의 칼을 뽑더니 그것으로 그의 목을 눌렀다.

"진심으로 축하드려요, 아저씨."
로버트의 말에 올라타면서 조지프가 말했다.
"정말 훌륭한 스승이세요. 자, 괜찮으시다면 전 그만 떠나야겠어요. 어두워지기 전에 런던에 닿으려면 말이죠."
"그런데 왜 이러는 거냐?"
로버트가 슬픈 목소리로 말했다.
"내가 그렇게 잘 해주었는데, 왜?"
조지프는 넓은 어깨를 으쓱했다.
"이러는 게 당연하죠. 아저씨가 말씀하셨듯이 다른 도둑의 것을 훔치면 고발당할 걱정을 할 필요가 없으니까요."
그는 공작 부인의 보석들이 든 주머니를 들고 흔들었다.
"한 남자가 자기 침대를 사기에 충분한 돈이 여기 있다고 생각하세요?"

Molly Brown

　　　　　　　　우리는 지구촌 구석구석과
의 즉각적인 소통과 우주 탐사와 전자 렌즈의 시대, 엄청난 폭발과 폭력단원들을 등장시키는 특수효과를 담은 영화의 시대에 살고 있다. 그런데 21세기로 향하는 마지막 준비 기간에 사는 현대의 독자들이 왜 한 중세 수도사의 모험에 속절없이 매료되어야 하는가?

　몇 가지 이유가 있을 수 있다. 엘리스 피터스의 산문이 지닌 지성과 명료함, 정교한 플롯, 역사에 관한 세부적인 묘사 등이 그것이다. 그러나 나는 700년 이상의 시간이 흘렀음에도 불구하고 12세기 시루즈베리의 사람들과, 아니 어떤 다른 장소나 시대의 사람들과 우리가 내심 그다지 다르지 않다는 것을 엘리스 피터스가 깨달았기 때문이라고 생각한다.

　그녀는 우리의 조상들을 다른 견지에서 보게 해주었다. 학문적 저술의 무미건조하고 현실감 없는 인물들이 아니라 우리 자신처럼 희망과 꿈과 정열과 두려움과 결점을 가진 살아 있는 남녀로서 말이다.

　그녀는 우리로 하여금 우리가 이해하고 관심을 가질 수 있는 사람들을 편히 느낄 수 있게 해주었고 바로 그것이 그녀의 작품을 그토록 매혹적인 것으로 만들었던 것이라고 생각한다.

　　　　　　　　　　　　　　　　　　　　　　　　　몰리 브라운

망할 놈의 얼룩

줄리언 래스본

"그자의 목을 치게! 그자는 언제나 근심거리고 위협이었어. 이중 첩자야. 우리를 염탐하는 대가로 네덜란드의 돈을 받고, 그들을 염탐하는 대가로 우리한테서도 돈을 받았어. 아주 부도덕한데다 누구에게 얘기를 들어봐도 도둑놈이야. 음탕한 시나 쓰고 자기가 아주 잘난 줄 알지. 게다가 그 끔찍한 희곡들이라니……."

***

  다이아몬드 모양의 납창살이 달린 높은 창문들이 상자 모양으로 구획을 지은 정원을 내려다보고 있었다. 정원 주위로 만들어진 자갈길 양옆으로는 질리플라워와 튤리판 꽃들이 열을 지어 서서 경계를 이루고 있었다.
  계속해! 벌써 나는 역사소설 작가의 직업상 책략의 하나를 쓰고 있는 중이다. 친애하는 독자들께서는, 글쎄, 어쨌든 여러분 중 몇몇 사람은 질리플라워가 무엇인지 전혀 모를 것이고 튤리판은 아마 튤립일 거라고 추측하고 있을 것이다. 그러나 나는 흔히 보는 꽃들을 지칭하기 위해 이 낯선 이름들을 썼으므로, 나는 이미 여러분의 신뢰를 얻은 셈이다. 나는 시대착오라는 어떤 의심도 없앤 셈이며, 여러분은 눈앞에 그려보도록 되어 있는 것에 대해 전혀 모른다 해도 상관없다. 여러분은 과거로 옮겨진 셈이니까. 반면에 내가 월플라워와 튤립이라고 썼다면 여러분은 역사와 관련하여 어떤 잘못이 있지 않은지 의심했을 것이고 여러분의 마음 속에서는 현대 도시의 정원이 그려졌을 것이다.
  그러나 여러분이 이때를 4월 말이나 5월 초라고 생각했다면 옳게 생각한 것이다. 나는 정원 너머에 서 있는, 만개해 있으면서도 한 송이씩 꽃이 떨어지고 있는 벚나무들을 묘사하려는 참이기 때문이다. 물론 그 벚나무는 분홍색 꽃이 피는, 화려하고 천박하며 장식물에 불과한 일본 벚나무가 아니라 품위 있고 수수하며 열매를 맺는 영국 벚나무이다. 때는 1593년의 기분 좋은 5월 첫 주였다.

높은 창문들과 그 창문들 밖을 내다보고 있는 두 남자가 있었다. 그 중 한 사람은 그 시대로 봐서는 아주 늙은 칠십 대의 노인으로, 흑단 지팡이에 몸을 의지하고 가장자리에 레이스가 달린 손수건으로 힘없이 늘어져 침이 흘러나오는 입 가장자리를 가끔씩 닦아내고 있었다. 다른 사람은 중년의 남자로 옆에 있는 그의 아버지를 꼭 닮았으나 더 건장하고 선이 굵었다. 두 사람 모두 털로 가장자리를 장식한 검은색 벨벳 옷을 점잖게 차려입고 있었다. 그들의 옷에는 금과 매끄럽게 간 보석들이 달려 있어서 그것들이 가끔씩 진중하게 빛을 발하여 검은색에 활기를 불어넣고 있었다. 결코 천박하게 번쩍거리지 않았다는 것을 여러분은 알 것이다.

그들 뒤에는 좁은 홈이 파인 구근 모양의 네 개의 다리가 달린 커다란 떡갈나무 탁자가 있었다. 탁자 위에는 종이와 양피지들이 널려 있었는데 양피지들은 붉은 테이프와 묵직한 봉인으로 단단히 봉해져 있었다. 거기에는 봄꽃으로 만든 꽃다발도 있었는데 즐거움을 주기 위해서가 아니라 전염병을 막기 위해 놓인 것이었다. 1593년은 전염병이 만연한 불행한 해였다. 그런 연유로 이 모든 일이 런던에서 한참 떨어진 곳에서 일어나고 있는 것이다.

나는 하마터면 '어두운 색깔의 떡갈나무' 라고 쓸 뻔했다. 나는 그 형용사가 그린링 기븐스가 조각한 과일과 꽃들로 장식된 떡갈나무 벽판자들에 대해서도 적절한 수사가 될 것이라고 생각했었다. 그러나 기븐스는 한 세기 후에나 오는 사람이고 한번 생각해보면 잘 알 수 있듯이, 새로 만들거나 만든 지 얼마 안 된 떡갈나무 가구는 옅은 벌꿀색으로 세월이 감에 따라 천천히 색이 짙어진다. 1593년이라면 햇필드 하우스의 떡갈나무 가구와 벽판자는 아직 옅은 색이었을 것이다.

그러나 우리 튜더 왕조의 고관들이 옅은 색의 떡갈나무 가구들에 둘러싸여 있다는 상상은 할 수가 없다. 그런데다가, 망할, 나는 햇필드

하우스가 그보다 10년 정도 지나서야 세실 가문의 소유가 되었다는 것을 알게 되었다. 하지만 그것은 1593년에 여왕이 거처하던 곳이었으니 더 두꺼운 역사책들을 열심히 뒤지지 않고서도 세실 경 부자(父子)가 거기에 있었다고 말할 수 있다고 생각한다. 그들이 그곳을 소유해서가 아니라 여왕이 거기 계셨기 때문이다. 그리고 궁정이 그곳에 옮겨와 있었기 때문이다. 그러니 가능하지 않은가. 게다가 사실은 추밀원 회의가 막 열렸던 참이었다. 참석자들 대부분은 물러가고 토의 결과를 처리하기 위해 윌리엄과 로버트만 남아 있었다.

그러나 그 방 안쪽, 창에서 가장 먼 곳의 어두움 속에는 한 사람이 더 남아 서성거리고 있었다. 아직은 추밀원의 구성원이 아니었으나 그 자신은 자기가 거기에 끼어야 마땅하다고 생각하는, 거만하고 빈틈없는 남자로, 깡마르고 턱 주위가 언제나 거뭇거뭇했으며 똑똑하고 유머가 없는 것으로 이미 유명했다. 그는 세실 부자의 사돈 청년이었는데 왜 아직도 자기가 변호사보다 고위의 직위로 등용되지 않는지 이해하지 못하고 있었다. 법정에서 그는 법에 대한 빈틈없는 소견과 지식으로 자신의 임무를 수행했다. 판사들은 그의 해박한 법 지식에 언짢아하면서도 반박하지 못했다.

창가에 서 있는 두 사람 중 노인은 창으로 들어오는 햇빛 속에 종이 한 장을 들고 있었다. 그들이 창가에 서 있는 것은 바로 그것 때문이었다. 향꽃장대나 튤립, 혹은 벚꽃에 감탄하기 위해서가 아니라 노인의 시력이 나빠지고 있었기 때문이었다.

"토머스 키드가 한 것으로 돼 있는 이 자백 말일세."

노인이 쌕쌕거리며 말했다. 그는 부활절 이후로 줄곧 기관지염으로 고생하고 있었다.

"이게 무슨 가치가 있지? 법정에서 효력이 있겠느냐는 말이야."

뒤쪽에 있던 젊은이가 노인과는 다른 이유로 기침을 했다.

"아, 있을 겁니다, 어르신. 지옥불에 대한 두려움이 그를 자백하게 했지요. 끔찍한 죽음 뒤에 따라오는 지옥불은 이제 이단자들에게 딱 맞는 것으로 여겨지고 있으니까요."

그는 잘난 체하며 자기 손톱을 바라보았다.

"그자가 고문을 당하지 않았다는 뜻인가?"

노인의 아들인 로버트가 믿을 수 없다는 듯 물었다.

"아, 물론 고문을 당했지요. 고문에 대한 기억이 그로 하여금 이 자백이 자의로 한 것이라고 맹세하게 할 정도로는 말씀이죠."

"이 비열한 자를 포함하는 일당조차도……."

윌리엄은 이탤릭체로 바짝 붙여쓴 서명을 다시 들여다보았다.

"크리스토퍼 말로우라고? 그자가 정말로 이 사람을 밀고하려는 건가?"

"그럼요. 이단으로요. 말로우는 무신론자이고 도덕률 초월론자이지요. 그는 비밀기관의 보물 같은 존재였지만 우리를 배신한 건 그 어떤 용서의 여지도 없습니다. 우리는 그를 이단으로 잡아넣을 겁니다."

"그가 어떻게 두 가지가 다 될 수 있는지 모르겠군요."

로버트가 다시 끼어들었다.

"무신론자이면서 도덕률 초월론자라니 말이에요."

"난 개인적으로는 무신론자를 더 좋아하지."

그 문제를 잠시 생각해 본 후 그의 아버지가 말했다.

"적어도 무신론자는 도덕적 명령의 중요성을 인식할지도 모르기 때문이야. 도덕률 초월론자는 자신이 좋아하는 것을 해도 좋다는 백지 위임장을 가지고 있어. 그런 자가 선택된 사람들 중에 포함돼 있다면 그의 삶이 아무리 악하다 해도 어쨌든 천국에 가겠지. 그렇지 않다면 아무리 가치 있는 삶이었다 해도 무조건 지옥으로 갈 테고. 그런 교리는 국가의 훌륭한 질서나 모세의 십계를 지키는 일에 도움이 되지도 않고 신분의 기초도 위태롭게 하지. 그 현의 음을 제대로 맞춰놓지 않으면 일반적인 국가 조직 내에서 우리가 얻는 건 조화 대신 대혼란뿐이야."

노인들이 흔히 그렇듯이 지금 그의 얘기는 옆길로 벗어나고 있었다. 그의 뒤에 선 젊은이는 계속 이어지려는 그의 말을 막으려고 애썼다.

"어르신, 성경에도 여러 예가 있습니다. 로마서 4장과 5장이 특히 그렇지요. 아주 교활하고 열성적인 사람들이 해석하는 바에 의하면……."

"프랜시스, 나는 삼십 년 넘게 여왕 폐하를 위해 이 나라를 관리해왔네. 그동안 내내 나는 한 가지 원칙만을 따랐지. 국가의 안위를 위협하는 것은 무엇이든 성경에 어긋나는 것이 틀림없다는 것이었어. 그러면 끝이 나는 거지. 나는 다른 사람들이, 성직자며 신학자 같은 사람들이 성경에서 적용될 수 있는 부분을 찾아내도록 놔둔다네. 그러면 찾아내거든. 그렇지 않으면 승진을 못할 테니까. 리처드 후커에게 물어봐. 그 사람은 아직 마흔도 안 됐지만 지금 그가 쓰고 있는 책에 이어서 죽기 전에 캔터베리 대주교가 될 걸세. 그런데 어디까지 얘기했지?"

"크리스토퍼 말로우까지 말씀하셨어요."

"그자의 목을 치게! 그자는 언제나 근심거리고 위협이었어. 이중 첩자야. 우리를 염탐하는 대가로 네덜란드의 돈을 받고, 그들을 염탐하는 대가로 우리한테서도 돈을 받았어. 아주 부도덕한데다 누구에게 얘기를 들어봐도 도둑놈이야. 음탕한 시나 쓰고 자기가 아주 잘난 줄 알지. 게다가 그 끔찍한 희곡들이라니……."

이제 노인은 제대로 욕을 퍼붓고 있었다. 목에서부터 붉은 기가 번지더니 두 뺨의 약하고 주름진 늙은 피부가 붉게 물들었다.

"음탕할 뿐만 아니라 공공연히 선동을 하고 다녔다네. 그 왜 〈에드워드 2세〉라는 연극 있잖나. 왕에 대한 최대의 모욕이야. 물론 그자는 두꺼비 같은 월싱엄의 보호를 받았지. 둘이 서로 관련돼 있었던 게 분명해. 그러나 월싱엄은 지난 이 년 간 무덤 속에 있었으니…… 내 말대로 그자 목을 베어버려!"

"문제가 있어요, 아버지. 월싱엄은 죽었지만 말로우한테는 다른 친구들이 있습니다. 학자며 과학자들 말씀이죠. 윌리엄 하비도."

"쯧쯧. 대학의 좋은 자리를 얻기 위해서나 화형을 피하기 위해서 자신의 학식을 저버리지 않은 과학자 얘기를 들어본 적이 있느냐? 그자들한테 당근과 채찍을 줘봐라. 너한테 지구는 평평하다고 하거나 태양의 주위를 돈다고 할 거다. 네가 듣고 싶어한다고 생각하는 온갖 허튼 소리를 늘어놓을 게야."

"월터 롤리 경도 친구예요."

"지금으로서는 그게 그자에게 도움이 되지 않아."

그것은 그 당시 월터 경이 여왕에게 먼저 청하지도 않고 여왕의 시녀 중 한 사람을 유혹했다가 나중에 결혼한 이유로 셔본에 추방돼 있다시피 한 사실을 두고 한 말이었다.

"문제가 하나 더 있어요."

"그래?"

"말로우는 지금 숨어 있어요. 어디 있는지 모릅니다."

프랜시스 베이컨이 또다시 헛기침을 했다.

"하지만 지금은 돈 한 푼 없을 겁니다. 뭔가를 먹으려면 숨은 곳에서 나와야 합니다. 만일 우리가 배우인 그의 친구들하고 그가 빚을 지고 있는 사람들에게 접근해서, 그를 잡으면 돈을 좀 벌 수 있을 거라고 약속하면 우리를 그에게 인도할 겁니다."

"그럼 그건 해결됐군. 자네는 말로우가 가진 물건 중에서 팔 만한 것이 무엇인지, 누가 그걸 살 것인지 알아내서 그 둘을 어디 술집이나 지하 식당 같은 데서 만나게 하게. 그런 다음 그를 습격하기로 하지."

벌리 공 윌리엄 세실은 그때까지 들고 있던 작은 종이 조각을 떨어뜨리고 다음 서류를 향해 탁자로 팔을 뻗었다. 그러더니 잠시 가만히 있었다.

"그자는 재판이니 뭐니 성가신 일들을 해야 할 가치도 없는 자야. 그를 잔뜩 흥분하게 해서 칼에 찔리게 하게. 부랑아나 뭐 그런 자들과 싸움이 나게 해서 말이야."

과거에 기초를 둔 이야기들 중 어떤 것들은 말투를 그대로 흉내낸 이야기들이고 어떤 것들은 그렇지 않다. 또 그 두 가지 양식을 절충한 것들도 있다. 즉 그 당시의 말투를 흉내내지는 않지만 사람들이 지금보다 더 무게 있고 부드럽게 얘기했다는 우리의 인식과 일치하도록 그럴듯한 위엄을 유지하는 것이다. 튜더 시대를 다룰 때면 문제가 특히 심각해진다. 구어를 묘사한다고 알려진 문학에는 그것을 모방하려는 유혹이 있다. 물론 성공적으로 해낸 이들이 있다. 로버트 나이나 앤서니 버지스를 생각해볼 수 있을 것이다. 그러나 나는 버지스나 나이가 아니다. 그래서 독자들에게 몇몇 대화는 현대적으로 바꾸어 쓴 것을 이해해 달라고 요청해야만 하겠다. 여러분은 어떤 특정한 단어가 1590년 대 당시에 쓰였는지를 알기 위해 『새 영어 사전』을 뒤지느라 많은 시간을 허비할지도 모르겠다. 만일 여러분이 그것에 대해 철저히 따질 작정이 아니라면 현대적인 어구들을 받아들이는 것이 나을 것이다. 그리고, 음, 이왕 하기로 했으니 여러분은 철저하게 하는 게 좋을 것이다. 됐다. 이제 얘기를 계속하기로 하자. 내용이 문제지 기교는 문제가 아니란 말이지. 여러분이 이렇게 말하는 소리가 들리는 것 같다.

말로우의 물건 중에 다른 사람들이 사고 싶어할 만한 게 뭐가 있을까? 런던을 향해 후대에 A_1이 될 길을 마차를 타고 가면서 프랜시스는 머리를 굴려보았다. 그의 예술. 지금까지 아무도 보지 못했던 그런 종류의 견고하고 성공이 확실한 연극 작품들을 만들어내는 그의 능력. 〈캠벌레인〉, 〈말타의 유대인〉, 〈포스터스 박사〉. 그는 지금 무슨 작품인가를 쓰고 있을 것이다. 지금은 쫓기고 있기 때문에 그 작품을 무대에 올릴 수 없으리라. 하지만 누군가에게 팔 수는 있다. 산 사람은 그것을 자기 이름이나 가명을 동원해서 공연할지도 모른다. 그런데 누가 사고 누구한테 팔까? 토머스 키드의 『스페인의 비극』은 문체가 거의 흡사했다. 그러나 그는 자기 스스로 뭔가 쓰는 일을 다시는 못할 것이다. 양손 엄지손가락이 그 꼴이 됐으니 말이다. 그리고 그는 자기 오랜 친구를 무신론 이단자로 밀고한 참이고 말로우가 숨어 있는 것도 바로 그것 때문이니 그들이 다정스럽게 만나서 거래할 것 같지는 않았다. 그렇다면 누가 있을까? 아, 뭐, 배우들이 알겠지.

 자신의 무거운 마차가 하이게이트를 향해 언덕을 오르고 있을 때 그 교활한 변호사는 그렇게 궁리하고 있었다. 그는 여러 극단을 한 바퀴 둘러볼 참이었다. 그러다가 적당한 사람들에게는 술도 좀 사고 괜찮은 식사도 살 작정이었다. 돌멩이 하나로 새 두 마리를 죽이는 거지. 말로우가 어디 숨어 있는지에 대해 알아낼 수도 있을 것이다.

 한 가지 문제가 있었다. 런던의 극장들은 전부 문을 닫았다. 그런지 일 년이 됐다. 처음에는 폭동 때문이었고 지금은 역병 때문이었다.

 그 달 말이 되어서야 그는 모든 준비를 마칠 수 있었다. 극장들이 문을 닫았기 때문에 그가 만나고자 했던 그런 사람들을 찾아내는 일이 훨씬 더 어려웠지만 일단 그들을 찾아내자 그들은 보통 때보다 더 돈에 쪼들려 있어서 돈 몇 푼에도 쉽게 넘어갔다. 극장이 다시 문을 열자마자 무대에 올릴 수 있는, 흥행 성공이 확실한 작품을 손에 넣게 해주겠다는 약속도 더 잘 먹혀들었다. 정말 괜찮은 극본을 찾기 위한 경쟁은 치열했다. 1593년의 크리스마스나 1594년 시즌의 화제를 독점하는 극단은 큰돈을 벌 것이 확실했기 때문이었다. 그 보상이 워낙 클 것 같아 보이자 그는 연극 대본을 쓰는 장난을 직접 해볼까 하는 생각을 하기 시작했다. 그는 이미 그 자신이 '에세이들'이라고 부르는 짧은 글들을 몇 편 회람시킨 적이 있었고 미처 몽테뉴를 읽지 못한 사람들에게서 아주 높은 평가를 받았던 것이다.

    그 결과는 만족스러웠다고 여러분은 말할지도 모르겠다. 여기서 속닥거리고 저기서 은밀히 만나고 한 술집의 탁자 아래에서 돈이 오가고 네 법학원 중 한 곳에서 확약한 약속 등이 결국은 크리스 말로우가 정말로 팔고 싶어하는 대본을 가지고 있다는 것과 5월 28일 어둠이 내리기 바로 전에 데트퍼드에 있는 어떤 하숙집 겸 술집 겸 매음굴에 있을 거라는 사실을 알아내는 성과로 이어졌다. 그는 대본을 가지고 있을 것이며 20파운드면 팔 것이라고 했다. 당시로서는 큰돈이었다. 그걸 사게 된 사람도 아주 만족해 했다. 극본은 틀림없는 말로우풍으로, 웬서스러스 왕의 자리를 차지하기 위해 어린 왕자들을 제거하고 희생자들 중 한 사람의 미망인을 겁탈하는 등 포악을 저지른 어떤 보헤미아 공작을 다룬 광란의 연극이었다. 그의 다른 연극들에서도 다루어져서 그의 명성을 높였던, 그가 늘상 다루는 '도가 지나친 사람'이라는 주제였다. 살 사람이 내세운 조건은 그 연극이 장미 전쟁에서 소재를 찾아 자신이 이미 공연했던 3부작을 마무리짓게끔 고쳐져야 한다는 것이었다. 그 3부작은 상당히 지루했고 그가 함께 일했던 배우들은 같은 부류의 연극을 또 하고 싶어질지 확신하지 못했다. 사실을 말하자면 그자는 시인이었지 대단한 희곡 작가는 못 되었던 것이다. 그는 또 한심한 배우이기도 했다.

    그렇게 해서 평판 나쁜 데트퍼드의 술집으로 그 희곡 작가를 끌어내어 극본을 사려고 나타난 사람은 변호사가 아니라 그 사람이었다. 그는 과자 몇 개와 맥주를 시키고 기다렸다. 그리고는 시간을 보내기 위해 주머니에서 손때가 묻은 홀린셰드의 연대기 한 권과 종이 조각, 그리고 펜과 뿔로 만든 잉크통을 꺼내더니 뭔가를 쓰기 시작했다.

마침내 한 시간 후 심부름하는 여자들이 촛불을 가지고 들어올 때 말로우가 이층 방에서 게으르게 어슬렁거리며 내려왔다. 그는 셔츠를 바지 속으로 쑤셔넣으며 하품을 했다. 오후에 상당한 시간 동안 마구간에서 일하는 남자애들 중 하나와 비역질을 했기 때문이었다.

"아이구, 맙소사."

자신을 기다리고 있는 키가 작고 통통하게 살이 쪘으며 때 이르게 머리가 벗겨지고 있는 젊은 남자를 보자 그가 말했다.

"이게 누구셔. 단검을 휘두르는 도련님이시군. 워윅 문법학교 학생이시고. 라틴어는 거의 모르고 희랍어는 하나도 모르신다지. 우리의 깃털을 훔치는 못된 까마귀 씨. 저쪽으로 좀 가시게. 옳지, 착하군."

그는 뭔가를 쓰고 있던 그 사람 옆자리에 털썩 앉더니 끈으로 묶은 전지 절반 크기의 얇은 종이 뭉치를 던지듯 내려놓았다.

"이걸세. 내가 장담하지만 아주 훌륭한 작품이야. 돈은 가지고 왔지?"

그는 자신이 단검을 휘두르는 사람이라고 불렀던 남자가 책 옆에 놓아두었던 주머니를 짤랑거리며 흔들었다. 그는 그 책을 집어들더니 또다시 비아냥거렸다.

"안 보는 척하지 말고 그냥 베껴쓰시지. 어쨌든 그대가 낼 테니 포도주 한 컵 마셔야겠어."

그리고는 주인을 손짓해 불렀다.

"포도주는 상했소."

주인이 말했다. 그리고는 등받이가 높은 긴의자 뒤에 숨어 있는 세 명의 악당들을 향해 손가락을 딱 소리가 나게 튀기며 눈을 찡긋했다.

"대신 켄트산 맥주 좋은 게 있지요. 좋은 맥주에는 친구도 없는 거라오."

"사실은 스트래트퍼드야."

포부가 큰 그 희곡 작가가 이렇게 말하며 끈을 끄르기 시작했다.

"뭐라구?"

"스트래트퍼드 온 에이븐이라고. 워윅이 아니고."

그는 제목이 씌어진 페이지를 잘 폈다. 보헤미아의 왕 지기스문도의 말썽 많은 통치와 슬픈 죽음. 지기스문도와 보헤미아라는 단어에는 줄이 그어져 있었다. 말로우는 웃음을 터뜨렸다. 옥스브릿지 출신의 높은 웃음소리였다.

"스트래트퍼드 온 에이븐의 음유시인이란 말이지."

그가 재미있어하며 큰 소리로 말했다.

"그 말 그럴 듯하게 들리는군."

그 순간 등 높은 의자 뒤에서 단검과 곤봉으로 무장한 세 명의 악당들이 튀어나왔다. 말로우도 단검을 가지고 있었지만 칼을 빨리 빼지 못하고 허둥거린 데다가 칼끝으로 자기 눈까지 찔렀다. 그렇게 되자 그는 아처라고도 하고 잉그럼이라고도 하는 남자가 그에게 가한 일격을 피할 수가 없었다. 이때쯤 일이 끝난 것을 본 주인이 자신의 평판을 생각해서 경관을 소리쳐 부르기 시작했고 악당들은 도망쳤다.

말로우는 마룻바닥에 쓰러졌다. 워윅셔의 음유시인은 가까이에 있는 방석을 가져다가 그의 머리 밑에 넣어주고 상처를 살폈다.

"이건 교회문처럼 넓게 벌어지지도 않았고 뾰족탑처럼 깊지도 않지만……"

그가 말했다.

"도대체 무슨 말을 하는 건가?"

말로우가 신음소리를 냈다.

"빌어먹을, 뾰족탑이 어떻게 깊을 수가 있어?"

그리고는 죽었다.

경관을 기다리는 동안 그 음유시인은 일이 이렇게 된 데 대해 자축하지 않을 수 없었다. 물론 그도 그간의 일에 대해 의심을 하지 않은 건 아니었다. 딕 버비지가 그에게 뭔가 수상쩍은 일이 진행되고 있는 것 같다는 얘기를 했었다. 특히 그 변호사란 친구가 자진해서 금화 20파운드를 내놓았을 때 그런 의심이 들었었다. 모든 사실들을 따져볼 때 그는 그것이 말로우가 몸을 드러내게끔 하려는 미끼라고 생각했었다. 글쎄. 이 나쁜 놈은 당해도 싸지. 언제나 대학 나온 걸 내세우며 잘난 체했었거든.

"이름은 말로우입니다. 끝에 e자가 붙은 말로우지요."

이제 무슨 일인지 아주 분명해졌다. 일고여덟 군데 극단과 교섭하고 키드를 제거한 것하며 곧 차가운 장애물 속에서—장애물이라고? 그게 무슨 뜻이지? 신경 쓰지 마. 그럴 듯 하잖아—썩게 될 피범벅의 살덩어리하며……. 이렇게 되면 그는 불충분하나마 상당한 정도의 실적을 가진 유일한 사람이 된다. 이제 곧 사람들에게 그 바닥에서 누가 진정한 왕자인지 보여줄 것이다.

그런 와중에도 그는 표제지를 넘겨보지 않을 수 없었다.

"이제 우리의 불만의 겨울은 영광스런 여름으로 변하도다……" (셰익스피어의 비극 『리처드 3세』의 첫머리에 나오는 독백—옮긴이)

그는 상을 찌푸리고 자기 깃펜을 집어들더니 malcontent(불만)의 mal을 지우고 dis라고 써넣었다. 그 페이지의 윗부분에는 말로우의 피가 얼룩져 있었다. 그는 주머니칼로 그것을 긁어버리려 했으나 얼룩은 없어지지 않았다.

"망할 놈의 얼룩일세."

그는 중얼거렸다.

Julian Rathbone

역사추리소설을 포함한 모든 역사소설은 그것이 배경으로 삼고 있는 시대를 정확하게 나타내는 만큼, 혹은 그보다 훨씬 더 많이, 그것이 씌어진 시대를 드러내고 표현한다. 이 점이 필연적이고도 공공연하게 인정되는 적은 거의 없다. 우리가 아무리 철저하게 연구한다 해도 우리는 그 자료들을 20세기적 감수성을 통해 경험하게 마련이다. 예를 들어 우리는 중세 농민의 관점에서 그들이 입던 거친 모직물 속옷을 조사하지 못한다. 그러지 않으려고 아무리 애써도 마크 앤드 스펜서의 속옷류에 대한 의식이 우리 마음 한구석에 지울 수 없이 남아 있는 것이다.

이것은 과거에 씌어졌지만 현대에 와서 각색되거나 극화된 작품들을 생각해 볼 때도 적용되며 『엠마』나 『프랑켄슈타인』 같은 작품들의 현대에 씌어진 속편들을 읽을 때면 그것이 사실이라는 것을 훨씬 더 많이 느끼게 된다. 의상이나 예절, 에티켓, 말, 마차 등을 역사적으로 재구성하면서 아무리 주의를 기울여도 동시대의 사람들이 동시대의 관객이나 독자들을 위해 만든 구조물을 우리가 보고 읽고 있다는 사실을 숨길 수는 없다. 역사적 허구란 실체가 있고, 돈을 지불하는 관객이나 독자에게 그들이 즐길 수 있고 우리 자신의 시대에 대해 무언가를 배울 수도 있는 어떤 창작품을 팔기 위해 계획된 솔직한 상업적 모험의 산물이라는 것을 인정한다면 이 모든 것이 용납된다. 그러나 그런 것을 읽거나 보는 경험이 진짜 제인 오스틴이나 진짜 19세기에 대한 이해를 가능하게 한다고 생각하지는 말자.

나는 이런 생각들을 갖고서 「망할 놈의 얼룩」을 썼다. 이 작품집에 배치된 무거운 대포들 가운데서 이 작품은 폭죽에 불과할 것이지만 그렇다고 해서 젖은 폭죽은 아닐 것이다. 어쨌든 이 작품은 역사적 허구는 고의에서건 아니건 간에 옛날의 삶의 방식이 아니라 현재의 삶의 방식을 반영하고 있음을(약간의 여흥거리도 제공하면서) 독자에게 일깨우는 데 기여할 것이다.

줄리언 래스본

| 옮긴이의 말 |

역사추리소설이 지닌
특별한 멋과 향기

　엘리스 피터스의 캐드펠 시리즈는 우리에게 추리소설의 새로운 형식을 보여주고 있다. 캐드펠 시리즈를 읽으면서 우리는 먼 과거 어느 시대, 낯선 공간으로 이끌려 들어가, 작품을 통해 생생하게 되살아난 역사의 한 장면 속에서 펼쳐지는 흥미진진한 추리의 세계를 만나게 된다. 학교 수업시간에 단순암기식 지식의 차원에서만 배웠던 중세 잉글랜드의 역사가 캐드펠 시리즈를 통해 눈앞에 그려지는 생생한 세계가 되어 나에게 펼쳐졌던 것이다. 전부터 알고 있던 추리소설의 친숙한 문법이 실제 역사의 한 부분과 만나면서, 작품의 깊이와 외연이 더 깊어지고 확장된 새로운 느낌의 역사추리소설! 엘리스 피터스의 캐드펠 시리즈를 읽는 건 내게 전혀 새로운 즐거움이었다.
　캐드펠 시리즈 전에도 여러 권의 탐정소설과 역사소설을 썼던 엘리스 피터스는 캐드펠 시리즈로 작가로서의 명성을 얻게 된다. 그녀는 캐드펠 시리즈 제3권 『수도사의 두건』으로 1980년 영국 추리작가협회에서 수여하는 '카르티에 다이아몬드 대거 상'을 수상했으며, 이후 엘리자베스 2세로부터 대영제국훈장을 수여 받았고, 캐드펠 시리즈가

TV 시리즈로 방영되면서 큰 인기를 누리는 등, 영국에서는 소위 '국민 작가' 대우를 받는 추리소설가이다. 우리나라에서는 지금에서야 캐드펠 시리즈가 완간되었지만, 사실 캐드펠 시리즈는 미국, 일본, 프랑스 등 22개국에서 번역, 출간된 밀리언 셀러이다. 늦은 감이 있지만 지금이라도 우리나라에서 캐드펠 시리즈 20권을 모두 만나볼 수 있게 된 건 정말 반가운 일이다. 게다가 그녀의 위대함을 기리기 위해 추리소설계에서 이름 있는 20명의 작가들이 모여서 낸 엘리스 피터스 추모소설집까지 함께 출간되면서, 역사추리소설이 지닌 고유의 멋과 향기를 흠뻑 느낄 수 있다는 것도 참 즐거운 일이다.

엘리스 피터스와 캐드펠 시리즈가 역사추리소설 분야에서 얼마나 중요한 위치를 차지하는가는 새삼 강조할 필요가 없다. 캐드펠 시리즈는 역사추리소설의 모델이 되는 작품이고 그 전형을 확고히 세운 작품이다. 캐드펠 시리즈를 읽다보면, 당시의 역사적 공간 속에서 실제의 인물들과 허구의 인물들이 작가가 만들어낸 가상의 사건에 얽혀 들어가면서, 완벽하게 아귀가 맞아떨어지는 퍼즐 게임을 맞춰가는 것 같은 재미를 맛볼 수 있게 되는데, 이는 실제 역사와 추리소설이라는 두 요소를 놀라울 정도로 성공적으로 융합시키는 엘리스 피터스의 뛰어난 글재주와 철저한 사전연구로 인해 가능한 것이다.

작품의 주인공인 캐드펠 수사는 정말 매력적인 인물이다. 그는 그야말로 산전수전 다 겪은 늙은 수사이지만, 근엄함이나 완고함과는 거리가 먼 인물이다. 다양한 삶의 경험을 통해 인간에 대한 이해와 너그러움을 지니게 된 이 수사는 뛰어난 지혜와 치밀하고 정확한 추리력으로 사건을 풀어 나간다. 캐드펠은 수도원에만 갇혀 있는 고고한 수도사가 아니다. 그는 약하고 허물 많은 사람들의 삶을 치유하고 위로하는 역할을 한다. 따라서 캐드펠 시리즈에서는 단순히 범인 찾기의 묘미만을 노리는 여타의 추리소설과 달리, 인간의 내면과 휴머니즘의 본질에 대해서 되새겨볼 수 있는 깊이까지 맛볼 수 있게 되는 것이다.

끝으로 캐드펠 시리즈를 세계적인 작품으로 만든 요인 중 하나로 엘리스 피터스의 문체를 꼭 집고 넘어가야겠다. 그녀의 문장은 생생하고 세밀하며 단어 하나하나의 의미가 살아 있어서 등장 인물들의 성격과 생각, 미묘한 감정의 변화까지 놀랍도록 섬세하게 그려내고 있다. 주변 풀 한 포기, 인물의 움직임 하나하나까지 세세하게 묘사하는 과정을 따라가다보면, 사건의 해결을 좇아가기만도 숨가쁜 여느 추리소설과는 다른 캐드펠 시리즈만의 향기를 느낄 수 있을 것이다.

이 추모소설집은 미국과 영국에서 활동하는 최고의 역사추리소설가 스무 명이 엘리스 피터스의 공헌과 업적을 기리면서 스무 편의 단편을 엮어 1998년 펴낸 것이다. 여기에 실린 스무 편의 작품들이 펼치고 있는 역사적 배경이나 사건은 아주 다양하다. 제임스 1세 시대의 영국, 케사르 시대의 로마, 1900년대 말의 오스트리아, 나사렛 예수 당시의 갈릴리 등, 스무 편의 작품들이 저마다 고유한 재미와 독특한 분위기로 상상력을 자극한다. 잘 짜여진 추리소설을 읽는 즐거움은 아주 크다. 특히 실제 역사와 허구의 이야기와 긴장감 있는 추리라는 서로 다른 세계가 정교하게 맞물려 전개되는 역사추리소설이 주는 즐거움은 매우 신선하고 특별하다.

자, 지금부터 영미 최고의 역사추리소설가들이 초대하는 스무 편의 추리 모험을 떠나보자. 당신의 상상력을 발휘하고 추리력을 작동시켜 보라. 동시에 다양한 역사적 시대 속 각양각색의 삶에 대한 묘사를 즐기는 여유도 가져보자. 그러면 이 책을 읽은 것이 잊지 못할 즐거운 경험이 될 것이다.

손성경

손성경

서울에서 태어나 고려대학교 영문과를 졸업하고 동 대학원에서 학위를 받았다. 현재 고려대학교 국제어학원 강사로 재직중이다. 『사랑의 비밀』『기억 속으로 걷기』, 캐드펠 시리즈『반지의 비밀』『어둠 속의 갈가마귀』『이단자의 상속녀』 등을 우리말로 옮겼다.

엘리스 피터스 추모소설집
독살에의 초대

1판 1쇄 | 2003년 2월 10일
1판 3쇄 | 2005년 10월 15일

엮 은 이 | 맥심 재커보우스키
옮 긴 이 | 손성경
펴 낸 이 | 김정순
펴 낸 곳 | (주)북하우스
출판등록 | 1997년 9월 23일 제406-2003-055호

주　　소 | 413-756 경기도 파주시 교하읍 문발리 파주출판도시 513-8
전자메일 | editor@bookhouse.co.kr
홈페이지 | www.bookhouse.co.kr
블 로 그 | blog.naver.com/bookhouse1.do
전화번호 | 031-955-2555
팩　　스 | 031-955-3555

ISBN 89-5605-049-X 03840

이 도서의 국립중앙도서관 출판도서목록(CIP)은 e-CIP 홈페이지(http://www.nl.go.kr/cip.php)에서 이용하실 수 있습니다.(CIP제어번호:CIP2005001998)

역사와 추리가 절묘하게 조화된 역사추리소설

캐드펠 시리즈 (전20권)
드디어 완간!

A Morbid Taste for Bones
One Corpse Too Many
Monk's-Hood
St. Peter's Fair
The Leper of Saint Giles
The Virgin in the Ice
The Sanctuary Sparrow
The Devil's Novice
Dead Man's Ransom
The Pilgrim of Hate
An Excellent Mystery
The Raven in the Foregate
The Rose Rent
The Hermit of Eyton Forest
The Confession of Brother Haluin
The Heretic's Apprentice
The Potter's Field
The Summer of the Danes
The Holy Thief
Brother Cadfael's Penance

맥심 재커보우스키 Maxim Jakubowski는 런던에 위치한, 세계적으로 유명한 '머더 원' 서점의 주인이자, 유명한 발행인이다. 그의 작품들은 엄청난 판매부수를 보이고 있으며, 그는 다양한 컬트 간행물의 작가이자 편집자로서 현대적 작품 세계에 큰 공헌을 했다.

피터 트레메인 Peter Tremayne은 저명한 켈트 연구학자인데, 7세기 아일랜드의 사법제도와 여성의 역할을 보여주기 위해 1993년 썼던 단편소설이 계기가 되어 『파이델마 수녀』 시리즈가 탄생하였다. 많은 비평가들이 파이델마 수녀가 캐드펠 수사의 뒤를 잇는 주인공이라며 찬사를 아끼지 않았다.

마릴린 토드 Marilyn Todd는 『나, 클라우디아』(Claudia, (1995년)을 시작으로 『검은 도마뱀 Black Salamander』(2000년)까지 모두 6권의 '클라우디아 세페리우스' 시리즈를 출간하였다.

수잔나 그레고리 Susanna Gregory는 역사종교추리소설 시리즈와 미스터리물을 주로 썼다. 14세기 수사이자 법정탐정인 매튜 바톨로메를 주인공으로 한 시리즈가 유명하다.

스티븐 세일러 Steven Saylor의 첫번째 단편 『의지는 나의 길 A Will Is a Way』은, 미국 추리작가협회에서 그 해의 가장 우수한 데뷔작에 수여하는 로버트 엘 피셔 상을 수상하였다. 그는 로마시대를 배경으로 고르디아누스가 사건을 파헤쳐가는 역사추리소설 『로마 서브 로사』 시리즈를 집필중이다.

다이에나 개벌던 Diana Gabaldon의 '아웃랜더' 시리즈는 반탐 더블데이 델 출판사에서 출간되어 큰 인기를 얻었다. 제이미와 클레어 두 남녀를 주인공으로 하는 '아웃랜더' 시리즈는 누구나 읽을 수 있는 굉장히 다채로운 느낌의 작품으로 열렬한 마니아 독자층을 확보하고 있다.

캐서린 에어드 Catherine Aird는 필명이며, 본명은 킨 해밀턴 맥킨토시이다. 1966년 『성스러운 육체 The Religious Body』를 시작으로 '슬로운 경감' 시리즈 19권을 집필하였다.

에드워드 호크 Edward Hoch는 〈엘러리 퀸 미스터리 매거진〉에 칼럼니스트로 활동하였으며, 추리, 공상과학, 판타지 등 여러 장르의 작품을 많이 썼는데, 그 중 『닉 벨벳』 시리즈가 유명하다. 1982년 미국 미스터리 작가협회 회장을 역임하였고, 에드거 앨런 포 단편소설 상과 앤소니 상을 수상했다.

에드워드 마스턴 Edward Marston은 엘리자베스 시대 극단을 배경으로 한 9권의 추리소설을 발표하였다. 그 중 『아슬렁거리는 소년 The Roaring Boy』은 에드거 상 최고 추리소설 부문 후보에 올랐다.

폴 도허티 Paul Doherty는 역사추리소설가들 중에서도 독특하게 다양한 역사적 시대를 폭넓게 다루고 있다. 13세기에서 18세기 사이의 정치적 상황과 삶, 지배자들의 위업, 왕의 반대자와 조언자, 그리고 역사적인 실제 사건들은 도허티 작품의 중요한 요소이다. 에드워드 왕의 충실한 집사인 '휴 코벳'을 주인공으로 한 시리즈가 유명하다.

존 매덕스 로버츠 John Maddox Roberts는 공상과학과 판타지, 역사추리소설 분야에 걸쳐 활발히 활동하고 있다. 1989년, 로마 시대를 배경으로 펼쳐지는 역사추리소설 『로마 원로원과 로마 시민 SPQR』 시리즈 첫 권을 출간했는데, 이 시리즈로 에드거 상 선정 올해 최고의 추리소설 부문 후보에 오르기도 했다.

자넷 로렌스 Janet Laurence는 여주인공을 내세운 역사추리소설을 주로 썼다. 1700년대 베네치아의 유명한 예술가이자 아마추어 탐정으로 등장하는 캐나레토를 주인공으로 한 시리즈와 요리사이면서 아마추어 탐정이기도 한 다리나 리슬을 주인공으로 한 시리즈가 대표적이다.

케이트 로스 Kate Ross는 '줄리언 케스트렐' 시리즈로 유명하다. 소설 속에서 줄리언 케스트렐은 웰레슬리 대학과 예일대 법대를 졸업 후 법률사무소에서 변호사로 일하는 여성으로 등장한다. 그녀의 작품 『부숴진 배 A Broken Vessel』는 가고일 상을 수상하였고 최고의 역사추리소설로 선정되었다. 1998년 3월 세상을 떠났다.

데이비드 하워드 David Howard는 엘리스 피터스 추모집 『독살에의 초대』 출간을 기념하기 위해 추리소설 잡지 〈크라임 타임〉지와 편집자 맥심 재커보우스키가 주최한 신인작가 공모전에 당선된 작가이다. 그는 엘리스 피터스 추모집에 작품을 실으면서 추리소설가로서의 경력을 시작하였다.

앤 페리 Anne Perry는 『교수형 집행 The Cater Street Hangman』(1979년)을 시작으로 영국 빅토리아 시대의 런던을 배경으로 한 역사추리소설 '토머스와 샬롯 피트' 시리즈 17권을 출간하였다.

피터 러브지 Peter Lovesey의 추리소설들은 22개국에서 번역 출간되었으며 영화와 텔레비전 드라마로 제작되기도 했다. 영국 추리작가협회에서 수여하는 골드 대거 상(1992년)과 세 번의 실버 대거 상, 카르티에 다이아몬드 대거 상(2000년)을 수상하였다.

마이클 피어스 Michael Pearce는 수단에서 성장하였다. 그의 이러한 문화적 배경이 그의 대표작 '마무르 자프트' 시리즈에 잘 반영되어 있다. 마무르 자프트 시리즈는 현재 14권까지 출간되었으며, 그 중 『마무르 자프트와 이집트로부터의 노획물 The Mamur Zapt and the Spoils of Egypt』로 추리작가협회에서 그 해의 가장 재미있는 추리소설에 수여하는 래스트 래프 상을 수상하였다.

마틴 에드워즈 Martin Edwards의 작품 중, 영국 리버풀을 배경으로 변호사이자 아마추어 탐정인 헤리 데블린을 주인공으로 한 시리즈가 유명한데, 1991년 『모든 외로운 사람들 All The Lonely People』을 시작으로 총 6권의 '헤리 데블린' 시리즈를 썼다.

린지 데이비스 Lindsey Davis는 로마 제국을 배경으로 팔코 탐정을 등장시킨 '팔코 탐정' 시리즈를 현재 14권까지 출간했다. 팔코 탐정 시리즈 『은색 돼지들 The Silver Pigs』로 작가협회 선정 '최고의 소설' 상(1989년)과 독자가 가장 재미있게 읽은 책의 저자에게 수여하는 CWA 대거 상(1989년)을 수상했다. 엘리스 피터스 역사추리소설 상(1999년)을 수상한 팔코의 시리즈 주인공인 팔코은 가장 코믹한 탐정에게 수여하는 셜록 홈스 상을 받았다. 최고의 역사소설에 수여하는 헤로도투스 라이프타임 어치브먼트 상(2000년)을 수상했다.

몰리 브라운 Molly Brown은 수편의 SF단편소설과 판타지 소설을 다양한 잡지를 통해 발표했으며, 영국, 독일, 프랑스, 체코 등에서 몰리 브라운 선집이 출간되었다. 그녀의 첫번째 SF소설인 『엇갈린 운명 Bad Timing』은 1991년 영국 과학소설 베스트 단편소설상을 수상했으며, 그 이후로도 그녀의 작품은 두 번이나 최종 선발 후보 명단에 올랐다.

줄리언 래스본 Julian Rathbone은 스릴러와 역사소설 등의 장르에서 30권이 넘는 소설을 출간하였다. 『킹 피셔, 요셉 King Fisher Lives, Joseph』은 부커 상 최종작에까지 올랐다. 도이체 크리미 상과 추리작가협회 마클란 쇼트 스토리 대거 상을 수상하기도 하였다. 경찰 스파이를 소재로 한 역사스릴러 『바로 그 영국 첩보원 A Very English Agent』이 2002년 여름 출간되었다.